NOORD
Meeuwenlaan
HET IJ
IJ-Tunnel
Centraal
Station
Damrak
Amstel
Amstel

Amsterdam

Claus Cornelius Fischer

EisHerz

Weitere Titel des Autors:

Und vergib uns unsere Schuld
Und verführe uns nicht zum Bösen
TotenEngel

Claus Cornelius Fischer

Eis Herz

Kriminalroman

Lübbe

Lübbe Ehrenwirth in der
Bastei Lübbe GmbH & Co. KG

Originalausgabe

Lektorat: Dorothee Cabras / Karin Schmidt
Umschlaggestaltung: Gisela Kullowatz
Umschlagmotiv: © Shutterstock, faufo
Satz: Druck & Grafik Siebel, Lindlar
Gesetzt aus der Adobe Garamond Pro
Druck und Einband: GGP Media GmbH, Pößneck

Printed in Germany
ISBN 978-3-431-03808-8

5 4 3 2 1

Sie finden uns im Internet unter:
www.luebbe.de
Bitte beachten Sie auch: www.lesejury.de

1

Schon lange hatte Sofia keine Angst mehr vor der Begegnung mit fremden Männern spät in der Nacht. Manchmal befiel sie noch ein leichtes Unbehagen, wenn sie durch ein verwaistes Hotelfoyer zum Fahrstuhl ging, aber sobald sie sich auf dem halbdunklen Etagenkorridor befand, vergaß sie dieses Gefühl und jedes andere. Du kennst alle Geheimnisse und jede Gefahr, sagte sie sich; du bist vorbereitet. Ihr Herz schlug nicht einmal schneller.

Der dunkelrote Läufer mit den Messingleisten rechts und links verschluckte das Geräusch ihrer Schritte. Die Wandlampen zwischen den Türen spendeten nur schwaches Licht. Am Ende des Gangs hing ein großer Spiegel, in dem sich die Lampen und die Türen und der Läufer verdoppelten. Sofia dachte, dass irgendetwas heute anders war an der Stille hinter den Türen. Sie sah sich selbst in dem Spiegel, ganz in schwarzes Leder gekleidet. Ihr Teint war blass, ein Hauch Rouge auf den Wangen, der Mund rotbraun geschminkt; das aschblonde Haar fiel in Strähnen in den Nacken, genau wie der Anrufer es verlangt hatte.

Vielleicht ist es gar nicht die Stille, dachte sie; vielleicht bist du es. Oder das, was du tun musst. *Denk nicht darüber nach*, dachte sie, *stell dir vor, es geht um Geld. So wie sonst.*

Sie blieb stehen und klopfte an die Tür von Zimmer 27, die sofort geöffnet wurde, als hätte der Mann dahinter schon auf das Klopfen gewartet. »Ich bin Gianna«, sagte Sofia auf Englisch.

Der Mann nickte knapp und trat beiseite. Er trug einen Anzug aus dunkelblauer Rohseide, ein malvenfarbenes Hemd und eine kastanienbraune Krawatte mit einem winzigen Diamanten dicht unter dem Knoten. Sein Lächeln hatte etwas Gereiztes, es wirkte scharf, wie gemeißelt. Die Augenbrauen waren dünn und schwarz wie das Haar, das sich im Nacken zu kleinen Löckchen ringelte. Er roch nach einem eben erst aufgetragenen Eau de Toilette, Sandelholz und Moschus.

Sofia ging an ihm vorbei in das geräumige Zimmer, das von zwei Stehlampen neben der Sitzgruppe erhellt wurde. Während der Mann die Tür schloss und verriegelte, betrachtete er Sofia, als taxiere er einen Gegenstand, unschlüssig, ob sie ihr Geld wirklich wert war. Sie legte ihre Schultertasche auf den Tisch neben einen kleinen künstlichen Weihnachtsbaum, der mit bunten elektrischen Kerzen geschmückt war, die ihr blaues und rotes Licht auf ein paar einsame Fäden silbernen Lamettas warfen. Der an der Wand über dem Tisch festgeschraubte Fernsehapparat war eingeschaltet, zeigte aber kein Bild. Aus den Lautsprechern drang Musik, so leise, dass man kaum mehr vernahm als einen rhythmischen Bass und eine Frauenstimme. Das Doppelbett wirkte frisch gemacht.

Über dem Kopfende des Betts hing ein gerahmter Druck, *Die Tänzerin* von Degas. Die junge Frau mochte das Bild, schon als Kind hatte sie so sein wollen wie das Mädchen: jemand, der tanzte. Sie blieb in der Nähe ihrer Tasche, in der sich die Sprühdose mit dem Pfefferspray befand. Sie achtete darauf, dass die Tasche ein wenig offen stand und dass die Öffnung zum Bett wies. Sie verspürte eine leise Beklemmung; nur Beklemmung, keine Angst.

Die Schiebetüren des Schranks neben dem Bett waren mit winzigen quadratischen Spiegeln verkleidet. Die Türen schlossen nicht ganz. Auf dem Nachttisch blies ein kleiner Heizstrahler summend warme Luft auf das Bett. Unter dem Sockel klemmten mehrere Hundert-Euro-Scheine. Die Ecken der Banknoten flatterten im warmen Luftstrom. Die Kälte im Zimmer verstärkte Sofias Beklemmung.

Der Mann ging von der Tür zum Bett. Er bewegte sich leichtfüßig, flink. »Du hast dir Zeit gelassen«, sagte er. Er sprach auch Englisch, das war gut. Englisch konnte sie. Sie hatte immer gewusst, dass es ihr eines Tages das Leben retten würde. Ihr fiel auf, dass der Mann etwas Orientalisches hatte, in der Hautfarbe, der Augenform, sogar in der Art, wie er sich gerade die Hände rieb. Er betrachtete sich kurz in der Spiegeltür, wie ein Schauspieler, der vor dem Auftritt noch einmal sein Erscheinungsbild überprüft. *Er spielt eine Rolle*, dachte Sofia plötzlich. Aber sie ja auch, sie spielte selbst eine Rolle. Er nahm seine Brille ab, klappte sie zusammen und verstaute sie sorgfältig in der oberen Außentasche seines Sakkos.

Auf dem Bett lag eine rote Kapuze mit Augenschlitzen.

Auf einmal erkannte Sofia, was anders war an dieser Begegnung. Anders, als sie geplant hatte. *Nein*, dachte sie, *bitte nicht. Lass es nicht mir passieren.* Sie stellte fest, dass der Mann sich auf einmal zwischen ihr und ihrer Tasche befand. »Gefalle ich dir?«, fragte sie hastig und bemerkte, dass ihre Stimme leicht zitterte. »Wie soll ich dich nennen?«

Der Mann in dem blauen Anzug sah sie nur an, ohne zu antworten. Sie hielt dem Blick einen Herzschlag lang stand, bevor sie sich abwandte und aus der Fliegerjacke schlüpfte. »Wann lerne ich Cato kennen?«, fragte sie. »Heute? Kommt er noch?«

»Nimm dein Geld«, sagte der Mann. »Steck es ein.« Seine Stimme war hell, er sprach mit einem melodischen Akzent und leichtem Zischen. Seine Lippen schimmerten speichelfeucht.

Er will mir wehtun, dachte Sofia, *und er fühlt sich besser, wenn er vorher bezahlt hat.* Sie ging um ihn herum zu dem Heizstrahler auf dem Nachttisch und nahm das Geld – dreihundert Euro. *Ich nehme das Geld, dann bin ich Gianna*, dachte sie; *es hilft mir.* Als sie die Scheine zusammengefaltet in die Jackentasche schob und sich wieder umdrehte, hatte der Mann angefangen, sich auszuziehen.

Vielleicht war es doch wie immer; vielleicht erfuhr sie, was sie wissen wollte, und sie musste nur mit ihm schlafen, damit er es ihr sagte, sonst nichts. Sie lauschte, ob irgendein Laut hinter der Tür zum Bad hervordrang, aber sie hörte nichts. Das Summen des Heizstrahlers war das einzige ungewöhnliche Geräusch in dem geräumigen Zimmer.

»Hast du mit Cato über mich gesprochen?«, fragte Sofia. »Weiß er Bescheid?«

»Ja«, sagte der Mann so leise, dass seine Stimme kaum zu verstehen war. »Er weiß Bescheid.«

»Wann lerne ich ihn kennen?«

»Cato weiß Bescheid«, sagte der Mann noch einmal, und diesmal nannte er den Namen. Sein Jackett hing bereits ordentlich über der Rückenlehne des Stuhls vor dem Schreibtisch. Gerade löste der Mann die Krawatte, die er sorgfältig über eine Schulter des Sakkos drapierte. Er hielt die Augen dabei unverwandt auf Sofia gerichtet, aber sie waren leer; dunkel und leer. Er fuhr aus der Hose, den Strümpfen, dem Hemd. Mit jedem Kleidungsstück, das er ablegte und sorgfältig gefaltet auf der Sitzfläche des Stuhls deponierte, schien er größer zu werden. Sein feingliedriger, sehniger Körper wuchs und erblühte. Sie sah ihn von vorn und von hinten, im Spiegel. Brust und Rücken, Gesäßbacken und Oberschenkel waren mit Tätowierungen bedeckt. Schließlich trug er nichts mehr als einen winzigen Slip aus roter Seide.

»Zieh dich aus«, befahl er mit seiner hellen Stimme, während er vor der spiegelnden Tür auf und ab ging. »Zieh dich aus und wasch dich, ihr christlichen Huren seid unrein, alle dreckig, ja?!« Die Muskeln unter seiner Haut zuckten, bedeckt mit geritzten Bildern, die sich um seinen Leib wanden wie bunte Vipern.

»Willst du mir nicht sagen, wie du heißt?«, fragte Sofia. Gleichzeitig öffnete sie den Reißverschluss ihres schwarzen Lederrocks und ließ ihn fallen, zeigte ihm die Seidenstrümpfe, das spitzenbesetzte Höschen, die Strumpfhalter, alles schwarz, wie er es verlangt hatte. Als sie das trägerlose Lycra-Top über den Kopf streifen wollte, beugte er sich plötzlich vor und sagte: »Du bist nicht Gianna. Du bist nicht so, wie ich dich erwartet habe.«

Er schwitzte. Der Schweiß lief ihm in dünnen Bächen aus dem Haar und den Achseln, glitzerte auf Stirn, Schläfen, Oberlippe und Brust und erweckte seine Reptilienhaut zum Leben. Auf einmal ging ein beißender Geruch von ihm aus. Er griff nach ihrer Tasche und hob sie hoch, um sie zu durchsuchen.

»Doch«, rief sie rasch. Ihr Herz raste plötzlich. »Ich bin Gianna, wir haben telefoniert …«

Er ließ die Tasche fallen, trat auf sie zu und packte sie blitzschnell am Hals. Sein Daumen berührte eine Stelle unter ihrem linken Ohr. Ein flammender Schmerz durchfuhr sie, und ihre Knie wurden weich. Sie glaubte, schreien zu müssen, brachte jedoch keinen Laut hervor. Er versetzte ihr einen Stoß und warf sie aufs Bett. Mit der linken Hand packte er ihren Nacken und presste ihr Gesicht in das Kopfkissen. Mit den Fingern der rechten zerfetzte er das Top, den schwarzen Büstenhalter und das Spitzenhöschen. Dabei gab er kurze, keuchende Atemstöße von sich. Sofia konnte sich nicht rühren, sie war wie gelähmt von dem heißen, grellen Schmerz. Sie spürte den Luftstrom des Heizstrahlers über ihren Hals gleiten.

Im nächsten Augenblick war der tätowierte Mann auf ihr. Er biss sie in den Nacken, die Schultern und drang von hinten in sie ein. Rasend schnell rieb er sich zwischen ihren Gesäßbacken und brachte sich dort zu einer kleinen, zuckenden Eruption, wobei er ihre Hüften umklammerte und sein Gesicht keuchend in ihrem Haar vergrub. Danach schien sein Zorn abzuebben. Erschöpft lag er auf ihr. Wo sein Speichel und sein Schweiß auf ihrer Haut zurückgeblieben waren, wurde ihr kalt unter der luftigen Berührung des Heizstrahlers. Ihr Herz schlug wild. Sie wagte nicht, sich zu rühren. Sie spürte, wie der Mann mit einer gleitenden Handbewegung sein erschlafftes Glied wieder unter seinen Slip schob. Mit geschlossenen Augen blieb sie auf dem Bauch liegen, geblendet von einem pulsierenden Stechen hinter den Lidern, das seine Finger unter dem Ohr ausgelöst hatten. Sein Erguss verwandelte sich in ein kühles, kitzelndes Rinnsal an der Innenseite ihrer Oberschenkel.

Auf einmal fiel ihr ein anderes Geräusch auf, etwas leiser als der Heizstrahler, das aus dem Schrank zu kommen schien. Ein Surren wie von einer Kamera, und sie dachte: *Ich werde gefilmt, sie haben einen Film von uns gedreht.* Im selben Moment wälzte der tätowierte Mann sich wortlos von ihr, um aufzustehen. Aber das Surren der Kamera ging weiter. Der Mann verharrte einige Sekunden lang reglos neben dem Bett. Sie hielt den Atem an, dachte, dass er wahrscheinlich dastand und sie betrachtete, mit seinem gemeißelten Lächeln, beglückt über die Schmach, die er ihr zugefügt hatte.

Vielleicht bringt er mich jetzt zu Cato, dachte sie. Vielleicht war er zufrieden und stellte sie Cato vor, und sie wusste endlich, mit wem sie es zu tun hatte. *Vielleicht können wir jetzt reden, und er achtet nicht auf die Tasche auf dem Schreibtisch.* Sie bewegte zuerst einen Finger, danach den ganzen linken Arm und überlegte, was wohl *Ich liebe dich* heißen mochte, dort, wo er herkam.

»Bleib so liegen«, sagte er. »Rühr dich nicht.« Sie hörte ihn nicht weggehen, nur wie die Badezimmertür verriegelt wurde.

Ich liebe dich, dachte sie, während ihr die Tränen über die Wangen liefen; *ich liebe jeden Mann, der mich am Leben lässt.* Sie öffnete die Augen. Hinter dem Heizstrahler konnte sie das Fenster sehen, aber die Vorhänge waren zugezogen. Eine der bunten Glaskerzen an dem kleinen Weihnachtsbaum auf dem Tisch flackerte und erlosch. Sofia wischte die Tränen mit dem Handrücken fort. Sie wollte nicht weinen, aber beim Anblick der zerfetzten Dessous begannen ihre Augen zu brennen. Ihr Harnisch, ihr Kettenhemd. Noch eine verlorene Schlacht, eine mehr in ihrem kurzen Leben.

Sie lauschte dem Geräusch der Dusche hinter der Badezimmertür. Warum wollte der Mann, dass sie sich nicht rührte? Wollte er noch einmal zu ihr kommen, langsamer, zärtlicher? Am liebsten wäre sie aufgestanden, hätte sich schnell angezogen und das Zimmer verlassen, ehe er zurückkehrte, aber dann würde sie Tonja nie wiederfinden, niemals. Sie dachte nur noch an Tonja, bei allem, was sie tat; ihre kleine Tonja. Mit einem Mal erkannte sie die Sängerin im Musikkanal des Fernsehers, Gianna Nannini, die raue, heisere Stimme, neben der alles andere verstummte, das leise Prasseln der Dusche, die Tür, die geöffnet wurde.

Sofia hob den Kopf, und jetzt erst bemerkte sie, dass die rote Kapuze mit den Augenschlitzen nicht mehr auf dem Bett lag. Sie lag auch nicht auf dem Boden vor dem Bett. Der Luftstrom des Heizstrahlers erschien ihr plötzlich eisig, und sie hatte das Gefühl, dass auch ihr Blut zu Eis wurde, zu rotem Eis. Das Herz sprang ihr gegen die Rippen. Es war so groß, dass es ihre ganze Brust ausfüllte, und es sprang immer schneller gegen den Knochenkäfig.

Was heißt das, Cato weiß Bescheid?, dachte sie. *Was weiß Cato? Was weiß er über mich?*

Sie sah zum Schrank hinüber, zu der Spiegeltür und dem Spalt, hinter dem die Kamera surrte. In den Spiegeln sah sie den tätowierten Mann, sah ihn auf das Bett zukommen. Sie fuhr herum, gerade rechtzeitig, sodass sie noch das ganze Bild in sich aufnehmen konnte: den nackten Körper, der mit großen Sprüngen auf sie zustürzte, die Kapuze, das Messer. All die roten, grünen und blauen Tätowierungen auf der Haut des Mannes waren in zuckender Bewegung, als führe ein Windstoß durch ein buntes Lianengestrüpp. Auf seinem Kopf spannte sich die rote Kapuze über dem Gesicht. In seiner Faust schimmerte ein geschwungenes Messer, und er war so schnell bei ihr, dass sie nicht einmal schreien konnte.

Er warf sich auf sie. Mit dem ganzen Gewicht seines Körpers lag er auf ihr, drang wieder in sie ein und blähte ihr mit keuchenden Atemstößen die Kapuze ins Gesicht. Hinter den Schlitzen konnte sie seine glitzernden, leeren Augen sehen, und jetzt schrie sie, und so sollte es sein: Er wollte, dass sie schrie, weil sie erkannte, was mit ihr geschah. In einem ekstatischen Aufbäumen riss er das Messer hoch und ließ es niedersausen wie ein Schnitter die Sichel, nur dass es ihr vorkam, als geschähe alles ganz langsam, in Zeitlupe: Sie konnte die Klinge in Einzelbildern auf ihren Hals zuschnellen sehen, und als sie ihre Kehle traf, spürte sie erst gar nichts, nicht mehr als ein kurzes Zupfen vielleicht. Ihr Kopf fiel zur Seite, zum Schrank, zu den Spiegeln, und da sah sie nur ihr Gesicht, es flackerte hell und dunkel über dem sprudelnden Blut, und solange sie konnte, sah sie sich selbst beim Sterben zu.

2

Die roten Kugeln aus hauchdünnem Murano-Glas mochte der Commissaris am liebsten. Rote Glaskugeln, honigdunkle Kerzen und goldenes Lametta, mehr Schmuck brauchte ein Christbaum nicht, schon gar nicht die kleine, knorrige Tanne zwischen den Fenstern im Wohnzimmer. Van Leeuwen hängte die Kugeln auf und hörte Weihnachtslieder, gerade sang Andy Williams *It's the most wonderful time of the year.* Der Commissaris wusste jetzt, dass es ein Leben nach dem Tod gab, fast ein halbes Jahr dauerte es schon, und Weihnachtslieder von Andy Williams gehörten dazu, genauso wie die roten Murano-Glaskugeln. *Niemand kann sagen, dass ich es nicht versuche,* dachte er.

Er hatte es sich nicht einfach vorgestellt, aber auch nicht so schwer. Er hatte gedacht, *kein Baum diesmal* wäre die Lösung, einfach so zu tun, als gäbe es kein Weihnachten mehr in seinem neuen Leben. Nur dass er am Morgen dann doch noch schnell hinübergelaufen war zur Westerkerk auf der anderen Seite der Prinsengracht und einen der letzten dort vor der Kirche aufgetürmten Tannenbäume gekauft hatte. Er versuchte es wirklich.

Es war Heiligabend, und seit dem Morgen schneite es. Am Anfang war der Schnee noch geschmolzen, sobald er die Erde berührte, aber inzwischen blieb er liegen wie auf den alten Gemälden. Er lag auf den Dächern und den Ästen der Bäume, und auf den Straßen türmte er sich zu kleinen Wächten, die stetig größer wurden. Das Leben war unwirklich geworden, als spielte es sich im Geheimen hinter einem durchsichtigen Vorhang aus wirbelnden Flocken ab. Ein seltener Riss am Himmel zeigte eine schwache Sonne aus fahlem Messing. Es gab keinen Unterschied mehr zwischen Himmel und Erde: Den ganzen Tag herrschte eine graue Dämmerung, durch die der Wind den Schnee in scharfen Böen wehte. Die Farben waren gedämpft, nur die Leuchtreklamen wirkten greller, und aus den Schaufenstern strahlte goldener Glanz.

In der Stille, die sich mit dem Schnee auf die Stadt senkte, wehten ferne Geräusche – die empörten Schreie der Möwen, das Scharren von Schneeschaufeln und die schroffen Glocken der Straßenbahnen. Fußspuren verschwanden, kaum dass das Knirschen der Schritte verklungen war. Schlittenkufen zogen tiefe Spuren über die Bürgersteige. Die Stimmen kreischender Kinder vermischten sich mit denen der Möwen, und nach einiger Zeit konnte man sie nicht mehr auseinanderhalten. Den ganzen Tag brannten die Laternen. Auf den Fensterscheiben blühten Eisblumen.

It's the most wonderful time of the year, with the kids jingle bellin' and everyone tellin' you be a good cheer, sang Andy Williams mit seinem marzipansüßen Tenor.

Es war Heiligabend unten in der Egelantiersgracht, Heiligabend am Leidseplein und Heiligabend auf dem Dam. Heiligabend war es für die Streifenpolizisten, Krankenschwestern und Notärzte, Heiligabend auch für die *window girls* im Rotlichtviertel, für die Obdachlosen in den Ecken unter der Centraal Station und sogar für die Chinesen in Chinatown. Es war Heiligabend über den Kanälen und Gassen, auf den Fähren nach Noord, in Kirchen und Kaufmannspalästen. Auch im Hoofdbureau van Politie war Heiligabend, in den verwaisten Korridoren, den leeren Büros; Mistelzweige hingen über den Türen.

Bruno van Leeuwen schmückte den Baum und hörte die Lieder, die Sim so gern gemocht hatte, sogar als sie nicht mehr gewusst hatte, was sie hörte. Die Lieder hatte sie zuletzt vergessen; sie hatte sie noch mitgesummt, als sie längst aufgehört hatte, sich zu erinnern oder auch bloß zusammenhängend zu sprechen.

Letzte Weihnacht war der Baum größer gewesen und bunter, nicht nur grün, rot und golden, sondern mit gelben Holzäpfeln, rosabraunen Zuckerringen und weißem Puderschnee auf den Nadeln. Die Zweige bogen sich unter dem Gewicht der elektrischen Kerzen. Die Flammen aus roten und blauen Glühbirnen warfen ihr blinkendes Licht auf Sterne aus Stanniolpapier, silberne Schneekristallketten und reichlich verstreuten Goldflitter. Auf der Spitze des Baums prangte ein Rauschgoldengel mit ausgebreiteten Flügeln und einem Strahlenkranz aus Stroh im Haar. So war es im vergangenen Jahr gewesen, und Van Leeuwen erinnerte sich noch an Sims Lächeln, wenn sie den Baum betrachtet hatte, und danach hatte er sie ins Heim gebracht, wo sie vor ein paar Monaten gestorben war.

Andy Williams sang: *There'll be scary ghost stories and tales of the glories of christmases long, long ago.* Er sang: *Hearts will be glowing when loved ones are near*, und schließlich sang er wieder: *It's the most wonderful time of the year.*

Van Leeuwen versuchte es, aber sie war noch zu nah. Es gab Tage, an denen er sie nicht mehr vor sich sah, wenn er die Wohnung betrat, oder er sah sie nur ganz kurz. Es gab Tage, an denen er sich nicht erinnerte. Heute war keiner davon. Winzige Splitter der Vergangenheit flogen durch alle Zimmer wie Glühwürmchen im trüben Halbdunkel des verdämmernden Tages. Er versuchte, fröhlich zu sein, weil sie es von ihm erwarten würde. Eine nach der anderen zündete er die Kerzen auf den Ästen des Baumes an.

It's the hap-happiest season of all, sang Andy Williams, *when friends come to call.*

Das Telefon klingelte nicht. Der altmodische Tastenapparat auf der kleinen Holzkommode in der Diele neben der Wohnungstür blieb oft wochenlang still, und wenn doch jemand anrief, war es für Sim, entfernte Bekannte, die nicht wussten, dass sie krank gewesen und gestorben war. Plötzlich ertrug Van Leeuwen das Lied nicht mehr, auch keine andere Weihnachtsmusik. Er ging zum Plattenspieler und hob die Abtastnadel von der LP. Er nahm *Christmas with Andy* vom Plattenteller und legte eine andere Platte auf, die nächstbeste, die ohne Hülle auf dem Regal lag. Er hörte die ersten Takte: Gianna Nannini, *Bello e impossibile*, das war besser.

Er riss das Fenster auf und hielt sein Gesicht in die Kälte. Noch immer fiel Schnee, lautlos. Das Wasser der Gracht tief unten war schwarz, und auch die Äste der Ulmen dicht am Haus waren schwarz, und die Schneeflocken wirbelten durch die Lichthöfe der umgerüsteten Gaslaternen auf den Bürgersteigen und erloschen dann in der Finsternis zwischen den Kaimauern. In den Fenstern der Häuser zu beiden Seiten der Gracht standen farbige Teelichter, und an einigen Fassaden hingen Lichterketten. Die Weihnachtsilluminationen in den schmalen Gassen an der Prinsengracht schwankten im Wind.

Van Leeuwen beugte sich über die Fensterbank, um nachzuschauen, ob unten jemand vorbeiging. Er packte den Christbaum mit den brennenden Honigwachskerzen, dem goldenen Lametta und den Kugeln aus rotem Murano-Glas am Stamm und warf ihn hinaus. Die Glaskugeln klirrten, als der Baum auf dem Bürgersteig landete. Nach und nach erloschen die Kerzen. Es war Heiligabend, und Van Leeuwen hatte zum ersten Mal keinen Weihnachtsbaum mehr in der Wohnung, denn zum ersten Mal hatte er auch keine Frau mehr.

Das Telefon in der Diele klingelte. Es klingelte weiter, als das Lied auf der Schallplatte aufhörte. Selbst in der jähen Stille dachte der Commissaris noch einen Moment, das Geräusch dringe von draußen herein. Dann ging er zum Plattenspieler und stellte ihn ab. Es klingelte noch immer, hartnäckig und schrill. Vielleicht Feline, dachte er, obwohl sie ausgemacht hatten, dass sie sich über die Feiertage nicht sehen und auch nicht anrufen wollten. Er hatte nicht gewusst, wie es ihm gehen würde, das erste Mal ohne seine Frau nach über dreißig Jahren. Jetzt wusste er es, und wünschte, es wäre Feline, die ihm sagen wollte: *Vergiss die Abmachung, komm her.*

»Van Leeuwen«, meldete er sich hoffnungsvoll, ohne das Fenster zu schließen.

»Bruno? Bruno van Leeuwen? Hier ist Sander«, sagte eine Männerstimme, die viel weiter entfernt klang als nur ein paar Straßen in Amsterdam. »Frohe Weihnachten.«

»Frohe Weihnachten«, sagte Van Leeuwen. »Welcher Sander?«

»Aus der Schule«, sagte die Stimme, eingebettet in ein leises Rauschen und Knistern in der Überlandleitung. »Wir waren in derselben Klasse, weißt du nicht mehr? Drei Jahre lang, bis zum Abitur – Sander Frankenhuis.«

»Der Sohn von Frans Frankenhuis?«, erkundigte Van Leeuwen sich überrascht.

»Ja, ›Sander Frankenstein‹ habt ihr mich immer genannt.«

»Das ist vierzig Jahre her«, sagte Van Leeuwen. Allmählich fiel es ihm wieder ein: das kleine Klassenzimmer, die zerkratzten Pulte und ein Junge, der zwei Reihen vor ihm gesessen hatte, rotblonde Haare, ewig ungekämmt, ein schlanker Hals, ein grobes weißes Hemd mit zerschlissenem Kragen.

»Ich weiß«, sagte Frankenhuis, und auf einmal kam es Van Leeuwen vor, als könnte er jedes einzelne Jahr in der Stimme hören. »Ich bin jetzt der Pfarrer hier. Erinnerst du dich, das wollte ich immer werden, so wie du immer zur Polizei wolltest. Natürlich bin ich nicht so berühmt wie du.« Er unterbrach sich und klang plötzlich bedrückt, fast wehmütig. »Aber ich will euch nicht stören, ihr feiert bestimmt gerade, du und Simone. Ihr seid doch noch verheiratet?«

»Nein«, sagte Van Leeuwen.

»Oh, dabei wart ihr immer unzertrennlich. Ich erinnere mich noch …« Erneut fiel der Pfarrer sich selbst ins Wort. »Das hört man ja oft, dass die Ehen von Polizisten nicht halten, die dauernde Gewalt, das Misstrauen, die ständige Gegenwart des Todes …«

»Ja«, sagte der Commissaris, »der Tod stört besonders.«

»Ich war auch verheiratet«, sagte Frankenhuis, ohne sich durch Van Leeuwens Tonfall irritieren zu lassen, »aber meine Frau ist … sie ist weg, auf und davon …«

»Das tut mir leid«, sagte Van Leeuwen.

»Es war Gottes Wille«, sagte Frankenhuis fast trotzig, als verschaffte ihm das einen beträchtlichen Vorteil gegenüber seinem alten Klassenkameraden. »Hattet ihr – habt ihr Kinder, du und …«

»Nein«, sagte Van Leeuwen.

»Wir – ich habe einen Jungen und ein Mädchen«, sagte Frankenhuis, »Rascha, sie ist siebzehn.« Er schien zu warten, dass Van Leeuwen ihn beglückwünschte, aber der Commissaris sagte nichts, lauschte nur weiter dem Knistern in der Leitung und der Wehmut in der Stimme des Pfarrers. »Der Junge ist neun, wir haben ihn Klaas genannt. Sag mal, kommst du mal wieder nach Hause?«

»Ich bin zu Hause«, sagte Van Leeuwen.

»Ich meine, zurück, hierher, zu uns ins Dorf«, verbesserte sich Frankenhuis.

»Nein, glaube ich nicht«, sagte Van Leeuwen. Er spürte die Kälte, die durch das offene Fenster hereinströmte. Er hörte die Glocken der Westerkerk zur Christmette rufen, und von irgendwoher schimmerte leise Orgelmusik durch das Schneetreiben.

Frankenhuis schien tief Luft zu holen, als hätte er mit dieser Antwort zuallerletzt gerechnet. »Das ist schade, sehr schade. Du würdest dich wundern, wie sich hier alles verändert hat. Und ich würde mich auch freuen, dich mal wiederzusehen. Wir waren doch immer Freunde, nicht, gute Freunde? Du könntest bei mir wohnen, und wir hätten ein bisschen Zeit miteinander, um über alles zu reden, früher, die alten Zeiten, und außerdem …« Seine Stimme klang dringlich, fast flehend. »Jetzt, zwischen Weihnachten und Neujahr, da wirst du doch bestimmt nicht gebraucht …«

»Sag mal, hast du etwas auf dem Herzen?«, fragte Van Leeuwen.

»Ja«, platzte Frankenhuis heraus, »ja, aber am Telefon möchte ich nicht darüber sprechen. Es würde mir viel bedeuten, wenn wir uns – wenn wir uns sehen könnten, sehr viel. Ich kann auch nach Amsterdam kommen, doch gerade jetzt, während der Feiertage, es gibt mehr Messen als sonst, und die Menschen zieht es in die Kirche, und sie … Weißt du, es geht um Rascha!« Obwohl er leise sprach, klang der Name wie ein Schrei. »Ich bin allein. Wir sind ganz allein, Klaas und ich. Und das an Heiligabend! Ich habe deine Nummer aus dem Telefonbuch.« Abrupt unterbrach der Pfarrer die Verbindung, als hätte er plötzlich das Gefühl, schon viel zu viel gesagt zu haben.

Der Commissaris legte ebenfalls auf und schloss das Fenster. Er zog einen dicken Pullover an, dann über den Pullover seinen gefütterten Trenchcoat. Er schlüpfte in die knöchelhohen Stiefel mit den Gummisohlen und ging hinunter auf die Straße. Die Bürgersteige waren verwaist. Der Schnee fiel weiter in dichten, großen Flocken, und bei jedem Schritt knirschte er unter den Schuhsohlen. Die herabgestürzte Tanne lag, verstrickt in Lamettafäden, dicht an der Hauswand wie ein betrunkener Geist aus einem Weihnachtsmärchen. Die Glaskugeln waren unversehrt bis auf eine, und Van Leeuwen räumte die Scherben weg und legte den Baum zwischen die Ulmen am Ufer.

Er schlug den Trenchkragen hoch, schob die Hände in die Manteltaschen und stapfte die Egelantiersgracht hinunter in Richtung Lijnbaansgracht. Mit gesenktem Kopf, die Schultern hochgezogen, stemmte er sich gegen den Wind.

Anfangs spürte er die Kälte nicht, doch mit der Zeit drang sie ihm bis auf die Haut. Schneewasser rann ihm von der Stirn in die Augen und in den Nacken. Er erreichte die Rozengracht, deren Fahrbahnen weiß und still unter dem schwach geröteten Himmel lagen. Die Scheinwerfer vereinzelter Autos tauchten den wirbelnden Schnee in gelbes Licht, und wenn er an den Leuchtreklamen vorbeitrieb, wurden die Flocken rot, gelb oder grün.

Van Leeuwen überquerte die Straße. Der Asphalt war vereist und glatt, und er musste aufpassen, dass er nicht ausrutschte. Als er weiterging, dachte er an das Gespräch mit dem Pfarrer. Er versuchte, die Erinnerung an den Jungen zwei Pulte vor ihm mit der Stimme des Anrufers zu einem Bild von Sander Frankenhuis zu verschmelzen, wie er als Pfarrer in seinem Pfarrhaus saß, allein an Heiligabend, und den Namen seiner Tochter ins Telefon rief: *Rascha*, siebzehn Jahre. Dann erreichte Van Leeuwen die Elandsgracht, das Hoofdbureau van Politie, und einen Moment lang war er versucht, dem Locken der wenigen erleuchteten Fenster zu folgen. Stattdessen ging er weiter, die stille Marnixstraat entlang, bis er den Leidseplein erreichte.

Die Bars und Lokale rund um den Platz waren geschlossen, nur die Neonlichter an den Fassaden brannten, unterstützt von den elektrischen Kerzen an den Christbäumen in den Eingängen. Von der Singelgracht her wehte ein schneidender Wind durch die Leidsestraat, und der Schnee wirbelte in Böen um die Straßenbahnhäuschen. An den Stromleitungen der Tram hatten sich Eiszapfen gebildet, die aussahen, als gehörten sie nach Moskau oder Nowosibirsk, nicht nach Amsterdam, wo es seit Jahren keinen solchen Winter mehr gegeben hatte.

Schemenhafte Gestalten tauchten aus den Seitenstraßen auf: *scary ghosts*, eine schwarz verschleierte Frau dicht hinter ihrem Mann, »*Jella, jella!*«, beide mit Koffern in den Händen, ein einsamer Radfahrer, vier Jugendliche mit Kapuzenjacken, eine Gruppe lärmender Touristen vor dem Grillroom des *American Hotel.* Der erleuchtete Weihnachtsschmuck zwischen den Häusern klirrte, wenn der Wind an ihnen rüttelte. Van Leeuwen ging unter dem verschwenderischen Strahlen über den Platz und dann noch ein Stück die Leidsestraat hinauf, bis er an der Prinsengracht nach rechts abbog. Er wusste jetzt, wo es ihn hinzog. Er dachte an ihre Abmachung, aber dann überlegte er, dass es Feline vielleicht ging wie ihm; dass sie sich freute, wenn er sich nicht daran hielt.

Er bog um eine weitere Ecke und wich zwei Jugendlichen aus, die geduckt an ihm vorbeihasteten. Der Commissaris nahm sie nur undeutlich wahr, die Hände in den Taschen ihrer Blousonjacken, die Gesichter verborgen unter den Schirmen ihrer Baseballkappen. Er achtete nicht weiter auf sie, bis das Knirschen ihrer Schritte hinter ihm plötzlich erstarb. Im selben Moment traf etwas seinen Hinterkopf, hart wie ein Stein. Ein eiskaltes Licht lähmte seinen Nacken. Er taumelte vorwärts, und etwas anderes traf ihn ins Kreuz, ein Stück Eisen, ein Holzknüppel, nein, ein Tritt oder ein Stoß, ein Schlag. Er schrie, vor Überraschung, vor Schmerz. Er rutschte aus. Einer der Jungen – es waren noch Jungen – tanzte um ihn herum, ein Derwisch, der erst neben ihm war und dann vor ihm, der ihn jetzt ins Gesicht schlug. Es waren schnelle Schläge, schnell und knapp und hart. Sie ließen ihm keine Zeit, sich zu wehren, er hob die Fäuste, aber dann war auch der zweite Junge da und versetzte ihm einen Tritt in die Kniekehle und gleich darauf noch einen in die Leber.

Er spürte, wie ihm die Luft wegblieb. Er schnappte nach Atem, hörte aber nur ein würgendes Röcheln tief in seiner Kehle. Es ist doch Weihnachten, dachte er. Geschmeidig sprangen sie aus dem Schneetreiben auf ihn zu, vor und wieder zurück, und jedes Mal, wenn ihn ein Schlag traf, spürte er einen sengenden Schmerz hinter der Stirn und zwischen den Schläfen. »Es ist doch Weihnachten!«, rief er, »Weihnachten!«, aber wahrscheinlich rief er es gar nicht wirklich, denn sein Mund war voll mit etwas Warmem, Nassem, und seine Zähne klirrten, als ihn ein weiterer Hieb ins Gesicht traf, und dann hörte er sie lachen, ein schrilles, geisterhaftes Lachen. Ein schwaches, bläuliches Licht kreiste vor seinem Gesicht, eine der beiden Gestalten hielt einen kleinen Gegenstand vor sich in der Luft, mit beiden Händen, wie eine winzige Monstranz, und Van Leeuwen begriff, dass es ein Handy war. Er wurde gefilmt, während der andere weiter auf ihn einprügelte, und dann war auf einmal alles vorbei. Sie stießen ihn zu Boden und rannten weg, verschwanden mit dem schrillen, gespenstischen Lachen im wirbelnden Schnee, nachdem der Junge mit dem bläulich leuchtenden Handy sich noch einmal über ihn gebeugt hatte, ihn aus kurzer Distanz fast teilnahmsvoll von oben bis unten gescannt hatte.

Van Leeuwen kam mühsam hoch, erst auf die Knie, dann auf eine Hand, ein Bein, bis er wieder genug Kraft gesammelt hatte, um sich ganz hochzustemmen. Schwankend stand er auf beiden Beinen, hustend, keuchend, atemlos vor Wut. Er drehte sich um sich selbst, ballte die Fäuste und brüllte: »Bleibt stehen, ihr Feiglinge! Kommt zurück, ich will eure Gesichter sehen! Ich bin Polizeibeamter – ihr habt euch mit einem Polizeibeamten angelegt!«

Seine Stimme reichte nicht sehr weit, und er lief ein paar Schritte, von denen jeder ihn schmerzte. Endlich blieb er stehen, eingehüllt in Dunkelheit und weißes Wirbeln. Es ist doch Heiligabend, dachte er zornig, während er langsam weiterging. Sein Kopf schmerzte, und er hatte das Gefühl, doppelt zu sehen. Seine Hände brannten, wo er sich bei seinem Sturz abgefangen hatte, und bei jedem Schritt spürte er ein Stechen in der linken Kniekehle. Im Laufen rieb er sich das Wasser aus den Augen.

It's the most wonderful time of the year.

An der nächsten Ecke glitt ein Taxi mit eingeschaltetem *Frei*-Zeichen auf dem Dach heran. Van Leeuwen blieb stehen und winkte mit beiden Armen. Die Ampel an der Kreuzung sprang auf Rot. Schlingernd blieb das Taxi stehen. Van Leeuwen lief auf den Wagen zu. Er rutschte immer wieder aus, bei jedem zweiten Schritt glitten die Füße unter ihm weg. Er biss sich auf die Unterlippe, ruderte mit den Armen und wäre beinahe wieder gestürzt, fing sich aber im letzten Moment. »Taxi!«, rief er. Seine Stimme klang erstickt, fast unhörbar.

Das Licht der Ampel wechselte wieder, und der Wagen setzte sich langsam in Bewegung. »Taxi!«, rief er noch einmal. Der Fahrer beschleunigte, und die Rücklichter wurden kleiner, verschwanden im Schneetreiben.

Van Leeuwen ging weiter. An der Ecke zum Amsteldamm blieb er einen Augenblick stehen. Er hatte einen rostigen Geschmack auf der Zunge, und beim Luftholen brannten seine Lungen. In der Ferne erklang Orgelmusik, ein Chor sang *Stille Nacht, Heilige Nacht.* Festlich gekleidete Leute strömten aus einem Kirchenportal. Sie schlugen einen Bogen um Van Leeuwen, aber keiner erkannte ihn; keiner fragte, ob er Hilfe benötigte. Er wischte sich mit dem Handrücken über den Mund und entdeckte verschmiertes Blut. Er presste sich etwas Schnee auf die Wunde an der Unterlippe.

Er ging weiter, und jetzt war er sehr müde. Als die leuchtenden

Glühbirnen der Magere Brug über der Amstel auftauchten, sah er die auch verschwommen und doppelt. Auf dem Bürgersteig kam ihm eine schlanke Frau in einem Wildledermantel mit Fellkragen entgegen. Die Frau ging vorsichtig die Straße hinunter, dann blieb sie plötzlich stehen, bevor sie umkehrte und ein paar Schritte zurückschlenderte. Sie ging langsam, den Blick fest auf den Boden geheftet. Dann blieb sie wieder stehen, mit dem Rücken zu Van Leeuwen. Obwohl sie nichts weiter als eine gut zwanzig Meter entfernte dunkle Silhouette war und er ihr Gesicht nicht erkennen konnte, spürte er, dass es Feline sein musste. Der geschmolzene Schnee rann ihm über das Gesicht, seine Knie und seine Hände schmerzten, und er konnte sein Herz in der aufgebissenen Unterlippe pochen fühlen, aber das war ganz und gar ohne Bedeutung.

Vorsichtig, um sie nicht zu erschrecken, näherte er sich ihr. Als er noch überlegte, was er sagen sollte, hob sie den Kopf und sah ihm entgegen. Er ging zu ihr, umarmte sie und presste sie an sich. Sein Gesicht lag an ihrem Hals, und er spürte, wie sie zitterte, am ganzen Körper, als würde sie von einem inneren Schluchzen geschüttelt.

»Wie siehst du denn aus?«, fragte sie.

»Die Menschen sind verrückt geworden«, sagte er.

»Ich weiß«, sagte sie. »Ich bin Psychologin, schon vergessen?«

Er hielt sie fest umschlungen, und über ihre Schulter hinweg sah er hinter dem Schleier aus Schnee die Beleuchtung der Magere Brug schimmern, und auf einmal wusste er, dass etwas Neues seinen Anfang nahm. »Ich brauche dich«, sagte er.

»Ich dich auch«, sagte sie. »Ich war gerade auf dem Weg zu dir.« Sie reckte ihm ihr Gesicht entgegen, und ihre Wangen waren nass von geschmolzenem Schnee, oder waren es Tränen? Sie schmeckten süß und salzig zugleich. *»It's the most wonderful time of the year«*, sagte er.

3

Die verbrannte Leiche wurde am zweiten Weihnachtsfeiertag um acht Uhr morgens gefunden, und es schneite noch immer. Ein scharfer Wind blies den Schnee in kleinen, eisigen Flocken fast waagerecht über die Müllkippe, an deren Rand die Leiche lag. Hoofdinspecteur Ton Gallo stand neben dem verkohlten Körper und betrachtete die schwarzen, nass glänzenden Gliedmaßen. Er starrte auf die bis auf den Schädelknochen heruntergesengten Haare und die Höhlen, in denen die Augen gewesen waren. Er musterte die roten Stellen, wo das Feuer Fleisch übrig gelassen hatte. Er registrierte die verschmorten, in die Haut geschmolzenen Lederreste der Kleidung. Er nahm die zu Krallen verkrümmten Finger und Zehen wahr, die aufgerollten Nägel.

Er stand bis zu den Knöcheln in aufgeweichten Pappkartons, zerrissenen Plastiktüten und alten Zeitungen. Als er den Blick von der Leiche und den abgetrennten Gliedmaßen und dem Koffer hob, konnte er nicht glauben, dass er in Amsterdam war, in seinem wirklichen, gegenwärtigen Leben. Die Leute von der Spurensicherung, die Feuerwehrmänner und die uniformierten Polizisten, die den Leichenfundort absperrten und die Kinder befragten, bewegten sich wie Schemen hinter dem dichten Schneetreiben. Der Hoofdinspecteur hatte das verstörende Gefühl, in einem Science-Fiction-Film zu sein: Alles, was um ihn herum geschah, sah fremd und sonderbar aus. Er gehörte nicht dazu.

»Hoofdinspecteur Gallo?«, sagte eine Stimme hinter ihm.

Er bückte sich zu der verbrannten Leiche, beugte sich so dicht über sie, dass er ihren mineralischen Geruch wahrnehmen konnte. Er konnte ihn aus dem Gestank des Mülls ringsum herausfiltern, weil er ihn wiedererkannte.

»Wollen Sie mit den Kindern sprechen?«, fragte die Stimme.

Er spürte, wie sich sein Herz zusammenzog, und wünschte, es käme von der Kälte. Der schneidende Wind ließ seine Augen tränen. Der einzige Unterschied war der Koffer, dachte er. Sie hatten sich die Mühe gemacht, den Torso und die Arme und Beine in einem

Koffer hierherzuschaffen und ihn auch zu verbrennen, damit es keine Spuren mehr gab. »Haben Sie ein Paar Handschuhe, Adjudant?«, fragte er.

Er hatte das schon vorher gesehen, eine, zwei, ein halbes, nein, ein ganzes Dutzend schwarzer Leichen, nebeneinander aufgereiht oder zu Haufen getürmt. Tote Frauen, tote Männer, tote Kinder. Damals, in einem anderen Land, war er sicher gewesen, dass es sich nur um eine vorübergehende Erfahrung handelte; ein Abschnitt, eine Phase, die bald vorüberging.

Der Adjudant von der zuständigen Wache reichte ihm die Handschuhe aus durchsichtigem Zellophan. Gallo streifte sie über die klammen Finger und ging vorsichtig in die Hocke. Jetzt nahm er den süßlichen, leicht schwefligen Geruch wahr, der von dem verwendeten Brandbeschleuniger herrühren konnte. Vorsichtig berührte er die linke Hand der Leiche, um die Festigkeit des Fleischs unter der zerstörten Haut zu testen. Er spürte elastischen Widerstand, das Gewebe zerfiel nicht zu Asche. Der dichte Schneefall musste die Flammen gelöscht haben, bevor sie tiefer gehende Verwüstungen anrichten konnten.

Inspecteur Vreeling stapfte durch einen Hügel aus rostigen Blechdosen, schmutzigen Kleidern und matschigen Kartons heran und blieb neben Gallo stehen. Er zitterte vor Kälte. In der schneebedeckten Müllwüste leuchtete seine rote Windjacke wie Klatschmohn in voller Blüte. Er hatte sich die Kapuze über das gelockte Haar gezogen und wischte sich den getauten Schnee vom Gesicht, dessen Bräune bei dem diesigen Licht noch dunkler wirkte. »Wo ist denn der Commissaris?«, fragte er. »Der ist doch sonst immer als Erster da.«

»Urlaub«, sagte Gallo.

»Freiwillig?«, fragte Vreeling nach. »Der Commissaris macht freiwillig Urlaub?«

Gallo antwortete nicht. Er nahm das Kinn der Leiche zwischen Daumen und Zeigefinger und bewegte sacht den Kopf hin und her; offenbar waren auch die Muskeln und Sehnen weitgehend intakt geblieben. Er drückte das Kinn herunter. Gaumen und Zunge schimmerten rosig, aber alle Zähne waren herausgebrochen worden. Die

Wundhöhlen im Kiefer wirkten frisch, man konnte den Knochen sehen. Schlecht für die Identifizierung, dachte der Hoofdinspecteur, sehr schlecht.

»Die Kinder sagen, sie hat noch geraucht«, sagte Vreeling. »Deswegen haben sie sie überhaupt entdeckt, wegen des Rauchs, der von ihrem Kopf aufgestiegen ist.«

»Haben sie sonst noch was gesehen? Einen Wagen, irgendwelche Männer?«

»Nein, nur die rauchende Leiche. Das Feuer muss gerade erst ausgegangen sein, als sie sie gefunden haben.«

Vreeling holte sein Handy aus der Jackentasche, klappte es auf und zeigte Gallo den kleinen Bildschirm. Auf dem Monitor waren vor dem Hintergrund der turmhohen Wogen aus zerbrochenen Möbeln, verbogenen Fahrradrahmen, abgefahrenen Stahlgürtelreifen, leeren Autobatterien und aufgeschlitzten Matratzen ein Junge und ein Mädchen zu sehen, beide mit langen schwarzen Haaren, keine Mütze. Sie hatten große, braune Augen, dunkelrote Lippen und dunkle Haut, aber nicht so dunkel wie Remco Vreeling, dessen Mutter aus Aruba stammte. »Zoj und Karia, neun und zehn Jahre«, erklärte der Inspecteur, »sie leben in einem Wohnwagenpark hier ganz in der Nähe.«

Der Junge und das Mädchen standen im rieselnden Schnee, ohne Schal, ohne Halstuch, aber sie schienen nicht zu frieren.

»Als wir sie gefunden haben, hat sie noch geglüht, das war total cool«, sagte der Junge, Zoj, aufgeregt und deutete nach links aus dem Bild, in die Richtung, in der die Leiche lag, »die Stirn hat geglüht und …«

»Sie hat nur geraucht«, widersprach Karia ihm, »aber die Luft über ihr hat geflimmert, weil sie noch warm war …«

»Habt ihr irgendetwas angefasst?«, fragte Inspecteur Vreeling, unsichtbar, nur seine Stimme war zu hören und der Wind. »Habt ihr die Arme bewegt oder die Beine oder sonst was an ihrer Lage verändert?«

Das Mädchen sagte: »Wir haben nur geguckt, ob sie sich noch bewegt, und dann haben wir den Notruf gewählt.«

Gallo sah von dem winzigen Monitor auf und fragte: »Hast du kein Notizbuch wie jeder anständige Polizist?«

»Handgeschriebene Notizen kann ich nicht ans Fernsehen verkaufen«, antwortete Vreeling, ohne eine Miene zu verziehen.

»Was haben die hier überhaupt so früh zu suchen an Weihnachten?«, wollte Gallo wissen.

»Zigeunerkinder«, sagte Vreeling. »Sie suchen nach weggeworfenen Geschenken.« Er hob das Handy hoch über seinen Kopf und drehte sich damit einmal um sich selbst, fertigte eine Panorama-Aufnahme der Müllhalde und des Fundorts an, komplett mit den Polizeibeamten, den ersten Zaungästen und den Technikern der Spurensicherung, die mit langen Stangen im Müll herumstocherten. »Die Wüste lebt«, sagte er.

Dann drehte er das Gerät um und fotografierte sich selbst. Auf dem kleinen Schirm erschien, umrahmt von der Kapuze, sein Mischlingsgesicht: dunkelhäutig, aber nicht ebenholzfarben; mit schwarzen, kurzen Locken über der hohen Stirn; mit schmalen, rotbraunen Lippen; mit weißen Raubtierzähnen. Mit Augen, die je nach Lichteinfall ihre Farbe wechselten, von Tigerbraun zu Schilfgrün, und ganz tief hinten immer ein amüsiertes Funkeln. »Ton«, sagte er, »schau mal kurz her.«

Er fotografierte auch Gallo, der eine Sekunde lang sprachlos war. Das Bild des Hoofdinspecteurs zeigte einen empörten, aber gut aussehenden Mann mit feuchtem blondem Haar, blauen Augen und den scharfen Falten, die kalter, schneidender Wind in ein Gesicht kerbt – das Gesicht eines Forschers mittleren Alters über einem nassen Fellkragen, punktiert von schnell treibenden Schneeflocken.

»Wenn auch nur ein Pixel davon in den Nachrichten oder im Internet auftaucht …«, sagte Gallo warnend. Er winkte einem der Techniker und deutete auf den halb verbrannten Koffer. »Den Koffer da auch mitnehmen, vielleicht findet ihr was.« Er beugte sich noch näher über die Leiche, nahm eine Stelle unterhalb des Kinns in Augenschein. »Die Kehle ist durchtrennt worden«, sagte er. Mit dem Zeigefinger strich er behutsam über die versengte Luftröhre. »Hier, ein glatter Schnitt.« Er kratzte sich mit dem angewinkelten Unterarm an der Stirn, dann ließ er seine ascheschwarzen Zellophanhände rasch über den Rest des porös wirkenden Körpers wandern, betastete die Brust, die Hüften und danach die Arme und Beine, forschte nach weiteren Stichwunden.

Er versuchte, das in die Haut gebrannte Leder zu lösen; etwas Blut trat darunter hervor, erst leuchtend rot, bis das Schneewasser es verdünnte. Er spürte, wie seine Waden zu schmerzen begannen. Er verlor das Gleichgewicht, und als er sich mit einer Hand im Müll abzustützen versuchte, versank er fast bis zur Schulter. »Herrgott, das stinkt vielleicht«, fluchte er. »Hilf mir mal. Und hör auf, mich zu filmen!«

Vreeling streckte ihm die freie Hand entgegen und half ihm hoch. Dann hielt er das Handy über den zerstückelten Körper. »Ist das ein Mann oder eine Frau?«

»Der Form des Beckens nach eine Frau«, sagte Gallo. »Hast du die Namen und Adressen der Kinder notiert, falls wir später noch Fragen haben? Das Kennzeichen ihres Wohnwagens?«

»Alles, Namen, Adressen, Telefonnummern der Eltern«, sagte Inspecteur Vreeling. »Hast du in letzter Zeit eigentlich was von Julika gehört?«

»Nein.«

»Keine Weihnachtskarte? Kein Anruf?«

»Nein. Und du?«

»Nichts. Meinst du, sie hat sich freiwillig versetzen lassen?«

Gallo zuckte mit den Schultern. Er streifte die Handschuhe ab. »Da kommt der Doktor.«

Doktor Holthuysen, der Gerichtsmediziner, trug den gleichen weißen Overall wie die Techniker von der Spurensicherung, außerdem noch einen unter dem Kinn baumelnden Mundschutz und eine eckige schwarze Ledertasche. Er näherte sich mit vorsichtigen Schritten, die er gelegentlich unterbrach, ein Bein halb angezogen. »Wo ist denn Mijnheer van Leeuwen?«, rief er.

»Urlaub«, rief Hoofdinspecteur Gallo zurück.

»Urlaub? Der Commissaris? Allein?« Der Pathologe schüttelte den Kopf und wagte einen weiteren Schritt. Als er nah genug war, um die Leiche zu sehen, spitzte er anerkennend die fahlen Lippen. »Unterm brennenden Weihnachtsbaum eingeschlafen, wie?« Er watete den Rest der Strecke bis zu dem verkohlten Körper, und als er ihn erreicht hatte, ging eine denkwürdige Veränderung mit ihm vor: Während seine Bewegungen jugendlicher wurden, an Geschmeidigkeit, fast Eleganz gewannen, schien sein Gesicht zu verfallen, jählings gezeichnet von dem Anblick der zahllosen Leichen, die er im Lauf seiner Tätigkeit geöffnet, untersucht und wieder verschlossen hatte.

Er reichte Vreeling seine Tasche. »Halten Sie mal!« Er holte ein Paar Gummihandschuhe hervor, zog den Mundschutz hoch und beugte sich über die Tote. Er berührte ihr Kinn, öffnete den Mund, betastete Hals und Hinterkopf, strich sacht über die durchtrennte Kehle, genau wie Hoofdinspecteur Gallo es getan hatte, nur ungleich musikalischer, virtuoser. Ganz eindeutig bespielte er die Leiche wie ein begnadeter Interpret ein exotisches Instrument, *so muss ein Brandopfer klingen*, und dabei gab er leise Laute von sich, begleitete sich selbst mit kontrapunktischem Summen. *Jingle bells*, erkannten die Polizisten, die seinem Auftritt beiwohnten, *jingle bells, jingle all the way, oh, what fun it is to run in a one …* Der Pathologe hielt inne und blickte auf. »Haben Sie sie so gefunden? Der Torso, die Arme, die Beine, alles genau so? Sie haben sie nicht angefasst? Ihr vielleicht kurz mal unters Röckchen geschaut?«

»Natürlich nicht«, antwortete Gallo wahrheitswidrig, denn er wusste, dass Musiker es nicht mochten, wenn jemand anderes ihre Instrumente benutzte.

Doktor Holthuysen blinzelte in den Schnee, der fast unsichtbar aus dem grauen Himmel herabwehte und auf der Haut zu Nadelstichen wurde. »Gut, dann werde ich sie jetzt mal mitnehmen ins Warme. Ich glaube, wir können davon ausgehen, dass sie nicht hier gestorben ist. Und was den Zeitpunkt des Todes angeht, kommen wir mit der Körpertemperatur unter diesen Umständen auch nicht viel weiter. Aber vielleicht sagt uns der Mageninhalt, was wir wissen wollen.« Er summte noch ein paar Takte von *Jingle Bells*. »Ohne den Commissaris macht das alles nur halb so viel Freude«, sagte er.

»Vielleicht kommt die ja noch bei der Autopsie«, tröstete Gallo ihn und widerstand der Versuchung, mitzusummen.

Der Pathologe zupfte an dem Rest des verkohlten Lederrocks, den Gallo von der Haut der Toten gelöst hatte. Da entdeckte er die frische Wunde. »Oh, eigenartig, haben Sie das gesehen?« Er hob den schwarzen Lederzipfel noch etwas weiter, aber es schien gar nicht die blutende Wunde zu sein, die ihn interessierte. »Geben Sie mir mal meine Tasche.«

Inspecteur Vreeling reichte ihm die Tasche, und der Pathologe öffnete sie und kramte darin herum, bis er gefunden hatte, was er suchte: eine Pinzette, die er unter das abgelöste Leder schob. Mit einem scharfen Ruck zog er ein kurzes Stück dünnen, rußgeschwärzten Drahts hervor und hielt ihn in den wirbelnden Schnee. »Was, würden Sie sagen, könnte das wohl sein?«

»Sieht aus wie Draht«, antwortete Inspecteur Vreeling.

»Da es sich bei der Toten höchstwahrscheinlich nicht um einen Roboter handelt«, fuhr der Pathologe fort, »und da sie allem Anschein nach ermordet wurde, was hat es dann wohl zu bedeuten, wenn sie mit ›Sieht-aus-wie-Draht‹ zusammen verbrannt worden ist?«

Hoofdinspecteur Gallo spürte jetzt deutlich, wie kalt es war; er merkte auf einmal, dass er zitterte. »Es handelt sich um eine Botschaft«, sagte er. »Sie musste sterben, weil sie verdrahtet war. Die Täter wollen, dass wir das wissen.«

»Genauso würde ich das auch sehen«, sagte Holthuysen. »Die Frage ist jetzt, für wen diese Botschaft bestimmt war.«

4

Am Nachmittag zeigte sich die Sonne tief über den Feldern, und für kurze Zeit tauchte sie alles in kupferdunstiges Licht, aus dem die Schneeflocken wie betrunken auf den Wagen zuwirbelten. Der Commissaris hatte die Autobahn verlassen und fuhr das letzte Stück auf einer Landstraße, von der aus man an manchen Stellen die Amstel sehen konnte, und dahinter lagen weiß die Felder, und die Krähen kreisten in Schwärmen zwischen den kahlen Pappeln.

»Weißt du, woran mich das erinnert?«, fragte Feline. »An das Bild von Brueghel – Pieter Brueghel der Ältere –, der *Januar* aus den *Jahreszeiten*.« Ihr Gesicht strahlte im Nachmittagslicht. »So viel Schnee wie auf dem Gemälde habe ich hier noch nie gesehen. Und dann gibt's noch eins, von seinem Sohn, dem Jüngeren – das, auf dem die Leute im Dorf ihre Steuern zahlen und sich mit ihrem Vieh beim Steuereintreiber einfinden. Auf dem ziehen die Kinder Schlitten übers Eis, genau wie jetzt.«

»Jetzt überfallen Kinder nachts harmlose Spaziergänger, schlagen sie zusammen und filmen das mit ihren Handys«, sagte Van Leeuwen. Er hatte noch immer Schmerzen im Nacken und oberhalb der Leber. In den letzten beiden Nächten war er ein paarmal aufgewacht; er hatte im Dunkeln gelegen und darüber nachgedacht, über den plötzlichen Angriff, die Veränderungen in der Welt. Feline hatte neben ihm gelegen, im Bett, in ihrer Wohnung, aber er hatte sie nicht geweckt.

»Warst du denn gar nicht misstrauisch, als dir die beiden Männer entgegengekommen sind?«, fragte sie.

»Es waren keine Männer, es waren Jungen«, sagte er. »Und es war Heiligabend.«

»Also gut, Jungen«, sagte sie, »aber war denn nichts an ihrer Haltung, das deinen Argwohn geweckt hat, etwas unweihnachtlich Verdächtiges …?«

Feline, eigentlich Doktor Feline Menardi, saß in den Beifahrersitz des Alfa gekuschelt, ein Bein angezogen, den Kopf gegen den Fensterrahmen gelehnt. Sie trug hellblaue Jeans, haselnussbraune Wildlederstiefeletten und einen dicken burgunderroten Strickpullover mit breitem Rollkragen und etwas zu langen Ärmeln, nur die zarten Finger mit den perlmuttfarben lackierten Nägeln schauten hervor.

Van Leeuwen betrachtete diese Finger, die schlanken Hände, und begehrte sie wieder, spürte sie an all den Stellen, wo sie ihn am Morgen damit berührt hatte. Er betrachtete auch den langen, verletzlich dargebotenen Hals, das leicht oliv getönte Gesicht darüber. Es war gut, dass Feline den Sicherheitsgurt angelegt hatte, denn all das musste beschützt werden, die zarte Nase, die hohe Stirn, die großen braunen Augen und die jetzt leicht geöffneten Lippen. Machen wir uns nichts vor, sie ist eine Schönheit, dachte er. Sieh dir nur ihre Augen an, klar und schimmernd, oder das schwere ebenholzdunkle Haar, heute nicht zum Pferdeschwanz gebunden, sondern lang zwischen Schulterblättern und Sitzlehne eingeklemmt. Die Schneelandschaft hinter ihr, durch das Seitenfenster gesehen, bot einen vollkommenen Hintergrund für ein eher klassisches Profil. Er betrachtete sie und fragte sich, ob er sie eines Tages lieben würde und ob sie seine Liebe überhaupt wollte; ob er sie verdiente. Er wusste bisher nur wenig über sie, kannte sie fast gar nicht. Ihr Aussehen war alles, was er bis jetzt hatte.

Er betrachtete sie und wünschte, sie hätte sich jetzt spontan gegen ihren Sicherheitsgurt gelehnt und ihn geküsst. Stattdessen trommelte sie mit den Fingerkuppen eine kleine Mazurka auf ihrem Oberschenkel und blieb zurückgelehnt. Sie sah ihn nur an, betrachtete ihn, wie er sie betrachtete, und wartete auf seine Antwort.

»Es war zu kalt für Argwohn oder Misstrauen«, sagte er. »Sie waren zwei Jungen, die um eine Ecke kamen, und ich bin der stellvertretende Polizeipräsident von Amsterdam. Für einen Polizisten ist es nicht gut, wenn er zu viel Fantasie hat. Argwohn verstellt den Blick, Misstrauen auch, man ist nicht mehr unvoreingenommen. Man läuft Gefahr, jemand zu Unrecht zu verdächtigen, vielleicht zu schädigen. Am Ende vergiftet man sich selbst.«

Die Sonne verschwand wieder, und die Flocken fielen dichter. Hart wie Graupel prasselten sie gegen die Frontscheibe. Auf der anderen Seite des Flusses glitt eine Windmühle vorbei, die schwarzen Flügel drehten sich knarrend hinter weißen Schleiern. Feline sah aus dem Fenster, bis die Mühle vorbei war, dann fragte sie: »Seit wann hast du diese Einstellung?«

»Seit ich ein Kind war.«

»Wie alt war das Kind?«

»Neun.«

»Was ist da passiert, als das Kind neun war?«

Er zögerte. »Fragst du das als Polizeipsychologin oder als Frau, die mehr über den Mann wissen will, mit dem sie einen Ausflug in das Dorf seiner Eltern unternimmt?«

Sie lächelte, den Kopf ihm seitlich zugeneigt, aber ohne ihn anzuschauen. »Mein berufliches Interesse an dir habe ich zusammen mit meinem Bericht für den Hoofdcommissaris abgeschlossen.«

Van Leeuwen dachte daran, wie sie vor einigen Wochen in sein Leben getreten war, nicht freiwillig, und dass sie sich vom ersten Tag an sehr behutsam darin bewegt hatte; als ginge sie über vermintes Gelände. Sie will wissen, ob noch mehr Minen da sind, dachte er.

»Meine Eltern waren Bauern«, sagte er. »Unser Hof lag nicht weit von hier am Amstelufer, in der Nähe des kleinen Dorfes, das wir bald erreichen. Sander sagt, alles hätte sich verändert, aber du wirst sehen, nichts hat sich verändert – eine Kirche, ein Pfarrhaus, ein Gemischtwarenladen, ein Gasthof und ein Dutzend Häuser. Nur die Winter waren damals anders und die Sommer auch, es gab eine durchgehende, lang anhaltende Hitze von Mai bis August. Morgens beim Aufwachen war es noch kühl, aber schon nach dem Frühstück brannte die aufgehende Sonne das bisschen Feuchtigkeit aus der Erde, das sich in der Nacht vielleicht angesammelt hatte. Den ganzen Tag über hing sie hoch am Himmel bis spät in den Abend hinein – Abende, an denen die Sonne einfach nicht untergehen wollte, und selbst danach blieb das Licht lange am Himmel, und die Erde fühlte sich noch in der Dunkelheit warm an.«

»Ich erinnere mich an solche Sommer«, sagte Feline.

»Wo, in Surinam?«

»Nein, hier.« Sie fuhr sich mit beiden Händen durch das Haar, bündelte es, legte es sich über die linke Schulter, und jetzt sah sie ihn an. »Ich bin hier geboren. Mein Mutter kam aus Surinam, aber ich bin Holländerin.«

»Du kannst dich trotzdem nicht daran erinnern, du warst noch gar nicht geboren«, fuhr Van Leeuwen fort. »Damals standen sogar die Windmühlen still, weil nicht der leiseste Lufthauch ging, und alles, was man anfasste, klebte. Das war die Zeit, als ich nur im Winter zur Schule ging, weil zu den anderen Jahreszeiten jede Hand auf dem Hof gebraucht wurde. Wenn die Arbeit auf den Feldern getan und das Vieh für die Nacht versorgt war, saßen mein Vater und meine Mutter nach dem Abendessen meistens noch in der Küche und hörten Radio Hilversum. Sie hörten immer Radio, denn Fernsehen gab es noch nicht lange, und die Geräte waren teuer. *So was kommt mir nicht auf den Hof*, sagte mein Vater regelmäßig, wenn meine Mutter davon anfing. Er saß am Küchentisch, rauchte seine Pfeife und trank Milch, während meine Mutter den Abwasch erledigte, und dabei verfolgten sie die Hörspiele, die damals immer in wöchentlichen Fortsetzungen liefen, meistens Kriminalstücke, Schund, aber spannend. Wir hatten ein ziemlich altes Radio mit so einem grünen Auge, das leuchtete, und wenn es allmählich dunkel wurde und nur das grüne Auge noch an war, konnte es bei den dramatischen Stellen richtig unheimlich in der Küche werden. Meistens sagte mein Vater dann: *Das ist nichts für dich, Junge*, und schickte mich raus. Es gab sehr viel, was nichts für mich war, und immer entschieden das die Eltern, aber das ist wohl bei jedem Kind so, nehme ich an.

An jenem Abend, als das Radioprogramm wieder einmal nichts für mich war, hätte ich in meine kleine Kammer unter dem Dach gehen können, doch da staute sich im Sommer die Hitze, und deswegen streunte ich draußen herum und tat dasselbe wie sonst auch, köpfte Brennnesseln mit einem Stock oder kletterte auf einen Baum, von dem aus ich die Autobahn nach Amsterdam sehen konnte.

Nach ein paar Minuten allerdings, als meine Eltern von den Stimmen im Radio in ihren Bann gezogen worden waren, schlich ich zurück zum Haus. Leise kauerte ich mich unter dem offenen Küchenfenster auf die Erde und lehnte mich mit dem Rücken an die Hausmauer. In der Mauer steckte noch die Wärme des Tages, und wenn ich die Augen zumachte, dauerte es nicht lange, dann hörten sich der Mann und die Frau in dem Radio so wirklich an, als wären sie leibhaftig hinter mir in der Küche. Die Sprecher hatten damals alle so einen hölzernen Tonfall, sie redeten zu laut, und wenn sie schwiegen, ertönte unheilvolle Musik, bei der die Lautsprechermembrane schepperte.

In dem Hörspiel ging es um einen Mord, genauer gesagt, um einen geplanten Mord. Die Frau hatte einen Geliebten, der Ehemann war ahnungslos. Die Frau und der Geliebte wollten den Ehemann umbringen, mit einem Gift, das keine Spuren hinterließ, damit es wie ein natürlicher Tod aussah. Der Ehemann war schon herzkrank, er keuchte und röchelte, sobald er sich mit seiner Frau stritt, mit diesem lauten, scharfen Timbre schlechter Schauspieler. Wenn meine Eltern sich stritten, klang es genauso laut und scharf, und deswegen wusste ich manchmal nicht, ob es die Sprecher im Radio oder meine Eltern in der Küche waren. Die Vorwürfe waren sich jedenfalls sehr ähnlich.

Ich saß also an diesem Abend mit angezogenen Beinen an die warme Hausmauer gelehnt, einen Grashalm im Mund, und hörte, wie die Frau und ihr Geliebter den Tod des herzkranken Ehemanns planten. Der Himmel leuchtete noch in sanftem Lachsrot, obwohl die Sonne schon untergegangen war. Die Schwalben vollführten ihre Kamikazeflüge über dem Stall, in dem das Vieh schnaubte und raschelte, und Ameisen und kleine Käfer krabbelten über meine Hände und die nackten Knöchel ...«

»Du verlierst nicht zufällig gerade den Faden?«, fragte Feline.

»Absolut nicht«, erklärte Van Leeuwen. »Ich weiß sogar noch, wie das Gift hieß, das die Frau und ihr Geliebter benutzen wollten. Ich habe später mal einen Pathologen danach gefragt, aber der meinte, dass es sehr wohl Spuren im Körper hinterlässt, nur war die Gerichtsmedizin zu der Zeit noch nicht so weit, dass man ohne konkrete Verdachtsmomente danach gesucht hätte.« Er schaltete die Scheibenwischer aus, denn der Schneefall ließ nach. »Jedenfalls endete diese Folge des Hörspiels damit, dass der Ehemann das Gift entdeckte, und ein paar Tage später entdeckte ich das gleiche Gift in unserer Scheune.«

Die ganze Woche war das Wetter unverändert geblieben, kaum Wind, kein Regen, nur die hohe Sonne von morgens bis abends, und beim Abendessen atmete der Vater lauter und kaute heftiger als sonst. Er beugte sich tief über den Teller, als hielte eine unsichtbare Faust seinen Nacken in zornigem Griff und zwänge seinen blonden Schopf in den Lichthof der elektrischen Lampe über ihm. Auf dem Tisch lag der Schatten des Fliegenfängers, der an der Lampe hing, eine lange, klebrige Papierzunge, schwarz von toten Fliegen. »Nicht eine einzige Wolke«, sagte der Vater, ohne mit dem Kauen aufzuhören.

»Geh nach draußen, Junge«, sagte die Mutter.

Der Junge stand auf und ging hinaus, und es machte ihm nicht das Geringste aus, dass er noch nicht fertig war mit seinem Essen. Draußen setzte er sich unter das halb offene Küchenfenster.

»Dieser gottverdammte Regen«, hörte er den Vater sagen. »Warum kommt er nicht? Wenn das so weitergeht, werden sie uns den Hof wegnehmen.«

»Gib dem Regen ruhig die Schuld«, sagte die Mutter müde. »Oder wie wär's mit der Dürre? Hast du der Dürre heute schon die Schuld gegeben?«

»Vergiss nicht die Banken«, sagte der Vater. »Manchmal gebe ich den Banken die Schuld. Und der Regierung.«

Der Junge sah zum Waldrand hinüber, wo die Sonne hinter den Wipfeln der Bäume versank. Über den Feldern stand noch lange eine einzige schmale, purpurrote Wolke und darüber ein perlmuttfarbener Mond, während die Dunkelheit nur langsam heraufzog. Von Zeit zu Zeit zuckte weit hinter dem Horizont ein Wetterleuchten auf.

In der Küche klirrte Besteck auf Porzellan, dann stand der Vater auf und stellte das Radio an. Der Junge konnte seinen Schatten vorbeigehen sehen. Es dauerte ein paar Sekunden, bis die Röhren warm waren, und wenig später erklang die Musik, mit der das Hörspiel begann. Ein Sprecher erzählte aufgeregt, was in der letzten Folge passiert war, bevor der Junge wieder die Stimme des herzkranken Ehemanns vernahm: »Willst du nicht hören, seit wann ich es weiß?«

»Du weißt es gar nicht«, antwortete die Frau im Radio.

»Ich wusste es von Anfang an«, sagte der Mann. »Seit dem ersten Tag.«

»Das glaube ich kaum«, sagte die Frau, aber an ihrer Stimme konnte man hören, dass sie es doch glaubte. »Aber wenn, dann ist es auch egal. Oder soll ich deswegen stolz auf dich sein?«

»Iss«, sagte der Mann, und einen Moment lang wusste der Junge nicht, ob es der Ehemann im Radio oder sein Vater in der Küche war; die Stimmen klangen so ähnlich, so bitter. »Du isst gar nichts.«

»Ich habe keinen Hunger. Und du?«

»Ich habe auch keinen Hunger. Wo ist der Hund?«

»Er ist draußen und macht Hundesachen.«

»Du nimmst ihn nicht mit, hörst du?«

Die Frau sagte nichts, doch es gab Geräusche, die auf einen Kampf schließen ließen, aber vielleicht wurde auch nur ein Stuhl hin und her gerückt. »Wenn du gehst, schieße ich«, stieß der Mann im Radio hervor. Der Junge glaubte ganz fest, dass es der Mann im Radio war.

Die Frau antwortete mit einem verächtlichen Lachen. »Du schießt nicht«, sagte sie. »Du hast nicht den Mumm dazu.«

Wieder gab es Geräusche, ein Scheppern und Klirren, und diesmal rührten sie nicht von einem Kampf her, es war mehr ein Röcheln. Der Mann hustete und würgte, und die Frau lachte wieder.

»Es war nicht im Essen«, sagte sie, »es war im Wein«, und jetzt fiel dem Jungen wieder ein, dass sie in der letzten Folge in einen Laden gegangen war und nach einem Insektenvertilgungsmittel gefragt hatte.

Er saß da, die Arme um die angezogenen Beine geschlungen, und presste sein Kinn auf die nackten Knie, die nach Salz und etwas bitter wie nach Gras schmeckten. Aus dem Radio drang Musik, ein düsterer, unheilvoller Marsch. Der Junge fühlte, wie sein Herz hämmerte und wie ihm der Herzschlag den Atem aus der Brust presste. Was geschah da im Radio, zwischen dem Mann und der Frau, was taten sie einander an?

Plötzlich erklang wieder die Stimme des Ansagers, der eine Pause verkündete. Das Licht in der Küche wurde ausgeschaltet, und der Junge konnte hören, wie seine Mutter sagte: »Ich nehme den Jungen mit«, und diesmal war es ganz sicher seine Mutter. Wohin sie ihn mitnehmen wollte, hatte er nicht gehört, aber sein Vater widersprach nicht. Der Junge rührte sich nicht. Reglos blieb er sitzen, erfüllt von seinem Herzschlag, der immer noch im Rhythmus des längst verklungenen Marsches trommelte. Er sah sich um. Die Nacht war auf einmal sehr dunkel.

Am Morgen brannte die Sonne noch immer vom Himmel herab, aber um die Mittagszeit gab es endlich den ersehnten Regen. Die Äcker, durch die der Vater den Traktor fuhr, dampften. Schmetterlinge tanzten in einer bunten Wolke über dem Feldweg zum Dorf. Auf der Weide rissen die Kühe mit ihren stumpfen Zähnen das feuchte Gras ab, als hätten sie tagelang nichts zu Fressen bekommen. Nach dem Regen stand ein blasser Mond am Himmel, und die Sonne wirkte noch heißer als vorher. In der Glut trocknete die Erde schnell, wurde wieder brüchig und zerfiel zu Staub.

Der Junge hatte sich vor dem Regen vom Feld in die Scheune geflüchtet. Der kleine Schuppen war von Zwielicht erfüllt, die Luft stand schwül unter dem Holzdach. Es roch nach Heu, Sägespänen und dem Maschinenöl, das der Traktor verloren hatte. Der Regen trommelte auf das Dach. An der Rückwand der Scheune stand ein schlanker, hölzerner Schrank, dessen Tür nicht mehr als ein schlichter Rahmen war, gesichert mit einem Vorhängeschloss. Das Innere des Rahmens bildete ein Geflecht aus rostigem Maschendraht, das sich an einigen Stellen aus seiner Halterung gelöst und nach innen gewölbt hatte. Dahinter befanden sich ein verstaubter Feuerlöscher, ein rissiger Gummischlauch, ein Benzinkanister und eine schmutzverkrustete Eichenholzkiste, deren Deckel aus den Scharnieren gerutscht war. An der vorderen Kante des Deckels entdeckte der Junge Fingerabdrücke im Staub, als wäre die Kiste erst kürzlich geöffnet worden. Er zerriss das rostige Drahtgewebe der Schranktür, es ging ganz leicht, und schob eine Hand durch die Öffnung, um in die Kiste zu schauen.

Es dauerte einige Sekunden, bis er im Halbdunkel den Inhalt der Kiste erkennen konnte: ein kaffeedosengroßer Behälter aus braunem Glas, auf dessen Etikett in rot leuchtenden Buchstaben das Wort *Gift* prangte, illustriert durch zwei gekreuzte Knochen und einen Totenschädel. Rings um den Schädel hatte sich allerlei mit liebevoller Detailtreue gemaltes Getier angesammelt – Ameisen, Kakerlaken, behaarte Würmer, Tausendfüßler und kleine und große Nager, die, soweit sie Füße oder Beine hatten, diese unnatürlich gespreizt von sich streckten.

Der Name, der auf dem Etikett stand, ließ sich leicht entziffern. Ganz eindeutig war es frisch beschriftet und vor Kurzem erst auf den Behälter geklebt worden, vor ein paar Tagen höchstens, und als der Junge die Buchstaben entziffert und zu einem Wort aneinandergereiht hatte, klang es genau wie der Name des Ungeziefervertilgungsmittels, mit dem die Frau in dem Hörspiel ihren Ehemann umgebracht hatte. Er sprach ihn mehrmals hintereinander aus, und nichts änderte sich, es blieb der Name; er erinnerte sich genau an seinen Klang.

Sein Herz trommelte wieder so heftig wie vor ein paar Tagen abends unter dem Küchenfenster. Seine Hände wurden eiskalt. Er schnappte nach Luft, und alles drehte sich um ihn, er musste sich hinsetzen. Er atmete immer schneller, bis er sich verschluckte, und er hustete und merkte, dass er salzigen Rotz in der Kehle hatte. Er fing an, sich mit beiden Fäusten auf die Schenkel zu schlagen, so hart er konnte, damit es wehtat, richtig weh. Aber so heftig er auch zuschlug, es tat nicht weh genug, um die Gedanken loszuwerden. Da schob er den Arm erneut durch das Loch in dem rostigen Maschendrahtgitter, und diesmal schabte er absichtlich an den abgebrochenen Drahtenden entlang, um sich die Haut und das Fleisch aufzureißen, immer wieder an derselben Stelle, bis es endlich so wehtat, dass er nichts anderes mehr spürte, nur noch den glühenden Schmerz, und er kippte zur Seite, und nachdem er eine Zeit so liegen geblieben war, ging es ihm besser.

»Der Junge hat gedacht, seine Mutter hätte das Gift gekauft, weil sie seinen Vater umbringen wollte wie die Frau in dem Hörspiel?«, fragte Feline.

»Oder sein Vater seine Mutter«, sagte Van Leeuwen und fuhr langsamer, als ein Straßenschild am Fahrbahnrand auf eine Kreuzung vor ihnen hinwies. Der Alfa geriet ins Rutschen, aber es gelang Van Leeuwen, ihn wieder abzufangen. »Einer von beiden musste durch das, was er im Radio gehört hatte, auf die Idee gekommen sein …«

Von einem Moment auf den anderen fühlte der Junge sich so einsam wie noch nie zuvor in seinem Leben, und das machte nicht nur die Angst; das machte auch der Argwohn, das Misstrauen. Er fing an, seine Eltern zu beobachten, nach Anzeichen für Schuld oder Unschuld, nach einer verräterischen Absicht zu suchen. Wenn er mit ihnen am Esstisch saß, hatte er keinen Hunger mehr, und das bisschen, das er aß, musste er hinunterwürgen. Er schlief kaum noch, denn er lag wach im Dunkeln, lauschte auf die Geräusche aus dem Inneren des Hauses, vom Hof draußen unter seiner Dachluke. Schlich sich vielleicht jemand im Schutz der Dunkelheit in die Scheune, um den Behälter aus dem Schrank zu holen? Die Einsamkeit in ihm zerriss ihn fast; sie war das Schlimmste, was er je gespürt hatte. Je länger er seine Eltern beobachtete, desto weniger erkannte er sie wieder. Seine Mutter kam ihm von Tag zu Tag fremder vor, eine fremde Frau. Konnte es sein, dass sie womöglich gar nicht mehr seine Mutter war? Wer verbarg sich in dem Mann, der auf dem Stuhl seines Vaters am Tisch saß?

»Ist irgendwas mit dem Jungen?«, fragte der Vater. »Was sind das für Ringe unter seinen Augen? Er isst überhaupt nicht mehr, und die ganze Zeit guckt er so komisch.«

»Ich hab nichts«, sagte der Junge rasch.

»Er starrt mir die ganze Zeit hinterher«, sagte der Vater, »dir und mir. Ich kann keinen Schritt tun, ohne dass er mich beobachtet.«

»Er wird erwachsen«, sagte die Mutter. Sie sah den Jungen an, als wüsste sie, was in ihm vorging.

»Ich hab euch lieb!«, brach es aus dem Jungen hervor. »Ich habe euch beide so lieb.« Es klang, als stünde er kurz davor, in Tränen auszubrechen, und so war es auch. Der Vater brummte etwas, und die Mutter legte ihre Hand auf die des Jungen, und der Junge nahm die Hand und presste sie an sein Gesicht. Er atmete ihren Geruch ein, der auf geheimnisvolle Weise zu ihr gehörte, nur zu ihr, und für einen Augenblick ging es ihm besser.

»Fehlt dir etwas, Bruno?«, fragte die Mutter.

Der Junge schüttelte heftig den Kopf. *Und dir, Mama? Papa?* Auf einmal sah er sein Leben vor sich, alles, was er davon jetzt schon überblicken konnte. Er sah, wie er sie beobachtete, ohne Unterlass, ewig; wie er nicht von ihrer Seite wich, sie keinen Moment aus den Augen ließ. Und er wusste, dass er das nicht konnte, dass er daran zugrunde gehen würde. So viel wusste er selbst in seinem Alter schon. Er umklammerte die Hand seiner Mutter, presste sein Gesicht hinein und sagte: »Ich weiß es, ich weiß alles!«

Es war, als hielten sie den Atem an, seine Mutter, sein Vater, sogar die Zeit selbst. Endlich, als die Zeit ausatmete, schüttelte der Vater den Kopf, und die Mutter strich ihm sacht über den Kopf. Dann nickte sie. Sie wusste um seine Qual, dass er ganz allein war und all das vor sich sah.

Van Leeuwen schwieg und drehte die Heizung höher, denn das Cabriodach schloss nicht ganz, und es war kalt im Wagen.

»Und dann?«, fragte Feline. »Wie ging es weiter?«

»Eines Tages war der Behälter mit dem Gift verschwunden, und das Leben ging weiter wie vorher«, sagte er. »Niemand verließ den Hof, niemand starb. Und ich vergaß mit der Zeit, was ich mir geschworen hatte. Aber wie ich mich während dieser Tage gefühlt hatte, vergaß ich nie, und seitdem nehme ich nichts aufs Geratewohl an und beschuldige niemanden mehr, solange ich nicht genau weiß, wen und aufgrund welcher Beweise.«

Felines Hände lagen jetzt ganz ruhig auf ihren Oberschenkeln. Nach einigen Momenten fragte sie: »Und später, gab es da nie mehr eine Situation, in der du dir gewünscht hast, du wärst etwas misstrauischer gewesen und hättest vielleicht schon etwas früher einen Verdacht gehabt?«

Ah, dachte er, jetzt nähern wir uns den richtigen Tretminen. Sie wusste, wo sie lagen, jedenfalls die meisten.

»Zum Beispiel?«, fragte er.

»Zum Beispiel, als du von deiner Frau und dem Mann in Italien erfahren hast«, sagte sie. Sie wusste von den Minen, denn bei den Gesprächen, die er nach dem Tod seiner Frau auf Wunsch des Hoofdcommissaris mit ihr geführt hatte, um seine Diensttauglichkeit festzustellen, waren sie vorsichtig von einer zur anderen gegangen.

»Nein«, sagte er. »Da habe mir nur gewünscht, ich hätte es nie erfahren.«

Dieser Mann in Italien: Es gab Briefe von ihm, ein Polaroidfoto, die Van Leeuwen gefunden hatte, als seine Frau schon krank gewesen war und ihr eigenes Geheimnis vergessen hatte. Er mochte das Wort *Ehebruch* nicht, aber so musste man das wohl nennen, was Simone immer wieder nach Italien geführt hatte. Eine Affäre, die zum ungelösten Geheimnis seiner Ehe geworden war – keine Fragen, keine Antworten, keine Beschuldigungen, die Gehör fanden und den bleibenden Schmerz lindern konnten. Nur ein Name, Sandro, sonst nichts, außer den Briefen.

Van Leeuwens Handy klingelte, ein gedämpfter Ton in seiner Jackentasche. Er holte es heraus und meldete sich, eine Hand weiter am Lenkrad.

»Bruno, Ton hier«, sagte Hoofdinspecteur Gallo am anderen Ende der Leitung. »Wo bist du gerade?«

»Im Wagen. Wir sind gleich da.«

»Wäre vielleicht besser, du fährst kurz rechts ran.«

Der Commissaris steuerte den Wagen an den Straßenrand, schaltete in den Leerlauf und drückte den Knopf für die Warnblinkanlage. Das Klicken der Warnleuchten löste das Motorengeräusch ab. Der fallende Schnee knisterte auf dem Faltverdeck des Cabrios. »Was ist los?«, fragte Van Leeuwen.

»Wir haben eine unbekannte Frauenleiche«, sagte Gallo.

»Wann? Wo?«

»Heute Morgen, auf einer Müllkippe hinter Slootervaart. Sie wurde um acht gefunden, von ein paar Zigeunerkindern aus Marokko.«

»Konntet ihr sie schon identifizieren?«

»Sie ist bis zur Unkenntlichkeit verbrannt«, sagte Gallo, »und die Zähne wurden herausgebrochen.«

»Hat sie noch gelebt, als sie angezündet wurde?«

»Nein. Sie ist vorher umgebracht und dann in einem großen Koffer zu der Kippe gebracht worden.«

»Wie ist sie umgebracht worden?«

»Jemand hat ihr die Kehle durchtrennt.«

»Warum erfahre ich erst jetzt davon?«

»Ich wollte abwarten, was bei der Obduktion herauskommt.«

Der Commissaris sah aus dem Fenster, sah Feline an, sah wieder weg.

»Sie war noch jung«, sagte Gallo. Seine Stimme klang anders als sonst, wenn er über ein Opfer sprach. »Wegen des starken Schneefalls hat das Feuer genug von ihr übrig gelassen, sodass Doktor Holthuysen aus dem Zustand der inneren Organe das ungefähre Alter ableiten konnte – fünfundzwanzig, plus/minus ein paar Jahre.«

»Gibt es noch andere Zeichen von Gewalteinwirkung?«, fragte der Commissaris.

Gallo sagte: »Risse in Anus und Darm lassen auf Analverkehr schließen, aber ob sie vergewaltigt worden ist oder es nur etwas härter mochte, wissen wir noch nicht. Es wurden Spuren von Samenflüssigkeit sichergestellt, allerdings dauert die DNA-Untersuchung sicher ein paar Tage, jetzt, zwischen den Feiertagen. Und da ist noch etwas.«

Der Commissaris sah zu, wie der Schnee an der Windschutzscheibe herunterrann, die langsam von innen beschlug.

»Sie war verdrahtet«, fuhr Gallo fort.

Van Leeuwen spürte, wie sich ein tauber Fleck auf seinem Herzen bildete. »Als sie getötet wurde?«

»Aller Wahrscheinlichkeit nach, ja.«

»Woher weißt du das?«

»Bei der Autopsie wurde ein Mikro gefunden«, sagte Gallo langsam, »ein sehr kleines Hochleistungsmikro und ein Stück Draht von einem Aufnahmegerät.«

»Was heißt das?«, fragte der Commissaris. »Was heißt, es wurde bei der Autopsie gefunden? Wo wurde es gefunden?«

»In ihrem Nabel. Bevor sie angezündet wurde, haben die Täter ihr das Mikro samt Draht auf den Bauch geklebt, und das Feuer hat dann das Metall …!

»Eine Informantin?«

»Oder eine von uns, undercover.«

»Sie wollte jemandem eine Falle stellen und wurde enttarnt? Warum hat dann niemand eingegriffen?«

»Vielleicht brach der Kontakt plötzlich ab, und die Täter sind der Überwachung entkommen«, sagte Gallo.

»Wenn sie nur ein Aufnahmegerät hatte«, sagte der Commissaris, »und keine Funkverbindung zu einem Überwachungsteam bestand, kann sie das für jeden gemacht haben, für die Hälfte unserer eigenen Abteilungen, für Interpol, für den Zoll, für den Geheimdienst, für eine Privatdetektei, für eine konkurrierende Organisation der Täter, sogar für sich selbst.«

»Das Mikro an ihrem Bauch könnte ein Hinweis sein, eine Art Botschaft«, sagte Gallo. »*Wir wissen Bescheid* oder so was in der Art. Sieht jedenfalls ganz nach organisiertem Verbrechen aus.«

»Ich komme zurück«, sagte der Commissaris.

»Du kannst nichts tun. Es ist immer noch Weihnachten.«

»Nicht für die Schläger und Mörder.«

Gallo sagte: »Ich habe E-Mails an alle Dezernate, sämtliche Wijkteams und alle anderen Polizeibehörden geschickt, ob von uns oder denen gerade jemand eine verdeckte Operation durchführt, bei der ihnen vielleicht eine Informantin verloren gegangen ist. Solange wir keine Antwort kriegen …«

»Ich weiß«, sagte der Commissaris. *Aber heute Abend bin ich wieder da*, dachte er, *und morgen ist Weihnachten vorbei.* »Sorg dafür, dass der Bericht der Pathologie auf meinem Schreibtisch liegt, wenn ich ins Büro komme.« Er beendete das Gespräch und blieb dann noch einen Moment reglos hinter dem Steuer sitzen, eingehüllt in eine Glocke aus tanzendem Schnee. »Eine tote Frau, verbrannt, auf einer Müllkippe«, sagte er.

Jemand, der nicht misstrauisch genug gewesen war.

5

Die Tür des Pfarrhauses öffnete sich, und dahinter stand ein kleiner Junge in der halbdunklen, nur von den elektrischen Kerzen eines Weihnachtsbaums erhellten Diele und sagte: »Ich bin nicht der Pfarrer, ich bin sein Sohn.«

»Mein Name ist Bruno van Leeuwen«, sagte der Commissaris. »Ich hätte gern mit deinem Vater gesprochen. Wir sind früher in dieselbe Klasse gegangen.«

»Er liest gerade die Messe«, sagte der Junge. »Aber wenn Sie hereinkommen wollen, können Sie in seinem Studierzimmer auf ihn warten.«

Der Junge trug eine beige Cordhose und dicke Wollsocken, aber keine Schuhe, außerdem eine grüne Filzjacke mit Hirschhornknöpfen und dunkelrot gesäumten Knopflöchern. Sein Gesicht war blass und glatt wie die Innenseite einer Muschel. Er hatte helle, blaue Augen und weizenblondes Haar, das ihm in die Stirn fiel. Sein kleiner Mund wirkte, als hätte er schon lange nicht mehr gelächelt, und bei genauerem Hinsehen erkannte man dunkle Ringe unter seinen Augen. Sein Blick fiel auf den Alfa und wanderte dann zu Feline, die in dem schwächer werdenden Schneefall am Pfarrhaus und der kleinen Kirche vorbei weiter ins Dorf gegangen war. Er sagte: »Ihre Frau kann gern auch mit hereinkommen.«

»Sie ist nicht meine Frau«, erklärte Van Leeuwen, »und sie vertritt sich lieber ein bisschen die Beine.«

»Die Straßen sind sehr glatt«, sagte der Junge. Er öffnete die Tür ganz, damit der Commissaris von der flachen Steintreppe in die Diele treten konnte, und obwohl an dem schlicht geschmückten Baum nur elektrische Kerzen schimmerten, roch es nach abgebranntem Wachs und Tannennadeln. Der Junge ging voran bis zum Ende des Gangs, mit langsamen, geduldigen Schritten, als hätte man ihm wieder und wieder gesagt, er dürfe im Flur nicht rennen. An der letzten Tür blieb er stehen und öffnete sie nach kurzem Zögern. »Er hat gesagt, dass ich Sie in sein Studierzimmer führen soll, wenn Sie während der Messe kommen«, erklärte er.

»Du bist Klaas, nicht?«, fragte Van Leeuwen.

»Klaas, ja«, sagte der Junge, die Stimme sorgenvoll, als wäre damit eine Bürde verbunden, deren Gewicht sich kaum in Worte fassen ließ. »Möchten Sie gern eine Tasse Tee? Ihnen ist bestimmt kalt nach der langen Fahrt.«

»So lang war die Fahrt gar nicht«, sagte Van Leeuwen.

Er sah jetzt das fehlende Puzzleteilchen: das Gesicht zu dem Hinterkopf des anderen Jungen, der in der Schule zwei Pulte vor ihm gesessen hatte. Das Stück lag an seinem Platz und schloss die Brücke zwischen Gegenwart und Vergangenheit, denn die Ähnlichkeit war so groß, als wäre es nicht Sanders Sohn, der vor ihm stand, sondern Sander selbst vor fast vierzig Jahren. Auf einmal fiel ihm auch wieder ein, wie unglücklich der andere Junge damals oft gewirkt hatte, wie häufig die anderen ihn gehänselt und herumgestoßen hatten. Es war wirklich keine lange Fahrt gewesen, und er war froh, dass er sie unternommen hatte.

Das Studierzimmer des Pfarrers war vollgestellt mit Bücherregalen aus dunkel gebeiztem Holz; sie standen an den Wänden, vor dem Schreibtisch und hinter einem kleinen zweisitzigen Sofa gegenüber dem Kamin aus schwarzem Marmor. Die Bücher darin schmiegten sich in Zweierreihen aneinander, und auf dem Schreibtisch türmten sich weitere Bücher. Eines davon – ledergebunden, hauchdünnes Papier – lag im Licht einer Leselampe mit sepia-getöntem Milchglassturz aufgeschlagen neben einem altmodischen Telefon, das noch über eine Wählscheibe verfügte. Hinter dem Tisch ragte das mächtige Ebenholzgehäuse einer Standuhr auf, deren Pendel gelassen hin- und herschlug und dabei mit lautem Ticken Sekunden nach rechts und links zu verteilen schien. Die ledergepolsterte Lehne des Schreibstuhls wies einen Riss auf, aus dem schwärzlich die Füllung quoll.

Die Luft war stickig, als wäre der Raum schon lange nicht mehr gelüftet worden. In dem Kamin brannte ein Gasfeuer, dessen gelbliche Flamme leise fauchte und wahrscheinlich jeden, der sich hier aufhielt, nach und nach mit Kohlenmonoxid vergiftete. Zwischen dem Kamin und dem Sofa stand auf drei geschwungenen Beinen ein zierliches Tischchen; ein Deckchen aus Brüsseler Spitze schloss genau mit der Kante der runden Platte ab.

Der Junge deutete auf das Sofa und sagte: »Bitte, nehmen Sie doch Platz, Mijnheer.« Vor dem Sofa lagen zwei samtbezogene Zierkissen wie erste Opfer des giftigen Kaminfeuers auf den verblichenen, abgetretenen Teppichen, die in mehreren Schichten den Steinboden bedeckten.

»Ich stehe lieber«, sagte Van Leeuwen. Wenn er sich setzte, tat sein Rücken weh. Alles schmerzte, wenn er sich setzte oder aufstand, die Nieren, das Schlüsselbein, sogar die Hoden. Er spürte die Schläge jetzt mehr als Heiligabend in der Kälte, der Dunkelheit.

Er hatte auf einmal das Gefühl, dass der Raum, dass alles in diesem Haus von einer seltsamen, bebenden Traurigkeit erfüllt war. Er trat an das bis zum Boden reichende Fenster zum Pfarrgarten und sah hinaus. Eine niedrige Mauer aus klobigen Steinen umschloss mehrere weiß bereifte Rosenstöcke und einen Kirschbaum, unter dem eine schlichte Holzbank stand. Die Steine und die Bank waren schneebedeckt. An den kahlen Ästen des Kirschbaums hingen dünne Eiszapfen. Der Himmel über dem Garten war kalt und leer, und zwischen der Mauer und dem Haus breitete sich die frühe Dunkelheit des Winters aus. Heller Glockenklang scheuchte Krähen durch die Luft.

Klaas blieb unschlüssig neben der Tür stehen. »Bestimmt sind Sie wegen Rascha hier«, sagte er.

Gespiegelt im Fensterglas, entdeckte der Commissaris ein Kreuz an der Wand über dem Kamin und daneben ein Bild. Von Nahem stellte er fest, dass es sich um die Kopie eines Kupferstichs handelte, eine Allegorie: Der Tod führte ein Pferd am Maulgeschirr neben sich über einen schmalen Weg, und auf dem Rücken des Pferds saßen ein hübsches junges Mädchen und ein junger Mann. Beide sahen nach vorn, über den Bildrand hinaus, und auf ihren Gesichtern las man Furcht, aber auch Hoffnung und Staunen.

»Das ist von Albrecht Dürer«, erklärte der Junge. »Mein Vater hat es dort aufgehängt, nachdem Rascha … kurz nachdem sie …« Seine Stimme erstarb unsicher. »Er sagt, Dürer hat sich immer wieder mit dem Wahnsinn seiner Zeit auseinandergesetzt, aber es ist ihm gelungen, sagt mein Vater, nicht nur den Wahnsinn festzuhalten, sondern den Triumph des Geistes darüber. Über den Wahnsinn.« Er schwieg einen Augenblick, als versuchte er selbst zu verstehen, was er gerade gesagt hatte. »Mögen Sie Dürer, Mijnheer?«

»Goya war immer mehr mein Fall«, sagte Van Leeuwen. »Wie alt bist du noch mal?«

»In drei Monaten werde ich zehn«, sagte Klaas. »Möchten Sie jetzt etwas Tee?«

»Nein, danke.«

Auf dem Kamin stand ein Foto in einem Silberrahmen, die Schwarz-Weiß-Aufnahme einer jungen Frau oder genauer: eines Mädchens, zusammen mit einem älteren Mann im Hintergrund. Das Mädchen blickte in das Objektiv, als wollte es in dieser einen Sekunde das ganze Innenleben der Kamera begreifen, verstehen, wie alles in ihr funktionierte und warum.

Graue Augen, überlegte Van Leeuwen, bestimmt sind sie grau, mit den Pupillen einer Katze. Einer müden Katze. Vermutlich blonde Haare, die sie einfach kämmt, indem sie den Kopf schüttelt, und die ihr immer wieder in die Stirn fallen. Zarte Augenbrauen, eine kräftige, gerade Nase. Wangenknochen, die das Sonnenlicht auffingen. Die Lippen waren fast zu groß für die Proportionen des Gesichts, aber sie besaßen genau den richtigen Schwung. Der Blick war eindringlich und verwundbar. Verstehend. Der Blick einer erwachsenen Frau, nicht der eines Mädchens. Einer Frau, die an der Welt litt. Ein Mensch, der die Schuld für das Leid immer bei sich suchte. Ein Mädchen, das trotzdem weiße Stiefel zu einem roten Lackledermantel tragen konnte.

»Ist das deine Schwester?«, fragte Van Leeuwen.

»Ja«, sagte der Junge, »mit Papa. Aber bestimmt sieht sie inzwischen anders aus. Sie ist jetzt schon sehr lange weg. Sie haben sich gestritten, Papa und Rascha, und dann ist sie weggegangen.«

Der Commissaris nahm den Mann auf dem Foto genauer in Augenschein. Vielleicht hing es mit dem Kupferstich darüber zusammen, dass ihn das Gesicht an Dürers berühmtes Selbstporträt erinnerte: die gleiche knochige Nase, die blasse, hohe Stirn und die wachsamen, skeptischen Augen. Zwar waren die Haare kürzer, und der Bart fehlte ganz, dafür gab es aber die ein wenig überheblich geschürzten Lippen, die schüchterne Wachsamkeit in der Miene.

»Klaas?« Der Mann von dem Foto trat aus dem Hintergrund nach vorn und stand plötzlich, kaum verändert, in der Tür. Er trug eine schwarze Hose und ein weißes Hemd, das bis zum Kragen zugeknöpft war. Seine Schuhe, ebenfalls schwarz, glänzten nass. »Bruno?« Ein Schimmer langsamen Erkennens dämmerte in seinen Augen, ließ sein ganzes Gesicht aufleuchten. »Bruno, du hast es doch noch geschafft! Lass dich anschauen! Wartest du schon lange? Hat Klaas dir etwas angeboten?«

»Ich wollte nichts«, sagte Van Leeuwen. »Ich habe nicht viel Zeit. Ich muss heute noch zurück nach Amsterdam, dienstlich. Am Telefon hast du gesagt, es ginge um deine Tochter – Rascha.«

»Ja, herrje, so schnell …« Sander Frankenhuis ließ die ausgestreckte Hand sinken. »Willst du dich nicht wenigstens setzen? Klaas, geh bitte und mach die Tür zu.«

Der Junge gehorchte, und der Pfarrer wartete noch einen Moment, ehe er sich mit beiden Händen die Stirn rieb und auf den Kamin zutrat, wo der Schein der gelben Gasflamme die Wiedersehensfreude auf seinem Gesicht ablöste. Jetzt konnte der Commissaris sehen, dass das weiße Hemd Flecken an Brust und Armen aufwies, als hätte Sander es längere Zeit nicht gewechselt: gelbe Ränder am Kragen, die an eine verwelkende Lilie denken ließen. »Rascha ist verschwunden«, sagte Frankenhuis leise. »Ich weiß nicht, was ich tun soll. Sie ist siebzehn, musst du wissen.«

»Wann war das?«, erkundigte sich Van Leeuwen.

»Vor einem … vor einem Dreivierteljahr«, sagte der Pfarrer. »Willst du dich nicht doch setzen, für einen Augenblick nur?«

»Hast du seitdem von ihr gehört?«, fragte Van Leeuwen. »Hat sie angerufen oder geschrieben?«

»Nein.«

»Hat sie das früher schon mal gemacht?«

»Nein. Nie.«

»Hast du sie als vermisst gemeldet?«

»Nein.«

»Warum nicht? Das hättest du tun sollen. War es wegen des Streits, den ihr hattet?«

Sander Frankenhuis versteifte sich unmerklich. Er schob die Hände in die Hosentaschen, sah aber immer noch in die giftigen Flammen. »Was für einen Streit? Wer sagt, dass wir uns gestritten haben? Wir haben uns nie … wir hatten keinen Streit!«

»Glaubst du, dass ihr etwas zugestoßen ist?«

»Ich weiß nicht, was ich glauben soll.« Jetzt sah Frankenhuis den Commissaris Hilfe suchend an, als wären sie wieder Schüler, vor vierzig Jahren. »Ich dachte, du als Polizist könntest mir sagen, was in so einem Fall angebracht ist.«

»Für vermisste Personen bin ich nicht zuständig«, sagte der Commissaris, »schon gar nicht außerhalb meines Distrikts. Du musst dich an die betreffende Dienststelle der hier zuständigen Behörden wenden. Wenn die nicht weiterwissen oder wenn Raschas Spur nach Amsterdam oder in die umliegenden Gemeinden führt, erst dann sind wir zuständig, aber nicht ich persönlich, verstehst du?«

»Bruno, Rascha ist meine Tochter, und du bist mein Freund«, sagte der Pfarrer noch leiser. »Du kannst doch beschließen, dass du persönlich zuständig bist, oder nicht? Ich liebe Rascha sehr. Sie ist so arglos. Stell dir vor, Simone wäre verschwunden, und ich könnte dir vielleicht helfen.«

Van Leeuwen hatte unvermittelt das Gefühl, als sickerte tatsächlich geruchloses Kohlenmonoxid schwer und lähmend in seine Lungenflügel. »Sie ist verschwunden«, antwortete er ebenso leise, »vor einem halben Jahr. Und der Einzige, der mir hätte helfen können, wäre dein oberster Dienstherr gewesen. Aber der hat sich wohl ebenfalls als nicht zuständig betrachtet.«

Plötzlich schien Frankenhuis ihn zum ersten Mal wirklich wahrzunehmen. Er beugte sich ein wenig vor, als wäre nachts auf einer vertrauten Straße ein unerwartetes Hindernis im Scheinwerferlicht aufgetaucht. Überrascht von der jähen Erkenntnis, nicht allein unterwegs und auch noch unvorbereitet zu sein, entfuhr es ihm:

»Simone ist tot? Mein Gott, das wusste ich nicht … Woran ist sie gestorben?«

»An einer Lungenentzündung.«

»Das tut mir leid«, sagte Frankenhuis.

»Mir auch«, sagte Van Leeuwen.

»Aber du gibst doch nicht … Du gibst Gott die Schuld?«

»Sollte ich nicht?«

Frankenhuis gab einen Laut der Missbilligung von sich. »Als meine Frau mich … als Annet weggegangen ist, habe ich Trost im Gebet gefunden. Nicht Gott hatte dir Simone genommen, Bruno, es war der Tod. Der Tod ist …«

»… nur ein freier Mitarbeiter, willst du das sagen?«, unterbrach Van Leeuwen ihn. »Tut mir leid, die Verantwortung liegt nicht beim Außendienst, sondern beim Vorstand.«

An der Tür ertönte ein Klopfen, dann wurde sie geöffnet. Von einem leisen Porzellanklirren begleitet, betrat Klaas den Raum. In der Hand hielt er ein Tablett mit Teegeschirr, das er vorsichtig zu dem runden Tisch mit der Decke aus Brüsseler Spitze trug und darauf absetzte, bevor er leise wieder verschwand, als wäre er ein Dienstbote. Der Commissaris dachte, dass der Junge nichts Kindliches mehr besaß; Klaas trat auf und ab wie in einem Bühnenstück, und das ganze Haus war nur eine Kulisse für Freudlosigkeit und Leid.

Der Pfarrer nahm die Tasse von dem Tablett und führte sie an den Mund, ohne zu trinken. Über den Porzellanrand gebeugt, stand er einfach nur da. »Warum fragst du nicht«, sagte er ruhig, »warum fragst du nicht, ob ich auch nach Raschas Verschwinden gebetet habe?«

»Sie lebt ja noch«, sagte der Commissaris.

»Glaubst du?«, fragte der Pfarrer und warf ihm einen wilden Blick zu, der Van Leeuwen überraschte. Es war die Art, wie Frankenhuis die beiden Worte aussprach – *glaubst du?* –, und da wusste der Commissaris es:

Du hast ja auch den Glauben verloren, Sander, dachte er. *Wenn Gott in diesem Moment über die Schwelle des Studierzimmers träte, in seinem ganzen Glanz, würdest du nur nach deiner Sonnenbrille greifen.*

»Wenn nicht, kannst du immer noch beten, Sander«, sagte er. »Sie ist siebzehn, ein Teenager. Weißt du nicht mehr, wie du mit siebzehn warst? Die meisten Jungen und Mädchen, die in dem Alter von zu Hause weglaufen, sind so gesund und munter wie junge Fohlen, und irgendwann stehen sie wieder vor der Tür, etwas älter, vielleicht ein bisschen durchgeschüttelt, aber so lebendig, wie man sich nur fühlt, wenn man herausgefunden hat, dass man mit siebzehn überall hingehen und deswegen genauso gut auch zurückkommen kann.«

Frankenhuis trank einen kleinen Schluck. »Es gibt etwas, das ich wissen möchte«, fragte er dann mit gepresster Stimme. »Wo gehen sie alle hin? Wo gehen sie hin, wenn sie ihre Eltern allein lassen? Mit wem? Warum?« Er umklammerte die Tasse, als wollte er sie zerquetschen. Sein zorniger Tonfall und die Bitterkeit in seinen Worten verstimmten den Commissaris. »Das musst du doch wissen! Wenn sie nicht freiwillig zurückkommen, wenn ihr sie holen müsst – fragt ihr sie dann, wo sie waren und was sie da gemacht haben? Fragt ihr sie, warum sie das getan haben?«

Ein Mädchen und ein Junge auf einem Pferd, beide fortgeführt vom Tod.

Van Leeuwen dachte an Feline und wünschte sich jetzt, sie wäre hier bei ihm, in diesem von Zwielicht und Verlust erfüllten Raum; sie wüsste besser als er, wie man Sander Frankenhuis helfen konnte. Sie wusste, wie man der erstickenden Energie begegnen konnte, die aus dem rastlosen Kreisen solcher Fragen in schlaflosen Nächten entstand.

»Als wir klein waren«, sagte der Pfarrer leise, »habe ich gedacht, mit zwanzig, mit dreißig oder mit vierzig wird man alles wissen, alles über das Leben und was man darin tun soll, aber dann liegt man auch mit fünfundfünfzig noch hilflos auf dem Rücken in der Nacht und weiß nichts mehr und hofft nicht mehr, weil man sich all die Jahre abgerackert hat, ohne mit etwas anderem belohnt worden zu sein als Eintönigkeit, als Leere. Lauter Fragezeichen, wo früher ein einziges Ausrufezeichen gestanden hat …«

»Worum ging es bei eurem Streit?«, fragte der Commissaris.

»Ging es um einen Jungen? Die Schule? Drogen? Alkohol? Raschas Mutter?«

Jetzt war die Feindseligkeit, die von Sander Frankenhuis ausging, fast so greifbar wie die stickige, kohlenmonoxidvergiftete Luft. Seine Augen waren nass, und seine Wangen glühten, als hätte man ihn geschlagen. Er sah zur Tür hinüber und entdeckte, dass sie nur angelehnt war. Leise stellte er die Tasse zurück auf das Tablett, dann lief er schnell zu der Tür und riss sie auf. »Klaas?!« Aber der Junge war nirgendwo zu sehen. Verlegen stand Frankenhuis halb im Flur, aus dem Kälte in den Raum drang. »Möchtest du … willst du nicht einen Blick in ihre Kammer werfen?«, fragte er fast erschöpft.

Im Licht des Weihnachtsbaums ging er voran zur Treppe und stieg die schmalen Stufen hinauf. Van Leeuwen folgte ihm. Auch die Wände strahlten Kälte aus; vielleicht war das Studierzimmer der einzige Raum im Haus, der beheizt wurde. Raschas Kammer befand sich gleich links vom Treppenabsatz, und der Pfarrer öffnete die Tür so behutsam, als wäre es die Pforte zum Allerheiligsten. »Es ist … alles ist noch genauso, wie es war, als sie … wie sie es verlassen hat«, sagte er. »Es riecht sogar noch nach ihr.«

Der Commissaris brachte es nicht übers Herz, ihm zu sagen, dass der Inhalt eines Zimmers in den seltensten Fällen Aufschluss darüber gab, wohin sein Bewohner verschwunden war. Er sagte nicht: *Das ist nur ein Zimmer wie tausend andere auch, in denen Mädchen heranwachsen – das schmale Bett mit dem ausziehbaren Holzkasten darunter, der Fichtenholzschrank, das kleine Bücherregal über dem Bett mit den unerlässlichen Pferdebildbänden, die Schminkkonsole mit dem runden Kippspiegel, das Schreibpult mit dem Drehstuhl davor.*

Natürlich gab es die Poster von Superstars und Supermodels an den Wänden. Es gab einen weißen Leuchtschlauch auf dem Boden, und es gab die Leselampe mit dem campari-roten Kunststoffschirm auf dem Nachttisch, aber an die Pferdebildbände schloss sich ein mehrbändiges, ledergebundenes Konversationslexikon an, das eher in das Studierzimmer des Pfarrers gepasst hätte. Neben der Lampe stand ein Radiowecker mit beleuchteter Zeitanzeige, drei rote Nullen blinkten, als hätte es schon vor Längerem einen unbemerkten Stromausfall gegeben.

»Sie ist nun schon fast ein Jahr fort«, sagte Sander Frankenhuis noch einmal, »das ist eine lange Zeit, findest du nicht? Sie hat nichts mitgenommen, nur ihren Rucksack, etwas Unterwäsche und die Sachen, die sie anhatte.«

Die roten Nullen blinkten und blinkten.

Van Leeuwen stellte sich das Mädchen von dem Foto auf dem Kamin in dieser Kammer vor. Er sah Rascha am Pult sitzen, über ein Schulheft gebeugt; er sah sie auf dem Bett liegen, das Kopfkissen gegen den Bauch gedrückt; er sah sie vor dem Schminkspiegel, wie sie ihr eigenes Gesicht anstarrte, bis es nicht mehr das war, das sie kannte. Er sah keine Fotos, weder auf dem Nachttisch noch auf dem Pult oder dem Bücherregal, nur die roten Nullen, die blinkend von einem zurückliegenden Kurzschluss kündeten.

Er sah noch mehr, was es nicht mehr gab und was sich nicht einmal greifen ließ. Er sah den Abschied von Puppen mit Naturhaar und rosa Kleidchen, von ramponierten Stofftieren, bunten Mädchenbüchern, Lippenstift mit süßem Kaugummigeschmack, Plastikspangen und all den anderen seelenlosen Dingen, denen nur die Fantasie eines Kindes Leben einhaucht. Er sah die ersten, tastenden Schritte über eine Schwelle, hinter der eine fremde, noch Furcht einflößende Welt begann, aber auch ein lockendes Geheimnis. Unsicherheit und Angst sah er und einen Mut, der nur einmal im Leben das Herz so schnell schlagen ließ.

»Was hat sie für Pläne für ihre Zukunft?«, fragte er den Pfarrer. »Was will sie machen, wenn sie erwachsen ist? Nach der Schule?«

»Sie wollte – sie will studieren, Tiermedizin, soviel ich weiß. Aber manchmal«, er rieb sich die Augen mit Daumen und Zeigefinger, dann fuhr er etwas leiser fort, als schämte er sich, »manchmal hatte sie so Flausen, dann sagte sie … dann wollte sie Fotomodell werden. Kannst du dir das vorstellen?«

»Hat sie einen Freund? Vielleicht einen Jungen, mit dem sie weggelaufen sein könnte?«

»Nein«, sagte Frankenhuis und schloss die Tür wieder, ohne den

Wecker mit den rot blinkenden Nullen neu zu stellen. »Nein, davon hätte sie mir bestimmt erzählt.«

Die Stufen knarrten unter ihren Schritten, während sie die Treppe wieder hinuntergingen, aber als sie die Diele erreichten, war das Ticken der Pendeluhr im Studierzimmer am Ende des Flurs für einen Moment das einzige Geräusch. Es hatte wieder stärker zu schneien begonnen. Die Flocken wirbelten gegen das kleine Fenster neben der Eingangstür, sie klangen wie kalter Regen, und der Commissaris wusste, dass es Zeit war aufzubrechen.

Feline wartete im Wagen auf ihn. Sie hatte das Radio angestellt und hörte ein Violinkonzert von Bach, und wieder war Van Leeuwen froh, dass er sie hatte. Gerade als sie losfahren wollten, flog die Tür des Pfarrhauses auf. Klaas stürzte, noch immer ohne Schuhe, die Steintreppe herunter und durch das Schneegestöber auf den Alfa zu. Mit einer kleinen Faust hämmerte er gegen das Seitenfenster, in der anderen hielt er ein Foto. »Sie ist mit dem Zirkus weg!«, rief er, als der Commissaris das Fenster heruntergelassen hatte, »mit dem Zirkus! Und sie haben sich *wohl* gestritten, wegen einem … wegen einem Koffer!«

Dann hielt er das Foto ins Wageninnere, es war ein Bild von Rascha, und auf ihrem ernsten Gesicht schmolzen die frisch gefallenen Schneeflocken bereits wieder, sodass es aussah, als weinte sie.

6

Einige der Fotos zeigten die verbrannte Frau vom Kopf bis zu den Füßen, auf anderen war nur der Kopf zu sehen, von vorn und im Profil. Das Fleisch war schwarz und glänzte nass von dem geschmolzenen Schnee, und auf der Stirn spiegelte sich das Blitzlicht der Kamera. Der zahnlose Mund leuchtete rosig, er stand offen, als wollte die Leiche die letzte Kommunion empfangen. Auf manchen Bildern sah sie überhaupt nicht wie ein Mensch aus, mehr wie eine abstrakte Plastik oder ein Alien, das beim Eintritt in die Erdatmosphäre in Flammen aufgegangen und zu Asche geworden war.

Der Commissaris betrachtete die Aufnahmen des Polizeifotografen sorgfältig, eine nach der anderen, sogar die, auf denen fast nur wirbelnde Schneeflocken und feuchter Müll zu erkennen waren. Es gab noch ein paar aus der Pathologie, der Körper ebenfalls flach auf dem Rücken, aber die Brust geöffnet, die Kehle jetzt klaffend, wenig Blut und die trockene Haut eher grau als schwarz. »Und wir wissen immer noch nicht, ob sie für jemand unterwegs war, den wir kennen?«, fragte der Commissaris. »Niemand vermisst eine Kollegin, eine Informantin, ein U-Boot, das nicht mehr auftaucht, wenn man es anpiept?«

»Nein«, sagte Hoofdinspecteur Gallo. »Entweder waschen alle ihre Hände in Unschuld, oder sie finden, es geht uns nichts an.«

Es war der Morgen nach Weihnachten, und in der Nacht hatte es zu schneien aufgehört. Früher Sonnenschein lag gleißend auf den Dächern und Grachten. Schmelzwasser tröpfelte von den Regenrinnen und den Ästen der Bäume, und manchmal klatschte ein Schneebrett ohne Vorwarnung auf die schmalen Bürgersteige.

Der Commissaris war schon seit Stunden im Büro, das ihm nach der Renovierung noch besser gefiel: Der neue Look erinnerte ihn an die eleganten, pfeilschnellen Riva-Motorboote auf dem Lago Maggiore, nur Mahagoni und Edelstahl und drumherum reines Blau. Allerdings war das Holz nicht wirklich Mahagoni, von Edelmetall konnte keine Rede sein, und das Blau rührte von den Uniformen seiner Leute auf den Gängen her. Aber er war ja auch nie am Lago Maggiore gewesen, sondern hatte immer nur Bilder davon gesehen, schönere Bilder als die der verbrannten Frau und sogar schönere als das von Rascha Frankenhuis in seiner Brieftasche.

Er saß an seinem Schreibtisch, froh, dass Weihnachten vorüber war. Er betrachtete die Farbausdrucke, die er vor sich aufgereiht hatte: die Überreste der jungen Frau, gefunden auf einer Müllkippe am Morgen des zweiten Weihnachtstages. Dann betrachtete er das Foto eines angeschmorten Metallklumpens, das Abhörgerät, das die Mörder mit ihr zusammen verbrannt hatten, als könnte sie es noch einmal benötigen, wenn sie im Reich der Toten erwachte. »Was ist das hier?«, fragte er, ohne aufzublicken. »Ein Sender? Eine Kamera?«

»Ein Video- und Tonübertragungssystem«, antwortete Gallo. »Dem Technischen Dienst zufolge handelt es sich um eine High-End-Colorkamera der Firma Sony, 0,05 Lux, liefert Bilder in DVD-Qualität, und zwar bei Tag *und* Nacht, außerdem ein Mikro, das durch drei massive Wände bis in zwanzig Meter Entfernung sogar das gehauchte Seufzen mitschneidet, das seidene Unterwäsche von sich gibt, wenn sie nicht rascheln will. Absolute Profi-Ausrüstung.«

»Wie groß ist so ein Gerät?«, fragte der Commissaris. »Wie eine Streichholzschachtel?«

Gallo sagte: »Etwas größer, aber immer noch gut zu verbergen, in einer Handtasche oder einer Einkaufstüte. Im Internet werden solche Dinger in allen Größen angeboten, Minisender, Digitalempfänger, Funkkameras, alles – falls man sie nicht von seinem Führungsoffizier in die Hand gedrückt bekommt.«

»Heißt das, wir benutzen sie auch?« Jetzt sah der Commissaris auf, betrachtete die Silhouette des Hoofdinspecteurs am Fenster vor der halb heruntergelassenen Jalousie. »Sag mal, warum bearbeiten wir diesen Fall überhaupt?«, erkundigte er sich. »Amsterdam-Zuid liegt doch im Distrikt von Hoofdinspecteur Scheffers ...«

»*Was ihr einem von diesen getan habt, das habt ihr mir getan*«, sagte Inspecteur Vreeling, dessen Silhouette sich am Fenster neben der von Ton Gallo abzeichnete, ebenfalls mit einem Kaffeebecher in der Hand. »Sie sagen doch immer, wenn es um Mord geht, ist das Ihr Weinberg – oder so ähnlich ...«

»Ich bin für einen Kollegen eingesprungen, der Familie hat und Weihnachten zu Hause verbringen wollte«, erklärte Gallo. »Als die Meldung reinkam, dachte ich, das wäre was für uns.«

Der Himmel hinter dem Fenster war von einem klaren, hellen Blau, ein magnetisches Meerlicht, das von weither zu kommen schien, weiter als von der Nordsee – von der Biskaya.

Der Commissaris sagte: »Diese beiden Kinder, die uns gerufen haben – wie heißen die noch mal?«

»Zoj und Karia«, antwortete Gallo.

»Zoj und Karia – haben die sonst nichts gesehen? Wie ist die Leiche auf die Müllkippe gelangt? Wie lange lag sie da, bevor sie entdeckt worden ist?« Der Commissaris zog noch einmal den Bericht zurate, den Gallo auf seinen Schreibtisch gelegt hatte. »Jemand muss sie da abgeladen haben, ein Wagen mit einem großen Kofferraum. Der Wagen ist hingefahren – auf der Zufahrtsstraße – und danach wieder verschwunden, der muss doch jemandem aufgefallen sein, vor allem wenn die Leiche noch geschwelt hat, als die Kinder sie gefunden haben!«

»Frühmorgens am zweiten Weihnachtstag?«, fragte Vreeling. »Es hat geschneit, und es war dunkel.«

»Und das Feuer?«, fragte Van Leeuwen. »Das Feuer auf der Müllkippe? So wie das Opfer aussieht, muss es ziemlich lange da gebrannt haben, trotz des Schneetreibens. Hat die Untersuchung des Abfalls aus dem Untersuchungsradius der Toten schon was ergeben?«

»Im Süden nichts Neues«, sagte Vreeling, obwohl die Labors des Technischen Dienstes in der Saphartistraat aus Sicht des Präsidiums genau genommen im Osten lagen.

»Wieso haben die Mörder sich überhaupt die Mühe gemacht, ihr Opfer zu verbrennen?«, fragte Gallo. »Warum wollten sie nicht, dass jemand die Tote wiedererkennt?«

»Weil uns das zu ihnen geführt hätte?« Vreeling leerte seinen Kaffeebecher, knüllte ihn zusammen und warf ihn in den Papierkorb unter Van Leeuwens Schreibtisch. »Vielleicht hatten sie Angst, dass wir sie anhand der Fingerabdrücke oder sonstiger körperlicher Merkmale identifizieren können.«

»Dann müssten sie irgendwo gespeichert sein«, sagte Gallo. »Die Frage ist nur, wo? Bei der Sitte? Beim Zoll? Bei der Drogenfahndung?«

»Oder sie wollten einfach bloß Zeit gewinnen«, sagte Gallo, »weil sie bereits vermisst oder gesucht wird. Weil die Nachricht, dass sie tot aufgefunden worden ist, irgendwas in Gang setzt, was sie verhindern wollten, indem sie sie ermordet haben.«

»Einen Terroranschlag? Vielleicht ist sie nicht von hier, und ihr Gebiss oder sonst was hätte uns einen Hinweis darauf gegeben, woher sie stammt – Palästina, Irak, Tschetschenien, Pakistan?«

»Wer ist heutzutage schon noch von hier«, sagte der Commissaris.

»Vielleicht gab es irgendeine komplizierte Zahnbehandlung, die uns zu ihr geführt hätte, wenn wir mit einem Gebissabdruck von Praxis zu Praxis gegangen wären? Wart ihr schon bei der Vermisstenstelle?«

»Frauen in dem Alter haben die wahrscheinlich dutzendweise in ihrer Kartei«, sagte Inspecteur Vreeling.

»Dann will ich von jeder Einzelnen wissen, wer sie ist und wer sie vermisst«, sagte der Commissaris. »Und wenn ihr schon mal dabei seid, erkundigt euch auch gleich nach dem Mädchen hier.« Er holte das Foto hervor, das der Sohn des Pfarrers ihm gegeben hatte. »Ihr Name ist Rascha Frankenhuis.«

»Steht sie in irgendeiner Beziehung zu diesem Fall?«, wollte Gallo wissen.

»Hoffentlich nicht«, sagte der Commissaris.

Sie ist mit dem Zirkus weg, mit dem Zirkus!

Ein Klopfen ertönte, die Tür wurde geöffnet, und Hoofdcommissaris Jaap Joodenbreest erschien auf der Schwelle. Der Polizeipräsident – Herr über sechstausend Aspiranten, Surveillanten, Agenten, Hoofdagenten, Brigadiers, Inspecteure, Hoofdinspecteure, Sekretärinnen und *last but not least* zwei Männer und eine Frau, alle drei im Rang eines Commissaris, die, auf zweiunddreißig Wijkteams und dreihundertsiebenundfünfzig Quadratkilometer verteilt, für die Sicherheit von gut neunhunderttausend Einwohnern zuständig waren –, dieser Polizeipräsident erschien also in seiner strahlend blauen Uniform auf der renovierten Schwelle, hielt seine Kappe in genau der richtigen Höhe zwischen Bizeps und Brust gegen den Oberkörper gepresst und zeigte ein seltenes, trotzdem ebenfalls von Grund auf renoviertes Lächeln, das zwar nicht mit Mahagoni prunken konnte, dafür aber reich an Edelstahl war.

»Glückwunsch zu deinem frisch erworbenen Internet-Ruhm, Bruno«, sagte er. »Wie ich gerade von unserem Cybercop De Waal von den Sexualdelikten gehört habe, kann man dich bei *YouTube* im heldenhaften Kampf mit kriminellen Elementen unserer Stadt bewundern. De Waal meinte jedenfalls, dich erkannt zu haben. Kann das sein? Hast du dich unlängst nachts im Schnee mit einem Jugendlichen geprügelt?«

»Es waren zwei«, sagte der Commissaris.

»Lass uns das mal anschauen.« Der Hoofdcommissaris schloss die Tür hinter sich. Seine Uniform war so straff gebügelt, dass sie bei jeder Bewegung zu knistern schien, und er roch nach einem Rasierwasser, das er wahrscheinlich tröpfchenweise aus den Kämmen aufgeplusterter Kampfhähne pressen ließ. Anders als Gallo und Vreeling schien er keinen Schatten zu werfen, als er am Fenster vorbeiging. Dünn wie eine Sarazenerklinge beugte er sich über den Schreibtisch und schaltete Van Leeuwens Computer ein. »Warum hast du mir nicht gesagt, dass du auf dem besten Weg zum Star bist?«

»Billige Publikumserfolge bedeuten mir nichts«, brummte der Commissaris und starrte auf den Bildschirm, wo sich in einem kleinen Viereck der Clip mit dem Titel *Holy Night* hochlud, vor sechsunddreißig Stunden ins Netz gestellt von jemandem namens *Nightcreeper* und bereits einhundertzweiundzwanzig Mal angeklickt.

Das Viereck wurde schwarz, dann zeigte es einen Mann im Trenchcoat, der mit eingezogenem Kopf eine nächtliche Straße entlangstapfte, Hinterkopf und Schultern in schwaches Licht getaucht. Schneeflocken wirbelten durch das Licht. Plötzlich sprang etwas den Mann von hinten an, eine Faust traf ihn in den Nacken. Der Mann stolperte und geriet ins Taumeln, fing sich aber wieder. Ein Junge mit einer tief ins Gesicht gezogenen Wollmütze tanzte um ihn herum und schlug und trat ihn. *Und der Mann bin ich*, dachte Van Leeuwen. Unvermittelt war er nicht mehr in seinem hellen Büro, sondern wieder da auf der Straße, während die Schläge und Tritte auf ihn einprasselten.

Das Bild torkelte, taumelte, kreiste um den Mann, es war unscharf und verwackelt und abwechselnd zu dunkel und zu hell. Aber dann fuhr der Mann herum zu dem Licht und der Handykamera, Augen und Mund ungläubig aufgesperrt, und jetzt konnte man ihn deutlich erkennen. Er schien etwas zu brüllen, das im Lärm des Sturms und des Gejohles der Jungen unterging, und als ein neuer Schlag ihn hart mitten auf den Mund traf, blutete er. Das Blut schoss aus einer aufgeplatzten Lippe, während das Licht unruhig über sein Gesicht fegte. Er krümmte sich auf der Straße, und er krümmte sich auf seinem Schreibtischstuhl, und wieder spürte er die Schmerzen, die er damals in der Nacht gespürt hatte. Er spürte jeden Schlag und jeden Tritt, als er nun doch stürzte und sich auf allen vieren im Schnee wiederfand. Blutfäden hingen ihm vom Kinn, und schließlich traf ihn noch ein Stiefelabsatz in die Seite, bevor das Licht gnädig erlosch und nur das schrille Gelächter der Jungen noch einige Sekunden lang im Dunkeln erklang, bis auch das aufhörte, und dann war es vorbei.

Van Leeuwen schaltete den Computer aus. Einige heftige Herzschläge lang saß er nur und fühlte sich schwach und wütend. Das war *er* gewesen; er wurde verprügelt, und jeder konnte es sehen.

»Davon hast du gar nichts erzählt«, sagte Gallo betroffen.

»Nein«, sagte Van Leeuwen.

»Tja, tut mir leid, Bruno, das muss wehgetan haben, oder?«, meinte Joodenbreest, der neben den Commissaris getreten war. »Aber man kann nicht sagen, dass du der Polizei besonders viel Ehre gemacht hättest. Wann warst du eigentlich das letzte Mal beim Training?« Er griff nach seiner Uniformkappe, die er auf den Schreibtisch gelegt hatte, entschied sich im letzten Augenblick aber für ein Foto der Brandleiche. Er betrachtete es, legte es wieder zurück und tippte mit der Zeigefingerkuppe darauf. »Hoofdinspecteur Scheffers ist der Meinung, dass diese Leiche in seine Zuständigkeit fällt, und ich neige dazu, ihm recht zu geben. Ich denke, du solltest ihn anrufen und das mit ihm persönlich klären, Bruno, aber kollegial, nicht im Kommandoton.«

»Ich sage ihm einfach, die Letzten werden die Ersten sein«, schlug der Commissaris vor.

Joodenbreest nickte, nicht ganz sicher, ob damit dem Ausmaß der Kompetenzstreitigkeiten wirklich entsprochen wurde, zog es aber vor, diese Schublade wieder zu schließen. Er angelte sich seine Kappe, klemmte sie sich wieder unter den Arm und ging zur Tür, wo er sich noch einmal umdrehte. »Inspecteur Vreeling, sorgen Sie dafür, dass dieser Film aus dem Netz verschwindet.«

»Das geht nicht«, sagte Gallo und schüttelte sacht den Kopf, wobei ein Sonnenlichtreflex auf seinem flachsblonden Haar hin und her huschte. »Wir können YouTube veranlassen, den Clip rauszunehmen, aber in der Zwischenzeit könnte er längst kopiert worden sein und bei allen möglichen anderen Plattformen auftauchen.«

»Soll das heißen, dass dieser Dreck jetzt für alle Zeit im Internet kursiert?«, fragte Joodenbreest erbost. »Jeder Schwachkopf mit einem Fotohandy und einem Computer kann mit seinem Müll auf immer und ewig die Atmosphäre verschmutzen?«

»Das elektronische Netz ist ein unermesslicher Raum«, erklärte Inspecteur Vreeling nachsichtig. »Es spannt sich bis ans Ende aller Tage, und unsere Computer sind nicht leistungsfähig genug, um es von morgens bis abends in alle vier Himmelsrichtungen abzusuchen und die riesige Datenmenge zu kontrollieren, die daran rauf- und runterkrabbelt.«

Joodenbreest runzelte die Stirn. »Sie meinen die von uns kleinen Menschen gebauten Computer?«

»Ich meine die uns kleinen Polizisten zur Verfügung stehenden Computer«, sagte Vreeling.

Der Hoofdcommissaris ließ einen missmutigen Blick von Inspecteur Vreeling zu Gallo wandern und zurück. »Wie laufen Sie eigentlich schon wieder rum, Inspecteur?«

Jedes einzelne Kleidungsstück, das der Inspecteur am Morgen aus seiner modischen Schatztruhe gewählt hatte, schien Joodenbreest zuwider zu sein: die burgunderrote Fleece-Jacke, der zitronengelbe Schal aus chinesischer Rohseide, die bunt bestickte Black-Muslim-Kappe im Sixties-Look, die hellblauen Diesel-Jeans, die mehrfarbigen Wildleder-Patchwork-Stiefeletten, eben alles, was Remco Vreeling an diesem Vormittag aussehen ließ wie an jedem anderen Tag auch.

»Sie sehen aus wie eine Schaufensterpuppe in der Kalverstraat! Warum ziehen Sie nicht mal Ihre Uniform an?« Joodenbreest setzte die Kappe auf und rückte sie zurecht, als wollte er Vreeling vormachen, wie man eine Uniform anzog. »Ach ja, und treten Sie mit You Tube in Verbindung – die sollen Ihnen die IP-Adresse von diesem *Nightcreeper* geben, und dann holen Sie ihn her und statuieren ein Exempel. Ich lasse nicht zu, dass meine Beamten im Netz zum Gespött gemacht werden!«

»Eindrucksvoller Abgang, wie immer«, sagte Gallo, nachdem der Hoofdcommissaris das Büro verlassen hatte. »Wann ist das denn passiert, Bruno?«

»It was the most wonderful time of the year«, sagte der Commissaris. Er betrachtete die Tür, durch die Joodenbreest abgetreten war, und wusste nun, was er schon die ganze Zeit in dem renovierten Riva-Büro vermisste: das ausgebleichte Poster der besten Mannschaft, mit der Ajax Amsterdam je aufs Spielfeld gegangen war. Es hatte immer an der Wand gehangen, gegenüber seinem Schreibtisch: ein grüner Fleck, der Rasen und die Spieler, aber vor allem das ganze Grün des Rasens. Es fehlte ihm.

»Wir könnten uns an ein Privatunternehmen wenden«, nahm Inspecteur Vreeling seinen im Zugwind baumelnden Faden wieder auf, »eine dieser Firmen, die professionell mit richtigen Hochleistungscomputern das Internet durchforsten und permanent nach Clips suchen, die da nicht hingehören: Kinderpornos, Missbrauchsfotos von Minderjährigen, das, was De Waal und seine Leute machen, aber auch Videos von peinlichen Begebenheiten, privaten Sexorgien oder Gewaltakten, alles, was jemand aus dem Netz genommen haben möchte.«

»Wozu?«, fragte Van Leeuwen. »Nur weil ich Polizist bin?«

»Warum hast du uns nichts davon erzählt?«, fragte Gallo.

»Hättest du so was an die große Glocke gehängt?«, brummte Van Leeuwen.

»Sie sind zu stolz, Mijnheer«, sagte Vreeling. »Die hätten Sie umbringen können, und wenn wir sie nicht festnehmen, werden sie eines Tages tatsächlich jemanden so schwer verletzen, dass er liegen bleibt und stirbt.«

Van Leeuwen schwieg, denn sie hatten recht. Schließlich sagte er: »Gut, schreibt die Jungen zur Fahndung aus. Meinetwegen könnt ihr auch den Film aus dem Netz nehmen lassen, wenn es geht. Und dann stellt ihr ihn dem Fernsehen zur Verfügung, damit er rund um die Uhr gesendet wird, bis einer von den Zuschauern die beiden erkennt.«

Wieder erklang ein Klopfen an der Tür, diesmal leiser, und

Hoofdinspecteur De Waal streckte seinen Kopf herein. »Hör mal, Bruno, ich habe einen Clip im Internet entdeckt, da wird ein Mann, der fast genauso aussieht wie du, nachts auf der Straße von einem Jungen zusammengeschlagen …«

»Es waren zwei«, sagte Gallo.

»Also stimmt es«, sagte De Waal und trat ins Zimmer. Er war groß und kräftig, aber seine Stimme wirkte, als gehörte sie zu einem kleineren, dünneren Mann, den man schlecht synchronisiert hatte. Die Gesichtszüge schienen ebenfalls diesem kleineren und dünneren Mann zu gehören, denn sie nahmen nur wenig Platz auf der Vorderseite seines Kopfes ein: Augen, Nase und Mund waren auf die Größe einer Postkarte zusammengerückt. Um die Postkarte blieb ein beträchtlicher Rand geröteter Haut, den selbst ein blonder Stoppelbart und eine in die Stirn hängende Haarsträhne kaum schmälerten.

De Waal trug helle Wildlederschuhe, eine beige Cordhose und einen braunen Pullover. Seine Augen glommen, als wären sie die Reste eines Fegefeuers hinter seiner Stirn, das nicht erlöschen wollte. Er fing an, mit gesenktem Kopf vor Van Leeuwens Schreibtisch auf und ab zu gehen und sagte: »Ich war hinter jemandem her, der in einem Internet-Forum Fotos zum Tausch angeboten hatte, Bilder von drei- bis fünfjährigen Jungen, die von erwachsenen Männern gefickt werden, von *mehreren* erwachsenen Männern, *gleichzeitig*. Sein Tarnname ist *Lightsleeper*. Ich war die ganze Nacht am Bildschirm, ich hab ihn von Chatroom zu Chatroom gejagt wie durch ein riesiges verwunschenes Schloss, in dem es immer noch ein düsteres Zimmer gibt und noch eins. Mal habe ich ihn hier kurz gesehen, gleich darauf wieder da, irgendwo ganz hinten im Dunkel, aber er hat mich bemerkt und war jedes Mal schneller als ich, und dann habe ich mich wohl vertippt, und aus *Lightsleeper* wurde *Nightcreeper*, und plötzlich sehe ich da jemand, der aussieht wie du, Bruno. In dem Moment ruft der Hoofdcommissaris an, und mir ist dummerweise eine Bemerkung rausgerutscht …«

»Er war schon hier«, sagte Van Leeuwen.

»Das tut mir leid«, sagte De Wal mit seiner hellen Stimme, »und das, was mit dir passiert ist, auch.« Sein Blick fiel auf die Fotos der verbrannten Leiche. »Sind das Bilder von der Frau, deretwegen ihr sämtliche Abteilungen angeschrieben habt?«

Van Leeuwen nickte.

De Waal sagte: »Vielleicht gibt es von ihr auch einen Film im Netz. Einen Clip davon, wie sie ermordet und verbrannt wird. Ein Video, auf dem sie misshandelt und gefoltert wird. Oder vergewaltigt, bis sie den Verstand verliert. Vielleicht gibt es Fotos davon oder einen Super-Acht-Streifen. Wie ist sie getötet worden?« Seine hohe, leise Stimme klang, als blickte er immer noch auf einen leuchtenden Bildschirm mitten in der Nacht.

»Jemand hat ihr die Kehle durchgeschnitten«, sagte Gallo.

De Waal deutete auf das Foto von Rascha Frankenhuis, das noch immer neben den anderen Bildern lag. »Ist sie das, als sie noch am Leben war?«

»Nein«, erklärte der Commissaris. »Das ist die Tochter eines Freundes, die verschwunden ist.«

»Suchst du sie?«

»Nein.«

»Ist sie als vermisst gemeldet worden?«

»Bisher nicht. Sie ist siebzehn.«

»Du solltest sie suchen«, sagte De Waal und seufzte, und selbst sein Seufzen klang hoch und hell. »Ich zeig dir mal was.«

Einige gedrückte Knöpfe und ein paar blitzschnell angetippte Tasten später blickten der Commissaris, Gallo und Inspecteur Vreeling in die Hölle, in der Hoofdinspecteur De Waal alle Zimmer kannte. »Die meisten denken, Kinderpornos, das sind diese Bilder, die immer wieder in den sogenannten Reportagen des Privatfernsehens gezeigt werden«, sagte er, »dieser voyeuristische Soft-Sex-Dreck von scheinheiligen Medienzuhältern: niedliche Jungen mit zarten nackten Körpern in sanftem Licht, Planschereien in der Badewanne, keine Gesichter, kein Blut, keine Schreie, Missbrauch *light*! Aber die Wirklichkeit sieht anders aus, die Wirklichkeit ist das …«

Auf dem Bildschirm erschien ein nacktes, kleines Mädchen, noch kleiner, weil es kniete, vor einem erigierten Männerglied, das dicker war als ihr Hals, und das Gesicht des Mädchens war willenlos und wie betäubt, und die klaren blauen waren Augen weit aufgerissen, und eine große Hand hielt ihr Kinn fest.

»… und die Wirklichkeit ist das!«

Ein Junge lag nackt auf dem Bauch, sein zartes Gesäß nach oben gereckt. Über den Rücken lief seine Wirbelsäule zum Kopf hinauf, jeden Knorpel konnte man sehen, und man konnte auch das Blut sehen, das sich auf dem Handtuch unter ihm ausbreitete.

»… und das ist auch die Wirklichkeit!«

De Waals Stimme hatte Mühe, sich durchzusetzen gegen die Schreie, die jetzt aus den Lautsprechern des Computers drangen – entsetzliche Schreie voller Schmerz, voller Angst, denn nun war der Hoofdinspecteur bei den Filmen, in denen kleine Hände sich in Holzpritschen krallten, in denen Augen, erfüllt von verständnislosem Flehen, hierhin und dorthin flogen, in denen Gewebe zerriss und rote Wunden weißes Sperma zu bluten schienen.

»Nie wird ein Kind so was vergessen«, sagte De Waal, »die äußeren Wunden verheilen, aber die innendrin, die schließen sich nie, niemals wird dieses Kind glücklich werden – oder dieses – oder dieses –, und manche enden dann so …«

Auf dem Monitor spreizte eine junge Frau ihre Schenkel, und ein maskierter Mann namens *TheWhip* bot sie dem Meistbietenden an, versteigerte sie im Tausch gegen eine Vierzehnjährige, auf Fotos, auf Film oder leibhaftig, und dann sah man diese Frau nackt mit zwei Männern. Und De Waals Finger flogen wieder über die Tastatur, klickten ein paarmal mit der Maus, und es erschienen andere Mädchen und Frauen und Jungen und Männer. Und alles, was noch fehlte, waren Flammen, die über ihre nackten Körper züngelten, während aus den Lautsprechern ihr Kreischen gellte, ihr Stöhnen, ihre Lust, ihre Verzweiflung.

»Willst du, dass dein Mädchen hier so endet? Dass so was aus ihr wird, nacktes Fleisch auf einem Scheiterhaufen? Das sich windet und glüht, aber niemals verbrennt?« Er hielt inne, hielt den Atem an, weil ihm auf einmal wieder die Fotos von der Brandleiche neben dem Computer eingefallen waren. Er trat vom Schreibtisch zurück und hob beide Hände in einer Geste der Resignation. »Ich sollte vielleicht nach Hause gehen, ein bisschen schlafen. Gute Nacht. Oder guten Morgen. Ganz wie ihr wollt.« Er ging zur Tür. »Menschen kommen nach Amsterdam, um zu verschwinden. Nicht unbedingt in der Stadt selbst, dazu ist sie ja nicht groß genug. Aber sie ist eine gute Durchgangsstation, denn von hier aus kann man überallhin – sogar in ein anderes Leben, in eine andere Welt, in der man plötzlich nicht mehr unter Menschen ist. Fragt in den Hotels nach, den Pensionen, den Jugendherbergen, bei der Bahnhofsmission. Gebt die Fotos an die Zeitungen, das Fernsehen, unternehmt alles, damit das Mädchen da, die Tochter deines Freundes, Bruno, damit sie nicht so wie die andere auf der Müllkippe endet, *auf irgendeiner Müllkippe!*«

»Wir sind auch Polizisten, wir wissen, was wir tun müssen«, sagte Gallo. Sein Blick folgte De Waal, der mit einer abrupten, ruckartigen Bewegung die Tür öffnete, auf den Gang trat und die Tür zu heftig hinter sich schloss, sie aber noch einmal öffnete und wieder ins Schloss zog, diesmal mit einem leisen, hellen Klicken.

Plötzlich war es wieder Winter, und dem Commissaris kam sein Büro trotz des Sonnenscheins vor dem Fenster kalt und dunkel vor. Das Fleckchen Grün fehlte ihm wirklich, das Stück Rasen in der Hölle.

7

Die Bilder der verbrannten Leiche gingen an alle Zeitungen und sämtliche Fernsehsender. Die uniformierten Agenten aller Amsterdamer Wijkteams marschierten von Hotel zu Hotel, von Pension zu Pension, kontrollierten die Gästebücher der Jugendherbergen und besuchten Frauenhäuser und Mädchenheime. Sie zeigten den Portiers und Leiterinnen die Bilder der verbrannten Leiche, nannten ihr ungefähres Alter und fragten, ob jemand dieses Alters und Geschlechts hier gewohnt hatte und vermisst wurde oder nicht vermisst wurde, sondern nur abgereist war, jemand, der sich merkwürdig verhalten hatte oder Besuch von jemandem bekommen hatte, dessen Verhalten man als merkwürdig bezeichnen konnte. Es gab ein paar

Hinweise, nicht viele, aber selbst die wenigen führten ins Leere. Am frühen Nachmittag des 29. Dezember, einem Freitag, klingelte das Telefon auf Commissaris van Leeuwens Schreibtisch, aber niemand war da, um den Anruf entgegenzunehmen. Eine Stunde später klingelte es wieder, und diesmal war der Commissaris anwesend und hob den Hörer ab.

»Brigadier Tambur«, meldete sich eine weibliche Stimme, »Julika, vom Wijkteam Lijnbaansgracht.«

»Ich weiß, wohin ich dich versetzt habe«, sagte Van Leeuwen.

»Wie geht's Ihnen, Mijnheer? Fehle ich Ihnen ein bisschen?«

Der Commissaris antwortete nicht, und Brigadier Tambur fuhr fort: »Warum ich anrufe – ihr habt da doch dieses verbrannte Mädchen, die Leiche von der Müllkippe, von der ihr nicht wisst, wer sie sein könnte?«

»Ja. Und?«

»Okay, also ich habe hier jemanden auf der Wache, einen jungen Mann«, sagte Julika Tambur. »Es hat eine Schlägerei gegeben, schon heute Nacht, und er war darin verwickelt, ist aber erst jetzt bei uns gelandet. Hat sich wohl mit den falschen Leuten angelegt. Er heißt Ropers, Tom Ropers, und ist so eine Art Steilwandfahrer bei einer Motorradshow …«

»Einer Motorradshow?«, fiel der Commissaris ihr ins Wort. »Bei einem Zirkus?«

»Genau«, bestätigte Julika, »einem Wanderzirkus. Wie auch immer, er ist hier, weil er seine Freundin sucht, die ihn irgendwo in der Pampa sitzengelassen hat und nach Amsterdam abgehauen ist. Die große weite Welt und so. Ich weiß ja nicht, wie genau die Pathologie das Alter einer Brandleiche bestimmen kann, aber das verschwundene Mädchen, das Tom sucht, war siebzehn und …«

»Wie heißt sie?«, unterbrach Van Leeuwen sie wieder.

»Rascha«, antwortete Julika. »Rascha Frankenhuis. Ich habe mir gedacht, vielleicht handelt es sich um …«

»Ich bin gleich da«, sagte der Commissaris, »halt den Jungen so lange fest.« Er legte auf und dachte: Es stimmt tatsächlich, sie ist mit dem Zirkus weg, und du dachtest die ganze Zeit, es wäre nur noch ein Klischee, *kein Mensch haut heutzutage mehr mit einem Zirkus ab!* Er fuhr in seinen Trenchcoat, und als er auf der Marnixstraat war, flutete ihm wieder das weißblaue Biskayalicht aus dem klaren Himmel entgegen, der sich auf dem niedrig stehenden Wasser der Lijnbaansgracht spiegelte. Es war kühl, aber nicht kalt, wahrscheinlich neun Grad Celsius, und eine blasse Sonne schien.

Das für den Distrikt Centrum zuständige Revier an der Lijnbaansgracht 219 ließ sich vom Präsidium aus bequem zu Fuß erreichen, sogar bei Regen und Gegenwind, ohne Schirm. Das fünfstöckige Gebäude sah aus, als hätte man es einfach vom Hoofdbureau an der Elandsgracht abgeschnitten und ein Stück in Richtung Stadtmitte hinter das Schouwburg-Theater am Leidseplein verfrachtet: der gleiche kastenförmige dunkelrote Klinkerbau mit den scharfen Ecken und Kanten, identische quadratische Fenster mit den obligaten weißen Fensterrahmen und den halb heruntergelassenen blauen Sonnenblenden, die unerlässliche blau-goldene Fahne der Polizei von Amsterdam-Amstelland auf dem Dach und vor dem Eingang auch hier die übliche Anzahl von blau-weiß-roten Einsatzfahrzeugen und Dienstmotorrädern, für die nirgendwo ausreichend Platz zur Verfügung stand.

Es gab eine Brücke über die Leidsegracht, die an der Ecke des Reviers in die Lijnbaansgracht mündete. Auf der Brücke lehnte Brigadier Julika Tambur an dem Geländer aus Schmiedeeisen und rauchte eine Zigarette. Die Sonne stand nicht mehr so hoch wie am Mittag, und die kahlen Äste der Ulmen an der Leidsegracht warfen ein Leopardenfell aus Schatten über die Brücke. Julika trug eine blaue Uniformhose, eine dunkelblaue, gefütterte Tuffy-Jacke, Stiefel und den Gürtel mit Dienstwaffe, Gummiknüppel und Pfefferspray. Sie sah den Commissaris nicht kommen, vielleicht weil die Sonne ihr in die Augen schien.

»Ich wusste gar nicht, dass du wieder angefangen hast zu rauchen«, sagte er, als er die Brücke erreicht hatte.

Jetzt sah sie ihn an, ohne einen besonderen Ausdruck im Gesicht, nicht überrascht, nicht erfreut, auch nicht ablehnend; eher neugierig. Ihre Augen schimmerten in einem schräg einfallenden Sonnenstrahl so blau wie der Himmel. Das Haar, in das sie korallenrote Strähnen gefärbt hatte, war kurz geschnitten. Sie warf den Zigarettenstummel weg und trat die Glut aus. Mit der Stiefelspitze schob sie das nasse, schwarze Laub auf der Brücke zu einem kleinen Haufen zusammen.

»Sie wissen überhaupt nicht mehr viel von mir«, antwortete sie. Sie versuchte, nicht zu lächeln, nur ein kurzes Zittern der Mundwinkel, das schnell erstarb.

Der Commissaris schob die Hände in die Manteltaschen, sah ihr in die Augen und sagte: »Ich weiß, was ich wissen muss, und wenn ich es nicht weiß und wissen will, dann frage ich dich. Ich habe deinem Antrag auf Versetzung stattgegeben und dich dem Politiebureau Centrum hier zugeteilt, das so nah beim Präsidium ist wie eben möglich, damit ich dich im Auge behalten kann. Davon abgesehen, ist es gerade mal vier Wochen her, dass du deinen Schreibtisch im Präsidium geräumt hast.«

Julika fuhr sich mit der Hand über die jetzt leicht gerötete Stirn und deutete ein Kopfschütteln an wie jemand, der beschließt, nicht länger auf dem einzig richtigen Standpunkt zu beharren, sondern sich stattdessen einem anderen Thema zuzuwenden. »Der junge Mann«, sagte sie, »der Steilwandfahrer aus dem Zirkus …«

»Tom Ropers«, warf der Commissaris ein.

»Genau.« Julika nickte. »Offenbar ist dieses Mädchen, das er sucht, diese Rascha, hier bei uns auf die schiefe Bahn geraten, hat sich mit den falschen Leuten eingelassen, und einer dieser Leute – wenn man Tom glaubt – ist Léon Braak, ein Zuhälter. Die Fahndung nach ihm läuft bereits. Gestern Nacht, oder besser: heute Morgen, hat eine Streife Tom hinter ein paar Müllsäcken gefunden und erst mal in der Notaufnahme verarzten lassen, bevor sie ihn zu uns bringen konnten. Ich nehme an, Braak wollte nicht, dass Orpheus seine Eurydike findet.«

»Ich möchte mit ihm reden«, sagte der Commissaris. Sie verließen die Brücke und gingen an den vor dem Revier aufgebockten Maschinen der Motorradstreifen vorbei zum Eingang der Wache.

In Uniform wirkte Brigadier Tambur kräftiger, nicht so schlank wie in Zivil, und ihre Schritte waren ausgreifender, als hätte sie sich noch nicht daran gewöhnt, in Stiefeln zu gehen. Sie öffnete die Tür und ging voran. Sie nickte dem uniformierten Beamten am Empfang zu. Der Beamte erkannte den Commissaris nicht. Hinter den gläsernen Trennwänden der Büros saßen Männer und Frauen in Uniform und Zivil an ihren Schreibtischen, telefonierten, tranken Kaffee, tippten Berichte. Ohne stehen zu bleiben, passierte Julika die offenen Türen der Büros. »Die Treppe rauf«, sagte sie.

»Was ist Ropers für ein Mensch?«, fragte der Commissaris, als sie oben waren und den Gang zum Verhörzimmer entlanggingen.

Brigadier Tambur blieb vor einer Tür stehen. »Weich, sensibel. Er ist nicht so schlimm zugerichtet worden, aber innendrin hat es ihn, glaube ich, ziemlich erwischt. Die Sache mit seiner Freundin, meine ich. Wollen Sie allein mit ihm reden?«

»Nein.«

»Warum interessieren Sie sich überhaupt für ihn?«

»Ich bin mit dem Vater des verschwundenen Mädchens zur Schule gegangen«, antwortete der Commissaris. »Was hast du bisher aus dem Jungen herausgeholt?«

Julika erstattete ihm Bericht, und als sie fertig war, nickte Van Leeuwen, was heißen sollte, lass uns reingehen, und Julika öffnete die Tür, und sie gingen hinein.

Tom Ropers, der Steilwandfahrer, saß an dem Tisch in der Mitte des kahlen Raums und sah zum Fenster hinüber. Jeder, den man in so einem Raum allein ließ, sah irgendwann nur noch zum Fenster hinüber. Erst sahen sie auf die Tür, aber wenn sie merkten, dass niemand kam, sahen sie zum Fenster. Manche standen auf und gingen umher, probierten, ob die Tür sich öffnen ließ, und dann gingen sie zum Fenster und sahen hinaus auf den Hof hinter dem Haus. Andere legten das Gesicht in die Hände, als hätten sie gerade etwas Schreckliches erlebt. Aber nach einiger Zeit saßen alle einfach da und sahen zum Fenster hinüber, vor allem, solange es draußen hell war.

Als die Tür aufging, zuckte Tom zusammen und fuhr herum. Zuerst schien er nur Julika wahrzunehmen. »Wann kann ich endlich gehen?«, fragte er und stand auf. »Ich habe doch meine Aussage gemacht! Ich will keine Anzeige erstatten, das habe ich Ihnen auch gesagt.« Dann bemerkte er den Commissaris. »Ich habe doch recht, oder? Ich muss nicht hierbleiben, wenn ich nicht will?«

Er war groß und kräftig, wie ein Turner, und zwar auf die drahtige Art, die mit harter körperlicher Arbeit kam, vorausgesetzt man trank dazu keinen Alkohol. Er trug zerrissene, hellblaue Jeans, schmutzige rote Sneakers, einen schwarzen Rollkragenpullover und einen abgewetzten, taubengrauen Lederblouson. Auch die Jacke und die Jeans waren mit dunklen Schmutzflecken übersät. Auf dem Tisch lag ein Pflaster, das er sich während des Wartens abgezogen hatte. Daraufhin hatte er wieder begonnen ein wenig zu bluten, denn die linke Augenbraue, wo ihn etwas hart getroffen hatte, war eingerissen, aber nicht sehr tief. Außer dem Riss in der Augenbraue, einer aufgeplatzten Lippe und mehreren roten und blauen Schwellungen zeigte sein Gesicht keine frischen Wunden. Es gab eine Narbe unter dem rechten Ohr und eine am Kinn, die wohl von früheren Verletzungen stammten. Ropers hatte grüne Augen und lange braune Haare, die er mit einem Ruck des Kopfes nach hinten warf, wie der Commissaris es sonst nur bei jungen Frauen gesehen hatte.

»Setzen Sie sich, Mijnheer Ropers«, sagte Van Leeuwen.

Der junge Mann gehorchte. Er betastete den Riss in der Augenbraue, und sein Blick flog von Van Leeuwen zu Brigadier Tambur und wieder zurück, aber er sagte nichts.

»Ich bin Commissaris van Leeuwen«, sagte der Commissaris. »Ich habe noch ein paar Fragen an Sie, und wenn Sie die beantwortet haben, können Sie gehen.«

Ropers nickte vorsichtig.

»Zuerst fasse ich zusammen, was ich schon weiß«, sagte der Commissaris, »das kürzt die Sache etwas ab. Ihr Name ist Tom Ropers, Sie sind fünfundzwanzig Jahre alt, Artist, Steilwandfahrer, und Sie treten mit einem Zirkus auf, einem kleinen Familienunternehmen, das *Pepers Circus World* heißt. Zurzeit wohnen Sie in Amsterdam im *Hotel Katmandu* an der Warmoesstraat. Als Sie mit dem Zirkus in der Nähe von Nes an der Amstel aufgetreten sind, ist Ihnen ein junges Mädchen zugelaufen, eine gewisse Rascha Frankenhuis.« Der

Commissaris holte das Foto von Rascha aus der Brieftasche und legte es vor Ropers auf den Tisch. »Ist sie das?«

Als er das Bild betrachtete, wurde Ropers erst blass, dann rot. »Woher haben Sie das?«

»Sie ist es also?«

»Ja.«

»Als Sie Rascha kennengelernt haben, wann war das? Vor einem Jahr ungefähr?«

»Nein, später. Im März.«

Brigadier Tambur sagte: »Sie hat Sie gesehen, wie Sie mit Ihrem Motorrad an der Steilwand rauf- und runtergefahren sind und war so beeindruckt, dass sie beschlossen hat, bei Ihnen zu bleiben. Und Sie haben gesagt, warum nicht? Diese Kleine ist jung und hübsch, und der Platz im Wohnwagen reicht für zwei …«

»So war es nicht.« Ropers schüttelte den Kopf. »Sie ist uns nachgereist. Sie hatte eine Vespa, mit der ist sie hinter uns hergefahren. Manchmal passiert so was, dass jemand von unserem Leben fasziniert ist oder von einer besonderen Nummer, einer artistischen Darbietung, an der er sich nicht sattsehen kann.«

»Und Rascha Frankenhuis war von Steilwandfahrern fasziniert?«, fragte der Commissaris.

Ropers zuckte mit den Schultern und fing wieder an, seine Augenbraue zu betasten. »Sie hat sich irgendwas eingebildet«, sagte er schließlich.

»War sie in Sie verliebt?«

»Nein.« Ropers schüttelte den Kopf. »Glaube ich nicht. Nicht wirklich. Nein.«

»Haben Sie sie geliebt?«

»Nein.«

»Ihr Vater hat sie geliebt«, sagte der Commissaris. »Wenn Sie sie nicht geliebt haben, warum sind Sie dann hier und suchen nach ihr?«

Ropers zögerte. »Ich hatte Angst, dass ihr etwas passiert sein könnte«, erklärte er. »Als sie weggegangen ist, sagte sie, sie würde sich bald melden. Sie wollte mir Bescheid geben, sobald sie in Amsterdam ist und sich etwas eingelebt hat, aber das hat sie nie getan. Sie war nicht der Typ, der etwas verspricht und es dann nicht hält.«

»Wann war das?«

»Im Sommer, vor einem halben Jahr.« Ropers beugte sich über das Foto, das vor ihm auf dem Tisch lag. »Hat ihr Vater sie als vermisst gemeldet? Haben Sie das Bild von ihm? Sie hat nie von zu Hause erzählt, nur, dass sie wegwollte.«

»Kannte Rascha jemanden hier in Amsterdam?«, fragte der Commissaris. »Eine Freundin, bei der sie wohnen konnte? Einen Mann?«

»Nur den Fotografen, der die Fotos von ihr gemacht hat, Mike Sluizer. Er hatte dieses Shooting für sie vorbereitet, deswegen ist sie ja hergekommen.«

»Woher kannte sie diesen Fotografen?«

»Er ist eines Tages bei uns aufgetaucht, genau wie sie«, erzählte Ropers. »Er hat gefragt, ob er ein paar Fotos machen könnte, von den Zirkusleuten, den Wagen und den Tieren. Er meinte, das könnte eine gute Location abgeben, für Modeaufnahmen. Als er Rascha entdeckte, wollte er sie auch fotografieren. Erst wollte sie nicht, aber dann war sie doch geschmeichelt und hat Ja gesagt, und er hat ungefähr tausend Fotos von ihr geknipst, und später ist er noch mal zurückgekommen und hat gesagt, er hätte einen Job für sie, in Amsterdam. Sie hat mich gefragt, ob ich will, dass sie bleibt, aber ich habe gesagt, ich wüsste nicht, ob ich das wollte, und da ist sie ihm dann nachgefahren.«

Der Commissaris, der noch immer stand, steckte das Foto wieder ein. »Und beim Abschied hat sie gesagt, sie wollte sich melden.«

»Ja.«

»Was sie nie getan hat, kein Brief, kein Anruf, nichts.«

»Genau.«

»Und obwohl Sie sie nicht geliebt haben, sind Sie ihr nachgefahren, um sie zu suchen, weil Sie sich Sorgen um sie gemacht haben. Wann war das?«

»Vor einem Monat ungefähr«, antwortete der Steilwandfahrer.

»Warum nicht früher?«

»Ich konnte die anderen nicht im Stich lassen.« Ropers sah auf, erst zu Van Leeuwen, dann zu Julika, die mit verschränkten Armen neben dem Fenster an der Wand lehnte. »Ich musste warten, bis die Tournee zu Ende war und der Zirkus sein Winterquartier bezogen hat. Kann ich jetzt vielleicht …«

»Gleich«, fiel der Commissaris ihm ins Wort. »Als Sie endlich hier eingetrudelt sind, vor vier Wochen, an wen haben Sie sich da gewandt? An diesen Mike Sluizer?«

»Ja.«

»Und der war riesig erfreut und hat Ihnen sofort gesagt, wo die kleine Rascha steckt?«, sagte Brigadier Tambur.

»Nein. Er sagte, er wüsste nicht, wo sie wäre. Er hat so getan, als könnte er sich gar nicht an sie erinnern.«

»Was haben Sie daraufhin unternommen?«, fragte Van Leeuwen.

Der Steilwandfahrer runzelte die Stirn, versuchte, sich zu erinnern, was vor vier Wochen gewesen war. »Ich habe alles abgeklappert, ein bisschen rumgefragt – bei anderen Fotostudios, ein paar Model-Agenturen, die mir genannt worden waren, in Coffeeshops, Jugendherbergen, sogar im Sekretariat der Uni, sie wollte nämlich studieren, Tiermedizin. Niemand kannte Rascha, niemand hatte von ihr gehört oder sie gesehen, deswegen bin ich noch mal zu Sluizer zurück. Ich hatte nämlich inzwischen so einiges über ihn gehört.«

»Was hatten Sie gehört?«

»Dass er nicht nur Fotograf war. Und dass er nicht immer denselben Namen hatte.«

»Haben Sie ihn bedroht?«, fragte der Commissaris.

Ropers schwieg. Er rieb die verletzte Hand unter dem Verband und biss sich auf die Unterlippe.

»Hat er Sie bedroht?«

»Beim ersten Mal nicht«, sagte Ropers. »Erst als ich wiedergekommen bin. Aber ich habe es nicht ernst genommen.«

Der Commissaris ging um den Tisch herum. Auf der Fensterbank lagen ein Block mit Schreibpapier und ein Kugelschreiber. Er nahm beides und legte es vor Ropers hin. »Schreiben Sie die Adresse des Fotografen auf, bitte«, sagte er. »Und die Namen und Adressen von allen anderen Personen, die Sie in Amsterdam aufgesucht und nach Rascha gefragt haben. Aber bevor Sie das tun, erzählen Sie mir noch, wie Sie an Léon Braak, den Zuhälter, gekommen sind.«

Ropers warf neuerlich die Haare zurück. »Mike hat mir seinen Namen gesagt.«

Der Commissaris beugte sich über den Steilwandfahrer und sah ihm direkt ins Gesicht, von so nah, dass Ropers den Kopf wegdrehte, um ihm nicht in die Augen schauen zu müssen. »Sie haben Sluizer nach Ihrer Freundin gefragt, und er schickt sie zu einem szenebekannten Zuhälter? Das glaube ich nicht, Mijnheer Ropers. Also muss es eine andere Verbindung zwischen dem halbseidenen Modefotografen und diesem Léon Braak geben, der Sie nachgegangen sind. Und was könnte das wohl für eine Verbindung sein?«

»Eine Frau«, sagte Julika.

»Genau, eine Frau«, bestätigte der Commissaris gereizt. »Aber welche?«

»Nicht Rascha«, sagte Ropers und belastete den Namen so vorsichtig, als beträte er sehr dünnes Eis.

Hoffentlich nicht, dachte Van Leeuwen. »Sondern?«

»Ihr Name ist Kira«, erklärte Ropers widerstrebend. »Jemand hat mir gesagt, dass sie sich ein bisschen um Rascha gekümmert hat, als sie Hilfe brauchte.«

Kira, dachte der Commissaris, das ist kein holländischer Name. »Und diese Kira hat Sie zu Braak geschickt?«

»Nein«, antwortete Ropers mit belegter Stimme. »Sie … sie war nie da, wenn ich sie angerufen habe … Ich habe es immer wieder versucht, aber sie war nie zu erreichen. Ich weiß nicht, was aus Rascha geworden ist, wie es ihr geht. Das Mädchen – dieses Mädchen, das mein Gespräch mit Mike gehört hat –, von dem ich ihren Namen habe, konnte mir nur Kira Telefonnummer geben, sonst nichts, keine Adresse. Sie hatte Angst, alle hatten Angst …«

Seine Augen glitzerten jetzt auf eine Weise, auf die sie vorher nicht geglitzert hatten, und der Commissaris sah Julika an, die den Blick gesenkt hatte. »Schreiben Sie die Telefonnummer dieser Kira auch dazu«, sagte Van Leeuwen, richtete sich wieder auf und trat zurück. Er wartete, bis der Steilwandfahrer alle Namen, Adressen und Telefonnummern notiert hatte. Dann sagte er: »Und jetzt erzählen Sie mir von Rascha.«

8

Das Mädchen trug einen roten Lackledermantel und stand gleich neben der Rampe von *Pim's Todeswand*. Ohne dass irgendjemand sie gefragt hätte, sagte sie: »Ich bin Rascha«, so fing es an. Für sich genommen, war ihr Anblick gar nicht so wild. Ihr Haar flog ein bisschen im Abendwind, aber schon auf den zweiten Blick merkte man, dass sie nicht nur so eine Dorfschönheit war, sondern wirklich umwerfend aussah. Mit ihren grauen Augen, den langen blonden Locken und dem zarten Mund in dem blassen Gesicht konnte sie einem durch die Augen geradewegs ins Herz spazieren, wenn es sein musste, sogar in den Stiefeletten aus imitiertem Schlangenleder, die unten aus ihrem langen, hellblauen Samtrock rausguckten. Wahrscheinlich der letzte Schick ihrer Meinung nach, ganz mondän.

In der Hand – Handschuhe aus schwarzem Satin – hielt sie einen Pappbecher mit Bier, aus dem sie aber nicht trank. Sie biss sich auf die Unterlippe und stand nur da vor dem großen Holzrondell mit der rot-gelb gestreiften Markise und der Leuchtschrift über dem Eingang, *Pim's Todeswand*. Es gibt Mädchen, denen man jede Regung vom Gesicht ablesen kann, alles, was sie gerade bewegt, wie ihnen gerade zumute ist, und sie war so ein Mädchen. In Rascha ging an dem Abend gerade alles durcheinander, das konnte man sofort sehen. Sie war wütend und traurig, voller Sehnsucht, und sie fühlte sich verloren. Nichts passte zusammen, aber alles zerrte an ihr.

Die Plakate auf den Holzständern neben der Kasse zeigten zwei von den Todesfahrern, beide mit muskulösen Oberkörpern und kräftigen Beinen. Einer der beiden trug Cowboystiefel, Jeans und ein Lederhemd mit Fransen an den Ärmeln. Über seinem breitkrempigen Hut stand in brennenden Buchstaben *Pim*. Der andere hatte Turnschuhe, eine schwarze Lederhose und eine schwarze offene Lederjacke an, darunter nichts, kein Hemd, kein Unterhemd. Über ihm stand *Tom*, in den gleichen Buchstaben, die aussahen, als hätten sie noch versucht, dem Feuer zu entkommen, bevor der ganze Name in Flammen aufging. Pim und Tom saßen auf großen, altmodischen Motorrädern, beide Fäuste an der Lenkstange und auf dem Gesicht einen Ausdruck, den der Maler für tollkühn und verwegen gehalten hatte. So wollten sie aussehen, das hatten sie ihm klargemacht, und er hatte es sogar einigermaßen hingekriegt, den Ausdruck, nicht die Gesichter.

Auf einem Schild an der Kasse stand: *Mit dem Tod im Sattel rund im Hexenkessel – Beginn der Show jede volle Stunde! Herausforderer willkommen! 300 Euro für den Sieger!*

Dahinter ragte die Steilwand auf, ein riesiger Trichter aus rot und gelb bemalten Holzbohlen. Aus dem Kessel drang das Knallen und Knattern von Fehlzündungen, dann das Röhren von Motorradmotoren. In der Luft hing der Geruch von Benzin, von Abgasen und erhitztem Gummi, so stark, dass ihn nicht mal der Wind wegwehen konnte. Wenn die Maschinen anfingen, sich die Steilwand hochzuschrauben, kam noch das Quietschen der Reifen zu dem Heulen der Motoren, das man mitten in der Brust spürte. Solange man im Sattel saß, achtete man gar nicht auf den Lärm, aber draußen vor dem Eingang traf er einen jedes Mal mit voller Wucht und nahm einem fast den Atem, wenn er ganz nah war.

Tom saß am Fuß der Steilwand auf seiner 1928er Indian Scout, beide Arme auf den Lenker gelegt. Mit den Beinen stützte er die Maschine ab. Er saß ganz ruhig im Scheinwerferlicht und wartete auf den Beginn der Show. Am Nachmittag hatte es geregnet, aber jetzt regnete es nicht mehr, sodass der Boden und die Wände trocken waren und die Vorstellung nicht abgesagt werden musste. Die Balustrade über den senkrecht aufragenden Holzwänden des Rennkessels war voll besetzt. Wenn Tom nach oben sah, konnte er die Köpfe der Zuschauer vor den Scheinwerfern erkennen, und er spürte ihre Spannung.

Pim stand bei dem Mast in der Mitte des Kreisels, denn bei der Dreihundert-Euro-Runde wechselten sie sich ab, und jetzt stand also

Pim da und schwenkte die drei grünen Geldscheine. »Dreihundert Euro!«, rief er. »Dreihundert Euro für den Sieger! Wer wagt es, eine unserer Maschinen zu besteigen und sich mit unserem unbesiegten Champion ein Rennen auf Leben und Tod zu liefern?!«

Der Mann, der es wagte, trug ein blauweiß kariertes Hemd und eine Segeltuchhose mit Hirschhornknöpfen am Gürtel, aber keine Jacke. Seine Füße steckten in braunen Sandalen und hellblauen Strümpfen. Sein blondes Haar war kurzgeschoren bis auf die Kopfhaut. Rote Flecken auf seinen Wangen verrieten seine Aufregung. Unruhig blinzelnd trat er in den Kessel, hob kurz beide Arme wie ein Boxer, der seinen Gegner begrüßt, und nahm den spärlichen Applaus von der Balustrade entgegen. Eine vereinzelte Frauenstimme rief: *»Willem! Willem!«*

Willem ging zu der Suzuki, die neben Pim aufgebockt stand. Er sagte etwas, das Tom nicht hören konnte, und Pim sagte auch etwas, das Tom nicht hören konnte, und dann schob Willem die Suzuki vom Ständer, saß auf, startete sie und drehte das Handgas voll auf, bevor irgendjemand reagieren konnte. Der ganze Kessel vibrierte unter dem Motorenlärm. Der Knall einer Fehlzündung schlug gegen die Wände. Tom drehte den Zündschlüssel und sah zu, wie die Suzuki sich aufbäumte. Aus einer Wolke von Abgasen und Gummiabrieb schoss sie zwei Meter vorwärts, dann berührte das Vorderrad wieder den Boden, und die Maschine ging auf die Steigung los.

Tom startete langsam. Er sah sofort, dass Willem zu schnell zu weit nach oben wollte. Er beschleunigte und folgte ihm, aber nicht so steil, und dabei drehte er das Handgas sacht weiter auf. Willem schaute sich um, sah ihn kommen und versuchte sich schnell höherzuschrauben. Er löste sich vom Boden und fuhr in die Wand, aber er kam nur zwei oder drei Meter hoch, dann verlor er wieder an Höhe, weil er keine Ahnung davon hatte, wie man Steigungswinkel, Neigungsgrad und Geschwindigkeit berechnete. Der Lenker zitterte und bockte in seinen Händen, und er konnte die Maschine nicht oben halten, und auf einmal war Tom hinter ihm. Gleich darauf schloss die Indian Scout zu der Suzuki auf.

Eine Zeit lang fuhr Tom neben Willem, bevor er an ihm vorbeizog. Elegant und schwerelos stieg er auf, über die Suzuki, einen Meter und noch einen Meter, und jetzt hätte er ewig so weitermachen können, höher und höher hätte er seine Maschine lenken und eine Runde nach der anderen dicht an der oberen roten Linie ziehen können, so dicht, dass er nur die Hand auszustrecken brauchte, um die Zuschauer hinter der Balustrade zu berühren. Aber das reichte ihm nicht, er ließ sich wieder zurückfallen, unter Willem, und die Suzuki, überholte ihn und blieb zurück, umkreiste ihn, und endlich, als der Beifall der Zuschauer schon fast das Gebrüll der Motoren übertönte, ließ er den Lenker los und breitete die Arme aus, hielt die Maschine nur mit den Schenkeln ganz oben in der Wand, die Schöße seiner Lederjacke ausgebreitet wie schwarze Flügel im kreisenden Licht der grellen Scheinwerfer.

Durch die Ritzen zwischen den Brettern des Rondells fiel etwas Licht, und das Mädchen draußen spähte durch einen Spalt ein Stück weit von der Rampe entfernt. Anfangs sah es nur die Holzwand gegenüber im grellen Licht der Schweinwerfer, und zwei verwischte Schatten, die im Kreis herum über den Spalt hinwegrasten. Die Reifen donnerten über die Holzbohlen, und die ersten Male zuckte das Mädchen zurück, aber danach nicht mehr, danach blieb es unbewegt stehen, und es war, als jagten die Maschinen ihm direkt über das Gesicht. Das Mädchen roch das Schmieröl und das verbrannte Benzin, und im nächsten Augenblick flogen die Maschinen schon wieder weit entfernt über die andere Seite des Kreisels, immer höher schraubten sie sich auf der Kesselwand, bis dicht an die rote Linie ganz oben, nur Zentimeter von den Zuschauern entfernt, die oben an der Balustrade standen und in den Kessel hinunterstarrten. Wenn die Fahrer auf der gegenüberliegenden Seite waren, konnte das Mädchen für einen kurzen Moment ihre Gesichter sehen, wirklich nur eine Sekunde, die Augen zu kleinen Schlitzen zusammengezogen, die Mundwinkel flatterten, und jetzt ließ einer von ihnen den Lenker los und breitete die Arme aus und flog im Kreis herum wie eine schreckliche, aufregende Gestalt aus der Apokalypse, den Predigten am Sonntag in der Kirche.

Da ertönte ein Klingeln mitten in das Johlen und Grölen der Zuschauer. Willem blutete inzwischen aus der Nase, und als er die Klingel hörte, gab er einfach auf, drosselte das Tempo als Erster, lenkte seine Suzuki auf den Kesselboden und stieg ab. Einen Moment lang schien er zu taumeln, als schwankte die Erde oder so was, dann ließ er die Maschine fallen. Das hatte Tom schon oft gesehen, bei allen, die ihn und Pim herausforderten, sie stiegen ab und taumelten, und dann schüttelten sie den Kopf, als hätten sie etwas Unglaubliches erlebt, und genauso machte es auch Willem. Er schüttelte den Kopf und lief dann über die Rampe aus dem Kessel, nur weg und raus, nach draußen, wo keine Scheinwerfer mehr auf ihn gerichtet waren. Stolpernd verschwand er in der Dunkelheit, und das war auch das Beste, was er tun konnte, so viel stand mal fest.

Tom ließ die Indian ausrollen, stieg ab und verbeugte sich. Danach rollte er seine Maschine aus dem Kreisel, um sie unterzustellen, denn heute nacht gab es keine Vorstellung mehr. Das Mädchen in dem roten Lackledermantel sah ihm entgegen, einen Pappbecher mit Bier in der Hand, und sagte: »Ich bin Rascha«, aber er nickte ihm nur zu. »Wie heißt die Hauptstadt von Tibet?«, fragte das Mädchen, und auch diesmal sagte Tom nichts, weil er keine Ahnung hatte, was sie meinte.

»Warum hat sie nach der Hauptstadt von Tibet gefragt?«, wollte der Commissaris jetzt in dem Verhörraum des Politiebureaus Lijnbaansgracht wissen.

Tom Ropers zuckte mit den Schultern, und sein Blick kehrte in den von Zwielicht erfüllten Raum zurück. »Sie hat dauernd solche Fragen gestellt, bei jeder Gelegenheit. *Wie lang ist der Nil von der Quelle bis zur Mündung?* Solche Sachen, Quizfragen.« Er runzelte die Stirn. »Ich kenne Mädchen wie sie, und meistens lasse ich die Finger von ihnen, weil es so einfach ist, verstehen Sie? Es ist so einfach; sie lassen sich schnell in den Arm nehmen. Du nimmst sie in den Arm, und sie werfen sich dir an die Brust. Ich schob die Maschine an ihr vorbei, und sie sah mich weiter an, ohne zu trinken, als hätte sie das Bier nur in der Hand, um erwachsener zu wirken, und so fing es eben an.«

Der Commissaris nickte. Er hatte seinen Mantel über die Lehne des zweiten Stuhls geworfen und den dritten aus der Ecke des Raums an den Tisch gezogen und sich daraufgesetzt. »Erzählen Sie einfach mehr von ihr und weniger von sich«, sagte er. »Wie kam es dazu, dass Rascha Frankenhuis ihren Vater verlassen und sich dem Zirkus angeschlossen hat?«

Jetzt schob Ropers seine Schultern hin und her, als wären sie verspannt. Er sah den Commissaris an, ohne zu antworten. Dann wanderte sein Blick zu Julika, die noch immer unbeweglich am Fenster lehnte. »Sie ist nicht mit dem Zirkus gereist«, sagte er. »So kann man das nicht ausdrücken. Und von ihrem Vater hat sie erst viel später erzählt, als sie uns nachgefahren war.« Sein Blick verließ den Raum wieder. »An dem Abend geschah nichts zwischen uns, und an den nächsten war es nicht anders. Solange wir in der Gegend waren, tauchte sie jeden Tag bei uns auf und sah den Todesfahrern zu oder half, die Tiere zu füttern, die Pferde, die dressierten Hunde und die Lamas. Sie freundete sich mit den Artisten an, alberte mit den Clowns herum, und vom Autoscooter-Fahren konnte sie nicht genug kriegen. Die meiste Zeit hat sie allerdings mit uns verbracht. Über die Steilwand wollte sie alles wissen, und wenn ich keine Zeit hatte, ist sie Pim nachgelaufen. Pim hatte nichts dagegen, er mag Mädchen, und von Rascha hätte er unter Garantie gern noch mehr gehabt, aber so eine war sie nicht. Als wir weitermussten, dachte ich, so, das war's, doch dann ist sie auf einmal hinter uns hergeknattert. Sie hatte so einen Motorroller, eine Vespa Piaggio, *Italien auf zwei Rädern*, sagte sie immer, *Farbe: Pistazie, wie das Eis*. Sie hängte sich einfach an den letzten Wagen der Karawane. Außer dem Zirkus, der Todeswand und dem Autoscooter gab es noch eine Schießbude, das Karussell und ein Riesenrad. Wir allein hatten ja schon fünf Autos mit Wohnanhängern und einen Laster, der die Zeltplane, die Bretter für die Wände, die Masten und die Stützen für die Balustrade transportierte. Ich fuhr noch hinter dem Laster, und die ganze Zeit konnte ich Rascha im Rückspiegel sehen mit ihrem roten Lackmantel, der coolen Sonnenbrille und dem Schlafsack auf dem Gepäckträger. Und wenn wir anhielten, stellte sie den Roller am Rand des Platzes ab und wartete, ob jemand ihr anbot, bei ihm im Wagen zu übernachten.«

Am Rand des Gewerbegebiets standen schon drei Zirkuszelte und ein halbes Dutzend Wohnwagen mit der Aufschrift *Pepers Circus World*, bunt bemalt wie ein Groschenheft aus der Nachkriegszeit. Auf einer räudigen Wiese weidete ein Zebra an einer langen Leine, und in einem niedrigen Lattengehege langweilten sich zwei Lamas. Wäsche flatterte an Plastikleinen, die zwischen den Wagen gespannt waren. Ein paar Kinder in speckigen Hosen spielten Fußball, und ein Rudel Hunde tollte bellend durch das trockene Gras.

Am Morgen lag noch weißer Dunst über den frostbedeckten Feldern, aber als die Sonne höher stieg, löste der Nebel sich auf. Der Himmel gab nach und nach immer mehr Blau zu, bis er so strahlend war, dass man sich wünschte, ein Vogel zu sein und mitten hineinzufliegen. An den Ästen zeigten sich die ersten Eichkätzchen, und aus dem Boden traute sich hier und da sogar schon ein Krokus. Die Luft war frisch, voller zarter, herber Gerüche, und gesättigt mit Frühling.

Das Mädchen in dem roten Lackledermantel rollte auf den Platz, stieg von seiner Vespa Piaggio, *Italien auf zwei Rädern*, und ließ sie einfach ins Gras kippen. Es legte den Kopf in den Nacken und drehte sich einmal um die eigene Achse, mit ausgebreiteten Armen, als wollte sein Herz eine Panoramaaufnahme von allem machen, dem Himmel, den Feldern und dem Zirkus; dem ganzen Morgen. »Ich bin Rascha, weißt du noch?« Das sagte es zu Tom und zu jedem anderen, der es hören wollte. Und dann fragte es: »Wie viele Sternbilder hat die Milchstraße?«

»Aber warum sie sich Ihnen angeschlossen hat, wissen Sie nicht?«, unterbrach der Commissaris den Steilwandfahrer. »Hat sie Ihnen gesagt, wo sie hinwollte? Was sie vorhatte, mit sich, mit ihrem Leben?«

»Ja, aber erst später, ein bisschen wenigstens«, sagte Ropers. Er beugte sich vor. »Wir hatten ja nichts miteinander, Mijnheer, das ist wichtig. Ich habe nie mit ihr geschlafen, selbst wenn sie es vielleicht wollte. Sie war … als ich sie besser kennenlernte, war sie wie eine kleine Schwester für mich. Eine kleine Schwester, die man lieb hat und die man beschützen möchte – vor allem beschützen.« Er ließ sich wieder zurücksinken. »Es war so wenig, was sie verlangte. Es war leicht zu geben. Könnte ich wohl ein Glas Wasser haben?«

Der Commissaris nickte, und Brigadier Tambur ging zur Tür, um das Wasser zu holen.

»Es ist so einfach, jemand zu trösten, der einsamer ist als man selbst«, fuhr Ropers fort. »Wie wenn man ein bisschen Kleingeld in den Hut eines Bettlers wirft. Und mit der Zeit, als ich sie besser kennenlernte, merkte ich, dass sie eben anders war als die Mädchen, die sonst am Ausgang auf uns warten, auf Pim und mich. Die sich alles Mögliche vorstellen. Es war, als wäre sie in Wirklichkeit viel älter als ihre siebzehn Jahre, als hätte sie schon viel mehr gesehen. Und deswegen habe ich nie darüber nachgedacht, wie es kommt, dass sie nicht nach Hause musste, wer ihre Eltern sein könnten und warum niemand nach ihr suchte. Erst später habe ich begriffen, dass sie in mancher Weise auch jünger war, viel jünger. Dass sie noch nicht gelernt hatte, wie kaltherzig und gemein die Menschen sein können. Oder als wüsste sie es zwar, wollte es aber nicht glauben, sich nicht damit abfinden!«

Brigadier Tambur war an der Tür stehen geblieben, aber jetzt ging sie aus dem Raum, ohne sich noch einmal umzudrehen, und der Commissaris fragte sich, ob sie dachte, der Steilwandfahrer könnte genauso gut über sie gesprochen haben. »Wie lange ist Rascha bei Ihnen geblieben?«, fragte Van Leeuwen.

»Ungefähr einen Monat, fünf Wochen vielleicht, nicht länger. Als der Fotograf zurückkam, wusste ich, dass sie bald nach Amsterdam fahren würde, dass sie seinem Angebot nicht widerstehen konnte.«

»Woher wussten Sie das?«

»Weil sie mir kurz vorher etwas erzählt hatte, etwas über sich, das, wonach Sie vorhin gefragt hatten!« Er rieb sich wieder die verletzte Augenbraue, und dann nahm er auf einmal das Pflaster, das vor ihm auf dem Tisch lag und steckte es in die Jackentasche. »Ich konnte es mir nur damals nicht erklären.«

Aus dem Hauptzelt des Zirkus drang Gelächter herüber, dann Applaus. Ein Tusch erklang. Am Nachmittag hatte es zu regnen angefangen, und jetzt war Abend, und es regnete noch immer, aber nicht mehr so stark. Der Boden neben dem Eingang zur Todeswand war nass. Es roch nach Gras und feuchter Erde. Tom schob die Indian von der Rampe zu seinem Trailer, wo er sie abstellte und mit einer Plastikplane abdeckte. Als er sich umdrehte, stand das Mädchen in dem roten Lackledermantel hinter ihm, beleuchtet von den Glühbirnenketten, mit denen das Zelt geschmückt war, und fragte: »Der höchste Berg der Welt?«

Tom hatte noch nicht wieder das Gefühl, festen Boden unter den Füßen zu haben, und seine Schenkel zitterten. »Geh mal jemand anderem mit deinen Fragen auf die Nerven«, sagte er.

»Wissen ist Macht, noch nie gehört?« Rascha folgte ihm, als er auf die Tür seines Trailers zuging. »Ich hab ja vielleicht kein Abi, trotzdem weiß ich mehr als die meisten, die jeden Tag im Fernsehen bei den ganzen Quizshows auftreten. Wenn ich da erst mitmache, haben die keine Chance gegen mich; ich räume alles ab, das kannst du mir glauben. Entweder das, oder ich werde ein Supermodel. Beworben habe ich mich schon, ist nur noch eine Frage der Zeit, bis ich drankomme.«

»Ich drück dir die Daumen«, sagte Tom und öffnete die Tür zu seinem Trailer.

»Willst du nicht wissen, was ich vorhab mit dem ganzen Geld?«, fragte sie hastig.

»Nein.«

»Weil du keine Ahnung hast« – sie breitete die Arme aus, als wollte sie sich für einen Auftrittsapplaus in einer Fernsehshow bedanken – »wer Rascha ist. Was Rascha will.«

»Und was will Rascha?«, fragte Tom müde und ein bisschen ungeduldig. »Außer Quizkönigin werden? Oder Supermodel?«

»Nach Hause«, sagte sie.

Wieder ertönte ein Tusch, gefolgt von Gelächter und Applaus aus dem Zirkuszelt. Tom merkte auf einmal, dass ihm kalt war nur in der Lederjacke. Das Regenwasser lief ihm aus dem Haar den Hals hinunter auf den nackten Oberkörper. Endlich fragte er: »Warum setzt du dich nicht einfach auf deine Vespa da und fährst nach Hause?«

Statt zu antworten, schüttelte Rascha nur den Kopf. In dieser Geste lag irgendwie ihre ganze Einsamkeit, eine so tiefe Trostlosigkeit, wie er sie noch bei niemandem gesehen hatte. »Du weißt nicht«, setzte sie zu einer Antwort an, unterbrach sich aber selbst und endete: »Das geht nicht.«

»Warum nicht?«

»Muss es für alles einen Grund geben?«

»Ja.«

Sie schüttelte sanft den Kopf. »Nach Hause kann man nicht einfach zurück«, sagte sie, und ihre Stimme wurde ganz weich und so leise, dass sie fast unterging im sachten Flüstern des Regens. »Es ist ein Traum. Hast du keine Träume? Vom Glück oder von einem Menschen, etwas, wofür du viel Geld brauchst …«

»Nein.«

»Ich schon.« Sie legte den Kopf in den Nacken und schaute zum Nachthimmel hoch, wo hinter den abziehenden Regenwolken der Mond herauskam. »Ich kann mit offenen Augen träumen. Ich betrachte die Sterne, so lange – so lange, bis ich glühende Schmetterlinge dazwischen herumfliegen sehe.« Die Arme noch immer leicht ausgebreitet, drehte sie sich wieder um die eigene Achse, wie vor ein paar Tagen schon einmal. »Und dann bin ich plötzlich mittendrin, zwischen den Sternen und den Schmetterlingen …« Staunend hielt sie inne, bevor sie noch leiser fortfuhr: »Und weißt du, wie es ist, wenn ich dann wieder runterkomme?«

Tom schwieg.

»Dann sind die Schmetterlinge in meinem Bauch, ganz bunt und ganz heiß.« Sie hörte auf, sich zu drehen, und schloss die Augen, ein benommenes Lächeln auf den Lippen. »Und dann«, sie öffnete die Augen wieder und sah ihn direkt an, »dann ist das Leben für einen kurzen Moment erträglich.«

Er hielt ihrem Blick einige Herzschläge lang stand, und dabei spürte er eine Gänsehaut auf dem Rücken und den Armen, denn plötzlich hatte er das Gefühl, dass sie sich in großer Gefahr befand. Aber dann dachte er: *Sie ist erst siebzehn, und siebzehnjährige Mädchen reden eben manchmal, als hätten sie sie nicht mehr alle*, und er wusste noch, dass er sich später für diesen Gedanken geschämt hatte, und jetzt schämte er sich auch noch, denn inzwischen war er ganz fest davon überzeugt, dass sie in Gefahr schwebte.

Der Commissaris stand auf. »Haben Sie sich nicht gefragt, warum jemand sagt, dass er nach Hause möchte, obwohl er von da gerade weggelaufen ist? Können Sie es sich jetzt erklären?«

Ropers schwieg. Die Tür ging auf, und Brigadier Tambur kehrte zurück, mit einem Glas Wasser in der Hand. Kaum hatte sie es auf den Tisch gestellt, griff der Steilwandfahrer danach und leerte es in drei großen Schlucken. »Ich habe mir gedacht«, sagte er in sich gekehrt, »vielleicht meinte sie keinen Ort, kein Haus oder so was. Vielleicht meinte sie mehr einen Zustand. Etwas, wovon sie mal gehört hatte.«

Oder das sie verloren hatte, dachte Van Leeuwen; das sie seither überall suchte und zurzeit vielleicht bei den falschen Leuten. »Die große Frage ist jetzt nur«, sagte er und sah erst den Steilwandfahrer und danach Julika an, »ob Mijnheer Tom Ropers uns überhaupt die Wahrheit gesagt hat.«

9

Die Frau mit dem langen grauen Zopf und dem bunten Poncho stand am Tisch des diensthabenden Brigadiers und lächelte. Der Poncho war aus grober Wolle in der Farbe indischen Essens, und der dicke Schal, den die Frau sich um den Hals geschlungen hatte, variierte das Currybraun, Pfeffergelb und Ochsenblutrot des Ponchos. Auch das Gesicht der Frau erinnerte an eine alte Inderin; es war ausgemergelt und gerötet. Sie lächelte ein kleines Lächeln für den diensthabenden Brigadier, aber der Brigadier telefonierte und notierte dabei etwas auf einen Block.

Die Frau sah sich um und lächelte weiter, bis sie hinter der Glaswand des angrenzenden Büros an einem der beiden Schreibtische einen Zivilfahnder entdeckte, der in diesem Augenblick aufsah. Ihre linke Hand flatterte hoch, um ihm zu winken. Als sie merkte, dass er gleich wieder wegsah, ließ sie die Hand auf die Kuchendose in ihrem Arm sinken. Der diensthabende Brigadier legte den Hörer auf. Da sagte sie, immer noch lächelnd: »Tag, Bas.«

»Tag, Connie«, sagte der Brigadier. Er gab das Lächeln zurück und hielt es auch noch eine Weile aufrecht, als wäre es ein Wettbewerb, wer zuerst aufgab. Dann schaffte er es nicht mehr, und das Lächeln verschwand.

Gleich danach gab auch die Frau auf. »Ich habe euch einen Kuchen gebacken«, sagte sie. »Käse mit Rosinen, den mögt ihr doch so gern.«

Die automatische Tür zur Lijnbaansgracht öffnet sich, und ein uniformierter Motorradagent betrat das Revier.

Die Frau drehte sich um. Ihr Lächeln war wieder da, so leicht wie vorher, und sie sagte: »Hey, Tag, Carl!«

Der Streifenpolizist sagte: »Hey, Connie.« Er nahm seinen Helm ab und legte ihn auf dem Pult des diensthabenden Brigadiers ab. Den Motorradschlüssel legte er daneben. Er zerstrubbelte sich das Haar und fragte: »Du hast uns doch nicht wieder einen Kuchen gebacken?«

»Käsekuchen mit Rosinen«, sagte die Frau und stellte die mit zerkratzten Blümchen verzierte Dose auf das Pult. »Wann kommst du uns denn mal wieder besuchen, Bas?«

»Hoffentlich bald, Connie«, sagte der Brigadier verlegen. »Aber du weißt ja, wie's ist.«

Die Frau nickte eifrig. »Ich bin immer da«, sagte sie. »Du kannst auch noch jemanden mitbringen. Wir können ein bisschen über Johan reden …«

»Klar, Connie«, sagte der Brigadier, und der Streifenpolizist sagte auch: »Klar, Connie, die Tage mal«, griff nach seinem Helm und ging weiter in den nächsten Raum. Der Brigadier schaute an der lächelnden Frau mit dem grauen Zopf vorbei zur Straße, auf der ein dunkelblauer VW Golf mit Funkantenne auf dem Dach hielt. Zwei Männer in Turnschuhen, Jeans und gefütterten karierten Jacken stiegen aus, öffneten die Tür zum Fond und zerrten einen dritten Mann aus dem Wagen. Der dritte Mann hatte sonnengebräunte Haut und trug Halbschuhe aus Echsenleder. Außerdem trug er eine lange, weich fließende Jacke aus burgunderrotem Nappaleder, helle Jeans und ein schwarzes Seidenhemd, aber das Auffälligste waren die Schuhe und die Handschellen dicht oberhalb der goldenen Rolex. Das dunkelblonde Haar, sorgfältig geschnitten, fiel ihm in einer langen, breiten Strähne in die Stirn. Die Strähne schlug hin und her, als er sich heftig gegen den Griff der beiden Zivilfahnder wehrte.

Einer der Fahnder sah Hilfe suchend zur Tür der Wache. »Bert, Carl, packt da draußen mal mit an!«, rief der diensthabende Brigadier, und der Motorradpolizist und noch ein uniformierter Agent liefen hinaus, um den Fahndern zu helfen.

»Ihr Scheißkerle!«, schrie der sonnengebräunte Mann, als sie ihn hineinschleppten. »Ihr Scheißkerle! Lasst mich los! Ich muss zu ihr, sie stirbt doch! Sie stirbt, wenn ich nicht bei ihr bin!«

»Wen habt ihr denn da?«, fragte der Brigadier.

»Léon Braak«, sagte einer der Fahnder keuchend, während sie den sonnengebräunten Mann am Pult des Brigadiers vorbei in das Büro hinter der Glaswand zerrten. Kein Zweifel, Braak sah aus wie der Zuhälter aus dem Bastelkasten, *Der kleine Lude*, komplett mit einer Dosis Steroide, nur echt auf der Sonnenbank oder in vollem Neonglanz. Ein zorniger Zuhälter, aber mit traurigen Augen, die zu einem anderen Gesicht zu gehören schienen, als wären sie aus Versehen im falschen Baukasten gelandet.

»Gesucht wegen Körperverletzung«, erklärte der zweite Fahnder. »Tag, Connie.«

»Tag, Nick«, antwortete Connie.

»Ist das Käsekuchen?«

»Mit Rosinen«, sagte Connie.

Die Fahnder und die beiden Streifenpolizisten drückten Léon Braak auf einen Stuhl neben dem Schreibtisch, an dem der uniformierte Agent gesessen hatte. Der sonnengebräunte Mann bäumte sich noch einmal auf, als hätte man ihn mit Elektroschocks defibrilliert, dann sank sein Kopf vor, und er wehrte sich nicht mehr. Das dunkelblonde Haar fiel ihm neuerlich in die Stirn, der Neonglanz erlosch, aber nicht der traurige Zorn in den Augen. Der zweite Fahnder holte einen Schlagring und ein Springmesser aus der Jackentasche. »Das hatte er bei sich«, sagte er.

Der diensthabende Brigadier griff zum Telefon. Etwas später kam der Commissaris die Treppe herunter, gefolgt von Julika Tambur. Als sie die Frau mit dem grauen Zopf bemerkte, die ihnen mit ihrem kleinen, traurigen Lächeln entgegenblickte, sagte sie leise: »Gehen Sie einfach weiter, nicht drauf achten!«

»Wer ist das?«, fragte der Commissaris.

»Die Mutter eines Streifenpolizisten, Johan Falk, der bei einer Festnahme erstochen wurde«, antwortete Julika. »Seit seinem Tod kommt sie fast jede Woche hierher, um uns selbst gebackenen Kuchen zu bringen, Käse mit Rosinen, und über ihren Sohn zu sprechen.«

»Ich erinnere mich an den Vorfall, eine Routinekontrolle«, sagte der Commissaris. »Das war vor über einem Jahr. Der Täter wurde noch in derselben Nacht festgenommen.«

»Sie ist nicht mehr ganz … na ja, Sie wissen schon. Sie hatte nur Johan«, erklärte Julika. »Er hat noch zu Hause gewohnt. Er und einige seiner Kollegen sind oft zum Kaffee bei ihr gewesen. Jetzt hat sie so eine Art Schrein in seinem Zimmer aufgebaut, Johans Foto im Silberrahmen, davor Kerzen, ein ewiges Licht, das Tag und Nacht brennt, Johans alte Gitarre und die Uniform und was weiß ich noch alles. Am Anfang waren noch einige von den Jungs bei ihr, zu Kaffee und Kuchen. Sie lädt jeden zu sich ein, wo sie dann über Johan sprechen will, in dem Zimmer mit dem Foto und den Kerzen, aber inzwischen hält das keiner mehr aus.«

»Wie heißt sie?«, fragte der Commissaris.

»Connie. Connie Falk.«

Der Commissaris sagte: »Kümmere du dich um den Zuhälter, ich komme gleich nach.« Dann ging er zu der Frau mit dem grauen Zopf. »Ich bin Commissaris van Leeuwen, Mevrouw Falk. Ihr Sohn Johan war einer meiner Polizisten. Ich hätte gern ein Stück von Ihrem Käsekuchen mit Rosinen.« Er deutete auf die zerkratzte Blechdose.

Connie Falk öffnete die Dose, und ein süßer, sahniger Duft stieg daraus auf. »Ich habe ihn schon angeschnitten.« Sie ließ den Deckel offen, hielt die Dose aber weiter fest. »Wo haben Sie Johan denn kennengelernt, Mijnheer?«

Der Commissaris griff in die Dose, nahm eines der Kuchenstücke mit bloßen Fingern heraus und biss hinein. »Nicht von Angesicht zu Angesicht«, sagte er. »Aber ich habe Berichte über ihn bekommen. Er war ein guter Polizist, und es ist schade, dass wir ohne ihn auskommen müssen.«

»Möchten Sie ein Bild von ihm sehen?«, fragte Johans Mutter. »Möchten Sie, dass ich Ihnen sein Grab zeige?«

»Ja«, sagte der Commissaris und aß den Käsekuchen, der saftig und mild schmeckte. »Ja, ich würde gern sein Grab sehen, und ich hätte ihn auch gern gekannt, als er noch am Leben war.« Er führte Johans Mutter zu einer Bank an der Wand neben der Tür, und sie setzten sich. »Ich würde gern alle Männer kennen, für die ich die Verantwortung trage, und wenn ich nicht verhindern kann, dass sie im Dienst getötet werden, möchte ich wenigstens an ihrem Grab ihrer gedenken. Aber es sind sehr viele, Mevrouw Falk, und von den meisten kenne ich nicht einmal die Namen.«

Er aß den Käsekuchen, den Johans Mutter gebacken hatte, und dabei sah er ihr in die Augen, aber er sah auch hinüber zu der Glaswand, hinter der Brigadier Tambur Léon Braak, den Zuhälter, verhörte. Sie stand vor ihm, mit vor der Brust verschränkten Armen. Braak schüttelte den Kopf, und dabei sah er nach unten. Jetzt hatte seine Haltung fast etwas Demütiges.

»Ich verstehe nicht, von wem du redest, Léon«, sagte Brigadier Tambur hinter der Glaswand. »Wer stirbt? Wo? Du bist aufgegriffen worden, als du einen Sexclub verlassen hast, und da hast du nichts von einer sterbenden Frau gesagt, und da war auch keine sterbende Frau, sagen die Kollegen – keine, die auch nur aussah, als könnte sie bald sterben.«

»Ich wollte gerade zu ihr«, sagte Braak mit belegter Stimme. »Das musst du mir glauben. Eines von den anderen Mädchen hatte mich angerufen und mir Druck gemacht …«

Julika verschränkte die Arme. »Du hast einen Mann zusammengeschlagen und auf der Straße liegen lassen, und ob der stirbt, war dir völlig egal ...«

Braak schüttelte weiter den Kopf, und dabei gab er seltsame, keuchende Laute von sich. »Der hat meine Mädchen belästigt«, sagte er, »ich wollte ihm nichts tun, aber er hat einfach keine Ruhe gegeben. Er hat den Mädchen Angst gemacht, deswegen! Ich sage alles, ich gebe alles zu, wenn du mich nur kurz zu ihr lässt ...«

»Sie sind ein guter Mensch«, sagte Johan Falks Mutter und sah zu, wie der Commissaris das Kuchenstück verzehrte. »Ich weiß, dass niemand mehr mit mir reden möchte, aber Sie hören mir zu. Schmeckt Ihnen der Kuchen?«

»Und wie«, sagte der Commissaris. »Einen guten Käsekuchen zu backen ist eine Kunst.«

»Sie können den ganzen haben«, sagte sie. »Ich sehe, dass er Ihnen schmeckt.« Sie drückte den Deckel auf die Dose und fügte leise hinzu: »Ich weiß, dass ich nicht herkommen sollte, aber es ist so schwer.«

Auf der Treppe erschien Tom Ropers, in der unverletzten Hand den Block, auf dem er inzwischen alle Namen und Adressen notiert hatte. Er wirkte blass und erschöpft, aber auch erleichtert. Als er den Commissaris bei der Frau mit dem grauen Zopf auf der Bank sitzen sah, zögerte er einen Moment. Sein Blick wanderte zu dem Büro hinter der Glaswand. Er entdeckte Léon Braak auf einem Stuhl vor Julika Tambur, sah, wie er den Kopf schüttelte.

»Sie ist ganz allein«, sagte Braak so laut, dass Ropers ihn bis zur Treppe hören konnte. »Sie muss zu einem Arzt, sonst stirbt sie, es geht ihr wirklich dreckig!«

»Was fehlt ihr denn?«, fragte Julika.

»Sie zittert die ganze Zeit«, sagte Braak. »Sie hustet. Sie ist ganz blass und dünn geworden. Bitte, kannst du mir nicht die Dinger abnehmen?!« In einer flehenden Geste streckte er ihr die Hände entgegen, zwischen denen sich die Kette der Handschellen spannte. »Ihr Atem klingt so komisch, und sie hat überhaupt keine Kraft mehr. Außerdem muss sie sich andauernd übergeben ...«

»Wir können einen Arzt hinschicken«, sagte Julika ruhig. »Sag mir, wo sie wohnt und wie sie heißt, und wir schicken einen Arzt und einen Krankenwagen hin.«

Braak krümmte sich, als hätte er ein blutendes Magengeschwür. Er verharrte so einige Sekunden lang, dann sagte er etwas, das Ropers nicht verstand.

»Lauter«, sagte Julika, und Braak wiederholte: »Die Handschellen, bitte. *Bitte.*«

Julika zögerte, dann nickte sie dem Zivilfahnder zu, der hinter Braaks Stuhl stand. »Namen und Adresse«, wiederholte sie. »Wie heißt das Mädchen?«

Der Zivilfahnder holte einen Schlüssel aus der Tasche, schloss die Handschellen auf und nahm sie ab. Braak rieb sich die Gelenke. »An der Tür steht kein Name, und die Klingel geht nicht«, sagte er. »Es ist im vierten Stock. Da ... da wohnen mehrere Mädchen. Der Arzt muss nach Kira fragen, aber das ist nicht ihr richtiger Name. Es ist nur ... dann wissen die Mädchen, dass ich einverstanden bin.«

»Ich dachte, sie wäre ganz allein«, sagte Julika. »Wie heißt sie mit richtigem Namen?«

»Tonja«, antwortete Braak. »Aber der Arzt muss sich beeilen, sie hat vielleicht nicht mehr so lange ...«

»Die Adresse«, drängte Julika. »Wo finden wir diese Kira?«

Tom Ropers hörte den Namen, Kira, und das war alles, was er brauchte; es reichte aus, um wie ein Schneidbrenner den größten Teil seiner Gehirnzellen zu versengen. Er sah, dass niemand auf ihn achtete, der Commissaris nicht und auch die junge Polizistin nicht. Das Telefon auf dem Empfangspult mit den Motorradschlüsseln klingelte, ein Faxgerät surrte, und niemand hielt ihn auf, als er langsam auf die offene Tür des Büros zuging.

Braak sah an Julika Tambur vorbei. Einen Moment lang wirkte er verwirrt, doch dann erkannte er den Steilwandfahrer, gerade als auch Brigadier Tambur Ropers auf die offene Tür zukommen sah. Es waren nur ein paar Sekunden, in denen sie nicht aufpasste, und in diesen Sekunden warf Braak sich mit dem Stuhl zurück und rammte dem hinter ihm stehenden Zivilfahnder die Lehne in den Bauch.

Gleichzeitig versetzte er Julika mit beiden Füßen einen heftigen Tritt, der sie gegen die Glaswand schleuderte. Er sprang auf, stieß sie mit beiden Händen noch einmal gegen die Wand und stürmte aus dem Büro. Er stürzte auf Ropers zu, warf sich mit der linken Schulter gegen ihn wie ein Footballspieler und schleuderte ihn aus dem Weg. Im Rennen riss er die Motorradschlüssel auf dem Pult an sich und sprintete auf die automatische Tür zu.

Der diensthabende Brigadier drückte auf einen Knopf unter seinem Pult. In harten, kurzen Stößen erklang ein schnarrender Alarm aus verborgenen Lautsprechern. Die Tür schloss sich, aber Braak prallte mit voller Wucht gegen das Glas, und es zerplatzte, es regnete in tausend Splittern zu Boden. Draußen rannte Braak zu dem schweren Dienstmotorrad auf dem Bürgersteig gegenüber. Er schwang sich in den Sattel der mit einem Blaulicht auf dem Gepäckträger ausgerüsteten Maschine, schob den Schlüssel ins Zündschloss und startete. Der Motor brüllte auf. Mit einem Fußtritt kippte Braak den Ständer zurück. Er sah kurz über die Schulter und steuerte das Motorrad vom Gehsteig, dann drehte er das Handgas voll auf, gerade als Ropers ebenfalls durch den leeren Rahmen der Glastür sprang.

Der Hinterreifen drehte auf dem nassen Pflaster durch, die Maschine rutschte zur Seite weg. Ropers packte Braak, hielt sich an ihm fest und schwang sich hinter ihm in den Sattel. Schlingernd schoss das Motorrad vorwärts. Schneematsch und kleine Eisstückchen spritzten durch die Luft, blitzten im Licht der tief stehenden Wintersonne. Ropers klammerte sich mit den Schenkeln fest und schlang Braak einen Arm um den Hals. Mit dem anderen griff er an Braaks Hüfte vorbei nach dem Lenker.

Braak versuchte sich von dem Arm an seinem Hals zu befreien, erst nur mit einer Hand, dann mit beiden. Die Maschine legte sich auf die Seite. Im nächsten Moment war sie um die Ecke zur Leidsegracht verschwunden. Nur der Motorenlärm drang noch durch die längst wieder geschlossene Tür des Reviers und vermischte sich mit dem Schnarren des Alarmsystems.

»Schalten Sie das aus«, befahl der Commissaris und deutete auf die verborgenen Lautsprecher. Der diensthabende Brigadier stellte den Alarm wieder ab. Das halbe Wijkteam drängelte sich inzwischen im Empfangsraum, einschließlich der beiden Zivilfahnder, die den Zuhälter aufgegriffen hatten.

Brigadier Tambur schnappte sich einen Fahrzeugschlüssel vom Schlüsselbrett, sprang auch durch den leeren Türrahmen und lief zu dem Einsatzwagen am Ende der Parkbucht. Als sie ihn gestartet und gewendet hatte, hielt sie vor dem Revier. Sie stieß die Beifahrertür auf, damit der Commissaris einsteigen konnte, während sie schon Blaulicht und Sirene einschaltete. Sobald er saß, rief sie: »Schnallen Sie sich an!«, und gab Vollgas.

Der Golf geriet mit dem Vorderreifen an den Bordstein, schrammte daran entlang und wurde wieder auf die Fahrbahn zurückgeschleudert. Mit kreischenden Reifen brachte Julika ihn auf Kurs. Sie kuppelte, schaltete und gab wieder Gas. Der Golf schoss in die Kurve, und diesmal behielt Julika die Kontrolle über den Wagen und jagte ihn dicht an der Kolonne der geparkten Fahrzeuge die Leidsegracht entlang. Es war eine schmale Straße, gesäumt von Bäumen und dem Wasser der Gracht. Die Bäume hatten keine Blätter mehr, und das letzte Licht der untergehenden Sonne lag blendend auf den nassen Pflastersteinen. Julika schaltete die Scheibenwischer an, denn die Windschutzscheibe war schmutzig von getrockneten Wasserspritzern, und darin fing sich das Gleißen der Steine, und einige Sekunden lang sah man nur Schlieren und die schwarzen Stämme der vorbeifliegenden Bäume, Schatten und Licht, Schatten, Licht, Schatten.

Die Straße war leer. Das Flackern der Blaulichtleiste auf dem Dach huschte über die Häuserfassaden und die Straße. Weiter vorn, fast schon an der Brücke über die Prinsengracht, war das Motorrad mit Ropers und Braak. Julika schaltete die Scheibenwischer aus und die Scheinwerfer an. Im Fernlicht konnte Van Leeuwen sehen, dass das Motorrad heftig hin und her schwankte. Als der Abstand zwischen dem Golf und dem Motorrad schmolz, leuchtete kurz das Bremslicht vor ihnen auf, und dann stürzte einer der Männer von der Maschine und landete auf der Fahrbahn.

Julika trat mehrmals kurz auf das Bremspedal. Der liegende

Mann, zweidimensional im Fernlicht, wurde schnell größer. Seine Jacke schimmerte rot wie dunkles Blut. Als der Golf ihn fast erreicht hatte, kam er wieder auf die Beine und starrte einen Moment lang mit weit aufgerissenen Augen in die Scheinwerfer. Dann wich seine Erstarrung, und er rannte weg, lief hinter dem Motorrad her, das jäh beschleunigte und auf die Brücke zujagte. Er erkannte, dass er die Maschine nicht einholen konnte, schlug einen Haken und tauchte aus dem Licht der Scheinwerfer in das Dunkel einer Toreinfahrt.

Auf dem Polizeimotorrad schaltete Tom Ropers das Blaulicht ein, das über dem Gepäckträger kreiste, hell wie ein Magnesiumblitz. Julika kuppelte, schaltete und trat das Gaspedal wieder voll durch. Sie beugte sich vor, dicht ans Lenkrad, als könnte sie das Motorrad so schneller einholen.

Plötzlich sagte sie: »Angeblich liegt ein Mädchen namens Kira oder Tonja sterbenskrank in einer Wohnung, hier, in Amsterdam. Braak wollte gerade zu ihr, als die Zivilstreife ihn geschnappt hat. Ropers hat das mitgehört, sieht jedenfalls so aus, und jetzt denkt er, Rascha Frankenhuis könnte bei dieser Kira sein oder dass sie stirbt, bevor sie ihm sagen kann, wo Rascha ist …«

Das Motorrad schoss die kleine Brücke hinauf, hob ab und flog durch die Luft, *Tom und der Zauberteppich*. Einige Herzschläge lang hingen beide schwerelos unter dem kupfernen Abendhimmel, während eine Handvoll Passanten sich rechts und links gegen das Eisengeländer pressten. Dann verschwand die Maschine mit Ropers hinter der Brücke, nur das blaue Blitzen zuckte noch kurz über die kahlen Bäume auf der anderen Seite der Gracht. »Haben wir die Adresse des Mädchens?«, fragte der Commissaris.

Julika schüttelte den Kopf. »Braak wollte sie mir gerade sagen, als er Ropers entdeckt hat.« Sie redete hastig, atemlos. »Sieht aber so aus, als hätte Ropers sie gerade aus ihm rausgeholt, oder? Sonst hätte er Braak wohl nicht bei vollem Galopp abspringen lassen.« Sie redete wie jemand, der nicht merkt, dass er redet. »Ich hab nur Angst – was ist, wenn Braak ihm nicht die Wahrheit gesagt hat? Oder wenn die Mädchen nicht allein sind, sondern einen Aufpasser haben? Jemand, den Braak jetzt anruft, bevor Tom da eintrifft, der dort auf ihn wartet? Wir dürfen ihn auf keinen Fall aus den Augen verlieren. Können Sie nicht einen Hubschrauber anfordern? Nein, bis der da ist …«

»Du redest zu viel«, sagte der Commissaris.

Der Golf raste auf die Brücke zu, niemand vor ihm, niemand hinter ihm. Gerade, als er die Brücke erreichte, gingen die Laternen rechts und links der Prinsengracht an wie eine Kettenreaktion aus rötlichem Licht. Die Sirene reichte Julika nicht mehr. Sie drückte auch noch auf die Hupe, hupte und schaltete, und dann waren sie auf der Brücke, und der Golf segelte ein kurzes Stück wie vorher das Motorrad, derselbe fliegende Zauberteppich, und Van Leeuwens Magen flog mit und landete etwas später als der Teppich.

»Achtung, da, rechts!«, rief er, denn auf der anderen Seite der Gracht rollte ein Lieferwagen auf die Brücke zu, bremste aber noch rechtzeitig, *gut*, denn Julika bremste nicht, und ein Fahrradfahrer bremste auch, *Gott sei Dank!*, und eine Frau mit einem Kinderwagen blieb in letzter Sedunde am Bordstein stehen, und Van Leeuwen rief: »Pass auf, die Bank!«, denn der Wagen geriet wieder mit zwei Rädern auf den Bürgersteig, rammte beinahe eine leere Bank, aber nur beinahe, und jetzt war die Straße frei, fast bis zur Keizersgracht, und weit vorn wurde das Motorrad immer kleiner, das blaue Blitzen in der Dämmerung, das sich mal nach rechts, mal nach links in die Kurve legte.

Julika stemmte sich gegen das Gaspedal. Ein Zebrastreifen schwebte aus der Dunkelheit heran, wurde zu flitzenden weißen Pfeilen. Eine Schar erschrockener Jugendlicher stob im Scheinwerferlicht auseinander wie ein Sprottenschwarm. *Weg da, aus dem Weg! Vorsicht, der Eisenpoller! Da, die Brücke!* Die Fenster der Häuser spiegelten den Wagen, weiß-rot-blau sprang er von Fenster zu Fenster, Kobaltflammen auf dem Dach. Eine Ampel, orange, schoss vorbei, noch mehr Lichter, die Ecke der Kerkstraat. »Festhalten!« Julika riss das Steuer nach links, kurz bevor der Wagen das niedrige Geländer am Ufer der Keizersgracht durchbrach, die Reifen jaulten, schmierten Gummi auf den Asphalt, dann schlug sie wieder scharf nach rechts ein und jagte den Wagen über die mit leuchtenden Glühbirnen geschmückte Brücke, rauf und wieder runter, ein paar Sekunden Zauberteppich dazwischen, und dann weiter hinter dem blauen Irrlicht her die Leidsegracht entlang, auf die Herengracht zu.

»Wo will der hin, verdammt noch mal?!«, rief Julika. »Wenn er erst mal auf der Spui ist, sind wir ihn los!«

Die Spui: ein breiter, gewundener Verfolger-Albtraum aus Trambahnen, Bussen, Radlern, dem Feierabendverkehr in all seiner Schönheit und um diese Zeit ein einziger Stau, wie geschaffen für ein wendiges Motorrad. Der Commissaris sah sich darin feststecken wie in einem Sumpf aus Blech und Abgasen, gesäumt von Bars, Blumenständen und Boutiquen, den leuchtenden Eingängen und Schaufenstern der großen Kaufhäuser, nicht zu vergessen die niemals endenden Passantenströme, die schon hier begannen, unter den Ulmen, auf den schmalen Gehsteigen. Der Verkehr wurde dichter, in den engen Gassen nur Radfahrer und Fußgänger, Wagen, die auf Seitenstraßen einen Parkplatz suchten. *Da ist er wieder!* Ein Wunder, dass sie Ropers auf dem Motorrad immer noch sehen konnten. Ja, er war in seinem Element; manchmal legte er sich in den Kurven fast parallel zur Straße, und wenn sie ihn kurz verloren – *wo ist er hin, wo ist er hin, verdammt?!* –, fanden sie ihn wieder, auf der Brücke über die Herengracht, folgten ihm nach links, am Ufer des Singel entlang – *pass auf, die Straßenbahn!* –, wo es selbst für ein Motorrad schwieriger wurde. *Achtung, das Wasser, zehn Zentimeter, und wir saufen ab!* Aber noch ging es, das blaue Wirbeln folgte dem Singel bis zum Anfang der Spui, tatsächlich die Spui, doch noch ein Wunder: Ropers bog in Richtung Rokin ab, fuhr ein Stück an der Amstel entlang und bog wieder ab, erst in die Langebrugstraat und dann in den Oudezijd Voorburgwal.

Langsam, zu viele Passanten, hier musste sogar Ropers das Tempo drosseln. Das rote Meer teilte sich nur widerstrebend. Da, gerade als Julika die Sirene ausschaltete, warf jemand etwas gegen die Windschutzscheibe – einen Coca-Cola-Becher, der zerplatzte, und in dem kurzen Augenblick, in dem sie abgelenkt waren, in dem die braune Flüssigkeit über die Scheibe spritzte, verloren sie Ropers und das Motorrad im Gassengewirr am Anfang der Wallen.

Sie blieben stehen. *Halt.* Der Junge, der den Becher geworfen hatte, war blitzschnell in der Menge der Passanten verschwunden. Die Scheibenwischer fegten die Cola weg. Julika schaltete, fuhr im ersten Gang wieder an, rollte im Schritttempo am Wasser entlang. *Langsam, langsam. Wo ist er hin?*

Ohne Sirene, nur mit dem Flammenschwert auf dem Dach, steuerte Julika den Golf die Einbahnstraße hinauf, vorbei an den violett beleuchteten Fenstern der *window girls*, den Pornoläden, Sexclubs und Coffeeshops. Van Leeuwen sah aus dem Fenster, aus sämtlichen Fenstern. Er achtete nicht auf die Fußgänger, auch nicht auf die Fahrradfahrer oder die uniformierten Aufreißer vor den Strip-Läden. Durch die funkelnden, glitzernden Colaspritzer auf den Scheiben spähte er in die kleinen Seitenstraßen, die schmalen Gassen, die schlecht beleuchteten Durchgänge, *langsam, langsam.* »Da kommen wir nicht durch«, sagte er, »wir müssen auf die andere Seite.« Julika fuhr rückwärts, bis sie eine Brücke fand, setzte rückwärts über die Brücke und wendete auf dem Oude Kerksplein. Danach fuhren sie den Voorburgwal in die andere Richtung hinunter, vorbei an weiteren kleinen Straßen im Widerschein der Leuchtreklamen, Sankt Annenstraat, Leidekkersstraat, Sankt Jansstraat, Schoutenstraat.

»Halt«, sagte der Commissaris, »setz mal zurück.«

Julika legte den Rückwärtsgang ein, rollte zum Eingang der Schoutenstraat.

»Weiter«, sagte Van Leeuwen. Touristen und Voyeure versperrten die Sicht, Betrunkene wichen nur widerwillig zur Seite. »Die noch nicht«, sagte der Commissaris, »die nächste.« An der Leidekkersstraat hielt Julika, und als sich eine Lücke in der Menge auftat, sagte der Commissaris: »Da!«

Das Motorrad lehnte schräg an einer Mauer, als hätte ein Kind achtlos sein Fahrrad fallen lassen, weil es zum Essen ins Haus gerufen worden war – eines der schmalen Häuser, die zu beiden Seiten die Gasse säumten. Tom Ropers, der Steilwandfahrer, war nirgendwo unter den Passanten zu sehen.

Der Commissaris stieg aus. Brigadier Tambur zog den Zündschlüssel ab, ließ das Blaulicht aber an und folgte ihm. Die Straße war kurz.

»An der Tür steht kein Name, und die Klingel geht nicht«, sagte Brigadier Tambur, als der Commissaris vor dem Hauseingang neben dem Motorrad stehen blieb.

Van Leeuwen zückte seinen Ausweis, hielt ihn hoch und rief: »Hat jemand den Mann gesehen, der eben mit diesem Motorrad gekommen ist?« Niemand antwortete. Niemand blieb stehen. Ein paar Männer streiften seinen Ausweis mit einem neugierigen Blick, fühlten sich aber nicht angesprochen. Van Leeuwen trat mitten unter die Fußgänger, hielt den Ausweis noch höher, über seinen Kopf. »Hier spricht die Polizei!«, rief er. »Ist irgendjemand das Motorrad hier aufgefallen? Hat jemand gesehen, in welches Haus der Fahrer gegangen ist?« Der dünne Strom der Fußgänger teilte sich, schob sich rechts und links an ihm vorbei; doch noch das Wunder des Roten Meers.

Brigadier Tambur knipste eine daumendicke Taschenlampe an und richtete den Strahl auf die Klingelschilder, ein Wirrwarr aus kugelschreiberbeschriftetem Hansaplast, Bleistiftgekrakel auf Papierfetzen, Plastikstreifen mit einzeln geprägten Buchstaben. Sie drückte einen Knopf nach dem anderen. Sie stemmte sich gegen die Türfüllung. Ein Klicken ertönte, und die Tür ging auf. Brigadier Tambur hielt sie, damit der Commissaris eintreten konnte, dann suchte sie den Druckschalter für die Treppenhausbeleuchtung. Das Licht sprang an, erfüllte das schäbige Geschoss mit summender Helligkeit. Mit ihrer Taschenlampe leuchtete Julika die Stufen an, die nach oben führten, dann den Teil der Treppe, der in den Keller führte. Es gab eine Hintertür, die durch ein Gummikissen am Zufallen gehindert wurde.

Im ersten Stock scharrte eine geöffnete Wohnungstür über eine Bastmatte. »Polizei«, rief Brigadier Tambur. Das Scharren wiederholte sich, als die Tür wieder geschlossen wurde. Julika stieg die steile, enge Treppe hinauf, ihre Stiefel hallten auf den Holzstufen. »Im vierten Stock, sagt Braak«, erklärte sie. Der Commissaris sah nach oben, dann nahm auch er die Stufen in Angriff. Als er den dritten Absatz erreichte, erlosch das Minutenlicht, und kurz geisterte der Strahl von Julikas Taschenlampe über die behördengelb gestrichenen

Wände. Der Commissaris drückte den Lichtschalter und stieg weiter hinauf. Im vierten Stock wartete Julika auf ihn.

Sie stand vor einer Holztür, die eher wie eine Dachluke aussah. Unter dem Klingelknopf standen statt keinem sogar zwei Namen, *Aziz* und *Brouwer*. *Brouwer* war durchgestrichen. Darunter gab es einen weißen Fleck von einem entfernten Klebeschild. Julika drückte gegen die Tür. Die Türfüllung gab nach, schwang langsam nach innen. Julika verharrte, dann warf sie dem Commissaris einen fragenden Blick zu. Er lauschte, hörte nichts. Er nickte. Sie tastete nach der Pistole an ihrem Gürtel. Dann stieß sie die Tür ganz auf. Sie ging voran, denn der Commissaris hatte keine Waffe bei sich; das hatte er nie.

Ein schaler Geruch hing in dem halbdunklen Flur der stillen Wohnung. Vier Türen gingen von dem Flur ab, alle offen. Aus den ersten Zimmern drang verschiedenfarbiges Licht, rot, orange, violett, das vierte war dunkel. Auf dem Linoleumboden lagen keine Teppiche, nur ein paar Bastmatten, und an den Wänden hingen keine Bilder, nicht einmal Poster.

»Tom?«, rief Julika. »Tonja? Kira? Ist jemand da?« Sie erhielt keine Antwort. Sie ging schnell den Korridor entlang, warf einen Blick in jedes Zimmer. »Hier ist niemand«, sagte sie und steckte die Pistole in das Halfter zurück. »Das verstehe ich nicht. Braak hat doch gesagt, hier wären mehrere Mädchen. Wo sind die denn hin? So schnell können die doch nicht verschwunden sein.«

Der Commissaris sagte: »Deswegen hast du ihm wahrscheinlich die Handschellen abnehmen lassen, weil er so vertrauenswürdig ist. So glaubwürdig. Mit seinen traurigen Augen und den Haaren, die ihm in die Stirn fallen.«

»Sie glauben, ich bin anfällig für die falschen Männer?«, fragte Brigadier Tambur.

Der Commissaris antwortete nicht. Die Hände in den Taschen seines Trenchcoats, ging er von Zimmer zu Zimmer. Das bunte Licht rührte von den farbigen Papierkugeln her, die den Lampen an der Decke als Schirme dienten. In jedem Raum gab es eine Matratze und einen Kleiderständer aus nacktem Metall wie in einem Kaufhaus. An den Metallständern hingen Kleider, und auf den Matratzen lagen zerwühlte Decken und Kopfkissen. In zwei der Zimmer standen volle Aschenbecher auf dem Boden, außerdem ungespülte Gläser und leere Flaschen. Einen Fernsehapparat konnte der Commissaris nirgendwo entdecken, aber im mittleren Zimmer bemerkte er eine kleine Hi-Fi-Anlage, umgeben von CDs mit und ohne Hüllen. Am Verstärker leuchtete ein rotes Lämpchen, das ihn an die blinkenden Nullen von Raschas Radiowecker erinnerte.

Vor einer Matratze lag ein dünner Gummischlauch neben einer Kerze und einer Crackpfeife. Der muffige Geruch in der Wohnung rührte genau daher, von dem verkochten Heroin, von gerauchten Joints, von verschüttetem Alkohol, von billigem Parfum, von kaltem Schweiß eines Menschen, der krank war und vielleicht starb.

»Leuchte da mal hin, Brigadier«, sagte der Commissaris und deutete auf eine Lache am Kopfende einer der Matratzen.

Julika trat neben ihn und schaltete ihre Taschenlampe ein. Sie beugte sich über die Lache, die im Lichtkegel feucht schimmerte. »Erbrochenes«, sagte sie. Als sie sich wieder aufrichtete, glitt der Lichtstrahl über die dünne Decke auf der Matratze, unter der etwas hervorschaute, das aussah wie ein winziger Fuß. Sie erstarrte. Vorsichtig hob sie die Decke an. Darunter lag eine kleine Puppe aus Stoff und Wolle. Die Puppe war zerfleddert, und aus einem Riss im Rücken quoll grobe Watte, aber ihr Lächeln war fröhlich, und in ihrem einen verbliebenen Auge lag ein zuversichtliches Strahlen. Mit einem erleichterten Ausatmen trat Julika von der Matratze zurück. »Was machen wir jetzt?«, fragte sie.

Der Commissaris konnte die Augen nicht von der Puppe lösen. Ihm war auf einmal kalt, und erst jetzt merkte er, dass die Heizung in der Wohnung nicht lief. Er konnte seinen Atem sehen, als befände sich etwas Unheimliches mit ihnen in diesen Räumen, das die Temperatur sinken ließ. Er suchte nach einem Gepäckstück, einem Koffer, einem Rucksack, aber er fand nichts. »Wir erkundigen uns beim Meldeamt nach dem Besitzer oder Mieter der Wohnung, gleich morgen früh. Und wir schreiben auch Tom Ropers zur Fahndung aus, noch heute Abend. Und lass die Spurensicherung kommen.«

»Den technischen Dienst?«, fragte Julika überrascht. »Weswegen?«

»Deswegen«, sagte der Commissaris, »und deswegen.« Er nahm ihr die Taschenlampe ab und richtete sie auf einen großen, dunkelroten Fleck an der Wand des Flurs, gleich neben der Tür. Von dem Fleck zog sich eine helle Schmierspur nach unten, die sich schließlich als leuchtendes Rinnsal auf dem Boden fortsetzte.

»Ist das Blut?«, fragte Brigadier Tambur.

»Ich weiß nicht, was es ist«, sagte der Commissaris.

»Was ist hier passiert?«, fragte Brigadier Tambur. »Was ist hier bloß passiert?«

10

Sie saßen in einem chinesischen Lokal auf dem Zeedijk und tranken Bier und heißen Reisschnaps aus kleinen, viereckigen Holzgefäßen. Sie saßen hier, weil Brigadier Tambur unten auf der Straße gefragt hatte: »Haben Sie Lust, noch was zu trinken? Ich könnte jetzt einen Schluck vertragen.« Sie saßen an einem Tisch am Fenster hinter einem Paravent aus bestickter Seide. Auf dem Tisch brannte ein Teelicht in einem Stövchen, auf dem der Schnaps stand, und über ihren Köpfen sorgte eine Laterne aus Metall und rotem Glas für Atmosphäre, unterstützt von grün und gelb bemalten Keramikdrachen und Speisekarten mit chinesischen Schriftzeichen. In der Luft hing der Geruch von Räucherstäbchen und heißem Entenfett.

»Das Blut war frisch«, sagte Brigadier Tambur.

Der Commissaris nickte. Er fror noch immer, aber der Schnaps fing an, seine Wirkung zu tun, obwohl er mild war und fast gar nicht nach Schnaps schmeckte.

Brigadier Tambur betrachtete die Abbildungen der Gerichte auf der Speisekarte. »Ob diese Rascha, die Tom Ropers gesucht hat, auch in der Wohnung war?« Sie drehte die Karte um, aber auf der Rückseite gab es keine Fotos und keine Schriftzeichen. »Vielleicht war es ihre Puppe.«

»Oder ihr Blut«, sagte der Commissaris. Es ging ihm nicht aus dem Kopf, der Anblick der Puppe, das Erbrochene, das Blut, in der Kälte von Räumen ohne Heizung. Und das Haus war so still gewesen, kein Laut, nur das Scharren einer Tür über eine Bastmatte; einer Tür, die jemand geöffnet und schnell wieder geschlossen hatte.

Brigadier Tambur warf ihm einen prüfenden Blick zu, sah, dass er sich Sorgen machte. »Wollen Sie, dass wir ihr Bild in die Zeitung setzen?«

Der Commissaris wusste nicht, wann genau sie vom Du zum Sie zurückgekehrt war, aber er begrüßte es. »Noch nicht«, sagte er. »Noch ist es ein Fall für die Vermisstenabteilung und vielleicht nicht mal das. Rascha Frankenhuis ist siebzehn, und es gibt keinen Beweis, dass ihr etwas zugestoßen ist. Vergiss das Blut. Vielleicht hat sich jemand geschnitten, beim Öffnen einer Dose Ravioli.«

»Haben wir deswegen die Spurensicherung gerufen?«, fragte Julika.

»Amsterdam ist eine Stadt mit vielen Gesichtern«, sagte der Commissaris, »vor allem ist sie niemals das, was sie zu sein scheint. Sie wirkt klein, wenn man nur den Teil innerhalb des Grachtengürtels nimmt, zwischen IJ und Singelgracht. Das Touristen-Amsterdam mit seiner Altstadt und den schicken Bars und Geschäften, dem Blumenmarkt, dem Dam und dem Königspalast. Sogar mit Noord auf der anderen Seite des IJ und dem ganzen Gebiet bis zum Rembrandtpark und der Schnellstraße, dem Einsteinweg, ist Amsterdam noch klein: Man kommt zu Fuß an einem halben Tag von einem Ende zum anderen, man muss nicht mal schnell gehen. Aber das ist nur das Amsterdam aus Stein, Pfählen und Wasser. In Wirklichkeit ist diese Stadt ein riesiges Gebiet, das bis Amstelveen, Haarlem, Hilversum und Zaanstadt reicht, weit über Amstelland hinaus. Überall, wo Leute morgens einen *stoptrein* besteigen, um hier zur Arbeit zu gehen, oder abends, um sich zu vergnügen, beim Tanzen oder bei den *window girls*. Alles, was das Herz schneller schlagen lässt, wofür man Geld ausgeben oder womit man welches machen kann, ist Amsterdam. Und dieses Amsterdam ist nicht nur eine Stadt oder ein Einzugsgebiet, es ist auch ein System voller Gegensätze, ein Experiment, und das schon seit Dutzenden von Jahren. Wenn man zu Fuß durch die Straßen geht, sieht man nur die engen Gassen, die wuchtigen Steinfassaden alter Kaufmannshäuser, malerische Kirchen und teure Geschäfte, das alles garniert mit Grachten wie in Venedig, kleinen Parks und Plätzen voller Ulmen oder Platanen, trotzdem aber sehr kompakt. Betrachtet man die Stadt dagegen von oben …«

»Sie meinen, wie Gott?«, fragte Brigadier Tambur.

»Ich meine, wie jemand, der in einem Helikopter darüberfliegt«, sagte der Commissaris. »Dann sieht man nämlich, wie filigran die Stadt wirklich ist, die vielen Innenhöfe, in denen sich ihr wahrer Reichtum verbirgt; wie zerbrechlich. Und man sieht das Wasser, die Meere, denen es seinen Reichtum verdankt, die aber auch eine stetig wachsende Bedrohung darstellen. Wenn man allerdings noch höher steigt, dahin, wo man in der Tat ein bisschen Gott wird, ist Amsterdam ein Mikrokosmos voller Parallelstädte. Es gibt ein Amsterdam der Araber, ein Amsterdam der Afrikaner, ein Amsterdam der Chinesen, ein Amsterdam der Türken, ein Amsterdam der Inder, Indonesier und Surinamer, es gibt sogar ein Amsterdam der gebürtigen Niederländer, auch wenn das immer kleiner wird. Es gibt ein Amsterdam der Christen, ein Amsterdam der Moslems und ein Amsterdam derer, die an gar keinen Gott glauben. All diese Amsterdams existieren nebeneinander, manche offen, andere im Verborgenen, aber manchmal – neuerdings immer öfter – geraten sie auch in Konflikt, wenn sich irgendwo das Spannungsgleichgewicht verschiebt. Dieses multikulturelle Mikrokosmos-Amsterdam ist wie ein Laborversuch, den man durch ein Mikroskop betrachtet, aber was man sieht, ist nicht nur unsere Stadt, sondern die Zukunft Europas, vielleicht sogar die des ganzen Abendlandes.«

»Darauf trinke ich«, sagte Brigadier Tambur. Sie leerte ihr Holzgefäß mit Schnaps auf ex und schenkte sich nach, erst sich und dann ihm. Ihre Lippen glänzten, und ihre Stirn war gerötet.

»Worauf ich hinauswill«, spann der Commissaris seinen Faden weiter, »ist, dass in diese Stadt nicht nur Menschen aus Amstelland oder sogar ganz Holland kommen, sondern aus der ganzen Welt. Sie kommen und gehen und kommen wieder, und viele haben, während sie hier sind, nicht einmal feste Adressen, unter denen sie gemeldet sind – auch die nicht, die nichts zu verbergen haben. Sie wohnen bei Freunden, Landsleuten, Studien- oder Arbeitskollegen zur Untermiete, manche nur kurz, andere länger, in ihrer Parallelstadt, ihrer Parallelwelt mit ihrer Parallelkultur. Sie geben sich untereinander die Wohnungen weiter, wechseln die Mitmieter. Manche sind nur tagsüber da, andere nur nachts, wieder andere haben bloß eine Postadresse. *Last but not least* gibt es noch die, die etwas zu verbergen haben und die hierherkommen, weil diese Stadt ihnen das Verbergen besonders leicht macht: Drogenhändler, Schmuggler, Schleuser, Diebe, sogar Terroristen. Amsterdam ist nämlich eine Stadt, in der sich niemand über Dinge wundert. In jeder anderen Großstadt würde man sich wundern, sogar in New York, London oder Paris. Sogar dort würde man sich über einen fremdartigen Burschen mit einem fremdartigen Akzent und fremdartiger Hautfarbe wundern, dem man zu den befremdlichsten Tageszeiten oder Nachtstunden mit geheimnisvollen Tüten oder Päckchen unter dem Arm auf der Treppe begegnet und den man noch nie im Haus gesehen hat, von dem man nicht weiß, wo er herkommt oder hinwill und was er dort vorhat. Über so einen Mann oder eine solche Frau würde man sich sogar dort wundern, aber nicht bei uns, nicht in Amsterdam. Deswegen ist diese Stadt nicht wie irgendeine andere auf der Welt und vor allem nicht das, was sie zu sein scheint.«

»Und zu welchem Typ Mann oder Frau gehört Doktor Menardi aus großer Höhe durch das Mikroskop betrachtet?«, fragte Julika mit einem Unterton, der Van Leeuwen nicht gefiel. Aber bevor er etwas sagen konnte, hob sie schnell eine Hand mit abwehrend gespreizten Fingern. »Ziehe die Frage zurück, Mijnheer. Tut mir leid.«

Zur Abwechslung trank sie einen Schluck Bier. »Ich musste nur gerade daran denken, wie es war, als ich damals herkam.«

»Ich dachte, du wärst hier geboren«, unterbrach Van Leeuwen sie. »Du hast mir doch mal von dem Viertel erzählt, in dem du aufgewachsen bist.«

»Als ich ein Kind war, das Angst hatte«, bestätigte sie. »Aber meine Eltern sind oft umgezogen, und wir mussten immer mit, meine

Schwester und ich. Später bin ich als Erste zurückgekommen, mein Vater ist erst nach dem Unfall …« Sie hielt kurz die Luft an, als geschähe etwas mit den Erinnerungen, wenn man ihnen den Sauerstoff entzog. »Wie auch immer, ich wohnte in einem Zimmer mit Kochnische, ohne Dusche. Es gab nur zwei winzige Fenster, eins ging zum Hinterhof, das andere auf eine enge, dunkle Gasse; gegen die ist die Leidekkerstraat ein Prachtboulevard. An der Rückwand des Hauses gegenüber hing eine vergessene Litfasswand mit uralten Filmplakaten, verblichen, seit Jahren nicht überklebt. Eines, das noch einigermaßen gut erhalten war, zeigte ein halb nacktes Liebespaar, eng umschlungen. Der Titel des Films war irgendwann mal rot gewesen, aber die Namen der Darsteller konnte man nicht mehr erkennen, nicht mal mehr die Farbe. Ich hatte damals noch nie etwas mit einem Mann gehabt, höchstens mal ein Kuss, aber das Plakat machte mich ziemlich scharf. Nachts träumte ich davon, dass sich ein wetterverblichener Oberkörper an mich presste, vom Regen gewellt, an manchen Stellen etwas rissig, der mich mit verblassten Lippen küsste. Der Unterkörper fehlte, auch im Traum.«

»Wusste deine Familie, wo du warst?«, fragte Van Leeuwen, in Gedanken noch immer bei den leeren Zimmern und der Stille in dem Haus Leidekkerstraat Nummer 65. Es waren beunruhigende Gedanken, denn sie vermittelten ihm den Eindruck, dass in seiner Stadt etwas vorging, etwas Gefährliches: eine tote, verbrannte Frau auf einer Müllhalde, ein vermisstes siebzehnjähriges Mädchen und nun noch eine ganze Wohnung, bewohnt von ebenfalls plötzlich verschwundenen Mädchen.

»Damals lebten sie noch alle, Mama, Papa, meine Schwester, und jeder wusste immer, wo ich gerade steckte«, beantwortete Julika seine Frage und kniff leicht die Augen zusammen, als versuchte sie, in diese ferne, unbegreifliche Vergangenheit zurückzuschauen, in der sie tatsächlich eine Familie gehabt hatte, bevor ihre Mutter und die Schwester bei einem Autounfall ums Leben gekommen waren. »Ich schrieb ihnen sogar regelmäßig, können Sie sich das vorstellen?! Jedenfalls, bis ich den ersten Mann mit Unterkörper kennenlernte. Kommen Sie, trinken Sie noch einen, dann fällt es Ihnen leichter, mir zuzuhören, wenn ich Ihnen von Rupert erzähle. Ich habe Ihnen doch noch nie von Rupert erzählt, oder? Rupert war Engländer.«

»Wir sollten zahlen«, sagte der Commissaris, wusste jedoch, dass der Reisschnaps ihn bereits im selben Maß seiner Autorität beraubt hatte, wie er Brigadier Tambur zu Kopf gestiegen war. Sie saß ihm gegenüber, kniff erneut die Augen zusammen und sah jenen Rupert aus den Nebeln der Vergangenheit auftauchen, genauer, sie sah ihn wieder genauso vor sich, wie er bei ihrer ersten Begegnung an einem Bistrotisch hinter dem Rijksmuseum gesessen hatte. Er trug schwarze Schnürstiefel, eine goldfarbene Brokatjacke mit Fellkragen und unzähligen aufgenähten, geheimnisvollen Taschen, weite schwarze Hosen, einen breitkrempigen Hut und trotz der Hitze – es war Juni – einen zinnoberroten Schal. Vor ihm auf dem Tisch lag eine schwarz-violett marmorierte Zeichenmappe. An seinen schlanken Händen klebten Farbreste. Er trank Genever und rauchte eine Gitane nach der anderen. Aber nicht nur sie sah ihn, er sah sie auch, und wenig später saß er an ihrem Tisch und erzählte von sich, wie er von Liverpool nach Amsterdam gelangt war und auf welche Weise er die Kunst zu revolutionieren gedachte. Er malte; seine Finger rochen nach Firnis und Terpentin, und seine Küsse schmeckten nach Wein. Er gewann ihr Herz im Sturm mit seiner Beredsamkeit, seinen zarten Händen, den dunklen Augen. Seine Brust war flach, die schwarzen Haare darauf wirkten wie mit Feder und Tusche gezeichnet.

Es gab nichts Beiläufiges an Rupert, erklärte Julika mit gerunzelter Stirn; er sah in sie hinein und erblickte ihre Verlorenheit. Er sagte: *Wir sind einsam, wir sind beide einsam, es ist unser Los. Aber ich bin nicht gut für dich. Obwohl ich es gern wäre, bin ich kein guter Mensch. Ich muss allein bleiben.*

Noch in derselben Nacht versuchte sie, ihn von seiner Einsamkeit zu erlösen. Ruperts Hände streichelten sie lange. Er spürte ihre Scheu vor dem ersten Mal, ließ ihr Zeit. Seine Finger offenbarten ihr die Geheimnisse, die in ihrem Körper verschlossen gelegen hatten, aber mit seinen eigenen Geheimnissen verfuhr er geiziger. Um ihm zu gefallen, öffnete sie sich rückhaltlos und empfing, großzügig gespendet, seine Lust. Gemeinsam mit ihm, seinen Berührungen folgend, erforschte sie sich, sah sich mit seinen Augen, und unter seinen Liebkosungen lernte sie, sich zu lieben. Jede Zärtlichkeit vergalt sie ihm doppelt und dreifach, gab und nahm, und zu viel war nicht genug, bis sie zu vergehen glaubte und …

»Wie wär's mit einer halben glasierten Ente?«, fragte der Commissaris, der nun seinerseits eingehend die abgegriffene Speisekarte betrachtete.

»Hab keinen Hunger«, sagte Julika und war nicht zu bremsen, fuhr fort zu erzählen, von Rupert, dem besessenen Liebhaber, dem lediglich das Talent zur Liebe fehlte. Er behielt seine Geheimnisse, auch nachdem sie ihr Apartment aufgegeben hatte und bei ihm eingezogen war. Und dumm wie sie war, liebte sie ihn wegen dieser Geheimnisse umso mehr.

Sie veränderte sich. Die Veränderungen verwirrten sie, und sie klammerte sich an ihn, denn er hatte sie ausgelöst. Von seinen Worten, seinen Berührungen konnte sie nicht genug bekommen. Sie suchte danach, erzwang sie mit der Gier eines kleinen Tiers, das gestreichelt werden will. Sie schmeichelte ihm, bestach ihn mit Großzügigkeit, um nur ein Lächeln von ihm zu erhalten, einen Kuss auf den Nacken. Doch je mehr sie ihm von sich bot, desto weniger wollte er. Als er sie ganz besaß, verlor er das Interesse an der Verführung, die sie für Liebe gehalten hatte, und schlug vor, dass sie sich etwas anderes suchte.

Julika trank ihr Bier aus, dann den Reisschnaps. »Etwas anderes suchen …«, wiederholte sie mit einem schiefen Lächeln. »Ich hatte keine Wohnung, kein Geld, nichts. Nach Hause zurück wollte ich auf gar keinen Fall, also blieb mir nichts anderes übrig, als zu einer Streunerin zu werden. Es war noch immer Sommer, und in der Stadt wimmelte es von Touristen und Gammlern. Es fand sich immer ein Mann, der mich mitnahm in irgendeine Kneipe, einen Coffeeshop, ein billiges Hotelzimmer. Jeden Tag war ich auf der Straße, und jede Nacht fiel ich in ein anderes Bett, aus dem ich mich morgens davonstahl. Ich lief immer noch weg, die ganze Zeit. Aber ich lief im Kreis, als wäre ich an ein Karussell gekettet, auf dem lauter besoffene Männer standen und mit Drinks und Joints und Hotelschlüsseln winkten. Das Karussell drehte sich immer schneller, bis ich nicht mehr Schritt halten konnte und nur noch mitgeschleift wurde, von einer Kneipenbekanntschaft zur nächsten. Aber dann, eines Tages, nein, es war ja eine Nacht, fuhr mein Vater wieder mal betrunken Auto, und unter den Toten bei dem Unfall, den er verursacht hatte, waren meine Mutter und Elzemarieke, meine kleine Schwester.« Sie schwieg und setzte das Glas ab, das sie gerade wieder zum Mund führen wollte. »Um es kurz zu machen …«

»Dazu ist es zu spät«, brummte der Commissaris.

»… um es kurz zu machen«, wiederholte sie, »ich hörte von jetzt auf gleich mit der Rumtreiberei auf, weil ich dachte, das wäre nicht passiert, wenn ich zu Hause gewesen wäre. Es wäre natürlich genauso passiert, aber als ich mich fragte, warum mein Vater dauernd so viel trank, kapierte ich plötzlich, was mit ihm nicht stimmte und mit Rupert und mit noch einem Haufen anderer Männer, die ich in der Zwischenzeit kennengelernt hatte. Ich begriff, dass manche Männer gar nicht geliebt werden wollen.« Sie sprach inzwischen nicht mehr ganz deutlich, dafür lauter. »Etwas stimmt nicht mit ihren Herzen. Sie sind leer – vollkommen leer, verstehen Sie, Mijnheer? Und sie wissen das, die Männer. Jeden Tag betrachten sie die Leere in ihren Herzen, diese öde, unwirtliche Landschaft, in der ihre Träume begraben liegen, und schaudern davor zurück. Jawohl, Mijnheer! Und weil sie glauben, dass jeder so eine Landschaft in seinem Inneren trägt, fürchten sie sich, ein fremdes Herz zu beziehen, so wie sie ihr eigenes niemandem mehr anbieten.«

»Das ist sehr tiefsinnig, Brigadier«, sagte der Commissaris. »Wie wär's jetzt mit einer halben glasierten Ente?«

Aber Julika war noch immer nicht fertig. »Nachdem ich das erkannt hatte«, redete sie weiter, »wusste ich auch, dass es keinen Unterschied zwischen den Männern und mir gibt. Ich kann nach ihren Regeln spielen, ohne zu verlieren. Ich habe erst meine Mutter und meine Schwester begraben, dann meine eigenen Träume und schließlich Rupert. Manchmal«, plötzlich hatte sie einen Schluckauf, »manchmal tat es noch ein bisschen weh, eine Zeit lang, aber ich sagte mir, das sind nur Phantomschmerzen – was du spürst, ist längst amputiert worden. Deswegen bin ich eine gute Polizistin, das verdanke ich den Männern.« Jetzt hob sie das eben abgesetzte Glas wieder und leerte es in einem langen Zug. »Was ist schon dabei zu fliegen, Mijnheer? Ein Engel zu sein, ist nicht die Kunst. Ein Mensch zu sein, darin liegt das Problem – ein Mensch unter anderen Menschen.«

»Warum erzählst du mir das?«, fragte Van Leeuwen.

»Warum?« Julika fuhr sich heftig mit beiden Händen durch das kurze, korallenrot gesträhnte Haar. »Wegen dieser Rascha, darum. Ich war nicht die Erste, die so was erlebt hat, und bestimmt war ich nicht die Letzte. Vielleicht ist es ihr genauso ergangen. Vielen Frauen ergeht es so, wenn sie hierherkommen. Wenn sie hier allein sind. Wer weiß, was Ihrer Frau Simone passiert wäre, wenn Sie nicht auf sie gewartet hätten! Ich meine, *falls* es so war – falls es nicht sowieso Raschas Blut ist, das wir oben in der Wohnung gesehen haben. Wir sollten uns gleich morgen früh alle Männer auf Toms Liste vornehmen, einen nach dem anderen.«

Ein chinesischer Kellner in schwarzer Hose und weißem Hemd erschien neben ihrem Tisch, Block und Bleistift in den Händen, und lächelte ein chinesisches Lächeln. »Möchten jetzt bestellen? Mehr Bier und Schnaps? Knusprige Ente vielleicht?«

Der Commissaris spürte eine Unruhe über seinem unwirtlichen Herzen. *Wer weiß, was Ihrer Frau Simone passiert wäre, wenn Sie nicht auf sie gewartet hätten!* Was war es, das in seiner Stadt vorging? Sein Handy vibrierte. Er holte es heraus und warf einen Blick auf das Display. Da stand *Feline Menardi*, und er lächelte. »Nein, danke«, sagte er. »Zahlen, bitte. Und eine Quittung.«

11

Der Commissaris ging zu Fuß. Es war kalt, aber er ging mit offenem Mantel, um die Kälte zu spüren. Der Reisschnaps brannte ihm im Magen, und er wollte wieder einen klaren Kopf bekommen. Er dachte daran, dass es gestern noch geschneit hatte, und jetzt lag nirgendwo mehr Schnee. Er ging nicht schnell, nur schneller als die meisten Nachtschwärmer in der Warmoesstraat. Es gab Abende, an denen er nicht müde wurde, die Gesichter um sich herum zu beobachten, die Mienen – verschlossen oder offen, die Blicke: neugierig, wild, ängstlich, sanft oder unruhig, hochmütig, manchmal gewalttätig. Kaum etwas entging seiner Aufmerksamkeit.

Er bevorzugte die Stunde der ersten Dunkelheit, wenn die Sehnsüchte, die all die Menschen auf die Straße geführt hatten, deutlicher hervortraten; wenn letzte Entscheidungen für den Rest des Tages, für die Nacht getroffen werden mussten. Viele dieser Gesichter kannte er inzwischen, und falls er sie nicht kannte, wusste er zumindest um die Lüste, Hoffnungen oder Bedürfnisse, die ihnen allen gemeinsam waren. Sie begegneten ihm immer wieder, auf dem Dam, am Leidseplein, in *de Wallen*, im Schein der Neonreklamen, dem Licht, das aus Coffeeshops, Musikkneipen und den Schaufenstern der *window girls* fiel. Nur die beiden Jungen, die ihn Heiligabend zusammengeschlagen hatten, entdeckte er nirgendwo, obwohl er nach ihnen Ausschau hielt. Wieder spürte er sein Handy in der Brusttasche vibrieren und holte es heraus, ohne stehen zu bleiben. »Van Leeuwen«, meldete er sich.

»Bruno, Ton hier«, sagte Hoofdinspecteur Gallo am anderen Ende der Verbindung. »Kennst du einen Tom Ropers?«

»Ja.« Der Commissaris trat zur Seite, mit dem Rücken zum Buddhistischen Tempel, um niemanden zu behindern. »Was ist mit ihm?«

»Er will dich sprechen.«

»Wo ist er?«

»Das wollte er nicht sagen. Er hat mir eine Mobilfunknummer gegeben, unter der du ihn anrufen sollst«, erklärte Gallo. »Sag mal, was ist denn das für ein Typ? Woher kennst du den? Klang ziemlich nervös, irgendwie kaputt, und die Verbindung war auch nicht so besonders. Die Kollegen vom Bureau Lijnbaansgracht haben ihn zu mir durchgestellt, weil er nach dir verlangt hat, und er will auch nur mit dir reden.«

»Gib mir mal die Nummer«, sagte Van Leeuwen, fischte die Rechnung des Restaurants aus der Manteltasche, wechselte das Handy in die andere Hand, zauberte den Kugelschreiber aus der Sakkotasche und notierte die Telefonnummer, die Gallo ihm nannte.

»Hat das was mit der verbrannten Frau zu tun?«, fragte der Hoofdinspecteur.

»Weiß ich noch nicht«, antwortete Van Leeuwen und dachte wieder: *hoffentlich nicht.* Er unterbrach die Verbindung und wählte die Mobilfunknummer, die Ton ihm gegeben hatte. Das Freizeichen erklang, einmal nur, und schon meldete sich Ropers.

Seine Stimme klang gehetzt, außer Atem. »Ja?!«

»Van Leeuwen«, meldete sich der Commissaris, weiter mit dem Rücken zur Tempelmauer. »Wo sind Sie?«

»Sie müssen mir helfen«, stieß Ropers hervor. »Ich weiß jetzt, was aus Rascha geworden ist. Die haben mich alle belogen, alle!«

»Ropers, wo sind Sie?«, fragte der Commissaris noch einmal. »Ist das Mädchen bei Ihnen?«

»Können Sie zu den Bootsstegen kommen?«, fragte Ropers.

»Welchen Bootsstegen?«

»Am Damrak. In der Nähe Centraal Station, bei der Baustelle. Jetzt sofort?«

»Ich bin ganz in der Nähe«, sagte der Commissaris. »Fünf Minuten. Sind Sie allein?«

»Nein. Kira ist bei mir. Aber es geht ihr nicht sehr gut.«

»Fünf Minuten«, wiederholte der Commissaris.

»Beeilen Sie sich.« Ropers Stimme wurde plötzlich leiser, klang undeutlich, als schaute er sich um, ohne das Handy am Ohr zu behalten. »Und kommen Sie allein, bitte!«

Der Commissaris schob sein Mobiltelefon wieder in die Brusttasche des Jacketts und ging zurück bis zur Oudebrugstraat, die zum Damrak führte. Er brauchte nicht einmal fünf Minuten, dann öffnete sich rechter Hand das Hafenbecken, in dem die Touristenboote für die Grachtenrundfahrten an ihren Stegen lagen. Er stellte sich vor, wie Ropers mit einem sterbenskranken Mädchen diese Strecke ging, einer jungen Frau, die er vielleicht stützen musste. Er sah sie, und auch andere sahen sie, aber niemand schenkte ihnen Beachtung, nicht einmal, als die Frau immer wieder stolperte und in den Knien einknickte oder als Ropers seinen Arm um sie legte, sie vielleicht sogar halb trug: eine Drogensüchtige mehr, eine betrunkene Touristin, niemand, um den man sich kümmern musste.

Das Wasser war schwarz wie Tinte, aber die Scheinwerfer von der U-Bahn-Baustelle vor der Centraal Station warfen einen silbrigen Schimmer auf die spiegelglatte Oberfläche. Die Glasdächer der langen, flachen Rundfahrtboote waren beschlagen. Die Laternen auf den Stegen hatten einen milchigen Hof. Die Masten der Segeljollen, die neben den Booten vertäut waren, ragten wie ein schwarzer Wald aus dünnen Bäumen in die Nachtluft. Ein paar Motorkutter bildeten einen grauen Pulk an der Rückseite des Beckens, und unter einem Baugerüst an der Wasserseite eines Wohnhauses lag ein unbeleuchteter Lastkahn. Auf dem Dam glitt eine halb leere Straßenbahn in Richtung Centrum. Die angestrahlte Fassade eines Grand Hotels auf der anderen Straßenseite lockte hinter den Ulmen an der Kaimauer mit dem warmen Glanz einer vergangenen Zeit, als die Suiten noch nicht von Partygirls und russischen Mafiacapos bewohnt wurden.

Auf den Booten war niemand zu sehen und auch auf den Stegen nicht. Der Commissaris ging am Wasser entlang, holte sein Handy heraus und drückte die Wahlwiederholung. »Ich bin jetzt da«, sagte er, als Ropers sich meldete.

»Kommen Sie zum mittleren Bootssteg«, sagte Ropers, »das Tor ist offen. Ich gebe Ihnen ein Zeichen.«

Van Leeuwen ging jetzt schneller. Er bog von der Oudebrugstraat auf den Dam und marschierte unter den Ulmen längs der Kaimauer zu den Landestegen der Boote, die durch Eisengitter gesichert waren. Er drückte gegen das mittlere Tor. Das Schloss war aufgebrochen. Das Gitter gab nach, und als er den Steg betrat, sah er eine Bewegung an dem dunklen Fenster der Holzbaracke, die Kasse und Aufenthaltsraum beherbergte. Seine Schritte hallten auf den Bohlen des Stegs, und wenn er genau hinhörte, konnte er das Wasser an den Pfeilern unter seinen Füßen saugen hören. Ein Boot, das nach Dieselöl und Rost roch, rieb leise ächzend an den Steg. In dem Glasdach spiegelten sich der Mond und die Scheinwerfer der Baustelle auf dem Bahnhofsplatz. Am Ende des Stegs lagen schlafende Möwen, die Köpfe auf die Flügel gebettet.

Van Leeuwen ging auf eine Tür zu, die sich schnell öffnete, als er sie beinahe erreicht hatte.

»Hier«, sagte Ropers. Die süßliche Ausdünstung von feuchtem Salz, faulendem Holz und nassen Tauen schlug dem Commissaris entgegen. Er trat durch die Tür in den Raum dahinter, der seine Tiefe nur von Mondlicht und Schatten erhielt. Das Mondlicht hing in den Spinnweben gefangen, es lag auf den salzfleckigen Fensterscheiben und den Sitzflächen der Holzstühle. Es lag auch auf einem Körper, der gleichermaßen aus diesem silbrigen Licht und Schatten zu bestehen schien. Der Körper – dünn, notdürftig bekleidet – war der einer Frau, eines Mädchens eher, und er ruhte auf einer Bank aus aneinandergerückten Stühlen. An einem Ende der Bank ragten die Füße aus den Schatten, am anderen fiel langes Haar zu Boden, wo es in der Dunkelheit unter dem Stuhl verschwand.

»Kira«, erklärte Ropers leise und schloss die Tür hinter dem Commissaris, nachdem er noch einmal hinausgeschaut hatte, ein schneller Blick auf den Steg und hinauf zum Dam. »Sie kann nicht mehr. Ich wusste nicht, wohin mit ihr. Bis zu meinem Wohnwagen hätte sie's nicht geschafft.«

Van Leeuwen tastete nach dem Lichtschalter.

»Kein Licht!«, sagte Ropers und hielt seine Hand fest, »vielleicht suchen die uns schon!« Ropers Griff war kräftig, und selbst im Halbdunkel konnte Van Leeuwen sehen, dass er verletzt war, neues Blut im Gesicht und auf der Kleidung.

Der Commissaris befreite sich mit einem scharfen Ruck und sagte: »Fassen Sie mich nicht noch einmal an! Ich bin stellvertretender Polizeipräsident von Amsterdam, und jetzt mache ich Licht, und es kümmert mich einen Dreck, wer das sieht! Kein Zuhälter und auch sonst kein Gangster legt sich mit mir an, nicht in meiner Stadt! Sie stehen unter meinem Schutz, und das Mädchen steht auch unter meinem Schutz, egal, ob Sie das verdienen oder nicht!«

Er fand den Lichtschalter neben der Tür und legte ihn um. An der Decke flackerte Neon auf, warf schmutziges Licht in den Raum.

Als der Commissaris Ropers Gesicht und den Blick in den Augen des Mädchens sah, wich der Zorn aus seinen Adern. Er trat an die aus Stühlen geformte Bank, auf der Kira lag und zu ihm aufschaute und mit belegter, kaum vernehmbarer Stimme auf Englisch sagte:

»*Dey give a shit. Dey don't care who you are. Dey everybody kill.* Denen ist völlig egal, wer Sie sind. Die jeden bringen um, der stört ihr Geschäfte.«

Die Angst auf ihrem eingefallenen Gesicht war so klar und aufrichtig, dass Van Leeuwen einen Moment lang der Atem stockte. Die Luft blieb in seiner Brust und verwandelte sich in einen Druck, und eine oder zwei Sekunden lang wurde ihm siedend heiß. Er beugte sich über das Mädchen. Er achtete auf seine Stimme, denn er wollte nicht, dass sie zitterte. *»Not me«*, sagte er, »mich nicht und dich auch nicht.« Dann sagte er noch einmal: *»I protect you.* Du stehst unter meinem Schutz.« Er richtete sich wieder auf, holte sein Handy heraus und wählte die Nummer des Notrufs. »Hier spricht Commissaris Van Leeuwen. Schicken Sie einen Krankenwagen zum Bootshafen am Dam.«

Ropers stand noch immer an der Tür. Er wirkte plötzlich müde und mutlos. In einer Geste vergeblichen Protests hob er die Hände und ließ sie wieder sinken. Er sah an Van Leeuwen vorbei zum Fenster, so wie er am Nachmittag in dem Verhörraum zum Fenster geschaut hatte. Der silbrige Schimmer des Mondscheins war erloschen, und die Scheinwerfer auf der Baustelle jenseits des Wassers rückten in die Ferne. Nur die Spinnweben blieben, ergänzt durch schäbige Vorhänge aus braunem Kunststoff, einen Zigarettenautomaten, einen länglichen Metalltisch mit Resopalplatte, einen Abreißkalender neben der Tür und einen überquellenden Papierkorb in der Ecke, das alles vor dem Hintergrund grün gestrichener Holzwände.

Der Commissaris betrachtete Kira. Sie wirkte sehr müde, auf dieselbe Weise, wie Schwerkranke müde wirkten, die morgens schon mit der Erschöpfung des Abends aufwachten. Ihr Hals war so dünn, als bestünde er nur aus der Kehle und ein paar Sehnen und Knorpeln. Sie versuchte sich aufzurichten, fiel aber kraftlos zurück. Ihre Augen waren trübe und lagen tief in den Höhlen, sie schienen kaum noch

Verbindung zur Welt zu haben. Scharfe Falten hatten sich rechts und links von ihrem Mund in die Wangen gegraben. Die blasse Haut spannte sich fast durchsichtig über der Stirn und den Wangenknochen, und unter dem Haaransatz glommen winzige Schweißperlen im fahlen Licht.

»Wie geht es dir?«, fragte Van Leeuwen.

»Durst«, sagte das Mädchen mit seiner heiseren, fast tonlosen Stimme. »Ich hab Durst.« Sie sprach das *ich* wie *irch*, mit einem slawischen *r* an einer Stelle, wo es nicht hingehörte.

Van Leeuwen sah sich um, aber in dem Raum gab es weder einen Wasserhahn noch einen Getränkeautomaten, und es stand auch nirgendwo eine vergessene Flasche herum. »Gehen Sie Wasser kaufen«, befahl er Ropers, der noch immer an der Tür stand und darauf zu warten schien, dass der Commissaris mit dem Mädchen fertig wurde, damit er Zeit für ihn hatte. Dann wandte Van Leeuwen sich wieder der jungen Frau zu. Er hörte, wie die Tür geöffnet und geschlossen wurde. Er zog den einzigen noch übrig gebliebenen Stuhl heran und setzte sich, um nicht auf sie hinabsehen zu müssen. »Du heißt Tonja?«, fragte er.

Die junge Frau nickte, aber weil sie auf dem Rücken lag, war es mehr ein Zucken, begleitet von einem schwachen Flackern der Augen.

»Ist das dein richtiger Name? Nicht Kira?«

»Tonja, nicht Kira«, flüsterte sie, und auch hier gab es das *r* zwischen *i* und *ch*. »Kira nur Künstlername.« Die Jacke, die sie anhatte, stand vorne offen; darunter trug sie nur ein dünnes Top. Ihre Haut war mit roten Punkten übersät, und durch die Haut sah man die Rippen wie die Gräten eines Fischs.

»Und wie heißt du weiter?«, fragte Van Leeuwen.

»Scholenko.«

»Also Tonja Scholenko«, stellte der Commissaris fest. »Das ist kein holländischer Name. Wo kommst du her? Aus welchem Land?«

Sie wandte ihr Gesicht zur Seite und schloss die Augen; ihr rechtes Bein zitterte, als hätte sie einen Wadenkrampf. Ihre Beine waren fast so dünn wie der Hals, und die Löcher in ihren Jeans waren nicht von den Kinderarbeitern eines Designers hineingerissen worden. Kaum hörbare Atemzüge drangen aus den trockenen, ein wenig geöffneten Lippen.

»Aus welchem Land kommst du?«, fragte der Commissaris noch einmal.

»Aus Ukraine.«

»Welche Stadt in der Ukraine?«

»Lemberg. Kleines Dorf in Nähe, Steni.«

»Die anderen Mädchen in der Wohnung, kommen die auch aus der Ukraine?«

»Ein paar«, flüsterte Tonja. »Auch welche aus Bulgarien. Aus Sofia. Aus Rumänien. Mazedonien. Ossetien.«

»Aus Holland?«

»Nein, Holland nicht.«

»Und Rascha Frankenhuis?«

»Was ist das?«

»Ein Name.«

»Ich kenne kein Rascha Frankenhuis.« Aber ihre geschlossenen Lider zogen sich zusammen, als hätte er eine Wunde berührt.

»Seit wann bist du in Amsterdam?«, fragte er.

»Ich hier zwei Jahre.«

»Wie bist du hierhergekommen?«

»Wir sind gebracht hier.«

»Von wem? Léon Braak?«

»Weiß nicht.« Die Lider waren jetzt gekräuselt wie winzige Rosenkohlblätter. Von der Wunde schien Angst auszustrahlen, die größer war als jeder Schmerz. »Nicht Braak. Jemand mächtiger, viel mächtiger. Alle haben Angst.«

»Wohin wolltet ihr denn?«, fragte Van Leeuwen, obwohl er es längst wusste. »Nach London?«

»Ja. London.«

Und um nach London zu kommen, in die gelobte Stadt, werdet ihr durch Amsterdam geschleust, dachte Van Leeuwen. Aber manche kommen nicht weiter als bis Amsterdam, und manche kommen nicht mal bis nach Amsterdam, weil sie vorher sterben. »London, wo das gute Leben wartet, richtig? Wo alle Frauen Topmodels sind oder große Filmstars und Sängerinnen.«

»Ja.« Jetzt öffnete Tonja die Augen, und tatsächlich leuchteten sie. »Gutes Leben. Besseres Leben. In Ukraine kein gutes Leben. Kein gutes Leben in Bulgarien. Paris, London, da gutes Leben.«

»Natürlich«, sagte Van Leeuwen, »es wartet nur auf euch. Die Bühne, der Laufsteg, die Cover der Modemagazine *Vogue*, *Vanity Fair*, die Royal Albert Hall, Viviane Westwood, alle warten auf euch, der Bedarf an Topmodels und Filmstars und Sängerinnen ist unbegrenzt. Keine von euch muss Prostituierte werden. Keine muss Table Dance in Sexclubs machen. Keine muss ihre Kleider ausziehen, statt Designerfummel anzuziehen. Keine wird ausgenutzt, geschlagen oder mit Drogen ruhiggestellt. Und alle dürfen ihre Pässe behalten.«

Tonja hing an seinen Lippen, ihre Augen hörten nicht auf zu leuchten. »Sexclubs nicht schlimm«, sagte sie leise. »Schlafen mit Männern nicht schlimm. Ausziehen für Männer nicht schlimm.«

»Was ist denn dann schlimm?«

»Film. Film ist schlimm. Video ist schlimm.«

»Pornofilme, meinst du?«

»Nein, andere Filme.« Sie blickte den Commissaris an, als wüsste er genau, wovon sie sprach; als könnte er verstehen, dass sie nicht mehr sagte. »Mädchen verschwinden nach Filmen.« Ihre Augen hörten auf zu leuchten und wirkten auf einmal tot, als könnte das Grauen sie so nicht finden. »Mir geht nicht gut. Ist kalt. Hab so Durst.«

Van Leeuwen zog seinen Trenchcoat aus und breitete ihn über das zitternde Mädchen. »Gleich«, sagte er. »Gleich kommt der Junge mit etwas zu trinken wieder. Und dann kommt der Arzt, der dich ins Krankenhaus bringt. Aber vorher musst du mir sagen, was aus Rascha geworden ist.«

»Ich sag doch – kenne kein Rascha.«

»Sie wollte auch Model werden, so wie anscheinend alle Mädchen heutzutage. Vielleicht kennst du sie unter einem anderen Namen.« Der Commissaris rief sich das Foto von Rascha in Erinnerung. »Blond, falls sie die Haarfarbe nicht geändert hat. Mittelgroß.

Schlank. Graue Augen, die dich ansehen, als könnte sie damit Röntgenfotos von deiner Seele machen. Fährt vielleicht eine Vespa, *Farbe: Pistazie,* wie *Italien auf Rädern …*«

»Ah, Gianna.« Tonja hob den Kopf, versuchte sogar, sich aufzurichten. »Sie meinen Gianna. Sie ist Freundin, war bei mir, ja. Ich erkläre ihr alles, wie zugeht in Stadt. Ich nicht wusste, dass sie heißt wirklich Rascha. Sieht bisschen aus wie ich, wie ich früher.«

Van Leeuwen dachte: Nein, tut sie nicht, sie sieht ganz anders aus als du. Aber dann fiel ihm plötzlich auf, dass sie recht hatte. Wenn er sich all die Verwüstungen wegdachte, die das Rauschgift ihrem Körper und ihrem Gesicht zugefügt hatte, wenn er sich wirklich sehr große Mühe gab, die Tonja zu rekonstruieren, die sie vor den Drogen gewesen war, dann gab es eine Ähnlichkeit. Dann sah Rascha ein bisschen aus wie eine jüngere Tonja. Jünger, aber genauso traurig.

»Was ist aus ihr geworden?«, fragte er.

Tonja sank zurück, die kurze Freude der Erinnerung erlosch, als wäre sie von Van Leeuwens Trenchcoat erstickt worden. »Wurde weggeholt.«

»Von wem? Braak?«

»Ja. Braak.«

»Wo hat er sie hingebracht?«

»Weiß nicht. Vielleicht tätowierte Mann.«

»Welcher tätowierte Mann?«

»Gehört zu mächtige Boss, alle haben Angst vor. Alle, auch Braak. Alle haben Angst.«

»Kennst du seinen Namen?«

Tonja schüttelte den Kopf, und das Kopfschütteln ging in ein Zittern über und hörte nicht wieder auf.

Der Commissaris fragte: »Warum hatte sie diesen Namen – Gianna? Wer hat ihr den gegeben? Hat sie sich den ausgesucht?«

»Weiß nicht, nein. Alle Mädchen bekommen neue Namen von Männern.«

Der Commissaris fragte: »Als sie noch bei euch war, wie ging es ihr da? War sie gesund?«

»Ging nicht so gut.« Jetzt klapperten auch ihre Zähne, als hätte sie Schüttelfrost. »War unglücklich wegen Mann. Hat sie geschlagen. Wollte, dass sie Sex hat mit fremden Männern …«

»Wer hat sie geschlagen? Braak?«

»Nein, Fotograf …«

»Mike Sluizer?«

»Ja, Mike, der Fotograf, vielleicht er. Vielleicht der tätowierte Mann.«

Der Commissaris ahnte etwas, das er nicht ahnen wollte, und ein Gefühl der Trostlosigkeit stieg in ihm auf. Er schluckte mehrmals; trotzdem war ihm immer noch trostlos zumute. »Die anderen Mädchen, waren die auch Freundinnen von dir?«, fragte er.

»Ja … Freundinnen.«

»Warum hat keine von ihnen einen Arzt gerufen?«

»Kein Telefon … Wir nicht dürfen verlassen Wohnung … Mann passt auf … Und wenn Mann nicht da, andere passen auf.«

»Die anderen Mädchen? Soll das heißen, ihr habt euch gegenseitig überwacht?«, fragte Van Leeuwen. »Jede war eine Spionin für Braak und den mächtigen Boss?«

Tonja nickt mühsam. Die Zähne klapperten noch immer wie weiße Kastagnetten. Für einen Moment öffneten sich ihre Augen, suchten ziellos nach Licht oder Leben, bevor sie wieder zufielen. Sacht legte der Commissaris seinen Handballen auf ihre Wange und schob ein Lid mit der Daumenkuppe hoch. Er sah einen roten Punkt im Inneren des Lids. Das Auge darunter blickte starr zu der Neonröhre an der Decke hoch. Sie stirbt, dachte er; wenn die Ambulanz nicht bald da ist, stirbt sie hier vor meinen Augen. Er ließ das Lid zurückgleiten, hielt nur noch ihre rechte Hand, die kalt und schlaff in seiner lag.

»Was hast du genommen? Crack? Heroin? Kokain?«

Tonja zitterte, zuckte mit den Schultern, *alles*.

»Und Rascha … Gianna – hat die auch Drogen genommen?«

»Nicht Gianna«, mühsam richtete sie sich auf, »Gianna ist stark. Aber … Niemand … niemand bleibt stark … stark für immer.« In der Ferne erklang die Sirene einer Ambulanz. »Bitte … ich vielleicht nicht überlebe Krankenhaus. Bitte, rufen mein Mutter an … Mutter – Irina – und Schwester – Sofia …« Langsam schwenkte sie die Beine von der Stuhlfläche. »So heißt mein Schwester – Sofia in klein Dorf Steni. Sagen Sie … sagen Sie ihr, was passiert mit mir … Ich würde so gern noch einmal sehen Sofia, mein liebe Schwester. Rufen Sie Mutter an, bitte … Ich gebe Ihnen Nummer von kleine Gemischwarenladen in Steni.«

Einen Moment lang blieb sie so sitzen, mit hängendem Kopf, die feuchten Haare lagen auf den Oberschenkeln wie Algen. Dann versuchte sie aufzustehen, stemmte sich hoch und tat schwankend ein paar Schritte. »Vielleicht«, sagte sie, »vielleicht kommt Sofia …« Es gelang Van Leeuwen gerade noch, sie aufzufangen und wieder zu den Stühlen zu tragen. Sie war nicht sehr schwer, kaum schwerer als der Tannenbaum, den er Heiligabend nach Hause getragen hatte. Als er sie unter den Achseln hielt, spürte er ihr Herz klopfen, rasend schnell wie das Herz eines kleinen Vögelchens. Sie zitterte in seinen Armen, aber ihre Zähne klapperten nicht mehr. Er tastete nach ihrem Puls. Zuerst fand er ihn nicht und dachte, sie hätte keinen mehr, doch etwas später fühlte er ein schwaches Pochen. Sie stöhnte. Sie zitterte immer stärker, und die Augen unter den Lidern wanderten in den Höhlen hin und her. »Bitte … bitte anrufen …«

Der Commissaris legte sie auf die Stühle zurück. *Wo bleibt denn bloß diese verdammte Ambulanz? Wie lange brauchen die denn für das kurze Stück?* »Du wirst wieder gesund«, sagte er.

»Und dann?«, fragte Tonja fast unhörbar.

Und dann wird alles gut, dachte der Commissaris.

Plötzlich spürte er wieder, wie kalt es in der Holzbaracke war. Sein Atem zeichnete Wolken in die Luft, und der Schweiß auf Tonjas Gesicht erschien ihm milchig wie Eisblumen. Ihr Körper schien zu schrumpfen, kleiner zu werden, ein bisschen und noch ein bisschen. Eines ihrer Augen öffnete sich, als besäße sie nicht mehr genug Kraft für beide.

Auf dem Steg vor der Baracke erklangen leise Schritte. »Ich bin's«, sagte Ropers durch die geschlossene Tür, bevor er sie öffnete. »Ich habe das Wasser.« Er trat ein. Van Leeuwen war froh, dass er den Jungen weggeschickt hatte; er fragte sich, wie viel Tonja ihm schon erzählt hatte von dem, was mit Rascha geschehen war. »Gib mir die Flasche.«

Erschöpft sah Tonja zu Van Leeuwen auf. Ihr Blick flackerte, drohte zu erlöschen. Der Commissaris schraubte die Mineralwasserflasche, die Ropers ihm reichte, auf und setzte sie Tonja an den Mund. Sie trank gierig, ohne die Lippen zu bewegen. Das Wasser rann einfach über ihre Zähne und die Zunge, und ihre Kehle nahm es auf, ohne dass sie sich verschluckte. Van Leeuwen sah zu, wie sie trank. Dann sagte er zu Ropers: »Wir haben Blut in der Wohnung an der Leidekkerstraat gefunden. Vom wem stammt das – von Ihnen?«

»Nein, von dem anderen, dem Aufpasser«, antwortete Ropers. »Da war jemand bei den Mädchen, ein Schläger, der zu Braak gehörte. Er ist gleich auf mich losgegangen, als ich nach Kira gefragt habe. Ich musste ihm die Nase brechen.«

»Warum sind Sie nicht in der Wohnung geblieben, bis wir da waren?«

Ropers zuckte mit den Schultern. »Ich hatte Angst, er kommt zurück, aber nicht allein. Ich brauchte Zeit, um mit Kira zu sprechen.«

»Und die anderen Mädchen?«

»Die sind weggerannt, als der Aufpasser am Boden lag«, sagte Ropers. »Sie hatten Angst, dass er ihre Wut an ihnen auslässt, wenn er wieder zu sich kommt. Weil sie gesehen hatten, wie er zu Boden ging. Vielleicht wollten sie auch einfach nur die Gelegenheit nutzen, keine Ahnung …«

Die Sirene war jetzt ganz nah. Auf dem Dam konnte man das Quietschen von Reifen hören. Etwas später flackerte rhythmisches Blau über dem Wasser. Ropers öffnete die Tür. Der Steg bebte unter den Laufschritten der Sanitäter, und dann waren sie da, und der Arzt beugte sich über das Mädchen. Er tastete nach Tonjas Puls und legte das Ohr an ihre Brust, bevor er den Sanitätern zunickte. Die beiden jungen Männer hoben Tonja auf eine Trage. Der eine stach ihr eine Nadel in den Arm und legte eine Infusion, während der andere ihr eine durchsichtige Sauerstoffmaske auf Mund und Nase presste.

»Wo bringen Sie sie hin?«, fragte der Commissaris und zeigte dem Arzt seinen Ausweis.

»Universitätsklinik, De Boelelaan«, antwortete der Sanitäter, der die Infusion gelegt hatte. Er nahm den Trenchcoat, mit dem Tonja noch immer zugedeckt war, und warf ihn auf einen der Stühle, bevor er eine Wolldecke über das Mädchen breitete.

»In die Notaufnahme?«

»Ja. Warum wollen Sie das wissen?«

»Ich möchte einen Mann zu ihrem Schutz abstellen.«

Tonja wandte den Kopf, bis sie den Commissaris ansehen konnte. Sie sagte etwas, das von der Maske verschluckt wurde. Van Leeuwen nickte dem Sanitäter zu, der die Maske kurz anhob. »Bitte, kommen Sie mit«, flüsterte das Mädchen. »Bitte.«

»Ich komme dich morgen besuchen«, sagte Van Leeuwen. Bis zum VUMC am Stadtrand war es ein weiter Weg. Er hatte Feline versprochen, heute Nacht noch zu ihr zu kommen, und es war spät. Da griff Tonja nach seiner Hand und hielt sie fest und sagte noch einmal: »Bitte«, und die Hand war klein und kalt, und er sagte zu dem Sanitäter, der ihre Maske angehoben hatte: »Ich begleite sie.«

Die Männer nahmen die Trage auf und trugen das Mädchen zur Tür hinaus. Van Leeuwen zog seinen Trenchcoat wieder an, dann folgte er dem Erste-Hilfe-Team.

Ropers lief ihm nach. »Und was wird aus mir?«, rief er. »Was ist mit Rascha? Was werden Sie unternehmen, um sie zu finden?«

»Heute Nacht nichts mehr«, antwortete der Commissaris und folgte der Trage über den Steg auf die Kaimauer. »Rufen Sie mich morgen im Präsidium an.« Die Sanitäter luden Tonja in das Heck des hell erleuchteten Ambulanzfahrzeugs. Das Mädchen hob den Kopf, um zu sehen, ob Van Leeuwen auch wirklich mit einstieg, und erst als er neben Tonja auf einer niedrigen Bank kauerte und die Türen zugeschlagen wurden, schloss sie die Augen. Auf der anderen Seite der Trage saß der Arzt. Er kümmerte sich nicht um Van Leeuwen, und Van Leeuwen kümmerte sich nicht um ihn. Er sah durch das kleine Fenster in der Tür, als der Wagen anfuhr und mit eingeschalteter Sirene wendete, und auf der Kaimauer sah er Tom Ropers allein in der Nacht stehen und dann zurückbleiben. Eine Zeitlang wurde der Junge kleiner und kleiner in dem Fenster, und die Nacht und die Stadt um ihn herum wurden größer. Er ist wirklich kaum mehr als ein Junge, dachte der Commissaris. Und dann dachte er noch einmal, als wüsste er es nicht besser: *Alles wird gut.*

12

Mike Sluizer, der Fotograf, war drei Wochen nachdem er die Fotos von Rascha gemacht hatte, zum Zirkus zurückgekehrt. *Pepers Circus World* hatte nicht am selben Ort auf ihn gewartet, aber jemand wie Mike fand sich immer zurecht, und einen ganzen Zirkus fand er erst recht. Rascha, die damals noch nicht Gianna gewesen war, hatte genauso wenig auf ihn gewartet, und auch damit kam er zurecht, weil er ein schönes Mädchen noch schneller fand als einen Zirkus. An diesem Tag trug er einen gelben Sommeranzug, dazu ein rosa Hemd und einen roten Seidenschal, und er fuhr sein hellblaues 69er Thunderbird Cabriolet mit dem cremefarbenen Ledersitzen offen, obwohl der Himmel bedeckt war; nur ganz wenig Sonne kam durch.

Mike brachte gute Neuigkeiten. Er hatte die Fotos von Rascha in Amsterdam ein paar Agenturen gezeigt, und eine davon war ganz heiß darauf, sie kennenzulernen und vielleicht ein paar *Go Sees* für sie zu arrangieren, um ihr Gesicht in der Szene bekanntzumachen. Außerdem brachte er ihr einen Strauß Feldblumen mit und setzte dazu auch noch sein charmantestes Lächeln auf, als er sie fragte, ob sie nicht Lust hätte, gleich mit ihm mitzukommen. *Jetzt sofort, wir fahren mit offenem Verdeck. Amsterdam ist zauberhaft im Frühling, und die Vespa legen wir in den Kofferraum.*

»Was ist der höchste Berg der Welt?«, fragte Rascha mit schräg gelegtem Kopf, in die matte Sonne blinzelnd.

Er überlegte kurz, dann antwortete er: »Für jeden ein anderer«, und da musste sie lachen, das eroberte ihr Herz im Sturm.

Kurz wurde ihr schwindlig: Mike war so gut aussehend, als er da vor ihr stand, so verführerisch, mit dem Wind im dunklen Haar und den ganzen hellen Sprenkeln in den Augen. Vielleicht war er der Mann, den sie brauchte, nicht Tom.

Sie sagte allen Auf Wiedersehen. Sie umarmte Tom und versprach ihm, sich zu melden, sobald sie in Amsterdam wäre. Einen Moment lang sah es aus, als wollte er sie zurückhalten, als könnte er sich nun doch vorstellen, sie zu lieben, aber dann tat er es nicht, und so war's das. Sie luden die Vespa, *Farbe: Pistazie, Italien auf Rädern*, in den Kofferraum. Sie warfen den Rucksack auf den Rücksitz, und dann fuhren sie los, mit offenem Verdeck, wie versprochen, und es war sensationell, in einem blauen Thunderbird durch das flache Land zu schaukeln, das so endlos wirkte unter dem dunklen Himmel, aus dem immer wieder Sonne kam, nicht ein Regentropfen.

So hatte Rascha es Tonja erzählt, später, als sie schon Gianna hieß und von ihr getröstet werden musste, und so fasste es der Commissaris in seinen Notizen zusammen, die er sich am frühen Morgen an seinem Schreibtisch machte. Er war bei Tonja im Krankenhaus geblieben, bis die Ärzte sie stabilisiert hatten. Erst als sie endlich schlief, hatte er Feline angerufen, um ihr zu sagen, dass es zu spät war, um jetzt noch zu ihr zu kommen, und dass er lieber zu sich nach Hause ging. Er hatte ein paar Stunden geschlafen, war aber früh wieder aufgewacht und in die Küche gegangen, wo er sich einen Kaffee gekocht hatte. Mit dem Kaffee war er, noch im Schlafanzug, in sein Arbeitszimmer gegangen, um an dem wie stets picobello aufgeräumten Schreibtisch Ordnung in das Chaos zu bringen, das jeder Fall am Anfang darstellte.

Er sortierte die Puzzlestückchen, die er schon hatte, und ergänzte die fehlenden Teilchen durch Vermutungen, durch Erfahrung. Er fertigte eine Art Drehbuch, eine Erzählung, die er so deutlich vor sich sah, als wäre es ein Film auf einer Leinwand in einem dunklen Kino. Er setzte zusammen, was Tonja ihm erzählte hatte, bruchstückhaft, in der Baracke am Bootshafen, in der Ambulanz und in der Notaufnahme. Er ergänzte es durch das, was er von Tom Ropers gehört hatte. Und was er weder von ihr noch von ihm wusste, setzte er als Provisorium ein und schaute, ob es in die Lücken passte; ob es ein Bild ergab.

Dabei trank er den Kaffee, solange er heiß war, und zwischendurch wanderte sein Blick immer wieder zu dem Plakat an der Wand gegenüber dem Schreibtisch. Das Plakat zeigte eine Radierung des spanischen Malers Francisco Goya: Ein Mann im Hausrock war übermüdet an seinem Schreibtisch zusammengesunken, und die albtraumhaften Wesen, die ihn im Schlaf heimsuchten, flatterten im Dunkel über seinem Kopf oder lagen hinter seinem Stuhl zu seinen Füßen. Darunter stand der Titel: *Der Schlaf der Vernunft gebiert Ungeheuer.*

Ein besseres Motto für seine Arbeit konnte es nicht geben, fand der Commissaris; jeder neue Fall bestätigte diesen Satz. Er sah, wie der Himmel vor dem Fenster allmählich aus der Nacht auftauchte, hinter den Giebeln auf der anderen Seite der Gracht, während das Licht seiner Schreibtischlampe verblasste. Der Himmel über Amsterdam, zu dem auch Rascha Frankenhuis vielleicht gerade aufschaute.

Am Anfang war alles noch so, wie Rascha es sich vorgestellt hatte. Ein wenig glanzloser vielleicht. Etwas härter und kühler, als Mike es beschrieben hatte. Die Agentur, die so interessiert an ihr gewesen war, befand sich plötzlich in finanziellen Schwierigkeiten und nahm keine neuen Models an, löste sogar die Verträge mit den alten und hatte auch keine feste Adresse mehr. Mike versprach, eine neue aufzutun, es gab ja genug davon. In der Zwischenzeit konnte sie bei ihm wohnen, und wenn sie Geld brauchte, kein Problem, er schoss ihr was vor. Sie konnte es ihm später von ihren Modelgagen zurückzahlen.

Das Studio lag im zweiten Stock eines altes Hauses an der Prins Hendrikkade, und die verstaubten, mit Klebeband abgedichteten Fenster vibrierten ohne Unterlass von den Baustellen unten auf der Straße. Buntpapier bedeckte die Scheiben, damit kein Sonnenlicht hereinkam. Elektrische Christbaumkerzen säumten Fenster und Türen, schon im Mai, und sie brannten von morgens bis abends und fast die halbe Nacht, das ganze Jahr über. Es gab ein kleines Bad mit einer Dusche, eine Kochnische und eine Dunkelkammer mit einer roten Leuchtröhre. Es gab die Scheinwerfer und Reflektoren und ein großes rundes Wasserbett, das man für Kunstfotos brauchte. An mehreren kreuz und quer gespannten Leinen hingen Abzüge, Fotos von Mädchen, aus denen Mike Stars gemacht hatte; Rascha kannte keines davon.

Auf einer Empore, zu der eine schmale Treppe führte, stand noch ein Bett, das gehörte Mike. Rascha konnte in dem Wasserbett, das merkwürdig roch unten neben der Videoanlage schlafen, aber es war ja nur für kurz. Alles war ihr recht, denn auf keinen Fall wollte sie zurück nach Hause. Also lernte sie schnell, denn sie wollte es schaffen, wollte das Geld, den Erfolg. Und eins konnte Mike: das Leben in eine Bühne verwandeln, auf die nur er einen führte, damit man der Star war, erst nur für ihn, dann vor all den Leuten da unten im Dunkeln, die man gar nicht sah; aber er sagte ja, sie seien da. Ihr wurde wieder schwindlig. Von ihm angeschaut, von so vielen Leuten gleich hinter den Scheinwerfern bewundert zu werden, war, wie durch die Luft zu fliegen, es fühlte sich leicht und berauschend an – man stieg einfach aus seinem Kleid und zeigte ihnen seinen wunderschönen, jungen Körper, weil es sie glücklich machte; weil sie ihn sehen wollten. Deswegen waren sie gekommen. Deswegen kauften sie die Zeitschriften mit den Fotos.

Im Mai war Amsterdam das Paradies. Im Vondelpark blühten die Bäume; die Luft roch wie das süße, weiße Fleisch frischer Äpfel, wie Aprikosen. Der Wind war mild, das Wasser flüsterte blau und silbrig, und in den Straßen herrschte Musik. Das Licht und die Farben änderten sich rasch, wenn ein kurzer Regenguss niederging, aber danach strahlte alles erst recht: das Weiß der Möwen, die blutroten Fensterläden der braunen Häuser, die üppigen Auslagen der Marktstände, die Blumenspaliere. Nichts erinnerte an die Düsternis im Pfarrhaus von Sander Frankenhuis.

Nachts funkelte die Stadt wie ein Weihnachtsbaum, der das ganze Jahr über erleuchtet war, und jeden Abend freute sie sich auf den Sonnenuntergang über dem IJ und danach das Schimmern der Straßen, denn deswegen war sie hier. Mike Sluizer, der Fotograf, war in diesen dämmernden, nächtlichen Straßen bekannt wie ein bunter Hund mit einem reflektierenden Halsband. Wenn er nicht arbeitete, war er ständig unterwegs, traf Leute, holte Dinge ab oder lieferte sie, kleine Dinge in Briefen und schmalen Päckchen. Er war wie der Refrain eines Liedes, das immer erklang, wenn eine Tür zu einer Bar, einem Club oder einer Diskothek geöffnet wurde und er dahinter verschwand, *»Hey, Mike, endlich, da bist du ja!«*, und dann: *»Wer ist denn die Kleine?«*, denn Rascha war meistens dabei, ihr Gesicht sollte ja bekannt werden in der Szene. »Mikes Neue« hieß sie schon, als sie es noch gar nicht war.

Als es dann geschah, hatte sie nichts dagegen. Bis zu dieser Nacht war er nur eine Möglichkeit gewesen, in Amsterdam Fuß zu fassen, eine Sprosse auf der Leiter, die unterste. Längst war ein anderes Gesicht hinter seinem einnehmenden Lächeln sichtbar geworden, ein trauriges, verlebtes, in dem sie etwas widergespiegelt sah, das ihrem eigenen verborgenen Schmerz entsprach. Aber die Lichter der Nacht besaßen mehr Verwandlungskraft als die Sterne, und in ihrem Schein war er anziehend, sogar aufregend. Inzwischen hatte sie erkannt, dass in Amsterdam nichts war, was es zu sein schien, auch nicht die Menschen; alles war möglich, sogar eine romantische Liebe.

In einer der Bars, in die er sie mitgenommen hatte, war sie mal austreten gegangen, und auf der Toilette hing ein bunter Kondom-Automat mit einem Spiegel, in dem man sich sehen konnte, wenn man eine Packung zog. Rascha spürte, wie ihr plötzlich heiß wurde. Sie ging an dem Automaten vorbei und wusch sich die Hände, aber dann – ihr war noch immer heiß – kehrte sie zu dem Automaten zurück. Das Herz klopfte ihr bis zum Gaumen hinauf. Sie vermied es, ihrem Spiegelbild zu begegnen, als sie das Geld einwarf und die Metallschublade herauszog, in der eine kleine quadratische Schachtel *Feuer der Leidenschaft* aus silbern und orange glänzender Pappe lag, auf der außerdem noch stand *anatomisch angepasst* und *gefühlsecht.* Rascha schob die Schachtel schnell in die Tasche, bevor jemand durch die Tür kam und sie dabei sehen konnte. Aber trotzdem stand ihr die Röte im Gesicht und wollte nicht wieder abklingen.

Mike lehnte an der Bar, im Gespräch mit jemandem, den er als »Léon« vorstellte und der sie nur kurz ansah, bevor er sich verabschiedete. Sie hatte das Gefühl, der kurze Blick hätte ihr das Rückgrat bis hinunter ins Becken versengt. »Was möchtest du trinken?«, fragte Mike.

»Nichts«, sagte sie.

»Irgendwas mit Wodka?«, fragte Mike, »was Süßes?«

»Nein, ich möchte nichts trinken.« Sie spürte das *Feuer der Leidenschaft* in ihrer Tasche brennen. »Ich möchte gehen.«

»Willst du wirklich gar nichts?«, fragte er.

»Doch«, sagte sie und dachte: *Feuer der Leidenschaft, anatomisch angepasst.*

»Was willst du denn?«

»Romantische Liebe«, sagte sie, und endlich wurde ihr Gesicht wieder kühl. »Gefühlsecht.«

Er lachte verlegen, sah sich um, ob jemand sie gehört hatte. Doch von da an änderte sich sein Verhalten ihr gegenüber. Als wäre sie endlich über eine Schwelle getreten, hinter der er schon lange gewartet hatte. Er hielt ihre Hand. Er ging mit ihr ins Kino. Er führte sie in schicke Bars. Er füllte einen Picknickkorb mit lauter Sachen, die sie gern aß, und breitete ihr eine Decke im Park aus. Er stellte sie seinen Freunden vor, von denen sie einige mochte, die meisten aber nicht. Er küsste sie, und so hatte noch kein Mann sie je geküsst. Er sagte: »Ich liebe dich.« Sie hatte ihn nicht gefragt: *Liebst du mich?*, er hatte es von sich aus gesagt. Als sie sich von ihm ausziehen ließ, wurde ihr diesmal nur ganz kurz schwindlig, denn bevor sie den Boden unter den Füßen verlieren konnte, hielt er sie fest, fing sie auf und trug sie zu dem Bett auf der Empore.

Sie dachte sich diese Nacht als eine Anzahlung, genauer: als eine andere Art der Rückzahlung des Geldes, das sie von ihm bekam, solange sie noch am Beginn ihrer Karriere als Model stand. Er war der erste Mann, mit dem sie schlief, und sie sagte immer wieder: *»Ich liebe dich, ich liebe dich so sehr«*, um ihre Zweifel zu betäuben. Sie wollte ihn ja lieben, auch wenn sie sich das erste Mal anders vorgestellt hatte, eher mit jemandem wie Tom. Nur dass die Zweifel sich nicht betäuben ließen; hartnäckig kehrten sie immer wieder, und so erfand sie den Ausweg mit der Anzahlung.

Die ganze Zeit hatte sie vorgehabt, Tom anzurufen oder ihm

zu schreiben, aber immer war etwas dazwischengekommen. Zuerst hatte sie warten wollen, bis sie ihm etwas erzählen konnte, davon, wie gut hier alles für sie lief. Dann, als die Erfolge auf sich warten ließen, fehlte ihr der Mumm, ihm zu sagen, dass sie sich allein fühlte, allein und enttäuscht. Sie war auch zu stolz. Außerdem hatte sie kein Handy, ihr Vater hielt nichts von neumodischem Schnickschnack, der nur Geld kostete, und Mike wollte sie nicht darum bitten. Einmal stand sie schon in der Telefonzelle, da fand sie den Zettel mit Toms Nummer nicht. Ein anderes Mal hatte sie kein passendes Kleingeld. Aber allmählich stellte sich heraus, dass sie Angst hatte, er könnte spüren, was zwischen ihr und Mike passiert war.

Nahm sie Kokain? Mike Sluizer kokste, so viel stand fest; er dealte nicht nur, er nahm es auch selbst. Vor allem, wenn er seine Kunstfotos machte, lag im Studio reichlich Schnee herum. Er war ein guter Fotograf, das war er wirklich, er sagte es selbst, aber die guten Fotos wollten seine Kunden nicht, sie rissen ihm nur die Kunstfotos aus der Hand. Von Rascha hatte er nie verlangt, dass sie dabei mitmachte, obwohl einiges davon, was er in der ersten Nacht auf der Empore mit ihr anstellte, auf Hochglanz gezogen bestimmt weggegangen wäre wie frittierte Muscheln.

Ob sie wohl am Morgen nach dieser Nacht an ihren Vater, den Pfarrer, gedacht hatte oder an ihre Mutter, ihren kleinen Bruder Klaas?, überlegte Van Leeuwen. Wahrscheinlich, aber bestimmt nicht lange. Wieder betrachtete er Goyas *Capricho* über seinem Schreibtisch. Er dachte an die jungen Mädchen, die Majas, die der Spanier gezeichnet hatte – beim Flanieren im Park, auf dem Balkon oder einer Bank – und die, wie es die Sitten der Zeit verlangten, immer in Gesellschaft von älteren *Celestinas* gewesen waren. Früher hatte er über diese Aufpasserinnen geschmunzelt; jetzt wünschte er sich manchmal, es gäbe wieder einen ähnlichen Brauch, jemanden, der all die traurigen, verwirrten jungen Mädchen auf ihren Wegen begleitete, bis sie wussten, wohin sie gingen und zu wem.

Als Rascha, grün und blau geschlagen, bei Tonja unterkroch, waren die Zweifel verschwunden und alles andere auch. Ihre Lippen zitterten, die Augen waren gerötet vom Weinen, die Wangen aufgeweicht von Tränen. Sie hatte es sich endlich eingestanden: Mike war nicht der Starfotograf, den er ihr vorgespielt hatte, und er hatte überhaupt nie versucht, eine Agentur für sie zu interessieren. Er war nicht einmal ein gescheiterter Künstler, der sich mit pornografischen Aufnahmen über Wasser hielt. Seine Freunde waren keine Freunde, sondern Gläubiger, für die er organisierte, was sie brauchten: Drogen oder Mädchen. Und zu jeder hatte er einmal gesagt: *Ich liebe dich*, wie zu ihr. Aber er liebte sie gar nicht.

Tonja war das Mädchen gewesen, zu dem Léon Braak sagte: *Ich liebe dich*, und sie hatte damals noch eine eigene Wohnung, in die er nur zu Besuch kam. Sie wusste, dass Braak viele seiner Mädchen von Mike Sluizer bekam, Mädchen, die seine Gläubiger zu den Drogen benutzten und wieder benutzten und später weiterreichten, manchmal verkauften, bis sie sich selbst verkauften und jedes Mal zwei Drittel abgaben. Sie wusste, dass sie eines dieser Mädchen war, aber sie wollte es nicht glauben, und deswegen nahm sie dieselben Drogen. Sie nahm sie, um auf den Punkt genau lachen zu können, wenn die Männer es von ihr erwarteten; sie nahm sie, um im richtigen Moment empfindungslos zu sein, wenn die Männer sie nahmen. Sie schnupfte, rauchte oder spritzte sie, aber sie verpasste den richtigen Moment zum Aufhören. Sie war noch immer schön genug, so schön wie an dem Nachmittag, an dem sie Rascha kennenlernte.

Das geschah in einem Club in einer Seitenstraße, die vom Rembrandt-Plein abging. Der Club war früher, ganz früher, einmal der zum Stadtpalais eines wohlhabenden Kaufmanns gehörende Stall gewesen. Jetzt hingen Spiegel an den Decken, die Wände waren mit Orientteppichen bespannt wie das Zelt eines Scheichs in einem Monumentalfilm. Der Boden bestand aus schwarzem Carrara-Marmor. Die Hocker an der Edelstahlbar, die zinnoberroten Kugellampen und die Kunststoffpolsterung der hufeisenförmigen Sitzbänke hatten ihre Vorbilder irgendwo zwischen Miami und Las Vegas. Eine Tanzfläche von der Größe eines halben Tennisplatzes wurde überragt von der Kanzel des Discjockeys mit seinen Plattentellern. Die Klimaanlage kämpfte vergeblich gegen den Gestank kalten Rauchs und warmen Parfums an, und der Aushilfstürsteher von der Tagschicht war so alt, dass er sich wahrscheinlich noch an die Namen der Pferde erinnerte, die vor hundert Jahren hier in ihren Boxen gestanden hatten.

Tonja war der DJ. Sonst hatte sie nachts an der Bar bedient, aber gestern Morgen war Léon die Faust ausgerutscht, und hinterher hatte es ihm leidgetan, und sie hatte sich etwas wünschen dürfen, und da hatte sie sich gewünscht, dass sie die Platten auflegen durfte, an ein paar Abenden wenigstens. Léon hatte gesagt: *Warum nicht, meinetwegen*, und deswegen sah sie sich jetzt als DJ. An diesem Nachmittag saß sie auf der Treppe zu ihrer Musikanlage und stellte aus CDs und Vinylplatten den Soundtrack der Nacht zusammen, Creedence Clearwater Revival, Eagles, *Money* von Pink Floyd, alles uralt, was die Leute hier eben am liebsten hörten. Drei Monate war das erst her, und der Commissaris konnte sie sich vorstellen: eine große, schlanke Frau mit grünen Augen und Haaren von der Farbe rötlicher Kastanien, zu einem Pferdeschwanz gebunden; eine Frau, der man noch nicht ansah, dass sie am Rand des Todes entlangschritt.

An diesem Nachmittag hätten nur ein Blick in ihre Seele und eine Analyse ihres Blutes verraten, wie es um sie stand, denn Léon hatte sie nicht ins Gesicht geschlagen, nur in den Bauch und auf den Rücken. Rein äußerlich passte sie geradewegs auf das Deckblatt des *Pirelli*-Kalenders: hohe Absätze, enge Jeans, ein schulterfreies Top aus gelbem Nappaleder, schwarze Wimpern, unverschämt lang, ein Blick voller Sehnsucht und Schmerz, Haut so glatt wie Latex. Einzig und allein die absolut kompromisslose Hingabe an den eigenen Weg, den Weg zum reinen, unverfälschten Männertraum, führte zu so einem Aussehen, und sie befuhr diesen Weg mit Stahlgürtelreifen.

Selbst von ihrem Platz auf den Stufen der Treppe aus sah Tonja sofort, was mit dem Mädchen geschah, das Mike Sluizer in den Club einführte. Sie kannte Mike, und sie hatte es schon oft gesehen, und nie hatte es ihr etwas ausgemacht. Aber etwas an Rascha Frankenhuis berührte sie zum ersten Mal wieder so, dass es wehtat, mehr als Léons Schläge. Eine Erinnerung, ein Funken: Sie sah sich selbst, nicht nur äußerlich, sondern so, wie sie einmal gewesen war, ganz früher in Steni bei Lemberg. Und als sie dem Mädchen, das verloren am Rand der leeren Tanzfläche stand, einen Orangensaft von der Bar brachte, während Mike mit irgendjemandem aus der Pornobranche sprach, sagte sie: »Ich bin Kira. Du jederzeit kannst zu mir kommen, wenn du mal brauchst jemand für Reden.« Sie fragte nicht, wie das Mädchen hieß, das wollte sie gar nicht wissen.

Rascha sagte »Danke« und lächelte, aber sie war siebzehn, und sie brauchte keine Freundin. Sie glaubte fest daran, dass Mike sie liebte; es half ihr, sich Augen, Mund und Ohren zuzuhalten. Sie glaubte daran, bis er eines Abends einen Mann mit ins Studio brachte, der Englisch mit osteuropäischem Akzent sprach, obwohl er angeblich aus Mailand kam. Mike brachte häufig Besuch mit, Kunden, Auftraggeber, Mädchen für Fotoshootings, doch diesmal war es anders. Der Mann trat durch die Tür und sah sich um, und der Raum veränderte sich. Alles darin wurde plötzlich schäbig, selbst wenn es vorher schön gewesen war; er sah die Dinge an, und auf einmal waren sie nichts mehr wert. Er sah auch Rascha an, sah weg und wieder hin. Er sagte etwas zu Mike, das sie nicht verstand. Mike lachte unsicher und schüttelte den Kopf, bevor er gleichgültig mit den Schultern zuckte. Die beiden Männer unterhielten sich weiter, aber jetzt sahen sie nicht mehr zu ihr herüber.

Mike rauchte einen Joint; der süßliche Geruch von verbranntem Marihuana erfüllte das Studio. Der Mann aus Mailand, der Englisch mit osteuropäischem Akzent sprach, rauchte nicht. Er trug einen eleganten Anzug, aber seine Haare waren ölig, und seine Augen wirkten leblos wie schwarze Murmeln, die jemand mit Gewalt zu tief in die Höhlen gedrückt hatte. Er schwitzte, denn die ununterbrochen brennenden Christbaumkerzen wirkten wie eine zu weit aufgedrehte Heizung. Trotzdem zog er sein Jackett nicht aus. Er redete leise, mit scharfer Autorität, und Rascha wusste nicht, warum, aber mit einem Mal hatte sie ein Gefühl, als wäre es nicht gut, dass sie ihn sah, dass sie dem Gespräch beiwohnte.

Sie schlenderte zu der schmalen Treppe, die nach oben führte, und legte sich auf die Tagesdecke des Betts, in dem sie jetzt mit Mike schlief. Sie legte sich auf den Bauch, einen Arm unter die linke Wange geschoben. Sie dachte daran, was sich gerade alles falsch anfühlte in ihrem Leben. Sie wollte mit Mike darüber reden, wenn der Mann aus Mailand gegangen war; niemand hielt es lange in dem überheizten Raum unten aus.

Aber der Mann ging nicht. Stattdessen kam er zu ihr. Sie hatte ihn nicht die Treppe heraufkommen hören. Er war plötzlich da, und jetzt hatte er doch seine Anzugjacke ausgezogen und auch seine Hose, bloß sah sie das erst, als er zu ihr aufs Bett stieg. Er legte die Arme um sie. Er hielt sie fest. Er roch nach Schweiß und Moschus, einem starken Rasierwasser. »Gianna«, sagte er. Er hielt ihre Arme fest und drückte sich von hinten an sie, als wäre es ganz selbstverständlich. Als hätte sie darauf gewartet.

»Nein«, keuchte sie, »nein, nicht, was soll das!?« Aber er hörte nicht auf, und dann rief sie: »Mike! Mike!« Aber Mike kam nicht, obwohl er da war, sie konnte ihn unten hören. Sie spürte, wie der Mann aus Mailand sich an ihr rieb, ohne etwas zu sagen, und ihr wurde schlecht vor Angst und Scham, und als sie merkte, dass Mike nicht kam und dass sie zu schwach war, um die Umarmung zu sprengen, gab etwas in ihr nach, und sie hörte auf, sich zu wehren.

»Christenhure«, sagte der Mann leise. Er drang nicht in sie ein, er vergewaltigte sie nicht. Er rieb sich nur an ihr, wie ein Schwein sich an einem Holzpfahl reibt, und sonst geschah nichts. Die Erde tat sich nicht auf, sie starb nicht, sie lebte weiter in einer Welt, die genauso war wie vorher; die sich nicht verändert hatte, außer für sie. Und es geschah ihr, weil sie *sie* war, Rascha Frankenhuis; es geschah nur ihr. Wahrscheinlich hatte sie es verdient; es war das Ende, ohne dass etwas aufhörte. Aber sie war stark, sie musste es sein. Die Stärke schoss ihr wie ein Stromstoß durch alle Glieder. Hell und sengend, alle Gefühle betäubend, erfüllte sie diese kurze Kraft, die ausreichte, um sich aus der Umklammerung zu befreien und den Mann von sich zu stoßen, so heftig, dass er beinahe vom Bett gefallen wäre.

Er fing sich im letzten Moment, kam auf die Beine, bevor er stürzen konnte. Seine Beine waren muskulös, die Oberschenkel mit blauen und roten Tätowierungen bedeckt. Er trug einen roten Slip, aber er hatte keine Erektion. Er stand auf und sah sie an, und jetzt war auch sie nichts mehr wert. Langsam ging er die Treppe hinunter.

Eine Zeit langblieb sie so liegen, auf der Seite, gelähmt vor Scham. Sie dachte, dass sie weinen müsste, aber es kamen keine Tränen, nur ein trockenes Schluchzen. Dann spürte sie ein Brennen in der Brust, gleich unter dem Herzen, und sie sprang auf und lief die Treppe hinunter, denn es war ein Gefühl, als müsste sie sich übergeben. Sie kam nur bis zu dem großen Spiegel, in dem die Models sich anschauen konnten, bevor sie fotografiert wurden, ihr Outfit überprüften. Das Mädchen, das durch den Spiegel lief, kannte sie nicht. Es huschte vorbei, in einem engen, knielangen Seidenkleid, unten am Saum und an den Ärmeln mit dunkelroten Spitzenbordüren besetzt. Ein hübsches Kleid, das überhaupt nichts mehr wert war.

Mike stand breitbeinig in der Mitte des Raums und rief: »Wo willst du hin?!« Es war ein anderer Mike, auch er hatte sich verändert, aber er war schon vorher nichts wert gewesen. Er hielt sie am Arm fest und schleuderte sie gegen den Spiegel. Sie stieß mit dem fremden Mädchen zusammen, schlug mit dem Kopf gegen ihren Kopf, dann fielen sie beide zu Boden. Mike packte sie bei den Haaren, nur sie, zog sie wieder hoch und schlug ihr mit der Faust ins Gesicht. Er schrie sie an. Sein Speichel sprühte ihr in die Augen, und er schlug sie immer weiter, bis sie es nicht mehr spürte. Das war Mike Sluizer, der Fotograf.

13

Der Himmel vor dem Fenster von Bruno van Leeuwens Arbeitszimmer war inzwischen klar und rot, ein Dezembermorgen wie aus dem Bilderbuch. Der Commissaris rieb sich die Augen. Seine Finger schmerzten vom Schreiben, und es war kalt in der Wohnung. Er ging zur Heizung und stellte fest, dass er vergessen hatte, sie anzustellen. Auf der Fensterbank lag das Telefonbuch von Amsterdam, das er beim Lüften als Briefbeschwerer benutzte. Er nahm es mit zum Schreibtisch und schlug es unter dem grünen Glasschirm der Lampe auf, suchte S wie Sluizer. Einen Eintrag *Sluizer, Mike* gab es nicht, was kaum verwunderlich war.

Er legte das Telefonbuch zurück auf die Fensterbank, wo es dazu diente, ein Polaroid zu beschweren. Das Foto zeigte den Liebhaber seiner Frau, einen jungen Mann namens Sandro: schwarzes Haar, ironische Augen und das eitle Lächeln eines Stummfilmstars, alles ausgesprochen unsympathisch. Van Leeuwen hatte sich immer gefragt, ob es wohl Sim gewesen war, die es geknipst hatte. Auf der Fensterbank lagen Briefe, die er noch einmal überdenken wollte, bevor er sie abschickte. Dort lagen Einkaufszettel oder Abholquittungen von der Reinigung. Dort lagen die unerledigten Dinge, und der Mann mit Namen Sandro war eines davon.

Van Leeuwen dachte an die Radierung, die er in Sander Frankenhuis' Arbeitszimmer an der Wand gesehen hatte, Dürers Darstellung des Todes, der ein Mädchen auf einem Pferd davonführt – hinaus aus dem Rahmen des Sichtbaren. Er schaltete die Schreibtischlampe aus. Früher wäre das Telefonbuch ein wichtiges Ermittlungsinstrument gewesen, er hätte darin den Namen und die Rufnummer von Mike Sluizer gefunden, ihn angerufen und zur Vernehmung ins Präsidium vorgeladen. Heute hatten Leute wie der Fotograf gar keinen Festnetzanschluss mehr, schon gar nicht, wenn sie sich auch als Dealer und Zuhälter betätigten. Alle benutzten Handys, und jeder wechselte dauernd den Anbieter, und nirgendwo waren die Mobilnummern einsehbar. Jemand musste hinfahren, klingeln, warten und hoffen, dass ihm aufgemacht wurde. Und das ist Brigadier Tambur, dachte der Commissaris.

Brigadier Julika Tambur tat, als wäre es ihr völlig egal, dass alle ganz aus dem Häuschen waren, nur weil sie sich mal wieder im ersten Stock des Hoofdbureau zeigte. Als wäre die Wiedersehensfreude wirklich nur aufseiten der anderen und bedeutete ihr im Grunde nichts. Sie spreizte kurz die Schultern in ihrer raschelnden Streifenpolizisten-Thermojacke, und rückte den Pistolengurt zurecht, der auch nicht knarrte. Aber die Stiefel verursachten ordentlich Lärm, als sie damit die Treppe hinaufstapfte, sodass es ihr gelang, die finstere, gleichgültige Miene bis in Commissaris Van Leeuwens Büro aufrechtzuerhalten.

»Brigadier Tambur wird für die Dauer der Ermittlungen im Fall der unbekannten Brandleiche in Oost vorübergehend wieder unsere Truppe verstärken«, erklärte der Commissaris.

»Ich trinke meinen Kaffee schwarz«, sagte Remco Vreeling.

»Du hast mir auch gefehlt«, sagte Julika.

»Danke für die Weihnachtskarte«, sagte Hoofdinspecteur Gallo und stand von seinem Stuhl auf.

»Muss noch in der Post sein.« Julika stellte sich ans Fenster, wie immer, als wäre sie nur für einen Moment weg gewesen. Ihre Korallenfrisur leuchtete in der Morgensonne, die von einem reflektierenden Fenster auf der anderen Seite der Lijnbaansgracht ins Büro geworfen wurde. Sie verschränkte die Arme vor der Brust. »Können wir jetzt anfangen?«

Gallo setzte sich wieder, eindeutig besser gelaunt als vorher, aber immer noch etwas in sich gekehrt.

»Wir haben alle Tomaten auf den Augen gehabt«, eröffnete der Commissaris die Besprechung. »Wir haben die Mafia in der Stadt, und keiner von uns hat etwas davon bemerkt.« Er saß hinter seinem Schreibtisch und ließ seinen Blick von Gallo zu Vreeling und weiter zu Julika wandern. »Ich meine nicht die Camorra oder die Cosa Nostra oder die Ndrangheta, auch nicht die Triaden in Chinatown, sondern die Idee des organisierten Verbrechens, das System der Bandenkriminalität – Menschen, die in organisierter Form und in großem Stil Geld mit illegalen Aktivitäten verdienen ...«

»Die Finanzbehörden?«, fragte Vreeling unschuldig.

»... in diesem Fall Mädchenhandel, Zuhälterei und vielleicht Mord«, fuhr der Commissaris unbeirrt fort. »Junge Frauen aus Osteuropa werden via Italien durch Amsterdam nach London geschleust oder hier zur Prostitution gezwungen.«

»Das wussten wir doch schon«, sagte Hoofdinspecteur Gallo. »Es fällt bloß nicht in unsere Zuständigkeit.«

»Jetzt doch«, sagte der Commissaris. »Ich glaube nämlich, dass die Tote auf der Müllkippe damit zu tun hat, ich weiß allerdings noch nicht, wie. Ton, ich möchte, dass du mal ein bisschen mit dem Stock im Ameisenhaufen herumstocherst, ein paar Leute aufscheuchst, in der Ukraine, in Mazedonien oder Bulgarien, in ganz Osteuropa meinetwegen, ob die Kollegen da etwas wissen. Vielleicht vermisst jemand ein Mädchen, dessen Beschreibung auf unser Opfer passt.«

Gallo stand auf und trat ebenfalls ans Fenster. Die Scheibe war von innen beschlagen, und in der matten Feuchtigkeit sammelte sich das Sonnenlicht. Der Hoofdinspecteur wischte mit dem Handballen ein Guckloch frei, durch das er angestrengt hinausspähte. Nach ein paar Sekunden sagte er: »Ich soll also im Polizeipräsidium von Odessa anrufen und fragen: *Vermisst ihr eine verschmorte junge weiße Frau, zwischen fünfundzwanzig und siebenundzwanzig, ohne Arme und Beine und mit durchgschnittener Kehle, die sich gern auf Müllhalden herumtreibt*, so was in der Art?«

»Besser kann man eine solche Anfrage nicht formulieren«, bestätigte der Commissaris. »Du weißt, was ich meine: Du lässt dir eine Beschreibung von der Vermissten geben, und wir fragen unseren Pathologen, ob die Leiche so ausgesehen haben könnte. Also hol dein Russisch raus, bürste es ab und tu, was ich dir sage, auch wenn's dir schwerfällt.« Er holte den Zettel hervor, auf dem er die Telefonnummer von Tonja Scholenkos Mutter notiert hatte. »Und wenn du schon mal dabei bist, dann ruf auch gleich diese Nummer an – das ist ein Gemischtwarenladen in Steni bei Lemberg – und lass Frau Irina Scholenko oder ihre Tochter Sofia an den Apparat holen. Erzähl Ihnen, dass wir Tonja gefunden haben, dass sie am Leben ist und sich bald bei ihnen melden wird. Also, vergiss Sarajewo und Srebrenica, die beiden haben nichts damit zu tun – im Gegenteil, sie sind auch Opfer, und die Kriegsverbrecher von damals sind wahrscheinlich die Mafiosi von heute, und wir legen ihnen ein für alle Mal das Handwerk.«

Julika fragte: »Wo ist denn Tonja Scholenko jetzt?«

»Im VU Medical Center«, sagte der Commissaris, »da habe ich sie gestern noch hingebracht. Sie war auf dem besten Weg, an einer Lungenentzündung zu sterben. Von ihr habe ich ein paar Namen gehört – Mike Sluizer, Léon Braak –, und ich bin sicher, wenn sie durchkommt, fallen ihr noch mehr ein. Ich habe sie in ihrem Zimmer im VUMC unter Polizeischutz gestellt, und ich möchte, dass nach den beiden gefahndet wird, vor allem nach Braak, dem Zuhälter.« Er wandte sich an Inspecteur Vreeling. »Ach, und in der Leidekkerstraat 65 ist eine Wohnung, in der ein halbes Dutzend junge Frauen gefangen gehalten wurden. Ich habe die Spurensicherung hingeschickt, um Blut und Erbrochenes untersuchen zu lassen, mit denen Wände und Boden kontaminiert waren. Gibt es dazu schon was?«

»Manche Menschen schlafen nachts«, antwortete Vreeling gleichmütig, »aber nicht alle: Beim Wijkteam vom Distrikt Diemen Ouder Amstel in Oost hat sich eine Zeugin gemeldet, die am frühen Morgen des zweiten Weihnachtsfeiertages, eigentlich noch in der Nacht, einen Lieferwagen in der Nähe der Müllkippe gesehen haben will.«

»Was für einen Lieferwagen?«, wollte Van Leeuwen wissen.

»Ein Lieferwagen eben«, antwortete Vreeling. »Mit Marken kannte sie sich nicht aus. Aber an der Seite war die Aufschrift eines Möbelgeschäfts. Sie hat zuerst gemeint, dass die kaputte Möbel auf die Kippe bringen und sich nichts dabei gedacht.«

»Am zweiten Weihnachtsfeiertag?«, fragte Van Leeuwen. »Im Dunkeln? Was für ein Geschäft? Wie heißt es?«

»Möbel Bouwman«, las Inspecteur Vreeling von einem Zettel ab. »Ein Großhandel am Stadtrand, an der A 10 Amersfoort-Utrecht, in der Nähe der Ausfahrt S 108: Amstelveen Centrum.«

»Da fährt man doch auch ab, wenn man zum Universitätsklinikum will«, sagte Julika.

»Hat das Wijkteam schon Beamte hingeschickt?«, fragte der Commissaris. Er stand auf und nahm Gallos Platz am Fenster ein, denn der Hoofdinspecteur ging gerade zur Tür, um von seinem eigenen Schreibtisch aus zu telefonieren.

»Soweit ich weiß, nicht«, sagte Vreeling.

Van Leeuwen öffnete das Fenster und hielt sein Gesicht in die kalte Luft. »Finde mal heraus, wem der Laden gehört«, verlangte er, »aber *piano*, bitte, ganz unauffällig. Und frag noch mal bei den Kollegen nach, ob sie die Zeugin für zuverlässig halten. Wer beobachtet schon am Morgen des zweiten Weihnachtstages im Dunkeln den Zufahrtsweg zu einer Müllkippe?«

Julika fragte: »Können wir das Fenster wieder zumachen? Es wird kalt.«

»Nein.« Van Leeuwen atmete mehrmals tief ein und aus, bis er das Gefühl hatte, auf seinen Lungenflügeln läge Raureif. Das Telefon auf seinem Schreibtisch klingelte. Er ließ es klingeln, bis es von selbst aufhörte. Dann schloss er das Fenster. »Wir kommen zu langsam vorwärts«, sagte er, »das gefällt mir nicht. Am meisten beunruhigt mich, dass wir immer noch nicht wissen, was die Abhörausrüstung bei der toten Frau zu bedeuten hat. Woher hatte sie die? Was hatte sie damit vor? Wem wollte sie eine Falle stellen, zu welchem Zweck? Handelte sie auf eigene Faust oder im Auftrag, und wenn jemand sie beauftragt hat, wer war es?«

Das Telefon klingelte erneut, und diesmal meldete sich Van Leeuwen. »Jaap hier«, sagte der Hoofdcommissaris am anderen Ende der Hausleitung. »Du hast wieder mal nicht auf meine E-Mail reagiert, Bruno, und bevor du jetzt fragst, welche: die bezüglich der Beurteilung deiner Mitarbeiter.«

»Die habe ich doch schon im Sommer geschrieben«, sagte Van Leeuwen.

»Das Zauberwort heißt Update«, erwiderte Joodenbreest leicht gereizt. »Brigadier Tambur ist inzwischen versetzt worden, das Kapitel Inspecteur Vreeling war unvollständig, weil du erst seine Rückkehr aus London abwarten wolltest, und bei den anderen hast du nur die feuilletonistischen Impressionen abgeschrieben, die du dir schon beim letzten Mal aus den Fingern gesogen hattest. So lassen sich doch keine Personalakten führen, Bruno. Weißt du überhaupt, wie viel Mühe *ich* mir jedes Mal mit *deiner* Beurteilung gebe!«

»Was ist eigentlich aus dem schönen Brauch geworden, zwischen Weihnachten und Neujahr Urlaub zu nehmen?«, murmelte Van Leeuwen. Er hielt die Sprechmuschel des Hörers zu. Er nickte Vreeling zu: »Das ist alles für den Moment.« Sagte zu Julika: »Bleib bitte noch eine Sekunde da«, nahm dann die Hand von der Muschel und erklärte würdevoll: »Jaap, von mir aus kannst du meine Personalakte samt deinen Beurteilungen zu Konfetti verarbeiten und auf deiner nächsten Dienstreise zum Karneval in Rio den Sambatänzerinnen in den Arsch pusten!« Er legte auf, bevor Joodenbreest etwas erwidern konnte, und nahm den Hörer gleich wieder aus der Halterung, um ihn neben den Apparat zu legen. Er sah Julika an und sagte: »Ich wollte kurz mit dir über Léon Braak reden.«

Julika verschränkte die Arme vor der Brust. »Ich weiß schon, was Sie mir sagen wollen. Ich hätte ihm nie die Handschellen abnehmen dürfen.«

»Genau«, bestätigte der Commissaris. »Er hat dir diesen prachtvollen Technicolor-Schmerz über seine sterbende Freundin vorgespielt, oscarreif, das muss man zugeben, um damit einen Elfmeter in dein Mitleid zu schießen, und du bist ihm mit Bravour auf den Leim gegangen.«

»Sie fangen doch jetzt nicht wieder mit meinem Hang zu den falschen Männern an?«, fragte Julika. »Sie haben selbst gesagt, dass diese Tonja beinahe draufgegangen wäre.«

»Jetzt hör mal, Léon Braak ist ein Aas, ein eiskalter Zuhälter, kein Taugenichts aus einem Fellini-Film«, sagte Van Leeuwen. »Den interessiert es überhaupt nicht, wenn eines seiner Mädchen krank ist oder stirbt, nicht mal, wenn es sich um seine zeitweilige Favoritin handelt.«

»Immerhin hat er sogar eine unserer Maschinen gestohlen, um zu ihr zu kommen«, wandte Julika ein.

»Ja, weil er Angst hatte«, sagte der Commissaris. »Er hatte Angst, dass wir ihn einbuchten und unser Steilwandfahrer sie vielleicht doch noch findet und dass etwas mit ihr und den anderen Mädchen passiert, wofür er dann zur Verantwortung gezogen wird.«

»Von wem?«

»Von jemandem hinter ihm, jemandem, der sogar einem Typen wie ihm einen Heidenschreck einjagt. Und wenn er sich jetzt versteckt, dann nicht nur vor uns, sondern auch vor den Leuten, für die er arbeitet.«

Julika schwieg, überlegte kurz. »Sie haben Angst, dass Tom nicht lockerlässt und weiter versucht, über ihn sein Mädchen zu finden, richtig? Und dass er dabei ums Leben kommen könnte.«

»Ich habe Angst, dass du noch mal denselben Fehler machst,

wenn ich dich zu Mike Sluizer schicke«, sagte Van Leeuwen. »Ich will, dass du dir dieses Fotostudio ansiehst und Sluizer herbringst, falls er wider Erwarten da sein sollte.«

Julika rückte ihren Gürtel zurecht und strich sich mit den gespreizten Fingern durchs Haar. »Hat Tom Ropers eigentlich heute schon angerufen?«

»Nein.«

»Wenn Tonja ihm dasselbe erzählt hat wie Ihnen, dann ist Sluizer auf seiner Liste wahrscheinlich wieder ganz nach oben gerückt.«

»Zerbrich dir nicht den Kopf über den Jungen«, sagte der Commissaris. »Ach, sag mal – hat von euch jemand eine Ahnung, was aus meinem Poster von Ajax Amsterdam geworden ist? Das, was immer da an der Wand hing?« Aber da war Julika schon gegangen und hörte ihn nicht mehr oder zog es vor, nicht zu antworten.

Van Leeuwen drückte die Gabel des Telefons und wählte die Nummer von Sander Frankenhuis' Pfarramt. »Hier ist Commissaris Bruno van Leeuwen vom Hoofdbureau van Politie in Amsterdam. Kann ich mit Sander sprechen?«

»Einen Moment, bitte«, sagte eine Frauenstimme. Ein Knistern folgte, dann rief die Stimme etwas entfernter: »Sander, ein Polizist für dich, aus Amsterdam.« Wieder ein Knistern, dann plötzlich ganz nah: »Bruno? Sander. Habt ihr Rascha gefunden?«

»Nein, aber wir haben eine Spur von ihr. Offenbar ist sie in Amsterdam oder war es zumindest. Mehrere Personen haben sie hier gesehen.«

»War? Wo ist sie denn dann jetzt?«, fragte der Pfarrer. Seine Stimme klang erregt. »Soll ich nach Amsterdam kommen?«

»Nein«, sagte der Commissaris schnell. »Das hat keinen Sinn, solange wir nicht mehr wissen. Sie hat sich also in der Zwischenzeit nicht bei dir gemeldet?«

»Nein. Dann hätte ich dich sofort angerufen.«

»Und du hast immer noch keine Ahnung, warum sie von zu Hause weggelaufen sein könnte?«

»Absolut keine.«

»Und Klaas hat sie auch nichts verraten?«

»Nicht, dass ich wüsste.«

»Ruf mich an, wenn dir noch was einfällt, egal, was«, sagte Van Leeuwen. »Ich melde mich wieder, sobald ich etwas Neues erfahre.«

Er legte auf, und nach einem Moment völligen inneren Stillstands schaltete er widerstrebend den Computer ein. Er war nicht grundsätzlich dagegen, in mehr oder weniger regelmäßigen Abständen eine Beurteilung der Männer und Frauen vorzunehmen, mit denen er zusammenarbeitete; von der richtigen Einschätzung ihrer Fähigkeiten, ihrer Stärken und Schwächen hing bei ihrer Arbeit viel ab, vielleicht sogar das Leben von Kollegen, Zeugen, Opfern oder Tätern. Manchmal veränderten sie sich, ohne dass es einem auffiel, und man verließ sich auf etwas, das längst nicht mehr da war. Oder man übersah einen Fortschritt, einen neuen Charakterzug, der sich als nützlich erwiesen hätte, wenn er einem rechtzeitig aufgefallen wäre.

Zuerst klickte Van Leeuwen die Datei *Hoofdinspecteur Anton Gallo* an und las, was er beim letzten Mal geschrieben hatte.

Hoofdinspecteur Anton Gallo, Alter 46, Enkel italienischer Einwanderer aus Bologna. Vater Pietro besaß drei Eisdielen, Mutter starb, als er acht Jahre alt war. Hat als Freiwilliger bei den niederländischen IFOR-Friedenstruppen auf dem Balkan gedient und träumt schreckliche Träume von den Massengräbern in Srebrenica. Trotzdem nicht verroht oder zum verbitterten Einzelgänger geworden, im Gegenteil, ein tapferer, aufrichtiger und sorgfältiger Beamter, diszipliniert und fähig zur Teamarbeit. Unbedingt loyal. Lebt an der Brouwersgracht auf einem Hausboot mit Namen Riki Tiki Tavi, *das er von seinem Vater geerbt hat. Kein eigenes Vermögen, keinerlei Verbindlichkeiten. Spricht außer Englisch ein bisschen Russisch.*

Er las und änderte, wenn ihm etwas nicht mehr der Wahrheit zu entsprechen schien oder wenn er tatsächlich nur seine persönlichen Farbtupfer in das Bild gepinselt hatte.

Hoofdinspecteur Gallo ist unverheiratet und hat auch keine Beziehungen. Vielleicht wartet er schon so lange auf die Richtige, dass er nicht mehr merkt, dass er wartet. Vielleicht will er keiner Frau einen Mann zumuten, der das gesehen hat, was er sehen musste, und der Polizist geworden ist, um seine Hände nicht in Unschuld zu waschen. Ich weiß es nicht.

Die letzte Bemerkung löschte er wieder, und da er schon mal dabei war, löschte er auch den ganzen letzten Absatz. *Brigadier Julika Tambur* war die nächste Datei.

Tambur, 26, ist eine gute Polizistin, eckt aber trotzdem häufig an. Sie begreift schnell, erkennt Zusammenhänge, kann Querverbindungen herstellen und abstrakt denken, bleibt aber trotzdem bodenständig, starker Realitätsbezug. Ist Polizistin geworden, um ihre Angst in den Griff zu bekommen. Lebt in einer kleinen Zwei-Zimmer-Wohnung in einem anonymen Hochhaus in Bijlmermeer. Will es so. Vater ist Alkoholiker; er hat ihre Mutter und ihre Schwester bei einem Autounfall getötet, unabsichtlich, aber betrunken. Julika versucht, ihn nicht fallen zu lassen oder zu hassen. Besucht ihn sogar regelmäßig in der schäbigen Bude, in der er von der Sozialfürsorge lebt. Wurde auf zwei Revieren gemobbt, ehe sie zur Mordkommission kam. Panzert sich mit Punk-Outfit, besonders wenn Kollegen oder die familiären Probleme ihr zu nahe rücken, benutzt es aber hin und wieder auch, um einen Draht zu jugendlichen Zeugen oder Tätern zu finden. Sprachen: Englisch und Italienisch.

Es gab Dinge, die er nicht erwähnt hatte und die er auch jetzt nicht in ihre Beurteilung schrieb. Dass sie sich vor einiger Zeit eingebildet hatte, in ihn verliebt zu sein, war einer dieser Punkte. Als er ihr klargemacht hatte, dass daraus nichts werden würde, dass er ihre Gefühle nicht erwiderte und nie erwidern würde, war sie zu der Erkenntnis gelangt, dass sie Abstand brauchte, und hatte ihre Versetzung an eine andere Dienststelle beantragt.

Er wusste, dass er sich ihr gegenüber nicht immer vorschriftsmäßig verhalten hatte, vor allem nicht, als er in der Krankheit seiner Frau verloren gegangen war. Damals hatte sie ihn im Auge behalten, hatte die Tür aufgebrochen, als er in der Nacht nach Simones Tod mit seiner Dienstwaffe in der Hand im Schlafzimmer auf der Bettkante saß und abdrücken wollte. Dass es so weit kommen konnte, war sein Fehler gewesen, so wie es vorher sein Fehler gewesen war, mit den Briefen von Simones Liebhaber zu ihr zu gehen; sie zu bitten, dass sie ihm den Inhalt übersetzte, weil er kein Wort Italienisch sprach. Sein Fehler, und deswegen gehörte es nicht in ihre Beurteilung. Vielleicht in meine, dachte er, Julika!

Dann dachte er: *Aber tu nicht so, als wäre ich die Sonne und der Mond für dich gewesen und hätte dich dazu ermutigt, einen bemannten Raumflug in mein Inneres zu unternehmen. Das habe ich nicht, und für deinen Gefühlswirrwarr kann ich nichts.*

Jaap hatte recht, dachte der Commissaris. Das waren keine klassischen Beurteilungen; es war mehr eine Art Stoffsammlung, nur für den Hausgebrauch. Er klickte Inspecteur Remco Vreeling an, den Unvollendeten, den er beim letzten Update sogar nur stichwortartig erfasst hatte.

29 Jahre, hilfsbereit, engagiert, begeisterungsfähig, energiegeladen, furchtlos, unkritisch, hitzig, leichtsinnig. Gezeugt auf den Niederländischen Antillen – in Aruba, um genau zu sein, eingewandert im Mutterbauch und unehelich in Rotterdam geboren, Vater Kneipenbesitzer. Dunkle Haut, dunkles Haar, lockig, kurz geschnitten; Augen bernsteinbraun. Ein Lachen, das so ansteckend ist, dass man ihn im Gesundheitsamt im Auge behält. Durchtrainierte Figur, betont durch sportliche, legere Kleidung, ideal für Undercover-Jobs in der Szene. Besitzt irgendwelche farbigen Gürtel in asiatischen Kampfsportarten.

Was noch?, überlegte der Commissaris. Vreeling lernte schnell und war sich für nichts zu schade; er hatte keine Vorurteile, liebte seine Arbeit, interessierte sich für alles. Van Leeuwen löschte den letzten Satz wieder, gerade als die Tür zu seinem Büro aufgerissen wurde und der besagte Inspecteur Vreeling hereinstürmte, das ganze Gesicht eine Studie in fröhlicher Dringlichkeit.

»Mijnheer, Sie glauben nicht, wer bei Möbel Bouwman als Geschäftsführer fungiert!«, platzte er heraus.

»Vielleicht doch«, sagte Van Leeuwen und drückte rasch die Speichertaste.

Beinahe hätte Vreeling einen Tanzschritt hingelegt wie ein Vaudeville-Tänzer, als er verkündete: »Der berühmte, der einzigartige, der unvergleichliche und von Ihnen zu Recht mit so vielen Vorschusslorbeeren bedachte *Mister Léon Braak*!«

14

»Léon Braak von A bis Z«, sagte der Commissaris. »Ich will alles wissen, und zwar vom ersten Tag an.« Er stand am Bett von Tonja Scholenko auf der Intensivstation, vor der er sie in den frühen Morgenstunden verlassen hatte. Die junge Frau lag allein. Angeschlossen an Schläuche, Drähte und Nadeln, hob und senkte sich ihre Brust so langsam, als wären ihre Rippen aus Blei. Ihre Haut war blass und wies um die Augen herum lauter graue Fältchen auf. Sie sprach so leise, dass die Worte fast im Piepsen und Zischen der Apparate hinter ihrem Bett untergingen. Sie trug ein weißes Nachthemd, aber die Ärmel reichten nicht weit genug, um die zahllosen Einstiche an ihren Armen zu verbergen.

»A wie Amsterdam?«, sagte sie mühsam, und am Zucken ihrer Mundwinkel erkannte der Commissaris, dass sie tatsächlich die Kraft zu einem Scherz aufgebracht hatte. »Ich komme nach Amsterdam, und Léon ist schon da«, fuhr sie nach einer kleinen Pause fort. »Ich gehe mit Männern von Steni weg, freundliche Männer, jung wie ich, gehe nach Ungarn, ein Jahr, mache Fotos, auch Filme. Dort auf einmal die Männer sind nicht mehr freundlich. Sie mich zwingen, zu schreiben nach Hause an Mama und Sofia, wie gut mir geht. Danach sie mich geben andere Männer, die mich mitnehmen nach Italien, Stadt heißt Mailand. Ein Jahr in Mailand.« Es klang wie ein Jahr in der Hölle, und jetzt schloss sie die Augen ganz fest. »Sie haben mein Pass, sodass ich nicht kann weg. Sie mich halten fest in Fabrik bei Autobahn, wo sie bringen Männer hin für Sex, und manchmal es gibt Kamera für Filmaufnahmen davon. Aber sie versprechen, alles wird anders, wenn ich verdient habe ihnen Kosten für mein Reise nach London, wo ich dann bin frei und sie mir helfen zu finden Agentur für Show und Bühne. Aber dann kommt Braak. Er mich holt nach Amsterdam, und da bin ich – A wie Amsterdam –, seit zwei Jahre.«

»Braak hat dich persönlich in Mailand abgeholt?«, fragte der Commissaris.

»Auch andere Mädchen«, sagte Tonja, »alle aus Ukraine, Albanien oder Bulgarien.«

»Wie hat er euch über die Grenze geschafft?«

»Gibt kein Grenze mehr in vereinte Europa, oder? Wir reisen in Lieferwagen ohne Fenster, steigen ein in Mailand, pinkeln in Flaschen und steigen aus in Amsterdam. Braak – B wie Braak, ja? – sagt, hier erst mal Endstation, weil er hat so viel bezahlt für uns. Ein Tag später ist mein Geburtstag, ich glaube ...«

Van Leeuwen brauchte nicht nachzurechnen. »Du bist erst neunzehn?«

Tonja schlug die Augen auf, und darin sah er einen Blick, der ihn schlucken ließ. »Bald zwanzig«, sagte sie. Sie wandte die Augen ab und sagte: »Es war kalt. Amsterdam war kalt. Wir schlafen auf Klappbetten und dreckige Matratzen in Haus bei Bahnhof, und nachts kommt durch Fenster Luft feucht von Meer herein. Wir uns zittern in Schlaf, und manche weinen. Draußen dauernd Sirenen, und Haus bebt von klirrende Straßenbahnzügen.«

»Weißt du, wo das Haus war?«

»Ich damals frisch in Stadt«, sagte Tonja und versuchte ein Schulterzucken. »Keine gute Erinnerung.«

Keine gute Erinnerung, dachte Van Leeuwen, damit kannte er sich aus bei Frauen. »Woran erinnerst du dich überhaupt noch?«, fragte er schroff.

Tonja schien den Umschwung seiner Stimmung nicht zu spüren. »Mama sagt immer, Erinnerung wird überschätzt«, meinte sie.

Van Leeuwen wunderte sich darüber, wie ruhig er blieb. Er brüllte sie nicht an, sein Herz raste nicht wie verrückt, ihm wurde nicht einmal besonders heiß. Er fühlte sich nur für einen kurzen

Moment seiner toten Frau wieder so nah, als bräuchte er bloß nach Hause zu gehen, um Sim dort vorzufinden, ohne Vergangenheit, ohne Zukunft, ohne Gedächtnis. »Deine Mutter weiß nicht, wovon sie spricht«, sagte er nur.

In der Brusttasche seines Jacketts vibrierte das Handy, aber er nahm den Anruf nicht entgegen. »Du warst die Freundin von Léon Braak, jedenfalls so etwas Ähnliches«, sagte er. »Und als Rascha bei dir war, hattest du eine richtige Wohnung. Warum bist du nicht weggelaufen? Warum bist du nicht zu uns gekommen, zur Polizei?«

Tonja antwortete nicht. Ihre Augen, plötzlich gerötet, wurden feucht, und eine Träne rann ihre Schläfe hinunter auf das Kissen.

Der Commissaris seufzte. »Du warst abhängig von dem Stoff, den er dir gegeben hat, ja?«

»Leben war schön mit Pulver von Léon«, flüsterte sie. Sie schluchzte. Van Leeuwen nahm an, dass es ein Schluchzen war. »Es fing an mit Partys in Hotel. Zimmer von Rockstars nach Konzert. Man kriegt Kokain wie Wodka auf anderen Partys. Ein Gitarrist macht sich Cocktail aus Kokain und Heroin und spritzt in Vene. Nennt sich *speed ball*, ja? Ich war neugierig, bekam auch ein Schuss. War wie Paradies, in dem ist alles immer gut. Ich wollte mehr – *speed ball*, Koks, Heroin, aber ich hatte nicht genug Geld. Jemand sagt, mach Filme für Geld, also ich mache Filme. Zehn Filme in vier Monate. Manche finden Rollen eklig, aber mir egal, solange Spritzen helfen. Manchmal ich denke, wenn Mama sieht Filme, sie will sterben. Aber wo soll Mama sehen solche Filme? Dann kommt Léon, sieht Filme und sagt, du musst nicht mehr drehen, du bist jetzt mein Freundin. Er sorgt für mich, wenn ich nur für ihn mache die Sachen aus Filmen, für ihn und paar Freunde. Er besorgt Stoff für Paradies. Er findet andere Mädchen für Filme. Neue Mädchen, wie Gianna.«

»Ihr Name ist Rascha, nicht Gianna«, sagte Van Leeuwen. »Ich lasse nicht zu, dass erst das Mädchen und dann noch sein Name verschwindet.«

Tonja schloss die Augen. Ihre Lippen zitterten, und sie weinte jetzt nicht nur mit den Augen.

»Wieso durftest du nicht in deiner Wohnung bleiben?«, fragte der Commissaris. »Warum bist du plötzlich mit den anderen Mädchen in der Leidekkerstraat eingesperrt worden?«

»Weiß nicht. An Morgen nach Besuch von Gianna, Léon holt mich aus Wohnung und steckt mich zu andere Mädchen. Er sehr wütend, gibt keine Erklärung. Ich telefoniere gerade mit MariaCruz, meine Freundin, um zu sagen, dass Gianna kommt, da er steht plötzlich in Wohnung und reißt mir Hörer aus Hand ...«

»Was für ein Besuch?«, fragte Van Leeuwen.

Eines Nachts stand Rascha vor Tonjas Tür und klingelte. Sie hatte ein kupferfarbenes Seidenkleid an, außerdem eine dunkelbraune Lederjacke und Sandalen. Ihr Gesicht war zugeschwollen, und sie konnte nur mit einem Auge richtig sehen.

Tonja öffnete die Tür einen Spaltbreit und spähte in das dunkle Treppenhaus.

»Ich bin's, Gianna«, sagte Rascha. »Ich weiß, es ist früh. Darf ich reinkommen?«

Tonja öffnete die Tür weiter. »Du meine Güte, wie siehst du denn aus? Hast du gekämpft mit Drachen?«

»Wenn der Drache tätowierte Beine hat«, antwortete Rascha.

Tonja sagte: »Du kannst mitessen, ich bin gerade erst gekommen aus Club.« Sie ging zurück in die Küche, aus der das Aroma von heißem Fisch auf den Flur zog. Sie trug nur Flip-Flops, Jeans und ein schwarzes T-Shirt. Ihr Haar war hochgesteckt, und sie hatte sich schon abgeschminkt, sodass sie gleichzeitig älter und jünger aussah. In ihrem linken Ohrläppchen steckten mehrere dünne Silberringe, die bei jedem Schritt klirrten.

Rascha trat ein, schloss die Tür und folgte ihr. »Aber eigentlich war es Mike, der mich verprügelt hat«, sagte sie mutlos.

Tonja nickte. Sie rührte in einem Topf mit köchelnden Kartoffeln, dann in einem kleineren, in dem Rote Bete und Fischstücke vor sich hin sotten. Sie bewegte sich schnell, übernervös, und immer klirrten die Ringe an ihrem Ohr. Als sie sich vorbeugte, um den Fischsud von dem Holzlöffel in ihrer Hand zu kosten, konnte Rascha zwischen der Jeans und dem hochgerutschten T-Shirt-Saum ein Stück der Wirbelsäule sehen, eine Kette von Knorpeln, die im Licht der Lampe über dem Herd Schatten warfen wie winzige braune Hügel, weil sie so dünn war.

»Weißt du, wie du siehst aus?«, fragte Tonja, nachdem sie gekostet hatte. »Wie Kind, das verprügelt wurde von Vater und von Mutter wurde allein gelassen an erstem Schultag bei Tor von Schulhof, wo toben und brüllen alle anderen Kinder durcheinander.«

Rascha lehnte sich an das Fensterbrett, auf dem ein Transistorradio stand und leise Schlagermusik dudelte. »Hast du schon mal jemand richtig geliebt, Kira?«, fragte sie leise.

Tonja kippte das köchelnde Wasser mit den Kartoffeln in ein Sieb, das bereits in der Spüle lag. »Nein«, sagte sie schroff.

»Warum sagst du Nein?«, fragte Rascha.

»Warum soll ich nicht sagen Nein?«

»Weil es wie Ja klang.«

»Na, und wenn schon! Möchtest du nun mitessen oder nicht?«

»Hab keinen Hunger.«

Tonja gab die kleinen Kartoffeln in den Fischsud, rührte mehrmals um und schöpfte sich dann einige Kellen davon in einen tiefen Teller. Noch im Stehen begann sie zu essen. »Mmmh, gut«, sagte sie. »Ist so eine Art Borschtsch, möchtest du nicht doch was?«

Rascha schüttelte den Kopf. »Mike wollte, dass ich einen anderen Mann ranlasse«, sagte sie leise.

Tonja wischte sich mit dem Handrücken etwas roten Saft vom Mund. »Und du wolltest nicht, und da er hat dich geschlagen.«

Rascha nickte. »Hat dich schon mal jemand verprügelt?«

»Sicher.«

»Und was hast du da gemacht?«

»Nichts.«

»Nichts? Warum nicht?«

Tonja deutete mit dem Löffel auf sie. »Du musst erwachsen werden, Gianna. Eines Tages du musst erwachsen werden, und besser ist schnell.«

»Du meinst, ich soll aufhören, Mike zu lieben?«

»Du sollst aufhören, Hollywood-Vorstellungen zu haben von Liebe, von Glück, von Männer«, sagte Tonja.

»Glaubst du denn nicht daran, an Liebe – richtige Liebe, meine ich?«

Tonja fing an, in der Küche hin und her zu gehen, den Teller mit Borschtsch in der einen Hand, den Löffel in der anderen, gleichzeitig redend und essend. »Was ist denn Liebe, richtige Liebe, hm? Tiefe Blicke, bei der dir werden Knie weich? Ein Ring am Finger, ja? Ein Kuss, bei dem dir kommt Gefühl von weiche Knie? Mann, der dich beschützt, wenn dunkel wird? Das ist für dich Liebe, ja? Aber Liebe ist auch ein Faust, die dir bricht Rippen. Ein Wohnungstür, die knallt zu, weil du hast gesagt ein falsches Wort. Liebe ist glitschige Kondome und Vibratoren mit Noppen und Gleitcreme und Lederpeitschen. Liebe ist Schmerzen, die zerreißen dir Unterleib. Liebe ist billige Seife in schmierigem Hotelzimmer, Schweiß und Blut und Gestöhne auf Bett voll mit Wanzen, wo du hast tagelang Abdruck auf Rücken von Metallfeder in Matratze. Liebe ist Riss im Darm, nachdem Kerl hat dich genommen von hinten …«

»Hör auf, Kira«, sagte Rascha heftig. »Das ist keine Liebe.«

»Nein, vielleicht nicht«, sagte Tonja. »Aber etwas anderes gibt es nicht für uns. Nicht mehr.«

»Hast du nie gedacht … hast du nie ans Heiraten gedacht? An Kinder?«

Tonja zuckte mit den Schultern. »Sicher. Gab ein Mann, früher in Steni, ist lange her.«

»Warum hast du ihn nicht geheiratet?«

»Den Ersten man heiratet selten. Obwohl man vielleicht sollte.«

»Wie alt warst du da?«

»Alt.« Tonja leckte sich wieder etwas roten Saft aus den Mundwinkeln wie ein Vampir den letzten kostbaren Tropfen Blut. »Fünfzehn.«

»Hat er dich geliebt?«

»Was fragst du für Unsinn? Weiß ich doch nicht. Ich glaube, nicht. Und wenn, dann nur paar Sekunden lang, in denen jeder andere mich hätte genauso geliebt.«

»Habt ihr es noch mal miteinander gemacht?«

»Nein.«

Rascha war noch immer zum Heulen zumute. Ich kann nicht zurück zu Mike, dachte sie; aber nach Hause kann ich auch nicht. Nicht nach dem, was ich weiß. Sie fragte: »Du bist mit vielen Männern zusammen gewesen, oder?«

»Genug«, sagte Tonja.

»Genug wofür?«

»Dass man weiß, was man hat an ihnen. Bist du bald fertig?«

»Nenn mir eine Zahl«, beharrte Rascha.

Tonja starrte sie an, und für einen Ausgenblick schien sie böse werden zu wollen. Aber dann lachte sie. »Ungefähr hundert, aber an die meisten ich mich nicht kann erinnern.«

»Und wollte dich von denen mal einer heiraten?«

»Ja, einer.« Tonja stellte den leeren Teller in die Spüle und entkorkte eine Flasche Weißwein. Ihr von der Suppe unnatürlich geröteter Mund nahm einen Ausdruck von Verachtung an – die Verachtung des Zuhälters für die Männer, die zu Huren gehen; die Verachtung des Barkeepers für die Säufer, die nicht wissen, wann sie genug haben; die Verachtung des Raubtiers für die Lämmer. »Ein Bauer.« Sie griff nach einem Päckchen Zigaretten auf dem Küchentisch, schüttelte eine halb heraus und führte sie mit der Packung zum Mund. Sie sah sich nach Feuer um und setzte sie dann mit dem Gasanzünder in Brand. »So oder so, das ist vorbei, ja?«

»Wie kann man nur so leben?!«, stieß Rascha hervor.

»Ist einfacher«, sagte Tonja. Sie lehnte sich neben Rascha ans Fensterbrett, die brennende Zigarette zwischen den Lippen. »Möchtest du Wein?«

Rascha schüttelte müde den Kopf. »Du fürchtest dich vor gar nichts, oder?«

Tonja nahm die Zigarette aus dem Mund, trank einen Schluck, zog wieder an der Zigarette. Sie antwortete nicht. Ihr Blick veränderte sich, ein bisschen nur. Auf einmal schien sie etwas zu sehen, das nicht in der winzigen von dem Licht über der Spüle kaum erhellten Küche lag. Schließlich sagte sie: »Ich sage dir, wovor ich mich fürchte. Ich mich nicht fürchte vor Menschen, vor keinem, und auch nicht vor Zufall, vor Alltag mit allem, was verletzt. Schon lange nicht mehr. Das ich kann ertragen. Man hat mir Herz oft genug gebrochen, Männer und Jungen und Frauen auch, und ich habe selbst gebrochen Herzen, von Mann in Steni und viele andere, und ich habe ertragen. Ich auch habe ertragen Demütigungen und Erniedrigung und Schande und Misserfolg – ich habe ertragen und überlebt. Ist mir egal. Ich nicht gehöre zu Menschen, die ängstlich warten, dass wieder kommt jemand und wehtut oder bringt neues Pech, weil ich weiß, damit ich werde fertig. Aber weißt du, was mir macht Angst – Gefühle, die ich nicht kenne. Zu viele davon, manchmal gleichzeitig, und jedes anders. Das was Menschen auf Straße nennen *die wirkliche Welt*, und dabei ihre Stimme klingt wie die von Lehrer in Schule. *Du kannst nicht immer davonlaufen vor wirkliche Welt, Tonja.*« Sie hielt einen Moment inne und schien zu lauschen, wie das klang, der warnende Tonfall, die Stimmen, die Träume zerstörten. »Die wirkliche Welt, von der reden die Menschen, ist voll von Verwirrung, die zunichte macht jedes Gefühl von Stolz und Starksein. Sie reden wie du: *Wie kannst du nur so leben, Tonja?* Wie wenn ich dafür müsste warten auf Strafe von Leben, auf Rache von Wirklichkeit.« Höhnisch äffte sie eine dieser Stimmen nach. *»Ich habe dich ja gewarnt, Tonja.«*

»Wieso hast du Tonja gesagt?«, fragte Rascha. »Ich dachte, du heißt Kira?«

»Kira, Tonja, ist doch egal. Leute nennen mich Kira, also ich bin Kira. Ist nur Name. Spielt keine Rolle, ja?«

Rascha sagte nichts. Sie stand neben Tonja, die nervös rauchte und trank, und hätte sie am liebsten in den Arm genommen, denn plötzlich kam sie sich vor, als wäre sie die Ältere, die mit mehr Erfahrung. »Hast du Geschwister? Brüder oder Schwestern?«

»Schwester«, sagte Tonja. Ihre Augen leuchteten auf. »Habe ältere Schwester, Sofia. Ist sehr lebenslustig. Zu Hause in Steni sie war immer rastlos. Und krank von Eingesperrtsein in kleinem Haus bei Mutter und mir. Sie dauernd redet von Weggehen. Sie immer sagt: *Ich bin jung, ich will haben die glücklichste Zeit von meine Leben.* Sie geht mit jedem Mann. *Du bist rastloses Flittchen*, sagt Mutter zu ihr. Da sie geht wirklich weg, über Grenze nach Ungarn, wo sie spielt in Filmen, wird großer Star, aber sind Filme, die man nicht kann zeigen alte Mama. Sie mir schreibt Karte: *Bin jetzt immer nur glücklich, mein Puppele*. Ich muss weinen, weil sie mir fehlt so sehr, und ich will zu ihr und glücklich sein wie sie. Dann sie wird schwanger, und sie nicht weiß, ob soll lachen oder weinen, also sie tut beides, denn sie ist endlich wieder zu Hause und will Kind zu Hause kriegen. Kein Vater, weil sie nicht weiß, wer Vater ist.«

Tonja rauchte schnell, in hastigen, kurzen Zügen, und sie trank einen Schluck nach dem anderen. Sie schien auf einmal zu frieren. Sie zitterte, und auf ihren Armen bildete sich eine Gänsehaut. »Sofia verändert sich. Wenn Stunde von Niederkunft rückt näher und immer näher, sie wird auch immer sanfter und schöner. Augen sehen nicht mehr aus wie kaltes Glas, und Mund, der immer glänzt, leuchtet jetzt. Sie hört auf mit Rauchen und trinkt auch nicht mehr, und sogar ihr Lachen ist wie früher. Ein Lachen man kann lieben. Doch dann kommt Geburt, und Baby ist nicht gesund. Stirbt in Brutkasten von Krankenhaus in Lemberg. Erst sie will nicht mehr leben, isst nicht, trinkt nicht. Aber nach paar Monaten sie fängt wieder an mit Trinken, wird wie vorher, unruhig, fängt auch wieder an mit Hin-und-her-Gehen wie auf glühende Kohlen, und in Augen kehrt hartes Glitzern zurück. Sie hat zu viel Feuer, und manchmal sie schaut Mama und mich an, dass ich hatte Angst, wir kriegen Brandlöcher. Sie war wie Katze, die kratzt an Wänden, und schließlich sie geht wieder aus, ihr Lachen ist wieder schrill, und der Nächstbeste ist ihr gerade recht.«

»Und dann?« Rascha betrachtete Tonja von der Seite, denn ihre Stimme hatte angefangen zu vibrieren, als wäre ihr nicht nur von außen, sondern auch von innen kalt, dabei war es in der Küche noch immer warm. »Geht es dir gut?«

»Und dann?!« Mit einem Ruck und klirrenden Ohrringen stellte Tonja das Glas ab und ließ die Zigarette hineinfallen. Sie umarmte sich selbst, um nicht so stark zu zittern. »Dann kommt Mann, den sie hat gekannt in Ungarn, um sie zu holen. Aber als er sie sieht, er holt mich. Und ich gehe mit und lasse Sofia und Mama zurück. Ich bin fünfzehn und dumm. Entschuldige mich.« Ohne Rascha anzuschauen, lief Tonja aus der Küche, und etwas später schlug eine Tür zu, und ein Schloss wurde verriegelt.

Rascha sah sich um und überlegte, ob sie das Geschirr abspülen sollte, um sich nützlich zu machen. Es gab Berge davon neben der Spüle, schmutzige Teller, Töpfe, Pfannen, Gläser und Tassen. Aber sie konnte mit dem einen Auge jetzt gar nichts mehr sehen, und sie hatte Kopfschmerzen von Mikes Schlägen. Dann wurde die unsichtbare Tür wieder geöffnet, und Tonja kam zurück, ohne dass die Toilettenspülung zu hören war. »Du musst jetzt gehen«, sagte sie. Sie zitterte nicht mehr, und sie sah auch nicht mehr so müde aus wie vorher.

»Ich dachte – ich dachte eigentlich, ich könnte vielleicht bei dir schlafen«, sagte Rascha verlegen. »Nur ein paar Stunden, bis ich weiß, wo ich hinkann.«

Tonja schüttelte den Kopf. »Nein, nein, du musst gehen. Mein Freund kommt gleich. Er dich nicht darf sehen bei mir, Gianna. Er und Mike sich kennen.«

»Ich heiße auch nicht Gianna«, sagte Rascha. »Mein wirklicher Name ist …«

»Stopp«, fiel Tonja ihr ins Wort, »sag mir nicht, ich will gar nicht wissen! Deswegen sie nehmen uns ja Pässe weg und geben neue Namen, damit wir verschwinden für alle anderen und niemand uns kann finden. Ich nicht will, dass jemand denkt, ich weiß, wie man dich findet.«

»Mich findet?«, fragte Rascha. »Mich sucht doch niemand, nicht mal mein Vater.«

Tonja schüttelte den Kopf. Sie streckte eine Hand aus und berührte sacht Raschas Wange. »Doch, sie dich jetzt schon suchen. Du kannst mir glauben, jemand dich sucht. Jemand dich hat Gianna genannt …«

»Nur der tätowierte Mann«, wandte Rascha ein.

»Siehst du, das ist schlecht«, sagte Tonja. »Sehr schlecht. Er ist sehr gefährlicher Mann. Sehr, sehr gefährlich. Niemand weiß, wie heißt. Kommt von irgendwoher, vielleicht Italien, vielleicht Balkan, und wenn kommt, Mädchen verschwinden. Mädchen verschwinden für immer, kommen nie zurück …«

»Aber was soll ich denn machen?«, fragte Rascha, und plötzlich sah sie aus wie jemand, der mitten im freien Fall merkt, dass sich sein Fallschirm nicht öffnet.

»Geh zurück«, sagte Tonja, »zurück nach Hause. Vielleicht du bist da sicher. Wirf nicht weg dein Leben, Gianna.«

»Welches Leben denn?«, fragte Rascha. Ihr Kopf sank herab, eine Träne rann ihr über die Wange, und ihre Nase begann zu laufen. Auf einmal sah Tonja das Kind in Gianna, sah die Einsamkeit und Trauer, aber auch den Mut, es im wirklichen Leben auszuhalten, den sie selbst verloren hatte. Sie nahm einen herumliegenden Einkaufszettel – *Milch, Tomaten, Nudeln, Tampons, Cola, Brot, Zigaretten, Schokolade* – und kritzelte eine Adresse darauf. »Hier, da wohnt Freundin, MariaCruz, ich ruf an, dass du kommst. Aber nur für eine Nacht, und du niemand darfst erzählen, ja?«

Rascha nickte, nahm den Zettel und wischte sich die Tränen ab. Bevor sie ging, fiel sie Tonja um den Hals. Sie drückte sie so fest, als wollte sie sie nie wieder loslassen, aber dann ging sie schnell, und es war das letzte Mal, dass jemand sie gesehen hatte in Amsterdam oder irgendwo sonst, jedenfalls von den Zeugen, mit denen der Commissaris bis zu diesem Zeitpunkt gesprochen hatte. Aber weil es sich nun einmal um Amsterdam handelt, war er da und musste sich auf die Suche nach ihr begeben.

»Rascha war also noch nicht bei MariaCruz eingetroffen, als du mit deiner Freundin telefoniert hast?«, fragte er jetzt.

»Nein.« Tonja versuchte ein neuerliches Kopfschütteln. »War aber auch erst paar Stunden her …«

Van Leeuwen holte sein Notizbuch heraus. »Wie heißt diese MariaCruz mit Nachnamen?«

»Weiß nicht, war vielleicht nicht richtige Name.«

»Telefonnummer? Adresse?«

Er notierte beide Angaben. »Ist es möglich, dass Braak Rascha bei dir gesehen hat?«

Tonja wirkte jetzt müde und kraftlos. »Weiß nicht. Er ruft an, dass kommt bald, und dann es dauerte noch halbe Nacht. Kann sein, er sieht Gianna, aber was macht?«

Der Commissaris klappte das Notizbuch zu und verstaute es wieder in der Manteltasche. »Eine letzte Frage noch, dann lasse ich dich in Ruhe. Als du mit den anderen Mädchen in der Wohnung in der Leidekkerstraat warst, ist da eine von den anderen plötzlich verschwunden?«

»Mädchen verschwinden immer wieder.«

»Weißt du, wohin? Was mit ihnen passiert ist?«

»Weiß nicht.«

»Würde es dich überraschen, wenn ich dir sage, dass sie vielleicht nicht mehr leben?«

»Nein. Keine Überraschung.«

Er beschloss, Tonja nichts von der verbrannten Leiche auf der Müllhalde zu erzählen, jedenfalls jetzt nicht. »Ist Léon Braak jemand, der Menschen tötet?«

Diesmal gelang ihr ein heftigeres Kopfschütteln. »Nicht Braak. Mann mit Tätowierungen. Er ist bestimmt jemand, der kann töten.«

Der Commissaris nickte. Der tätowierte Mann, von dem niemand wusste, wie er hieß, wo er herkam oder für wen er arbeitete. »Ruh dich jetzt aus, Tonja. Ich habe jemanden beauftragt, deine Mutter in Steni anzurufen, unter der Nummer, die du mir gegeben hast. Wir sagen ihr, dass du lebst und dass du dich bald selbst bei ihr melden wirst. Das wirst du doch?«

»Ja.« Sie schloss die Augen. »Danke.«

Der Commissaris nickte noch einmal, dann verließ er das Zimmer der Intensivstation, und auf dem Gang holte er sein Handy heraus und sah nach, wer ihn angerufen hatte. Der Anruf auf der Mailbox war von Brigadier Tambur.

»Ich bin's«, rief sie so laut, dass er das Handy in einigen Zentimetern Abstand vom Ohr in die Luft hielt, »ich stehe vor dem Studio von Mike Sluizer«, im Hintergrund hörte Van Leeuwen den Lärm von Baggern und Dampframmen, »ich weiß nicht, ob Sie mich verstehen können, hier ist es ziemlich laut, aber es macht auch niemand auf. Ich melde mich später noch mal, wenn's was Neues gibt. Bis dann! Ach, haben Sie was von dem Steilwandfahrer gehört?«

Van Leeuwen drückte die Kurzwahltaste für Julika Tambur, wurde aber ebenfalls nur mit ihrer Mailbox verbunden. Er sagte: »Hör mal, wenn du es das nächste Mal bei Sluizer versuchst, lass die Uniform zu Hause. Es muss nicht gleich jeder wissen, dass die Polizei sich für ihn interessiert. Geh als Punkerin oder so was, jedenfalls in Zivil. Und sprich ihn auf keinen Fall auf Léon Braak oder die Mailand-Connection an. Sag ihm am besten gar nichts, bring ihn einfach aufs Präsidium. Das war's. Gute Nacht. Ach, was den Jungen angeht, Tom: Der hat sich nicht gemeldet.«

Was immer das zu bedeuten hat, dachte er. Er ging den Flur zum Ausgang der Intensivstation entlang; im Gehen wählte er Tons Nummer. Hoofdinspecteur Gallo meldete sich nach dem dritten Rufzeichen, und Van Leeuwen sagte: »Ton, könntest du auf einen Sprung bei einer gewissen MariaCruz vorbeischauen? Wie sie weiter heißt, weiß ich nicht, auch nicht, ob das ihr richtiger Name ist, aber sie wohnt – einen Moment – Overtoom 73. Ich gebe dir für alle Fälle ihre Telefonnummer. Frag sie, ob Rascha Frankenhuis mal bei ihr aufgetaucht ist, um bei ihr zu übernachten, mit freundlichen Grüßen von Tonja Scholenko, und wenn, wann genau das war und ob sie sonst noch etwas weiß über Rascha, was aus ihr geworden ist, wohin sie wollte, du weißt schon.«

»In Ordnung«, sagte Gallo. »Soll ich dich danach anrufen, oder hat das Zeit bis morgen?«

»Morgen früh reicht«, sagte Van Leeuwen.

»Bist du noch bei Tonja Scholenko?«, fragte Gallo.

»Im Gehen.«

Gallo sagte: »Ich habe gerade mit ihrer Mutter telefoniert. Die Verbindung war ziemlich schlecht, und ich habe auch nicht alles verstanden, was sie gesagt hat. Sie war ganz aufgeregt und hat so einen komischen Dialekt gesprochen. Aber als ich ihr sagte, dass ihre Tochter lebt und dass es ihr gut geht, hat sie vor Freude zu weinen angefangen. Sie und Tonjas Schwester hatten Angst, Tonja könnte Verbrechern in die Hände gefallen sein, deswegen ist die Schwester – Sofia – losgegangen, um Tonja zu suchen, schon vor ein paar Monaten. Seitdem hat die Mutter nichts mehr von ihr gehört, und als sie das erzählte, musste sie wieder weinen. Bruno, was geschieht bloß mit diesen armen Menschen?«

»Sie werden gerissen wie Lämmer«, sagte der Commissaris.

Einige Sekunden herrschte Stille in der Leitung. Dann sagte Gallo: »Nacht, Bruno.«

»Nacht, Ton«, sagte Van Leeuwen, mehr nicht, denn auf einmal spürte er, dass seine Stimme schwankte. Er schaltete das Handy aus und ging durch die langen Klinikgänge, die er vor einem Jahr mit Sim entlanggegangen war. Es schnürte ihm die Luft ab. Er hatte gedacht, er wäre über das meiste hinweg, und die meiste Zeit war er es auch, aber dass er darüber hinweg war, hieß nicht, dass es nicht da war, als etwas in seinem Leben. Erinnerung wird überschätzt, dachte er bitter.

Aber er erinnerte sich. Er erinnerte sich an Sim, die seine Hand ergriffen hatte, so fest, als könnte er ihr weglaufen und sie vergessen. Dabei war sie es gewesen, die ihn vergessen hatte, ganz langsam und leise, fließend wie Sand in einer Eieruhr. Er erinnerte sich daran, wie gern sie einander früher immer berührt hatten, bevor sie krank geworden war, in der Nacht natürlich, aber auch tagsüber, ein rascher Kuss auf den Nacken, ein Streicheln der Wange, wenn sie in der Wohnung an ihm vorbeiging, wenn sie Hand in Hand spazieren gingen, und im Sommer hatte sie lauter hübsche Sommersprossen bekommen. Es war gar nicht lange her, ein paar Jahre nur, das war nicht viel, wenn man sich über dreißig Jahre geliebt hatte.

Auf diesen endlosen Gängen aber waren ihre Berührungen anders geworden, nicht mehr verspielt, eine Zeitlang noch zärtlich, dann nur Hilfe suchend. Und er hatte aufgehört, sie daheim von sich aus im Vorübergehen zu streicheln, weil er nicht wusste, was er damit auslöste. Sie berührte ihn noch, aber er sie nicht, weil er sie so nicht berühren wollte. Er zog sie aus, er wusch sie, er zog sie wieder an, das waren die Berührungen, die er noch für sie hatte. Das letzte Mal, *einmal*, hatte er auf geheimnisvolle Weise ein Aufflackern von Begehren in ihr verspürt, und da hatte auch er plötzlich das Verlangen empfunden, sie gegen die Küchenwand zu drängen, ihr das Haar zu zerzausen und sie zu küssen. Aber er hatte ihm nicht nachgegeben, und danach war es nie wiedergekommen.

Gott bewahre uns vor den Erinnerungen, dachte er.

15

Es war Abend, und Bruno van Leeuwen wartete auf das Schiff. Er stand am Wohnzimmerfenster des alten, spitzgiebeligen Kaufmannshauses, in dem Feline Menardi das oberste Stockwerk bewohnte, und sah hinunter auf die Amstel und die Lichter der Magere Brug im Nebel. Er wartete darauf, dass das nächste Schiff kam und die Brückenflügel sich hoben, um es passieren zu lassen, und während er wartete, wurde er wieder zu einem kleinen Jungen. Er sah das Wasser des Flusses durch die Äste der Platanen schimmern, aber er hörte ihn nicht, denn der Verkehrslärm auf dem Amsteldijk war zu laut. Von dem Fenster aus konnte man auf die Frachtkähne schauen, die am anderen Ufer in Zweierreihen vertäut lagen, und noch weiter auf die angestrahlten Häuser jenseits der Amstel.

Die weißen Lämpchen an den Brückenbogen hatten milchige Höfe in dem dünnen Nebel, der über dem Fluss lag. Aus dem Dunst glommen die roten Augen der Ampeln für den Wasserverkehr, und darüber bildeten die Hebearme rechts und links der Brückenmitte je ein großes, schräg geneigtes T aus gelben Glühbirnen. Alles in allem konnte man denken, Las Vegas wäre zu Besuch in der Stadt, vor allem, wenn man noch den geröteten Nachthimmel dazunahm.

»Heute kommt keines mehr«, sagte Feline. Sie trat zu Van Leeuwen ans Fenster und legte ihm einen Arm um die nackte Hüfte, und er spürte ihre Wärme dicht neben sich.

»Vielleicht doch«, sagte er.

»Nein, das vorhin war das letzte.« Sie sprach leise, wie man zu einem störrischen kleinen Jungen spricht, der das nicht hören möchte, was man sagt.

»Es war ein großes«, sagte er. »Das konnte man hören.«

»Ja, es war ein großes, und es war das letzte für heute Nacht«, sagte Feline. Sie zupfte an dem Frotteetuch, das er sich schamhaft um die Hüften geknotet hatte. »Du siehst schlimm aus«, sagte sie. »Gibt es eigentlich irgendeine Stelle an deinem Körper, die nicht grün und blau ist?«

»Horror vacui«, brummte er missmutig, »ein Problem vieler Anfänger.« Auf einmal spürte er wieder die Schmerzen, die er eben im Bett vergessen hatte. Die Muskeln taten ihm genauso weh wie die Knochen, und der Gedanke, dass die Schläger ohne Anlass auf ihn losgegangen waren, deprimierte ihn immer noch. Seine Haut war eine Leinwand, bemalt in der grün-blauen Periode von zwei jungen Wilden, *action painter*, die ihm eine höhere Macht zu Heiligabend geschickt hatte, um ihn an seine Verletzlichkeit zu erinnern.

Feline legte den Kopf an seinen Oberarm; noch eine Stelle, die jetzt wehtat. »Komm wieder ins Bett«, sagte sie.

»Und wenn doch noch ein Schiff auftaucht?«, fragte er hoffnungsvoll, »ein letztes?« Er roch den Duft ihres Haares, der wie ein Parfum zu ihm aufstieg.

»Dann machen wir eine Pause und laufen schnell zum Fenster«, sagte sie.

»Als Kind habe ich zu Hause immer auf einem Schemel oben an der Dachluke meines kleinen Kämmerchens gestanden und zum Autobahndamm hinübergeschaut«, erzählte Van Leeuwen. »Die Autos flitzten hin und her, sie waren weit weg und winzig, aber ich wusste, sie brachten Menschen nach Amsterdam oder Utrecht oder wo immer sie hinwollten; und mein sehnlichster Wunsch war, in einem dieser Autos zu sitzen und wegzufahren, weit weg vom Hof und in die Stadt.«

»Alle Kinder stehen am Fenster und träumen davon, woanders zu sein«, sagte Feline. »Die einen schauen den Autos nach, die anderen den Zügen und manche den Karawanen.«

»Aber nicht alle laufen weg«, sagte Van Leeuwen. »Was bringt ein junges Mädchen dazu, von zu Hause wegzulaufen? Warum ist Rascha Frankenhuis *wirklich* weggerannt?«

»Oder wovor?«, spann Feline den Faden weiter. Sie kehrte dem

Fenster den Rücken und ging in dem schwachen Kerzenschein, der aus dem Schlafzimmer fiel, zu einem niedrigen Glastisch in der Mitte des Raums. Auch sie trug nur ein Handtuch, dunkelrot, das ihre Taille betonte, und sie ging, wie Van Leeuwen schon lange keine Frau mehr hatte gehen sehen: als schlügen ihre Hüften einen sinnlichen, metronomischen Takt. Sie griff nach einem der Rotweingläser auf dem Tisch und ließ sich damit auf die breite Armlehne eines Polstersessels sinken. Nachdenklich trank sie einen Schluck Burgunder. Ihre Brüste, fest und zartblau geädert unter der Haut von hellem Oliv, hoben und senkten sich beim Trinken. »Was für einen Eindruck hattest du denn von ihrem Zuhause? Wie war die Atmosphäre? Hast du etwas gespürt, irgendein Gefühl gehabt, das dir unangenehm war?«

Van Leeuwen antwortete nicht. Er sah sie in der Scheibe, einen Schemen vor dem Panorama der nächtlichen, lichterglänzenden Stadt – ihren schlanken Körper, die langen, übereinandergeschlagenen Beine, den zarten Hals und, nur undeutlich, das Gesicht unter den jetzt offenen Haaren. Schließlich antwortete er: »Du meinst, ob es sein kann, dass ihr Vater sich an ihr vergangen hat?«

Mit einer bedächtigen, graziösen Bewegung strich Feline sich die Haare hinter das linke Ohr. »Das wäre ein möglicher Grund. Und sag jetzt nicht, er sei aber doch Pfarrer. Wie lange ist ihre Mutter denn schon … wann hat sie Raschas Vater verlassen?«

»Danach habe ich Sander gar nicht gefragt«, gab Van Leeuwen zu und drehte sich um. »Aber hätte das Mädchen unter solchen Umständen seinen kleinen Bruder Klaas allein gelassen?«

»Wenn sie sich als alleinige Zielscheibe des Vaters gesehen hat, warum nicht?« Sie klopfte auf die Rückenlehne des Sessels: *Komm her, setz dich zu mir.* »Manchmal halten Geschwister in solchen Fällen zusammen wie Pech und Schwefel, aber dann sind meistens beide betroffen, zum Beispiel, wenn es um häusliche Gewalt geht. Und manchmal verhalten Menschen sich sowieso ganz anders, als es in den psychologischen Lehrbüchern steht. Die Psychologie ist keine exakte Wissenschaft.«

Van Leeuwen blieb am Fenster stehen, die Kühle der Nacht im

Rücken, und betrachtete die Frau, die ihn ertrug, und wieder dachte er, dass sie zu schön für ihn war, zu jung, zu kultiviert. Sie passte in diese große, aufwendig renovierte und kostspielig eingerichtete Eigentumswohnung, die ihr bei der Scheidung zugesprochen worden war: ein Juwel in einem Juwel in einem Juwel, denn auch das Haus war teuer, die Gegend sowieso. Aber ihre Wohnung verfügte als einzige über eine kleine Dachterrasse, die nach hinten hinausging. Von dort aus hatte man im steifen, salzigen Wind einen fast grenzenlosen Blick über die Dächer, in jede Himmelsrichtung und auf alle Wahrzeichen der Stadt: die Türme der Kirchen, die Parks, den kühnen Bug des NEMO im Hafen und was man sonst noch gerne sah, einschließlich der Schiffe, Züge und Karawanen.

Der Boden der Terrasse war aus wettergegerbten Eichenholzdielen, darauf standen zwei Stühle, ein Tisch und der Ständer eines im Winter unbenötigten Sonnenschirms, alle zum Schutz gegen jähe Böen mit Wäscheleinen festgezurrt. Ein schwarz lackiertes Eisengeländer bot den weiß lackierten Möwen einen offenbar willkommenen, häufig genutzten Rastplatz, wenn sie zwischen ihren akrobatischen Luftnummern eine Pause benötigten. Dürre, immergrüne Blattpflanzen ragten aus eckigen Tonkästen, die auf japanisch anmutende Weise mit Flusskieseln gefüllt waren. Van Leeuwen freute sich schon darauf, im Frühling auf dieser Terrasse seinen Morgenkaffee zu trinken und die ersten Sonnenstrahlen zu genießen, falls ihm dann noch Zutritt zu dem Juwel im Juwel gestattet sein sollte.

Doch erst mal war Winter, und er stand am Fenster des Wohnzimmers, dessen Benutzung ebenso wie die der Dachterrasse von der gemeinsamen Nutzung des Schlafzimmers abhängig war. Feline, die Herrin über einen großen Teil dieser immobilen Edelsteinsammlung, saß fast völlig unbekleidet auf der Armlehne des im Zebrafelldesign bezogenen Polstersessels und sagte: »Das Schicksal des Mädchens beschäftigt dich, nicht?«

»Tut es, ja.«

»Das ist einer der Gründe, aus denen ich dich liebe. Niemand ist dir egal.«

Nun verließ er doch seinen Platz am Fenster und ging barfuß

über das warme Parkett zu dem Backsteinkamin, vor dem sich die Sitzgruppe versammelt hatte. Er nahm ein paar Scheite von der kleinen Pyramide auf dem schmiedeeisernen Brennholzrost, schichtete sie in der Asche des letzten Feuers übereinander und stopfte zusammengeknülltes Zeitungspapier in die Zwischenräume. Mit einem Fidibus zündete er das Papier an, dann sah er zu, wie die Flämmchen an dem weißen Holz leckten, es umschmeichelten und schließlich davon Besitz ergriffen. »Und die anderen Gründe?«, fragte er zufrieden.

»Du bist anders als alle Männer, die ich bisher kennengelernt habe«, sagte Feline, »vor allem anders als mein Exmann. Du übernimmst Verantwortung, auf ganz selbstverständliche Weise, als sollte jeder es so tun – du weißt gar nicht, wie selten das ist. Am liebsten würdest du für die ganze Welt sorgen, aber das geht nicht. Deswegen beschränkst du dich auf deine Stadt, damit sie nicht verkommt. Du wachst über deine Mitarbeiter. Du bist bei deiner Frau geblieben, als nichts mehr an ihr war, das dich glücklich machen konnte außer der Erinnerung. Weil du noch wusstest, wie es war, als du sie geliebt hast, und weil es dir nicht darum ging, im Leben vor allem glücklich zu sein. Du hast mit ihr zusammengelebt, bis es nicht mehr ging. Und trotzdem bist du auch irgendwie ungezähmt – du lässt dich nicht im Käfig halten oder an einen Schreibtisch ketten, läufst nicht gebügelt, gestärkt und porentief rein durchs Leben.«

»Das kann doch noch nicht alles sein«, sagte Van Leeuwen und setzte sich endlich in den Sessel, auf dessen Armstütze sie lehnte.

»Nein, ist es nicht«, fuhr Doktor Feline Menardi, die vom Staat geprüfte und zugelassene Psychologin, fort. »Ich habe mir immer einen Mann wie dich gewünscht, jemand, der sich so für mich verantwortlich fühlt. Aber übernimm dich nicht, hörst du? Versuch nicht, die Verantwortung für zu viele Frauen zu übernehmen.«

Van Leeuwen sagte: »Rascha ist noch ein Kind, die Tochter eines Freundes, und Tonja ist genauso ein Kind, krank, ein Opfer …«

»Ich spreche von deiner Kollegin, dieser hübschen jungen Polizistin«, sagte Feline, »Brigadier Julika Tambur. Ich dachte, sie hätte sich versetzen lassen, aber offenbar ist sie immer noch da.«

»Nur vorübergehend«, sagte Van Leeuwen, nahm ihr das Glas aus der Hand und trank auch einen Schluck Wein, »um dich eifersüchtig zu machen.«

Er begehrte sie, das war es vor allem anderen. Damit hatte er nicht gerechnet, und danach hatte es anfangs auch nicht ausgesehen, wenn man bedachte, wie sie sich kennengelernt hatten. Seine Frau war lange krank gewesen, und dann war sie gestorben, und in der Nacht ihres Todes hatte es eine Sekunde gegeben, in der er nicht wusste, ob er noch leben wollte; ob er allein weiterleben wollte. Er hatte im Schlafzimmer auf dem Bett gesessen, und dann hatte Brigadier Tambur die Tür zu seiner Wohnung aufgebrochen, die Mündung seiner Dienstwaffe hatte sich zu diesem Zeitpunkt gerade an seiner Schläfe befunden. Er war betrunken gewesen, und als er wieder nüchtern war, hatte er eine Zeitlang die Wohnung nicht mehr ertragen und an Orten geschlafen, an denen er Ruhe fand. Einer davon war eine Bank in der Centraal Station gewesen, oben bei den Gleisen.

Hoofdcommissaris Joodenbreest, der Polizeipräsident, der sich für seinen Freund hielt, hatte seine Diensttauglichkeit infrage gestellt, und es hatte nur eine Möglichkeit gegeben, an dem Fall, in dem er gerade ermittelt hatte, weiterzuarbeiten. Doktor Feline Menardi war die Psychologin gewesen, zu der Joodenbreest ihn geschickt hatte. Feline Menardi war es gewesen, die erkannt hatte, dass in seinem Leben alles an seinem Platz war; dass ihm nichts fehlte außer der einzigen Frau, die er je geliebt hatte. Feline Menardi war die Frau gewesen, die dabei gemerkt hatte, dass in ihrem Leben nichts an seinem Platz war; sie wollte einen Mann, der sich über sie spannte wie ein Regenschirm. Und als der Fall, an dem er gearbeitet hatte, zu den Akten gelegt werden konnte, hatte es geregnet, und sie hatte den Schirm mit ins Bett genommen.

Das war das erste Mal gewesen, im November. Er hatte nicht gedacht, dass es weitergehen würde. Er war siebenundfünfzig Jahre alt, und er fuhr sonntags mit der Straßenbahn zu Sims Grab und abends wieder zurück. Aber eines Winternachmittags Anfang Dezember war er nicht in seine Wohnung gefahren, sondern zu Feline Menardi.

Sie war zu Hause gewesen, sie hatte ihn hereingelassen, überrascht, aber nicht erstaunt, nicht abweisend.

Als könnte es gar nicht anders sein, hatte sie ihn wortlos, wie schon beim ersten Mal, in ihr Schlafzimmer geführt. Schweigend hatten sie sich im Dunkeln ausgezogen, ohne sich zu küssen. Er hatte nach einem Platz für seine Sachen gesucht, und er wusste noch, dass ihm plötzlich zumute gewesen war, als gäbe er sein Leben aus der Hand. Als täte er gerade etwas Unerhörtes, als ließe er Sim ein zweites Mal sterben, indem er nicht nur endgültig von ihr Abschied nahm, sondern sogar von der Liebe selbst. Dennoch hielt er nicht inne, legte alles auf einen Stuhl, folgte Feline ins Bett und ließ sich von ihr umarmen und festhalten.

Er begann zu frösteln, und sie hielt ihn weiter fest. Er hatte ein Gefühl, als wäre sein Mund voller Salz, aber er schaffte es, nicht zu weinen. Stattdessen sagte er: »Ich kann nicht mit dir schlafen, ich habe einfach zu viel Angst.« Er spürte sie an seiner Schulter nicken, spürte, wie sie seine Trauer aufnahm und trotzdem noch die Kraft hatte, ihn weiter im Arm zu halten. Nach ein paar Minuten war er aufgestanden, hatte sich angezogen und war wieder gegangen, und draußen hatte es nicht geregnet, noch war sonst irgendein Wetter gewesen, an das er sich später erinnern konnte.

Er hatte sie nicht begehrt und nicht gedacht, dass er es je tun würde. Doch jetzt begehrte er sie, wie sie da neben ihm auf der Lehne saß, im Schein des Kaminfeuers. Sein Herz war zerquetscht worden. Ja, er hatte Simone begraben, und danach war ihm eine Zeitlang gewesen, als läge auch sein Herz tief unter der Erde, in drückender Dunkelheit. Aber in Felines Nähe hatte es sich wieder entfaltet, seine alte Gestalt angenommen. Ja, er hatte gedacht, nach Sim könnte er keine andere Frau mehr lieben, nicht so wie sie, und das stimmte. Aber offenbar konnte er begehren, konnte prüfen, wie wahr alle anderen Gefühle waren. Er konnte abwarten und bis dahin alles tun, um Sim nicht zu vergessen, ohne zu vergleichen.

»Wenn ich nur wüsste, wie *ich dich* eifersüchtig machen kann«, sagte Feline. Das Holz knackte in der Hitze. »Ein bisschen wenigstens. Soll ich dir von meinen Männern erzählen?«

»Nein«, sagte er. »Erzähl mir lieber von dir, als du klein warst. Wovon hast du geträumt, wenn du am Fenster gestanden hast?«

Feline antwortete nicht sofort. Sie schaute in den Kamin, und als Van Leeuwen zu ihr aufsah, fand er zwei kleine Feuer in ihren dunkelbraunen Augen. »Von Tigern. Ich wollte auf Tigern reiten. Und auf lederhäutigen Elefanten. Ich habe graue, verrunzelte Dachpappe über einen umgefallenen Baum gelegt und mich draufgesetzt, als wäre es ein Elefantenhals.«

»Wo war das? In Surinam?«

»Ich war doch nie in Surinam.« Sie stand auf und kauerte sich vor den Kamin, in dem das brennende Holz knackte und knisterte. »Da spielten nur meine Träume. Die Eltern meiner Mutter kamen von dort, aus Paramaribo, um genau zu sein. Meine Mutter ist schon hier geboren und ich auch. Wir wohnten in Hilversum. Mein Vater war Portugiese, Ruben Menardi, er hat Trekkingtouren durch das Himalaja-Gebiet veranstaltet. Kannst du dir das vorstellen? Irgendwann ist er nicht zurückgekehrt. Von ihm habe ich den Namen, von meiner Mutter die Hautfarbe und von meinem reichen Exmann Lionel diese Wohnung.«

»Wo hast du diesen reichen Lionel kennengelernt?«, fragte Van Leeuwen.

»An der Uni, während des Psychologiestudiums.« Sie wandte ihm den Kopf zu und lächelte, als wüsste sie um die ungewohnten Regungen in seinem neu entfalteten Herzen. »Er war schon reich, seine Eltern waren reich, er wurde so geboren. Er nahm alles leicht, was ich schwer nahm; das hat mich angezogen, ungeheuer sogar. Ich weiß gar nicht, ob ich ihn geliebt habe. Es war ganz anders als bei dir. Aber er wollte mich unbedingt heiraten, und mich hat irgendwie der Hafer gestochen. Ich habe gesagt, ich nehme seinen Antrag an, wenn ich meinen Doktor mit Auszeichnung mache. Ich dachte, das wird sowieso nicht passieren, aber es ist passiert, und ich habe Wort gehalten. Ich halte immer mein Wort.« Sie sah längst wieder in die Flammen. »Tja, leider hat es nicht geklappt. Wir haben auch nicht darum gekämpft. Ich glaube, für Lionel ist eine Ehe nur so was Ähnliches wie das Eisengeländer draußen an der Terrasse für die

Möwen, ein Rastplatz zwischen zwei Raubzügen in fischreichen Gewässern.«

Van Leeuwen sagte nichts. Er sah sie nur an, wie sie da kauerte, ganz Haut und Schatten. Er betrachtete ihren Rücken und die Schenkel und die Fersen der nackten Füße, über denen sich scharf die Sehnen abzeichneten. Dann dachte er: Ich muss bald wieder zum Friedhof hinausfahren und Sim sagen, was los ist; dass ich nicht mehr so oft kommen werde.

»Weißt du«, sagte Feline leise und sah wieder ins Feuer, »manchmal habe ich Angst, dir nicht zu genügen. Als könntest du mich plötzlich ansehen und sagen: *Aber an Sim kommt sie nicht ran.*«

Ein Scheit barst mit einem leisen Knall, und Funken stoben aus dem Kamin fast bis vor ihre Füße. Van Leeuwen wusste nicht, was er darauf antworten sollte. Vielleicht kommt es so, dachte er, aber er sagte es nicht, und er hoffte es auch nicht.

»*Ich* habe Angst, *dieser Wohnung* nicht zu genügen«, sagte er stattdessen. Er betrachtete die Zebrafellsessel, die wuchtige schwarze Ledercouch und die kleinen Chinalack-Tischchen mit den filigran bemalten Vasen darauf, natürlich Ming oder irgendeine ähnlich kostbare, unersetzliche Dynastie. Er betrachtete die Orientteppiche, Meisterwerke der Webkunst – das Muster ließ an einen fransigen Dschungel denken, in dem sich goldene, rote und braune Lianen umeinanderrankten –, die man nur ohne Schuhe betreten durfte, weil allein die Reinigung schon ein Vermögen kostete. Er betrachtete die schweren Vorhänge, halb vor die Fenster gezogen und bestickt mit Vögeln aller Art, die unbeweglich über diese Vorhänge flatterten wie aufgestoben und für immer erstarrt beim Anblick eines Tigers, auf dem ein kleines Mädchen ritt. Er betrachtete den Bösendorfer-Flügel, die Edelstahlrahmen der Fenster und der Bilder an den Wänden: Radierungen, Stiche und Öl, das meiste unbekannt, aber echt und gut, und hier und da ein kleiner Picasso, anscheinend auch echt, auf alle Fälle aber gut.

Er betrachtete schließlich den stark duftenden Gewürzstrauß auf der kleinen Theke, die Wohnraum und Küche als Übergang diente: keine Rosen, keine Lilien oder Orchideen, wie junge Liebende sie einander schenken, sondern etwas, das sich hielt, das man abstauben konnte und das nicht protestierend den Kopf hängen ließ, wenn es statt in einem Herzen nur in einer Vase landete. Der kleine Strauß stellte seinen Beitrag zu dieser innenarchitektonischen Schatzkammer dar, alles andere war durch Reiben an Lionels Wunderlampe hierhergezaubert worden.

»Wenn du willst, schmeiße ich alles raus, und wir schlafen auf Luftmatratzen und sitzen auf Orangenkisten«, sagte Feline.

Unbeabsichtigt zauberten ihre Worte aber ein anderes Bild vor Van Leeuwens inneres Auge: den Anblick der Wohnung in der Leidekkerstraat mit Blut an den Wänden und Erbrochenem auf dem Boden, mit hastig verlassenen Matratzen und einer Puppe, versteckt unter einer Decke. Er war so in dieses Bild versunken, dass er nicht antwortete.

Feline stand auf, ging nackt, nur mit dem Tuch um die Hüften wie eine surinamische Eingeborene, zu einem Tropenholzschrank und öffnete eine Schublade. Sie entnahm ihr ein in Geschenkpapier verpacktes Paket, schloss sie wieder und brachte es Van Leeuwen. »Für dich. Ich dachte, das macht es dir hier vielleicht etwas heimeliger.«

»Was ist das? Ein nachträgliches Weihnachtsgeschenk?«

»Mach es auf.«

Dem Gewicht nach zu urteilen, handelte es sich entweder um eine Betonplatte oder um ein *coffee table book*, und als er das Papier ungeduldig aufgerissen hatte, entpuppte es sich als die wahrscheinlichere Variante, einen Bildband: Goyas Zeichnungen – die *Caprichos*, die *Desastres*, die *Disparates* und die *Tauromaquia* –, auf prächtigem Papier nachgedruckt.

Van Leeuwen fehlten die Worte. Feline sprang für ihn ein: »Sieh es als kleine Reiseapotheke mit Mittelchen gegen alle Arten von Heimweh, vor allem nach deiner Bibliothek.«

»Goya ist mein Schutzheiliger.« Sein Herz wurde weit, aber das konnte er nicht zeigen, nicht so schnell. »Machst du eigentlich auch mal was richtig?«

»Wart's ab, die Nacht ist noch nicht zu Ende.«

Er blätterte in dem Band, ergötzte sich an dem Anblick geschändeter Frauen, gefolterter Ketzer und niedergemetzelter Soldaten ohne Arme und Beine. Von geifernden Inquisitoren wanderte sein Blick zu Tieren in Menschenkleidern und getöteten Stieren in der Arena. Plötzlich kam ihm ein Gedanke, der ihm die Brust zusammendrückte. Man lässt sie leben wie die Tiere, dachte er; es sind junge Frauen, aber sie dürfen nicht leben wie Menschen. Dann dachte er daran, wie der tätowierte Mann mit Rascha umgegangen war, an Tonjas Worte: *Er rieb sich nur an ihr, wie ein Schwein sich an einem Holzpfahl reibt, und sonst geschah nichts.* Aber das genügt, dachte er. Wenn jemand sich auf solche Weise bei einer Frau benahm, wenn er sie benutzte wie ein Schwein, dann nahm er ihr die Würde, die Seele; er sagte, du bist kein Mensch mehr, und das machte es leichter, sie zu töten. Einen Menschen musste man ermorden, ein Schwein konnte man schlachten.

Niemand wird in meiner Stadt geschlachtet wie ein Tier, dachte Van Leeuwen, *und niemand wird entführt, um woanders verbrannt auf einer Müllkippe zu landen*. Er seufzte tief und schwer.

»Was hast du?«, fragte Feline.

»Ich denke über die Menschen nach«, sagte er, »und darüber, was ich noch alles tun muss, um sie zu retten.«

»Diese Antwort hätte auch von Gott kommen können«, sagte Feline.

Van Leeuwen dachte, dass es an der Zeit war, Bescheidenheit zu zeigen. »Ich bin nur einer seiner Erzengel.«

Sie nahm ihm das Buch vom Schoß, ergriff seine Hand und zog ihn hinter sich her zur Schlafzimmertür. Sie ließ das Handtuch fallen, dann kroch sie unter die Bettdecke. Van Leeuwen legte sich zu ihr, und wenig später hörte er auf, an Rascha und den tätowierten Mann zu denken, er vergaß sogar die Schiffe. Er ließ sich Zeit, mehr Zeit als beim letzten Mal. Er besann sich auf das bisschen Wissen, das er noch von Frauen hatte, und probierte neue Wege aus, und am Ende, als sein hämmerndes Herz wieder regelmäßig schlug, als sein und ihr Atem noch schnell, aber nicht mehr laut war und sie nur noch das heruntergebrannte Kaminfeuer im Wohnzimmer hörten, flüsterte Feline: »Das war das Schönste, was seit Langem jemand mit mir gemacht hat.«

»Mir hat's auch gefallen«, sagte er.

»Wir müssen das mal wiederholen«, sagte sie.

Die Kerze auf dem Bücherregal neben dem Bett war fast heruntergebrannt. Van Leeuwen betrachtete die Flamme, die immer größer wurde, je weniger Wachs ihr zum Verbrennen blieb.

»Ja«, sagte er, »in einem Monat, wenn ich wieder bei Kräften bin.«

16

Es gab keine Vorwarnung, auch nicht durch den Namen auf dem Klingelschild. Als der Türsummer ertönte, betrat Brigadier Julika Tambur einen schlecht beleuchteten Flur und fuhr dann mit dem ächzenden Fahrstuhl in den zweiten Stock. Ihr Spiegelbild in der zerkratzten, mit Graffiti beschmierten Kabinenwand war unscharf: eine junge Frau in einer mit Metallnoppen besetzten Bomberjacke aus ramponiertem, schwarzem Leder, Jeans und Lederstiefeletten mit Eisendornen an den Fersen. Der Lift hielt, und noch immer gab es keine Vorwarnung.

Julika stieg aus, ging einen weiteren halbdunklen Flur entlang und erreichte eine angelehnte Tür ohne Namensschild. Ein Keil rötlichen Lichts fiel ins Treppenhaus. Sie öffnete die Tür ganz und trat in den kurzen, schmalen Gang dahinter. Sie roch brennendes Pot, sie hörte Kiffermusik, irgendwas mit Sitar und Tablas, und als sie weiterging, sah sie das große Wasserbett in der Mitte des Studios.

Vor dem mit schwarzer Seide bezogenen Bett stand ein barfüßiger Mann in Jeans und einem dunkelblauen Bademantel mit dem Rücken zu Julika. Er war groß und schlank, und das dunkle, von grauen Strähnen durchzogene Haar trug er zu einem Pferdeschwanz gebunden. Er war allein. »Mike Sluizer?«, fragte Julika.

Ohne sich umzudrehen, sagte der Mann: »Du musst gut sein, wenn du um diese Zeit noch hier antanzt. Bist du gut?«

Nein, dachte Julika – *gut ist etwas anderes.* »Das Beste, was Sie für Geld kriegen können«, antwortete sie und wusste wirklich nicht, warum sie gerade das gesagt hatte.

Jetzt drehte er sich doch um, einen Joint in der Hand, und musterte sie mit tief liegenden, rot geränderten Augen, die aussahen, als stünde sein Gehirn in Flammen. Seine Haut war fahl, die Augenbrauen wirkten wie aufgemalt und zogen sich fast bis zu den Schläfen hinunter. Wangen und Kinn verschwanden unter einem grauen Bart, und durch den vorn offen stehenden Bademantel konnte Julika sehen, dass er jetzt einen Bauch bekommen hatte, der den eng sitzenden violetten Seidenslip herunterdrückte. Trotzdem erkannte sie ihn sofort.

Sie vergaß zu atmen. Ihr Herz geriet aus dem Takt, einmal, zweimal, schlug schneller und fand sich dann wieder. Sein Name brannte ihr auf der Zunge, aber sie sagte ihn nicht. Auch drehte sie sich nicht um und stürzte aus der Wohnung, obwohl alles in ihr danach drängte. *Amsterdam ist nämlich eine Stadt, in der sich niemand über Dinge wundert*, hatte der Commissaris gesagt. *Amsterdam ist eine kleine Stadt; eine Stadt, in der nichts ist, was es scheint.*

»Zieh dich aus«, sagte der Fotograf und ging zu einem Tisch, auf dem zwei dünne weiße Linien Koks ausgelegt waren.

Er erkennt dich nicht, dachte Julika; er hat dich zerstört und dann vergessen. Also gut, tu so, als wäre er ein Zeuge wie alle anderen, vielleicht ein Verdächtiger, mehr nicht, nichts Persönliches. Aber sie spürte, wie ihr Herz wieder schneller schlug, und sie dachte: *Jetzt noch nicht; du hast einen Spielraum. Du darfst ihm nur keine Fragen stellen, ohne dich auszuweisen.* Sie sah sich langsam in dem großen, von einem Scheinwerfer mit einem roten Filter davor erhellten Raum um. Der Boden war aus schwarzem Linoleum, Buntpapier verhüllte die Fenster. Es gab mehrere Kamerastative, einen Metallkleiderständer auf Rädern, an dem sich jede Menge bunter Fummel drängelte, eine verspiegelte spanische Wand hinter dem Bett. Auf einem schwarz angemalten Holzkasten standen ein Videorekorder und ein Fernsehapparat, außerdem ein Stapel filzstiftbeschrifteter Kassetten. An den Wänden hingen vergrößerte Schwarz-

Weiß-Aufnahmen von nackten weiblichen Körperteilen, billige Dutzendware.

Langsam ging Julika in dem ansonsten kahlen Raum umher, während der Mann, der sich jetzt Mike Sluizer nannte, vor dem Tisch neben dem Wasserbett kniete und mit einem Papierröllchen das Kokain von der Glasplatte schnupfte. An einer Leine, die sich quer durch den Raum spannte, baumelten großformatige Farbfotos: Zelte in der Sonne, eine Wohnwagenkarawane in flacher Landschaft, Tiere, Clowns, Artisten am Trapez, bei Tag und bei Nacht, und immer wieder ein zartes Mädchen mit blonden Haaren und sehnsuchtsvollen Augen. So hast du auch mal ausgesehen, dachte Julika.

Der Fotograf erhob sich und kam auf sie zu, wobei er sich mit dem Zeigefinger den Rest Kokain aufs Zahnfleisch rieb. Er legte ihr die Hände auf die lederknirschenden Schultern und versuchte, sie zu küssen, aber sie drehte rasch den Kopf zur Seite. »Ja, ja, schon gut«, murmelte er gereizt. Er griff in die Tasche des Bademantels, förderte eine Handvoll zusammengeknüllter Scheine hervor und warf sie ihr vor die Füße. Dann fasste er sie mit der linken Hand am Nacken, und jedem anderen Mann hätte sie in diesem Moment den Arm gebrochen, aber ihm nicht, um der alten Zeiten willen. Er schob sie mit unsanftem Druck auf das Bett zu, das größer zu werden schien, während sie sich ihm näherten, ein runder, schwarzer Rachen, aufgerissen, um sie zu verschlingen. *Jetzt,* dachte sie, *sag ihm, wer du bist. Zeig ihm deinen Ausweis, nimm ihn in den Polizeigriff und press sein Gesicht in die wabbelnde schwarze Seide.*

Sie tat es nicht; sie hatte immer noch Spielraum. Er drückte sie nieder, auf das Seidenlaken, unter dem sich gluckernd das Wasser bewegte. Schnell atmend sank er neben sie. Sie spürte seine Hände, die sich an ihrem Gürtel zu schaffen machten, und wusste, dass sie zitterte. Sie sah, wie ihn ihr Zittern erregte, weil er es für Scham hielt, vielleicht für Angst, dabei war es die Erinnerung, die sie zittern ließ, die Erinnerung an das Mädchen, das sie einmal gewesen war und nun nicht mehr sein konnte, seinetwegen. »Küss mich«, sagte er, und als sie nicht gehorchte, versuchte er, ihren Kopf an seinen Slip zu drücken.

Sie schüttelte seine Hand ab. *Genug*, dachte sie, *das reicht*. Er lachte und beugte sich mit breiten, inzwischen nackten Schultern über sie. Das Wasser unter ihnen trieb auseinander und floss wieder zusammen, sie schienen zu schwebten. Er näherte sich ihrem Mund mit weit offenen Lippen. Als sie ihn wegschob, merkte sie, dass er feucht unter den Achseln war. Sie dachte: Er ist ja wie ein Junge, er will dir etwas beweisen, wie stark er noch ist, wie leidenschaftlich und was er alles weiß, und so war er früher nicht. Sie biss ihn in die Unterlippe, und er zuckte zurück. *Dafür kannst du vor den Disziplinarausschuss kommen*, dachte sie, jäh ernüchtert; *du hast es versaut.*

»Sachte, sachte«, sagte der Fotograf. »Du bist wohl nicht sehr erfahren, oder? Du küsst wie ein Schulmädchen. Weißt du nicht, dass man an einem einzigen Kuss die ganze Lebensgeschichte eines Menschen ablesen kann?«

»Ist das so, Rupert?«, fragte sie ruhig.

Seine Erregung fiel in sich zusammen, ließ nur einen feuchten Fleck in seinem Slip zurück. »Wer bist du?«, fragte er misstrauisch und erhob sich hastig. Der Bademantel klebte an seinem Rücken.

»Du kennst mich wirklich nicht mehr, oder, Rupert?« Sie richtete sich auf, stützte sich mit einer Hand auf dem schwankenden Untergrund ab. »Liegt es daran, dass du auf einmal kein Engländer mehr bist? Und auch kein Maler mit Farbspuren an den Händen?«

Der Mann, der einmal Rupert, der Maler, gewesen war, wich vor ihr zurück. Der Bademantel fiel hinter ihm zu Boden, als wäre er eine Schlange, die sich gerade gehäutet hatte. Unterwegs griff er nach seiner Jeans, die vor dem Fernseher auf dem Boden lag.

»Wir haben ein halbes Jahr zusammengelebt«, fuhr sie fort. »Erinnerst du dich nicht mehr? Die kleine Stromerin, Julika aus der Vorstadt?«

Mit der Jeans in der Hand verharrte er in der Mitte des Studios und sah sie so überrumpelt und traurig an wie ein Löwe, dem man einen Narkoseschuss verpasst hatte. Sein Pferdeschwanz hatte sich halb aufgelöst, ein weiteres Indiz nachlassender Majestät. »Das war«, er schüttelte den Kopf, »das war nicht fair.«

Sie stand auf, jetzt ganz ruhig; das Zittern hatte aufgehört. »Aber du warst immer fair«, entgegnete sie fast heiter, »fair und anständig. Nur so bringt man es zu etwas im Leben. Zu all dem … *Glanz.*« Mit einem Kopfnicken umfasste sie das schäbige Studio vom Boden bis zur Decke. »Zu so einem Erfolg als *Künstler.*«

»Es kommt nicht immer alles so, wie man es sich wünscht«, sagte er, fuhr in die Jeans und zog den Bauch ein, um sie zuknöpfen zu können. »Das ist ja auch schon eine Ewigkeit her.« Seine Stimme bekam einen bissigen, rachsüchtigen Ton. »Und du? Du wirkst auch nicht gerade so, als hättest du den großen rosa Teddy ganz oben im Regal geschossen.«

»Nein«, gab Julika zu.

Das erregte Schimmern kehrte in seine Augen zurück. »Ich wollte dich immer anrufen«, sagte er, »aber ich hatte keine Telefonnummer von dir. Wie wär's, wenn wir noch mal von vorn anfangen?« Er legte einen Arm vor den über die Jeans quellenden Bauch, als wollte er ihn zurückdrücken in seine frühere, flache Form. »Hast du es schon mal bereut, wenn eine Beziehung zu Ende gegangen ist? Oder bedauert? Ich meine, wirklich bedauert, aus tiefstem Herzen?«

»Nicht oft«, sagte sie und griff in die Tasche, um ihren Ausweis eines Brigadiers der Polizei von Amsterdam hervorzuholen. »Ich hatte nach dir nicht viele Beziehungen, weißt du. Wenn etwas zu Ende ist, ist es zu Ende.« Sie hörte ihre eigenen Worte, und ihre Heiterkeit verschwand zusammen mit dem Gefühl des Triumphes, das sie kurze Zeit erfüllt hatte.

»Und bei uns?«, drängte Rupert. »Hast du es bedauert, dass unsere Beziehung zu Ende gegangen ist?«

»Bei unserer Beziehung habe ich nur bedauert, dass sie überhaupt begonnen hat«, sagte sie, die Hand noch immer in der Tasche, bei dem Ausweis. »Ich war nicht sehr klug damals, und du warst so schön, ein wirklich schöner Mann. Mit etwas Retusche hier und da wärst du das vielleicht immer noch …«

»Du redest nur von meiner Schönheit«, fiel er ihr ins Wort und spreizte seine Verletztheit wie ein Pfau das Gefieder, »dabei habe ich auch eine Seele!«

»Aber die ist nicht der Rede wert.«

Jetzt trat er auf sie zu, eingehüllt in eine Wolke süßlichen Schweißes, und wollte sie in seine Arme ziehen. »Wir könnten doch versuchen …«

»Nein.« Sie zog den Ausweis aus der Tasche und hielt ihn Rupert vors Gesicht. »Polizei. Du solltest dich jetzt anziehen, damit du mich aufs Präsidium begleiten kannst. Wir haben ein paar Fragen an dich im Zusammenhang mit dem Verschwinden von Rascha Frankenhuis.«

Er starrte auf den Ausweis mit ihrem Foto, und sie sah, wie ihn der letzte Halt verließ. Er verfiel vor ihren Augen, brach mit den Beinen zuerst ein, aber sie blieb ungerührt. Vielleicht hätte es ihr mit einer übermenschlichen Anstrengung gelingen können zu vergessen, wie er ihr mitgespielt hatte. Nur dass dann da immer noch Rascha und wahrscheinlich ein paar Dutzend anderer Mädchen gewesen wären. Außerdem wusste sie inzwischen, dass die Möglichkeit übermenschlicher Anstrengungen nicht existierte. Es gab nur menschliche, und die reichten nicht.

Endlich fing der Fotograf sich wieder. Er schüttelte traurig den Kopf, als handelte sich alles um ein naheliegendes Missverständnis. »Ich kenne keine Rascha Frankenhuis«, sagte er und schlenderte zu einem Stuhl, auf dem ein Hemd und ein Pullover lagen, die er nacheinander anzog. »Nie gehört, den Namen.«

Julika steckte den Ausweis wieder ein, ging zu der quer durch den Raum gespannten Leine und zupfte zwei Bilder herunter. »Das ist merkwürdig«, sagte sie, »immerhin hast du sie fotografiert. Hier, das ist sie.« Sie hielt erst das eine Bild hoch, dann das andere, das Tom auf seinem Motorrad im Todeskessel zeigte. »Und das ist ihr Freund, Tom Ropers, den du auch kennen müsstest, weil er hier nach ihr gesucht hat.«

»Ach die, das Zirkusmädchen«, sagte Rupert. »Keine Ahnung, was aus der geworden ist. Ich hab ein paar Bilder von ihr gemacht, aber das war's dann auch. Sie ist verschwunden?«

»Hat sie nicht bei dir gewohnt?«

»Vielleicht hat sie mal hier übernachtet, mehr nicht. Nicht so, wie das bei uns …«

»Was sind das für Kassetten?« Julika ging zu der Kiste mit dem Videorekorder darauf. Sie nahm eine in die Hand und las die Beschriftung. *»Jessica?«* Sie nahm eine weitere, auf der *Carla* stand, und eine dritte: *»Sandy?«*

»Ach, das? Das sind Casting-Bänder«, antwortete Rupert ausweichend. »Bevor ich sie fotografiere, lasse ich die Mädchen manchmal ein bisschen was von sich erzählen, damit sie etwas lockerer werden, und dabei filme ich sie mit einer Videokamera. Sie können sich dann selbst sehen und an ihren Bewegungen arbeiten, die Posen einstudieren und so was.«

»Gibt es so ein Band auch von Rascha?«

»Ja.« Überraschend eilfertig ging er zu dem Stapel Kassetten, zog eine heraus und schob sie in den Rekorder. Er schaltete auch den Fernseher ein, auf dessen Bildschirm es einige Sekunden Schwarz zu sehen gab, ehe dasselbe Mädchen wie auf den Fotos vor dem Hintergrund des Wasserbetts in die Kamera sprach. Rascha trug die Haare etwas länger, und ihre Lippen waren jetzt geschminkt. Aber weil die Farben der Aufnahme bei der roten Beleuchtung kaum zu erkennen waren, wirkte es nicht aufdringlich, und der Klarheit ihrer Züge, dem Glanz ihrer Augen konnte nichts etwas anhaben, weder die Bandqualität noch der Hintergrund.

»Hey, ich bin Rascha«, sagte sie. »Ich bin zum ersten Mal hier, also in Amsterdam, meine ich, und … *Kann ich sagen, was ich will? Ja?* Also, ich bin hier, weil ich in jemand verliebt war – eigentlich bin ich's ja noch. Na ja, eine ganze Weile wusste ich überhaupt nicht, was das eigentlich ist – Liebe. Ich dachte schon, vielleicht gibt es sie gar nicht. Oder jedenfalls nicht so, wie ich sie mir vorstelle. Vielleicht gibt es sie nur im Kino oder ist 'ne Erfindung von den Schlagerfuzzis. Und alles andere ist bloß so was wie nach Mitternacht im Fernsehen, wenn die ganzen nackten Frauen mit den bunten Telefonnummern daliegen und rumkeuchen, *Rufanrufanrufan!* Vielleicht ist das Liebe, und vielleicht brauche ich das echt nicht.«

Sie hielt inne und runzelte die Stirn, als überlegte sie, was sie da gerade gesagt hatte oder was sie als Nächstes sagen wollte. Sie strich sich eine Haarsträhne hinters linke Ohr, die gleich wieder nach vorn fiel, weil sie nicht lang genug war. »Na ja, ich bin nicht besonders gut in so was – im Reden oder Erzählen, wirklich nicht, und eigentlich bin ich ja auch hier, um Karriere zu machen, als Model oder vielleicht im Fernsehen. Aber manchmal denke ich eben über Liebe nach, und dann denke ich an Tom. Nämlich, als ich Tom zum ersten Mal gesehen habe, ist mir klar geworden, dass es sie wirklich gibt, auch für mich, und dass er der Typ war, mit dem ich sie erleben wollte. Keine Ahnung, wieso ich das wusste – es war einfach da, so 'n Gefühl, wie ein Streichholz, das mitten in der Brust angerissen wird, und plötzlich ist es ganz hell da drin.«

»Soll ich ausmachen?«, fragte Rupert.

»Nein, lass an«, sagte Julika. Sie sah das Mädchen auf dem Bildschirm und dachte: War ich damals auch so? So jung, so naiv, so kindlich? Raschas Gesicht war wie eine offene Blüte, mit einem schwarzen Docht ganz hinten im Kelch: einer Traurigkeit, einer Angst, die sie zu verbergen suchte, die sie auf keinen Fall zeigen wollte, aber trotzdem war sie da, und man konnte sie sehen. *Ich* kann sie sehen, dachte Julika, weil ich sie kenne.

»Bloß, dass er mich nicht wollte«, wieder die Haarsträhne, »jedenfalls nicht so wie ich ihn, Tom, meine ich. Ich dachte, vielleicht muss er sich erst an mich gewöhnen, und wenn ich einfach in seiner Nähe bleibe, dann passiert es doch noch irgendwann. Also bin ich ihm einfach immer nachgefahren, ihm und den anderen vom Zirkus, bis sie mich gar nicht mehr bemerkten, und ich kann nur sagen, mit einem Zirkus unterwegs zu sein, das ist wirklich super. Es ist wie eine Familie, eine echte Familie! Einmal, das weiß ich noch genau, einmal saß ich in der ersten warmen Aprilnacht draußen auf der Treppe vor Toms Wohnwagen, und als ich zum Himmel hochschaute, hatte ich plötzlich das Gefühl, man könnte seine Daumen hineindrücken und ihn auseinanderziehen wie eine Orangenschale, ihn einfach vom Sternengewölbe schälen, und dahinter würde das Paradies zum Vorschein kommen, von dem mein Vater immer in seinen Predigten sprach. *Soll ich noch weiterreden? Solange ich will?*«

Rascha lachte kurz und atemlos. *»Dafür reicht das Band aber nicht.«* Noch mal die Haarsträhne. »Gut, also – Tom: Ich wusste sofort, dass er nicht zu denen gehörte, die nachts vor dem Fernseher sitzen und die Frauen mit den bunten Telefonnummern anrufen, so wie er da auf seinem Motorrad an der Steilwand im Kreis herumjagte, ganz oben an der roten Linie und nur ein paar Zentimeter von den Zuschauern entfernt. Obwohl er sich dicht an die Lenkstange schmiegte und so schnell fuhr, konnte ich sehen, wie toll er aussah, und auf seinem nackten Oberkörper unter der offenen Lederjacke gab es nicht eine Spur von Schweiß. Seine Haare flogen wie die Mähne eines Pferdes, und seine Augen waren ganz schmal, graugrüne Schlitze wie bei einem Mongolen. *Kann ich ein Glas Wasser haben? Mein Mund ist ganz trocken vom vielen Reden. Danke.* Also, um es kurz zu machen – das war der, nach dem ich immer gesucht hatte, und jetzt wusste ich, dass ich nicht weiter zu suchen brauchte und dass ich es nie wieder versuchen würde, wenn es mit ihm nicht klappte.«

»Kannst jetzt ausmachen«, sagte Julika. Sie merkte, dass sie angefangen hatte, an Tom zu denken, und dass es ihr mit ihm genauso ergangen war, nur dass sie nicht mehr an Liebe glaubte, nicht mehr an die Art, die Rascha suchte. Aber das änderte nichts daran, dass es ihre Aufgabe war, Mädchen wie Rascha und Jungen wie Tom zu beschützen. Herr im Himmel, was sollte man sonst mit einem Mann machen, der einem Mädchen nachreist, es sucht und sich verprügeln lässt, obwohl er nicht mal weiß, ob er es liebt; einfach nur so, weil er sich um sie sorgt?

Julika sah sich um, entdeckte einen Lichtschalter und knipste die Deckenbeleuchtung an. Der rote Scheinwerfer verblasste, und die Leuchtstoffröhren an der Decke bemalten den Raum bis in den letzten Winkel mit einer Patina aus ernüchternder Schäbigkeit. In dem grellen Licht bildeten die Fotos an der Leine eine Kette bunter Kleckse, die, aus der Nähe betrachtet, einen unwiderstehlichen Sog ausübten. Sie schritt sie ab, als nähme sie eine Truppeninspektion vor, und alles, was sie sah, kam ihr lebendig und echt vor: Rascha in verschiedenen Outfits, in abwechselnden Posen, verspielt, scheu, kriegerisch, zornig; man sah, dass es Posen waren, aber trotzdem schien der Mensch dahinter zu atmen, zu leben, zu leuchten.

Früher hätte Julika sich gefragt, wie ein Mädchen, das eigentlich einen Mann wie Tom wollte, dann doch bei jemandem wie Mike landen konnte. Inzwischen wusste sie, dass Verderbtheit eine starke Anziehungskraft hatte, gerade auf die Unschuldigen. Und an Mikes Verdorbenheit bestand nicht der geringste Zweifel; er trug sie auf der Haut wie Ruß, als wäre er durch ein Feuer gegangen, das allen Anstand aus ihm herausgebrannt hatte.

»Du machst doch gar keine Modeaufnahmen«, sagte sie. »Du fotografierst Softpornos. Warum hast du diese Bilder überhaupt aufgenommen? Weißt du, die sind wirklich gut. Du hast Talent, ich meine, soweit ich das beurteilen kann.«

Rupert schaltete den Fernseher aus und nahm die Kassette aus dem Rekorder. Er ächzte wie jemand, der eine schwere Last zu tragen hat. »Ich bin eines Morgens einfach losgefahren«, sagte er. »Ich weiß nicht mehr, warum. Ich wollte bloß weg von … von dem ganzen Dreck hier. Ich dachte, ich muss es wenigstens einmal versuchen, was Richtiges zu machen, herausfinden, ob ich noch was anderes kann. Ob ich überhaupt was kann.« Er lachte verlegen. »Die letzte Chance, weißt du, oder die vorletzte, die, die man sich schuldet, solange man noch ein bisschen Selbstachtung hat, das unerlässliche winzige Quäntchen …«

»Wenn das stimmt – warum hast du dann nicht deine Fotos gemacht und bist wieder verschwunden?«, fragte Julika. »Warum bist du noch einmal zurückgegangen? Warum hast du Rascha überredet, mit dir nach Amsterdam zu kommen?«

»Das hatte ich anfangs ja gar nicht vor«, sagte Rupert. »Aber als ich sie sah, als ich die Fotos sah, wusste ich, *sie* war die wirkliche zweite Chance. Sie war so einfach, so schön, weil sie auch etwas verloren hatte. Sie hatte ein verletztes Herz, genau wie ich. Ich dachte, mit ihr kann ich – bitte, lach nicht –, mit ihr kann ich wieder zu mir finden. Ich wollte mich ganz in ihre Hand geben.«

»Indem du Pornofotos von ihr machst?«, fragte Julika. »Indem du zu ihr sagst, *mach die Beine ein bisschen weiter auseinander und drück den Rücken durch, damit deine Titten besser wirken? Dreh dich um, ich will deinen süßen Arsch sehen!* Wo wolltest du mit ihr zu dir finden, auf dem Wasserbett da?«

Ruperts Gesicht nahm wieder den verletzten Ausdruck an, der so schlecht saß wie eine Latexmaske. »Ich habe sie bei mir wohnen lassen und mit Leuten zusammengebracht, sie in teure Restaurants eingeladen, und sie haut einfach so ab, peng!, weg! Ohne Grund, ohne sich zu verabschieden. Hier«, er wühlte in einem Berg Fotos und holte eines heraus, das er vor Julikas Gesicht schüttelte, bis sie sein Handgelenk festhielt und ihm das Foto wegnahm, »das sind wir im Club, dem angesagtesten Laden der Stadt! Die links, das ist Rascha. Sieht die aus wie eine, der's nicht gut geht, hm? Sieht sie aus, als hätte sie Angst vor mir?«

Das Foto zeigte zwei junge Frauen, die nebeneinander auf einer Schalencouch mit roter Kunststoffpolsterung saßen, rechts und links eingerahmt von Sluizer und Braak. Alle hatten sich fein gemacht, alle lachten und hatten rot glühende Augen von dem Blitzlicht der Kamera, das in den Spiegeln an der Wand hinter der Couch reflektiert wurde. Auf dem Foto sahen die beiden Frauen aus, als wären sie Zwillingsschwestern, die eine blond, die andere brünett, und die Brünette musste Tonja sein. Tonja hatte grüne Augen, das Haar war rotbraun, und ihr Gesicht war vom Alkohol gerötet. Obwohl sie lachte, wirkte ihr Mund kühl, und der dunkelrote Lippenstift ließ ihn aussehen wie eine Kirsche, die man ganz leicht zerbeißen konnte. Eine bittere Kirsche, dachte Julika, die nur süß aussah, nur für das Foto.

»Kann ich das haben?«, fragte sie. Sie tippte mit dem Daumennagel auf den Mann rechts von Tonja. »Der da, der dem Mädchen das Ohr leckt, ist Léon Braak«, sagte sie und tat damit, was der Commissaris ihr verboten hatte. »Erzähl mir etwas über Braak, darüber, wo er seine Mädchen herkriegt. Aus Mailand? Und vorher, wo sind sie da hergekommen? Aus dem Osten, der Ukraine, Mazedonien, Lettland, woher?«

»Du bist also jetzt Polizistin.« Plötzlich schien Ruperts Stimme zu brechen, und daran konnte sie sich erinnern, und sie wusste jetzt, dass er log, dass alles, was er gesagt hatte, eine Lüge gewesen war. »Ich brauche dich«, sagte er mit der vertraut brechenden Stimme. »Du bist meine letzte Hoffnung.«

»Ich glaube nicht, dass irgendein Mensch die letzte Hoffnung eines anderen sein kann«, sagte Julika und dachte: *Diesen Mann hast du einmal mehr geliebt als dein Leben.*

»Dann geh zum Teufel!«, zischte Mike, der Fotograf, schlug ihr mit der Faust ins Gesicht und rannte an ihr vorbei zur Tür und hinaus in den Gang.

17

Hoofdinspecteur Ton Gallo schob den Vorhang am Eingang des Pink Palazzo beiseite und betrat einen dunklen Raum, dunkler als dunkel und erfüllt von Disco-Musik, *Yes sir I can boogie*, zu der niemand tanzte. In der Mitte des Raums stand ein rot angestrahltes Bett mit rosa Laken wie ein parfümierter Scheiterhaufen in Form einer weit klaffenden Satinvulva. Aber niemand lag auf dem Bett, und niemand saß an den runden Tischen rings um das Bett.

Gallo ging zu der mit weiß bestäubten Tannenzapfen und Weihnachtssternen geschmückten Theke, wo der Barkeeper Gläser polierte, die schon glänzend aus dem Geschirrspüler gekommen waren. »Tag«, sagte er. Der Barkeeper nickte. Gallo zeigte seinen Ausweis. »Ich suche Léon Braak.«

»Möchten Sie etwas trinken?«, fragte der Barkeeper.

»Einen Kaffee«, sagte Gallo.

Der Barkeeper hängte das Glas, das er gerade poliert hatte, in eine Holzschiene über seinem Kopf und ging zu einer Kaffeemaschine ganz am Ende des Tresens, wo zwei junge Japaner mit Sonnenbrillen im dunkelsten Dunkel saßen und Rum-Cola tranken. *Haben wir eigentlich Tag oder Nacht?*, fragte Gallo sie in Gedanken. Am anderen Ende der langen Theke thronte ein amerikanischer Tourist auf einem Hocker, dessen Sitzfläche unter dem karierten Stoff seiner überhängenden Hose verschwand. Sein Toupet war verrutscht, sein Gesicht gerötet und sein Grinsen schief und starr, als wäre sein Mund nach einem Schlaganfall so geblieben. Neben ihm saß eine Blondine in Netzstrümpfen, das Korsett vorn halb aufgeschnürt, und tätschelte mit der linken Hand seinen Oberschenkel, während sie mit der rechten den Rest Sekt aus einer Piccoloflasche in die Blumenerde einer Topfpalme schüttete.

»Ich hab Durst, Joe«, gurrte sie. *»I'm thirsty.* Jenny braucht ein Schwesterchen. *Little Sister.*« Ihre blasse linke Brust lag bloß und hob und senkte sich nur wenige Zentimeter vor Joes Gesicht, damit sein Gaumen schön trocken blieb. Vor ihnen standen vier große Flaschen Hausmarke und eine kleine, und alle waren leer. »Welche is' denn Jenny?«, fragte der Amerikaner.

Mit mitleidlosen Augen sah Gallo zu, wie die Gans ausgenommen wurde.

»Aber Joe«, tadelte die Blondine vorwurfsvoll, »die da natürlich!« Sie deutete auf die kleinste, die Piccoloflasche, während die Hand auf seinem Oberschenkel in seinen Schoß wanderte und den karierten Stoff massierte.

»Warum braucht Jenny denn ein Schwesserchen?«

»Weil sie sonst ganz allein auf der Welt ist, Joe! Hast du denn keine Geschwister? *No brother, no sister?*«

»Oh yes, wait.« Joe holte seine Brieftasche aus einem mit Reißverschlüssen und Knöpfen gesicherten Geheimfach an der Innenseite seiner gefütterten Windjacke, klappte sie auf und fand ein verblasstes Familienfoto, ein Dutzend Joes und Jennys in den verschiedensten Größen, aufgereiht in einem Garten voll blühendem Flieder.

»Siehst du«, sagte die Blondine, ohne einen Blick auf das Foto zu werfen; stattdessen nickte sie dem Barkeeper zu, der gerade eine Tasse Kaffee vor Gallo abstellte. »Sie sollen doch eine richtige Familie sein, oder? Grandpa, Granny, Papa Joe und Mama Joe, Jennylein und Jimmylein …«

»Nich Jimmy«, protestierte Joe.

»Léon Braak«, sagte Gallo zu dem Barkeeper. »Wann hast du ihn zuletzt gesehen? War er heute Nacht da?«

Der Barkeeper schüttelte den Kopf.

»Wem gehört der Laden eigentlich?«, fragte Gallo und betrachtete seinen Kaffee, ohne ihn zu trinken.

Der Barkeeper fing an, das nächste Glas zu polieren.

»Ich habe nämlich den Eindruck, als würde hier Geld gewaschen«, sagte Gallo, »Geld aus Drogengeschäften, von Dealern, Schmugglern und Mädchenhändlern …«

»Niemand hat Braak seit seiner Festnahme gestern gesehen«, sagte der Barkeeper und hielt das Glas gegen das schwache gelbliche Licht über dem Tresen. »Er ist abgetaucht, keiner weiß, wohin. Es gibt nicht mal ein Luftbläschen oder ein zitterndes Schilfrohr irgendwo am Ufer.«

Die Musik wechselte, eine Orgel, ein ätherisches Stöhnen, *Je t'aime moi non plus*. Natürlich, dachte Gallo, was sonst? Er sah zu der im Scheinwerferlicht brennenden Satinvulva hinüber, auf deren Matratze sich nun ein herrliches rothaariges Geschöpf mit einem süßen Hintern unter dem knappsten aller knappen Lederröcke setzte, scheu lächelnd, die Augen niedergeschlagen, der Rocksaum dagegen hoch, um die blinkenden Strumpfhalter aufzuknipsen und erst den einen Nylon hinunterzurollen, dann den anderen. Das Geschöpf ließ die Strümpfe zu Boden gleiten, streckte sich und streifte mit gekreuzten Armen sein eng sitzendes Top über den Kopf, wodurch zwei erst flache, gleich darauf jedoch voll und rund wirkende BH-Körbchen Größe C sichtbar wurden.

Das Top fiel zu den Strümpfen. Das Geschöpf griff hinter sich, stand auf, und der knappste aller Lederröcke fiel zu den Strümpfen und dem Top und enthüllte ein mit rosa Punkten betupftes Höschen aus Satin, schwarz wie die Strümpfe, der Rock, das Top, der BH, schwarz wie Rabenschwingen. Nun ließ das Geschöpf sich auf die Seidenlaken gleiten, wand und wölbte sich, weg mit dem BH Körbchengröße C, weg mit dem rosa gepunkteten Höschen, und ein Daumen in den Mund, den anderen zwischen die Beine, ganz Lust und Hingabe.

Aus den Augenwinkeln nahm Hoofdinspecteur Gallo im dunkelsten Dunkel eine Bewegung an der Ecke des Tresens wahr. Dort, noch hinter den beiden Japanern mit den Sonnenbrillen, in deren Gläsern sich das pinkfarbene Bett spiegelte, erschien ein weiteres langbeiniges Geschöpf in einem eng anliegenden, geschlitzten Kleid aus flaschengrünem Atlas. Bei jedem Schritt blitzte unten das nackte

Fleisch der Beine aus den geheimnisvollen Schatten des Kleides, das sich oben über den harten Brustwarzen spannte. Die langen Beine trugen das Geschöpf langsam auf Gallo zu. »Hallo, ich bin Mareike, spendierst du mir etwas zu trinken?« Von Nahem waren Mareikes Augen blau, die Lippen zart, die Nasenflügel nervös.

»Gib ihr etwas zu trinken«, sagte Gallo zu dem Barkeeper. »Auf Kosten des Hauses.«

Das Mädchen in dem flaschengrünen Kleid legte seine Hand auf Gallos Hand und warf dem Barkeeper einen Blick zu, der mit einem angedeuteten Kopfschütteln quittiert wurde.

»Nicht anfassen«, sagte Gallo leise. »Bitte.«

Das Mädchen zog seine Hand zurück.

»Danke«, sagte Gallo und sah wieder zu dem Bett in der Mitte des Raums hinüber. Ein maskierter Ledermann hatte seinen Weg aus den Kulissen an den Rand der verlangenden, pinkfarbenen Vulva gefunden. Die Frau auf dem Bett erhob sich auf die Knie und öffnete die schwarze Lederhose des vor ihr stehenden Mannes. Dann langte sie mit ihrer Hand hinein, aber was sie daraus hervorholte, wollte Gallo nicht mehr sehen, genauso wenig wie das, was sie anschließend damit anstellte. Er fragte sich, warum ihn der Anblick nicht erregte, warum er keine Lust verspürte. Wahrscheinlich lag es daran, dass er zu viele nackte Körper gesehen hatte, in den verschiedensten Stellungen, fast alle schmutzig oder verstümmelt. Doch selbst die unversehrten, die sauberen hatten ihm den Magen umgedreht; vielleicht lag es an dem vielen Blut oder daran, dass sie tot gewesen waren.

Mitten in die Orgelmusik und das Stöhnen hinein rief der Amerikaner an der Bar plötzlich: *»No«*, ein empörter Aufschrei, *»no, I don't pay for that!«* Er versuchte, die Blondine und den Barkeeper gleichzeitig wegzustoßen; offenbar hatte er beschlossen, den Unterhalt für seine neue Familie zu kürzen. Vor ihm lagen die Rechnung für sechs Flaschen Sekt und seine Brieftasche, und er hatte angefangen, seine Traveller Checks zu zerreißen, bevor er sie unterschreiben konnte. Der Barkeeper, die Blondine, Mareike und noch ein aus dem Nichts aufgetauchter zweiter Kellner waren nötig, um ihn zu bändigen.

Joe, Joe, dachte Gallo, auch jetzt weiter mitleidlos, *wie willst du mit solchen Schulden erhobenen Hauptes durchs Leben gehen?*

Er trank den Kaffee, der lauwarm war, und ging zum Ausgang, und siehe, es war Abend, wie er feststellte, als er den *Pink Palazzo* verließ. Noch im rot leuchtenden Foyer fischte er sein Handy aus der Jackentasche, um den Commissaris anzurufen.

Als Gallo anrief, war Van Leeuwen längst auf dem Amstelveenseweg stadtauswärts unterwegs, in dem braunen Alfa seiner Frau, den er immer noch nicht verkauft hatte. Das Handy lag neben ihm auf dem Beifahrersitz. Er hatte keine Freisprecheinrichtung, nicht mal einen Knopf im Ohr und einen baumelnden Draht mit Mikro, also meldete er sich vorschriftswidrig mit dem Telefon in der Hand.

»Braak ist nirgendwo zu finden«, sagte Gallo, »nicht in seinen verschiedenen Wohnungen, nicht bei einem seiner Mädchen und in keinem der Clubs, in denen er immer verkehrt. Niemand weiß, wo er sich versteckt, obwohl jeder weiß, wer er ist.«

Van Leeuwen war nicht überrascht; alle Streifen berichteten das Gleiche. »Und Brigadier Tambur hat Mike Sluizer laufen lassen«, sagte er. »Ich bin gerade auf dem Weg zu Möbel Bouwman. Wir treffen uns später im Büro.«

»Was willst du denn in dem Möbelladen?«

»Ich werde den Strom etwas schneller fließen lassen, damit der Lachs springen muss«, antwortete der Commissaris.

»Ach ja«, sagte Gallo.

Und ich werde der Bär sein, der an den Stromschnellen wartet und den Lachs im Flug fängt, ergänzte der Commissaris in Gedanken. *Es war meine Schuld, dachte er. Ich hätte Brigadier Tambur nicht allein zu Sluizer gehen lassen dürfen. Aber ich konnte nicht wissen, dass der Fotograf ausgerechnet ihre erste große Liebe war und dass sie deswegen alles vergisst, was sie je als Polizistin gelernt hat. Vielleicht habe ich mich in ihrer Beurteilung geirrt und muss das mit den falschen Männern erwähnen. Manche Dinge kann sie gut und auch allein, aber lasst bloß keine Männer in ihre Nähe; jeder könnte der Falsche sein.*

Er bog vom Amstelveenseweg ab und ließ den Kanal und die

Eisenbahngleise hinter sich, und dann fuhr er in Richtung Universitätsklinik und daran vorbei und weiter, bis er nach einiger Zeit an einer Ansammlung von BP-, Shell- und Texaco-Tankstellen vorbeikam, gefolgt von den unvermeidlichen Baumärkten, Kühlhäusern und internationalen Speditionen mit den an Laderampen wartenden Sattelschleppern und Lastwagen. Graue niedrige Lagerhallen ohne Fenster grenzten an eingezäunte Containerhöfe und Factory Outlets, dazwischen ragte hier und da ein kleiner Berg schmutzigen Schnees auf. Die Mauern und Bretterzäune längs der Straße waren kreuz und quer mit Konzertplakaten und Parteienwerbung beklebt. Bunte arabische Kritzeleien riefen Van Leeuwen unverständliche Botschaften zu wie ein stummer Muezzin.

Im Winter änderte sich das Licht rasch, wenn die Sonne hinter den Dächern verschwand. Tief hängende Wolken trieben über den verblassenden Himmel und filterten noch etwas Violett aus den letzten Strahlen, während zwischen den Häusern kurz ein kupferner Horizont aufleuchtete. Die Schatten wurden erst blau, dann grau wie Eisen, und mit dem Licht veränderten sich auch die Straßen und Plätze, und das Wasser der Grachten sah vollkommen anders aus als am Morgen oder Mittag.

Möbel Bouwman war ein flaches, gelb gestrichenes Gebäude mit großen Schaufenstern und einer träge im schwachen Wind hin und her schlagenden rot-gelben Werbefahne an der Einfahrt zum Kundenparkplatz. Hinter dem Gebäude reckten einige kahle Bäume ihre Äste in den zu früh dunkelnden Himmel.

Der Commissaris lenkte den Alfa auf den fast leeren Parkplatz. Rollsplitt spritzte unter den Reifen auf und schepperte gegen den Karosserieboden. Am Ende des Platzes stand ein dunkelroter Mercedes-Lieferwagen, auf dessen Seiten die gelbe Aufschrift *Möbel Bouwman* fast gänzlich unter einer lehmigen Kruste getrockneten Schneewassers verschwand. *Wir reisen in Lieferwagen ohne Fenster, steigen ein in Mailand, pinkeln in Flaschen und steigen aus in Amsterdam.* Van Leeuwen stellte den Alfa neben dem Lieferwagen ab und ging über den Parkplatz zu dem zivilen Polizeifahrzeug, das in der Nähe des Liefereingangs von Möbel Bouwman geparkt war. Er spähte durch die beschlagenen Scheiben; der Wagen war leer. Er schob die Hände in die Manteltaschen und marschierte zum Haupteingang.

Automatische Glastüren öffneten sich, ließen ihn eintreten und schlossen sich wieder hinter ihm. Auf einem Schild hinter den Türen stand: *Morgen nur bis 14:00 geöffnet wegen Silvester.* Ein Geruch nach Teppichschaum, Möbelpolitur und Leder hüllte Van Leeuwen ein. Hoch über seinem Kopf erstreckte sich ein Firmament aus Deckenleuchten und Stahlträgern bis ans Ende einer riesigen Halle voller Wohnzimmer, Schlafzimmer und Küchen, Kulissen für ein Leben ohne Decken und Wände. Unterteilt durch breite Gänge, über die sich nur wenige Kunden bewegten, ballten sich Möbel aller Stilrichtungen, Preisklassen und Größen zu Polstersitzgruppen aus Teakholz und Leder, Edelstahl-Kochzeilen oder Marmorbädern.

Inspecteur Remco Vreeling stand breitbeinig vor einer fast deckenhohen Blaufichte, die aus einer Wächte von Kunststoffschnee aufragte. Die Zweige bogen sich unter silbernem Lametta, Goldpapiersternen, roten Christbaumkugeln und Ketten bunter Glühbirnen. Vreeling sah genau so aus, wie der Commissaris es verlangt hatte: graue Wildleder-Sneakers, eine knöchellange Jogginghose aus Kaschmirwolle mit roten Seitenstreifen und eine rote Fleece-Jacke mit Kapuze. Die Kapuze hatte er über den Kopf gezogen und unter dem Kinn zugebunden, sodass nur sein Gesicht hervorschaute, dem Van Leeuwen einen Ausdruck kalter, dunkelhäutiger Bedrohlichkeit verordnet hatte. Er nickte Vreeling zu und erhielt als Reaktion einen Blick dumpfen Gehorsams. Ohne die Fäuste aus den Taschen der Jacke zu nehmen, trabte der Inspecteur auf ihn zu und folgte ihm wortlos mit weit ausgreifenden Schritten und schwingenden Schultern. »Über das hier gibt es keinen Bericht, und du warst nicht dabei«, sagte der Commissaris.

Er ging über den grob gewebten Sisalläufer, der den nackten Betonboden bedeckte, und hielt an den Jacken, Pullovern oder Hemden der wenigen anderen Anwesenden Ausschau nach dem Namensschild eines Verkäufers. Es waren jedoch vor allem die Möbel, die Namensschilder trugen. Es gab einen Ledersessel *Frizz*, ein Polstersofa *Elze* und einen Couchtisch *Rudy*. Es gab eine Schrankwand

Sören und ein Bett *Lisa* und ein Rattanregal *Napoli*. Es gab einen Kamin *Vesuvio*, eine Küchenzeile *Oliver*, einen Kühlschrank *Raoul*, rechts und links flankiert von Stapeln kunststoffverzierter Matratzen *Sissy* und *Schneewittchen*.

Der Commissaris ging schneller und entdeckte eine Lampe, Modell *Paolo*, dahinter einen Kleiderständer, Modell *John*, und etwas weiter den Gang hinunter eine Truhe, Modell *Luis*. Das Modell *Klaas* war ein Teewagen, das Modell *Carien* ein Bücherregal, das Modell *Jorge* eine Spanische Wand und das Modell *Pieter* endlich ein Verkäufer.

Pieter trug ein schmales Aluminiumschild mit seinem Namen am Aufschlag seines dunkelroten Rupfensakkos, stand urplötzlich vor Van Leeuwen und fragte: »Kann ich Ihnen behilflich sein, Mijnheer?«

»Ich suche das Modell *Braak*«, sagte der Commissaris.

Der Verkäufer war schlank, mittelgroß und trug eine Brille mit runden Gläsern und Metallrahmen. Eine rotblonde Locke fiel ihm verwegen in die Stirn, doch sein Lächeln hatte nichts Verwegenes. »Und was stellen Sie sich darunter vor?«, erkundigte er sich nach einem kurzen Zögern.

»Ich stelle mir einen Mann vor«, sagte der Commissaris, innerlich stolz auf seinen eben erfundenen italienischen Akzent, der sowohl aus dem tiefsten Süden als auch aus dem höchsten Norden des Stiefels stammen konnte. »Mit vollem Namen heißt er Léon Braak, und wenn er nicht gerade Drogen verkauft oder Mädchen auf den Strich schickt, tritt er als Geschäftsführer von Möbel Bouwman in Erscheinung.«

»Das tut mir leid«, sagte der Verkäufer Pieter, »da müssen Sie sich irren, Mijnheer Signore … Ein Mijnheer Braak ist mir nicht bekannt, und ich bin schon sehr lange bei der Firma.« Sein Blick wanderte von Van Leeuwen zu Vreeling, der hinter dem Commissaris von einem Bein aufs andere tänzelte, verhielt kurz und wanderte wieder zurück. »Leider, *scusi*.«

»Er ist nicht da?«, fragte Van Leeuwen.

»Es gibt ihn nicht«, erwiderte Pieter.

»Wer führt denn dann die Geschäfte von Möbel Bouwman?«, fragte Van Leeuwen.

»Das, Signore, entzieht sich meiner Kenntnis«, antwortete Pieter.

»Selbst nach Ihrer langen Zugehörigkeit zu der Firma?«

Pieter nickte bedauernd. »Aber ich zeige Ihnen gern etwas anderes, wenn Sie sich neu einrichten wollen – ein Bett, einen Kühlschrank, einen Fernsehsessel, was immer Ihnen vorschwebt.«

»Ein Fernsehsessel wäre nicht schlecht«, sagte Van Leeuwen und mischte noch eine Prise Neapel in seinen Akzent, »wenn ich von dem Sessel aus Mijnheer Braak sehen könnte. Sie haben doch bestimmt eine Telefonnummer, die Sie in Fällen wie diesem anrufen können?«

»Nein, bedaure, Signore«, Pieters Stimme verriet das Ausmaß seiner Untröstlichkeit, »da kann ich leider gar nichts machen. Aber wenn Sie mir Ihren Namen verraten, falls eines Tages ein Mijnheer Braak bei uns auftauchen sollte, dann könnte ich …«

Van Leeuwen nickte. Van Leeuwen schüttelte den Kopf. Van Leeuwen runzelte die Stirn. Dann packte er die Stehlampe, Modell *Brügge*, die neben ihm auf einem niedrigen Holzpodest stand, und reichte sie Vreeling. Der Inspecteur nahm sie mit unbewegter Miene, schwang sie wie einen asiatischen Kampfstock und schmetterte den türkisgrünen Lampenschirm gegen einen Marmortisch, Modell *Siena*. Eine Fontäne grüner Splitter und Scherben spritzte in alle Richtungen; anschließend schleuderte Vreeling den Lampenständer gegen die Glastür eines Geschirrschranks, die ebenfalls klirrend zersplitterte.

Pieter erstarrte, doch nur kurz, bevor er sich Hilfe suchend umsah. Er entdeckte keinen anderen Verkäufer, die Gänge waren fast verwaist. Nur ein Pärchen schlenderte durch eine Einbauküche, die aussah, als wäre sie für eine Raumstation entworfen worden. Van Leeuwen deutete auf einen Metallstuhl, und Vreeling ergriff den Stuhl an der Lehne, holte damit aus und wirbelte ihn mit den Beinen voran in einen Flachbildfernseher. Der Fernseher zerbrach nicht. Vreeling holte erneut aus und schlug wieder zu, und noch immer weigerte sich der Fernsehapparat zu zerbrechen. Vreeling schleuderte den Stuhl in ein Wohnzimmer und packte den Fernseher und riss ihn aus der Schrankwand und warf ihn mitten in den Gang.

Pieters Stirn glänzte. Seine Brillengläser fingen an zu beschlagen. Er sah zu dem Pärchen hinüber, aber das Pärchen war von der ersten Küche in die nächste gewandert und dort von außerirdischen Intelligenzen entführt worden.

Van Leeuwen sagte: »Der Kamin!« Im Kamin *Vesuvio* brannte ein Feuer aus rotem Seidenpapier, das von einer kleinen Glühbirne erleuchtet wurde. Vreeling riss eine hüfthohe Vase mit Kunstschilf von ihrem Podest und rammte sie mehrmals mit dem Boden in den Kamin. Van Leeuwen sagte: »Die Couch!«, und Vreeling zog eine Pistole aus der Jackentasche und richtete den Lauf auf die Designer-Ledercouch, Modell *Lux*.

Da endlich schrie Pieter: »Nein, halt, einen Moment, *bitte*!«. Förderte aus seinem Rupfensakko ein Handy zutage und tippte hastig eine Nummer ein. Die Augen hinter den beschlagenen runden Brillengläsern starr auf Van Leeuwen gerichtet, flüsterte er auf den Teilnehmer am anderen Ende ein, wobei er seinen Mund mit der freien Hand abschirmte.

Der Commissaris runzelte die Stirn, was Vreeling als Aufforderung verstand, die Pistole sinken und mit dem Lauf nach unten vor dem Schritt seiner Kaschmirpluderhose in beiden Händen baumeln zu lassen. »Geben Sie mir das Handy«, sagte Van Leeuwen. Er streckte die Hand aus, und Pieter verstand und gehorchte. Van Leeuwen hob das Handy ans Ohr und sagte: »Léon Braak, hier spricht Commissaris Van Leeuwen. Setz dich in deinen Lamborghini und komm in deinen Laden, damit wir uns unterhalten können. Wir haben Tonja Scholenko, die uns alles über deine Verbindungen zur Mafia erzählt hat, der ukrainischen und der italienischen. Wir wissen, dass du am zweiten Weihnachtstag mit deinem Firmenwagen die Leiche einer jungen Frau auf eine Müllkippe am Stadtrand gebracht und dort angezündet hast. Der Wagen steht hier, und unsere Techniker werden ihn untersuchen und die Beweise dafür finden, und wir werden dich wegen Mordes anklagen und vor Gericht stellen.«

Er schwieg einen Moment, um Braak Gelegenheit zu geben, etwas zu sagen. Aber die Verbindung blieb stumm, also redete er weiter. »Du kannst weiter wegrennen, und du kannst dich auch noch eine Zeitlang verstecken, aber irgendwann werden wir dich finden, und wenn wir dich nicht finden, wird es der Mann aus Mailand tun. Wir werden das Gerücht streuen, dass du ausgepackt hast und mit uns zusammenarbeitest und den ganzen Laden hochgehen lässt, von hier bis Odessa. Wir werden jedem sagen, dass du schon eingeknickt bist, als wir bloß einen Flachbildfernseher von dir fallen gelassen haben und …«

»Sie wissen nicht, was Sie gerade anrichten, Commissaris«, sagte endlich eine Stimme, und es war die Stimme von Léon Braak, auch wenn sie nicht mehr so klang. »Sie wissen nicht, in was für eine Gefahr Sie uns alle bringen. Ich habe die Frau nicht getötet. Es stimmt, ich habe ihre Leiche zur Müllkippe gefahren und sie angezündet, aber da war sie schon tot. Sie lag zerstückelt in einem großen Koffer, den ich in dem Haus abgeholt habe, und ich sollte sie nur wegbringen und verbrennen.«

»Von welchem Haus?«, fragte Van Leeuwen.

»Es ist niemand mehr dort.«

»Was für ein Haus?«, fragte Van Leeuwen noch einmal.

»Das wissen Sie doch«, sagte Braak. »Sie wussten doch, dass sie dorthin geht.«

»Woher wusste ich das?«

»Ihre Leute haben ihr doch die Abhörausrüstung gegeben. Sie müssen gewusst haben, wo sie hingeht. Was sie dort vorhat.«

»Welche Leute?«, fragte Van Leeuwen. »Was weißt du darüber?«

Braak versuchte zu lachen, aber es gelang ihm nicht. »Ich weiß gar nichts. Nichts. Wenn Sie es nicht wissen …«

Van Leeuwen dachte: *Ich sollte es wissen; wenn es stimmt, sollte ich es wissen, aber ich weiß es nicht.* Einen Moment lang hatte er das Gefühl, als schwankte der Boden unter seinen Füßen, und das ferne Ende der Halle schien näher heranzurücken, während der Verkäufer vor ihm nur dastand, reglos, und ihn anstarrte. »Ich muss mit dir reden«, sagte er zu Braaks Stimme im Handy. »Bist du in Amsterdam?«

Das Lachen, das kein Lachen war, wiederholte sich. »Das kann ich Ihnen nicht sagen.«

»Wenn du dich stellst, können wir dich beschützen«, sagte Van Leeuwen, und selbst in seinen Ohren klangen die Worte hohl.

»Vor wem, Commissaris?«, fragte Braak. »Vor der Mafia? Vor Ihren Leuten, die Sie nicht einmal kennen und die eine Informantin in den sicheren Tod schicken? Sie können mich nicht beschützen.«

»Wer hat der Frau die Zähne rausgebrochen?«

»Das war ich nicht. Ich habe sie nicht angerührt. Ich habe sie nur aus dem Koffer herausgenommen und Feuer mit ihr gemacht.«

»Warum hast du sie nicht mitsamt dem Koffer verbrannt?«

»Die Männer, die sie getötet haben, wollten sichergehen, dass sie auch wirklich nicht mehr zu erkennen ist.«

»Aber die Abhörgeräte sollten gefunden werden?«

»Ja, es war eine Botschaft.«

»Für wen?«

»Die, für die sie gedacht war, haben sie erhalten.«

»Das ist doch Blödsinn«, sagte Van Leeuwen heftig. »Du redest Blödsinn, Braak. Wenn es Polizisten waren, wussten sie doch, wen sie mit diesen Apparaten ausrüsten.«

»Es gibt Polizisten und Polizisten, oder?«, sagte Braak. »Nicht alle sind so wie Sie, und nicht alle reden miteinander. Manche reden eher mit der anderen Seite als mit der eigenen.«

Van Leeuwen spürte, wie sich die Haut auf seinem Rücken zusammenzog. »Weißt du, wer die Tote ist?«

Braak schwieg. Van Leeuwen wartete, aber das Schweigen dehnte sich. Er fürchtete, Braak könnte die Verbindung unterbrechen, und fragte schnell: »Was ist aus Rascha geworden?«

»Aus wem?«, fragte Braak nach einigen Sekunden zurück.

»Rascha Frankenhuis«, sagte Van Leeuwen. Dann fiel ihm ein, dass Braak den Namen vielleicht gar nicht kannte. »Gianna. Das Mädchen von Mike Sluizer. Was ist aus ihr geworden?«

»Weiß ich nicht.« Braak schien unruhig zu werden, als dauerte ihm das Gespräch schon zu lange; als fürchtete er, es könnte dazu dienen, jemand seinen Aufenthaltsort zu verraten. »Keine Ahnung.«

»Aber du kennst sie?«

»Ja. Die kenn ich. Weiß bloß nicht, was aus ihr geworden ist, nachdem ich sie abgeliefert hab.«

»Wo hast du sie abgeliefert?« Van Leeuwen konzentrierte sich so stark auf das Gespräch, dass alles andere um ihn herum verschwamm. Er drehte sich um und fing an, den Gang hinunterzugehen, weg von dem Verkäufer, weg auch von Inspecteur Vreeling. »Bei wem? Wann?«

»Warum wollen Sie das denn wissen?«

»Es geht dich einen Scheißdreck an, warum ich das wissen will, sag es mir einfach!«, brüllte der Commissaris.

Braak sagte nichts, und Van Leeuwen dachte schon, er hätte ihn verloren. Dann hörte er ihn wieder: »Vor ein paar Monaten, Ende August, Anfang September …«

»Sie kam aus der Wohnung Ihrer Freundin Tonja?«, hakte Van Leeuwen schnell nach, leiser und versöhnlicher.

»Tonja? Welche Tonja? Ach, Kira!«

»Ja, Kira. Kam Gianna gerade aus Kiras Wohnung?«

Braak gab einen Laut von sich, den man als Ja deuten konnte. »Mike, der Fotograf, hatte mich angerufen und mir erzählt, was geschehen war. Dass er sie verprügelt hatte, weil sie Bashkim weggestoßen hat, und dass Bashkim sie Gianna nannte.«

»Bashkim ist der Mann aus Mailand?«, fragte der Commissaris beiläufig und hielt den Atem an. Beinahe hätte er den freien Arm ausgestreckt, als vollführte er einen Balanceakt auf einem Hochseil ohne Netz darunter, und genau das tat er: Bashkim war endlich ein neuer Name, einer, den bisher noch niemand genannt hatte. Wieder schwieg Braak, wieder ertönte das Knistern, wieder fürchtete Van Leeuwen, er könnte die Verbindung unterbrechen, und wieder schob er hastig eine Frage nach: »Was bedeutet das, dass er sie Gianna genannt hat?«

»Ich weiß nicht, was es bedeutet.«

»Und dass er sie als Christenhure bezeichnet hat, was bedeutet das?«, fragte Van Leeuwen weiter. Er blieb stehen, starrte auf den roten Sisalläufer unter seinen Füßen, starrte auf die schimmernde, blinkende Blaufichte, ohne mehr zu sehen als ein buntes Funkeln.

»Ich sage doch, ich weiß nicht, was es bedeutet«, antwortete Braak ungeduldig. »Vielleicht mag er keine Christen. Oder keine Frauen. Oder Huren. Kann alles bedeuten, nicht?«

»Ist er der Mann, vor dem du dich versteckst?« Es gab ein Klicken, und dann herrschte Stille. »Braak? Léon? Bist du noch da?« Die Stille dehnte sich, aber sie hatte einen Hintergrund, einen Wandteppich aus kaum hörbaren Geräuschen; es war keine richtige Stille. »Sag was, Braak«, rief Van Leeuwen, und Braak sagte etwas, und die Stille war vorbei.

»Ich weiß gar nicht, warum ich mit Ihnen rede«, sagte Braak, und jetzt klang er so müde und erschöpft wie Tonja im Krankenbett. »Aber es spielt auch keine Rolle mehr. Wissen Sie, warum ich die Leiche zu der Müllkippe gefahren habe? Weil die es wollten – ihre Mörder, und die wollten es, weil sie mir die Schuld gaben. Daran, dass sie hier war; daran, dass sie ihnen auf die Spur gekommen war; daran, dass sie getötet werden musste.«

»Wenn es keine Rolle mehr spielt, dann sag mir, wo du bist«, versuchte Van Leeuwen es noch einmal. »Ich komme zu dir, und zusammen finden wir einen Ausweg.«

Und noch einmal erklang das seltsame Lachen, keinem Lachen ähnlich, das Van Leeuwen je gehört hatte. »Es gibt keinen Ausweg, verstehen Sie das nicht, Commissaris? Keinen Ausweg.«

»Vielleicht doch«, sagte Van Leeuwen. »Wo kann ich diesen Bashkim finden?«

»Bashkim? Der hat die Stadt längst verlassen.«

»Mit Rascha?«

»Wahrscheinlich.«

Van Leeuwen blickte auf, und plötzlich sah er alles um sich herum wieder scharf. Er schaute auch in sich hinein, wo sich alle Informationen zu diesem Fall sammelten, und was er dort sah, genauso scharf, machte ihm Angst. »Warum? Was will er von ihr?«

»Weiß ich doch nicht.«

»Was will er von ihr?!«

»Ich weiß es doch nicht!«

»Wo ist er hin? Mailand?«

»Ja, Mailand!«, brüllte Braak. *»Natürlich Mailand!«* Er senkte seine Stimme wieder. »Er hat zu Mike gesagt, dass er wiederkommt, und er erwartet, dass sie dann keine Schwierigkeiten macht. Aber sie war ja weggelaufen, und Mike wusste nicht, wo sie steckte. Als ich sie aus Kiras Haus kommen sah, habe ich sie geschnappt und zu Bashkim gebracht.«

»Und Kira ...«

»Die habe ich wieder zu den anderen Mädchen verfrachtet, dahin, wo dieses Landei, dieser Motorradakrobat, sie gefunden hat. Sie war ein Risiko. Sie war ein Junkie geworden, und Junkies quatschen die ganze Zeit.«

»Die tote Frau auf der Müllkippe war also nicht Rascha?«, fragte Van Leeuwen noch einmal.

»Nein.«

»Weißt du, wer sie war?«

Braak antwortete nicht. Van Leeuwen spürte, wie er ihn verlor, und er spürte auch, dass seine Kraft nachließ – die Kraft, die es kostete, mit jemandem wie Braak so zu reden. »Hör zu, sobald Tonja – Kira – wieder auf dem Damm ist, werden wir sie aus dem Krankenhaus holen und ins Zeugenschutzprogramm übernehmen. Mit ihrer Aussage und deiner können wir Bashkim und seine ganze Organisation bis nach Odessa oder Tirana oder sonst wohin aufrollen ...«

»Ich werde nicht aussagen«, unterbrach Braak ihn, »und Kira auch nicht. Sie hat mich angerufen, aus dem Krankenhaus. Niemand wird aussagen.«

»Was?«, brüllte Van Leeuwen, diesmal ohne dass es ihm auffiel, »Tonja hat dich angerufen? Weswegen? Was wollte sie? Was hast du zu ihr gesagt?« Aber natürlich wusste er, was ein Junkie-Mädchen in ihrer Lage wollte; es erbitterte ihn nur, dass er nicht selbst darauf gekommen war. »Hast du jemandem erzählt, wo sie ist?«

»Nein.« Braaks Stimme schien sich aufzulösen, dünner zu werden »Aber es spielt so oder so keine Rolle mehr. Ich ... ich bin praktisch schon weg. Sie werden mich nie wiedersehen und nie wieder mit mir sprechen.«

Van Leeuwen hatte das Gefühl, dass es um ihn herum dunkler wurde, und als er sich umsah, stellte er fest, dass es nicht nur ein Gefühl war: Die Lampen an der Decke der Ausstellungshalle wurden eine nach der anderen ausgeschaltet. Die Dunkelheit arbeitete sich vom hinteren Ende der Halle auf ihn zu. »Du machst einen Fehler, Braak, aber mach ihn, meinetwegen bring dich um. Sag mir nur vorher noch, wer die junge Frau war, die Leiche auf der Müllkippe – wer war es, warum musste sie sterben? Wie hieß sie?«

Braak zögerte, schien tief Luft zu holen und sagte dann: »Es war die …« Plötzlich schnellte ein scharfes Rascheln durch die Leitung, gefolgt von einem unterdrückten Schrei, als hielt ihm jemand den Mund zu, während es gleichzeitig einen Kampf um sein Telefon gab. Ein dumpfer Schlag ertönte, noch ein Schlag und ein Schrei. Die Leitung war tot.

»Braak?«, rief Van Leeuwen. »Braak, was ist los? Bist du noch da? *Was ist da los, Braak?*«

Keine Antwort, es sei denn, in der Stille lag die Antwort. Van Leeuwen drückte die Wahlwiederholung. Er stand im Halbdunkel und lauschte. Das Freizeichen ertönte, wieder und wieder, niemand antwortete, nicht mal eine Mailbox. Er unterbrach die Verbindung und ging zurück zu Vreeling, der allein unter dem beleuchteten Weihnachtsbaum stand; Pieter, der Verkäufer, hatte sich in Luft aufgelöst.

»War das Braak?«, fragte der Inspecteur.

»Ja.« Der Commissaris legte das Handy des Verkäufers auf einen Stuhl, holte sein eigenes heraus und wählte die Nummer des Beamten, der vor Tonjas Zimmer in der Klinik saß. Diesmal erklang das Freizeichen nur zweimal, dann meldete sich der Beamte mit einem gehetzten Keuchen. »Van Leeuwen hier«, sagte der Commissaris, »gehen Sie in das Zimmer von Tonja Scholenko, und nehmen Sie ihr das Telefon weg.«

»Es tut mir leid«, sagte der Beamte. »Ich suche sie gerade, wir suchen sie alle …«

Van Leeuwen sagte nichts. Der Boden unter seinen Füßen schwankte jetzt nicht mehr, und die Wände blieben, wo sie waren. Nur das Atmen fiel ihm auf einmal so schwer, als müsste er es noch einmal ganz neu lernen, mit ungeübten Lungenflügeln und einer zugeklebten Luftröhre.

»Sie ist nicht in ihrem Zimmer«, fuhr der Beamte fort. »Ich war nur kurz auf der Toilette, und als ich wegging, schlief sie. Als ich zurückkam, war das Bett leer, und ihre Sachen sind weg.« Auch seine Atemstöße kamen unregelmäßig, zu laut und zu schnell. »Es tut mir leid, Mijnheer.«

»Ja, das sollte es auch«, sagte Van Leeuwen. Er verstaute das Handy in der Brusttasche, sah Inspecteur Vreeling an und sagte: »Das Jahr endet schlecht.« Sie gingen langsam über den roten Läufer durch die dunkle, menschenleere Ausstellungshalle. Die Glastüren öffneten sich mit leisem Scheppern. Der Lieferwagen stand noch immer neben dem Alfa auf dem unbeleuchteten Parkplatz.

»Jemand hat Braak mundtot gemacht«, sagte der Commissaris, »gerade als er mir sagen wollte, wer die Tote von der Müllkippe war. Und Tonja Scholenko ist aus der Klinik verschwunden. Ich weiß nicht, warum oder was Braak ihr gesagt hat, aber sie schwebt in Lebensgefahr, genauso wie Tom Ropers. Wir müssen sie vor den Mördern finden. Ruf den Technischen Dienst an, die sollen den Wagen untersuchen.« Er deutete auf das klobige Gefährt mit der Aufschrift *Möbel Bouwman*. »Du bleibst hier und bewachst ihn, bis die hier sind.« Er ging weiter durch die Kälte zu seinem Wagen, der einmal Sim gehört hatte, kehrte nach der Hälfte der Strecke jedoch um und fragte aufgebracht: »Was ist das für eine Botschaft, wenn man jemanden tötet und seine Leiche zusammen mit einer elektronischen Wanze verbrennt? Was denkt man sich dabei? Was will man damit sagen?«

Vreeling überlegte. »Wir wissen Bescheid, aber es kümmert uns nicht? Wer immer ihr seid, ihr könnt uns mal, so was in der Art?«

»Aber warum unterzieht man sich dann trotzdem der Mühe, die Tote unkenntlich zu machen, die Finger, das Gesicht?«, führte Van Leeuwen den Gedanken fort. »Warum bricht man ihr die Zähne heraus? Das ergibt doch keinen Sinn! Es ergibt einfach keinen Sinn!«

»Sie meinen, noch weniger Sinn als der Mord selbst?«, fragte Vreeling und streifte die Kapuze vom Kopf. »Jemanden umzubringen ist doch schon an sich eine irrationale Handlung, egal, wie notwendig oder vernünftig sie dem Mörder erscheint. Sie haben doch immer gesagt, Mord sei nichts anderes als Wahnsinn, ein vorübergehender Anfall von geistiger Verwirrung. Warum erwartet man trotzdem von Mördern, dass ihre nachfolgenden Handlungen wieder so sinnvoll sind, dass wir sie nachvollziehen können? Ihre eigenen Worte, Mijnheer.«

»Das habe ich gesagt?«, fragte der Commissaris. »Kommt mir vor wie Feigheit vor dem Feind.« Er schob die Hände in die Manteltaschen, legte den Kopf in den Nacken und sah nach oben, zum Himmel hinauf, als erwartete er Hilfe von den Sternen. »Wenigstens als Polizist muss ich doch eine Erklärung finden, ein Motiv, selbst wenn es das eines Irrsinnigen ist. Braak hat von Polizisten gesprochen, die der Toten angeblich die Mikros und das ganze Zeug zugesteckt haben.«

»Polizisten?«, fragte Vreeling und schüttelte den Kopf. »Auf unsere Rauchzeichen hat aber keiner reagiert.«

Der Commissaris lenkte seinen Blick auf die Erde zurück. »Er sagte, es gibt zwei Arten von Polizisten: Die, die nicht miteinander reden, und die, für die sie gedacht war, hätten die Botschaft verstanden. Warte mal, Remco – wenn die Botschaft nur für die eine Art bestimmt war, dann dient alles, was nicht zu der Botschaft gehört, dazu, der anderen keinen Hinweis auf die Täter zu geben. Aber warum spricht die eine Art nicht mit der anderen, also mit uns, obwohl sie unsere Rauchzeichen gesehen hat?«

»Weil sie ihre eigenen Interessen verfolgt? Weil sie nicht will, dass wir ihr bei etwas in die Quere kommen?« Vreeling ließ seinen Kopf kreisen, erst auf die eine, dann auf die andere Seite. »Aber es geht um Mord, hier bei uns in Amsterdam, irgendwann müssen sie mit uns sprechen!«

Der Commissaris nickte. »Genau, doch bis dahin brauchten die

Gangster einen Vorsprung, den sie sich durch die Verstümmelung der Leiche verschafft haben – einen Vorsprung, um ihre Geschäfte hier ungestört zu Ende bringen zu können. Dabei hätten diese Polizisten sie offenbar nicht gestört, und das wussten sie. Die Frage ist also: Was sind das für Polizisten, zu welcher Behörde gehören sie, und warum konnten die Gangster davon ausgehen, dass sie nichts unternehmen würden?«

»Weil sie mitverdienen wollen?«, meinte Vreeling.

»Nein, dann hätte es die Botschaft nicht gebraucht«, sagte der Commissaris. »Eher, weil sie noch nicht genug in der Hand hatten. Weil sie an jemanden heranwollten, dessen Identität sie nicht kennen. Sie haben die Katze auf das heiße Blechdach geschickt, und jetzt ist die Katze tot, und das hat sie noch ein ganzes Stück hinter die Stelle zurückgeworfen, wo sie vorher von einem Fuß auf den anderen getreten sind. Vielleicht endet das Jahr doch nicht so schlecht, Remco. Vielleicht kriegen *wir* demnächst Rauchzeichen von *denen*. In jedem Fall«, er knurrte wie ein missmutiger Hund, »werde ich dafür sorgen, dass in unserer Stadt keiner mehr seine Botschaften auf eine derartige Weise übermittelt, an niemanden. Ich dulde das einfach nicht.«

Er nickte mehrmals bestätigend, dann machte er wieder kehrt und ging endgültig zu dem Wagen, der einmal Sim gehört hatte. So nannte er den Alfa bei sich immer noch – den Wagen, der einmal Sim gehört hatte. Er dachte noch sehr häufig an sie.

18

Tom Ropers Wohnwagen stand verbotswidrig in der Nassaukade unter einer Straßenlaterne am Rinnstein, und eine von der Parküberwachung angebrachte orangerote Stahlkralle am linken Hinterrad verhinderte, dass er oder irgendjemand sonst damit wegfuhr. Die Fenster des Trailers waren dunkel. Die Aluminiumverkleidung schimmerte matt in dem feuchten Nebel, der von den Westerdocks herüberwehte. Vor und hinter dem Wohnwagen standen andere

Fahrzeuge, und in einem davon, einem schwarzen VW Golf, saß Brigadier Julika Tambur. Tief in den Fahrersitz gesunken, beobachtete sie den Trailer und dachte immer wieder, dass Tom Ropers nicht sterben durfte.

Sie dachte nichts anderes, nur das, und während sie es dachte, rauchte sie eine Zigarette nach der anderen. Sie hatte ihr halbes Leben lang geraucht, und vor einem Jahr hatte sie damit aufgehört, aber jetzt rauchte sie wieder. Sie wartete hier seit Anbruch der Dämmerung, sogar schon ein bisschen länger. Sie hatte zugesehen, wie die Sonne hinter den großen Kränen an den Docks versunken war und wie dann rund um den Nassauplein die Straßenlaternen angegangen waren, am Anfang nur ganz fahl und blass. Solange die Lampen sich noch aufheizten, blieb das Licht in den Glashüllen, bevor es sich nach und nach im Nebel ausbreitete und auf die Autos und den Asphalt fiel.

Amsterdam ist niemals das, was es scheint. Während Brigadier Tambur geraucht und der Dunkelheit und dem Licht zugesehen hatte, war ihr wieder eingefallen, was der Commissaris gesagt hatte. *Die Menschen kommen und gehen und kommen wieder, und viele haben, während sie hier sind, nicht einmal feste Adressen, unter denen sie gemeldet sind.*

Sie drückte ihre Kippe im Aschenbecher aus, beugte sich vor, drehte den Zündschlüssel und schaltete die Scheibenwischer ein. Die Straße lag völlig verlassen da. Aus den Gullys rechts und links der nassglänzenden Fahrbahnen stieg Dampf, der mit dem Nebel verschmolz. Julika drehte den Zündschlüssel zurück, und die Scheibenwischer blieben in der Mitte stehen. Sie ließ sich zurücksinken, verschränkte die Arme und presste sie gegen die Brust. *Komm endlich*, dachte sie; *wo bist du denn?*

Vereinzelt hörte sie schon das Knattern und Krachen von Knallfröschen, Böllern oder Raketen. Überall in der Stadt war Silvester, nur hier blieb die Nacht noch still und dunkel. Es war auch schon Silvester gewesen, als am Nachmittag das Telefon auf Julikas provisorischem Schreibtisch geklingelt und ein Beamter gesagt hatte, unten am Empfang warte ein Mike Sluizer, der mir ihr sprechen wolle, nur mit ihr, das habe er ausdrücklich verlangt. Und Mike, der jetzt nicht mehr Rupert für sie war, stand da, rieb sich die Hände wie ein levantinischer Teppichhändler und präsentierte sein schlechtes Gewissen, ganz neu, eben erst fertig geworden, ein Sonderangebot zum Jahreswechsel. Er bat um Entschuldigung und verlangte Schutzhaft.

Sie war allein im Büro, keine Ahnung, wo Gallo, Vreeling oder der Commissaris steckten. Sie setzte ihn auf einen Stuhl neben ihrem provisorischen Schreibtisch und stellte ihm erst mal ein paar Fragen, um warm zu werden. Seine Stimme war jetzt ein bisschen leiser, sanfter. Er antwortete nicht sofort, überlegte vorher, schüttelte manchmal den Kopf oder kratzte sich, bevor er etwas sagte. Er war zu nervös, um still zu sitzen. Sie hatte das Gefühl, dass etwas nicht stimmte, aber sie wusste nicht, wie sie ihn befragen sollte, um herauszufinden, was es war. Sie drehte die Schreibtischlampe so, dass sie sein Gesicht besser sehen konnte, vor allem die Augen, und da erkannte sie, dass er Angst hatte.

»Es tut mir so leid«, stieß er hervor. »Sie hat mir vertraut, Rascha, meine ich. Dabei war sie so zart, so zerbrechlich.« Und als müsste sie das unbedingt wissen, fuhr er fort: »Ihre Brüste waren ganz klein, rund und weiß. Sie passten in meine gewölbte Handfläche, und ich konnte ihre Brustwarze fühlen wie eine gekochte Erbse. Und ihre Haut war dünn, man konnte die Adern sehen. Wenn sie da lag und ich ganz leicht ihren Hals berührte, konnte ich das Blut in ihrer Schlagader pochen fühlen. Sie ließ es zu, dass ich sie da berührte, weil sie mir vertraute. Warum habe ich sie nicht beschützt?«

»Weil du ein Schwein bist«, sagte Julika. »Weil du Eintrittskarten für dein Leben verkaufen könntest wie für eine Geisterbahn.«

»Ich wollte immer anders sein, nicht *so*«, sagte Mike. »Deswegen bin ich doch auch hier …«

Jemand hatte ihm gesagt, dass Léon Braak vom Erdboden verschwunden war; jemand hatte ihm gesagt, dass dieser Todesfahrer der Nächste war, und jemand hatte ihm gesagt, dass er selbst, Mike Sluizer, inzwischen auch als Risiko galt, wie jeder, der etwas wusste. Als er von Tom Ropers gesprochen hatte, hatte Brigadier Tambur weiche Knie bekommen. Wie wollten die Gangster Ropers finden?, hatte sie gefragt; wussten sie denn, wo er sich gerade aufhielt? Ja, das wussten sie längst: Er hatte einen Wohnwagen, abgestellt an der Nassaukade, zu dem er immer wieder zurückkehrte. Aber das mussten sie gar nicht wissen, denn er war ihnen ja schon viel zu nah gekommen, und jemand hatte gesagt, es sei eine Falle für ihn aufgestellt worden, mit Rascha als Speck. Sie brauchte nur noch zuzuschnappen, am Silvesterabend.

Und jetzt saß Sluizer im Hoofdbureau in einer Zelle in Untersuchungshaft, und Julika kauerte hier, fror, rauchte, wartete und hatte Angst, statt nach ihrem Vater zu sehen, wie sie es immer an Tagen wie Silvester tat. Es war fast zehn Uhr abends. Die Scheibe beschlug schon wieder. Julika drehte den Zündschlüssel um und sah zu, wie die Scheibenwischer zwei Halbkreise frei schabten. Sie stellte die Heizung an. Die Zigarettenschachtel fiel ihr runter, und sie beugte sich nach unten, um sie aufzuheben, und als sie wieder hochkam, sah sie den Betrunkenen im Rückspiegel.

Der Mann torkelte aus einer Seitenstraße. Er bewegte sich langsam an den Autos entlang auf sie zu. Er ging gebeugt, eine Hand gegen den Bauch gepresst. Alle paar Meter blieb er schwankend stehen, als hätte er vergessen, wo er eigentlich hinwollte. Julika behielt ihn im Rückspiegel im Auge. Sie konnte nur seine Silhouette sehen, die Umrisse eines großen schlanken Mannes, aber mehr nicht. Jetzt setzte er sich wieder in Bewegung und taumelte über den Gehsteig, bis er plötzlich beschloss, zwei Wagen hinter ihr die Straße zu überqueren. Er geriet ins Licht einer Straßenlaterne, und eine Sekunde lang konnte Julika sein Gesicht erkennen.

Es war Tom Ropers.

Sie spürte, wie ihr heiß wurde vor Zorn. Sie saß hier und fror sich den Arsch ab, um ihn zu warnen, um zu verhindern, dass er getötet wurde, und er hatte nichts Besseres zu tun, als sich zu betrinken! Er taumelte auf die Fahrbahn, drei Schritte vor, zwei zurück und zwei zur Seite, bevor er wieder vorwärts wankte. Wie oft hatte sie ihren Vater so nach Hause kommen sehen, eine Straße überqueren, ins Auto steigen, das Zündschloss mit dem Wagenschlüssel verfehlen. Sie ballte die Fäuste, schloss die Augen und holte mehrmals tief Luft, ehe sie ausstieg.

»Tom«, rief sie, aber er hörte sie nicht, denn heraus kam nur ein Krächzen. »Mijnheer Ropers!«, rief sie lauter.

Er blieb breitbeinig stehen, mitten auf der Fahrbahn, versuchte, das Gleichgewicht zu halten.

Besoffenes Arschloch, dachte Julika bitter und enttäuscht. Der Nebel fuhr ihr kalt unter die Lederjacke, als sie sich von dem Golf löste und ebenfalls auf die Straße trat, um Ropers zurückzuziehen. Er wandte den Kopf und sah sie an, schien sie aber nicht zu erkennen. »Brigadier Tambur«, sagte sie. Von Nahem bemerkte sie den Dreck auf seiner Kleidung, auch sein Gesicht war schmutzig und die Hand, die er gegen den Bauch gedrückt hielt. Als hätte er sich in der Gosse gewälzt, dachte sie. »Tom? Ich habe Sie überall gesucht.«

Er sagte nichts. Schweigend stand er auf dem nassen Asphalt, schwankte hin und her, hin und her. Sie kam näher, und er hob die herabhängende Hand, als wollte er sie ihr entgegenstrecken. Sein Kopf fiel wieder herab, aber die Hand blieb ausgestreckt. Der Dreck auf seinem Bauch schien noch ganz frisch zu sein; er glitzerte nass, veränderte sich im Licht der Straßenbeleuchtung. Es erinnerte Julika an einen Science-Fiction-Film, in dem ein Mensch plötzlich gar kein Mensch war, sondern sich verändern konnte; das Material, aus dem er gemacht war, konnte sich verändern, begann zu schimmern, zu fließen, und dann nahm er eine andere Gestalt an. So floss das Material, aus dem Tom bestand, zwischen seinen Fingern hervor, es glitzerte und schimmerte und veränderte seine Farbe, von Schwarz zu Rot. Auf einmal war er gar kein Betrunkener mehr, sondern ein Sterbender.

»Tom …«, flüsterte Julika.

Er gab ein Geräusch von sich, das wie ein leises Keuchen klang, zog die Hand vom Bauch, und jetzt war Julika nah genug, um zu erkennen, dass es sich um eine Stichwunde handelte. Sein Hemd war nass, die Lederjacke auch, sogar die Hose.

»Scheiße … Tom«, sagte sie etwas lauter, gerade als er in die Knie brach und danach mit herabhängendem Kopf vor ihr auf dem Asphalt knien blieb. Aber noch immer hielt er die linke Hand ausgestreckt, als wollte er, dass sie danach griff.

Sie fing an zu zittern, so kalt war ihr. Langsam ließ sie sich ebenfalls auf die Knie nieder, dicht vor ihm, und fasste ihn bei der Hand. Er versuchte, den Kopf zu heben, aber es gelang ihm nicht. Blut rann ihm aus dem Mund, ein zäher Faden, und auf einmal kippte er vornüber und fiel ihr in die Arme. Sie fing ihn auf. Sie fing ihn auf und hielt ihn, und die ganze Zeit kam kein Auto und kein Fußgänger, überhaupt niemand kam. Es war wie ein Traum, in dem Tom in ihren Armen lag und schwerer und schwerer wurde, und schließlich konnte sie ihn nicht mehr halten und fiel mit ihm um, und er war tot.

Als der Commissaris bei Tom Ropers Wohnwagen eintraf, saß Brigadier Tambur auf dem Asphalt, ein Stück von dem Trailer entfernt, und rührte sich nicht. Sie saß neben der Leiche des Steilwandfahrers und hielt seine Hand. Ropers lag auf dem Rücken in einer Blutlache, obwohl er inzwischen aufgehört hatte zu bluten. »Brigadier Tambur«, sagte der Commissaris. »Julika.« Als sie seine Stimme hörte, bewegte sie sich, und etwas später sah sie auf, und ihr Gesicht war genauso blutverschmiert wie das des Toten. Inzwischen standen mehrere Einsatzfahrzeuge auf der blau flackernden Straße, aber ihre Augen wurden im Licht der Scheinwerfer nicht kleiner. »Steh auf«, sagte der Commissaris. »Lass seine Hand los.«

»Ich muss zu meinem Vater«, sagte sie.

Der Commissaris streckte ihr seine Hand hin. Sie ließ Toms Hand los, und als Van Leeuwen ihr aufhalf, schien sie viel älter geworden zu sein. »Bist du verletzt?«, fragte er.

»Nein …« Sie schüttelte den Kopf. »Nein …«

Er hielt sie weiter fest, denn sie hatte angefangen zu zittern. Er winkte einen der Sanitäter heran, die mit Hoofdinspecteur Gallo und ihm gekommen waren. Der Sanitäter wollte sie zu dem Ambulanzfahrzeug am Fahrbahnrand führen. Sie stieß ihn weg. »Ich hab nichts«, sagte sie. Sie bewegte sich wie eine Schlafwandlerin, die nur ganz allmählich zurückfand von dort, wo sie gewesen war. Sie sah den Commissaris an und sagte: »Er ist tot.«

»Ja«, sagte Van Leeuwen.

»Er ist in meinen Armen gestorben«, sagte sie.

Van Leeuwen sagte nichts.

»Ich habe noch nie«, sagte sie, »nie…«

»Ja«, sagte Van Leeuwen.

»Damals, als mein Vater«, sie runzelte die Stirn, »als meine Mutter und meine Schwester … ich war nicht dabei, als sie …«

»Ich weiß«, sagte Van Leeuwen.

Sie blinzelte. »Er kam von da hinten, und erst dachte ich, er wäre betrunken, weil er so getorkelt ist. Aber er war nicht … Er war gar nicht betrunken.«

»Das wird die Autopsie zeigen«, sagte Van Leeuwen.

Julika sah ihn an, und einen Augenblick wirkte sie, als wäre sie selbst betrunken. »Ich mochte ihn gern«, sagte sie.

»Ich weiß.«

»Wie haben Sie mich überhaupt gefunden?«

»Darüber reden wir, wenn wir uns über dein Verhalten in den letzten Tagen unterhalten.«

Sie hob ihre Armbanduhr dicht an die Augen, wischte mit dem Ärmel über das Glas und versuchte noch einmal, die Zeit abzulesen. »Es ist spät«, sagte sie. »Ich muss los.«

»Lass dich von den Sanitätern anschauen«, sagte Van Leeuwen. »Und wenn die nichts dagegen haben, dass du gehst, bringe ich dich nach Hause.«

»Es ist Silvester«, sagte sie.

»Ich bleibe nicht«, sagte er. »Ich bringe dich nur hin.«

Während der Notarzt Brigadier Tambur mit einer winzigen Taschenlampe in die Augen leuchtete, ihren Puls fühlte und ihr schließlich noch eine Spritze zur Kreislaufstabilisierung gab, bemächtigten sich die Techniker der Spurensicherung des Toten. Sie fotografierten ihn von allen Seiten und aus sämtlichen Richtungen und fielen mit flinken Fingern über seine Kleidung und seinen Körper her, als wären sie Taschendiebe bei der Meisterprüfung.

Danach lud der Commissaris Julika in den Alfa und fuhr sie nach Sloterdijk, wo ihr Vater wohnte. Er fuhr schweigend.

Auch Julika sagte nichts, bis sie unter der Brücke durch und fast angekommen waren, und da hielt sie es nicht mehr aus und fragte fast zornig: »Warum sagen Sie nichts?« Als er nicht antwortete, fuhr sie mit derselben fast zornigen Stimme fort: »Ich weiß, dass ich Mist gebaut habe. Ich hätte Sie anrufen sollen, als Mike Sluizer sich gestellt hat, und ich habe es nicht getan. Ich dachte, Sie verbieten mir, der Sache mit Tom weiter nachzugehen, oder Sie haben was anderes für mich, oder Sie glauben, dass Sluizer sich nur wichtigmachen will. Deswegen habe ich auch keine Unterstützung angefordert. Ich weiß, dass Sie das in meiner Personalakte vermerken müssen.«

»Ich werde noch mehr tun«, sagte Van Leeuwen. »Ich werde dich vom Dienst suspendieren.«

»Ich wollte Sie anrufen, während ich auf ihn gewartet habe«, sagte sie, »auf Tom, meine ich. Aber mein Akku war leer, das ist die Wahrheit. Vielleicht haben Sie ja versucht, mich anzurufen und ...«

»Ich habe nicht versucht, dich anzurufen«, sagte Van Leeuwen. »Ich telefoniere nicht hinter meinen Brigadiers her. Ton hat mich informiert, dass genau der Mike Sluizer, nach dem wir gerade fahnden, in einer unserer Zellen sitzt. Er hat mit Sluizer geredet und gehört, dass du ihm Schutzhaft versprochen hast, wozu du nicht befugt warst.«

»Es war seine Bedingung, sonst hätte er nicht geredet.«

Van Leeuwen sagte: »Wir lassen uns von Kriminellen keine Bedingungen diktieren. Ich habe keine Ahnung, was mit dir los ist in letzter Zeit, aber so kann es nicht weitergehen. Der Hoofdinspecteur war ziemlich wütend, dass er erst von einer halbseidenen Gestalt wie Sluizer erfahren musste, was du vorhaben und wo du sein könntest. Er ist der Meinung, dass Tom Ropers vielleicht noch am Leben wäre, wenn du ordnungsgemäß und nach Vorschrift gehandelt hättest, und ich neige dazu, ihm recht zu geben.«

Der Vorwurf schien Julika so überraschend zu treffen, dass sie nach Luft schnappte. Sie sah Van Leeuwen von der Seite an und öffnete den Mund, aber es kam kein Laut heraus, nicht einmal ein Hauch. Der Commissaris fuhr vor dem Mietshaus, in dem ihr Vater wohnte, an den Straßenrand und stellte den Motor ab.

Julika sah ihn noch immer an. Dann wandte sie den Blick ab und betrachtete das Haus, vor dem Van Leeuwen gehalten hatte. »Hier ist es«, sagte sie. Und dann sagte sie: »Frohes neues Jahr.«

»Ich bringe dich noch nach oben«, sagte Van Leeuwen.

Ein kalter Regen schlug auf einmal auf das Stoffdach des Alfa und floss in Quecksilberbächen über die Windschutzscheibe. Durch die Fenster und den Regen konnte man draußen nicht mehr besonders viel sehen, und nichts davon sah nach einem frohen neuen Jahr aus.

19

Auf dem Kühlschrank in der Küche stand ein kleiner Christbaum aus Plastik mit honiggelben Kerzen und einer roten Lamettakette. Die Kerzen waren halb heruntergebrannt. Auf dem abwischbaren Weihnachtspapier unter dem Baum lag ein schwarzes Wegwerffeuerzeug, das mit herabgetropftem Wachs verkrustet war.

Der Commissaris entdeckte einen feuchten Putzlappen auf dem Boden neben dem Herd, Wischspuren auf den Kacheln über der Spüle und Fingerabdrücke auf der Leuchtstoffröhre in der Dunstabzugshaube. Er stellte sich vor, wie Julikas Vater am Nachmittag den Linoleumboden und die Kacheln geputzt hatte, und vielleicht hatte er sogar die Leuchtstoffröhre in der Dunstabzugshaube herausgenommen und wieder eingesetzt, damit sie nicht mehr so stark flackerte. Er hatte die Schweinekoteletts gekauft, die zellophanverpackt auf dem Tisch lagen, und den Schokoladenpudding und eine Piccoloflasche Sekt, und danach hatte er seine schwarze Hose angezogen, ein sauberes weißes Hemd, und er hatte sogar eine Krawatte umgebunden, weil Silvester war.

Er hatte sich rasiert, aber zum Friseur war er nicht gegangen. Während er darauf gewartet hatte, dass seine Tochter kam, hatte er die Krawatte wieder gelockert, das Hemd aufgeknöpft und schließlich ausgezogen, weil beides ihm die Luft abschnürte. Dann war er eingeschlafen, und als er wieder wach wurde, war es schon dunkel und noch immer keine Spur von seiner Tochter. Also hatte er den Fernseher eingeschaltet, vor dem er jetzt saß und sich *Die Drei Tenöre* auf Nederland 3 ansah. Der Küche wandte er den Rücken zu. Er hatte den Ton voll aufgedreht und kümmerte sich nicht um seine Tochter, und um Van Leeuwen schon gar nicht. Gerade schmetterte José Carreras *Granada.*

Julika bemerkte die Piccoloflasche Sekt auf dem Tisch, und einen Moment fürchtete Van Leeuwen, sie würde sie packen und an die Wand werfen. Stattdessen nahm sie die kleine Flasche, schob sie in die Jackentasche und öffnete eine Klappe unter der Spüle, hinter der sich der Mülleimer verbarg. Der Deckel des Eimers klappte automatisch hoch, und sie schaute hinein. »Woher hast du den Sekt?«, fragte sie.

Ihr Vater antwortete nicht. Julika ging zu ihm, nahm die Fernbedienung, die neben ihm auf dem Bett lag, und stellte den Ton leiser. »Ich habe dich etwas gefragt«, sagte sie. »Redest du nicht mehr mit mir?«

»Doch«, sagte ihr Vater.

»Ich habe dich gefragt, wo du den Sekt her hast.«

»Von den Nachbarn«, sagte ihr Vater. »Zu Weihnachten.«

»Lass mich deinen Atem riechen«, sagte sie.

»Mein Atem riecht alt«, sagte er.

»Hast du den Sekt getrunken?«, fragte sie.

»Wer ist der Mann in der Küche?«, fragte ihr Vater.

»Das habe ich dir schon gesagt, als wir gekommen sind.«

»Was macht er hier?«

»Er hat mich hergefahren.«

»Ist es schon Mitternacht?«

»Nein.«

»Können wir nicht trotzdem einen Schluck Sekt trinken?«

»Nein.«

»Dann gib mir die Fernbedienung«, sagte der alte Mann. Seine Augen waren wässrig, und von seinen Nasenflügeln zogen sich zwei unterschiedlich lange Falten fast bis zum Hals hinunter, formten tiefe Kerben zwischen den Wangen und dem kleinen, farblosen Mund. Eine dritte Falte saß, einem Keil gleich, auf seiner Stirn, genau zwischen Nasenwurzel und Haaransatz. Die drei Furchen warfen ein Netz von Fältchen aus, in dem sich ein ganzer Schwarm von Runzeln, kleinen Narben und Altersflecken gefangen hatte, die immer mehr zu werden schienen, je länger man hinsah. Das struppige, igelkurze Haar war voller Wirbel, an den Wurzeln knochenbleich, an den Spitzen gelblich wie der Schnurrbart eines starken Rauchers.

Die Haut auf seinen weiß behaarten, schwach gebräunten Schultern unter den Baumwollträgern des Unterhemds hatte ihre Spannkraft verloren, doch seine Muskeln waren noch immer stattlich. Seine Hände sahen aus wie zwei große, gerötete Seesterne, die an Land gespült und in der Sonne vertrocknet waren. Van Leeuwen fiel auf, dass sie sogar im Liegen zitterten, und er fragte sich, ob Julika es auch bemerkte.

Während sie sich um ihren Vater kümmerte, sah der Commissaris sich in der Küche um. Er betrachtete den von hartnäckigen Speiseresten verklebten Eisenherd, die uralten Fettspritzer an den weiß getünchten Wänden, den von herabgefallener Zigarettenglut zernarbten Küchentisch. Auf der Anrichte stand eine zerbeulte Espressomaschine, und an der Milchglasscheibe der Küchentür hing ein mit schmutzigen Tesafilmstreifen befestigtes Plakat von einer Wrestling-Veranstaltung. An der Kühlschranktür klebten mehrere verblichene, an den Rändern eingerissene Ansichtskarten. Sie zeigten den Wiener Prater, das Kolosseum in Rom, den Tower von London und eine sonnengebräunte blonde Frau in Bergsteigerausrüstung vor einem Sessellift irgendwo in den Alpen. Die Frau lächelte, und in der oberen rechten Ecke über ihrem Kopf prangte der Lippenstiftabdruck eines Kussmundes wie ein Stempel.

Das etwas speckige Poster an der Küchentür zeigte zwei muskelbepackte Männer mit gefletschten Zähnen, deren grimmige Gesichter zur Hälfte von Augenmasken verdeckt waren. Sie trugen enge Trikots und flatternde bunte Umhänge, und es hatte den Anschein, als könnten sie es gar nicht erwarten, einander das Herz aus dem Leib zu reißen und mit ihren nackten Füßen darauf herumzutrampeln. Über ihren Köpfen stand, auf Englisch und Holländisch: *Der*

Kampf des Jahrhunderts! Der Orang-Utan mit der Maske vs. Der Abessinische Würger!

Julika warf ihrem Vater die Fernbedienung in den Schoß und kehrte in die Küche zurück. Ein paar Sekunden später sangen die drei Tenöre sich wieder das Herz aus dem Leib. Sie schwitzten, und es schien, als bereitete es ihnen große Schmerzen, so laut zu singen; vielleicht hofften sie, dass einer von ihnen als Erster klein beigab.

Julika war noch blasser als vorher. Sie sah den Commissaris an, als wäre er gar nicht da oder als wünschte sie sich, dass er nicht da wäre. Sie öffnete einen Schrank, holte ein Bügelbrett samt Bügeleisen heraus und stellte es auf. Sie hievte einen Korb mit ungebügelter Wäsche aus demselben Schrank und schob den Stecker des Bügeleisens in die Steckdose. Der Commissaris wusste, dass sie ihn loswerden wollte; er merkte, wie beherrscht sie sich bewegte, wie sie innerlich nach einer Schublade suchte, die sie aufziehen konnte, um Toms Tod hineinzutun und dort zu verschließen.

»Setz dich mal einen Moment hin«, sagte er.

»Ich bin ganz ruhig«, sagte sie.

»Ich sehe, dass du ganz ruhig bist«, sagte er. »Ich möchte dir etwas erzählen.«

So beherrscht, wie sie vorher alles andere gemacht hatte, setzte sie sich auf einen der Plastikstühle, legte die Hände übereinander in den Schoß und sah ihn an.

Er sagte: »Als ich Ton kennenlernte, war er schon eine ganze Zeit wieder in Holland. Er hatte den Dienst bei den Friedenstruppen auf dem Balkan quittiert und beschlossen, Polizist zu werden. Ich war gerade Hoofdinspecteur geworden, und er fing damals als Streifenpolizist an. Aber er war anders als die anderen Anfänger. Er war sogar anders als jeder Polizist, den ich bis dahin kannte. Das lag daran, dass er Menschen sterben gesehen hatte. Im Gegensatz zu dem, was die meisten Leute denken, gehört für einen Polizisten der Tod nicht wirklich zum Alltag, nicht mehr jedenfalls als für einen Feuerwehrmann oder Arzt, und auch wenn wir manchmal Opfer von Gewaltverbrechen tot auffinden, sehen wir doch selten jemanden sterben.

Ton Gallo dagegen hatte Menschen sterben gesehen, nicht nur

einen oder ein halbes Dutzend, sondern viele, sehr viele und auf unvorstellbar grausame Weise. Er redete allerdings nie darüber, nicht über Sarajewo, nicht über Mostar, auch nicht über Srebrenica, nicht über die Massaker und die Massengräber. Er war nur still und in sich gekehrt und bei allem, was er tat, ganz besonders sorgfältig. Er war jemand, der einem Vorgesetzten auffällt. Manchmal sah ich ihn, wie er irgendwo am Fenster stand und auf etwas starrte, das nur er sah. Ich hatte da schon die Angewohnheit entwickelt, abends oder nachts durch die Stadt zu fahren, und eines Abends entdeckte ich Ton in Slootervaart, wie er am Straßenrand in seinem Wagen saß und zusah, wie die Sonne hinter der Moschee unterging.

Er saß da und rauchte, die Tür seines Wagens stand offen, und im Radio lief eine Musik, die klang wie live von irgendeinem Basar in Dubrovnik: quäkende Blasinstrumente und klirrende Drahtsaiten. Ich kannte seine Personalakte, aber ich kam nicht sofort darauf, was er da machte. Einige Wochen später blätterte ich in einer alten Ausgabe von *Paris Match* – keine Ahnung mehr, wo – und stieß auf ein Foto von einer Straße in Jugoslawien, in der Nähe von Srebrenica, und im Graben der Straße lagen Dutzende und Aberdutzende von Leichen. Auf der anderen Seite war das Foto einer Moschee in Mostar, hinter der gerade blutrot die Sonne unterging, und ringsherum waren die Berge weiß und blau, und das Wasser unter der zerschossenen Brücke schäumte leuchtend grün zwischen dem moslemischen und dem christlichen Teil der Stadt dahin, und da war mir klar, was Ton da gemacht hatte. Er hatte getrauert. Indem er sich erinnerte, hatte er getrauert, und das war seine Art, dem Ganzen einen Sinn zu geben, den es sonst nicht hatte.«

»Haben Sie mit ihm darüber gesprochen?«, fragte Julika.

»Nicht mit Worten«, sagte der Commissaris, »jedenfalls nicht am Anfang. Ich habe einfach die Illustrierte genommen und auf seinen Schreibtisch gelegt, die Seite mit dem Foto aufgeschlagen. Ich wollte ihm sagen: Niemand kann das ganze Blut aus deinen Träumen tilgen, aber wenn du mit jemandem über das reden willst, was dir unaussprechlich erscheint, und selbst wenn es nur ein Sonnenuntergang hinter einer Moschee ist …«

»Warum erzählen Sie mir das?«

»Weil ich keine Illustrierte zur Hand habe, die ich dir hinlegen kann.«

Julika blickte zum Bügeleisen hinüber, das sich knisternd erwärmte. »Sie wollen mir sagen, dass es keine Schande wäre, wenn ich jetzt heulend und zähneklappernd hier in der Küche herumflattern würde wie ein gefangener Vogel in seinem Käfig? Oder wenn ich drauflosreden würde wie ein Wasserfall?« Sie schüttelte den Kopf. »Dazu ist es zu früh.«

»Nein, dazu ist es nicht zu früh. Je länger du damit wartest, desto mehr arbeitet das in dir, und irgendwann entzündet es sich. Dann bist du der Käfig, in dem es herumflattert und so laut mit den Flügeln schlägt, dass du kein Auge mehr zumachen kannst.«

Julika schwieg einen Moment, dann fragte sie: »War's das?«

»Noch nicht ganz«, sagte der Commissaris. »Ich möchte, dass du dir ein paar Tage freinimmst. Und dass du einen Termin bei Doktor Menardi machst, gleich in der ersten Januarwoche.«

»Ich bin in Ordnung.«

»Bist du nicht. Niemand, der das erlebt hat, was dir gerade widerfahren ist, ist in Ordnung. Vielleicht ist dir das nicht klar, aber heute Abend hat ein völlig neuer Abschnitt in deinem Leben begonnen.«

Jetzt sangen alle drei Tenöre gleichzeitig, schleuderten sich gegenseitig in die Seile, pressten einander die Luft aus den Lungen und nahmen sich in den Schwitzkasten des hohen C.

»Mach das endlich leiser!«, rief Julika. Diesmal gehorchte ihr Vater. »Ich bin in Ordnung, wirklich«, sagte sie noch einmal.

»Das ist ein Befehl, Brigadier«, sagte der Commissaris.

Wieder schüttelte sie den Kopf. »Ich brauche keinen Urlaub.« Sie stand auf, ging zum Bügelbrett und griff nach einem Hemd, das sie mit dem linken Ärmel zuerst zu bügeln begann, ganz methodisch und sorgfältig, als könnte sie so unter Beweis stellen, wie unrecht Van Leeuwen hatte. »Meinetwegen rede ich mit Doktor Menardi, aber lassen Sie mich weiterarbeiten. Ich will die Leute, die Tom getötet haben, zur Verantwortung ziehen.« Sie sprühte etwas Wasser auf den Ärmel und plättete ihn zischend. »Vielleicht hat Ton ja recht. Vielleicht bin ich wirklich mit schuld an seinem Tod.«

Als er das Wort *Tod* hörte, sagte ihr Vater zu den inzwischen völlig ausgepumpten Tenören: »Sie fehlt mir. Sie fehlen mir beide.«

Julika hielt das Bügeleisen in der Luft und sah zu ihm hinüber, betrachtete seinen Hinterkopf mit einem fremden, traurigen Blick. Sie hatte einen ernsten, fast schmerzlichen Zug um die Augen, der vor zwei Tagen noch nicht da gewesen war. »Mir auch«, sagte sie. Es schien, als nickte er, doch es konnte auch nur ein Zittern sein. Sie wandte das Gesicht wieder dem Commissaris zu. »Wie soll ich denn Ihrer Meinung nach damit leben, wenn ich nicht mithelfen darf, Toms Mörder zu finden? Das ist *meine* Art zu trauern. Außerdem: das Mädchen, Rascha Frankenhuis – wissen Sie, was mit Rascha passieren wird, wenn wir ihr nicht helfen?«

»Ja.«

Als hätte sie ihn nicht gehört, fuhr Julika fort: »Die werden sie umbringen, wie sie Tom umgebracht haben. Aber vorher werden sie sie missbrauchen, einer nach dem anderen, und dann werden sie sie weiterreichen an andere, die sie ebenfalls missbrauchen, und irgendwann wird sie so enden wie die tote Frau auf der Müllkippe, mit weggebranntem Gesicht, abgeschnittenen Fingerkuppen und rausgebrochenen Zähnen. Bis dahin werden die sie vielleicht sogar davon überzeugt haben, dass sie genau das verdient hat, dass es ihre Schuld war und nur sie selbst für dieses schreckliche Ende verantwortlich ist. Sie wird jemandem gegenübersitzen oder unter jemandem liegen, mit trockenem Mund und zusammengepressten Knien, weil sie vor lauter Angst nur noch aufs Klo muss, und der Mann, der sie umbringt, ihr Mörder, wird ganz vernünftig mit ihr reden. Seine Worte werden sie lähmen, sie werden jede ihrer Bewegungen ersticken wie die Fäden einer Spinne, und obwohl sie sich an alles erinnert, was einem in so einer Lage vielleicht nützen könnte – Weinen, Schreien, Flehen, Winseln –, wird sie nichts davon tun, weil sie weiß, dass es keinen Sinn hat. Wollen Sie, dass die Tochter Ihres Freundes so endet?« Die ganze Zeit, während sie das sagte, hatte sie den Ärmel weiter gebügelt, bis er nur noch aus dampfendem Gewebe und scharfen Falten bestand, und sie hatte Van Leeuwen dabei nicht angesehen. Erst jetzt sah sie auf.

»Ich will nicht, dass *du* so endest«, sagte der Commissaris.

»Sie haben selbst gesagt, dass der Mann aus Mailand, dieser Bashkim, sie mitgenommen hat«, beharrte Julika. »Sie lebt also noch. Wenn es nur darum ginge, dass sie etwas gesehen oder erfahren hat, von dem die nicht wollen, dass jemand sie damit in Verbindung bringen kann, dann wäre sie schon tot. Vielleicht wäre es besser, wenn sie tot wäre, aber sie ist es nicht. Lassen Sie mich nach ihr suchen. Ich kann das besser als irgendjemand, weil ich eine junge Frau bin und weil sie mich nicht kennen. Ich lasse mich von Sluizer bei denen einschleusen. Ich finde heraus, was sie mit ihr gemacht haben, wo sie ist …«

»Nein«, sagte Van Leeuwen. »Dafür bist du nicht ausgebildet, und Sluizer kann dich nirgendwo einschleusen, sonst wäre er gar nicht mehr am Leben. Allein die Tatsache, dass er zu uns kommen konnte, dass er lebt, bedeutet, dass sie von ihm nichts zu befürchten haben, dass er nichts weiß. Braak hätte das vielleicht gekonnt, aber der ist genauso verschwunden wie Rascha und wie Tonja. Du hast recht, es ist sehr wahrscheinlich, dass Rascha etwas gesehen oder gehört hat, das sie nicht hätte sehen oder hören dürfen. Genauso wie Tom Ropers. Braak hätte uns vielleicht sagen können, was das war. Es könnte der Mord an der Frau auf der Müllkippe gewesen sein oder etwas, das damit in Zusammenhang steht. Aber darum kümmere *ich* mich. Um Bashkim und seine Hintermänner kümmere *ich* mich. Du findest keinen Draht zu ihm. Er ist die Nacht. Du bist der Tag. Jemand wie ihn muss man in der Nacht jagen, und das kannst du nicht. Du kannst nicht in die Nacht gehen, weil du sie nicht kennst.«

»Und Sie? Kennen Sie sie?«, fragte Julika schroff.

»Niemand kennt die Nacht«, sagte ihr Vater plötzlich aus seinem Fernsehsessel, und erst jetzt bemerkten sie, dass die drei Tenöre ihren Kampf endgültig beendet hatten. »Du nicht und Sie auch nicht, Mijnheer. Niemand.« Er sagte es, ohne den Kopf zu ihnen umzudrehen.

Ich kenne die Nacht, dachte Van Leeuwen, *diese und jede andere, und zwar da, wo sie am finstersten ist.* Aber er sagte es nicht. Sein Handy vibrierte. Er ließ es zappeln, ohne dranzugehen. Leise, aber bestimmt erklärte er: »Die Diskussion ist beendet, Brigadier Tambur. Du hast gehört, wie ich dazu stehe, mehr gibt es nicht zu sagen. Haben wir uns verstanden?«

Sie antwortete nicht.

»Haben wir uns verstanden?«, fragte er noch einmal.

»Ja«, sagte sie. Einen Moment lang waren ihre Augen voller Abneigung, dann wanderten sie zu ihrem Vater, dessen Kopf zur Seite gesunken war. Schwere, raspelnde Atemzüge verrieten, dass er eingeschlafen war. Hinter dem nassen Fenster über seinem Kopf stiegen Raketen auf, deren Pfeifen und Zischen man bis in die Wohnung hören konnte. Rote und violette Fontänen breiteten sich wie explodierende Regenschirme am Nachthimmel aus.

Jetzt holte Van Leeuwen sein Handy heraus. »Ja?«

»Es ist bald Mitternacht«, sagte Felines Stimme dicht an seinem Ohr. »Ich wollte mich mal erkundigen, wie deine Pläne für den weiteren Verlauf des Abends aussehen.«

»Ich fahre jetzt los«, sagte Van Leeuwen. »Ich bin vor zwölf Uhr da.« Er verstaute das Handy wieder, stand auf und ging zur Tür. Julika gab sich einen Ruck und ging ihm nach. Sie öffnete die Tür, auf der Schwelle blieb sie stehen, bemerkte sein Zögern. »Sie können mich allein lassen, wir tun uns nichts an«, sagte sie und fügte etwas leiser hinzu: »Frohes neues Jahr.«

»Ja«, sagte er. »Dir auch.« Bevor er die Tür schloss, schlug er zum Schutz gegen den Regen den Kragen seines Trenchcoats hoch und zog den Gürtel fest. Als er wieder nach der Klinke greifen wollte, fiel sein Blick noch einmal ins Innere der Wohnung und durch die Küche ins Wohnzimmer, wo Julika neben dem Fernsehsessel stand und auf ihren Vater hinabschaute. Sie stand nur da und schaute, wie gelähmt von ungestellten Fragen und ungesagten Worten. Sie sah aus wie eine Tochter, die ein für alle Mal von ihrem Vater Abschied nahm und wusste, dass sie es nur schaffte, wenn er schlief.

20

Es regnete den ganzen Neujahrstag hindurch, aber in der folgenden Nacht ließ der Regen nach, und am Tag darauf kam ein paarmal kurz die Sonne durch, bevor es gegen Abend wieder stärker zu regnen begann. Dass Brigadier Julika Tambur verschwunden war, erfuhr der Commissaris am 2. Januar gegen 16.30 Uhr, gerade als er vom Fenster seines Büros aus unten auf der Straße die beiden Männer in dem schwarzen Volvo bemerkte. Der Volvo stand neben der Straßenbahnhaltestelle, und er hatte eine Funkantenne hinten auf dem Dach. Die Männer sahen zu Van Leeuwen herauf, stiegen aber nicht aus. Er konnte sehen, dass sie Windjacken trugen, die vor Nässe glänzten, als säßen sie noch nicht lange im Wagen. Dann achtete er nicht weiter auf sie, wandte dem Fenster den Rücken zu und fragte: »Woher weißt du, dass sie verschwunden ist?«

»Sie ist nicht zum Dienst erschienen«, antwortete Hoofdinspecteur Gallo, »und sie hat auch nicht angerufen und sich krank gemeldet. Seit du sie am Silvesterabend zu ihrem Vater gebracht hast, hat niemand mehr etwas von ihr gehört oder gesehen. Sie geht nicht an ihr Telefon, und am Handy meldet sich nur die Mailbox.«

Der Commissaris sagte: »Schick einen Wagen nach Slooterdijk, vielleicht ist sie noch bei ihrem Vater.« Er dachte an das letzte Bild von ihr und dem alten Mann in seinem Fernsehsessel und wusste, dass sie nicht mehr dort war, egal, was er jetzt gerade hoffen mochte. Wahrscheinlich war sie nicht einmal mehr in Amsterdam. »Und gib eine Fahndung nach ihr raus. Alle Flughäfen, alle Bahnhöfe und die Schleierfahnder an den Grenzen. Interpol. Europol. Die Carabinieri in Italien. Das ganze Programm, genau wie bei Tonja Scholenko und Léon Braak.«

»Weswegen?«, fragte der Hoofdinspecteur.

»Weil ich sie lebendig wiedersehen will, deswegen!«, sagte der Commissaris und bemühte sich um eine gemäßigte Tonlage. Als er wieder aus dem Fenster und hinunter auf die Straße schaute, waren die beiden Männer in dem matschbespritzten schwarzen Volvo verschwunden, und es regnete wieder. Er hielt nicht bewusst nach den Männern Ausschau, sondern folgte eher einer Intuition, die ihm sagte, dass heute noch etwas geschehen würde, etwas, das in Verbindung mit seinem Fall stand. Vielleicht war aber auch das nur eine Hoffnung, mit der er ins neue Jahr gehen wollte. Die Straße lag leer im Regen, und das Wasser der Gracht wirkte grau und schmutzig.

Den Trenchcoat über den Arm geworfen, ging Van Leeuwen zu den Arrestzellen im hinteren Teil des Präsidiums. Mike Sluizer saß in seiner Zelle auf der Pritsche und starrte auf einen kleinen tragbaren Fernseher, in dem eine Quizsendung lief. Er trug Jeans, knöchelhohe Turnschuhe und eine dicke Strickjacke aus Shetlandwolle mit hohem Kragen. Er sah aus, als hätte er seit zwei Nächten nicht geschlafen. Die Zellenbeleuchtung war eingeschaltet, denn durch das kleine Fenster drang nur wenig Licht. Der Commissaris trat ein, schaltete den Fernseher aus und sagte: »Sie können gehen, Mijnheer Sluizer. Wenn Sie wollen, fährt Sie ein Streifenwagen nach Hause.«

Sluizer wurde grau wie Asche. »Aber Brigadier Tambur hat gesagt, ich könnte hierbleiben. Ich käme ins Zeugenschutzprogramm, hat sie mir versprochen.«

»Brigadier Tambur war nicht berechtigt, Ihnen irgendwelche Zusagen zu machen«, sagte der Commissaris.

»Die bringen mich um«, sagte der Fotograf. »Draußen überlebe ich keine vierundzwanzig Stunden. Genau wie dieser Motorradfahrer, der nach Rascha gesucht hat …«

»Wer hat Ihnen erzählt, dass Tom Ropers tot ist?«, fragte der Commissaris.

»Julika – ich meine, Brigadier Tambur«, erklärte Sluizer hastig.

»Wann?«

»Sie war hier, gestern Morgen.«

»Was wollte sie?«

Sluizer stand auf, als wäre ihm plötzlich klar geworden, dass Höflichkeit in seiner Situation nicht schaden konnte. »Sie wollte wissen, wo Léon sein könnte – Léon Braak. Ob er vielleicht nach Mailand ist. Und dann hat sie noch gefragt, ob ich eine Ahnung hätte, wohin Bashkim Gianna gebracht haben könnte und wen ich da kenne, in

Mailand – wer ihr helfen könnte, ihn zu finden. Dabei wusste ich nicht mal, dass er mit ihr weg ist.«

»Was haben Sie ihr gesagt?«

»Dass ich keine Ahnung habe und dass ich da auch niemanden kenne.« Sluizer breitete die Arme aus, die Hände hingen herab wie gebrochene Flügel. »Niemand weiß, wo Bashkim herkommt oder hingeht, wo er lebt. Aber eins weiß ich: Er ist gefährlich, sehr gefährlich, von dem lässt man besser die Finger. Er hat schon viele Menschen getötet. Ach, und dann hat sie noch gefragt, wo in Mailand die Nutten arbeiten, aber nicht mal das konnte ich ihr sagen.«

Der Commissaris hatte das Gefühl, das Blut stürze aus seinem Kopf und an seinem Herzen vorbei in den Magen. »Wann war das genau?«, fragte er.

»So um neun, zehn Uhr rum, später nicht.«

»Was hatte sie an?«

Sluizer rieb sich die Lippen mit dem rechten Handrücken. »Eine Lederjacke, Blouson mit Nieten und Noppen. Stiefel mit Eisendornen. Jeans mit Löchern, Gürtel mit Ketten, Handschuhe. Sah gar nicht wie eine Polizistin aus. Richtig scharf und …«

»Das reicht.« Der Commissaris durchleuchtete den Fotografen noch einmal mit den Augen, tastete ihn nach Lügen ab und fand keine. Er verließ die Zelle.

Auf dem Gang hörte er Sluizer rufen: »Was wird denn jetzt aus mir?« Er hörte die Panik in Sluizers Stimme und drehte sich um. »Sie haben recht, jemand muss sich um Sie kümmern«, sagte er. »Aber ich nehme Sie nicht in Schutzhaft. Ich verhafte Sie wegen Beihilfe zu Mädchenhandel, Drogenschmuggel, Freiheitsberaubung und Zwangsprostitution.«

Er schloss die Zellentür und verriegelte sie. Er schlüpfte in seinen Trenchcoat, und während er an den Arrestzellen vorbeiging, kehrte das Blut allmählich wieder in seinen Kopf zurück. Es brachte die Angst mit, die es im Magen gefunden hatte, brachte sie in sein Herz und seine Gedanken. Dumme Göre, dachte er, dumme, törichte Göre Julika, Rascha, Tonja, dumme Gören, alle miteinander.

Er verließ das Präsidium, um sich noch einmal persönlich umzusehen, in Julikas Wohnung, Braaks Unterkunft, Sluizers Fotostudio. Um nach Hinweisen zu suchen, der Nadel im Heuhaufen, dem offen daliegenden Brief auf Edgar Allen Poes Schreibtisch, den Brief unter Briefen, den keiner bemerkt hatte. Er ging über den Parkplatz im Innenhof und bog auf die Marnixstraat. Der Wind wehte scharf und kalt über die Brücken. Das Parkhaus gegenüber vom Präsidium ragte schwach beleuchtet in den abendschwarzen Winterhimmel. Der Commissaris schob die Hände in die Manteltaschen, fand die Wagenschlüssel. Der Regen klatschte ihm ins Gesicht. Eilig überquerte er die Elandsgracht und den verwaisten Parkplatz des Busbahnhofs auf der anderen Seite.

Die beiden Männer in den Windjacken erwarteten ihn in der Dunkelheit zwischen zwei abgestellten Bussen, und er hörte sie mehr, als dass er sie sah: das Rascheln des nassen Kunststoffs, ihre knirschenden Schritte. Sie tauchten plötzlich vor ihm auf, die Kapuzen gegen den Regen über die Köpfe gezogen. Er reagierte instinktiv, ohne bewusste Erinnerung an die beiden jungen Schläger in der Weihnachtsnacht. Einer der Männer hob die Hand, und etwas blinkte vor seiner Brust im schwachen Schein der Parkplatzbeleuchtung. Van Leeuwen ging schnell auf ihn zu, statt zurückzuweichen, packte die Hand und hielt sie fest. Sein Gesicht befand sich dicht vor dem des Mannes, dessen Handgelenk er mit aller Kraft presste, so fest, dass der Angreifer überrascht stöhnte. Bevor der Mann seine andere Hand benutzen konnte, drängte Van Leeuwen ihn gegen den Bus und schlug ihm zweimal schnell mit der Faust in den Bauch, und gleich darauf, als der Kapuzenkopf des Mannes mit einem schmerzerfüllten Würgen gegen seine Schulter kippte, noch zweimal.

Der zweite Mann rief: »Was ist denn mit Ihnen – he, langsam, *langsam*!«, und warf sich auf den Commissaris, wollte ihn umklammern, ihm die Arme gegen den Oberkörper pressen. Aber wieder war Van Leeuwen schneller. Er ließ den ersten Angreifer los, fuhr herum und trat dem zweiten Mann knapp über dem Knie gegen das rechte Bein. Der Mann prallte gegen den anderen Bus, sodass Van Leeuwen nachsetzen konnte, und als er nah genug war, schlug er dem Angreifer mit der Faust ins Gesicht. Röchelnd klappte der zweite Mann zusammen, schnappte nach Luft, krümmte sich noch tiefer und fiel auf die Knie.

Unter seinem vorgebeugten Oberkörper lag der blinkende Gegenstand, der dem ersten Mann aus der Hand gefallen war. Jetzt sah der Commissaris, dass es kein Messer war und auch kein Schlagring, sondern ein Ausweis, eingeschweißt in Plastik. Er bückte sich, um ihn aufzuheben. Er roch den Schweiß des zusammengekrümmten Mannes, den nassen Kunststoff seiner Jacke, und er hörte das Pfeifen seiner Lungen, die verzweifelt nach Luft japsten, aber das Gesicht konnte er nicht erkennen. Er holte die Wagenschlüssel aus der Manteltasche. An dem Schlüsselanhänger befand sich eine winzige Stiftlampe; damit leuchtete Van Leeuwen den Ausweis an. Mit dem Ärmel wischte er Dreck und Wassertropfen von der Plastikhülle, und dann starrte er eine ganze Weile auf das Foto und den Namen des Mannes, den er verprügelt hatte.

Hoofdinspecteur Falk Bakkers, las er ungläubig und deshalb mehrmals, *Dienst Nationale Recherche*. Das bedeutete, dass wahrscheinlich auch der zweite Mann, den er zusammengeschlagen hatte, bei der Nationalen Kriminalpolizei war. Na ja, dachte er verlegen, tja, also, hm. Wusste gar nicht, dass die da solche Flaschen beschäftigen.

»Geht's wieder?«, fragte er mit einem leisen Anflug von Verlegenheit, als der zweite Mann mühsam auf die Beine kam, mit einer Hand an der Buskarosserie, da er die von Van Leeuwen dargebotene knurrend ignorierte. Das Knurren klang wie »Arschloch!«, aber bei dem Regen und dem Lärm einer auf der Elandsgracht haltenden Straßenbahn konnte es alles Mögliche heißen.

Auch der erste Mann kam wieder zu Atem. Keuchend sagte er heiser: »Mann, sind Sie von allen guten Geistern verlassen, was stimmt denn bloß nicht mit Ihnen?« Er drehte sich zu dem nassglänzenden Bus hinter sich um und übergab sich.

»Tut mir leid«, sagte der Commissaris. »Ich dachte, ihr wolltet mich … ich weiß auch nicht, was ich dachte. Gar nichts wahrscheinlich …« Er war von einer merkwürdigen Euphorie erfüllt, beinahe hätte er gelacht. »Heiligabend bin ich nachts von zwei Typen zusammengeschlagen worden, einfach so.« Er schob dem keuchenden

Mann den Ausweis in die Jackentasche. »Hier, der ist Ihnen runtergefallen. Wo habt ihr denn euren Volvo gelassen?«

Der zweite Mann schüttelte den Kopf so heftig, dass der Regen von seiner Kapuze spritzte. Er versuchte, etwas zu sagen, brachte aber nur ein merkwürdiges Quietschen zustande, fast wie ein Ferkel, das Angst vorm Schlachter hatte. Endlich riss er sich die Kapuze vom Kopf und starrte Van Leeuwen mit wild glitzernden Augen an. Ich darf nicht lachen, dachte der Commissaris, aber während er das noch dachte, ließ die Wirkung des Adrenalins in seinem Organismus nach, und er schämte sich auf einmal. Seine Beine begannen zu zittern. Er spürte, wie ihm die Knie weich wurden, und griff selbst Halt suchend nach dem nassen Blech der Busflanke. Plötzlich hatte er das Gefühl, dringend auf die Toilette zu müssen. »Warum habt ihr euch nicht identifiziert?«, fragte er. »Warum lauert ihr mir hier im Dunkeln zwischen den Bussen auf wie Gangster, Hoofdinspecteur?«

»Wir haben Ihnen nicht aufgelauert«, sagte Bakkers. »Wir haben unseren Wagen im Parkhaus abgestellt und waren gerade auf dem Weg zu Ihnen, Van Leeuwen. Da haben wir Sie auf dem Zebrastreifen gesehen, und ich habe meinen Ausweis geschwenkt. Wie viel Identifizierung brauchen Sie noch?«

Van Leeuwen ging einige Schritte, um aus dem Schatten zwischen den Bussen herauszukommen, aber wegen der wässrigen Schwäche in seinen Beinen waren es kleine Schritte. »Da vorn ist eine Kneipe, ich lade euch zu einem Bier ein.« Auf dem Platz vor den Bussen, im Regen unter den Bogenlampen, blieb er stehen und drehte sich um.

Keiner der beiden Männer hatte sich vom Fleck gerührt. Er zog sich etwas tiefer in seinen Trenchcoat zurück und rief: »He, wir sind alle Offiziere, aber ich habe ein Lorbeerblatt auf der Schulter und ihr nur einen Streifen, also los!«

21

»Der Name der toten Frau ist Sofia Scholenko«, sagte Hoofdinspecteur Falk Bakkers vom KLPD. »Die Wanzen hat sie von uns gekriegt.«

»Tonja Scholenkos Schwester?«, fragte der Commissaris überrascht.

»Ja«, bestätigte Bakkers. »Stimmt, ich glaube, die Schwester hieß Tonja. Kam von irgendwo aus der Ukraine.«

»Steni«, sagte der Commissaris. »Bei Lemberg.«

Bakkers nickte. Sie saßen auf Holzbänken in einem leeren *bruin café* gleich hinter der Stadshouwburg am Leidseplein. Zwischen ihrem Tisch und den anderen in dem kleinen, schwach beleuchteten Raum gab es genug Abstand, und sie waren die ersten Gäste, trotzdem redeten sie leise. Bakkers und der zweite Mann, Hoofdinspecteur Geert Bosch, ebenfalls KLPD, hatten ihre Windjacken nicht ausgezogen, als wollten sie jederzeit aufbruchbereit sein; nur die Kapuzen hatten sie abgesetzt. In ihren halb vollen Biergläsern spiegelte sich der rote Neonschriftzug *Heineken Bier* über dem dunkel gebeizten Tresen auf der anderen Seite des Gangs zur Toilette.

»Sie war eure Informantin«, sagte der Commissaris.

»Ja«, sagte Bosch.

»Warum ist sie dann tot?«

»Wie bitte?«

»Warum habt ihr zugelassen, dass sie umgebracht wird?«, fragte der Commissaris. »Wo immer sie mit euren Wanzen reingegangen ist – warum seid ihr nicht da gewesen, um sie rauszuholen, als es gefährlich wurde?«

Bakkers strich sich mit Daumen und Zeigefinger etwas imaginären Bierschaum aus dem Schnurrbart und suchte den Blick seines Partners. »Wir wussten nicht, was sie vorhatte«, sagte er. »Sie sollte nichts auf eigene Faust unternehmen, aber sie hat es getan. Sie hat den Kontakt abgebrochen und sich den Zielpersonen allein genähert, ohne uns was zu sagen.«

Er hatte ein rosiges Gesicht, rau wie Schmirgelpapier, aber fast ohne Falten. Sein Haar war blond, begann allerdings bereits, grau zu werden, genau wie der Schnurrbart. Er wirkte erhitzt, voll gereizter Energie. Sogar seine hellblauen Augen wirkten so, und die Sehnen an seinem Hals waren straff wie Klaviersaiten. Er hatte die breiten Schultern eines Mannes, der mit seiner Kraft geboren und älter geworden war. Er trug ein graues Jeanshemd und eine dunkelrote Strickjacke, die zu seiner grünen Cordhose passte, aber nicht zu der rosigen Gesichtsfarbe.

»Die Nachricht war also für euch bestimmt«, stellte der Commissaris fest.

»Welche Nachricht?«, fragte Bosch, ohne den Blick von Van Leeuwens Gesicht zu lösen. Er hatte sein Bier bisher nicht angerührt. Er saß sehr gerade, ohne die Rückenlehne zu berühren, eine straffe, drahtige Haltung, die vergessen lassen sollte, dass er sich eben erst vor Schmerzen gekrümmt hatte. Der Rollkragen seines marineblauen Pullovers stützte die Linien seines kantigen Kinns. Er hatte das scharf geschnittene Gesicht eines Menschen, der keine Ruhe fand hinter seiner hohen Stirn, der innerlich immer in Bewegung war. »Von welcher Nachricht sprechen Sie, Commissaris?«

»Das in den Bauch der Toten gebrannte Mikro, diese widerwärtige Schweinerei«, sagte der Commissaris. »Die *Wir-wissen-dass-ihr-an-uns-dran-seid-aber-es-ist-uns-egal*-Nachricht der Mörder.«

»So haben wir das noch gar nicht gesehen«, sagte Bosch. Kein Wimpernschlag, kein Blinzeln.

»Und die andere Nachricht, wie habt ihr die gesehen?«, fragte Van Leeuwen.

Bakkers fragte: »Sie meinen die E-Mail-Anfrage, ob jemand die Tote kannte oder mit ihr gearbeitet hat?«

Der Commissaris nickte.

»Der Zeitpunkt war ausgesprochen ungünstig«, sagte Bakkers.

»Ich wusste nicht, dass es günstige oder ungünstige Zeitpunkte dafür gibt, Kollegen von der Kriminalpolizei bei den Ermittlungen in einem Mordfall zu unterstützen«, sagte der Commissaris, und plötzlich bereute er es überhaupt nicht mehr, den hochgehaltenen

Ausweis in der Dunkelheit zwischen den Bussen nicht erkannt zu haben.

Jetzt endlich senkte Bosch seinen Blick, nickte mit immer noch zusammengekniffenen, nach unten gesichelten Lippen und hob langsam beide Hände von der Tischplatte, nur um sie gleich genauso langsam wieder sinken zu lassen, als sähe er keinen Ausweg aus der Sackgasse, in die sie ihr Gespräch bedauerlicherweise und ganz gegen seine Absicht geführt hatte. Es war Hoofdinspecteur Bakkers, der sich einen Ruck gab und voranschritt, um Van Leeuwen zum Baum der Erkenntnis zu geleiten.

»Wir arbeiten an dieser Sache schon fast zwei Jahre lang«, sagte er, »die Nationale Recherche auf unserer Seite, dazu Interpol, die italienischen Direzione Investigativa Antimafia und die Polizeibehörden der Ukraine und Montenegros. Über fünfzehntausend Arbeitsstunden, allein für das Schwerpunktfeld Menschenschmuggel. Dazu kommen Zollvergehen, Mord, Erpressung, Vergewaltigung, Zwangsprostitution, Steuerhinterziehung und Herstellung und Verbreitung von Gewaltpornografie. Der Kopf der Bande, die von Albanien aus operiert, ist ein Mann namens Cato. Natürlich ist das nicht sein richtiger Name, und natürlich weiß auch niemand, wo er lebt oder wo er herkommt. Die einen sagen, er residiert in Tirana, die anderen sagen, Moskau, wieder andere sagen, London oder irgendwo in Amerika. Aber er hat in jedem Land Statthalter, von denen wir einige kennen, die meisten aber nicht. Allen gemeinsam ist, dass wir gegen keinen genug in der Hand haben, um ihn aus dem Verkehr ziehen zu können. In London ein Mann namens Pjotr Cholokow. In Mailand ein Mann namens Mezzanotte, das dürfte wohl ein Spitzname sein. In Kiew ein Mann namens Petrov, Vladimir. Und ein abtrünniger Moslem mit Namen Bashkim, der an Geld glaubt, nicht an Allah, und als Catos Zauberlehrling wie ein Weberschiffchen zwischen diesen Männern hin und her saust und dafür sorgt, dass die Geschäfte flutschen. Und der, wenn sie es mal nicht tun, den Grund dafür herausfindet und ihn beseitigt, notfalls mit Gewalt. Wie bei Sofia Scholenko.«

»Woher wisst ihr, dass Bashkim sie ermordet hat?«, fragte der Commissaris.

»Wir wissen es«, antwortete Bakkers. Seine gereizte Energie schien noch zuzunehmen; er strahlte sie jetzt aus wie glühende Kohle die Hitze, und seine Augen glitzerten.

Van Leeuwen sah ihn nur an. *Woher?*

»Es gibt einen Film davon«, sagte Bakkers.

»Ihr habt den Mord gefilmt?«

»*Er* hat es getan.« Bakkers nahm einen kleinen Schluck Bier. »Erinnern Sie sich noch an die sogenannten *snuff*-Filme aus den Siebziger- und Achtzigerjahren? Diese kurzen, widerlichen Hardcore-Streifen, in denen Frauen angeblich vor laufender Kamera getötet wurden, live und in echt, von maskierten Kerlen, mit denen sie vorher Sex hatten? Man hat nie herausgefunden, ob das nicht alles *fake* war, nur so getan als ob, mit Kunstblut und gespieltem Todeskampf. Tja, bei Bashkim ist alles echt, das Blut, der Tod, der Orgasmus dabei. Wir wissen, dass er es ist, der die Frauen vor laufender Kamera tötet, aber wir können die Filme nicht gegen ihn verwenden, weil er eine rote Ledermaske trägt.«

»Wenn er eine Maske trägt, wie könnt ihr dann sicher sein, dass es sich um Bashkim handelt?«

»Er ist am ganzen Körper tätowiert, Brust, Rücken, Arme, Beine, alles, sogar der Hintern«, erklärte Bakkers. »Solche Tattoos sind ein Erkennungszeichen der Russenmafia. Damit erzählen die sich, in welchem Knast sie gesessen haben und worauf sie sonst noch stolz sind. Bashkim ist zwar kein Russki, aber er fand das wohl irgendwie apart.«

»Hat jemand von euch den Film gesehen?«, fragte Van Leeuwen. Die Maske des roten Todes, dachte er.

»Ja.«

»Wo?«

»Er stand eine Zeitlang im Internet. Wir haben ihn heruntergeladen und auf DVD gepresst.«

»Sofia Scholenko ist doch erst seit knapp neun Tagen tot.«

»Sie starb wahrscheinlich am Nachmittag des fünfundzwanzigsten Dezember«, sagte Bosch. »Einen Tag später wurde der Film ins Netz gestellt. Als Warnung für alle, die es angehen könnte. Außerdem gibt es einen kleinen Kreis fester Abnehmer für diese Art Filme, *made by Bashkim.*«

»Ich möchte eine Kopie der DVD«, sagte Van Leeuwen. *Sie verschleppen die Mädchen nicht nur,* dachte er; *sie zwingen sie nicht nur zur Prostitution und zerstören ihre Hoffnungen, ihre Seele, sie filmen sie auch noch und verkaufen sie ein zweites Mal, verkaufen sogar ihren Tod. Und Sofia, geläutert wie Maria Magdalena, kehrte zurück in die Hölle, der sie gerade noch entkommen war, denn sie kannte den Weg dorthin, sie war ihn selbst gegangen. Und diesmal entkam sie nicht mehr.*

»Sind Sie sicher?«, fragte Bakkers mit gespielter Fürsorge, die harten Augen glitzerten wie kristallisierte Lava. »Es ist nicht *Doktor Schiwago.*«

»Ich bin sicher«, sagte Van Leeuwen, »und ich bin auch sicher, ihr habt eine Kopie im Wagen. Aber warum ihr euch erst jetzt bei mir meldet, nachdem ihr offenbar schon eine ganze Weile in Amsterdam eure Kreise zieht, das wüsste ich doch noch gern.«

»Nicht so lange, wie Sie vielleicht denken.« Bakkers streifte sich mit Daumen und Zeigefinger wieder etwas unverdampften Bierschaum aus dem Schnurrbart. »Eigentlich sind wir Sofia Scholenko hierher gefolgt. Sie suchte nach ihrer Schwester, Tonja, das wissen Sie ja schon. Dabei hat sie genau den Weg genommen, auf dem Catos Leute die Mädchen durch ganz Europa schleusen, vom Balkan über die Adria, nach Mailand und Paris oder Berlin und einige via Amsterdam nach London. Den Kollegen von den Carabinieri in Mailand ist sie zuerst aufgefallen. Sie fragte überall nach ihrer Schwester, und offenbar kannte sie einige Leute aus der Szene. Die Carabinieri haben sie sich geschnappt und sie mit ein paar Informationen gefüttert, damit sie am Ball bleibt. Eine Agentin undercover einzuschleusen war ihnen zu riskant. Sie fanden heraus, dass eine Tonja Scholenko nach Mailand gekommen und dann zu uns hier weitergereicht worden war, aber hier verlor sich ihre Spur. Wir haben Sofia von den Antimafia-Kollegen übernommen, ihr die nötige Ausrüstung zugesteckt und sie aufs Gleis gesetzt.«

»Das wohin führte?«, fragte der Commissaris.

»Zu einem Mann namens Léon Braak, einem Zuhälter, den Sie ja auch kennen.«

»Und der plötzlich verschwunden ist«, ergänzte der Commissaris, »mitten in einem Telefongespräch mit mir«, und noch bevor er den Satz vollendet hatte, wurde ihm klar, was mit Braak geschehen war. Er sah es an ihren Gesichtern. »*Sie* haben ihn!«, sagte er. »Sie haben ihn abgehört, sein Telefon, und ihn aus dem Verkehr gezogen, bevor er mir sagen konnte, dass die Tote Tonja Scholenkos Schwester war.« Er spürte, wie das Adrenalin zurückkehrte, wie es wieder in seine Adern zu strömen begann. *»Warum, verdammt noch mal? Warum haben Sie meine Ermittlungen von Anfang an sabotiert?!«*

Bakkers bedeckte seine Augen mit der linken Hand, massierte sich mit Daumen und Zeigefinger die Schläfen und stieß dabei einen Seufzer aus, der Van Leeuwen an die Hydraulikbremsen eines Linienbusses erinnerte.

»Nicht so laut, Commissaris!«, sagte Bosch, denn gerade ging die Eingangstür auf, und eine Gruppe von drei jungen Männern betrat das Lokal. »Wir haben Ihre Ermittlungen nicht sabotiert, wir haben sie nur ein wenig verzögert, weil Sie im Begriff standen, unsere Arbeit von fast zwei Jahren zu zerstören.«

»Und zwar genau so, wie Sie sie jetzt auch tatsächlich zerstört haben – Sluizer, Braak, Sie haben den ganzen Hühnerstall in Aufruhr versetzt!«, fiel Bakkers seinem Partner erbost ins Wort.

»Tom Ropers hat mich zu ihnen geführt, er und ein Mädchen namens Rascha«, erklärte der Commissaris. »Hätten Sie mich rechtzeitig informiert, wären wir vielleicht zurückhaltender vorgegangen!«

»Zurückhaltung ist nicht gerade Ihre Stärke.« Bakkers beugte sich so heftig über den Tisch, dass sein Kopf fast mit der tief herabhängenden Lampe zusammengestoßen wäre. »Glauben Sie, wir haben uns nicht über Sie informiert, als die E-Mail aus Ihrem Büro kam?! Wir säßen überhaupt nicht hier, wenn wir nicht alles über Sie wüssten, einschließlich des Volumens Ihrer Füße an einem heißen Tag! Wir wissen, dass Ihre Frau vor einem halben Jahr gestorben ist. Wir wissen auch von dem Mann, der Sie vor ein paar Wochen in dem Parkhaus bei Ihrem Präsidium umbringen wollte. Und natürlich wissen wir von den beiden Jungen, die Heiligabend auf Sie losgegangen sind. Wir haben sogar den Film davon im Internet gesehen. Sie sehen, wir kennen jedes noch so kleine Detail aus Ihrem Leben.«

»Sie haben die letzte Zeit ein bisschen über ihre Verhältnisse gelebt«, übernahm Bosch im fliegenden Wechsel, begleitet von dem ausdruckslosen Blick seiner niemals blinzelnden Augen, »zu viel abgebucht aus ihrem Herzen, von ihrem Mut. Sie fangen an, sich daran zu gewöhnen, auf Pump zu leben, aber wenn Sie Ihre Bodenschätze weiter so plündern, machen Sie bald schlapp, und wir wollen nicht, dass das mitten in *unserem* Fall passiert.«

Er trank nun ebenfalls einen winzigen Schluck von seinem Bier, ehe auch er sich überraschend entschloss, Van Leeuwen das Licht zu zeigen. »Dank Braak war es uns gelungen, Sofia bis zu Bashkim zu lotsen, und Bashkim sollte sie zu Mezzanotte bringen. Aber dann hat Bashkim irgendwie Lunte gerochen, und sie hat das gemerkt. Sie hat wahrscheinlich gedacht, allein kommt sie weiter; ohne uns kann sie ihn doch noch herumkriegen, alles wegen ihrer kleinen Schwester. Aber Bashkim geht kein Risiko ein, nicht, wenn er mal Gefahr gewittert hat, und deswegen hat er sie getötet. Und weil Sie in unsere ganze sorgsam aufgebaute Observation geplatzt sind wie ein Elefant in den Porzellanladen, ist es ihm danach auch noch gelungen, unbemerkt zu verschwinden.«

Es war Braak, dachte der Commissaris; er hat Bashkim gewarnt. Er wusste als Einziger, wer Sofia war. Er wusste zwar nicht, dass sie von der Polizei beobachtet wurde, aber sie hat ihn nach ihrer Schwester gefragt, und das reichte ihm; das reichte auch Bashkim. Es hat ihm bloß nichts genützt. Sie haben ihn trotzdem gezwungen, die Leiche zu entsorgen, weil sie ihm die Schuld gaben, dass sie überhaupt bis zu Bashkim gekommen ist. Vielleicht wusste er nicht, dass Bashkim sie töten würde; vielleicht dachte er, sie würde einfach verschwinden wie Tonja, wie die anderen Mädchen, aber das ändert nichts. Er ist genauso ihr Mörder wie Bashkim.

Zwei junge Frauen betraten laut lachend das Café, und setzten sich an einen Tisch neben der Tür, in die Nähe der jungen Männer. Der Barmann hinter dem Tresen stellte Musik an, und im roten Leuchten der *Heineken*-Schrift über seinem Kopf sah sein Haar aus wie Zuckerwatte. Der Regen schlug jetzt in Böen gegen die Fensterscheiben, und Louis Armstrong sang *What a Wonderful World.*

Van Leeuwen sagte: »Wenn es Bashkim gelungen ist, unbemerkt zu verschwinden, dann, weil ihr zu bekloppt seid, getrockneten Rotz in euren Taschentüchern zu observieren. Er hat Sofia Scholenko ermordet, die ihr geführt habt, und er hat Tom Ropers getötet, wahrscheinlich direkt unter euren Augen. Außerdem hat er ein siebzehnjähriges Mädchen entführt, eine Holländerin, die ihm bei dem Fotografen, Mike Sluizer ...«

»Gianna«, sagte Bosch.

»Sie heißt nicht Gianna, sie heißt Rascha«, fuhr Van Leeuwen ihm zornig über den Mund. »Was wissen Sie darüber?«

»Die Italiener sind wie Kinder«, sagte Bakkers abfällig, »besonders die italienischen Gangster. Sie schwärmen für Al Pacino als Tony Montana in *Scarface* und für Marlon Brando als Don Corleone. Sie geben sich neue Namen, die sie in Bruce-Lee-Filmen gehört haben, oder nennen sich nach gewalttätigen Monstern aus Videospielen.« Er drehte sein immer noch fast volles Bierglas in der Hand, sodass der Inhalt fast über den Rand schwappte. »Die haben nicht mehr den geringsten Kontakt zur Wirklichkeit, sie denken, sie leben in einem Film, im Showgeschäft. Mezzanotte ist so einer. Er schwärmt für diese Sängerin, Gianna Nannini. Er will sie heiraten. Das Problem ist, Gianna Nannini will ihn nicht heiraten. Also hält er Ausschau nach einer Frau, die aussieht wie sie. Bashkim soll sie ihm besorgen, die Frau, die er zu Gianna Nannini machen kann. Er selbst sitzt wie eine Krake in der Nähe von Mailand in einer schwer bewachten Villa und wartet.«

Bosch warf ein: »Das Problem war, Sofia Scholenko sah nicht im Mindesten aus wie Gianna Nannini. Keine Ahnung, wie die überhaupt aussieht, aber jedenfalls nicht wie Sofia. Sofia hat es versucht, aber es gelang ihr nicht. Vielleicht wäre sie noch am Leben, wenn sie wie diese Nannini aussähe.«

Aber Rascha sieht aus wie Gianna Nannini, dachte der Commissaris; vielleicht nicht ganz genau wie sie, doch man kann sie so herrichten. »Ich hätte gern die Namen von ein paar Kollegen in der Direzione Investigativa Antimafia«, sagte er, »Leute, an die ich mich wenden kann, um das zu überprüfen.«

Wieder verging eine ganze Weile, in der Bosch ihn nur ansah. »Wissen Sie überhaupt, worauf Sie sich da einlassen?«, fragte er endlich. »Sie sind ein guter Polizist, nach allem, was man so hört. Aber bei dieser Geschichte haben Sie es nicht mit ein paar kleinen Zuhältern, Geldwäschern oder Drogenkurieren in Amsterdam zu tun, sondern mit einem globalen Moloch – Filialen und Unterfilialen, aber kein Mutterschiff. Auch Mailand ist nur eine Filiale, und vielleicht ist sogar Cato nur ein Filialleiter eines Konzerns ohne Zentrale. Vory v Zakone, sagt Ihnen das etwas?«

»Russenmafia«, erwiderte Van Leeuwen. Er winkte dem Barmann und hob sein leeres Genever-Glas. Der Barmann nickte, dann kam er mit einer eisbeschlagenen Flasche an den Tisch und schenkte das Glas voll; es war das dritte.

Bakkers wartete, bis sie wieder allein waren, ehe er nickte und bestätigte: »Genau, Russenmafia, der große Gewinner unserer neuen Weltordnung, ganz besonders seit dem Zusammenbruch der ehemaligen Sowjetunion, die mir mehr fehlt als John F. Kennedy, Martin Luther King und Papst Johannes XXIII. zusammen. Vergessen Sie die sizilianische Cosa Nostra, die ist nur noch ein Appendix im Gekröse des multinationalen Verbrechens. Vergessen Sie die Camorra in Neapel und die Ndrangheta in Kalabrien, die beschränken sich auf Kokainhandel, das Geschäft mit gefälschten Markenartikeln und Müll. Aber während die halbe Welt noch glaubt, es hier mit der Dreifaltigkeit der organisierten Kriminalität zu tun zu haben, hat sich in der Zwischenzeit die russische Mafia das riesige Territorium von der Adria bis nach China einverleibt. Ein einziges Eldorado ohne Recht und Gesetz, von dem aus sie sich wie nuklear verseuchtes Grundwasser immer weiter ausbreitet. Außer in Russland. Russland ist tabu für die Russenmafia. Der Staat ist gefährlicher als die Verbrecher. Krimineller. Mächtiger. Und natürlich China: Die chinesischen Triaden sind überall, wo Chinesen sind; an die trauen sich nicht mal die Vory v Zakone ran. Dafür sind sie *numero uno* in Albanien, der Ukraine, in Ossetien, Abchasien, Rumänien, Bulgarien, Montenegro, Moldawien – im gesamten Balkanhinterland. Schwache Regierungen, korrupte Behörden, das Paradies! Lokale Clans kaufen den Namen *Mafia!* und werden zu Abfüllstationen von Verbrechen so wie Franchise-Nehmer in anderen Ländern von Coca-Cola. Drogenhandel, Geldwäsche, Cyberkriminalität, das sind die großen Geldbringer, und wenn ich Geld sage, meine ich – Halleluja, Bruder! – einen steuerfreien Gewinn von hundert bis fünfhundert Milliarden Dollar jährlich, dazu noch das Kleingeld, das bei Frauenhandel, Zigarettenschmuggel, gefälschten Markenartikeln und Raubkopien von CDs, DVDs und Videokassetten abfällt.«

»Es gibt Ursprungsländer, Durchgangsländer und Abnehmerländer«, sekundierte Bosch ihm. »Holland ist zum Teil Durchgangsland und zum Teil Konsumentenland. In den Bordellen von Amsterdam arbeiten Frauen wie Sofia Scholenko oder ihre Schwester Tonja, genau wie in den Puffs von Berlin, Paris oder London. Bei uns will die Mafia verkaufen, kein Aufsehen erregen, keine Unruhe – deswegen ist der Mord an Sofia und das, was er ausgelöst hat, so was wie ein *worst case scenario*, für die und für uns.«

»Für Sofia auch«, sagte Van Leeuwen.

Bakkers betätigte noch einmal die Hydraulikbremse. »Und was Sie betrifft, Van Leeuwen: Die wissen jetzt, wer Sie sind. Sie werden herausfinden, wo Ihre Achillesferse ist, wer oder was Ihnen etwas bedeutet. Und falls das alles nichts nützt, scheuen sie auch nicht davor zurück, Polizisten zu ermorden. Sollten Sie denen also noch mal in die Quere kommen, könnte es eng für Sie werden.«

»Und das ist alles?«, fragte der Commissaris. »Deswegen seid ihr auf einmal so erpicht, mich in alles einzuweihen?«

»Nicht ganz.« Bosch zuckte mit der linken Hand, als drängte es ihn danach, sie Van Leeuwen auf die Schulter zu legen. »Wir wollen, dass Sie noch eine Zeit stillhalten. Nicht lange. Eine überschaubare Zeit. So lange, bis die sich wieder sicher fühlen und das zu Ende zu bringen versuchen, was sie schon angefangen haben. Dann können wir sie uns gemeinsam schnappen.«

Van Leeuwen leerte das Genever-Glas mit einem Schluck. »Und wenn ich das nicht tue?«

»Wir können Sie nicht daran hindern weiterzumachen, aber es wäre ein Fehler.« Jetzt, im unpassendsten Moment, gehorchte Bosch dem Impuls: Er legte Van Leeuwen die Hand auf die feuchte Trenchcoat-Schulter. »Wir sind hergekommen, um Ihnen bei Ihren Ermittlungen zu helfen. Wir haben Ihnen Dinge gesagt, die Sie allein nie herausgefunden hätten. Wir hätten das nicht tun müssen. Wir haben dafür die Prügel unseres Lebens kassiert, ohne zurückzuschlagen. Und ich versichere Ihnen, es war das letzte Mal, wenn Sie nicht kooperieren. Sie werden nicht den geringsten Hinweis mehr von uns bekommen, in keinem Fall und auch von keiner anderen Behörde, auf die wir Einfluss nehmen können, bis runter zur Müllabfuhr. Jede Quelle wird versiegen und dabei von oben gedeckt. Schon mal was von Tantalus gehört? Unter Ihnen nichts Greifbares und über Ihnen genauso wenig, sosehr Sie sich auch dehnen und strecken, alles gerade außer Reichweite, obwohl Sie wissen, dass es da ist. Wir können das.«

Van Leeuwen spürte den Genever jetzt sehr deutlich, ein scharfes Brennen, das von seinem Magen hinaufschoss in sein Herz. »Ihr könnt es versuchen«, sagte er so laut, dass Louis Armstrong erschrocken seine Trompete absetzte. »Ihr könnt auch versuchen, mit einem Tauchsieder Bouillabaisse in einem Goldfischglas zu machen. Aber wenn es mein Goldfischglas ist, sieht es am Ende so aus, dass *ihr* da gar gekocht an der Oberfläche treibt und nicht die Fische.«

Er lächelte, beschränkt auf die Zähne, und sah erfreut, wie der Hals von Hoofdinspecteur Bakkers anschwoll und noch um einige Grade röter wurde als sein Gesicht. Sogar Boschs unerschütterliche Augen begannen, gelblich zu flackern wie der Widerschein von Feuer im Blick eines Wolfes.

Van Leeuwen ließ einige Sekunden verstreichen, dann sagte er: »Einverstanden. Ich habe nur eine Bedingung.«

Bosch fing sich als Erster. Das Feuer in seinen Augen erlosch. »Und die wäre?«, fragte er.

»Léon Braak. Ich möchte, dass er in meinen Gewahrsam überstellt wird. Er ist der Beihilfe zum Mord schuldig.«

»Sie können ihn haben«, sagte Bosch.

»Und Sie halten dann still, bis wir Ihnen grünes Licht geben?«, fragte Bakkers.

»Versprochen«, sagte Van Leeuwen mit Genever-glühendem Kopf, obwohl er überhaupt nicht wusste, wie das ging: stillhalten. Er lächelte. »Findet ihr Louis Armstrong auch so gut?«, fragte er. »Sogar wenn er so einen Kitsch singt?«

What a wonderful world.

22

Ohne den regenfeuchten Trenchcoat auszuziehen, setzte sich der Commissaris im Dunkeln vor den Fernsehapparat im Konferenzraum, die unbeschriftete DVD in der Hand. Er starrte den Bildschirm an, und dabei hatte er das Gefühl, dass es umgekehrt war, dass der Fernsehapparat ihn anstarrte und wartete, ob er mutig genug war, den Film abzuspielen. Ich warte nur, bis ich wieder nüchtern bin, sagte er in Gedanken zu dem Fernseher; ich will nicht betrunken sein, wenn ich jemandem beim Sterben zusehen muss. Als er so weit war, schob er die DVD in das Abspielgerät. Er spürte das Gewicht der Angst, die sich in seinem Magen drehte.

Zuerst sah er nur ein abgedecktes Bett in einem halbdunklen Zimmer, rechts und links begrenzt von zwei schwarzen Streifen. Es dauerte eine Zeit, bis er begriff, dass die schwarzen Streifen Schranktüren sein mussten, hinter denen die Kamera versteckt war. Das Bild war grobkörnig, die Farben wirkten ausgebleicht, und es gab keinen Ton. Auf der anderen Seite des Betts war eine geschlossene Tür zu erkennen, daneben ein Sessel und ein Fenster mit zugezogenen Vorhängen. Auf dem Nachttisch stand ein Heizstrahler mit glühenden Drähten. Das Licht einer kleinen Leselampe fiel auf das Kopfende des Betts. Ein Hotelzimmer, dachte der Commissaris, schlecht beheizt, am späten Nachmittag oder am frühen Abend. Sie hat gedacht, in einem Hotelzimmer wäre sie sicher.

Ein Schatten verdunkelte das Bett, ein zweiter gesellte sich dazu.

Van Leeuwen schluckte und schluckte wieder, denn die Angst stieg ihm vom Magen ins Herz und weiter in den Mund. Sie schmeckte bitter wie schwarze Tinte. Aus dem Schatten wurde eine halb nackte junge Frau mit gesträhnten blonden Haaren, unscharf zuerst. Dann justierte die Kamera die Schärfe, und man sah, wie jemand zu ihr trat, ein tätowierter nackter Mann in einem roten Seidenslip. Nur seinen Kopf sah man nicht. Der nackte Mann hielt eine kleine Damentasche in der Hand, ließ sie jetzt aber auf den Boden hinter dem Bett fallen und packte die Frau mit einem jähen, brutalen Griff am Hals. Sein Daumen berührte eine Stelle unter ihrem linken Ohr. Die Frau zuckte zusammen, als hätte sie einen Stromstoß erhalten. Überrascht riss sie den Mund auf zu einem kurzen, lautlosen Schrei. Im selben Moment versetzte der Mann ihr einen Stoß und warf sie aufs Bett. Mit der linken Hand packte er ihren Nacken und presste ihr Gesicht in das Kopfkissen. Mit den Fingern der rechten zerfetzte er das Top, den schwarzen Büstenhalter und das Spitzenhöschen. Man sah nur seine Arme, die schnellen Bewegungen und seine Erektion unter dem Slip. Die Frau lag da wie gelähmt. Ihre blonden Haare schimmerten im Licht der Lampe, die Beine verschwanden hinter der angelehnten Schranktür.

Einen Herzschlag später war der tätowierte Mann auf ihr. Er biss sie in den Nacken, die Schultern und drang von hinten in sie ein. Rasend schnell rieb er sich zwischen ihren Gesäßbacken und brachte sich dort zu einer kleinen, zuckenden Eruption, wobei er ihre Hüften umklammerte und sein Gesicht keuchend in ihrem Haar vergrub. Danach schien sein Zorn abzuebben. Erschöpft lag er auf dem Rücken der jungen Frau, das Gesicht abgewandt. Kein Gesicht, dachte der Commissaris, nur dieser Zorn, der auf seiner Haut zu trocknen schien.

Nach ein paar Sekunden schob der Mann mit einer gleitenden Handbewegung sein erschlafftes Glied wieder unter seinen Slip, während die Frau mit geschlossenen Augen und leicht geöffneten Lippen auf dem Bauch liegen blieb. Dann wälzte der tätowierte Mann sich wortlos von ihr, um aufzustehen. Er verharrte einige Sekunden lang reglos neben dem Bett, als wollte er sich den Anblick einprägen, aber man sah nur seine Hände, die sich zu Fäusten ballten und wieder öffneten. Wie als Antwort darauf bewegte die Frau einen Finger an der linken Hand, danach den ganzen Arm, mehr nicht. Sie stand nicht auf, als wären sie noch nicht fertig, als käme noch etwas, das, worum es eigentlich ging.

Steh auf, dachte der Commissaris.

Plötzlich bückte sich der tätowierte Mann und hob etwas vom Boden auf, einen roten Gegenstand, der neben dem Fußende des Betts gelegen hatte. Er wandte der liegenden Frau den Rücken zu und ging zu der Tür im Hintergrund, wurde unscharf. Er verschwand durch die Tür, die kurz den Blick auf ein erleuchtetes Badezimmer freigab. Die Kamera verharrte auf dem Gesicht der jungen Frau, auf den Tränen, die jetzt unter geschlossenen Lidern hervorquollen und langsam über ihre Wangen rannen.

Sofia Scholenko.

Woran denkt sie gerade?, fragte sich der Commissaris. Da, sie öffnete die Augen und sah ihn an, als hätte sie seine Gedanken gespürt. Sie wischte sich die Tränen mit dem Handrücken weg, wandte das Gesicht aber nicht ab. Ob sie weiß, dass da eine Kamera ist? Hört sie den Motor oder arbeiten diese Dinger heutzutage lautlos? Und woran denkt sie? An ihre Schwester, an Tonja, derentwegen sie hier ist, die sie retten will? An ihre Mutter in Steni?

Vielleicht stellte sie sich vor, wie sie Tonja doch noch fand, nach dieser Nacht. Wie sie sich umarmten, küssten, in die Augen sahen. Wie sie zurückkehrten in das kleine Dorf, in dem sie Kinder gewesen waren. Wie sie unter lichtflirrenden Birken spazieren gingen, und jetzt hatten sie selbst Kinder, die sie in Kinderwagen vor sich herschoben, und von irgendwoher drang das Bellen eines Hundes.

Oder lag sie nur da, innerlich kalt und starr, weil sie sich an all die Männer erinnerte, die sie so genommen hatten, erst sie und dann ihre Schwester und vor ihnen Tausende und Abertausende anderer Frauen und noch genauso viele nach ihnen? Weil sie wieder all die Schläge spürte, die sie von ihnen erhalten hatte, mit der Faust, mit dem Gürtel, mit Schuhen, ins Gesicht, in den Bauch, die Schläge und die Schmerzen, die ihr wie heiße Glasscherben ins Fleisch schnitten?

Unvermittelt hob Sofia den Kopf. Sie sah erst zu der Badezimmertür hinüber und dann auf den Boden. Plötzlich schien sie etwas zu bemerken, das sie beunruhigte.

Steh auf und renn weg, dachte der Commissaris.

Die Badezimmertür öffnete sich, und aus der Tür kam der tätowierte Mann, erst wieder unscharf, aber nicht lange, denn er stürzte mit großen Sprüngen auf das Bett zu, und all die roten, grünen und blauen Tätowierungen auf seiner Haut waren in zuckender Bewegung. Auf seinem Kopf spannte sich eine rote Kapuze mit schmalen Augenschlitzen über dem Gesicht. In seiner Faust schimmerte ein geschwungenes Messer, und er war so schnell bei der Frau, dass sie nicht einmal schreien konnte.

Er warf sich auf sie. Mit dem ganzen Gewicht seines Körpers lag er auf ihr, drang wieder in sie ein und blähte ihr mit keuchenden Atemstößen die Kapuze ins Gesicht. Hinter den Schlitzen konnte Van Leeuwen seine glitzernden, leeren Augen sehen, und jetzt schrie sie, schrie einen entsetzlichen, lautlosen Schrei, und so sollte es sein: Bashkim wollte, dass sie schrie, weil sie erkannte, was mit ihr geschah. In einem ekstatischen Aufbäumen riss er das Messer hoch und ließ es niedersausen wie ein Schnitter eine Sichel, nur dass es Van Leeuwen vorkam, als geschähe alles ganz langsam, in Zeitlupe: Er konnte die Klinge in Einzelbildern auf Sofias Hals zuschnellen sehen, und als sie ihre Kehle traf, schoss das Blut in einem hohen, hellen Strahl heraus, und Sofias Kopf fiel zur Seite, und Van Leeuwen sah nur ihr Gesicht, es flackerte hell und dunkel über dem sprudelnden Blut, und solange er konnte, sah er ihr beim Sterben zu, als schuldete er ihr wenigstens das.

Das Entsetzlichste daran war, dass es ihm vorkam, als sähe Sofia ihn direkt an, sähe ihm in die Augen. Als wüsste sie, dass er da war und ihr beim Sterben zusah; als wollte sie ihren Tod mit ihm teilen. Das Blut strömte ihr aus dem Hals und über die Schulter auf das Bettlaken. Dann veränderte sich ihr Blick, sie zog sich aus den eigenen Augen zurück, und auch das Blut floss langsamer.

In diesem Moment gingen die Schranktüren vor der Kamera auf, die dunklen Streifen rechts und links im Bild verschwanden. Sofia lag reglos unter dem Mann mit der roten Maske. Endlos lange, so schien es Van Leeuwen, lagen sie so aufeinander, und noch nie hatte er etwas so Furchtbares gesehen wie diese beiden nackt aufeinanderliegenden Menschen, und je weiter die Schranktüren sich öffneten, desto entsetzlicher war es, denn auf einmal hob Bashkim den Kopf und schaute direkt in die Kamera und durch die Kamera auf Van Leeuwen. Er sah ihn so direkt an wie vorher Sofia, und da lief ein Beben durch den Körper der jungen Frau, ein winziges, aber deutlich sichtbares Zittern, von den Füßen bis zum Hals, und noch immer starrte Bashkim in die Kamera, während sich die Maske vor seinem Gesicht unter heftigen Atemstößen blähte.

Als das Beben in Sofias Körper abebbte, war es Van Leeuwen, als nähme jemand sein Herz und schüttelte es. Eine eisige Hundertstelsekunde nur zitterte und flackerte es genauso wie das der Toten in dem Hotelzimmer, bevor es weiterschlug. Es schlug weiter, aber nicht wie vorher, denn die Erinnerung an diese eisige Hundertstelsekunde hatte jetzt ihren festen Platz darin.

Er musste lachen. Es war ein atemloses, gepresstes Lachen. Er lachte, ohne dass er es wollte. Er lachte und dachte: *Wirklich komisch, welche Sorgfalt sie darauf verwandt hatten, alles so realistisch aussehen zu lassen, als stürbe da wirklich ein Mensch vor der Kamera, unvorbereitet! Man konnte darauf reinfallen, bestimmt konnte man das, aber er nicht.* Er dachte: *Wenn ich es nicht glaube, ist es nicht wahr, und dann wird es auch diese Hundertstelsekunde nicht mehr geben. Diese winzig kleine eisige Stelle in meinem Herzen wird sich auflösen, und alles ist wie vorher.*

Er saß da und starrte auf den Bildschirm, auf dem der Mann mit der roten Maske sich erhob, das Messer in der Hand, und er wartete, dass etwas geschah: dass ein heller Lichtstrahl in das halbdunkle Zimmer niederfuhr, ein Leuchten, das die junge Frau schützend umschloss und ihre Wunden heilte, dass Gott selbst sie durch ein Wunder, durch eine Berührung seines Willens wieder zum Leben erweckte.

Er dachte es, weil er es sich in diesem Moment mehr wünschte als alles andere auf Erden.

Aber da stand Bashkim neben dem Bett, über und über mit Blut beschmiert, und Blut war auf dem Bett, auf der Messerklinge, Blut war überall, und die junge Frau regte sich nicht, stand nicht auf, ging nicht ins Bad, um zu duschen. Sie blieb liegen, mit weit offenen Augen. Durch die inzwischen ganz geöffnete Schranktür drang dieselbe betäubende Stille, die Lautlosigkeit des Geschehens, die Van Leeuwen wie eine Art Zustimmung erschien, ein nachgereichtes Todesurteil, und mit ihr wuchs ein Gefühl unendlicher Scham in ihm, das er kaum ertragen konnte.

What a wonderful world.

Endlich erlosch das Bild. Er starrte weiter auf den leeren Bildschirm. Er rührte sich nicht, atmete nicht. Dann beugte er sich nach vorn, bis seine Stirn seine Knie berührte, als befände er sich in einem abstürzenden Flugzeug und erwartete jeden Moment den erlösenden Aufprall. So saß er eine ganze Zeitlang, ohne sich zu rühren. Aber es gab keinen Aufprall außer in seinem Inneren.

Er dachte: Mit diesem Mann hat Rascha die Stadt verlassen. Diesem Mann will Julika sich anbieten, als Beute in seinem eigenen Jagdgebiet, um ihn aus dem Verkehr zu ziehen. Angst kroch auf ihn zu wie Nebel, der immer dichter wurde. Ihm blieb nichts anderes übrig, als aufzustehen und hineinzugehen in den Nebel und zu hoffen, dass die Angst nichts in ihm fand, womit sie sich verbinden konnte.

Er saß vor dem grau flimmernden Fernseher und dachte an Julika, daran, wie sie für ihn da gewesen war, als er sie gebraucht hatte. Er sah sich selbst, wie er sie vor einem Jahr spätabends in ihrer kleinen Ein-Zimmer-Wohnung in einem Hochhaussilo in Bijlmermeer weit draußen am Stadtrand aufgesucht hatte, nachdem er in einem Versteck in Simones Reisekoffer auf die Briefe aus Italien gestoßen war. Die Briefe und das Polaroid eines Mannes, den er noch nie gesehen hatte.

Er war Julikas Vorgesetzter gewesen, damals wie heute. Er hätte nichts Schlimmeres tun können, als sie in sein Privatleben zu verwickeln. Aber er hatte es getan, weil seine ganze Welt plötzlich auf den Kopf gestellt worden war. Eine Welt, die nur noch er allein zu bewohnen schien, an der Seite einer Frau, die ihn vergessen hatte und ihr eigenes Leben auch.

Er hatte das halbe Dutzend Briefe durchgeblättert, ohne zu wissen, was sie bedeuteten, in einer Sprache abgefasst, die er nicht beherrschte, und von einem Mann geschrieben, den er nicht kannte. Er war mit dem Zug zu Julika gefahren, hatte sich vor sie hingesetzt und gesagt: »Ich bin hier, weil ich in Ihrer Akte gelesen habe, dass Sie fließend Italienisch sprechen. Ich möchte, dass Sie etwas für mich übersetzen.«

Er legte die zusammengefalteten Briefe vor sie auf den Tisch. Sie griff nach dem obersten und überflog ihn, dann den zweiten. »Das sind Liebesbriefe«, sagte sie überrascht.

»Ich weiß«, sagte er. »Können Sie mir bitte sagen, was drinsteht? Lesen Sie sie mir einfach vor.«

»Haben die mit einer Ermittlung zu tun?«

»Ja.«

Julika vertiefte sich wieder in den ersten Brief, und nach ein paar Sekunden sagte sie: »Die Anrede ist klar, oder? Amore mio *– das heißt, ›meine Liebe‹ oder ›meine Geliebte‹, aber auch ›mein Geliebter‹. Du bist erst einen Tag fort, und schon sehne ich mich nach dir … nach deinen Augen … deinem Mund … und baci, das sind Küsse – nach deinen Küssen und deinen … deinen Berührungen und danach, wie mein Herz unter ihnen – entschuldigen Sie, ich muss erst wieder reinkommen – aufblüht? Etwas schwülstig, oder?«*

»Den Kommentar können Sie sich für später aufheben«, sagte Van Leeuwen.

»Wir haben uns die ganze Nacht geliebt«, fuhr Julika zögernd fort, »und am Morgen, heute Morgen, bist du gefahren, aber ich bin gar nicht müde. Die Erinnerung an dich ist hellwach in mir, und wenn du jetzt da wärst, würde ich dich noch einmal lieben. Ich möchte dich überall berühren, streicheln, küssen, immer wieder und an all den Stellen, die uns so viel Lust bereiten.« Sie stockte. »Ich will an dein Herz

rühren, Sim, deine Seele schmecken. Deine Leidenschaft ist wie ein … fulmine … wie ein Blitzschlag. Sie hüllt mich in ein Feuer, in dem ich neu geboren werde, statt zu verbrennen. Wollen Sie das alles wirklich hören?«

Nein, *dachte Van Leeuwen*, ich will das nicht hören, es geht doch um meine Frau. Aber ich habe keine Wahl. *Er schämte sich so sehr, dass er nicht wusste, wo er hinschauen sollte. Er sah auf seine Hände, die brennende Kerze auf dem Küchentisch, auf den Herd, doch was er wirklich sah, war seine Frau, wie sie all das tat, was in dem Brief beschrieben wurde. Er rieb sich die Augen mit den Handballen; blaue und rote Kreise tanzten hinter seinen Lidern.*

Julika las weiter, bis sie einige Minuten später herausplatzte: »Herrgott, soll ich nicht lieber aufhören, Commissaris?«

»Nein«, sagte Van Leeuwen.

Sie sah ihn an und fragte: »Die Briefe haben gar nichts mit irgendeinem Fall zu tun, oder?«

»Doch.«

»Und Sim ist die Kurzform von Simone, die Koseform«, fuhr Julika ungerührt fort. »Simone van Leeuwen. Wollen Sie mir immer noch erzählen, dass es sich um einen Fall handelt?«

»Ja«, sagte Van Leeuwen. »Um den Mord an meiner Ehe.«

»Das hätten Sie nicht tun dürfen«, sagte Julika. »Damit zu mir kommen. Das war nicht richtig. Sie werden mir das nie verzeihen. Das ist mir sehr unangenehm.«

»Ich weiß. Mir auch.«

Sie sah ihn an, in dem Zwielicht der winzigen Küche suchte sie nach etwas in seinem Gesicht, irgendetwas, das ihr sagte, dass es gefahrlos war weiterzulesen.

»Jetzt kommt ein anderer Brief, die Handschrift ist anders, unterschrieben mit Sim, aber auch auf Italienisch. Ist das ein Brief von ihr an ihn? Warum hat sie den nicht abgeschickt?« Als Julika fortfuhr, klang auch ihre Stimme anders, trotziger. Sie las vor, und die Worte drehten ihm das Herz um: »Sandro, caro, ich kann nicht genug davon bekommen, mit dir zu schlafen, dich in mir zu spüren …«

Van Leeuwen dachte: Wie kann ich so ruhig hier sitzen? Warum versinke ich nicht im Boden, warum tut er sich nicht unter mir auf? Das ist jetzt nicht der andere, das ist Simone, die diesen Brief geschrieben hat. So war es nie, wenn sie sich mir hingegeben hat; solche Worte hat sie nie benutzt. *Doch störrisch hörte er weiter zu, lauschte widerwillig den Beschwörungen fremder Leidenschaften und dachte:* Brigadier Tambur hat recht; ich hätte sie da nicht mit hineinziehen dürfen.

»Danach«, las Julika weiter aus dem Brief seiner Frau an Sandro, »nach dem letzten Mal, im Morgengrauen, hast du mich angesehen mit deinen vor Erschöpfung fast farblosen Augen, und in deinem Blick konnte ich lesen, dass du glaubtest, ich hätte dich und uns – unsere Liebe – verraten. Dann hast du mich geküsst und bist aufgestanden, und wenn es nicht deine Wohnung gewesen wäre, wärst du ohne ein Wort gegangen. Aber caro, carino, es war kein Verrat. Es war nur das Einlösen eines Versprechens, das ich mir selbst gegeben habe. Du wusstest, dass es ihn gibt, dass ich ihn liebe und dass ich ihn nie verlassen werde, das wusstest du …«

Ihn – war er das, sprach sie so von ihm, ohne Namen? Warum hatte sie diesen Brief nie abgeschickt? Van Leeuwen stand abrupt auf und steckte die Briefe wieder ein. Er sah Julika in die Augen und sagte, was sie zu ihm gesagt hatte: dass sie recht hatte, dass er damit nie zu ihr hätte kommen dürfen.

Aber Julika sagte nur: »Ich glaube, das war das Mutigste, was Sie in Ihrem Leben je getan haben.«

Er war gegangen, und sie hatte ihn nie auf diesen Abend angesprochen, hatte ihn nicht mit anderen Augen angesehen oder erwartet, dass er sie anders behandelte als den Rest seiner Mannschaft. Etwas später war er mit Sim nach Italien gefahren, nach Siena, wo die Briefe abgestempelt worden waren, aber das Wunder hatte nicht stattgefunden. Sim erinnerte sich nicht, und er fand keinen Mann namens Sandro, der aussah wie auf dem Polaroid; keinen Verfasser schamloser Briefe, den er zur Rechenschaft ziehen konnte.

Nach seiner Rückkehr ging es seiner Frau schlechter, und schließlich musste er sie in ein Heim geben, wo sie vor einem halben Jahr gestorben war. In der Nacht ihres Todes aber, in einem Moment abgrundtiefer Verzweiflung und Leere, war Julika wieder für ihn da gewesen.

Er hatte den ganzen Abend getrunken, und später hatte er auf dem Bett gesessen und sich die Pistole gegen die Schläfe gepresst, und gerade als er abgedrückt hatte, war heftig gegen die Wohnungstür gehämmert worden. Das Hämmern hatte ihn so erschreckt, dass er zusammenzuckte, und er erinnerte sich noch an die schnelle Hitze des Schusses an der Schläfe, und von da an wusste er nichts mehr, bis er sich im Badezimmer wiederfand, wo jemand seinen Kopf unter den Strahl der Dusche hielt.

»Ich bin gerade noch rechtzeitig da gewesen«, sagte Julika und stellte die Dusche ab. »Kommen Sie hoch, ich muss Sie verarzten.« Es fiel ihm schwer, die Augen offen zu halten. »Das war sehr dumm von Ihnen«, sagte sie. Sie nahm ein Handtuch und trocknete ihm vorsichtig das Gesicht ab, ohne die Wunde an seiner Schläfe zu berühren.

»Sie ist tot«, sagte er. Sein Nacken zitterte unter ihrer Hand, und ihm war heiß und kalt zugleich. Er wünschte, sie wäre nicht gekommen oder zu spät. Er wünschte, er wäre nicht gestört worden. Er versuchte aufzustehen.

»Ich helfe Ihnen«, sagte sie.

Julika führte ihn zum Bett. Er sank auf die Bettkante und blieb eine Minute einfach nur sitzen, ohne sich zu bewegen. Das Hemd war ihm aus der Hose gerutscht. Sein Kinn sank auf die Brust. Er war noch immer betrunken, und seine Frau war noch immer tot. Er hörte ein seltsames Klappern, schnell und hart, das ihm durch und durch ging. Seine Beine waren zu schwer, um sie vom Boden zu heben, deswegen ließ er sich einfach nach hinten fallen. Aber auch, als er auf dem Rücken lag, klapperten seine Zähne weiter.

Julika bückte sich, um seine Beine auf die Matratze zu heben. Sie knöpfte sein Hemd auf und half ihm, es auszuziehen, und danach zog sie die Decke unter ihm hervor und deckte ihn damit zu. Er zitterte, doch langsam wurde er müde und hörte auf zu zittern. Sie ging in die Küche, um Kaffee zu kochen.

Er hatte das Schlafzimmer gefürchtet seit dem Moment, als er heimgekommen war. Solange Sim noch lebte, konnte er daran denken, wie sie neben ihm gelegen hatte, und sich vorstellen, dass es eines Tages wie-

der so wäre. Er hatte Angst vor der Nacht gehabt, vor dem Augenblick, in dem er sich nach ihr sehnen würde und unwiderruflich erkennen musste, dass sie nicht mehr da war.

Julika kam mit einer Tasse Kaffee zurück, und er trank einen Schluck, aber der Kaffee war zu heiß, und er trank keinen zweiten. Sie stellte die Tasse auf den Nachttisch. »Ich weiß, dass ich keine Ahnung davon habe, wie Sie sich fühlen«, sagte sie. »Aber wenn Ihre Frau sie jetzt sehen könnte … Sie wusste doch, wie sehr Sie sie geliebt haben. Sie müssen es ihr nicht noch beweisen, indem Sie sich jetzt eine Kugel durch den Kopf schießen. Wenn Sie sterben, dann stirbt sie noch mal mit Ihnen, und dann für immer.«

Wie selbstverständlich legte sie sich neben ihn und griff nach seiner Hand und hielt sie fest.

Nach einer Weile sagte er: »Es gab immer nur Simone. Ich wollte nie eine andere haben. Sie war so tapfer. Sie hat gekämpft, und dabei war es verflucht hart für sie. Viel härter als für mich. Und ich kann nicht mal um sie weinen.«

»Dazu ist es vielleicht noch zu früh«, sagte Julika.

Dazu ist es nie zu früh, *dachte er.*

Sie lagen nebeneinander auf dem Bett und hielten sich bei der Hand, und die Wohnung war so still, wie er sie noch nie erlebt hatte. Es war nicht still im Haus, und auf der Straße war es auch nicht still, aber die Wohnung schien alles eigene Leben verloren zu haben. Irgendwann sagte Julika: »Wenn Sie wollen, gehe ich jetzt.«

Es war so dunkel, dass Van Leeuwen nur ihre Silhouette sah. »Nein, bleib, bitte«, sagte er. »Geh jetzt nicht.«

Sie war geblieben, und die ganze Zeit wusste er, wenn sie in dieser Nacht nicht bei ihm geblieben wäre, hätte er den Morgen nicht erlebt, und sie wusste es auch, ohne dass sie es je wieder erwähnte. In dieser Nacht und in der Nacht, als er mit den Briefen zu ihr gegangen war, hatte es zwischen ihnen weder einen Unterschied im Alter noch im Rang gegeben. Das Alter hatte erst danach eine Rolle gespielt, als sie eine Zeitlang geglaubt hatte, es könnte einen Weg geben, den sie gemeinsam gingen, als Mann und Frau. Sie mochte Männer, die älter waren, aber er mochte keine Frauen, die so viel jünger waren, und deswegen gab es diesen Weg für ihn nicht. Nur jetzt – als er jetzt in seinem dunklen Büro auf den noch immer grau flimmernden Fernsehschirm starrte, fragte er sich, ob sie deswegen verschwunden war. Wie viel davon seine Schuld war.

Er stand auf und nahm die DVD aus dem Player. Die Angst war noch immer da, er spürte sie überall um sich herum. Dann spürte er noch etwas anderes, ein schwaches Zittern. Er war so wütend, dass er zitterte. Und die Wut wurde mit jedem Atemzug stärker, viel stärker als die Angst, sogar stärker als die Sorge. Er war wütend auf Bashkim und alle Männer, die wie er waren, und er war wütend auf alle, die Männer wie Bashkim gewähren ließen, die zusahen, wie er und seinesgleichen Frauen verschleppten, erniedrigten und töteten. Er war wütend, und mit dieser Wut musste er leben und wollte er leben, bis Bashkim vor seinem Richter stand.

23

Im Büro des Hoofdcommissaris brannte noch Licht. Van Leeuwen klopfte und trat ein. Joodenbreest saß an seinem Computer. Im Schein der Schreibtischlampe tanzten seine Finger über die Tastatur, klickten schnelle, kurze Morsebotschaften in das elektronische Datenuniversum hinter dem Bildschirm. Er hatte die Uniformjacke ausgezogen und über die Sessellehne gehängt; sein Hemd war auch am Abend noch schneeweiß und faltenlos. Mit schmalen Augen, die Lippen zu einem farblosen Strich zusammengepresst, las er, was er gerade geschrieben hatte, dann sah er auf und sagte: »Einen Moment noch, Bruno.«

Van Leeuwen trat an das große Fenster auf den Innenhof und sah hinaus. Es war nur ein kleiner Hof, auf drei Seiten begrenzt von den Mauern der Gebäudetrakte, auf der vierten von dem schwarz in der Finsternis dahinfließenden Singel. Das aus den Fenstern des Gebäudes fallende Licht enthüllte einen reetgedeckten Pavillon, umgeben von dürren, winterkahlen Bäumen. Zwischen den Stämmen dokumentierten eine Handvoll bunt glänzender Metallkugeln den

Gestaltungswillen eines Gartenarchitekten, gipfelnd in der schlanken Holzskulptur eines reglos über Hof und Fluss wachenden Fischreihers.

Der Commissaris stand so lange schweigend mit dem Rücken zu Joodenbreests Schreibtisch, bis Jaap zu Ende getippt hatte und seinem Drehsessel einen kleinen Schwenker in Richtung Fenster versetzte.

»Bruno«, sagte der Hoofdcommissaris noch einmal, jetzt in einem Tonfall, als wäre er angenehm überrascht, dass sein Tag mit einem so erfreulichen Besuch ausklang. »Nimm dir einen Stuhl. Setz dich doch.«

Van Leeuwen drehte sich um, die Hände in den Hosentaschen, und sagte: »Ich möchte eine Dienstreise anmelden.«

Die Augenbrauen des Hoofdcommissaris wölbten sich nach oben. »Wohin?«

»Nach Mailand.«

»Warum?«

»Es gibt eine Spur, die dorthin führt.«

»In was für einem Fall?«

»Tom Ropers und die Tote von der Müllkippe.«

»Klingt wie der Titel eines Groschenromans«, sagte Joodenbreest. »Das übliche Verfahren in so einem Fall ist ein Amtshilfeersuchen an die Italiener.«

»Ich weiß«, sagte Van Leeuwen. »Das werde ich auch stellen. Aber ich muss trotzdem persönlich hinfahren.«

Die Augenbrauen sanken wieder herab, und Joodenbreest schüttelte sanft den Kopf. »Das kann ich nicht genehmigen.«

»Warum nicht?«

»Weil sich die Nationale Recherche darum kümmert.«

»Woher weißt du das?«

»Ich habe einen Anruf vom Innenministerium bekommen.«

Van Leeuwen ging einen Schritt auf den Schreibtisch zu. »Ohne die Nationale Recherche wäre Sofia Scholenko noch am Leben«, sagte er. »Das KLPD hat sie ihren Mördern geradewegs in die Arme getrieben, und dann haben die ihre Identität eine Woche lang vor uns verheimlicht, obwohl sie wussten, dass wir in dem Fall ermitteln.«

»Soweit ich informiert bin, hatte das taktische Gründe«, sagte Joodenbreest und verschränkte die Arme vor der Brust. »Offenbar hätte die Preisgabe ihrer Identität zur Gefährdung einer Operation geführt, an der die Polizeibehörden mehrerer europäischer Länder …«

»Das ist genau der Quark, mit dem man Journalisten abspeist«, fiel Van Leeuwen ihm schroff ins Wort. »Es wundert mich nicht, dass sie dir diesen Mist aufgetischt haben, aber dass du ihn eins zu eins an mich weitergibst und erwartest, dass ich ihn schlucke, ist schon eine happige Enttäuschung, Jaap!«

»Ach, ja?« Joodenbreest beugte sich ins Licht der Schreibtischlampe. Seit er nicht mehr regelmäßig ins Solarium ging, war seine Haut so fahl, dass man durch die papierdünnen Wangen fast seine Zähne sehen konnte. »Dann will ich dir jetzt mal sagen, was *mich* in letzter Zeit so alles enttäuscht hat! Dein Auftritt in Bouwmans Möbelhaus, zum Beispiel – du und Inspecteur Vreeling. Nach allem, was man hört, habt ihr euch da ja aufgeführt wie die Berserker, Fernseher zertrümmert, Stühle und Teppiche angezündet!« Er schwenkte einen Brief mit dem grau-goldenen Briefkopf einer Anwaltskanzlei. »Heute reingekommen, eine Dienstaufsichtsbeschwerde der Geschäftsführung über die Kanzlei Berleuven und …«

»Teppiche angezündet stimmt nicht«, unterbrach Van Leeuwen ihn, »und der Fernseher sah aus wie eine Attrappe.«

Joodenbreest ließ den Brief der Anwaltskanzlei wieder sinken. »Dann die eigenartigen Alleingänge und das unprofessionelle Verhalten von Brigadier Tambur im Umgang mit dem Zeugen und Verdächtigen Mike Sluizer alias Rupert Williams.«

»Dafür übernehme ich die Verantwortung«, gestand der Commissaris ihm einen Punkt zu. »Ich hatte sie nicht ausreichend instruiert, und ich hätte sie auch nicht allein zu ihm gehen lassen dürfen.«

Joodenbreest schüttelte ungehalten den Kopf. »Und zu guter Letzt lasst ihr auch noch eine im höchsten Maße gefährdete Zeugin aus einem bewachten Krankenhauszimmer herausspazieren, als käme es auf eine mehr oder weniger nicht an!« Er lehnte sich abrupt zurück, bis der Schein der Lampe nur noch auf seine faltenlos weiß verschränkten Hemdsärmel fiel. »Du hast im Umgang mit den Kollegen vom Korps Landelijke Politiediensten eine Menge Porzellan zerschlagen, und ich habe meinen Kopf für dich hingehalten.«

»Wann?«, fragte Van Leeuwen. »Wann hast du deinen Kopf für mich hingehalten?«

»Vor zwei Tagen. Silvester, am Telefon.«

Van Leeuwen beugte sich über den Schreibtisch. »Die haben dich schon vor zwei Tagen angerufen, und du erzählst mir nichts davon!? Du siehst zu, wie ich Bakkers und Bosch ins offene Messer laufe?«

Der Hoofdcommissaris leckte sich mit einer blassrosa Zungenspitze über die blutleeren Lippen. »Wer sind Bakkers und Bosch?«

»Zwei Beamte der Nationalen Recherche, die ich vorhin auf dem Parkplatz des Busbahnhofs verdroschen habe.«

»Du hast – du hast *was*?! Bist du denn von allen guten Geistern verlassen?!«

Van Leeuwen spürte späte Befriedigung. »Es war dunkel, und sie haben vergessen, sich zu identifizieren.«

»Herrgott, Bruno, sagt dir der Begriff *Zusammenarbeit* auch nur *so viel*!?«, rief der Hoofdcommissaris und maß mit Daumen und Zeigefinger ein winziges Quantum Luft über seinem Schreibtisch ab. »*Kooperation!? Teamwork!?* Weißt du, wie die Menschheit sich weiterentwickelt hat? Wie sie die ersten Jagderfolge erringen konnte? Das Mammut erlegen? Durch historische Prozesse: Gruppenbildung statt Einzelgängertum! Um gemeinsam Ziele zu erreichen, die wir allein nie erreicht hätten, haben wir angefangen, uns zu *verständigen*, Zeichen zu entwickeln, *sprechen zu lernen!*, bis es uns zur Natur geworden ist. Nur dir offenbar nicht, du bist und bleibst ein archaischer Einzelgänger aus einer längst überholten Zeit. Eine Eidechse, Bruno, eine Schildkröte!«

»Der Rhetorikkurs im Herbst hat sich für dich wirklich gelohnt«, sagte Van Leeuwen. »Da bleibt nichts unbeantwortet, außer der Frage, wie jemand auf meinem evolutionären Stand es bis zum stellvertretenden Polizeichef bringen konnte.«

Joodenbreest lachte wie jemand, der das Lachen aus einem Handbuch gelernt hatte. »Meine Entscheidung war das nicht … Natürlich sind deine Erfolge bei der Arbeit unbestritten, deine Aufklärungsquote lässt sich nun mal nicht ignorieren. Aber trotzdem: Sozialer Zusammenhalt, Bruno, etwas abtreten können, statt es mit Speer und Keule zu verteidigen – das ist dir völlig unbekannt, genau wie den Reptilien! Du bist ein Relikt einer Spezies, die ihre Blüte schon seit Jahrmillionen hinter sich hat, *ausgestorben*! Aber in deinen Genen ist die Evolution bei den Echsen stehen geblieben.«

»Und wo ist sie in den Genen der Kollegen vom KLPD stehen geblieben?«, fragte Van Leeuwen. »Das Ausmaß an Teamgeist und Kooperation, mit dem sie meine Ermittlungen unterstützt haben, war nicht mal *so groß*!« Er maß nun seinerseits mit Daumen und Zeigefinger ein noch geringeres Quantum Stammeszusammenhalt vor Joodenbreests Augen ab.

»Sei dem, wie ihm sei.« Joodenbreest rieb sich die hohlen Wangen. Durch die Haut auf seinen Handrücken schimmerten die Adern blau und rot im Lampenschein. »Jedenfalls handelt es sich bei den Kollegen von der Nationalen Recherche um absolute Profis, was Bandenkriminalität und Menschenhandel angeht.«

»Ich wusste nicht, dass die sich auf dem Feld auch betätigen.«

»Du weißt, was ich meine: Es sind Experten!«

»Das ist ja das Problem!«, rief Van Leeuwen. »Wenn ich etwas auf dieser Welt verabscheue, dann Experten. Experten sind lächerlich. Gescheiterte Existenzen. Charakterlos. Moralische Föten. Fachjunkies, durch und durch verächtliche Kreaturen. Sie sperren uns in die Zellen ihres Expertentums und schmeißen den Schlüssel weg. Nur Experten können so einen Schlamassel anrichten wie den, der zu Sofia Scholenkos Tod geführt hat. Verglichen mit Experten, sind Wahnsinnige Kompassnadeln der Vernunft. Weißt du, wer die Gaskammern entwickelt hat? Die Verbrennungsöfen? Experten.«

»Bei dir muss man wirklich dauernd damit rechnen, dass du die Bahnen einer geordneten Konversation verlässt«, seufzte Joodenbreest. Zur Sicherheit schickte er ein Lächeln aus demselben Handbuch hinterher, kurz und schmal, aber gehaltvoll, mit genau der richtigen, wohlabgewogenen Mischung an Wärme, Eindringlichkeit, Aufrichtigkeit und in dies Fall Nachsicht.

»Falls diese geordnete Konversation darauf hinausläuft, dass du mich im Regen stehen lässt, statt mir gegenüber den prachtvollen Experten von der Nationalen Recherche den Rücken zu stärken, dann führen die Bahnen sowieso ins Nichts!«

»Bruno, wenn das Innenministerium mich anruft und verlangt, dass ich dich etwas strenger an die Kandare nehme, dann engt das meine Möglichkeiten, dir den Rücken zu stärken, ganz beträchtlich ein.«

Van Leeuwen bohrte die Hände tiefer in die Manteltaschen und sagte: »Brigadier Tambur ist heute Morgen nicht zum Dienst erschienen, und es besteht Anlass zu der Vermutung, dass sie nach Mailand unterwegs ist, um an einen Mann namens Bashkim heranzukommen, der sowohl Sofia Scholenko als auch Tom Ropers ermordet hat! Wenn ich recht habe, schwebt sie jetzt genauso in Lebensgefahr. Ich bin für sie verantwortlich, Jaap, weil ich sie zu diesem Fall hinzugezogen habe, und von hier aus kann ich ihr nicht helfen.«

»Überlass das den Carabinieri«, sagte Joodenbreest.

»Ich will sie einfach nicht demnächst in einem von Bashkims *snuff*-Filmen wiedersehen«, sagte Van Leeuwen.

»Wovon redest du?«

»Hiervon.« Van Leeuwen holte die DVD aus der Innentasche des Trenchcoats, ging zu dem Fernsehapparat an der holzgetäfelten Wand gegenüber von Joodenbreests Schreibtisch und schob sie in den DVD-Player. Als das Bild erschien, trat er einen Schritt zurück, bohrte die Hände wieder in die Manteltaschen und schaute zu Boden. Nach einer Weile sah er zu Joodenbreest hinüber.

Der Hoofdcommissaris ragte auch jetzt hoch aufgerichtet aus seinem Sessel, die Ellbogen auf die Schreibtischkante gestützt, die Hände mit den Fingerspitzen zusammengelegt, als säße er Modell für Dürers *Betende Hände*. So betrachtete er den Film, reglos, mit blassem Gesicht und großen Augen. »Das ist schrecklich«, sagte er leise. »Ist das echt?«

»Ja. Das ist Sofia Scholenko.« Van Leeuwen ging zum DVD-Player, nahm die Disc heraus und schaltete den Fernseher aus.

Der Hoofdcommissaris bewegte sich noch immer nicht, die Hände formten weiterhin die Gebetspyramide, die Augen blieben auf den nun leeren Bildschirm geheftet. »Verstehe«, sagte er leise, »verstehe. Dass so etwas geschieht, können wir nicht zulassen.«

Van Leeuwen sagte nichts.

»Wir wissen, dass jeden Tag überall auf der Welt Menschen andere Menschen töten«, fuhr Joodenbreest dann fort, »auf barbarische Weise, Frauen, Kinder, alte Leute, alles. Wir sehen es im Fernsehen, abends, zur besten Sendezeit, oder im Internet, wann immer wir wollen. Da ist es etwas anderes, denn da haben sie kein Gesicht. Vielmehr, sie haben ein Gesicht, aber wir sehen es nicht, nicht während sie töten oder getötet werden.«

Er ließ die Hände sinken und betrachtete sie enttäuscht, als wären sie schuld daran, dass sein Gebet nicht erhört worden war. »Jetzt haben wir einen Film gesehen, in dem ein Mann ohne Gesicht eine junge Frau vergewaltigt. Danach tötet er sie, und sie blickt in die Kamera, während sie stirbt, und sie hat ein Gesicht. Diese Ungeheuerlichkeit kannst du nicht ertragen, ohne etwas zu tun, ohne die Schuldigen zu finden und zu bestrafen, und wenn es dich das eigene Leben kostet.«

»Kannst du es ertragen?«, fragte Van Leeuwen.

Joodenbreest antwortete nicht. Er lehnte sich in seinem Sessel zurück, mit ausgestreckten Armen; die Hände blieben auf der Tischplatte. Endlich sagte er: »Ja. Ich habe das Gefühl, dass ich es ertragen kann, weil ich es einzuordnen weiß. Im Grunde ist es nämlich nichts anderes als ein Menschenopfer. Sie haben dieses Mädchen genommen, es hat sogar einen Namen – Tonja Scholenko –, und dann haben sie es dabei gefilmt, wie es umgebracht wird, um die Schaulust der Menschen zu befriedigen und damit Geld zu verdienen. Es gibt einen Markt dafür, sonst gäbe es den Film nicht. Früher haben sich die Menschen auf dem richtigen Marktplatz versammelt, um einer Hinrichtung beizuwohnen, um zu sehen, wie ein Mann aufgehängt oder geköpft wird oder eine Frau auf dem Scheiterhaufen verbrennt.

Sie wollten das Blut spritzen und den Kopf fallen sehen. Sie wollten sehen, wie das Fleisch schmilzt und das Haar lodert; sie wollten es riechen. Damals gab es das sogar umsonst, niemand musste dafür bezahlen, denn der König oder der Inquisitor oder der Papst wussten, dass ein Bedürfnis danach bestand – ein Bedürfnis, das in Abständen befriedigt werden musste, damit ihre Herrschaft gesichert blieb.«

»Das war etwas anderes«, sagte Van Leeuwen.

»Vielleicht«, sagte Joodenbreest. »Aber eines liegt seit dem ersten Tag in der Natur des Menschen, Bruno: die Lust an der Grausamkeit, der Wunsch zu töten. Wir sind nur nicht mehr mutig genug, es selbst zu tun. Deswegen bezahlen wir dafür. Menschen bezahlen dafür, dass so ein Film gedreht wird, mit Geld oder anders. Wir bezahlen den Mörder unter der roten Maske. Er hat kein Gesicht, damit wir nicht vom eigentlichen abgelenkt werden, dem Opfer, dem Vorgang des Tötens. *Wir wollen Blut fließen sehen, schaudernd, aber glücklich darüber, dass es nicht das eigene ist*, hat mal jemand geschrieben. *Das Böse ist da, aber es geschieht nicht mir.*«

So viel zu historischen Prozessen und der Entwicklung des Menschen, dachte Van Leeuwen. »Ich glaube nicht an das Böse«, sagte er. »Aber ich glaube, dass es Menschen gibt, die Böses tun – oder sagen wir: Falsches, Ungesetzliches –, und ich als Polizist bin da, um dafür zu sorgen, dass sie damit aufhören, dass sie es *überhaupt niemandem* antun. Und es ist mir egal, ob das schon immer so war.«

»Worauf ich hinauswill«, sagte Joodenbreest und nahm seine Hände von der Tischkante, »du bist zu emotional, zu engagiert. Allein deswegen kann ich deine Reise nach Mailand nicht genehmigen. Dir muss ich doch nicht sagen, dass emotional handelnde Polizisten schlechte Polizisten sind.«

»Du meinst, ich nehme das zu persönlich?«

»Genau.«

»Du hast recht, ich nehme es persönlich.« Van Leeuwen fing an, vor Joodenbreests Schreibtisch hin und her zu gehen, und seine Fäuste in den Manteltaschen schmerzten, so heftig gruben sich die Fingernägel in die Handballen. »Ich nehme es persönlich, weil die junge Frau, die du eben sterben gesehen hast, mein Fall ist. Ich nehme es persönlich, weil die siebzehnjährige Tochter eines Schulkameraden von diesem tätowierten Monster nach Mailand verschleppt worden ist und eine meiner Beamtinnen ihnen aller Wahrscheinlichkeit nach gefolgt ist, ohne auch nur die leiseste Ahnung zu haben, worauf sie sich einlässt.« Er blieb stehen und suchte den Blick des Hoofdcommissaris. »Jaap, lass mich nach Mailand fahren.«

»Nein.«

»Dann nehme ich zwei Wochen Urlaub.«

»Das geht auch nicht. Wenn du etwas tun musst, tu es von hier aus.«

»Was ich von hier aus tun kann, ist zu wenig.«

»Glaubst du wirklich, dass du in zwei Wochen etwas erreichst, was die Nationale Recherche und alle mit ihr zusammenarbeitenden internationalen Polizeibehörden in anderthalb Jahren nicht geschafft haben?«

»Vergiss die fünfzehntausend Arbeitsstunden nicht.«

»Glaubst du das?«

»Ja.«

»Wieso?«

»Weil die von der Nationalen Recherche inkompetent und skrupellos sind und ihr Vorgehen nicht nur juristisch und moralisch fragwürdig ist, sondern im Ergebnis auch noch ein einziges Fiasko!«

»Ist dir schon mal der Gedanke gekommen, dass deine Beschuldigungen jeglicher Grundlage entbehren könnten?«

»Nein.«

»Oder dass du nur nach Mailand fahren willst, um deine Seele reinzuwaschen? Dein schlechtes Gewissen zu beruhigen? Dass *du* dich vielleicht auf ein Terrain begibst, auf dem es *dir* an Kompetenz fehlt, aus moralisch ebenfalls fragwürdigen Motiven, von der juristischen Berechtigung ganz zu schweigen?«

»Vielleicht. Aber das ändert nichts.«

»Für mich ändert das eine ganze Menge, und für dich sollte es das auch. Wenn du dich in einen dunklen Wald voller hungriger Wölfe begibst, um mit Rotkäppchen auch dich selbst zu retten, besteht die Gefahr, dass du nicht nur dich selbst umbringst, sondern mit dir auch Rotkäppchen. Einfach weil du mit dem Krach, den du dabei vermutlich veranstaltest, die Wölfe erst aufmerksam machst. Aber wenn dich das nicht abhält, wenn es dir egal ist, wen du in Gefahr bringst, dann müsste es dir auch genauso egal sein, wen du rettest. Und wenn dir das egal sein sollte, dann gibt es keinen Grund, beides überhaupt zu tun.«

»Es gibt immer einen Grund und immer ein Wenn«, sagte Van Leeuwen. Er sah den Hoofdcommissaris an und fragte sich, ob Joodenbreest nicht vielleicht recht hatte, aber er glaubte es nicht; zu viel Sophisterei. Er trat wieder ans Fenster und schaute in die Nacht hinaus.

»Bruno, um mich ganz klar auszudrücken …«

In der Scheibe konnte Van Leeuwen den Hoofdcommissaris gespiegelt sehen, wie er zu ihm herüberblickte und redete, und auf der anderen Seite des Singel sah er Autos im Schein der Straßenlaternen lautlos über die Uferstraße gleiten. Joodenbreest sagte etwas über Mädchen, die unvorsichtig waren, die selbst schuld waren, und auf einmal formte sich ein Bild in Van Leeuwen, nein, eigentlich waren es viele Bilder, die sich aneinanderreihten und übereinanderlegten, Bilder von Mädchen, Hunderte, Tausende Mädchen, die überall auf der ganzen Welt in schäbigen Badezimmern vor fleckigen Spiegeln standen, sich schminkten, kämmten und parfümierten, und alle hatten ein Leuchten in den Augen, das Leuchten der Hoffnung auf ein besseres Leben, das sie unvorsichtig machte.

Van Leeuwen sah, wie sie sich zu ihren alten Müttern oder Vätern oder den Geschwistern beugten, um sie noch einmal zu küssen. Er sah die schnellen, großen Tränen des Abschieds, und dann sah er sie aus dem Haus laufen, wo die Wölfe warteten, auf Motorrädern, in klapprigen Autos oder Kleinbussen. Er sah Hunderte, Tausende, Abertausende dieser unvorsichtigen Mädchen und jungen Frauen, die im Dunkeln über Bergpfade und Stacheldrahtzäune gezerrt oder nachts in winzigen Booten an der Küstenwache vorbeigeschleust wurden, bei Nebel, Kälte und Sturm.

Er sah, wie ihnen auf einmal die Angst in die blassen, unvorsichtigen Gesichter stieg, wie sie ihnen die Kehle zuschnürte, und statt der Schminke sah er grüne und blaue Flecken in den Gesichtern, *ihr seid selbst schuld*, kein Leuchten der Hoffnung mehr, keine ausgestreckte Hand, stattdessen Fausthiebe, Stiefeltritte, Messerklingen und Schlagringe.

Und schließlich sah er sie halb nackt und vergewaltigt im Straßengraben liegen, ihre wunde Haut, ihre ausgerissenen Haare, die Augen, die zersprungen waren, und ganz am Ende sah er sie wieder in einen Spiegel starren, aber diesmal starben sie, und er sah das ganze Blut, das er von nun an immer sehen würde, er musste nicht einmal an den Film denken, *made by Bashkim.*

Diese Bilder sah er, und er sagte: »Natürlich, Jaap, du hast vollkommen recht.« Dabei hatte er dem Hoofdcommissaris schon lange nicht mehr zugehört, und sein Entschluss stand fest.

24

»Ich werde morgen für ein paar Tage verreisen«, sagte Van Leeuwen, »nach Mailand.« Er saß auf der Kante von Felines Bett, und wenn er sich umdrehte, konnte er Feline im Dunkeln sehen, halb zugedeckt unter der grob gewebten indianischen Tagesdecke, aber er drehte sich nicht um. Er spürte, wie ihr kurz der Atem stockte.

Dann vergingen einige Sekunden, bevor sie sagte: »Dein Rücken sieht schon viel besser aus, nur an den Armen sind noch ein paar blaue Flecken.«

Er schwieg. Er fand plötzlich, dass es ein weiter Weg war bis zu seiner Hose und den anderen Sachen auf dem Teppich vor dem Bett.

Sie fragte: »Habt ihr inzwischen eine Spur von den beiden?«

»Nein.«

Nach einer weiteren Pause sagte sie: »Du glaubst, Brigadier Tambur ist da, in Mailand?«

»Ja.«

»Aber sicher bist du nicht?«

»Nein.«

Wieder verstrichen einige Sekunden, in denen die Luft etwas schwerer zu werden schien. »Du hörst nur auf deine innere Stimme?«, fragte Feline. Ihre eigene Stimme klang verändert, und er merkte, dass Vorsicht angebracht war.

»Eine innere Stimme habe ich nicht«, sagte er.

»Aber es hängt mit dem Tod dieses Motorradfahrers zusammen?«, fragte Feline. »Dass Brigadier Tambur verschwunden ist und dass du nach Mailand willst?«

»Ja. Und mit dem getöteten Mädchen.«

Leise sagte sie: »Dieser Film, von dem du mir erzählt hast – das ist so entsetzlich …« Sie richtete sich auf, stützte sich auf einen Ellbogen, und er drehte sich um, gerade als sie fragte: »Du tust das nicht wegen diesem Sandro, oder? Du fährst nicht nach Italien, weil du immer noch nach dem Mann suchst, mit dem deine Frau dich betrogen hat?« Im Licht der ruhig brennenden Kerze wirkten ihre Augen scharf, als betrachtete sie ein Foto in einer Verbrecherkartei.

Van Leeuwen schwieg einen Moment, denn daran hatte er noch gar nicht gedacht. »Nein«, sagte er. Aber auf einmal sah er das Polaroid von Sandro vor sich, auf der Fensterbank zu Hause in seinem Arbeitszimmer, und ihm war, als hätte er gerade gelogen.

»Hör mal«, sagte sie, »ich weiß, welche Macht die Toten über uns haben. Alle anderen gehen weg oder verändern sich. Sie werden uns fremd oder wollen etwas, das wir nicht wollen, aber die Toten sind immer da. Sie sind treu. Sie können nirgendwo hingehen, und wir können ihnen nicht entfliehen. Ich habe nichts dagegen, deine Liebe zu teilen, aber ich muss sicher sein, dass es etwas zu teilen gibt; dass nicht alles einer Toten gehört.«

»Und deine Liebe?«, fragte er. »Wie sieht es damit aus?«

Feline antwortete nicht. Sie ließ sich wieder zurücksinken und sah zur Decke hinauf. »Findest du nicht auch, dass Liebe ein merkwürdiges Geschenk ist? Wie oft weisen wir sie zurück, wo wir ein Paar Ohrringe oder Manschettenknöpfe aus Höflichkeit annehmen würden! Ich will nichts geschenkt, aber ich will deine Liebe auch nicht erbetteln müssen wie der Affe auf der Drehorgel den Obolus für die Musik.«

Van Leeuwen war, als hätte sich die Temperatur seines Herzens plötzlich gesenkt; es schlug schneller, ein leises, kaltes Pochen, das er schon lange nicht mehr verspürt hatte. Er merkte, dass Feline im Begriff stand, zornig zu werden, und dass der Zorn sich gegen ihn richtete.

»Was spielt die Drehorgel denn gerade?«, fragte Van Leeuwen. »Was ist das für ein Stück?«

Sie antwortete nicht. Sie sah weiter zur Decke hinauf. Er saß auf der Bettkante und überlegte, ob es nicht besser war, einfach aufzustehen und wortlos zu gehen. Aber er blieb sitzen, drängte sie nicht, trotzdem fest entschlossen, keine Entfremdung zuzulassen oder sie, falls sie schon begonnen haben sollte, nicht auf die Spitze zu treiben; alle Gespenster zu ignorieren, nur das drohendste nicht, das Schweigen. Zum ersten Mal hatte er das Gefühl, dass sie zu verschieden sein könnten; dass es vielleicht keine gemeinsame Zukunft für sie gab. Es war wie ein kaum merklicher Kurzschluss in der elektrischen Anlage, in dem Licht, das aus dem Wohnzimmer fiel.

Einen winzigen Moment lang hatte er das Gefühl, als erlebte er einen Film, der von den Zahnrädern des Projektors gerutscht war, der mit einem jähen, scharfen Rattern nicht ganz auf der Rolle lief, sodass die Bilder zitternd und dunkel verrüttelt waren. Aber gleich darauf lief der Film wieder scharf und gleichmäßig; es war nur nicht mehr ganz derselbe Film.

Nicht das jetzt auch noch, dachte er.

Er spürte Feline hinter sich, ihre Gegenwart war so stark wie ein magnetisches Feld, das an seinem Rücken zog. Er griff nach hinten, suchte ihre Hand und hielt sie. Sie entzog sie ihm nicht. Nach ein paar Sekunden verschränkte sie ihre Finger mit den seinen, und es war wieder so wie beim ersten Mal, als sie ihn mit in ihr Bett genommen hatte. Etwas strömte aus ihm heraus, durch seine Finger in sie, etwas von seinem Leben. Als werfe er einen Teil davon weg, dachte er, schaffe Raum, und auf demselben Weg stieg etwas durch seinen Arm, fast wie ein leichter Schmerz, eine beginnende Entzündung in seine Brust und schnürte ihm die Kehle zu.

Unsere Hände passen gut ineinander, dachte er, es ist mehr als nur die Haut, die sich berührt; mehr als damals mit Julika. Er verspürte die Sehnsucht nach Zugehörigkeit.

Feline setzte sich auf. Sie zog die Beine an, umarmte die Schenkel und stützte das Kinn auf die Knie. Ihr Haar, zerwühlt von seinen Berührungen, glänzte im Schein der Kerze auf dem Nachttisch. »Ich kann es dir nicht erklären, wenn du es nicht verstehst«, sagte sie.

»Ich versuche, es zu verstehen.«

»Wann erfahre ich, ob du so weit bist?«, fragte sie.

»Das kann ich dir im Augenblick nicht sagen.«

»Vielleicht hast du ja bloß Angst vor dem, was du im Augenblick sagen *könntest*«, erwiderte sie, und wieder verstand er, was sie meinte, und verstand es gleichzeitig nicht.

»Sieh mich nicht so an, als wäre ich ein unheilbarer Patient«, sagte er. »Ich habe einfach Angst, dass wir uns streiten könnten, und das will ich nicht. Ich habe mich heute mit zwei Kollegen von der Nationalen Recherche geprügelt, danach habe ich mich mit Jaap gestritten und vielleicht alles aufs Spiel gesetzt, was für mich mein Leben lang wichtig war, und dieser widerliche Film arbeitet immer noch in mir. Bitte, ich kann heute nicht noch mehr Streit ertragen.«

»Ich will mich auch nicht streiten«, sagte sie. Aber ihre Augen hatten einen wachsamen Ausdruck angenommen, der das erfüllte ruhige Grün der letzten Stunden vermissen ließ. *Sie will sich ja gar nicht besänftigen lassen*, dachte er überrascht und wusste nicht, was er jetzt noch sagen oder tun konnte, wenn er alles nicht noch schlimmer machen wollte.

Er war es nicht mehr gewohnt zu streiten. Er hatte vergessen, wie abrupt bei manchen Frauen die Stimmung umschlagen konnte; oft genügte ein einziges Wort. Das kalte, leise Pochen seines Herzens wurde heftiger, aber es schien von außen zu kommen, wie von der kühlen Fingerkuppe einer Schattenhand.

»Vielleicht war das eine dumme Bemerkung, mit dem Stück«, sagte er.

»Es ist kein Stück«, sagte sie schließlich, »kein *Penny Lane* oder was immer du damals mit deiner Frau gehört hast. Es ist ein Moment. An dem Sonntag vor ein paar Wochen, an dem wir unser Picknick auf dem Land gemacht haben, unser *déjeuner sur l'herbe*, weißt du noch? Es war ein ungewöhnlich warmer Tag für November, und wir haben Weißwein getrunken, der mir viel zu schnell zu Kopf gestiegen ist. Ich weiß nicht mehr, warum, ob es etwas war, das ich gesagt hatte, jedenfalls hast du zum ersten Mal, seit ich dich kannte, gelächelt. Du hast mich angesehen und gelächelt. Es war ein schönes Lächeln, irgendwie traurig, wie das meiste, was mit dir zu tun hat. Ich weiß noch, dass ich dachte: *Der ist bestimmt zwanzig Jahre älter als ich, aber wenn er lächelt, vergisst man das glatt.*

Willst du wissen, warum ich das dachte? Weil ich spürte, dass dieses traurige, schöne Lächeln von da an zu meinem Leben gehören würde. Manchmal geht das ja so – jemand steht vor einem, aus dem Nichts, und man weiß, dass man etwas gefunden hat, etwas Kostbares. Und wenn dieses Kostbare ein Mann ist und wenn man selbst eine Frau ist, dann überlegt man sofort, was man tun kann, um es festzuhalten. Dein Lächeln und deine Augen, das war's! Deswegen wollte ich unbedingt mit dir schlafen an diesem Sonntag, und der Regen, als wir zurück in die Stadt geradelt sind, hat mir geholfen. Regen hilft immer, findest du nicht?«

Sie schwieg einen Augenblick. »Zum ersten Mal seit Ewigkeiten war ich mit einem Mann im Bett zusammen, der sich nicht auf mich stürzte und der mir auch nicht die Scherben seines kaputten Lebens in den Schoß warf – und das, obwohl in deinem Leben einiges ziemlich kaputtgegangen war. Wir haben uns bis zum Morgen in den Armen gelegen, haben uns festgehalten, zu erschöpft, aber auch zu aufgeregt zum Schlafen. Du hast nichts gesagt, aber ich wusste, dass du immer noch traurig warst. Irgendwann bin ich dann doch eingeschlafen. Als ich wieder aufwachte, war es noch früh, aber es regnete nicht mehr, und du warst schon angezogen. Du hast auf der Bettkante dagesessen und mich angesehen. Du hast dich nicht davongestohlen wie ein Dieb in der Nacht. Ich fühlte mich behütet wie nie zuvor in meinem Leben. Ich war nicht mehr eine von diesen Frauen, die allein leben, in Nestern ohne Eier. Du hast nichts von mir verlangt. Du hast mich angelächelt, und ich dachte deinen Namen: *Bruno*. Ich dachte, dieser Mann hat mich mir zurückgegeben, wie ich war, als ich noch unschuldig war.«

Er dachte an den Sonntagabend, von dem sie redete, an die Nacht und den Montagmorgen und daran, wie er sich an dem Montagmorgen gefühlt hatte; wie völlig anders.

Sie sagte: »Ich erzähle dir das, weil ich mir natürlich darüber im Klaren bin, dass niemand einem die verlorene Unschuld zurückgeben kann, egal, wie sehr man sich das auch wünscht. Sie hat keinen Platz mehr, an den sie zurückkehren kann. Misstrauen, Scham, Schuld und Schuldgefühle, alles Mögliche hat sich an ihrer Stelle breitgemacht. Wenn es anders wäre, würde ich jetzt sagen, gut, geh nach Mailand, lass mich allein, setz dein Leben aufs Spiel für andere Frauen. Ich weiß, du wirst zurückkommen, und alles wird genauso sein wie vorher. Aber inzwischen glaube ich das nicht mehr, und was ich in den Wochen seit jenem Sonntag von dir bekommen habe, reicht mir nicht. Ich will mehr. Ich will keine Unterbrechung, und ich will, dass du dich um niemand anderen sorgst als um mich. Hörst du zu? Kannst du mich verstehen?«

Van Leeuwen betrachtete ihr Gesicht, überrascht, weil er nicht gewusst hatte, dass sie eifersüchtig sein konnte. »Sieh mich an«, bat er. Sie sah ihn nicht an, und ihr Gesicht kam ihm so hart vor wie eine Gravur auf einem Stahlstich. Es war nicht mehr dasselbe Gesicht, mit dem sie ihn begrüßt hatte; das sie ihm an der Tür entgegengereckt hatte, damit er sie küsste. Er hatte sie geküsst, und sie hatte die Augen geschlossen, und als sie sie wieder öffnete, war darin ein besonderer Ausdruck gewesen: die Augen einer Frau, die sich gerade wieder aufs Neue für ihn entschieden hatte.

Sie hatte ihn angesehen und gespürt, was für ein Tag hinter ihm lag, und nicht viele Worte gemacht. Die Lampen in ihrer Wohnung waren gedämpft, im Kamin flackerte ein knisterndes Feuer, und die abbrennenden Holzscheite verströmten ihren würzigen Geruch, und alles war gut gewesen bis gerade eben.

»Jetzt erkenne ich das Lied«, sagte er und stand auf, um sich anzuziehen. Die Atmosphäre im Zimmer wirkte gespannt und unruhig, als hätte sie eine physikalische Veränderung erfahren und müsste sich neu ordnen. Er bückte sich, um seine Sachen aufzuheben, die Strümpfe, die Hose, die Unterhose, das Hemd.

»Ich glaubte immer, ich könnte auf mich aufpassen«, sagte Feline leise hinter ihm. »Ich könnte mich durch ein ganzes Gestrüpp von Stacheldraht winden und nicht einen Kratzer davontragen. Aber heute Nacht verletzt mich schon deine Nähe.«

Er schwieg wieder, denn zumindest wusste er, wann es gut war zu schweigen. Er zögerte einen Moment, dann begann er, sich anzuziehen.

Sie hob den Kopf. »Männern in deinem Alter fällt es schwer, sich noch zu ändern«, sagte sie, »das weiß ich aus Erfahrung. Manche schaffen es überhaupt nicht mehr. Sie sind es gewohnt, Dinge auf eine bestimmte Weise zu tun, und zwar so, wie sie es immer getan haben. Ich glaube nicht, dass du so einer bist, aber du hast die letzten Jahre in einer Ehe gelebt, in der du nichts erklären und niemanden einweihen musstest. Das muss sich ändern, Bruno, hörst du? Es gibt genügend Männer, die sich nach Lionel für mich interessiert haben, die meine Aufmerksamkeit wollten, aber ich habe ihnen keine geschenkt oder nur ein bisschen *en passant*, so, wie man bei Starbucks ein paar Cent auf den Trinkgeldteller fallen lässt. Du bist der Erste, für den ich mich wirklich entschieden habe, der Erste seit Langem, und ich möchte nicht enttäuscht werden.«

Endlich erkannte er, worum es ging: Diese Frau wollte ihm gehören, ganz einfach, weil sie ihn liebte. Du hast großes Glück, Bruno van Leeuwen, sagte er sich. Zerstöre es nicht. Halb angezogen setzte er sich wieder auf die Bettkante, streckte eine Hand aus und strich ihr über den zarten Nacken. Sie ließ es zu, immerhin ein gutes Zeichen.

Er überlegte, was er sagen könnte, um ihr die Gewissheit zu geben, nach der sie verlangte, oder wenigstens Trost dafür, dass eine solche Gewissheit nicht existierte. Er war nicht sicher, was sie hören wollte. Aber die einzigen Worte, die dazu vielleicht geeignet gewesen wären – *Lass uns heiraten* –, konnte er keiner Frau mehr sagen, und vielleicht wären sie auch die falschen gewesen. »Ich kann dir nichts versprechen«, sagte er und dachte: *kaum der Weg zum Herzen einer*

Frau. »Ich will dich nicht enttäuschen, aber das sagt man immer, und dann tut man es doch.«

Also nahm er die restlichen Kleider mit ins Wohnzimmer und zog sich dort fertig an. Sein Blick fiel aus dem Fenster auf die Magere Brug, den Fluss und die Häuser am anderen Ufer, die nächtliche Stadt, die er besser kannte als sein Innerstes. Allerdings hatte das nicht besonders viel zu bedeuten. Verlaine fiel ihm ein, ein Satz, den er vor Jahren gelesen hatte: *Wenn man sich auf eine Forschungsreise in die eigene Seele begibt, sollte man bis an die Zähne bewaffnet sein.* Vielleicht war es an der Zeit, die Waffenkammer aufzusuchen.

Er drehte sich um und ging zur Tür.

»Warte«, sagte Feline. Sie stand in der Mitte des Wohnzimmers, in die Tagesdecke gehüllt wie eine Indianersquaw. »Ich bin zickig, und das will ich nicht sein, Bruno. Vergiss das, was ich über Männer in deinem Alter gesagt habe. Ich habe mich genau deswegen in dich verliebt, weil du so bist, wie du bist, und ich will nicht, dass du dich änderst. Natürlich musst du nach Mailand fahren. Also geh los und rette sie alle!«

»Ich rufe dich von unterwegs an«, versprach er.

»Nein, ruf mich nicht an«, sagte sie. »Komm einfach heil zurück.«

25

Als der Commissaris zwei Tage später mit Léon Braak in den Nachtzug nach Mailand stieg, verbarg er die Handschellen unter dem salopp über die Kette zwischen ihren Armen geworfenen Trenchcoat und achtete auch darauf, dass niemand die Luger in seinem Schulterhalfter sehen konnte. Er führte Braak in das reservierte Schlafwagenabteil und verriegelte die Tür, ehe er die Handschellen aufsperrte und den Zuhälter an den Haltegriff des unteren Betts fesselte.

Es war ein kleines Abteil mit zwei Betten und einem aufklappbaren Waschbecken, das in geschlossenem Zustand als Abstellfläche diente.

Braak sah sich um. Seine Augen waren schnell. Er war blass und unrasiert, und man konnte sehen, dass er schlecht geschlafen hatte. Er trug einen weinroten Ledermantel mit Kaninchenfellkragen, grüne Army-Hosen mit Leopardenflecken, eine taubengraue Fleece-Jacke mit Reißverschluss und Rollkragen, dazu knöchelhohe Stiefel mit Lammfellfutter. Er beugte sich zum Fenster, um auf den Bahnsteig hinauszusehen. Dann fragte er: »Was soll das? Wollen Sie nach Mailand? Was haben Sie mit mir vor?«

Van Leeuwen antwortete nicht. Er verstaute die Aktentasche, in der sich sein Reisegepäck befand, auf der Kofferablage. Das Schulterhalfter drückte, und das Gewicht der Luger unter seiner linken Achsel war ungewohnt. Er zog die Pistole heraus und steckte sie vorn in den Hosenbund. Dann schnallte er das Halfter ab und legte sie zu der Tasche auf die Ablage. Braak setzte sich auf das untere Bett. Sein Blick blieb an der Pistole hängen, die sich genau vor seinem Gesicht befand.

Um 17.05 Uhr verließ der Zug der City-Night-Line Amsterdam Centraal. Als sie aus der Bahnhofshalle fuhren, prasselte kalter Regen gegen die Fensterscheiben. Die Gleisbeleuchtung und die Signallampen zitterten in den Böen, die über den Bahndamm heranfegten.

Der Commissaris sagte: »Etwas ganz Seltenes geschieht gerade – du wirst am eigenen Leib Zeuge, wie einem durch und durch verkommenen Mistkerl die Gelegenheit gegeben wird, für seine Sünden Buße zu tun! Nicht für alle, aber für einen Teil. Und nicht erst im Jenseits, sondern hier und jetzt. Du kriegst eine Chance zur Wiedergutmachung.«

Braak sagte nichts. Er sah wieder aus dem Fenster auf die Lichter der Stadt, die unterhalb des Zugs vorbeiflogen. »Wohin fahren wir?«, fragte er etwas später noch einmal. Er hatte diese Frage schon mehrmals gestellt, bevor sie in den Zug gestiegen waren, und er hatte während der Fahrt zum Bahnhof noch andere Fragen gestellt, die Van Leeuwen ebenfalls nicht beantwortet hatte.

»Mailand«, sagte der Commissaris.

Braak sah jetzt nicht mehr aus dem Fenster, sondern suchte Van Leeuwens Blick. Seine Augen bewegten sich hin und her wie Flakscheinwerfer bei einem Fliegerangriff. »Warum?«, fragte er. »Was soll ich denn da?«

Diese Frage beantwortete der Commissaris genauso wenig wie die anderen. In dreißig Minuten war der Zug in Utrecht, danach kam Arnheim, und das war die letzte Station in den Niederlanden, bevor sie die Grenze überquerten. Dann fuhren sie weiter durch Deutschland und die italienische Schweiz, und irgendwann würde jemand merken, dass Léon Braak nicht mehr in seiner Zelle war, weil Van Leeuwen ihn am Nachmittag dort abgeholt hatte.

»Dürfen Sie das denn, was wir gerade machen?«, fragte Braak.

»Nein«, antwortete der Commissaris.

Der Zug fuhr ruckelnd über eine Reihe von Weichen und wurde schneller. Das Licht im Abteil flackerte kurz. Braaks Blick wanderte wieder zu der Luger in Van Leeuwens Gürtel. »Ich muss mal pissen«, sagte er.

Der Commissaris schloss die Handschellen auf, entriegelte die Tür und sah hinaus auf den Gang. Er ließ Braak vor sich her zum Waschraum gehen. Die Leuchtanzeige der Toilette war aus. Außer ihnen befand sich niemand auf dem Gang. Braak verschwand in der WC-Kabine, und der Commissaris wartete davor, und während er wartete, sah er draußen vor dem Fenster die Regennacht vorbeifliegen.

Mit einem Zischen öffnete sich die hydraulische Verbindungstür zwischen den Waggons, um den Zugbegleiter durchzulassen. Van Leeuwen gab ihm die beiden Fahrkarten zum Entwerten. Er holte die beiden Fotos hervor, die in der Innentasche seines Jacketts steckten, und zeigte sie dem Zugbegleiter. »Fahren Sie diese Strecke öfter?«, fragte er. »Haben Sie eine von diesen beiden Frauen hier in Ihrem Zug gesehen?«

Das erste Foto war die Aufnahme von Rascha Frankenhuis, die ihr Bruder ihm gegeben hatte; das andere zeigte Brigadier Julika Tambur.

»Und wenn?«, fragte der Zugbegleiter, nachdem er die Fotos kurz studiert hatte. Van Leeuwen präsentierte seinen Ausweis. »Ah, ja«, sagte der Zugbegleiter und schüttelte den Kopf. »Nein, tut mir leid, Mijnheer.«

Braak verließ die Toilette, und der Commissaris führte ihn zurück in ihr Abteil, wo er ihn wieder an den Bettgriff schloss. Er klappte die Abdeckung des Waschbeckens hoch, nahm eines der beiden Gläser, die darunterstanden, und füllte es mit Wasser. Er holte eine Packung Schlaftabletten aus der Tasche, drückte eine aus der Folie und hielt sie Braak hin, zusammen mit dem Glas.

»Das ist kein Trinkwasser«, sagte Braak.

»Du stirbst schon nicht daran«, sagte Van Leeuwen. »Wir werden die ganze Nacht durchfahren, fünfzehn Stunden lang. Ich will nicht mit dir reden, und ich will dich auch nicht dauernd im Auge behalten müssen.«

Braaks Flakscheinwerfer-Augen tasteten sein Gesicht ab, und auf einmal wurde Van Leeuwen klar, was in dem Zuhälter gerade vorging: Er war auf der Suche nach einer neuen inneren Landschaft, in der Van Leeuwen sich wohlfühlte. Braak hatte ihn gestern und heute studiert, so wie er auch Brigadier Tambur studiert hatte, um ihr schließlich als der aufgewühlte Liebende, der Zuhälter mit der harten Schale und dem weichen Kern, gegenüberzutreten – eine Rolle, mit der sie etwas anfangen konnte, die sie einlullte.

Für Van Leeuwen hatte er am Telefon den verängstigten Handlanger gespielt, der selbst in Lebensgefahr schwebte. Als sie sich gestern im Verhörzimmer gegenübergesessen hatten, musste er erkannt haben, dass der Commissaris ihm auf diesem Weg nicht folgte, und deswegen arbeitete er nun an einer neuen Persönlichkeit, hatte sie aber noch nicht gefunden. Er kam Van Leeuwen vor wie ein fließender Organismus, der eine Form suchte, in unablässiger innerer Bewegung. Eine Art menschlicher Lavalampe.

»Ich nehme die Tablette, wenn Sie mir sagen, warum Sie mich aus dem Knast geholt haben«, sagte Braak, »und was in Mailand Sache ist.«

Der Commissaris stellte das Glas ab, legte die Tablette daneben und sagte: »Mein Name ist Ruud Fleming.«

Die Lavalampe verformte sich kaum merklich, wechselte kurz die Farbe, reflektierte die neue Information.

»So wirst du mich in Mailand vorstellen«, sagte der Commissaris,

»Ruud Fleming aus Antwerpen, Geschäftsmann, Barbesitzer, Pornofilmproduzent. Ich habe dir einige Mädchen abgekauft, und jetzt brauche ich wieder welche, aber ich will sie direkt von der Quelle. Wenn ich nicht absolut vertrauenswürdig wäre, hättest du mich nicht mit ihnen zusammengebracht …«

»Mit wem zusammengebracht?«, fragte Braak.

»Bashkim. Mezzanotte. Den Leuten, von denen du sonst die Mädchen übernommen hast.«

Braaks Augen verharrten plötzlich, wurden weit. Bläschen roter Angst stiegen in ihm auf. Er öffnete den Mund und schloss ihn wieder, dann leckte er sich über die Lippen. »Mezzanotte habe ich selbst noch nie getroffen«, sagte er hastig, »und Bashkim bin ich nur einmal begegnet. Ich weiß gar nicht, wie ich ihn erreichen kann.«

»Du machst das schon«, sagte Van Leeuwen.

»Die bringen mich um«, sagte Braak leise. »Die bringen uns beide um. Die bringen jeden um, der …« Er unterbrach sich und runzelte die Stirn, auf der sich kleine Schweißperlen gebildet hatten. »Haben Sie eine Adresse in Antwerpen? Gibt es da eine Bar oder ein Bordell, das jemand namens Ruud Fleming gehört? Haben Sie Papiere auf den Namen, jemand, der bestätigt, wer Sie sind?«

»Nein«, sagte Van Leeuwen.

»Aber Sie haben ein Überwachungsteam?« Braak bewegte sich, als wollte er einen Observationsradius in die Luft malen, doch die Handschellen stoppten seine Bewegung. »Es gibt eine Eingreiftruppe, Leute, die uns decken, die wissen, wer wir sind und was wir machen?«

»Nein«, sagte Van Leeuwen. »Niemand weiß etwas davon.«

»Haben Sie wenigstens Geld?« Ein flehender Ausdruck trat zu der flackernden Angst in Braaks Augen. »Wenn Sie die Vorauszahlung nicht leisten können, wenn Sie denen nicht als Visitenkarte *cash* was auf den Tisch legen, dann landen Sie da, wo Sie Sofia gefunden haben. So nackt, wie Sie geboren wurden, nur fünfzig Jahre älter.«

»Siebenundfünfzig«, sagte Van Leeuwen.

Er hatte Braak gestern den ganzen Nachmittag in einem der Verhörzimmer im obersten Stock des Präsidiums vernommen, hatte sich nach und nach ein Bild gemacht, und als er damit fertig gewesen war, hatte er sich selbst auf dem Bild gesehen, wie er mit dem Zuhälter nach Mailand fuhr. Es war der einzige Weg. Er hatte Braak gefragt, worum es bei Tonja Scholenkos Anruf aus dem Krankenhaus gegangen war, und Braak hatte geantwortet: *Um ihre Schwester, um Sofia*, und darum, dass sie nicht mehr lebte. Und Van Leeuwen hatte gewusst, dass nun auch Tonja in Mailand war, um von Bashkim zu erfahren, warum, *warum musste meine Schwester sterben?*

»Ich habe sie geliebt«, hatte Braak gesagt.

»Braak hat nie jemand anderen geliebt als Braak«, hatte Van Leeuwen erwidert, und da war Braak klar geworden, dass er für ihn eine andere Rolle spielen musste.

»Du hast behauptet, Sofia sei in einem Hotel getötet worden«, hatte Van Leeuwen gesagt. »Warum haben wir davon nichts erfahren? Die Spuren, das ganze Blut – die Besitzer hätten uns Bescheid gesagt!«

Braak hatte nur den Kopf geschüttelt und Daumen und Zeigefinger aneinandergerieben. *Jeder ist käuflich.* Oder das: ein schneller Schnitt durch die Kehle, virtuell, mit den Fingerspitzen der gekrümmten Hand unter dem Kinn angedeutet.

Von zu Hause aus hatte der Commissaris dann am Abend die Fahrkarten und das Schlafwagenabteil gebucht, außerdem ein Doppelzimmer in einem kleinen, billigen Hotel unweit des Möbellagers an der Peripherie von Mailand, im Viertel Sesto San Giovanni. Dort hatte Braak das letzte Mal die Mädchen abgeholt, in seinem Kastenwagen mit der Aufschrift *Möbel Bouwman*, sechs Moldawierinnen und eine Schrankwand, Eichenfurnier.

Danach hatte Van Leeuwen den Koffer gepackt, den kleinsten, Aluminium mit abgerundeten Kanten, ohne Rollen oder ausziehbarem Griff. In der Kammer am Ende des Flurs, wo die Kleidersäcke, Koffer und das andere ausrangierte Inventar seines Lebens aufbewahrt wurden, war ihm ein Karton mit alten Fotoalben entgegengefallen. Er wusste, wie gefährlich ein Fotoalbum sein konnte, explosiver als eine Landmine, und nach Sims Tod hatte er keins mehr angeschaut, auch vorher nicht, als es ihr immer schlechter gegangen war. Aber es war das erste Mal seit damals, dass er wieder einen Koffer packte, das erste Mal, dass er überhaupt in die Kammer sah, und er hatte gedacht: *Vielleicht ist jetzt die Zeit für eine kontrollierte Sprengung.*

Er hatte auf dem Boden gesessen und im Schein der schirmlosen Lampe die Fotos in dem Album betrachtet. Langsam hatte er die Seiten umgeblättert, und es war gar nicht so schlimm gewesen, wie er befürchtet hatte. Es gab Aufnahmen von Simone, von ihm, von Simone und ihm – Hochzeitsfotos, Urlaubsfotos, Fotos von Partys, Schnappschüsse, und auf fast allen waren sie jung, so jung, dass es ihm schwerfiel, sich und Sim in den fotografierten Personen wiederzufinden. Als sie nicht mehr jung gewesen waren, hatten sie offenbar aufgehört, einander zu fotografieren oder sich fotografieren zu lassen, oder niemand hatte mehr ein Interesse daran gehabt, Fotos von ihnen zu machen. Du warst so schön, hatte er in Gedanken zu der blonden Frau auf den verblichenen Schnappschüssen aus vordigitalen Zeiten gesagt; so schön, so elegant, so aufmerksam. Er hatte mit dem Daumen über ihr Gesicht gestrichen und gemeint, ihre Haut zu spüren, ihren Geruch atmen zu können. Sein Herz hatte zu schmerzen begonnen. Und plötzlich hatte er festgestellt, dass er doch, ohne es zu merken, seinen Fuß auf eine Mine gesetzt hatte: Er stand da, und an eine kontrollierte Sprengung war nicht mehr zu denken. Er hatte vor der offenen Kammer auf dem Boden gesessen, ohne die Alben zurückzulegen, ohne den Koffer zu packen, ohne überhaupt irgendetwas zu tun, und die Erinnerungen waren wie innere Blutungen gewesen.

Dann war er eingeschlafen, und als er wieder aufwachte, immer noch im Licht der schirmlosen Lampe, hatten die Erinnerungen aufgehört, Erinnerungen zu sein. Er räumte die Alben zusammen. Er packte nicht den Koffer, sondern die Aktentasche. Es war Zeit, das alles zurückzulassen. Er zweifelte nicht mehr.

Am frühen Nachmittag war er dann zu der Zelle gegangen, in der Léon Braak seine Untersuchungshaft absaß, nachdem Bakkers und Bosch ihn in Van Leeuwens Obhut überstellt hatten. Er hatte dem diensthabenden Beamten erklärt, dass er Braak für einen Lokaltermin an dem Leichenfundort auf der Müllkippe brauchte. Aber statt mit ihm nach Oost zu fahren, war er mit Braak in ein Taxi zur Centraal Station gestiegen, und die ganze Zeit war ihm klar gewesen, dass es sich um eine Entführung handelte und dass er im Begriff stand, seine Karriere für immer zu zerstören.

»Die bringen uns beide um«, sagte Braak leise über das Rattern der Räder auf den Schienen. »Sie und mich, uns beide.«

»Dann solltest du jetzt die Tablette nehmen«, sagte Van Leeuwen. »Einfach um noch mal mit dem Gefühl einzuschlafen, dass du morgen wieder aufwachst.«

Der Zug hielt in Utrecht, und einige Zeit später hielt er in Arnheim, und der nächste Halt war schon Duisburg im Ruhrgebiet. Kurz vor Duisburg spürte der Commissaris, wie sein Handy vibrierte, aber er meldete sich nicht. Braak war in düsteres Schweigen verfallen, und zwischen Duisburg und Düsseldorf nahm er die Schlaftablette, ohne das Salami-Sandwich zu essen, das Van Leeuwen ihm gekauft hatte. Anschließend streckte er sich auf dem unteren Bett aus. Der Commissaris sah ihm beim Einschlafen zu, und auch danach behielt er ihn noch eine Zeitlang im Auge, bevor er selbst auf das obere Bett stieg. Dort aß er das Sandwich, das Braak liegen gelassen hatte. Er legte die Luger neben das Kopfkissen und knipste das Licht aus, zog die Jalousie aber nicht herunter. Jedes Mal, wenn der Zug an einem Bahnhof hielt, sah Van Leeuwen aus dem Fenster und betrachtete die Bahnsteige in der fahlen winterlichen Nachtbeleuchtung. Sein Handy vibrierte in regelmäßigen Abständen, und schließlich schaltete er es aus. Hinter Koblenz schlief auch er schließlich ein.

Es geschah wieder auf dem Bahnhof von Lugano. Van Leeuwen erwachte, weil der Zug stand. Alles war still, und er spähte aus dem Fenster auf den nächtlichen Bahnsteig, und obwohl er es nicht wollte, brach die Wunde erneut auf, diesmal die Erinnerung daran, wie Sim und er kurz nach ihrer Hochzeit zum ersten Mal mit dem Zug nach Italien gefahren waren. Sein ganzes Erspartes hatte er für ein Schlafwagenabteil ausgegeben, aber zum Schlafen waren sie kaum gekommen. Sie hatten sich auf dem unteren Bett geliebt und auf der oberen nebeneinandergelegen und aus dem Fenster geschaut, und die Nacht vor dem Fenster war ihm wie dunkler Samt erschienen. Ihr Geruch war der Duft von Sims Hals, und ihr Geschmack war der von Sims Küssen. Dann, später, war wie ein beleuchtetes Bühnenbild der Himmel weit geworden; Palmen flogen vorbei, der Schnee auf den Bergen leuchtete kupfern, und der Sonnenaufgang spiegelte sich auf Simones Gesicht, auf ihren Lippen und in ihren Augen.

Damals konnte man noch die Fenster herunterziehen, sodass der Fahrtwind ins Abteil schlug. Der Wind roch nach Ruß oder Elektrizität, nach Feuerstein. Unter den Fenstern und an den Türen standen Warnungen in mehreren Sprachen: *Nicht hinauslehnen, Ne pas se pencher au dehors, Do not lean out* und, am geheimnisvollsten, *Pericoloso sporgersi.*

Jetzt, über dreißig Jahre später, widerstand Van Leeuwen nur mit Mühe der Versuchung, die Hand nach seiner toten Frau auszustrecken, obwohl seine Fingerkuppen vor Sehnsucht brannten.

Pericoloso sporgersi.

Danach schlief er nicht wieder ein, sondern verrichtete seine Toilette und sah zu, wie es draußen Tag wurde. Er dachte daran, wie sich seit Sims Tod alles verändert hatte, erst mit ihrer Krankheit und dann mit ihrem Tod, und so blieb Chiasso hinter ihnen und auch Como mit dem See und denselben Palmen vor den schneebedeckten Alpen. Es war eine schöne Landschaft, besonders im frühen Morgenlicht. Er stieg von dem oberen Bett, schob die Luger in den Hosenbund und weckte Léon Braak, den Zuhälter. »Wasch dich, wir sind bald da«, sagte er und sperrte die Handschellen auf.

Der Zug näherte sich Mailand, raste durch Felder und Sumpfland und die erwachenden Vororte. Die Nähe der Stadt schien ihn ungeduldiger zu machen, er warf sich auf den Schienen hin und her. Eine AGIP-Raffinerie mit ihren verschlungenen Rohren, silbernen Kesseln und hohen Türmen erstreckte sich neben den Gleisen, blieb zurück. Dann ein schindelgedeckter Palazzo mit rosafarbenen Mauern und hinter den Mauern ein Park mit immergrünem Blattwerk aus fleischigen Wedeln und dünnen, knorrigen Ranken. Es folgte eine kleine Fabrik mit eingeworfenen Fensterscheiben und schmutzigen Reifenstapeln auf dem Hof, umgeben von Wiesen mit dürrem, bräunlichem Stoppelgras. Brachland, daran anschließend das Gewerbegebiet: die üblichen fensterlosen Lagerhallen, Werkstätten und Garagen, die Autohäuser mit ihren Legionen unverkaufter Wagen auf den behelfsmäßig asphaltierten Höfen. Zubringerstraßen verschwanden in Unterführungen und schwebten über Stahlbrücken; statt Landhäuser im Nebel ragten die Betongerippe halb fertiger Hochhäuser hinter dem Gewirr der Eisenbahngleise auf. Aus den Schornsteinen der Wohnblöcke stieg weißer Rauch in den frostig klaren Himmel, und plötzlich sprang hinter einer riesigen Plakatwand die Morgensonne hervor und tauchte das Abteilfenster in blendendes Licht.

Braak putzte sich die Zähne mit der zweiten Zahnbürste, die der Commissaris für ihn gekauft hatte, kämmte sich mit einem nassen Kamm und setzte sich wieder auf das untere Bett. Ohne etwas zu sagen, sah er zum Fenster hinaus. Es hatte den Anschein, als hätte er sich mit seinem Los abgefunden, bereit, das Beste daraus zu machen, um tatsächlich für seine Sünden zu büßen. Die innere Landschaft, die er über Nacht für Van Leeuwen geschaffen hatte, war ein karger Klostergarten, in dem er sich in trotziger Reue erging. Der Commissaris sah in ihn hinein, blickte auf den Garten und wusste, unter welchem Stein die Schlange lag.

Pericoloso sporgersi, dachte er.

26

Ein kalter Wind fegte von den Bahnsteigen durch die riesige Marmorhalle von Milano Centrale, und der Commissaris schob Léon Braak in seinem roten Ledermantel vor sich her durch das Menschengewimmel, ohne die Handschellen, aber mit griffbereiter Luger in dem Schulterhalfter unter dem offenen Trenchcoat. Er dirigierte den breiten Rücken mit dem Kaninchenfellkragen durch die Scharen eiliger Pendler aus den Vorortzügen, vorbei an kleinen Gruppen müßig zusammenstehender Senegalesen, Pakistani, Filippinos, Türken oder Russen, deren laute Stimmen das Scheppern der Lautsprecherdurchsagen übertönten. »Die Rolltreppe«, sagte er. Sie glitten auf den Metallstufen der Treppe hinunter zum Ausgang. Van Leeuwen achtete darauf, dass Braak immer dicht vor ihm blieb, und als der Zuhälter sich mitten auf der Treppe umdrehte und sagte: »Sie schießen ja doch nicht«, schwieg er nur.

Aus den hohen Fenstern fielen scharfe Sonnenstrahlen herab, erfassten die Reisenden wie Scheinwerfer und ließen sie kurz aufleuchten, ihre Köpfe, die Schultern, manchmal nur ein Lachen, eine Handbewegung. Der Commissaris fand, dass die Halle zu wuchtig war, zu protzig, zu düster, und weil er nur kurz und unruhig geschlafen hatte, störte ihn das. Seine Augen brannten. Die Leuchtschrift über dem Eingang der Bahnhofsapotheke und der Wechselkabinen schien zu flackern. Die Menschen ringsumher bewegten sich zu schnell, redeten zu laut. Auf einmal zweifelte Van Leeuwen wieder daran, dass er das Richtige tat. Er folgte dennoch weiter dem Taxi-Zeichen an der Wand über dem Hauptausgang, auf den Braak mit fliegenden Mantelschößen zupflügte.

»Nicht so schnell«, sagte der Commissaris.

Der Zuhälter blieb stehen, ohne sich umzudrehen, breitete die Hände aus. »Noch ist es nicht zu spät«, sagte er.

»Wozu?«, fragte Van Leeuwen.

»Zum Umkehren«, sagte Braak. »Wir können in den nächsten Zug zurück nach Amsterdam steigen, und niemandem geschieht etwas.«

Das stimmt nicht, dachte Van Leeuwen; Rascha geschieht etwas und Julika vielleicht auch.

»Wenn wir das tun, was Sie gesagt haben, bleibt keiner von uns am Leben«, fuhr Braak fort. Er war blass, und sein Kinn zitterte wie das eines kleinen Jungen, der nicht weinen will.

»Es gibt sowieso nicht besonders viel, wofür ich am Leben bleiben müsste«, sagte der Commissaris.

Auf dem Bahnhofsplatz traf ihn das Morgenlicht heftig. Er deutete auf die Reihe der wartenden Taxis, klopfte aufs Dach des ersten. Der Fahrer ließ den Motor an, als Van Leeuwen den hinteren Schlag öffnete. »Durchrutschen«, sagte er zu Braak, dann quetschte er sich neben ihn. Die Aktentasche stellte er vor seine Füße. Inzwischen schmerzte der Druck der Luger unter der linken Achsel. »Sesto San Giovanni«, sagte er zum Fahrer, »*Albergo Sole*.« Der Fahrer nickte und gab Gas, bevor er blinkte und sich mit einem hektischen Schlenker des Lenkrads in den zäh fließenden Verkehr um die Piazza della Repubblica einfädelte.

Van Leeuwen holte sein Handy heraus und schaltete es ein. Dann hörte er seine Mailbox ab. Die Liste der Anrufer war lang: Hoofdinspecteur Gallo hatte ihn zu erreichen versucht, Inspecteur Vreeling, der Diensthabende der Nachtschicht und natürlich Hoofdcommissaris Joodenbreest, das halbe Präsidium, in unterschiedlichen Erregungszuständen, aber keiner mit der Absicht, ihm zu der gelungenen Entführung Léon Braaks zu gratulieren. Er versenkte das Handy wieder in der Innentasche seines Jacketts.

Auf dem Ring tobte der Berufsverkehr, laut hupend flitzten kleine Fiats vorbei, Mopeds und Vespas wechselten rücksichtslos die Spur, vor Dreck strotzende Busse kämpften sich Zentimeter für Zentimeter vorwärts, und der Taxifahrer tobte mit, hupte lauter, wechselte genauso abrupt die Spur, links, rechts, links, bremste, kuppelte und beschleunigte todesmutig mit den virtuosen Füßen eines Kirchenorganisten. Die großen Palmen am Fahrbahnrand wirkten niedergeschlagen, wie abgenagt von Lärm und Abgasgestank. Zu den ununterbrochen gellenden Hupen kamen das Röhren der Motorräder, das Klirren und Scheppern von Bulldozern, das Rattern allgegenwärtiger Presslufthämmer, das klagende Jaulen im Stau feststeckender Polizeisirenen. Hinter haushohen Abdeckplanen zischten Sandstrahlgebläse über graue Fassaden. Brüllende Müllmänner rollten Abfalltonnen über aufgeplatzten Asphalt. Bauschutt rutschte scheppernd durch Metallröhren in Eisencontainer.

Auf den riesigen Plakaten an den Häusern längs der Straße warben Roboterfrauen mit aufgespritzten Lippen für die Mode, die Uhr, das Parfum der Saison. Der Luxus in den Schaufenstern schimmerte matt hinter rot schreienden Aufklebern, *Saldi, Sales %*, und über den Köpfen der Menge, den dicht gedrängt dahineilenden Passanten, leuchtete Neon in schmutzigen Farben, *McDonalds, Burger King, Biffi, Virgin, Feltrinelli.* Dazwischen schalteten verzweifelte Ampeln von Rot zu Gelb zu Grün und wieder zurück wie Folteropfer, die jede gewünschte Wahrheit herausschrien, ohne dass ihnen noch jemand glaubte.

Der Taxifahrer stellte das Radio an. Erst sang Lucio Dalla, dann Zucchero, dann Gianna Nannini, dann das Handy des Fahrers. Er ging dran, und während er mit dem Anrufer redete, vibrierte auch Van Leeuwens Handy wieder, und diesmal holte er es heraus und meldete sich. »Ja?«

Er hörte nichts, nur ein Rauschen und Knacken. »Hallo?«, sagte er noch einmal. Das Knistern wurde lauter, dann erklang eine Frauenstimme, so leise, dass er sie kaum verstehen konnte: »Chef …? Mijnheer van Leeuwen …? Commissaris?«

»Ja, Van Leeuwen!« Er beugte sich vor, klopfte dem Fahrer auf die Schulter und deutete auf das Radio. »Leiser, bitte! *Piano, per favore!*«

Der Fahrer gehorchte, aber noch immer übertönten der Motor des Taxis und das Inferno auf der Straße die schwache Stimme in der Leitung. Unvermittelt spürte Van Leeuwen einen Druck auf der Brust, einen Anflug jäher Angst. Er starrte aus dem Fenster, ohne etwas zu sehen; nicht einmal Braaks Nähe neben sich spürte er noch.

»Bruno?« Das Rascheln und Knistern verstummte, und einen Moment war die Stimme ganz deutlich zu hören. Sie klang atemlos, verstört. »Bruno?« Nur diese beiden Worte, und noch nie hatte Van Leeuwen Julika so gehört, so verloren.

»Julika? Wo bist du?« Der Commissaris presste das Telefon so fest ans Ohr, dass seine Schläfe schmerzte. »Kannst du mich hören?«, rief er. »Julika, kannst du mich hören?«

»Bruno? Bruno!« Sie flüsterte auf einmal, und je leiser sie war, desto leiser sprach auch er, denn er wusste plötzlich, dass der Klang seiner Stimme aus ihrem Handy Julika verraten konnte, dass sie in Gefahr schwebte.

»Ich kann dich hören«, sagte er. »Ich verstehe dich. Wo bist du?«

»Dunkel«, flüsterte die Stimme. »Ich kann nichts …«

»Von wo rufst du an, Julika?«, fragte Van Leeuwen drängend. Das Taxi fuhr jetzt langsamer, hing hinter einem Schulbus fest, und aus den engen Seitenstraßen mit ihren tiefen Schatten sprang immer wieder jäher Sonnenschein auf die Fahrbahn. *»Wo bist du?!«*

Die Verbindung wurde abrupt unterbrochen. Van Leeuwen behielt das Handy noch einen Moment in der Hand, aber es blieb stumm. Er starrte die Nummer auf dem Display an, ohne sie zu erkennen. Er verstaute das Gerät wieder in der Brusttasche. Auf einmal war ihm viel zu heiß; die Stimme klang in seinem Kopf nach, das Flüstern voller Angst, sehr nah, voll atemloser Panik. *Es ist richtig, dass ich hier bin*, dachte er, und die Müdigkeit fiel von ihm ab. *Ich habe die richtige Entscheidung getroffen.*

Hinter einem Schild zur Autobahn Milano-Brescia bog das Taxi von der Viale Antonio Gramsci nach rechts in die Via Giuseppe Garibaldi und tauchte in eine S-Bahn-Unterführung. Zu beiden Seiten der Fahrbahnen türmte sich Müll in schwarzen Plastiksäcken. Im Hinterhof eines schäbigen Wohnblocks klammerte eine Frau in einem bunten Kittel einen Regenbogen aus Wäsche an eine Nylonleine. Vor dem braun verputzten Ziegelhaus nutzte ein junger Mann in einem roten Trainingsanzug die Busspur dazu, seinen Lancia Phaedra zu waschen.

Rechter Hand öffnete sich ein kleiner Park mit gelbem Rasen, Platanen und kanarischen Dattelpalmen. Zwei Bänke flankierten einen verwitterten Steinspringbrunnen ohne Wasser, in dessen Mitte eine füllige Nymphe aus grünspanbefallenem Schmiedeeisen ihre vom Nachtfrost noch feuchte Schwanzflosse in die Sonne reckte. Am anderen Ende des Parks ragte der Turm einer Kirche über die Palmwedel. Als Nächstes kam ein schmaler Sandstreifen mit einer Stahlwippe und einer rostigen Schaukel, dann eine Eisdiele und ein geschlossenes *Cin ma* ohne *e* über dem zugemüllten Eingang, dessen Glastüren zersprungen und mit den Fetzen halb abgerissener Plakate von *Titanic* zugeklebt waren.

Die Albergo Sole – drei Sterne, aus dem Jahr 1987 und nie erneuert – belegte mehrere Stockwerke im nächsten Eckgebäude, gleich hinter einem Gemüseladen und der Trattoria Surf Bar. Der Eingang wies auf die Kreuzung, zwei fast ganz mit Baugerüsten und Schuttcontainern verkleidete Gassen, eine davon blockiert durch ein Fahrzeug der Müllabfuhr. Der Commissaris bezahlte den Taxifahrer, stieg aus und wartete, bis Braak ebenfalls ausgestiegen war, ehe er die messinggerahmte Glastür des Hotels aufstieß.

Eine knarzende Holztreppe, bespannt mit einem abgenutzten roten Sisalläufer, führte zu einem unebenen Treppenabsatz auf dem sich eine junge Petticoat-Palme in einem Plastiktopf einem zusammengerollten Feuerlöschschlauch entgegenreckte. Ein Getränkeautomat im ersten Stock kündete von der unmittelbaren Nähe der Rezeption, davor blauer Teppichboden, abgenutzt wie der Läufer und gesprenkelt mit Flecken und Brandlöchern von Zigarettenglut. Dahinter saß ein Junge in weißem Hemd und schwarzer Hose, und als er aufschaute, strahlte er, als wären seine Gäste geradewegs aus dem Himmel herabgestiegen. *»Buongiorno,* Signori!«

»Buongiorno«, sagte der Commissaris. »Signor Braak und Signor van Leeuwen aus Amsterdam.«

»Sie haben wohl keine besonders große Erfahrung mit so was, oder?«, sagte Braak, als der Commissaris die Tür ihrer winzigen *camera con due letti* im zweiten Stock hinter sich geschlossen und abgesperrt hatte. »Sie haben unsere richtigen Namen angegeben, und die Pässe sind auch echt. Glauben Sie nicht, dass man uns so ziemlich schnell findet?«

Er sah sich missmutig um, musterte die beiden schmalen Betten aus Nussholz-Imitat mit den groben Patchwork-Tagesdecken in Terrakotta-Tönen und setzte sich schließlich auf eines davon. Außer den Betten gab es in dem Zimmer noch zwei Nachttische, eine schmale Schreibfläche, einen in die Wand gedübelten Fernseher und einen muffig riechenden Schrank, dessen Tür halb offen stand. Die hellbraunen Tapeten an den Wänden hatten Wasserflecken mit rötlichen Rändern. Über dem Bett hing ein Kruzifix und an der Wand gegenüber ein gerahmtes Schwarz-Weiß-Foto des Mailänder Doms, Türme wie weiße Stalagmiten, von Tauben umflattert. Im Bad erklang ein stetes Tröpfeln in zwei verschiedenen Tonlagen, aber als der

Commissaris das Fenster öffnete, um zu lüften, wurde es von dem Straßenlärm übertönt. Aus der Surf Bar nebenan drang Schlagermusik herauf, und die Schredderwalze des Müllwagens vor dem Haus mahlte sich krachend durch Kisten, Dosen und Flaschen.

Van Leeuwen zog die Fensterläden halb zu, bis das Zimmer in gnädigem Halbdunkel lag. »Wir bleiben nur kurz«, sagte er. »Wenn sich herausstellt, dass es länger dauert, mieten wir eine Wohnung.«

»Wie Terroristen«, meinte Braak. »Hauptsache, Sie haben nicht vor, Kontakt mit den Bullen hier aufzunehmen.«

»Es gibt auch anständige Polizisten«, sagte der Commissaris.

»Und woran erkennen Sie die?«, fragte Braak. »Ich meine, falls Sie nicht gerade in den Spiegel gucken?«

»An ihren komischen Hüten«, sagte Van Leeuwen. Er deutete auf das Telefon auf dem Nachttisch neben Braaks Bett. »Du rufst jetzt deine Kontaktleute an und verabredest dich mit ihnen. Falls einer von denen misstrauisch wird, weil ihr es sonst vielleicht anders handhabt, lässt du dir etwas einfallen, um ihn zu beruhigen. Sag, die Polizei hat eine Razzia in einer deiner Wohnungen durchgeführt, und dabei sind dir ein paar Mädchen verloren gegangen; deswegen brauchst du schnell Nachschub. Und weil ich einer deiner Abnehmer bin, wollte ich bei der Gelegenheit gleich selbst mitkommen. Das ist gegen die Regeln, ich weiß, aber Ruud Fleming ist wirklich ein sehr guter Kunde, der Spitzenpreise zahlt. Du willst wissen, ob sie auch mal was anderes haben als immer nur Frauen aus Moldawien, Rumänien oder der Ukraine. *Ich* will das wissen. Du willst mit Bashkim sprechen, persönlich. Oder sogar mit Mezzanotte.«

Braak schüttelte den Kopf. »Mezzanotte ist unmöglich.«

»Was weißt du über ihn?«, fragte Van Leeuwen.

Braak rieb sich die Stirn. »Das ist ein Spitzname, der stammt noch aus der Zeit, als er ein einfacher *soldato* der Salieri-Familie war, ein Fußsoldat, ein Killer. Seine bevorzugte Zeit, jemanden umzubringen, war kurz vor oder kurz nach Mitternacht, wenn die Wachsamkeit seiner Opfer auf dem Tiefpunkt war: *Mezzanotte*, die halbe Nacht. Sein richtiger Name ist Fausto Giovinazzo, manche nennen ihn auch *Little Faustino*. Er ist jetzt der Kopf seiner eigenen Familie, ein *capo* der Sacra Corona Unità, der apulischen Mafia, die mit den Albanern zusammenarbeitet.«

»Gibt es noch andere Familien?«

»Die Kalabrier. Aber die halten eher mit den Türken und den Nigerianern Händchen. Die Slawen und die Albaner machen ihre Geschäfte mit Mezzanotte.«

»Wohnt er hier in Mailand?«

»Er hat Wohnungen überall.«

Van Leeuwen zog den Mantel aus, dann das Jackett und schnallte das Schulterhalfter ab. Er zog das Jackett wieder an und schob die Luger in die Trenchcoat-Tasche. Das Halfter verstaute er in seiner Aktentasche, die sich mit einem kleinen Nummernschloss sichern ließ. Er sagte: »Gut, du machst ein Treffen aus, für dich und mich. Ich will die Ware sehen, bevor ich bezahle.«

»Ich brauche ein Handy«, sagte Braak.

»Ich kauf dir eins, wenn wir nachher runtergehen.«

»Ich muss denen eine Nummer geben, unter der sie mich erreichen können.«

»Sag ihnen, du rufst *sie* an.«

»Geld brauche ich auch.«

»Erst die Anrufe.« Van Leeuwen lehnte sich an die Wand neben der Tür zur Toilette und verschränkte die Arme.

Braak griff nach dem Hörer des billigen Tastentelefons, suchte eine Amtsleitung und begann zu wählen, ohne lange überlegen zu müssen. Während er wartete, schloss er die Augen. Dann öffnete er sie abrupt und sagte: *»Ciao,* Ugo – Léon hier, *come stai? How are you?«* Das Telefon hatte keine Mithörfunktion, deswegen musste Van Leeuwen sich die andere Hälfte des Gesprächs vorstellen. Er beobachtete Braaks Mienenspiel und achtete auf die Veränderungen in seiner Stimme. »Gut, *and you* …? Hier, in Mailand, *si*! *Yes, I know … No* … Hör mal, ich brauch dringend Frischfleisch … *I see* … verstehe … und unser albanischer Freund …? *Certo?* Wann? Morgen Abend … Meinst du, ich könnte ihn mal anrufen …? Ja, gern, wo? Heute Abend, *perfetto*, ja, die kenne ich … Nein, ich rufe dich an. Okay, bis dann. *Ciao*, Ugo.«

Er legte auf und starrte den Apparat an, ohne den Hörer loszulassen. »Das war Ugo. Wir treffen uns heute Abend.«

»Wo?«

»In einer Bar, ganz hier in der Nähe.«

»Wann?«

Braak sah immer noch den Hörer an. »Um neun. Aber ich muss allein hingehen. Ich muss erst mit ihm reden, sonst wird er misstrauisch. Vorher dürfen wir nicht miteinander gesehen werden, oder er kommt vielleicht nicht. Sie müssen mir vertrauen. Wenn er Sie sehen will, rufe ich Sie an.«

»Was ist mit Bashkim?«

Braak schüttelte den Kopf. »Es gibt eine Hierarchie. Einen Weg, den ich einhalten muss. Bashkim kann mich anrufen, aber ich nicht ihn. Ugo sagt, dass sie eine Lieferung erwarten, morgen früh, die morgen Abend versteigert wird. Bashkim wird dort sein. Vielleicht kann ich uns da reinbringen.« Er sah auch jetzt nicht auf, und Van Leeuwen wusste, dass er log; das Plasma in Braaks Inneren suchte gerade wieder eine neue Form.

»Gut.« Der Commissaris löste die Handschellen von seinem Gürtel und schloss das eine Ende um das Zuflussrohr des Heizkörpers unter dem Fenster, weit genug von der Tür und dem Telefon auf dem Nachttisch entfernt. »Komm her«, sagte er.

Braak rührte sich nicht.

Der Commissaris seufzte. »Ich gehe Geld holen und ein Handy kaufen, und ich will nicht, dass du anfängst rumzutelefonieren, während ich weg bin. Ich stelle dir auch den Fernseher an. Später können wir was essen, aber jetzt sehe ich mich draußen erst mal allein um.« Er hob das leere Ende der Handschellen.

Braak stand auf. Er setzte sich im Schneidersitz neben die lauwarme Heizung auf den Linoleumboden, und Van Leeuwen schloss ihn mit den Handschellen an das Eisenrohr und sagte: »Kein Lärm, kein Geschrei, kein Zimmermädchen.«

Braak deutete auf den Fernsehapparat oben an der Wand. »Ich sehe gern Tierfilme«, sagte er.

»Alle Scheißkerle tun das«, sagte der Commissaris. Er wunderte sich, dass es ihm gelang, seinen Zorn im Zaum zu halten, die ganze Zeit schon.

27

Ich tue es für Julika, dachte er. *Ich tue es für Rascha. Ich tue es für die abertausend Frauen, die ich in Joodenbreests Büro gesehen habe, und für die abertausend, die ich nicht gesehen habe. Aber vor allem tue ich es für mich, weil ich sonst meine Seele an diesen Zorn verliere; weil ich mich selbst verliere.*

Van Leeuwen folgte dem Zuhälter, wie er es während seiner Ausbildung gelernt hatte: Er hielt Abstand. Er ging schneller, wenn Braak schneller ging, und wenn Braak stehen blieb, blieb er auch stehen. Er achtete darauf, dass immer etwas zwischen ihm und dem Zuhälter war – andere Passanten, ein Bus, ein Kiosk, und manchmal wechselte er die Straßenseite, um nicht ununterbrochen hinter ihm zu gehen. Er überholte ihn und ließ ihn dann langsam kommen, ehe er ihm wieder folgte, auf wechselnden Straßenseiten.

L'art pour l'art, denn Braak wusste, dass er ihm folgte.

»Ich folge dir die ganze Zeit«, hatte Van Leeuwen gesagt, bevor sie aufgebrochen waren. »Hier ist ein Handy, aber das Guthaben auf der Karte reicht nur für ein paar kurze Telefonate. Hier ist Geld, damit du so tun kannst, als ob. Ich bin die ganze Zeit in deiner Nähe und warte auf deinen Anruf. Lass dir nicht zu viel Zeit. Versuch nicht abzuhauen, damit bringst du dich um. Versuch nicht, mich zu verkaufen; damit bringst du dich auch um, weil du einen Bullen wie mich nach Mailand geführt hast, zu ihnen. Sieh dich nicht um, ob ich dir wirklich folge, denn ich tue es. Sieh dich nicht nach Leuten um, die uns beiden folgen; sie sind da, mit Sicherheit. Dein Freund Ugo hat längst veranlasst, dass die Nummer überprüft wird, die auf seinem Display erschienen ist, als du ihn angerufen hast. Jemand wird draußen warten, um zu sehen, was du machst, wenn du aus dem Hotel kommst. Sieh dich nicht nach jemandem um; dieser Jemand ist unsichtbar. Ich bin sichtbar, aber nur für dich.«

Braak sah sich nicht um. Sein dunkelblondes Haar flatterte im Wind. Er schlenderte in seinem weinroten Ledermantel den Bürgersteig entlang, und niemand sonst trug so einen Mantel mit Kaninchenfellkragen, der immer wieder in der Menge auftauchte, zwischen zwei Köpfen, über anderen Schultern, in den gelben Kegeln der Straßenlaternen, sodass Van Leeuwen ihm einen Vorsprung lassen konnte und ihn trotzdem nicht aus den Augen verlor. Die frühe Dunkelheit half; der dichte Feierabendverkehr half; die Abgasschwaden, die trotz des kalten Windes wie grauer Dunst in den schmalen Straßen hingen, halfen; und die Passanten, die sich unermüdlich allein, zu zweit oder in Gruppen über die kaum beleuchteten Trottoirs bewegten, halfen auch.

Braak näherte sich einer Trattoria, *Da Ciccio*. Raucher standen an kleinen runden Tischen in der Wärme von Gasheizstrahlern, aber Braak ging nicht hinein, er schlenderte vorbei und blieb vor dem Schaufenster eines Elektronikgeschäfts stehen. Er betrachtete die Flachbildfernseher in der Auslage. Er warf einen Blick auf seine Armbanduhr. Es war 8.17 Uhr, und er hatte noch Zeit bis zu seinem Treffen mit Ugo, seinem Kontaktmann. Er holte das Handy heraus, das Van Leeuwen ihm besorgt hatte. Er betrachtete das Display, steckte es dann aber wieder ein, ohne zu telefonieren.

Van Leeuwen wartete, bis Braak um die nächste Ecke bog, ließ ihm einen Vorsprung. Du weißt, wie es ist, verfolgt zu werden, sagte er sich. Irgendwann spürst du es, selbst im größten Menschengewühl. Du kriegst so ein Gefühl von dem Blick, der auf dich gerichtet ist, der dich beobachtet: ein Ziehen zwischen den Schulterblättern, als klebte etwas auf der Haut, ein Pflaster, das sich langsam löst. Er warf einen Blick in die Trattoria, klein, anheimelnd, auf den Tischen lagen schmierige karierte Papiertücher voller Fettflecken, und das Tagesmenü war mit weißer Kreide auf eine grüne Tafel geschrieben.

Er hielt weiter Abstand, blieb hinter einer Gruppe von Jugendlichen mit weißen Hosen und bunten Blousonjacken, die sich im Gehen ihre Handys zeigten, laut lachten und einander mit den Hüften und Schultern anrempelten. Ihr Haar war mit Gel zu harten, kurzen Stacheln geformt. Sie rauchten, ohne zu inhalieren, mit ausladenden Bewegungen, und wenn sie ein Mädchen sahen, fassten sie sich in den Schritt und lachten noch lauter. Aber sie waren eine gute Deckung, und der rote Ledermantel mit dem Kaninchenkragen und das flatternde Haar gingen nicht verloren.

Der Commissaris erreichte die Ecke und folgte Braak ohne Zögern, ohne Innehalten. Er hatte beide Hände in die Manteltaschen geschoben, hielt in der einen das Handy, in der anderen den Griff der Luger. Er lehnte sich gegen den kalten Wind, der über die Kreuzung fegte. Es war zu dunkel, um die Straßenschilder lesen zu können. Aber er brauchte den Zuhälter und sich selbst bloß aus der Vogelperspektive zu betrachten, aus dem kobaltblauen Nachthimmel, dann konnte er sie hintereinander gehen sehen, in der Menge der anderen Köpfe und Schultern, und sie gingen in Richtung Innenstadt.

Jetzt überquerte Braak einen kleinen gepflasterten Platz mit drei verkrüppelten Platanen, einer Holzbank und einer Eisenstatue auf einem Steinpodest. Ein paar herrenlose Katzen tauchten aus den Schatten unter den Platanen auf. Sie folgten ihm ein Stück und blieben dann zurück. Ein Linienbus schob sich langsam im Kreisverkehr an einem halben Dutzend in zweiter und dritter Reihe geparkten Autos vorbei, rangierte ruckend vor und zurück und nebelte den ganzen Platz mit dem Ruß von verbranntem Diesel ein.

Auf der anderen Seite des Platzes wandte Braak sich nach links. Er ging immer noch nicht schneller, hatte keine Eile, zu seiner Verabredung zu kommen. Es war 8.23 Uhr, aber niemand war hier pünktlich. Er verharrte vor einer Eisdiele, einem Gemüsestand. Hinter einer Autowaschanlage wechselte er die Straßenseite und betrat eine Herrenboutique. Er ließ sich Hemden und ein Sakko zeigen – lautloses Auf-und-Ab-Gehen der Verkäufer im hell erleuchteten Aquarium –, kaufte aber nichts, denn Van Leeuwen, der das alles aus dem Schatten einer Litfasssäule beobachtete, hatte ihn kurzgehalten.

Die Säule war von oben bis unten mit Plakaten zugeklebt, Konzerte, Filme, eine Antiquitätenauktion, ein Theaterfestival. Im Antico Teatro fand ein Konzert von Gianna Nannini statt, *Gianna live!*. Van Leeuwen sah das herbe, melancholische Gesicht auf dem Poster, und fast war es, als hörte er Sims Stimme: *Du, da möchte ich gern hingehen!*

Er wünschte sich, er wäre nicht allein. Er wünschte sich auch, das Telefonat mit den Kollegen von der Polizia de Stato in der Via Fatebenefratelli, das er am Nachmittag geführt hatte, wäre anders verlaufen. Er hatte es sich seitdem immer wieder angehört, auf dem Tonbandgerät, das er in seinem Gehirn ein- und abschalten konnte, das sogar Gedanken aufzeichnete und hörbar machte. Er konnte es beliebig oft vorwärts oder zurücklaufen lassen, sich bestimmte Stellen noch einmal anhören. Er konnte hören, wie er dachte: *Ich glaube Braak nicht. Ich glaube, dass ich mich auch hier an die Polizei wenden kann. Ich muss es wenigstens versuchen.* Er hörte sich wählen und das Freizeichen in der Leitung und dann eine Männerstimme:

Pronto …

Do you speak english?

Yes.

My name is Bruno van Leeuwen, I'm the Deputy Commissioner of the City of Amsterdam, Holland.

Yes. Was können wir für Sie tun, Mister van Leeuwen?

Ich möchte mit jemandem von der DIA sprechen.

In was für einer Angelegenheit?

In einer DIA-Angelegenheit.

Einen Moment, bitte.

Es folgte eine Pause, ein knackendes Geräusch, ein weiteres Freizeichen, eine andere Stimme: *DIA, pronto?*

My name is Bruno van Leeuwen. Mit wem spreche ich?

Vicecommissario Dario Aleppo. Do you call from Amsterdam?

No. I'm in Mailand.

Was können wir für Sie tun?

Ich bin auf der Suche nach einer vermissten Kollegin.

Einer Polizeibeamtin aus Amsterdam?

Ja.

Hier in Mailand?

Ja. Ich brauche Ihre Hilfe.

Handelt es sich um ein Amtshilfeersuchen?

Ja, sozusagen.

Sozusagen?

Inoffiziell.

Und Sie sind der stellvertretende Polizeipräsident von Amsterdam in Holland – offiziell oder inoffiziell?

Beides. Ich meine, ich bin es, aber hier nur inoffiziell.

Verstehe. In diesem Fall müssten Sie wohl mit Dottore Arcangelo Amaretti sprechen, dem Questore.

Können Sie mich mit ihm verbinden?

Er ist leider außer Haus.

Wann erwarten Sie ihn zurück?

Das weiß nur der Questore selbst. Wollen Sie vorbeikommen?

Das scheint mir wenig sinnvoll, wenn er nicht da ist.

In der Zwischenzeit könnten Sie Ihr Ersuchen ja schon mal schriftlich einreichen, offiziell oder inoffiziell, wie es Ihnen angemessen erscheint.

Dazu bleibt keine Zeit. Es ist dringend. Meine Kollegin –

Das müssen Sie dem Questore erklären. Ich kann Ihnen einen Termin geben, Donnerstag um neun.

Das ist in zwei Tagen.

Dottore Amaretti ist ein sehr beschäftigter Mann, Signor van Leeuwen. Wo können wir Sie erreichen?

Ich gebe Ihnen meine Handynummer.

Ich habe Ihre Handynummer. Sie steht auf meinem Display. In welchem Hotel, meine ich. Oder wohnen Sie privat?

Ich habe noch kein Hotel. Ich bin heute Morgen erst angekommen, und ich habe eine Spur, die schon heute –

Sprechen sie mit dem Questore.

Donnerstag um neun.

Genau. Unternehmen Sie nichts auf eigene Faust, Signor van Leeuwen. Sie haben hier keinerlei Amtsbefugnisse, offiziell nicht, inoffiziell nicht, überhaupt nicht. Mailand ist nicht Amsterdam.

Der Zuhälter verließ die Boutique und schaute einen Moment zu der Litfasssäule herüber, nur kurz, ein zufälliger, flüchtiger Blick, aber da wusste der Commissaris, dass Braak sie entdeckt hatte: jemanden auf einer Vespa oder in einem dunklen Audi Quattro, jemanden, den er vielleicht kannte. Er wusste auch, dass Braak dachte, es gäbe einen Moment, den richtigen Moment, den er nicht verpassen durfte. In diesem Moment könnte er aufstehen, während Ugo noch am Tisch sitzen blieb. Er könnte aufstehen und den Waschraum aufsuchen, und Ugo und Van Leeuwen, der den Tisch beobachtete, würden darauf warten, dass er zurückkam, aber er kam nicht.

Er wusste, dass Braak dachte, solange Ugo und er am Tisch saßen und redeten, könnte der Commissaris nichts tun als warten, bis der richtige Moment kam, und dann war es zu spät. Und Van Leeuwen wusste, dass dieser Moment nicht kommen würde, weil er schneller war als das, was Braak dachte. Es war schön, so viel zu wissen.

Ich tue es für Julika. Ich tue es für Rascha. Ich tue es für die tausend und noch mal tausend Frauen jeden Tag. Aber vor allem tue ich es für mich.

Er versuchte, die Beschatter zu entdecken – ein auf der kaum beleuchteten Straße vorbeigleitendes Auto mit zwei Männern darin, die durch getönte Scheiben herüberstarrten. Eine Vespa, die verdächtig langsam fuhr. Jemanden mit Kapuzenshirt, der ihnen zu Fuß folgte. Aber er sah niemanden, und vielleicht bildete Braak sie sich nur ein, weil Van Leeuwen ihm gesagt hatte, dass sie da sein würden.

Zwei Straßen weiter erhob sich mitten in den alten Wohnhäusern ein arroganter Neubau, ein Hochhaus mit verspiegelter Fensterfront, einer Tiefgarage und einer ganzen Ansammlung von Bars, Discos und einem Multiplex-Kino im Erdgeschoss. Vor einer fensterlosen Tür, über der in fiebrig roten Buchstaben die Worte *Billard Bar* leuchteten, stand ein Mann in einer weißen Trainingshose mit roten Streifen an der Seite, weißen Sneakers und einem dunkelblauen Blazer mit Messingknöpfen. Um den Hals hatte er sich einen weißen Schal geschlungen. Er trug eine rote Wollmütze, die er bis zu den Augenbrauen heruntergezogen hatte. Er rauchte in schnellen Zügen, Gold blitzte bei jeder Handbewegung, und sein dunkles Gesicht hellte sich auch nicht auf, als Braak bei ihm stehen blieb und sie sich mit Handschlag begrüßten.

Ohne sich noch einmal umzusehen, folgte Braak dem dunkelhäutigen Mann in die Billard Bar. Van Leeuwen zögerte. Es war riskant, den beiden Männern sofort nachzugehen, aber es nicht zu tun, war genauso riskant. Er näherte sich der Tür und ging weiter, tat so, als interessierte er sich für das Programm des Multiplex. Die 20.30-Uhr-Vorstellung hatte schon vor einiger Zeit begonnen. Das Foyer des Kinos war leer, nur in der Cafeteria saßen ein paar Jugendliche bei einer Cola. Van Leeuwen holte das Handy heraus und wählte Braaks Nummer, die er gleich nach dem Kauf des Geräts gespeichert hatte.

Es klingelte nur zwei Mal. »Léon hier«, sagte der Zuhälter verhalten.

Van Leeuwen sagte: »Pass auf, Braak, versuch nicht, mich aufs Kreuz zu legen. Ich habe gute Augen und ein gutes Gedächtnis. Als du im Hotel deinen Kontaktmann angerufen hast, habe ich mir Ugos Nummer gemerkt. Falls du auf den Gedanken kommen solltest abzuhauen, rufe ich ihn an und sage ihm, wer ich bin und warum wir hier sind, du und ich, klar?«

Es gab eine Pause, gerade lange genug, ehe Braak mit genau der richtigen Dosis Gleichgültigkeit sagte: »Ja, ich verstehe, mach das so. Geht in Ordnung.«

Der Commissaris unterbrach die Verbindung und schob das Handy zurück in die Manteltasche. Er fror, und daran merkte er, dass er zu wenig geschlafen hatte. Seine Augen tränten, die Farben der Filmplakate vor seinen Augen verschwammen. Als das Handy in seiner Tasche vibrierte, spürte er es erst nicht, weil er vor Kälte zitterte. Es vibrierte weiter, bis er zu zittern aufhörte, und da merkte er es und meldete sich. »Ja, Van Leeuwen.«

»Bruno … Bruno …« Es war dieselbe Stimme wie am Morgen im Taxi, nur noch leiser, weiter weg, als riefe sie aus dem Weltall an.

»Julika? Julika – bist du das?«

»Ich muss schnell machen … nicht viel Zeit …«

»Wo bist du? Von wo rufst du an?«

Rauschen und Knistern, atmosphärische Störungen. »… tut mir leid … war so blöd von mir …«

»Bist du in Mailand?«

»Ja … Mailand … aber weiß nicht … alles dunkel …«

»Wirst du gefangen gehalten?«

Die Stimme brach ab. »Die haben … haben mich … Falle gelockt … das Grauen … Noch nie habe ich … so etwas … so was Entsetzliches … Bitte, können Sie …« Die Verbindung brach ab, war eine Sekunde lang tot, dann kehrte Julikas Stimme wieder, flüsternd, erstickt. »… hätte auf Sie hören … aber … weiß jetzt, was mit dem … was mit Tonja Scholenko pass…«

»Julika«, Van Leeuwen sprach leise, eindringlich, »ich bin in Mailand. Kannst du mir einen Hinweis geben, irgendwas, das mich zu deinem Gefängnis führt?«

»Oh Gott … Gott sei Dank … Sie sind da … Ich hatte noch nie … noch nie solche Angst!« Julika verschluckte sich, sie lachte und weinte zugleich, aber es klang schrecklich, gurgelnd, als hätte sie Wasser in der Kehle. »Komm schnell …«

»Einen Hinweis«, drängte Van Leeuwen noch einmal, »irgendetwas, das du gesehen oder gehört hast!«

»Keller«, flüsterte die Stimme, die kaum noch an Brigadier Tambur erinnerte. »In einem Haus … am Stadtrand irgendwo … Haben mir was in die Augen gespritzt … Kann nichts sehen … nur ein Schild … mit einem Hund …«

»Was für ein Schild? Was für ein Hund?«

»Auf der Fahrt … ein schwarzer Hund mit fünf Beinen … auf einem Schild oben an einem Haus … ein Hund, der Feuer spuckt.«

»Die Leute … die dich gefangen halten …«

»Tiere … keine Leute … keine Menschen«, die Worte schienen ihr im Hals stecken zu bleiben, »sind Tiere … bitte, komm … hol mich – *No, prego, no! E un …*« Ein scharfes Geräusch ertönte, fast wie ein Schlag. Jäh brach die Verbindung ab, und diesmal blieb sie unterbrochen.

»Julika! Julika?« Der Commissaris stand im Eingang des Multiplex, starrte auf sein Handy und zitterte, und jetzt war ihm nicht mehr kalt. Er war in Schweiß gebadet, und sein Herz raste.

Komm und hol mich.

Er kämpfte mit dem Wunsch, sie zurückzurufen, sie oder den Mann, dem das Handy gehörte. *Ich will, dass sie lebt. Wenn du sie noch einmal schlägst, du Schwein! Ich bin da, ich hole dich, bleib in der Leitung, bis ich bei dir bin.*

Er wusste, dass es nicht ging, es war unmöglich. *Unmöglich. Du musst dich beruhigen. Einen Schritt nach dem anderen, selbst wenn es um Leben und Tod geht. Gerade dann. Bleib bei deinem Plan.*

Ein Feuer speiender schwarzer Hund mit fünf Beinen, was war das für ein Schild? Plötzlich sah er es vor sich, sah den schwarzen Hund, schlank wie ein Fuchs, mit nach hinten verdrehtem Kopf. AGIP. Das Emblem des Ölkonzerns, das zahllose Tankstellen in ganz Italien schmückte. Es gab so viele davon ... Er hatte einen bitteren Geschmack im Mund und dachte: *Wie willst du allein gegen die ankommen? Wie willst du Julika finden und da rausholen, wo immer die sie festhalten, allein? Sie hat sich übernommen, und du übernimmst dich auch. Sie hat alles falsch eingeschätzt, begehst du den gleichen Fehler?*

Er schob das Handy wieder in die Tasche, ging zum Eingang der Billard Bar und zog die Tür auf. Musik und warme Luft schlugen ihm entgegen, der Geruch von Knoblauch und heißen Tomaten. Er betrat einen großen Raum, nicht sehr hell, mit ein paar kleinen Holztischen, einer langen, schwach beleuchteten Vorspeisentheke und einem Tresen, über dem an roten Kordeln lauter Miniaturflaschen baumelten, Whiskey, Wodka, Gin. Die Flaschen klirrten im Luftzug der Tür. Die wenigen Gäste an den Tischen sahen auf und musterten Van Leeuwen.

Das gedämpfte Licht verwandelte die Männer und Frauen an den Tischen in schemenhafte Silhouetten. Auch in den dunklen Ecken lungerten Gestalten, ein paar Männer, eine Gruppe von mehreren träge an den Kachelwänden lehnenden Frauen in engen Pullovern, kurzen Röcken, High Heels oder Army-Boots. Die Frauen redeten nicht miteinander, waren anscheinend nur da, um von den Männern begutachtet zu werden. Sie versuchten, erregend zu wirken, anziehend, doch stattdessen umgab sie eine vage Traurigkeit.

Am anderen Ende des Raums, hinter einer altmodischen Jukebox, führte eine Treppe in den Keller, aus dem das Klicken von Billardkugeln heraufdrang. Braak und der dunkelhäutige Mann mit der Strickmütze standen neben der Jukebox, Braak redete auf Ugo ein, und Ugo hörte zu und schwieg. Dann redete Ugo mit leicht schräg geneigtem Kopf und schnellen, goldglitzernden Gesten. Braak nickte mehrmals und schlug Ugo auf die Schulter, und für den Bruchteil einer Sekunde erstarrte der dunkelhäutige Mann.

Van Leeuwen setzte ein breites Grinsen auf. »Hey, Léon!« Aber die Musik, irgendein alter Schlager im Disco-Sound, war zu laut. Als Van Leeuwen an der Vorspeisentheke voller *panini, tramezzini* und Salatschüsseln vorbei auf Braak zuging, kehrten ihm Ugo und der Zuhälter jäh den Rücken zu und verschwanden die Treppe zum Billardkeller hinunter. Er wollte hinter ihnen her, war schon fast bei der Treppe, als sich ihm zwei Männer in den Weg stellten. Sie sagten nichts, standen nur da und blockierten die Treppe.

Einer der beiden Männer trug einen weißen Armani-Anzug und einen kleinen silbergefassten Brillanten im linken Nasenloch. Seine Haut glänzte kupfern wie eine gerade erst in Umlauf gebrachte Cent-Münze, und das Haar war an den Seiten bis auf ein Zackenmuster über den Ohren abrasiert. Seine Augen wirkten so ausdruckslos wie glasierte Kaffeebohnen. Er hatte schwielige, behaarte Hände, die offenbar mehrfach gebrochen und jedes Mal auf neue Art wieder zusammengesetzt worden waren. Sein Kopf erinnerte Van Leeuwen an die Fotos, die er von Steinfiguren auf den Osterinseln gesehen hatte.

Der andere Mann war kahlköpfig und schlank, ein Gesicht, bei dem man an Springmesser dachte, eine scharfe Nase, kaum Lippen, keine Augenbrauen, die Pupillen klein wie Stecknadelköpfe. Er trug den Brillanten im Ohrläppchen und im Gegensatz zu dem anderen einen schimmernden anthrazitgrauen Einreiher zu einem schwarzen Rollkragenpullover.

»Ich habe eben einen Freund gesehen, da hinten bei der Treppe«, erklärte Van Leeuwen auf Englisch, *»a good friend of mine,* mit Ugo – Léon Braak.«

Die beiden Männer sagten nichts, erwiderten sein Lächeln nicht, traten nicht zur Seite.

»Ich bin Ruud«, erklärte Van Leeuwen lärmend, bereit, ihnen die Arme um die Schultern zu legen, ganz belgischer Rotlichtmogul, nur leicht angetrunken. »Ruud Fleming aus Antwerpen! Wir machen Geschäfte, *you know, business! Big deals, girls, movies, lots of money!* Wir sind hier verabredet, *ragazzi!*«

Der Steinmann von den Osterinseln warf einen Blick über die Schulter zu der leeren Treppe, dann zuckte er mit den Schultern, rührte sich aber nicht von der Stelle. Van Leeuwen ließ den Griff der Luger in der Manteltasche los; eine Sekunde lang war er versucht gewesen, sie herauszuholen und einem der beiden die Mündung auf die Stirn zu setzen. *Lasst mich sofort durch.* Aber das war in seiner Fantasie. In der Wirklichkeit begriff er plötzlich, dass Braak ihm nicht geglaubt hatte, so wie er sich selbst auch nicht geglaubt hätte: Er glaubte nicht, dass Van Leeuwen wirklich Ugo auf dem Handy anrief, wenn Braak vom Drahtseil sprang und in der Menge verschwand oder, genauer, durch einen direkten Zugang zur Tiefgarage.

Der Commissaris machte auf dem Absatz kehrt und stürzte aus der Bar.

28

Er rannte die Auffahrt der Tiefgarage hinunter, vorbei an der automatischen Schranke und den Reihen der im Halbdunkel geparkten Autos. Es gab zwei graue Eisentüren im hinteren Teil der Garage. Er lief auf die nächstgelegene zu, rutschte in einer Öllache aus, fing sich wieder und lief weiter. Seine Schritte hallten auf dem Betonboden. Er hörte eine Autotür zuschlagen, dann einen Motor, der angelassen wurde. Scheinwerfer flammten auf.

Ein gelber Sportwagen rollte rückwärts von seinem Stellplatz, wendete und schoss mit quietschenden Reifen auf die Schranke zu. Im schwachen Schein der Neonröhren an der Decke sah Van Leeuwen eine junge Frau hinter dem Steuer.

Im selben Moment wurde die Tür in seinem Rücken geöffnet.

Braak und der Mann in dem blauen Blazer kamen heraus und gingen zu einem Geländewagen, der gleich neben der Tür geparkt war.

Sie bemerkten ihn nicht, bis er hinter eine Säule hervortrat. »Léon, Baby, da bist du ja. Ich hab dich schon gesucht!« Er ging dicht an Braak heran, boxte ihn kumpelhaft in die Hüfte, drückte ihn an sich, einen Arm um die Schultern gelegt, und streckte gleichzeitig die freie Hand in Richtung Ugo aus, immer noch die Inkarnation einer Antwerpener Halbweltgröße.

»You must be Ugo«, rief er auf Englisch, so laut, dass es bis in die tiefsten Tiefen der Garage drang. *»I'm Ruud Fleming* aus Antwerpen, *just Ruud for you.* Bestimmt hat Léon dir schon viel von mir erzählt. Teile deiner Ware landen bei mir. Zahle Spitzenpreise, aber das weißt du bestimmt. Bin diesmal selbst mitgekommen, um vielleicht direkt mit dir Geschäfte zu machen, Ugo. Léon hier hat nichts dagegen, bleibt noch genug vom Kuchen für ihn übrig, was, Buddy?«

Ugo ignorierte die dargebotene Hand. Sein Blick unter der tief in die Stirn gezogenen Strickmütze ruhte auf Van Leeuwen, wanderte kurz zu Braak und kehrte anschließend zu Van Leeuwen zurück. Seine Augen waren lebendiger als die der beiden Männer, die dem Commissaris in der Bar den Weg abgeschnitten hatten, aber es war die falsche Art von Leben – seelenlose, gefährliche Dschungelinstinkte, als blickte man im Zoo in die hungrigen Augen eines Raubtiers, vor deren Ausdruck man unwillkürlich zurückweichen wollte. Den Schal, den Ugo um den Hals geschlungen hatte, trug er jetzt offen. Darunter entdeckte Van Leeuwen ein Medaillon mit dem Bildnis eines Heiligen an einem Goldkettchen.

»Ich bin noch gar nicht dazu gekommen, dir von Ruud zu erzählen, Mann«, sagte Braak auf Englisch, plötzlich wieder zum Leben erwacht. »In Antwerpen ist er eine richtig große Nummer, die größte – Bars, Stripschuppen, Bordelle, alles vom Feinsten, Mann.«

»Ich produziere auch Filme«, sagte Van Leeuwen, einer spontanen Eingebung folgend. »Ich dachte, ich drücke hier mal etwas aufs Gas, kürze das Ganze ein bisschen ab. Habe nicht ewig Zeit, *time is money*, und ich stehe für gutes Geld und brauche schnell gute Ware.«

Er beugte sich vor, betrachtete das Medaillon von Nahem und fragte: »Der heilige Antonius?«

»Was für Filme?«, fragte Ugo zurück.

Van Leeuwen bemühte sich um Nonchalance; das Wort war für Ruud Fleming erfunden worden. »Sagen wir, wenn sie ein Happy End hätten, würden sie niemanden interessieren.«

Ugo streckte seine rechte Hand aus, ein schweres Goldarmband baumelte an dem dünnen Gelenk. »Ich bin Ugo.«

Van Leeuwen ergriff die Hand, ihr Griff war überraschend schlaff und kühl, als wäre sie aus Knetmasse. »Ugo – und weiter? Kein Nachname?«

»Cardone«, ergänzte Braak erleichtert. »Ugo Cardone.«

»Francesco di Assisi«, sagte Cardone, entzog dem Commissaris seine Hand, griff nach dem Medaillon und rieb es mit dem Daumen wie einen Talisman.

»Spricht mit den Tieren«, Van Leeuwen nickte anerkennend, »bestimmt hilfreich in unserer Branche.«

»Du bürgst für ihn?«, fragte Cardone Braak, ohne ihn anzusehen, die Augen weiter auf Van Leeuwen gerichtet.

»Klar«, sagte der Zuhälter nach kurzem Zögern.

»Bürgst du für ihn?«

»Ja, sag ich doch.«

Cardone nickte, weiter Van Leeuwen zugewandt. »Diese Filme, die Sie produzieren, wo kann man die sehen?«

»Im Internet. In privaten Clubs. Auf DVD.«

»Verkaufen Sie nur, oder kaufen Sie auch? Sind Sie Sammler?«

»Ich kaufe auch.«

»Dann habe ich vielleicht was für Sie.«

»Können wir nicht erst mal die Sache mit morgen Abend festmachen?«, warf Braak ein.

»Was ist morgen Abend?« Van Leeuwen dröhnte wieder. »Eine Party? *Sex, Drugs and Rock 'n' Roll?* Was immer es ist, Ruud Fleming ist dabei.«

»Ihr erhaltet noch Nachricht«, sagte Cardone. Er ging zu dem Geländewagen, Porsche Cayenne, schwarzmetallic, und öffnete die

Heckklappe. An der Leiste der Klappe ging ein kleines, aber erstaunlich helles Lämpchen an, dessen Licht auf einen Stapel Kartons und eine weiße Sporttasche mit einem roten Blitz auf der Seite fiel. Cardone zog den Reißverschluss der Tasche auf. Sie war voller unbeschrifteter DVDs in durchsichtigen Plastikhüllen. Er nahm eine heraus und reichte sie Van Leeuwen. »Geschenk des Hauses, für heute Abend im Hotel«, meinte er. »Morgen sagen Sie mir dann, was Sie davon halten und wie viele Sie brauchen können. Haben Sie einen DVD-Player in Ihrem Zimmer?«

Van Leeuwen schüttelte bedauernd den Kopf. »Laptop ist auch zu Hause geblieben.«

Cardone lachte. Er griff sich den obersten Karton und drückte ihn Braak in die Hände. »Notebook. Fabrikneu. Damit könnt ihr gleich loslegen, müsst ihr gar nicht erst … wie heißt das … konfigurieren. Ich kann euch leider nicht ins Hotel bringen, muss noch was Geschäftliches erledigen. *Business.* Aber gegenüber an der Ecke gibt's Taxis, und morgen nach dem Markt trinken wir was zusammen. *Ciao.*«

Er knallte die Heckklappe wieder zu, dann hielt er eine Hand hoch, Handteller nach außen. Braak, den Karton unter den linken Arm geklemmt, klatschte ab, während Van Leeuwen sich auf ein Kopfnicken beschränkte. Cardone stieg in den Cayenne, startete ihn und glitt langsam davon, um an anderen Orten mit den Tieren zu sprechen.

Ich tue es für Julika. Ich tue es für Rascha.

Das Hotelzimmer war dunkel bis auf die Nachttischlampe am Fenster. Der Commissaris hatte das Notebook auf das Bett neben dem Nachttisch gelegt und aufgeklappt. Er selbst saß auf dem anderen Bett. Er schob die DVD in den dafür vorgesehenen Schlitz, und diesmal war es nicht wie bei dem ersten Film von Sofia Scholenkos Tod; diesmal wusste er, was er gleich sehen würde.

Der Monitor des Laptops war schwarz, nur ein kleines weißes Dreieck pulsierte im rechten oberen Drittel des Bildschirms. Mit dem Zeigefinger auf dem Touchpad bewegte Van Leeuwen einen kleinen Pfeil zu dem Dreieck und drückte die Return-Taste. Er atmete tief ein, um den Druck auf seiner Brust zu mildern. Es begann, wie er es erwartet hatte: unscharfe, verwackelte Bilder eines Amateurkameramannes, blasse Farben, eine große, schmutzige Matratze, nicht einmal ein Bett, in einem kahlen Raum, einem schlecht ausgeleuchteten Keller oder einer Garage. Auf der Matratze kauerte eine nackte junge Frau, fast noch ein Mädchen, mit angezogenen Beinen, die sie mit den Armen umfangen hielt. Sie saß genauso da wie Feline in der letzten Nacht, die Van Leeuwen mit ihr verbracht hatte, nur dass eine schwarze Binde ihre Augen verdeckte und die strähnigen schmutzig blonden Haare ihr wirr ins Gesicht hingen. Sie zitterte, und auf ihren Wangen glitzerten zwei feuchte Streifen. Ihr ganzer Körper war mit blauen und gelblichen Flecken bedeckt.

»Wieder irgend so 'ne total zugedröhnte Irre«, sagte Braak, der neben dem Commissaris am Fußende des Betts kauerte. »Wenn die in dem Zustand sind, lassen sie alles mit sich machen und finden's auch noch geil. Und wenn's dann so weit ist, kriegen sie überhaupt nichts mehr mit, die schreien die ganze Zeit, so scharf sind die, und selbst wenn sie schon die große Flatter machen, denken sie noch, dass sie gerade am Kommen sind.«

»Glaubst du, dass es so ist?«, fragte Van Leeuwen leise.

»Und ob!« Braak schüttelte langsam den Kopf. »Seh ich ja nicht zum ersten Mal. Gibt so Kleinigkeiten, so 'n paar Details, an denen kannst du erkennen, was echt ist und was nicht, ob eine nur so tut. Das ist, wie wenn du sie fickst. Da merkst du auch sofort, ob eine dir was vorspielt, wenn du ihr einen Orgasmus spendiert hast, und genauso isses, wenn sie abkratzen. Das kann man *faken*, aber nicht so, dass der Profi es nicht merkt. Ich zeig's dir gleich, wenn's so weit ist, daran, wie das Blut spritzt, kannst du's erkennen, und auch daran, ob …«

Die junge Frau auf dem Bildschirm hob den Kopf, als hätte sie Braak gehört, aber sie sah nicht zur Kamera herüber, sondern auf einen Punkt außerhalb des Monitors. Ihr Gesicht lag halb im Schatten. Sie schien zu lauschen, zu wittern, und für einen Moment hörte sie sogar auf zu zittern. Ein Mann mit nacktem Oberkörper kam ins

Bild, aber es war nicht derselbe Mann wie in dem ersten Film, er war kräftiger, behaarter, und keinerlei Tätowierung schmückte seine Haut. Er trug eine lange Hose aus schwarzem Leder, die durch zwei große Löcher sein Geschlecht und sein Gesäß sehen ließ, und vor dem Gesicht eine schwarze Maske. Die Maske hatte ebenfalls runde Löcher für die Augen und ein weiteres für die Nase, und sie reichte von der Stirn bis zu einem dichten Schnurrbart über feuchten, wulstigen Lippen.

Braak sagte: »Das Messer liegt wahrscheinlich unter der Matratze. Vielleicht erwürgt er sie aber auch, wenn er mit ihr fertig ist. Hören Sie die Geräusche, das Husten? Da sind Leute in dem Keller, Zuschauer, die haben ein Vermögen hingeblättert, um dabei sein und sehen zu können, wie eine stirbt. Wenn der mit ihr fertig ist, hat sie alles erlebt, was sie auf dieser Erde erleben kann, und dann ist sie nur noch Schlachtvieh ...«

»Kennst du die Frau?«, fragte Van Leeuwen, und ihm war, als spürte er seine Lippen nicht mehr; als spürte er überhaupt nichts.

»Nein.«

»Kennst du den Mann?«

»Nein.«

»Erkennst du den Keller oder die Garage wieder? Weißt du, wo der Film gedreht worden ist?«

»Nein. Da müssen Sie schon Ugo fragen.«

Der Mann auf dem Monitor baute sich neben der Matratze auf, und seine Erregung war nicht zu übersehen. Die junge Frau spürte jetzt seine Nähe. Ihr Kopf sank herab, sodass ihr Nacken im Schein des Punktstrahlers an der Handkamera aufleuchtete. Er war so zart und dünn wie der Hals eines Schwans, und als der Mann in der schwarzen Lederhose diesen Nacken packte, schloss Van Leeuwen die Augen. Er hörte nur noch, wie aus den winzigen Lautsprechern des Notebooks ein Keuchen drang, ein erstickter Schrei.

Aber dann hörte er Braak neben sich lachen, und etwas packte ihn und schüttelte ihn von innen. Alles geschah so schnell, dass er in der einen Sekunde noch auf dem Bett saß, und im nächsten Moment kauerte er vor Braak auf dem Boden – Braak, der ihn entsetzt anstarrte, Braak, der aus einer Wunde an der Stirn blutete, Braak, dessen Gelenk mit Handschellen an die Heizung gefesselt war, und Van Leeuwen wusste nicht mehr, wie er die Handschellen aus der Nachttischschublade geholt oder wann er Braak geschlagen hatte. Er sah ihn nur da kauern, blass und zitternd, und er sah einen umgefallenen Stuhl und eine der Decken, die halb vom Bett gerissen war.

»Wenn ich dich noch ein Mal lachen höre«, sagte er warnend, »nur ein Mal ...«

Die DVD im Notebook lief immer noch, aus den Lautsprechern drangen schrille Laute. Als der Commissaris wieder auf dem halb abgedeckten Bett saß und den Bildschirm betrachtete, begriff er, dass er nicht im Geringsten vorbereitet war. Er hatte nicht die leiseste Ahnung gehabt, was er sehen würde. Denn jetzt konnte er das Gesicht der jungen Frau erkennen, und für einige Sekunden hatte er keinen Puls mehr. Das Blut staute sich in allen Gefäßen rings um sein Herz. Er sah das Messer, er sah ihren Hals, und in dem Augenblick, in dem sie starb, riss der nackte Mann ihr die Augenbinde ab, und Van Leeuwen sah, wer sie war.

Das Mädchen, das er sterben sah, war Rascha Frankenhuis, und er brauchte Braak nicht, um zu erkennen, dass sie gerade wirklich ermordet worden war.

Die DVD war zu Ende. Er drückte die Taste, die sie auswarf. Er schob sie zurück in ihre Plastikhülle und klappte das Notebook zu. Er zog den Stecker aus der Steckdose, schaltete das Licht aus und legte sich so, wie er war, aufs Bett. Braak kauerte im Dunkeln vor der Heizung und sah zu ihm hinüber. Seine Augen schimmerten schwach. Schließlich streckte der Zuhälter sich auf dem Boden aus, und etwas später konnte der Commissaris an seinen regelmäßigen Atemzügen hören, dass er schlief.

Van Leeuwen lag auf dem Rücken und starrte zur Decke hoch. Von der Straße drangen gedämpfte Geräusche herauf, Gelächter, *Ciao*-Rufe, das Knattern einer Vespa. *Vespa Piaggio, Italien auf Rädern Farbe Pistazie,* . Ein Lichtschimmer glitt über die Wand, an der das Foto des Doms hing.

Van Leeuwen dachte an Sander Frankenhuis in seiner kleinen

Dorfkirche und an den Stich von Dürer an der Wand in seinem Arbeitszimmer, an den Tod, der das Mädchen wegführte. Er hatte schon vor langer Zeit aufgehört, an Gott zu glauben, aber jetzt dachte er, *oh Gott.* Mehr dachte er nicht, nur *oh Gott*, und es war nicht einmal ein wirklicher Gedanke. Es war etwas, das in ihm herumkroch, in der vollkommenen Dunkelheit in ihm.

Er lag auf dem Rücken, die Hände gegen die Oberschenkel gepresst. Immer wieder stockte sein Herzschlag. Er hörte Julikas Stimme: »Ich habe noch nie solche Angst gehabt …«, und er dachte: *Ich auch nicht.* Ihm fiel wieder ein, wie sie ihm im Sommer vor einem Jahr erzählt hatte, warum sie zur Polizei gegangen war, welchen Dämonen sie zu entkommen versuchte.

Als ich ein kleines Mädchen war, hatte ich immer Angst, hatte sie leise gesagt. *So eine Angst können Sie sich gar nicht vorstellen. Alles, was ich von morgens bis abends wollte, war weglaufen. Es gab viel Straßenkriminalität, viel Gewalt. Ich hatte beim Spielen meine Augen immer überall, und deswegen machte mir das Spielen auch nie wirklich Spaß. Manchmal hörte man Schreie, bei denen einem das Herz stehen blieb. Sie drangen aus irgendeinem Keller oder aus dem Hinterhof eines Abbruchhauses oder aus dem Treppenhaus eines Rohbaus, und jeder wusste, dass da gerade etwas passierte, dass da jemand zusammengeschlagen wurde oder gefoltert oder manchmal sogar ermordet, und meistens sah man kurz danach ein paar Männer ganz ungeniert den Keller oder den Hinterhof oder des Treppenhaus verlassen und in einen viertürigen Wagen steigen. Es waren immer mehr als zwei Männer, meistens drei, und immer viertürige Wagen.*

Wenn das passierte, hörten wir auf zu spielen. Während die Schreie ertönten, spielten wir noch weiter, als hätten wir nichts gehört, aber sobald die Männer weg waren, hörten wir auf, und einige von uns liefen dann dorthin, wo die Schreie hergekommen waren. Ihre Neugier war größer als ihre Angst, obwohl sie bestimmt wussten, dass das, was sie dort fanden, sie tagelang verfolgen würde, bis in den Schlaf hinein – ein schwer verletzter oder toter Mann in einer Lache aus Blut, vielleicht verstümmelt, Blut auf dem Boden und Blut an den Wänden.

Bei mir war die Angst immer größer als die Neugier. Statt nachzu-

sehen, rannte ich nach Hause, und auf dem ganzen Weg hörte ich diese Schreie, und als ich daheim war, lief ich in unser Zimmer, das von meiner Schwester und mir, und da versteckte ich mich im Schrank. Ich kauerte mich unten auf den Boden, zog die Tür zu und hielt mir die Ohren zu. Aber die Schreie hörten nicht auf. Es lag daran, dass ich nicht hingeschaut hatte. Ich hatte nur meine Vorstellung, nur meine Fantasie, und was die sich ausmalte, war hundertmal schlimmer als der Anblick, vor dem ich weggelaufen war. Es hatte hundert blutige Gesichter statt nur einem.

Eines Tages wollte ich dieses Kind nicht mehr sein. Ich wollte nicht mehr weglaufen. Und ich wollte dafür sorgen, dass niemandem mehr solche Schmerzen zugefügt werden, dass niemand mehr so sterben muss, im Keller eines fremden Hauses. Dass Kinder auf der Straße spielen können, ohne solche Schreie hören zu müssen. Deswegen bin ich Polizistin geworden.

Aber jetzt, dachte Van Leeuwen, waren die Dämonen wieder da, und diesmal hatten sie Julika in ihre Gewalt gebracht. Sie war Polizistin, und sie war nicht mehr weggelaufen, aber vielleicht war sie es jetzt, die im Keller eines fremden Hauses sterben musste, und es waren ihre Schreie, die den Kindern auf der Straße beim Spielen in den Ohren klangen. Erst Sofia, dann Rascha, dann Julika.

Van Leeuwen verspürte einen Schmerz, eine Wut, die so stark waren, dass er glaubte, sie sehen und anfassen zu können. Sie zerschnitten ihn von innen, eine Woge aus glitzernden Glasscherben, die ihn wegzuspülen drohte. Aber er hielt sich fest. Er hielt sich mit beiden Händen an seinen Oberschenkeln fest.

Sein Handy klingelte nicht mehr.

29

Ugo Cardone, dessen Schutzheiliger Franz von Assisi war, rief am späten Nachmittag auf Braaks Mobiltelefon an. »In fünf Minuten holt euch ein Wagen ab. Er wartet vor dem Hotel.« Mehr sagte er nicht. Als Van Leeuwen und Braak auf die Straße traten, war es schon dunkel, und der Porsche Cayenne stand im kalten Graupelregen vor dem Eingang und blockierte die schmale Gasse. Der Fahrer stieg nicht aus. Hinter ihm hatte sich eine Schlange hupender Autos mit wütenden Scheinwerfern gebildet, aber das störte ihn nicht. Er saß lässig über das gepolsterte Lenkrad gebeugt und rauchte, und als der Commissaris die Tür im Fond öffnete, erkannte er den Mann im Schein der Innenbeleuchtung an dem Zackenmuster der kurz rasierten Haare rechts und links über den Ohren.

»Buonasera«, rief er im dröhnenden, tiefer gelegten Ruud-Fleming-Sound und hievte sich auf den Rücksitz. »Pünktlich auf die Minute!«

Der Fahrer sagte nichts. Er wartete, bis auch Braak eingestiegen war und die Tür zugezogen hatte. Dann drückte er die Zigarette – gelb, arabischer Tabak – in einem nicht serienmäßigen Aschenbecher in der Mittelkonsole aus, drehte den Rückspiegel ein Stück nach rechts, um seine Passagiere dort jederzeit wiederzufinden, und gab Gas.

»Where is Ugo?«, fragte Braak, plötzlich beunruhigt. »Ich dachte, Ugo holt uns ab.« Der Fahrer schwieg. Der Cayenne rollte langsam die Gasse hinunter. Die Scheibenwischer spielten Pingpong mit den Graupeln, und vor den getönten Fenstern verwischten die Lichter der Straßenbeleuchtung.

»I forgot something at the hotel«, sagte Braak hastig mit belegter Stimme. »Kannst du kurz halten? *For a short stop?*«

Der Fahrer sagte nichts. Er schaute nach rechts, er schaute nach links, er schaute nach vorn, er schaute in den Rückspiegel. Mit ruhigen Bewegungen seiner mehrfach gebrochenen Hände lenkte er den Wagen schnell, aber umsichtig auf dem nasschimmernden Asphalt stadtauswärts. Der Brillant in seinem Nasenflügel funkelte wie ein kleiner, längst erloschener Stern. *»Remember who I am?«*, fragte Van Leeuwen. *»Ruud – Ruud Fleming? What's your name?«*

Sie fuhren in Richtung der Autobahn Bergamo-Brescia, bis die Schaufenster zurückblieben, dann die Wohnhäuser, die Neubauten und Fertigbau-Lagerhäuser. Danach gab es nur noch einen flackernden Saum aus nassen Werbeschildern, beleuchtet von kleinen

Scheinwerfern, in deren Licht die Graupel wirbelten, Werbung für Fast Food, Martini, eine Fernseh-Soap, Fiat. Es folgten die großen, leeren Parkplätze vor den Flachbauten geschlossener Einkaufscenter und schließlich die letzten Plakatwände. Hinter einer alten Eisenbahnbrücke wurden die Straßenlaternen seltener, und der Himmel wechselte die Farbe, er wirkte nun heller und rötlicher.

»Where are we goin'?«, fragte Van Leeuwen. *»When will we meet Ugo and Bashkim?«* Seine Augen begegneten denen des Fahrers im Rückspiegel; sie rempelten sich mit Blicken an, als wären sie Straßenjungen. Als er wieder keine Antwort erhielt außer einem höhnischen Funkeln des Brillanten, zuckte er nur mit den Schultern. Er schaute aus dem Fenster in die Dunkelheit, auf eine dicht mit Unkraut bewachsene Böschung. Dann fiel das Licht einer einsamen Peitschenlampe ins Wageninnere, und er sah Braaks Silhouette auf der Scheibe gespiegelt.

Der Zuhälter hatte Angst. Er strahlte Panik aus wie einen heißen, abscheulichen Dunst, als wäre er tatsächlich mit flüssiger Lava angefüllt. Seine Haut war grau, die Augen drohten zu erlöschen. Sein Haar kräuselte sich strähnig, auf seinen Wangen lag ein matter Glanz. Er blinzelte unkontrolliert, und seine Schneidezähne nagten die Unterlippe blutig. Abrupt neigte er sich Van Leeuwen zu. »Sie werden uns töten«, flüsterte er. »Das ist eine Falle. Die werden uns töten.«

Den ganzen Tag über hatte der Commissaris das Gefühl gehabt, dass Braak zu ruhig war, zu gelassen. Nur ganz weit hinten, tief in seinen Augen funkelte Arglist, die er nicht verbergen konnte. *Heute Abend, dachte Van Leeuwen – heute Abend wird er es wieder versuchen.* Aber jetzt lehnte Braak in seiner Ecke des Fonds wie eine große, schmutzige Marionette ohne einen Funken von intelligentem Leben in sich, ohne eigenen Willen. Nur in seinem Gesicht zuckte es, als wäre er eine Kasperlefigur, in deren Kopf die Hand des Puppenspielers nach der richtigen Position für ihre Finger suchte.

Van Leeuwen tastete nach der Luger in der rechten Manteltasche. Nervös schob er den Sicherungshebel vor und zurück, bis er merkte, was er tat, und damit aufhörte.

Es gab keine Häuser mehr an der Straße, nur niedrige Mauern

und vereinzelte Palmen, farblos im Licht der Scheinwerfer. Der Fahrer lenkte den Cayenne von der asphaltierten Straße auf einen unbefestigten Weg, der von dichtem Gestrüpp gesäumt war. Der Motor veränderte seine Tonlage, klang tiefer. Erschütterungen durchliefen den Wagen, wenn die Reifen in ein Schlagloch gerieten. Hinter einer Kurve ragten Kakteen in der Einöde auf, und die Graupeln wirkten jetzt wie kleine weiße Leuchtspurgeschosse, die waagrecht auf die Windschutzscheibe zuflogen. Hinter den Kakteen begann eine weitere, mit Glasscherben bekränzte Mauer, über der ein silberner Schimmer in der Luft hing, als wäre auf der anderen Seite ein Ufo gelandet.

Hinter dem Cayenne ertönte ein scharfes, ungeduldiges Hupen. Ein anderer Wagen fuhr zu dicht auf, die Scheinwerfer hell wie brennendes Magnesium. Der Wagen scherte aus und setzte zum Überholen an. Langsam schob er sich an dem Cayenne vorbei. Van Leeuwen konnte erkennen, dass es sich um einen dunkelbraunen Bentley handelte. Der Beifahrer hielt ein aufgeklapptes Notebook auf dem Schoß. Plötzlich blickte er zu Van Leeuwen hoch. Sein Gesicht, gefährlich und leer, wirkte wie die Maske eines Männergesichts. Die Maske verzog sich zu einem kurzen Grinsen, aber es war ein Grinsen ohne Fröhlichkeit, und eigentlich war es auch kein Grinsen; es war nur ein geöffneter Mund wie das hechelnde Maul eines Wolfs.

»Bashkim«, entfuhr es Braak.

Der Beifahrer blickte wieder nach vorn auf den hellen Monitor seines Notebooks, der Bentley zog vorbei, und nur kurz erhaschte Van Leeuwen einen Blick auf den Mann im Fond hinter dem Beifahrer. Der Mann war hager im Gesicht, aber füllig um die Hüfte herum. Er trug einen dottergelben Anzug, ein schwarzes Hemd und einen schwarzen Hut mit einer Feder daran wie ein Jäger. Im Licht der Innenraumbeleuchtung las er eine auf rosa Papier gedruckte Zeitung. Als spürte er Van Leeuwens Interesse, ließ er sie jäh sinken, hob den Kopf und starrte den Commissaris mit verächtlichen Augen an. Es war der Blick eines Raubvogels, der in die Zukunft geflogen war und wieder zurück. Der gesehen hatte, was sie bereithielt, und niemandem davon erzählte, weil sie sein Eigentum war.

Dann schoss der Bentley vorwärts. Schlingernd setzte er sich vor den Cayenne, ließ seine Bremslichter aufleuchten und bog abrupt von dem Weg in eine Toreinfahrt. Schlamm spritzte gegen die Mauer, an der in großen dunkelroten Buchstaben die Worte *Giovinazzo Mobili International* standen. Der Cayenne folgte ihm etwas langsamer. Hinter dem baufälligen Tor öffnete sich ein unbefestigter Hof, kaum mehr als gerodetes Land, auf dem bereits mehrere Wagen standen, kreuz und quer im Morast geparkt, einige davon mit eingeschalteten Scheinwerfern. Ein paar der Wagen waren groß und luxuriös, lehmverkrustete SUVs, Limousinen mit getönten Scheiben, andere duckten sich klein und unauffällig zwischen Pfützen und verwildertem Gestrüpp.

Der Bentley rollte mit hohem Tempo durch eine Schneise zwischen den Fahrzeugen zur anderen Seite des Gewerbehofs, auf der sich die Umrisse einer niedrigen, unbeleuchteten Halle abzeichneten. Dort blieb er stehen, ohne dass einer der Männer darin ausstieg. Er stand nur da, schwach von innen heraus leuchtend.

Der Cayenne rollte als letzter Wagen auf den Platz und blockierte die Zufahrt zur Straße. Neben ihm parkte bereits ein militärisch braun gestrichener Kastenwagen ohne Aufschrift, aber mit einem kleinen Abbild der US-Flagge auf dem Kotflügel und einem NATO-Kennzeichen aus Vicenza. Die Türen des Militärfahrzeugs schwangen auf. Ugo Cardone stieg aus, gefolgt von dem Mann mit dem kahlen Schädel aus der Billard Bar. Der Mann mit dem kahlen Schädel trug jetzt einen knöchellangen schwarzen Regenmantel. Cardone hatte die Strickmütze mit einer Baseballkappe vertauscht, eine dunkelgrüne Bomberjacke ersetzte den blauen Blazer, und statt der weißen Sneakers trug er Army-Stiefel. Ohne sich an dem Graupelschauer zu stören, ging er auf den Cayenne zu. Der Fahrer mit den Zackenhaaren drehte sich zu Braak und Van Leeuwen um. Ein scharfes Schnappen des Kopfes befahl ihnen auszusteigen.

Der Commissaris schwang sich aus dem Fond. Seine Halbschuhe landeten klatschend im nassen Lehm. Der schwarze Regenmantel des Kahlköpfigen raschelte, als er Van Leeuwen gegen die Karosserie des Cayenne drängte und ihn rasch mit geübten Bewegungen abtastete. Er fand die Luger in der rechten Manteltasche, zog sie heraus und zeigte sie Cardone. Cardone nickte, und der Kahlköpfige steckte die Pistole ein. Dann holte er das Handy aus Van Leeuwens anderer Tasche und konfiszierte es ebenfalls.

Der Fahrer des Bentley hupte mehrmals. Durch den fallenden Graupelregen konnte Van Leeuwen Bashkims Gesicht im Widerschein des Laptops erkennen und den Mann mit den Raubvogelaugen auf der Rückbank. Cardone zauberte eine starke Grubenlampe hervor, die er über seinem Kopf schwenkte. »Okay«, rief er. »Okay! Die Ware! Das Fleisch! *The meat!*«

Der Kahlköpfige öffnete die Ladeklappe des Militärfahrzeugs. Er klatschte in die Hände, und aus dem Kasten quoll ein Dutzend junger Frauen wie Vieh aus einem Verschlag. Einige sprangen mit nackten Füßen in den Matsch, ihre Schuhe in den Händen; andere ließen sich vorsichtig im Sitzen herunter, ein paar kletterten geschickt und geschmeidig wie Gämsen heraus. Aber alle wirkten verängstigt und verstört, und draußen drängten sie sich zitternd in der Kälte zusammen, während Cardone den Strahl der Grubenlampe auf sie richtete, um sie in Augenschein zu nehmen. Er ging um die Mädchen herum. Mit prüfenden Blicken musterte er die bleichen Gesichter im Lichtkegel, die nassen Haare, die nackten Beine. *»You, down with the trousers«*, sagte er zu einem der Mädchen, das Hosen anhatte, und zu einem anderen im Rock: *»You too, down with that –«*, und die Mädchen gehorchten. Ungeschickt schlüpften sie aus Hose und Rock.

Dann trieb der Kahlköpfige die Frauen in die Mitte des Platzes, wo sie von den Scheinwerfern der Autos erfasst wurden. Zitternd standen sie im kalten Regen, standen da und traten von einem Fuß auf den anderen und blinzelten ins Licht. Einige hielten sich an den Händen, und ein paar begannen zu weinen, als die Türen der Autos aufgingen und Männer herauskamen, Männer in Lederjacken, Männer in Parkas, Männer in Kapuzenshirts aus Schafwolle, Männer mit Stoppelbärten, Männer mit Geldbündeln in den Taschen, Männer, die kaufen wollten, Männer wie Ruud Fleming.

Cardone holte ein zusammengefaltetes Blatt Papier aus der

Jackentasche, schlug es auf wie ein Taschentuch und hielt es in das Licht der Grubenlampe. »Milena!«, rief er. *»Milena is fourteen. She is virgin. But she is very willing. She knows how to work miracles with her body. She worked in peep-shows but has never been fucked before!«*

Als keine Milena antwortete, die vierzehn Jahre alt war und Jungfrau, schob er das Blatt wieder in die Jackentasche, ohne es zusammenzufalten, ging zu der Reihe der jungen Frauen und zerrte eine von ihnen am Oberarm auf die Männer zu. Die Frau, die vielleicht Milena war, vielleicht aber auch nicht, hatte blonde Haare und lange, nackte Beine. Sie trug einen kurzen beigen Rock und eine rote Strickjacke und darunter ein feigenfarbenes T-Shirt und Plastiksandalen. Sie stand da und zitterte und wurde nass, und Cardone ließ den Lichtkegel von ihrem Gesicht langsam über ihren Körper zu den Beinen wandern, und dann riss er ihr mit einem jähen Ruck den Rock herunter, und ehe sie reagieren konnte, auch noch das Höschen. Er richtete den Lichtkegel auf das blonde Nest zwischen ihren Schenkeln, und als sie sich vorbeugte, um ihre Blöße zu verbergen, schlug er ihr ins Gesicht, packte sie am Haar und drehte sie um, mit dem nach hinten gezogenen Kopf zuerst, und hielt sie so, während er ihr nacktes, regennasses Gesäß anleuchtete. *»Okay«*, rief er, *»okay, we start with five hundred Dollars!«*

Die Männer drängten heran wie schnüffelnde Hunde, fünf, sieben, zwölf, und ihre Hände waren ihre Nüstern, ihre Zungen. Sie umkreisten die junge Frau und griffen ihr zwischen die Beine, klatschten ihr mit der Handfläche auf den Hintern, befühlten sie, und die ganze Zeit hielt Cardone sie an den Haaren fest, ihren Kopf in den Nacken gezerrt, und sie ließ es geschehen, ließ all das mit sich geschehen, ohne Gefühlsregung, ohne zu schreien oder zu weinen, nur der Regen rann aus ihrem Haar über ihr Gesicht; nur der Regen.

»Five hundred Dollars!«, rief Cardone. *»Milena for five hundred!«*

»Fünfhundert!«, rief jemand ganz in Van Leeuwens Nähe, und zu seiner Überraschung stellte er fest, dass er selbst es war, der gerufen hatte. »Ruud Fleming, ich kaufe sie für fünfhundert!«

»Sind Sie verrückt?!«, zischte Braak. Seine Stimme klang merkwürdig weit weg.

»Six hundred!«, brüllte in diesem Moment einer der Hunde, löste sich aus der Meute und schwenkte ein Bündel Geldscheine im Lichtstrahl der Grubenlampe.

»Siebenhundert!«, rief Van Leeuwen sofort. Er griff in die Brusttasche seines Jacketts, unter dem Trenchcoat, und tatsächlich holte er auch ein Bündel Hundert-Euro-Noten hervor. »Achthundert, ich biete achthundert!« Er stapfte durch den Schlamm auf Cardone zu, das Geld hoch über seinen Kopf erhoben. »Neunhundert!«

Cardone rief: *»Nine hundred for Milena!«* Auch seine Stimme klang eigenartig weit weg, gedämpft durch das opake Rauschen in Van Leeuwens Ohren.

»Thousand!«, rief ein zweiter Hund, *»one thousand!«*

»No!«, brüllte Van Leeuwen, der nicht mehr wusste, was er tat, der nur wollte, dass es aufhörte, dass all das, was sich vor seinen Augen abspielte, sofort aufhörte. *»I want her, I want Milena!«*

Der Bentley gab einen kurzen Hupton von sich. *»Okay, stop!«* Cardone leuchtete Van Leeuwen ins Gesicht, blendete ihn. *»One thousand for Milena, from this man here, she's yours!«*

Van Leeuwen wischte sich das Wasser aus den Augen und drückte Cardone das Geldbündel in die Hand, der es ungezählt in der Hosentasche verschwinden ließ. Er drängelte sich durch die immer noch um Milena kreisenden, schnüffelnden Hunde, stieß sie weg, mit Händen und Schultern, schnappte nach ihnen, bückte sich nach dem in den Matsch getretenen Höschen, hob erst den Slip auf, dann den Rock, die er Milena in die Hand drückte, ehe er sie von der Meute wegzog.

»Bleib bei mir, was auch passiert!«, sagte er leise. »Du musst keine Angst haben. Ich will nur mit dir reden.« Er fuhr aus seinem durchnässten Trenchcoat und legte ihn ihr um die schmalen, zitternden Schultern. »Ich heiße Ruud. Wie heißt du? *What's your name?«*

»Milena.« Die Zähne des Mädchens klapperten so laut, dass sie kaum zu verstehen war. »Milena.«

»Verstehst du Englisch?«

»Englisch nicht gut. Deutsch. Deutsch besser.«

»Gut«, meinte Van Leeuwen. »Deutsch kann ich auch. Ich werde dich von hier wegbringen, in Sicherheit.« Hastig führte er Milena an den Rand des Platzes. »Wo kommst du her, Milena?«

»Von Bahnhof.«

»Nein.« Van Leeuwen schüttelte sich und zog den Kopf zwischen die Schultern. »Wo seid ihr abgeholt worden, als sie euch hierher gebracht haben?«

»Von Zimmer mit andere Mädchen in Straße bei Piep Piep.« Sie blieb stehen und reckte ihm ihr nasses, blasses Gesicht entgegen. Das Wasser lief an den Haarsträhnen hinunter über ihre Wangen. Es sah aus, als flösse ihr Metall über die Haut. Ihre Lippen zuckten, und sie sah ihn mit großen braunen Augen an, die so alt waren, dass sie in ein anderes Gesicht zu gehören schienen. »Du willst machen Liebe mit mir ohne Piep Piep? Oder du willst drehen Filme mit mir wie mit …«

»Nein, nein, ich will nichts von dir. Ich suche eine junge Frau, die bei euch war, ein Mädchen …«

Cardone hatte ein anderes Mädchen in die Mitte des Platzes gezerrt, schrie ihren Namen und ihren Preis, und niemand achtete auf Van Leeuwen und Milena, niemand bis auf den Mann, der jetzt aus dem Bentley stieg und im Schutz eines Regenschirms auf sie zukam. Als Bashkim sie erreicht hatte, reichte er den Schirm dem kahlköpfigen Bodyguard, der ihn nahm und über Bashkims Kopf hielt. »*Good evening,* Mijnheer Fleming«, sagte Bashkim mit der sorgfältigen Betonung von jemand, der nicht seine Muttersprache benutzte. »Wann haben Sie in Ihrem Leben die größte Angst gehabt?«

Seine Augen waren groß und schwarz, und sie glänzten, als wären sie in Öl eingelegt. Seine Stimme war zu leise, oder das Pladdern des Regens auf dem Schirm war zu laut, jedenfalls verstand Van Leeuwen ihn kaum. *»Pardon?«*

»Fear«, wiederholte Bashkim, jetzt schnitten die Worte etwas schärfer durch das Rauschen und das Brüllen der Männer, die um die Mädchen herumhechelten. *»The moment when you were afraid the most in your life, when was it?«*

Van Leeuwen zuckte mit den Schultern, aber ehe er antworten konnte, hob Bashkim einen Zeigefinger und erklärte: »Ich sage Ihnen, wann es war, und Sie sagen mir, ob ich mich irre.« Er zog das Notebook unter dem linken Arm hervor, klappte den Deckel hoch und drehte ihn so, dass Van Leeuwen den Bildschirm sehen konnte. »*It was in a snowstorm, Mijnheer Fleming, right?* Werfen Sie einen Blick auf den Moment Ihrer größten Angst.«

Der Monitor zeigte ein bewegtes Bild, einen Mann im Trenchcoat, der mit eingezogenem Kopf eine nächtliche Straße entlangstapfte, Hinterkopf und Schultern in schwaches Licht getaucht. Schneeflocken wirbelten durch das Licht. Plötzlich sprang etwas den Mann von hinten an, eine Faust traf ihn in den Nacken. Der Mann stolperte und geriet ins Taumeln, fing sich aber wieder. *Das bin ich*, dachte Van Leeuwen, *das ist der Film aus dem Internet.*

Er spürte, wie ihm ein Schauer über den Rücken lief. Wieder musste er zusehen, wie ein Junge mit einer tief ins Gesicht gezogenen Wollmütze um ihn herumtanzte, ihn schlug und trat, und im ersten Moment begriff er noch nicht, was es bedeutete, dass Bashkim ihm diesen Film zeigte. Aber dann drehte sich der Mann um zu dem Licht und der Handykamera, Augen und Mund ungläubig aufgesperrt, und jetzt konnte man ihn deutlich erkennen. Endlich begriff er.

Er begriff, als Bashkim leise sagte: »*Now, this was nothing, Mijnheer Fleming*, es war überhaupt nichts, verglichen mit der Furcht, die Sie noch verspüren werden, sehr bald schon. Oder sollte ich sagen: Commissioner Van Leeuwen von der Amsterdamer Polizei?«

Er begriff, weil jemand dem kurzen Film einen Kommentar hinzugefügt hatte, *Deputy Commissioner Van Leeuwen of Amsterdam Police gets whipped in Xmas Snows.* Aber er bewahrte Haltung, ganz anders als Léon Braak, der neben ihm stand und einen Laut des Entsetzens ausstieß.

Der Zuhälter wich zurück, sein Blick flog zwischen Bashkim und dem Tor hin und her. »Bashkim, hör zu, ich wusste nicht ... ich hatte keine Ahnung ...«

Ein Warnpfiff ertönte. Für eine Sekunde schien die Zeit stehen zu bleiben, alles wirkte wie erstarrt, bis auf den leise fallenden Graupelregen. Als die Bewegung wieder einsetzte, brach das Chaos aus: Sirenen heulten, Motoren dröhnten, Schreie erklangen. Auf der Straße näherten sich Einsatzfahrzeuge der Carabinieri; sie schleuderten blaue Blitze über die Mauer und aus den Hügeln, denn auch von dort rasten Polizeiwagen heran, mit aufgeblendeten Scheinwerfen und noch mehr Sirenen. Milena kauerte sich an den Boden, die Hände im Nacken verschränkt, als erwartete sie einen Granatenangriff.

Die Männer auf dem Platz stoben auseinander und rannten durch den Morast zu ihren Wagen. Aber die Polizisten stürmten schon aus der Dunkelheit, vermummt, mit Helmen, schusssicheren Westen und Maschinenpistolen, aus denen sie kurze, flackernde Feuerstöße abgaben. Eine Männerstimme brüllte immer wieder in ein Megafon: *»Polizia! Fermate! Polizia! Stop! Hands up! This is the police speaking! Stay where you are!«*

Die Männer starteten ihre Wagen, aber jeder blockierte jeden, und der Cayenne blockierte das Tor. Die Carabinieri hatten den ganzen Platz umzingelt. In Zwei-Mann-Sturmtrupps schlängelten sie sich zwischen den Wagen hindurch, die MPs in Combathaltung auf die Fahrer gerichtet. Über den Hügeln erschien ein Helikopter, dessen Suchscheinwerfer durch den Regen tastete. Sein Licht streifte die Wagen und die Polizisten und die Mädchen, die wie verängstigte Kinder nach oben starrten.

Ein paar der Männer in den Wagen fingen an, das Feuer zu erwidern. Die Schüsse klangen harmlos wie Chinakracher. Van Leeuwen sah Cardone geduckt hinter dem Militärtruck verschwinden, dann den Mann in dem schwarzen Regenmantel. Er drehte sich zu Braak um. Halb geblendet vom Fernlicht eines Polizeiwagens, sah er, wie etwas Silbernes an Braaks Hals vorbeiglitt, eine schlanke, blitzende Klinge, als stünde der Zuhälter im Begriff, sich zu rasieren. Aber es war nicht Braak, der das Messer hielt, es war nur sein Hals, der sich gerade öffnete wie eine rote Blüte, und eine leuchtende Flüssigkeit sprühte daraus hervor und vermischte sich mit dem Regen. Seine Hände flogen hoch, versuchten, die offene Kehle zuzuhalten. Dabei sank er langsam in die Knie, und hinter ihm stand Bashkim, drehte sich um und ging langsam weg, aber es sah nur langsam aus, in

Wirklichkeit ging er schnell. Die bluttriefende, nasse Klinge noch in der Hand, ging er durch den Scheinwerferkegel des Helikopters und den silbernen Regen zu dem Bentley, der mit offener Tür und laufendem Motor auf ihn wartete.

Bashkim stieg ein, und der Bentley setzte zurück. Der Fahrer schlug das Lenkrad ein, wendete, fuhr mit schlammspritzenden Reifen durch den Gürtel der Polizisten und verschwand in den Hügeln, dort, wo die Mauer endete; verschwand in der Regennacht.

Der Commissaris beugte sich über Braak. Der Zuhälter lag im Morast, die Beine ausgestreckt und zuckend, noch immer beide Hände gegen die Kehle gepresst. Der Kaninchenfellkragen seines Mantels sträubte sich nass und blutig wie ein totes Tier. Immer mehr Blut floss in pulsierenden Intervallen über seine Finger und wurde vom Regen weggewaschen. Seine Augen waren weit aufgerissen, starrten an Van Leeuwen vorbei auf irgendetwas weit über ihm und auch noch über dem Helikopter, der mit flappenden Rotorblättern in der Luft stand und Braak nicht aus dem Kegel seines Scheinwerfers ließ.

»Milena!«, rief Van Leeuwen. »Milena!« Er sah sich um, aber das Mädchen kauerte nicht mehr neben ihm. Dann entdeckte er eine der Frauen, die gerade von einer Polizeibeamtin weggeführt wurde. Sein Trenchcoat hing ihr um die Schultern wie der nasse Überwurf einer Vogelscheuche. »Milena!« Er wollte zu ihr laufen, doch da stellte sich ihm ein vermummter Carabiniere in den Weg, während ein zweiter ihn von hinten packte, und beide schrien gleichzeitig: *»Fermate! Don't move!«* Der Mann hinter ihm drehte ihm einen Arm auf den Rücken, packte seinen Nacken, trat ihm in die Kniekehlen und drückte ihn zu Boden, »Squadra Mobile!«, brüllte er, »Keine Bewegung!«, und die Frau schrie: »Leg ihm Handschellen an! Hat er eine Waffe? Ist er bewaffnet?« Eine Hand griff ihm unter die Achseln, und zwei andere tasteten seine Beine ab, und irgendetwas Hartes bohrte sich so fest in seinen Nacken, dass er schreien wollte, aber er brachte keinen Ton heraus, denn eine vierte Hand presste seinen Kopf mit dem Gesicht in den Matsch, und er spürte nichts, nicht einmal den Regen, der ihm unter den Hemdkragen rann.

»*You're a liar*, Signor Bruno van Leeuwen!«, sagte Vicecommissario Annunzio müde. »Sie sind ein Lügner. Sie haben meine Kollegen angelogen, und Sie belügen mich. Ich erkenne eine Lüge, auch in einer fremden Sprache und so spät nachts. Also, noch mal von vorn: Was sucht ein Mann wie Sie unter einem falschen Namen – Ruud Fleming aus Antwerpen, *si*? – bei einer Fleischbörse der Sacra Corona Unità hier in Mailand?«

Das Büro der DIA-Sonderkommission, in das die Beamten von der Squadra Mobile den Commissaris kurz vor Mitternacht gebracht hatten, war nicht mehr als ein Provisorium: eine leere Lagerhalle, nichtklimatisiert, dunkel und ohne Fenster. Die spärlichen Einrichtungsgegenstände – Schreibtische, Stühle, Aktenschränke – waren wie alles Behördenmobiliar vom schmucklosen Adel der puren Funktion. Auf dem Boden schlängelten sich schwarze Verlängerungskabel zu PCs und Laptops mit toten Bildschirmen. Den einzigen Farbtupfer in dem riesigen, verrauchten Raum bildete ein Plan von Mailand und Umgebung an der Trennwand hinter dem Schreibtisch, vor dem Van Leeuwen saß. Ein zusammengerolltes Präservativ klebte in der Nähe des Autobahnzubringers in Richtung Bergamo; der rote Ring kreiste offenbar das Einsatzgebiet des heutigen Abends ein.

Vicecommissario Annunzio lehnte an der Tischkante, die Arme vor der Brust verschränkt. Er trug Jeans, wasserfleckige Laufschuhe, eine speckige braune Nappalederjacke und ein hellblaues Baumwollhemd mit ausgefranstem Kragen. Sein Handgelenk zierte eine billige verchromte Uhr mit einem durchhängenden Metallarmband.

»Ich habe Sie etwas gefragt, Signor van Leeuwen«, sagte er, immer noch leise und müde. »Sie haben ein Problem mit der Wahrheit, oder? Tja, ich habe ein Problem mit Lügen. Was wollten Sie von Giovinazzo? Was haben Sie mit den Albanern zu tun? Was sagt Ihnen der Namen Cardone? Was wollte Bashkim von Ihnen? Sie haben ein Mädchen gekauft, das ist ein Verbrechen! Was hatten sie mit … wie heißt sie … Milena vor? Warum sagen Sie mir nicht endlich, was ich hören will?!«

»Weil ich keine Ahnung habe, was Sie hören wollen!«, sagte Van Leeuwen genauso müde und leise. Er blinzelte in das Licht der Schreibtischlampe. Seine Augen tränten. Die Handschellen hatten die Haut an seinen Gelenken aufgeschürft, und seine linke Schulter tat weh. Wenn er den Arm bewegte, schoss ein greller Schmerz bis zum Ellbogen hinunter. Obwohl der Raum ungeheizt war, schwitzte er, und sein Herz schlug zu schnell. »Ich habe Ihnen gesagt, wer ich bin und warum ich da draußen war – warum ich für das Mädchen bezahlt habe. Fragen Sie Vicecommissario Aleppo, Ihren Kollegen hier bei der DIA. Mit dem habe ich gestern Mittag telefoniert. Oder Ihren Polizeipräsidenten, Signor Amaretto …«

»Amaretti«, verbesserte ihn Annunzio, noch eine Spur müder. »Questore Arcangelo Amaretti, der allerdings mit der DIA nichts zu tun hat. Wie auch immer, mit dem haben Sie also auch telefoniert? Unter welchem Namen – Fleming oder Van Leeuwen? Wie kommt es, dass Sie keinerlei Papiere haben, die Sie als Polizeibeamten ausweisen?«

Van Leeuwen hob die Hände. »Können Sie mir die nicht endlich abnehmen?« Als Annunzio sich nicht rührte, fuhr er fort: »Ich habe keine Papiere bei mir, weil ich mich nicht verraten wollte, falls ich gefilzt werde; das muss ich Ihnen doch nicht erklären. Ich habe mich als Clubbesitzer aus Antwerpen ausgegeben, um an Bashkim und Mezzanotte – Giovinazzo – heranzukommen, da trägt man keinen Ausweis mit sich herum. Mein Pass liegt im Hotel. Und Ihr Questore Amaretti war nicht in seinem Büro. Ich habe nur einen Termin bekommen, Donnerstagmorgen um neun.«

»Aber so lange konnten Sie natürlich nicht warten«, stellte der Vicecommissario gereizt fest. »Stattdessen haben Sie schon innerhalb kürzester Zeit Kontakt zur halben Führungsebene der Sacra Corona Unità gefunden und sind von denen auch gleich zu einem streng geheimen nächtlichen Warenumschlagstermin am Stadtrand eingeladen worden, wo Sie tausend Euro für eine minderjährige Tschechin hinblättern …«

»Herrgott, ich bin kein Mädchenhändler und kein Mafioso, das wissen Sie ganz genau!«, brüllte Van Leeuwen.

Annunzio beugte sich abrupt vor, bis sein Mund fast die Stirn des Commissaris berührte. »Ach ja, weiß ich das?!«, fragte er heiser. Seine Stimme zitterte auf einmal fast vor unterdrückter Aggression. »Woher weiß ich das denn?! Es gab schon Mafiosi, die Priester waren! Es gab Anwälte und Richter, die Mafiosi waren! Es gibt Mafiosi, vor denen macht der Ministerpräsident einen Diener! Es gibt Mafiosi in der Regierung, im Vatikan, im Europaparlament. Sie lügen, Mijnheer! Sie verbergen etwas. Sie sagen mir nicht, was ich hören will. Aber ich werde es hören, und wenn wir die ganze Nacht hier sitzen!«

Van Leeuwen schmeckte Blut auf seiner Zunge. Als die Beamten der Squadra Mobile über ihn hergefallen waren, hatte er sich in die Wange gebissen. Erschöpft schloss er die Augen. »Ich möchte den Questore sprechen«, sagte er. »Ich habe vielleicht einen Fehler gemacht, aber ich hatte Gründe dafür, und die Gründe waren gut. Ich brauche Hilfe, es geht um das Leben einer meiner Beamtinnen, und die Zeit läuft mit davon. Ich beantworte gern alle Fragen, aber nicht Ihnen – niemandem, der mit dieser Operation heute Abend befasst war! Ich habe gesehen, wie die Carabinieri Mezzanotte und Bashkim in ihrem Bentley einfach wegfahren ließen, ohne auch nur den Versuch zu unternehmen, ihn aufzuhalten …«

»Die Carabinieri?« Annunzios Atemstöße streiften noch einmal warm und pesto-gewürzt Van Leeuwens Stirn, dann richtete er sich wieder auf. »Woher wissen Sie, dass es Carabinieri waren? Es handelt sich um eine DIA-Operation, und in der DIA arbeiten Angehörige der Polizia di Stato, der Guardia di Finanza und der Carabinieri zusammen, alle unter einem Dach, die Besten, die Integersten, verstehen Sie?! Wie kommen Sie darauf, dass es Carabinieri waren, die Mezzanotte entkommen ließen, vorausgesetzt, es stimmt überhaupt, was Sie sagen …«

»Ich bin stellvertretender Polizeipräsident von Amsterdam!«, sagte Van Leeuwen, unfähig, sich noch länger zu beherrschen. »Ich lüge nicht, und ich habe nicht die geringste Lust, mich von Ihnen noch länger …«

»Mir ist scheißegal, wer Sie in Amsterdam sind, und wenn Sie die Königin persönlich wären!«, brüllte jetzt auch Annunzio. »Wir haben eine Ausnahmesituation, und das schon seit Dutzenden von Jahren, und wir haben endlich eine Elitetruppe, die mit dieser Situation fertig werden soll, und in dieser Elitetruppe stehe ich ziemlich weit oben. Das gibt mir das Recht, mich zu irren, und das gibt mir das Recht, über das Ziel hinauszuschießen, aber bis jetzt fliege ich immer noch präzise auf meiner Umlaufbahn. Haben Sie mich jetzt verstanden, Van Leeuwen?«

Am anderen Ende der dunklen Halle wurde eine Tür geöffnet, und Vicecommissario Annunzio verstummte. Schritte näherten sich, Lederabsätze klackten auf dem nackten Betonboden. *»Lo è?«*, fragte eine Männerstimme. »Bruno van Leeuwen? *Il Commissario di Amsterdam?*«

»Ja, das ist er, Dottore«, antwortete Annunzio auf Englisch, damit Van Leeuwen nichts von seiner unverhüllten Verachtung entging. »Komplett mit Achselschweiß und Pissflecken in der Hose.«

Der Mann blieb hinter Van Leeuwen stehen und seufzte deutlich vernehmbar. »Verschwinden Sie, Annunzio, *si*? Mir wird schlecht, wenn ich Sie noch länger reden höre. Und nehmen Sie ihm um Gottes willen die Handschellen ab!«

Vicecommissario Annunzio schnaubte wütend, rutschte aber von der Schreibtischkante und befreite Van Leeuwen unsanft von den Metallfesseln, die er in eine Schublade des Schreibtischs fallen ließ. »Wenn es nach mir ginge«, sagte er mit halb geschlossenen Augen, »würde ich Sie nackt ausziehen, Ihren Kopf unter Wasser halten und Ihnen mit einem Elektroschocker hunderttausend Volt in den Hintern jagen, bis die Wahrheit in Leuchtschrift auf ihrer raushängenden Zunge flackert. Und vielleicht kriege ich die Chance ja noch.« Er knallte die Schublade zu und war wenig später in der Dunkelheit hinter der Trennwand verschwunden.

Der Mann, der Annunzio ablöste, nahm hinter dem Schreibtisch Platz und betrachtete den Commissaris, ohne etwas zu sagen. Seine hellbraunen Augen waren wach, aufmerksam. Er hatte eisgraues Haar, das er kurz geschnitten trug, weil es ihm, wäre es länger gewesen, zusammen mit seiner gebräunten Haut vermutlich etwas

Playboyhaftes gegeben hätte. Das ganze Gesicht – die gerade Nase, das kantige Kinn, die hohe Stirn und die schmalen Lippen – wirkte fast zu attraktiv für einen Polizeioffizier, denn genau das war er, wie Van Leeuwen an seiner dunkelblauen, straff sitzenden und mit einer Vielzahl von Streifen und Sternen versehenen Uniform erkennen konnte.

»Ich bin Maggiore Manzoni«, sagte der Offizier endlich und legte die Hände auf die Schreibtischkante, als wollte er sie jederzeit im Auge behalten können. »Ich möchte mich für Vicecommissario Annunzios Benehmen entschuldigen. Er ist ein guter Beamter, aber ein Bauer. Manche sagen, er hätte den Charme einer gebrauchten Bettpfanne. Ich antworte dann: Wenn man dauernd angepinkelt wird, wachsen einem keine Rosen aus dem Mund. Annunzio hat schon zu viele solcher Einsätze mitgemacht, bei denen zu viele seiner Freunde und Kollegen gestorben sind, und mit jedem Toten ist ein Teil von ihm dort liegen geblieben. Haben Sie seine Augen gesehen, den Ausdruck darin? Er hat sich ein bisschen – wie sagt man? – verloren, innendrin. Er hört die ganze Zeit Stimmen, die ihm was ins Ohr flüstern, die ihn warnen.«

»Das nennt man Paranoia«, sagte Van Leeuwen.

Manzoni legte abwägend den Kopf auf die Seite. »Vielleicht. Aber in Italien ist Paranoia in unserem Beruf ein sehr guter Ratgeber. Wie auch immer: Das Büro von Questore Amaretti hat mich über Ihren Anruf von gestern Mittag ins Bild gesetzt, und als Ihr Name eben im Zusammenhang mit der heutigen Operation auf meinem Bildschirm erschien, bin ich natürlich neugierig geworden. Es hat auch eine E-Mail aus Amsterdam gegeben, von Ihrem Vorgesetzten, Hoofdcommissaris – ist das richtig ausgesprochen, *Hauftcommissaris?* – Joodenbreest, mit der dringenden Bitte, Ihnen hier jede Unterstützung zu verweigern und Sie umgehend zurückzuschicken. Klingt das nachvollziehbar in Ihren Ohren?«

»Das tut es«, antwortete der Commissaris. Wieder starrten sie sich einige Sekunden lang nur an, als wären sie einander schon mal in einem früheren Leben begegnet, könnten sich aber nicht erinnern, ob sie sich gemocht oder gehasst hatten.

Maggiore Manzoni nickte. »Aber bestimmt haben Sie eine ebenso nachvollziehbare Erklärung für Ihre … nun, sagen wir, ungewöhnlichen Aktivitäten in Mailand?«

Der Commissaris rieb sich die Handgelenke, um die Blutzirkulation wieder in Gang zu bringen. Zwischen seinen Schläfen saß ein bohrender Schmerz, und der Kupfergeschmack des Blutes lag süßlich auf seiner Zunge. Er hatte das Gefühl, sich Manzoni vorbehaltlos anvertrauen zu können. Aber das bedeutete nur, dass er vorsichtig sein musste; genau formulieren, richtig dosieren.

»Ich bearbeite zwei Mordfälle«, begann er, »eine junge Frau, verbrannt und verstümmelt, wahrscheinlich von einem Mann namens Bashkim. Und ein junger Mann, erschossen ebenfalls von Bashkim oder einem anderen Mitglied der Mezzanotte-Cato-Connection. Die Spur führt von Amsterdam nach Mailand, und eine meiner Beamtinnen ist dieser Spur ohne mein Wissen und gegen meinen Willen undercover nachgegangen. Ich weiß nicht, ob sie noch lebt, aber ich hoffe es.«

Bei der Erwähnung des Namens Cato spannte sich die Haut von Manzonis Gesicht, und eine leichte Röte zog über die Wangen zu den Schläfen hoch, wo sie sofort wieder verschwand. Für einen Moment hatte Van Leeuwen das Gefühl, den Maggiore zu kennen, ihm schon einmal begegnet zu sein, aber das Gefühl verschwand so schnell wie die Röte.

»Das Letzte, was ich von ihr gehört habe, war ein Hilferuf. Sie sagte, dass sie hier irgendwo gefangen gehalten wird«, fuhr er fort. »Sie hat mir von einem Feuer speienden schwarzen Hund mit fünf Beinen erzählt, dessen Bild sie vom Auto aus sehen konnte, kurz bevor sie in ihr Gefängnis gebracht wurde.«

»Wann hat sie Ihnen davon erzählt?«, fragte Manzoni.

»Gestern Abend«, sagte Van Leeuwen. »Sie ist irgendwie an ein Mobiltelefon gelangt, aber die Verbindung wurde ganz plötzlich unterbrochen. Meiner Meinung nach könnte es sich um das Werbeschild einer AGIP-Tankstelle handeln, doch damit lässt sich hier natürlich nicht viel …«

»Der Feuer speiende schwarze Hund, ja.« Manzonis Finger spielten eine kleine Etüde auf der Tischkante. »Aber der hat sechs Beine, nicht fünf. Wahrscheinlich ging alles zu schnell, und sie hatte ja bestimmt auch Angst, oder sie konnte es nur unter einer Augenbinde hervor sehen.« Der Maggiore schien zu überlegen, die Finger ruhten. »Ein Wunder, dass die sie noch nicht getötet haben. Haben Sie sie zurückgerufen, auf dem *telefonino*, das sie benutzt hat?«

»Nein, ich wusste nicht, wem das Handy gehört, und ich wollte sie nicht in Gefahr bringen«, erklärte Van Leeuwen. »Ich habe die Nummer auf meinem Mobiltelefon gespeichert, aber vermutlich hat der Besitzer es inzwischen weggeworfen.«

»Vermutlich.« Manzoni runzelte die Stirn. »Ich will Ihnen die Wahrheit sagen, Mijnheer van Leeuwen. Ich weiß nicht, wie wir Ihre Beamtin finden sollen, und wenn wir sie nicht finden, wird sie bald tot sein. So tot wie dieser arme Teufel in Ihrer Begleitung – Léon Braak, laut Hotel-Anmeldungsformular, dem Bashkim die Kehle durchgeschnitten hat. Ich saß in dem Helikopter, ich habe es gesehen. Wissen Sie, warum er das getan hat?«

»Weil Braak sich bei Ugo Cardone für mich verbürgt hat«, sagte Van Leeuwen. »Genauer, für Ruud Fleming aus Antwerpen. Es gibt einen Film von mir, im Internet, den zwei jugendliche Rabauken hineingestellt haben, mit meinem Namen und Dienstgrad. Leider kann man mich darauf ganz gut erkennen und ...«

»Und Bashkim hat ihn entdeckt«, vollendete der Maggiore den Satz. Seine Finger wagten sich wieder an die sacht getrommelte Etüde. »Bruno van Leeuwen«, murmelte er, als könnte er es nicht ganz glauben, dass er ihm tatsächlich gegenübersaß. »Sie sehen ganz anders aus, als ich Sie mir vorgestellt habe. Vielleicht hätte ich auch ins Internet gucken sollen.«

Der Commissaris sagte nichts. Er dachte an Rascha, die nun auch tot war, und an Julika, und er fragte sich, wie er ihr helfen konnte, falls Manzoni ihn zurück nach Amsterdam schickte. »Dieses Mädchen, das Ihre Leute mitgenommen haben, die junge Milena – kann ich mit ihr sprechen?«, fragte er.

»Was wollen Sie von ihr?«

»Sie ist meine einzige Verbindung zu den Leuten, die meine Beamtin gefangen halten«, sagte Van Leeuwen. »Es gibt einen Film, der den Mord an einem Mädchen zeigt, ihr Name war Rascha. Cardone hat mir eine DVD davon gegeben. Er oder jemand, den er kennt, hat ihren Tod gefilmt, genau wie den des Mädchens in Amsterdam. Milena weiß vielleicht, wo ich sie finden kann, wo diese Filme gedreht werden. Sie hat mich gefragt, ob ich auch einen mit ihr machen will.«

Manzoni sah ihn wieder so an wie zu Beginn des Verhörs, aufmerksam, neugierig und, so kam es Van Leeuwen plötzlich vor, fast mit einem Anflug von Anteilnahme. Dann sagte er: »Sie haben einen Fehler gemacht, das ist Ihnen hoffentlich klar. Und wer einmal einen Fehler macht, macht auch weitere. Aber dazu werde ich Ihnen keine Gelegenheit geben. Wenn es nach Ihrem Polizeipräsidenten ginge – und nicht nur nach dem –, würden Sie noch heute Nacht von einer Streife zum Bahnhof gebracht und in den ersten Zug nach Amsterdam gesetzt werden. Was Sie getan haben, ist absolut inakzeptabel, und Vicecommissario Annunzio ist nicht der Einzige hier, der Sie verdächtigt, die Unwahrheit zu sagen, milde ausgedrückt.«

Er seufzte. »Aber ich habe Hochachtung vor Ihnen, Bruno – ich darf doch Bruno sagen, von Kollege zu Kollege? Ich bewundere Ihren Mut, und ich wünschte mir, es gäbe mehr Polizisten, die das für ihre Leute täten, was Sie für Ihre Beamtin tun. Und deswegen gestatte ich Ihnen nicht nur, in Mailand zu bleiben, sondern ich werde Ihnen auch noch bei Ihrer Suche helfen. Nur eins muss klar sein: Sie laufen an meiner Leine, und ich entscheide, wie lang oder wie kurz sie ist. Verstehen wir uns?«

Der Commissaris nickte; er hoffte, dass Manzoni seine Zähne nicht knirschen hörte.

Der Maggiore holte sein Mobiltelefon aus der Uniformtasche und tippte eine Nummer ein. Er wartete einige Sekunden, stellte eine Frage auf Italienisch und hörte kurz zu, bevor er sich bedankte und die Verbindung unterbrach. »Sie ist weg«, sagte er. »Milena. Die Beamten haben sie in die Obhut einer Sozialarbeiterin gegeben, die sie in ein Frauenhaus bringen sollte, und unterwegs ist sie natürlich ausgebüchst. Na gut, darum kümmern wir uns morgen. Sie hat ausgesagt, sie hätte in einer Peepshow hinterm Bahnhof gearbeitet, bestimmt kennt man sie da. Jetzt lasse ich Sie erst mal in Ihr Hotel bringen, damit Sie sich ausruhen können. Heute Nacht stelle ich einen Streifenwagen vor Ihre Tür, aber morgen sollten Sie sich eine neue Unterkunft suchen, am besten ein Apartment.«

Warum tut er das?, überlegte Van Leeuwen, und wieder hatte er das Gefühl, als versteckte sich in Maggiore Manzoni eine weitere Person, die ihm vage vertraut vorkam. *Warum hilft er mir? Was verspricht er sich davon?* »Cardone haben Sie verhaftet?«, fragte er.

»Cardone und einige von den anderen«, sagte Manzoni.

»Aber Mezzanotte und Bashkim laufen noch frei herum«, sagte Van Leeuwen, »und Bashkim weiß, wer ich bin. Er hat mich gesehen. Ich habe keine Tarnung mehr.«

»Ich verschaffe Ihnen eine neue«, sagte der Maggiore.

»Die wird nicht lange halten.«

»Nein.«

»Sie wollen, dass sie es erfahren. Sie wollen mich als Lockvogel benutzen.«

»Ich helfe Ihnen, Ihre Beamtin zu finden, und Sie helfen mir, meinen Frieden zu finden.« Manzoni lächelte nicht. »Keine Sorge, ich bin immer in Ihrer Nähe.«

31

»Ich brauche eine Pistole«, sagte Van Leeuwen. Er räumte seine Toilettenartikel von der Ablage über dem Waschbecken des Badezimmers und trug sie zu seiner Aktentasche auf dem Bett, hinter dem Maggiore Manzoni am Fenster stand und durch die Ritzen der halb zugezogenen Fensterläden auf die Straße hinunterspähte.

Es war noch früh am Morgen, aber trotzdem wirkte Manzoni ausgeschlafen, glatt und hart wie frisch versiegeltes Parkett. Statt der Uniform trug er eine schwere fellgefütterte, bisonfarbene Lederjacke, darunter einen karierten Pullover in verschiedenen hellen und dunklen Wolltönen und eine verschwenderisch mit zugeknöpften Taschen bestückte beige Baumwollhose. Ein langer braungrüner Wollschal mit raupendicken Fransen und gefütterte Stiefel, deren Stulpen auf halber Höhe der Schienbeine nach unten geklappt waren, vervollständigten sein Outfit. Alles in allem hätte er so genauso gut im Kaminzimmer eines toskanischen Landschlösschens stehen können, eine Schrotflinte in der Hand und bereit, Fasanen vom Himmel regnen zu lassen.

»Hier«, sagte der Maggiore nur knapp und warf einen in einer braunen Papiertüte verborgenen Gegenstand auf das Bett. Van Leeuwen öffnete die Tüte; darin steckten sein Handy und seine eigene 9-mm-Luger. »Wir haben sie einem von Cardones Männern bei der Festnahme abgenommen«, sagte Manzoni in seinem fast akzentfreien, geschmeidigen Englisch. »Sie ist gesichert und geladen, und das sollte sie auch bleiben, solange Sie sich in Mailand aufhalten. Offiziell sitzen Sie längst im Zug nach Amsterdam, ich habe Sie seit gestern Nacht nicht mehr gesehen, und alles, was wir ab jetzt miteinander unternehmen, hat niemals stattgefunden und wird in keinem Polizeibericht je auftauchen. Ich habe keine Rückendeckung von irgendjemandem, und wenn wir auffliegen, kann ich für den Rest meiner Karriere bei der Polizia Provinciale die Einhaltung der Müllentsorgungsvorschriften in Neapel überwachen. *Got me?*«

»Got you«, brummte Van Leeuwen und verstaute die Pistole ebenfalls in der Aktentasche. Er hatte nur wenig geschlafen, noch nicht gefrühstückt, und seine eigene Versiegelung ließ beträchtlich zu wünschen übrig. Der Maggiore kehrte dem Fenster den Rücken zu und ging ins Bad. Wenig später hörte Van Leeuwen, wie er bei offener Tür urinierte. »Als Erstes bringe ich Sie zu einem Apartment, das uns in den nächsten Tagen als Operationsbasis dient«, rief der Maggiore. »Während Sie sich da in jemanden verwandeln, dem man den Hardcore-Pornomogul wirklich abnimmt, versuche ich schon mal herauszukriegen, wohin unsere kleine Milena verschwunden ist.«

»Got you«, murmelte Van Leeuwen. Manzoni betätigte die Spülung, wusch sich die Hände und kehrte in das halbdunkle Zimmer zurück. Im Gehen entdeckte er einen noch nicht geschlossenen

Knopf am Hosenschlitz, knöpfte ihn mit einer Hand zu und sagte: »Kommen Sie, wir müssen los. Ach, ab jetzt heißen Sie anders, verstanden? Ruud Fleming gibt es nicht mehr, wurde offiziell abgeschoben nach Antwerpen. Stattdessen ist ein gewisser Vinnie van Dyck aus Rotterdam in der Stadt aufgetaucht, ebenfalls im Rotlichtmilieu aktiv. Sieht natürlich ganz anders aus als Fleming, aber dafür sorgen wir noch. Ich werfe den Namen mal in den Teich und sehe zu, was er für Kreise zieht.«

»Warum nicht gleich Van Gogh?«, brummte Van Leeuwen.

»Wegen des Ohrs«, antwortete Manzoni.

Als sie das Zimmer verließen, fiel ein erster schwacher Strahl Sonnenschein durch den Spalt zwischen den Fensterläden auf den abgenutzten Teppichboden vor der Heizung, genau dahin, wo Léon Braak gestern noch gekauert hatte. Der Commissaris starrte auf den blassen gelben Fleck, und für einen Augenblick hatte er das Gefühl, als könnte er Braak dort sitzen sehen, mit einem vorwurfsvollen Blick in den Augen und durchschnittener Kehle. Dann verschwand der Sonnenstrahl wieder und mit ihm auch der tote Zuhälter. Van Leeuwen schloss die Tür. Er fragte sich, wie er Braaks Tod erklären sollte, wenn er wieder in Amsterdam war. Vor allem aber fragte er sich, wie er weiter Polizeibeamter bleiben sollte nach allem, was er getan hatte.

Das Apartment, in das der Maggiore Van Leeuwen brachte, lag in einem unauffälligen Wohnblock am Rande des Quarto Oggiaro, wie Manzoni das Viertel nannte. Das Apartment unterschied sich von dem Zimmer in der Albergo Sole nur durch eine zusätzliche Kochnische und ein fehlendes zweites Bett. Es hatte eine Jalousie am Fenster statt der Holzläden, aber die Jalousie war heruntergelassen, sodass auch dieser Raum in grauem Halbdunkel lag. Der Maggiore sagte: »Ich hole Sie heute Abend ab, dann weiß ich mehr. Bis dahin bleiben Sie in der Wohnung, versuchen Sie zu schlafen.«

Er ging, und der Commissaris versuchte zu schlafen, aber die ganze Zeit sah er Julikas Gesicht vor sich und hörte ihre Stimme: *… ein schwarzer Hund mit fünf Beinen … auf einem Schild oben an* *einem Haus ... ein Hund, der Feuer spuckt.* Nach einer Dreiviertelstunde verließ er das Apartment. Allein in der Umgebung des Wohnblocks, zu dem Manzoni ihn gefahren hatte, befanden sich zwei AGIP-Tankstellen, eine davon mit Garage. Er betrat das Kassenhaus der zweiten und bat um ein Telefonbuch, in dem er noch über hundert weitere fand, verteilt auf den Großraum Mailand. Er kaufte ein Sandwich mit Salami und Käse und einen Becher *coffee to go.* Das Sandwich war trocken und der Kaffee zu dünn. Danach kehrte er in das Apartment zurück und versuchte wieder zu schlafen. Gegen Abend rief er Sander Frankenhuis an. Er ging ans Fenster, wo der Handy-Empfang besser war, aber als er Sanders weit entfernte, verzerrte Stimme hörte, wusste er plötzlich nicht mehr, wie er es ihm sagen sollte; wie er ihm durch das Rauschen und Knistern die Nachricht vom Tod seiner Tochter übermitteln sollte.

»Sander, ich bin's, Bruno, kannst du mich hören? Verstehst du mich? Ich rufe aus Mailand an. Ja, wegen Rascha, sie muss hier irgendwo sein. Nein, gefunden habe ich sie noch nicht. Aber, Sander – es kann sein, dass sie nicht mehr die Rascha ist, die du kennst. Die sie war. Es kann sein, dass du sie gar nicht wiederhaben willst, so wie sie jetzt ist.«

»Ich verstehe dich sehr schlecht, Bruno«, rief Sander mit seiner fernen, verzerrten Stimme.

»Ich habe gesagt, es kann sein, dass Rascha etwas zugestoßen ist«, antwortete Van Leeuwen. »Willst du die Wahrheit wissen, wenn ich sie kenne? Egal, wie sie aussieht?«

»Was soll das heißen: ›egal, wie sie aussieht‹?«, fragte Sander. »Sie ist meine Tochter, natürlich will ich wissen, was mit ihr ist. Ich habe viele Fehler gemacht, das ist mir jetzt klar. Ich war nicht aufmerksam genug. Ich habe sie nicht behütet, weil ich dachte, zu viel Fürsorge könnte sie mir noch mehr entfremden.« Er schwieg so lange, dass Van Leeuwen schon dachte, er hätte aufgelegt. »Ich dachte, ich müsste ihr eine lange Leine lassen, damit sie nicht reißt – damit uns überhaupt noch irgendetwas verbindet. Deswegen habe ich die Zeichen nicht bemerkt – es muss doch Zeichen gegeben haben, Hinweise, dass sie etwas vorhat, etwas schrecklich Falsches. Hast du etwas gesagt?«

»Niemand kann alles sehen oder auf alles achten«, sagte Van Leeuwen. »Keiner kann die ganze Zeit aufpassen. Eine Familie ist doch kein Überwachungsstaat.«

Sander hob seine Stimme, um das Rauschen zu übertönen, aber die einzige Wirkung war, dass der Commissaris jetzt hörte, wie müde und erschöpft sie klang. »Kinder haben kein Gespür für die Zukunft, sie verstehen die Regeln und Gesetze des Erwachsenseins nicht. Sie marschieren da hinaus, und alles ist fremd und neu für sie ... Es macht ihnen natürlich auch Angst, aber die Lockungen sind größer. Und gerade Rascha – weißt du, ich war nicht ganz ehrlich zu dir, Bruno. Ich habe dir verschwiegen, dass sie – also, sie ist nicht wie andere Jugendliche. Sie ist etwas verwirrt, sieht und hört Dinge, die es nicht gibt. Sie liest das Leben mit dem Finger und bewegt dabei die Lippen. Sie ... sie weiß nicht, dass man mit einem einzigen Schritt seine Zukunft für immer verändern kann. Ich will ihr das noch sagen, Bruno, das ist ganz wichtig.«

Van Leeuwen stand hinter der halb herabgelassenen Jalousie und sah, wie der Wind die Bäume unter dem Fenster schüttelte. Wolkenfetzen jagten über den Himmel, und dann gingen überall die Lampen an, in den Häusern und auf den Straßen, und plötzlich kam er sich vor, als beobachtete er das Leben von einem schalldichten Platz hinter einer dicken Glaswand aus.

Ich habe deine Tochter sterben sehen, Sander, sie hat überhaupt keine Zukunft mehr.

»Weißt du, Sander«, sagte er, genauso müde und erschöpft wie der Pfarrer, »nicht mal die meisten Erwachsenen erkennen den Moment, in dem sie diesen einzigen falschen Schritt unternehmen.«

Maggiore Manzoni deutete auf eine große Tragetasche aus dickem, laminiertem Papier in Rot, Weiß und Silber. »Da drin sind ein paar richtig knallige Hemden, eine Hose, Western-Boots, Größe 43, und so ein Sinatra-Hut. Ich finde, der passt besser zu Ihnen als eine Baseballkappe. Außerdem habe ich Ihnen DVDs mitgebracht, jede Menge Hardcore-Filme. Die können Sie sich nachher anschauen, und vielleicht finden Sie einen, in dem Ihre Milena mitspielt. Auf alle Fälle können Sie von jedem Porno die Produzenten rausschreiben, und dann gehen Sie da hin und fragen nach ihr. Mister van Dyck will sie besetzen und ist auch bereit, was dafür springen zu lassen, wenn ihm jemand sagt, wo man sie findet. Sobald ich da auftauche, machen die dicht. Aber Sie sind genauso ein Schwein wie die. Sie sind aus der Branche und in Rotterdam ein – wie sagt man auf Englisch? – ein *Top Dog*. Meinen Sie, Sie kriegen das hin? Haben Sie das drauf?«

»*I'm playing by ear*«, sagte Van Leeuwen.

»*Playing by ear*, das ist gut«, sagte der Maggiore. »Das gefällt mir, improvisieren. Wissen Sie, was? Irgendwie mag ich Sie. Hätte ich nie gedacht, aber so ist es – ich mag Sie.«

Wieder sahen sie sich an, als wären sie einander schon mal begegnet, ohne zu wissen, wann oder wo. Der Commissaris hatte sogar das Gefühl, als müsste er Manzoni kennen; als müsste er ihn kennen, weil Manzoni ihn kannte und somit einen Vorteil besaß.

Er sagte: »Ich habe bisher noch nicht einmal Ihren Ausweis gesehen.«

Sie saßen in einem großen, weiß gekachelten Lokal, dessen Namen er nicht mitbekommen hatte, als sie hineingegangen waren. Es war so hell erleuchtet, dass es wehtat, als säßen sie in einem überbelichteten Foto. Das Foto zeigte eine ehemalige Werkstatt, aus der man die Maschinen, Hebebühnen und Schalttafeln entfernt hatte, um Platz zu schaffen für eine kleine Tanzfläche, eine lange Bar, einen Haufen winziger Tische und eine glitzernde Musicbox. Den Rest besorgten Chrom und grelle Farben, von denen das Licht der schmucklosen Neonröhren an der Decke abprallte: der glänzende Metallboden, der rote Resopalbelag der Theke, der Kaffeeautomat, die verchromten Salz- und Pfefferstreuer, die Plastikhüllen der Speisekarten.

Die Musicbox war zu laut, und Matia Bazar sangen zu schrill. Die Tische waren fast alle besetzt, der Lärm der Stimmen hallte von der hohen Decke wider. An der Theke lehnten Männer jeden Alters mit rasierten Schädeln und Brillanten im Ohr zwischen jungen

Mädchen in Miniröcken und Armeestiefeln, die ihre Schminktäschchen an breiten Militärkoppeln befestigt trugen.

Maggiore Manzoni und Van Leeuwen saßen an einem runden Tisch für zwei Personen ganz hinten im Lokal, auf unbequemen Stühlen mit bunten Holzsitzen und verchromten Beinen. In der Mitte des Tisches stand eine große Platte mit Antipasti. Es gab kleine Vollkornschnittchen mit *prosciutto di parma*, Käsestückchen auf Holzspießen, winzige Salamikügelchen, Sushiröllchen, kleine Tacos, frittierte Wan Tans und Schüsselchen mit grünen Oliven, Sardellen und getrüffelten Ravioli. Offenbar hatte Manzoni den ganzen Tag nichts gegessen, denn seine Hand kreiste unaufhörlich über der Platte wie der Greifarm eines Baggers über einem Schrottplatz, senkte sich jählings herab, griff zu und verfrachtete eine weiteres Appetithäppchen in seinen unablässig arbeitenden Mund.

Jetzt wischte er die Hand an einer Stoffserviette ab, griff in die Jackentasche, holte eine kleine Ledermappe heraus und klappte sie auf. Der Ausweis darin zeigte sein Foto – Manzoni in jüngeren Jahren, die Farben so verblichen, dass er fast monochrom wirkte, *Maggiore Polizia di Stato, Roma*, Vorname *Sebastiano*. Van Leeuwen betrachtete es, und es kam ihm vor, als führe ein Ruck durch sein Herz. Es ist die Ähnlichkeit, dachte er; die Ähnlichkeit, die er erst jetzt bemerkte. »Sie sind aus Rom? Was machen Sie hier in Mailand?«, fragte er.

»Ich habe mich innerhalb der DIA auf die Sacra Corona Unità spezialisiert«, erklärte Manzoni. »Fausto Giovinazzo alias Mezzanotte, gegen den wir wegen Menschen- und Drogenhandels ermitteln, ist einer ihrer Köpfe, und deswegen bin ich auf unbestimmte Zeit dem DIA-Büro in Mailand zugeteilt.«

»Haben Sie noch einen Bruder?«, fragte Van Leeuwen. »Einen Verwandten, der vielleicht in Siena lebt?«

Manzoni schüttelte den Kopf. »Keinen Bruder, nein, aber eine Schwester, Donatella. In Florenz, nicht in Siena. Warum?«

»Gespenster aus der Vergangenheit«, murmelte Van Leeuwen und dachte an das Polaroid von Sandro in seiner Aktentasche, die er im Apartment auf dem Bett liegen gelassen hatte. »Was ist mit den Schleppern, die Sie gestern bei der Razzia festgenommen haben? Cardone oder einer seiner Männer – die müssen doch wissen, wo man Milena finden kann.«

Manzoni hob eine Hand und winkte dem Kellner. »Sie sagen es uns aber nicht. Die sagen uns gar nichts. Die schweigen lieber. Schweigen macht ihnen weniger Angst – und uns auch.«

»Das kommt darauf an, was man durch das Schweigen durchhört«, sagte Van Leeuwen.

»Oder gar nicht erst hören will«, ergänzte der Maggiore. *»Ancora due birra«*, sagte er zu dem Kellner, der zweifellos im Hauptberuf Fotomodell war. Dann fuhr er fort: »Sie sind in zwei Tagen fast so weit gekommen wie wir in einem Jahr, weil Ihre Methoden effizienter sind. Aber Sie wollen nur Ihre Beamtin aus dem Sumpf rausholen, während wir den ganzen Sumpf trockenlegen wollen. Der Dreh- und Angelpunkt für das, was wir beide wollen, ist Fausto Giovinazzo, genannt Mezzanotte, und der ist uns entwischt. Dazu kommt, dass wir nichts in der Hand haben, womit wir ihn festnageln könnten. Keine Beweise, keine Zeugen. Ich glaube, dass es Ihnen eher gelingt als uns, wieder an ihn ranzukommen, und dann will ich, dass er seinen Hals nicht noch einmal aus der Schlinge ziehen kann. Deswegen machen wir das allein, Sie und ich, weil ich nicht weiß, wem ich trauen kann. Die meisten unserer Leute sind sauber, sie hassen die Mafia, sie arbeiten leidenschaftlich daran, sie zu zerschlagen. Aber auch bei uns gibt es leider Spitzel, Informanten, Verräter, sonst wären uns Mezzanotte und Bashkim gestern nicht durch die Lappen gegangen. Das Problem ist, ich weiß nicht, wer sie sind; vielleicht ist es nur einer, vielleicht ein Dutzend. Bei Ihnen dagegen weiß ich, wer Sie sind und wie.«

»Wie bin ich denn?«

»Sie sind wie ich.«

»Woher?«, fragte Van Leeuwen. »Woher wissen Sie das?«

»Sagen wir, jemand hat mir von Ihnen erzählt. Jemand, dessen Meinung ich unbedingt vertraue. Und jetzt vertraue ich Ihnen.«

Der Kellner erschien und stellte zwei kleine Biergläser vor sie hin, dann tänzelte er wieder davon.

»Warum erzählen Sie mir nicht etwas mehr über sich?«, fragte der Commissaris. »Damit ich Ihnen genauso vertrauen kann.«

»Ich erzähle Ihnen lieber etwas über die Leute, mit denen wir es hier zu tun haben«, sagte der Maggiore und schob sich ein Fischröllchen in den Mund. »Über Mezzanotte, Bashkim und die, die hinter ihnen stehen, in Tirana, Bukarest, Chisinau, Kiew oder Odessa.«

»Leute wie Cato«, warf Van Leeuwen ein.

»Cato, ja«, bestätigte Manzoni. »Der Joker. Das absolute Böse. Luzifer. Der *capo di tutti capi*. Der gefallene Erzengel. Von Tirana nach Harvard an die juristische Fakultät und wieder zurück. Für den ist die Hölle nur eine von vielen Briefkastenfirmen, hinter denen er sich versteckt, *poste restante*. Sein richtiger Name ist Tarkan Sarkash. Daraus hat er später Victor Sarkash gemacht, lateinisch *der Sieger*, Doktor der Rechte, Waffenhändler, Drogenbaron, Mörder, Vergewaltiger, Kinderschänder, *pinball wizzard*, unauffindbar hinter seinem Geld, unangreifbar hinter Mauern aus Gold, aber ein Mann mit einem Traum: der reichste Mann der Welt zu werden, im Schlaraffenland zu leben und von morgens bis abends wieder spielen zu können wie ein Kind. Das hat er geschafft.«

»Wie?«

»Er hat sich ein Casino in Las Vegas gekauft, das Sunrise, zumindest einen Teil davon, und das Casino-Hotel dazu, das aber ganz. Er selbst bewohnt die Penthouse-Suite, drei Etagen, fast tausend Quadratmeter, die keiner je gesehen hat außer ihm selbst, seinen *consiglieri*, Bodyguards und Betthäschen. Es heißt, selbst wenn er die Suite verlässt, kann man ihn nicht töten, weil er sein Herz dort lässt, in einem goldenen Eimer voll zerstoßenem Eis.«

»Warum wird er Cato genannt?«, fragte Van Leeuwen.

»Ceterum censeo Carthaginem esse delendam«, zitierte der Maggiore. »Sagen Ihnen die Punischen Kriege etwas? Karthago, die afrikanische Stadt, die sich zwei Mal gegen Rom erhob und in zwei blutigen, verlustreichen Kriegen vernichtend geschlagen wurde? Hannibal, der geniale Feldherr, Gegner Roms im zweiten Punischen Krieg, nahm sich nach der Niederlage mit Gift das Leben, aber das genügte dem römischen Senator Cato nicht: Er erklärte am Ende

jeder Rede im Senat, gleich, zu welchem Thema: … *außerdem bin ich der Meinung, Karthago muss zerstört werden!* Sarkash hat das zu seinem Motto erhoben. Es genügt nicht, einen Gegner zu besiegen; er muss ein für alle Mal zerstört werden. Aber er hat noch einen anderen Spitznamen: *Eisherz.* Und das hat nichts mit dem goldenen Eimer in seinem Penthouse zu tun.«

»Wie hat er angefangen, als er noch in Tirana war?«

Manzoni kaute, schluckte, trank. »Sein Vater hatte eine kleine Druckerei in einem Nest an der Grenze zum Kosovo, hat sie vielleicht noch. So was wie ein enttäuschter Intellektueller. Wahrscheinlich wissen Sie, wie diese Schleuserbanden arbeiten – sie eröffnen in Russland, der Ukraine oder sonst wo fiktive Firmen, die mit russischen oder ukrainischen oder ›sonst woigen‹ Bürgern fiktive Verträge über ein Arbeitsverhältnis im Westen abschließen, in einer Sprachenschule in München, einem Restaurant in Paris, einer Druckerei in Brüssel. So kommen sie an gültige Pässe mit echten Visa, die sie dann mit falschen Personenangaben und Fotos ausstatten. Das geht ganz schnell, haben Sie ja heute selbst gemerkt. Was dabei an Papierkram gedruckt werden musste, druckte Tarkans Vater.

Tarkan, ein heller Junge, hat in seiner Kindheit alles um sich herum mitgekriegt, die Massaker, die Säuberungen, den Krieg jeder gegen jeden, Kroaten gegen Serben, Christen gegen Moslems, die UCK, die Bombardierungen der NATO. Was er dabei gelernt hat, war, dass du Menschen töten kannst, aber du musst es in großem Stil machen. Bringst du einen um, hängen sie dich auf. Schlachtest du ein ganzes Volk ab, wirst du gedeckt, gewarnt, beschützt, *alles.* Von Franzosen, Italienern und Holländern. Und später bekam Tarkan wieder was mit, nämlich, was da so aus Papas Druckmaschinen kam, und er guckte sich die Leute genau an, die die Aufträge erteilten und die Druckerzeugnisse abholten, und wurde gut Freund mit ihnen.

Auf diese Weise lernte er alles kennen: den kleinen Grenzverkehr, den Waffen-, Drogen- und Sklavenhandel, die Routen, die Schmuggler, die Fälscher, die Lieferanten, die Abnehmer, die Tarnung. Weil er aber so ein heller Junge war, behielt er sein Wissen erst mal für sich, mischte bloß am Rande ein bisschen mit, denn er hatte begriffen, dass er seinen Traum nur verwirklichen konnte, wenn er das ganz große Rad drehte und sich nicht an der Front verschliss. Die Männer in den Anzügen waren seine Vorbilder.

Als der Zeitpunkt gekommen war, fälschte und druckte er, was er brauchte, um Jura zu studieren, erst in Tiflis, dann in Moskau und schließlich in Harvard. In Harvard fand die große Metamorphose statt, so ähnlich wie bei diesem Burschen, der vor einiger Zeit Präsident von Georgien wurde und prompt den Krieg mit Russland angezettelt hat. Er kam zurück als Anwalt, *magna cum laude*, und jetzt war er genau das, was er sein musste, um das, was er wusste, in großem Stil und mit großen Gewinnen zu seinem Vorteil zu nutzen, nicht als Mafia, sondern im Schafspelz als multiethnische, transnationale Finanzgesellschaft.«

»Wie ist er dabei vorgegangen?«, wollte der Commissaris wissen. Er leerte sein Glas mit zwei großen Schlucken, winkte dem Kellner und hielt sein Glas hoch.

»Es gibt zwei Axiome. Sie wissen, was ein Axiom ist? Gut.« Maggiore Manzoni aß, schluckte, trank. »Also Axiom eins: Jeder arbeitet mit jedem zusammen – türkische Drogenbosse mit russischen Oligarchen und albanischen Menschenhändlern, ukrainische Waffenhändler mit südamerikanischen Kokainproduzenten, chinesische Triaden mit afghanischen Kriegsherren, nigerianische Mafiosi mit skandinavischen Neonazis, und alle kooperieren mit Zollbeamten, Passfälschern, Botschaftsangehörigen, Transportunternehmern und dem einen oder anderen Mitarbeiter der diversen humanitären Organisationen. Praktisch jeder verdient mit in diesen diffusen Netzen, denn in der Ära des globalisiert reisenden Geldes und deregulierter Finanzmärkte gibt es auch für das Verbrechen keine Grenzen mehr. Am Ende tummelt sich der ganze Wanderzirkus hier bei uns, in Rom, Mailand, Turin, Rimini, Padua, Palermo, und jeder hat ein randvolles Tanzkärtchen, die Cosa Nostra, die Camorra, die Ndrangheta, die Sacra Corona Unità. Nehmen Sie welche von den Tacos, die sind gut!«

Er folgte seinem eigenen Beispiel und kaute schnell und ohne jeden Genuss. »Axiom Nummer zwei lautet: möglichst viel Gewinn bei möglichst geringem Risiko. Das geringste Risiko und der größte Profit liegen im Menschenhandel – Kinder, Prostituierte, Arbeitskräfte. Nennen wir sie das ›Produkt‹, die ›Ware‹. Warum ist das Risiko hier so gering? Ganz einfach: Die Ware sind Freiwillige, die Abnehmer sind selbst Kriminelle, und die Strafen, falls jemand tatsächlich erwischt wird, sind lächerlich, manchmal nur ein paar Jahre auf Bewährung, verhängt von einem Provinzrichter, der seine eigene Tochter verkaufen würde, wenn jemand sie haben wollte. Dreißig Milliarden Dollar weltweit, auf diese Summe wird der jährliche Profit der Schleuserbanden geschätzt. Und das kommt so zustande: Ein dummes kleines Mädchen, nehmen wir Ihre Tonja, die in ihrem kleinen Dorf vor dem Fernseher sitzt oder eine Illustrierte liest, da hätten wir die Ware. Die Ware träumt davon, in Westeuropa als Model oder beim Film Karriere zu machen, vielleicht auch nur bei der RAI im Fernsehballett zu tanzen oder in Brescia als Friseuse zu arbeiten. Ein Anwerber aus dem Bekanntenkreis ihres Bruders oder ihres Vaters oder der besten Freundin verspricht ihr, sie nach Berlin, London oder Paris zu bringen. Für ihn ist sie ungefähr fünfzig Dollar wert, und das ist in seinen Augen richtig viel Geld. Der erste Fünfzig-Dollar-Abnehmer verkauft sie für fünfhundert Dollar weiter und hat damit satte neunhundert Prozent Gewinn gemacht. Landet sie dann bei einem Zuhälter wie Ihrem toten Freund Léon Braak, ist sie schon zweitausendfünfhundert Dollar wert, denn die Ware wird umso teurer, je näher sie ihrem Endverbraucher kommt.

Wenn die Ware sich im Lauf ihrer Produktroute nur langsam abnutzt, kann der Zuhälter damit hunderttausend Dollar und mehr verdienen, und wenn ihr Zustand sie für normale Benutzer unzumutbar macht, kann man sie immer noch in Filmen mitspielen lassen wie die, die ich da in der Tüte für Sie habe. An diesem Punkt ist das Produkt längst zum Opfer geworden. Jetzt fragen Sie sich natürlich: Warum lassen die Mädchen sich das gefallen, warum hauen sie nicht einfach ab?! Sie fragen sich …«

»Ich bin selbst Polizist«, sagte der Commissaris. »Deswegen frage ich mich das nicht.«

»Aus Angst«, redete Maggiore Manzoni weiter, als hätte Van

Leeuwen nichts gesagt. »Weil die Schlepper wissen, woher sie kommen, sie kennen die Familienverhältnisse der Ware, sie erwähnen die Mutter, die Schwester, das kleine süße Baby, das noch nicht mal laufen kann, das zurückgelassen werden musste: *Willst du, dass wir sie mal besuchen? Du willst doch nicht, dass ihnen was zustößt* … Und so weiter. Wenn sie sich trotzdem nicht einschüchtern lassen, wird eine von ihnen getötet, als Warnung, so wie Ihre Sofia, getötet, beim Sterben gefilmt und ins Internet gestellt: *Schaut euch das an! So kann es jeder von euch gehen, jederzeit, überall, wo ihr euch auch versteckt!*«

Er hielt inne und lauschte ein paar Takte lang dem traurigen Lied von Alice, das die Musicbox zum Besten gab. »Es ist, wie ich immer sage«, fuhr er schließlich fort, »nicht die Menschen gehen durch das Leben, das Leben geht durch die Menschen, es geht einfach durch sie hindurch, *ihr* Leben, so wie die Zeit durch eine Uhr geht, und irgendwann ist die Uhr abgelaufen, aber die Zeit geht weiter, und die meisten schenken dem nicht die geringste Beachtung.«

Van Leeuwen griff nach einem Vollkorn-Schinken-Häppchen und verschlang es mit einem Biss.

»Alice«, sagte Manzoni, »tolle Sängerin, klasse Frau. Wie auch immer: Auf dieser Reise zwischen dem kleinen Fernsehapparat auf dem Häkeldeckchen in Mamas Wohnzimmer in Steni und der Matratze vor der Digitalkamera von Leuten wie Ugo Cardone in einer Garage in Mailand wandert die Ware Tonja von einem Besitzer zum anderen, manchmal sind es nur drei, manchmal ein halbes Dutzend, manchmal mehr. Jeden Tag muss sie zig Benutzern zu Diensten sein, bis zur völligen Erschöpfung. Sie wird vergewaltigt, geschlagen, muss hungern, muss Drogen nehmen und alle möglichen perversen Sexpraktiken über sich ergehen lassen. – Haben Sie die frittierten Wan Tan probiert?

Von dem, was für die Ware Tonja bezahlt wird, bleibt ihr kein Cent, nicht ein einziger. Sie muss alles abgeben, um die Schulden zu bezahlen, die sie bei ihrem jeweiligen Besitzer hat – irgendwas zwischen dreitausendfünfhundert und zehntausend Dollar, für den Pass, für die Reise, für Kost und Logis. Egal, wie viel sie verdient, die Summe wird nie kleiner; bei jedem neuen Besitzer ist der Schuldenstand wieder der gleiche wie beim ersten. Und von allem kassiert einer immer mit: Cato, der seinen Traum lebt, der reichste Mann der Welt zu werden. Wie beim Märchen vom Hasen und Igel ist Cato alias Tarkan Sarkash stets schon da, weil er am Anfang und am Ende der Kette steht.

Cato kassiert seinen Anteil von den fünfzig Dollar, die der erste Anwerber kriegt, und er kassiert seinen Anteil von den Hunderttausenden, die von den Endverbrauchern verdient werden, und das alles investiert er mithilfe der türkischen Drogenbosse, der italienischen Mafiafamilien oder der chinesischen Triaden in deren Geschäfte. Sobald es sich richtig vermehrt hat, zieht er es wieder ab und steckt es in global tätige Wirtschaftsunternehmen, parkt es bei Hedgefonds, kauft Aktien, spielt mit Währungen und Rohstoffen oder in Casinos in Las Vegas, und wenn gerade keine weltweite Wirtschaftskrise wütet, sind das mehrere Milliarden Dollar, die am Ende genauso blütenweiß dastehen wie er selbst. Na ja, so oder so ist er nicht unser Problem; um den sollen sich andere kümmern. Soweit ich weiß, hat er noch nie einen Fuß auf italienischen Boden gesetzt. Unser Problem ist Mezzanotte. – Trinken Sie ein Glas Wein mit, oder bleiben Sie beim Bier?«

Der Commissaris antwortete nicht. Die Musik wechselte wie aufs Stichwort, und jetzt erklang *Bello e impossibile.* »Wissen Sie, *was* ich mich frage«, sagte Van Leeuwen, »wie ist das eigentlich mit Gianna Nannini und Mezzanotte? Alles, was ich weiß, klingt wie aus einem B-Movie oder einem Märchencomic – einem Manga oder wie die Dinger heißen. Ein Gangsterboss, der eine Schlagersängerin verehrt, und weil er sie nicht haben kann, lässt er Mädchen verschleppen, die ihr ähnlich sehen, wie ein gestörtes, größenwahnsinniges Kind, das sich in einem Spielzeugladen austobt …«

»Willkommen in Italien«, verkündetet Manzoni. »Wissen Sie, summa summarum ist dieses Land eine ziemlich traurige Veranstaltung. Söhne, die bis zum Rentenalter bei ihrer Mutter wohnen. Männer, für die alle Frauen Huren oder Spielsachen sind, außer *la mamma.* Mafiabosse, die sich Fußballclubs kaufen und Fernsehsender. Gangster, die sich Paläste nachbauen lassen – Stein für

Stein, Wasserhahn für Wasserhahn –, weil sie die in amerikanischen Filmen bei anderen Gangstern gesehen haben. Willkommen in dem Land, in dem ein Mörder wie Mezzanotte mit Mädchen schläft, die nichts als Projektionen sind, Leinwände für seine Wünsche. Und wenn er mit ihnen fertig ist, bringt er sie um. So rächt er sich dafür, dass er mit seinem ganzen Geld und seiner ganzen Macht nicht an die Nannini selbst rankommt. – Wie wär's, trinken wir noch einen?«

»Nein, danke«, sagte der Commissaris. »Ich habe genug.« Er kontrollierte sein Handy. Es hatte nicht geklingelt, und niemand war auf der Mailbox. Er fragte sich, wie viel Leben noch durch Brigadier Julika Tambur gehen würde, bevor ihre Uhr stehen blieb. »Meine Frau war ein großer Fan von Gianna Nannini«, fügte er hinzu, mehr oder weniger aus heiterem Himmel.

32

Er saß in seinem unbeleuchteten Apartment wie in einer Höhle und starrte auf den Monitor des Laptops, über den die Filme liefen. Er saß auf einem Plastikstuhl, den er dicht an den Laptop herangezogen hatte. Er saß da in den Kleidern, die Manzoni ihm mitgebracht hatte, dem schreiend bunten Hemd, der dicken, mit reichlich Außentaschen bestückten schilfgrünen Cargohose, den roten Puma-Laufschuhen und der fellgefütterten Lederjacke. Er saß da, mit dem Sinatra-Hut auf dem Kopf, unrasiert, aber mit Sonnenbrille. Er saß da und dachte: *Ich bin jemand, der solche Filme macht, um reich zu werden. Wie bin ich?*

Er legte kleine Schalter in seiner Seele um, einen nach dem anderen, bis sie dunkler und dunkler wurde.

Ich mache Filme, in denen nackte Frauen gequält und gedemütigt und vielleicht getötet werden. Frauen wie Sofia oder Tonja oder Milena oder Rascha. Ich mache das, weil Frauen mir nichts bedeuten, Kinder auch nicht; ich will nur reich werden. Nacktes Fleisch erregt mich nicht, spritzendes Blut erregt mich nicht; Körper, die sich paaren, erregen mich nicht. Nur Geld erregt mich. Ich habe keine Empfindungen, meine Sinne sind abgestumpft, verkümmert. Ich bin jemand, der aufsteht, jemand, der isst und trinkt, jemand, der sich erleichtert, in Frauen oder Männern oder auf der Toilette. Wenn ich getan habe, was ich tun muss, um das Geld zu bekommen, werde ich müde und schlafe. Am nächsten Tag mache ich dasselbe und am übernächsten und an allen, die noch kommen. Ich habe keine Angst, keine Hoffnung, ich denke nicht, ich fühle nichts; keine Schmerzen, keine Reue.

Es ging nicht. Genauso gut könnte ich meinen Kopf mit Honig bestreichen und in den Rachen eines Bären stecken, um tiefer gehende Erkenntnisse über die Gedankengänge von Raubtieren zu gewinnen, dachte er.

Er legte DVD um DVD ein, spielte die Filme ab, nahm den einen wieder heraus und schob den nächsten in den Schlitz. Nach einer Weile waren die nackten Körper auf dem Monitor nur noch undeutliche Formen, bunte Muster, Haut und Fleisch in steter Bewegung. Aus den kleinen Lautsprechern drang Musik, Stöhnen, das leise Klatschen von Schlägen. Aufgerissene Münder, geschlossene Augen, verschmierter Lippenstift. Strähniges Blond, rosiger Glanz, zuckende Muskeln.

Van Leeuwen saß da und starrte auf den Monitor, aber Milena entdeckte er nicht. Er entdeckte überhaupt niemanden, den er kannte. Ein Gesicht war wie das andere, und keines berührte ihn. Er fühlte sich leer, wie ausgewaschen. Er hatte Kopfschmerzen, seine Augen brannten, und in seinen Gehörgängen rauschte es wie in den Muscheln, die man am Strand aufheben und ans Ohr halten konnte. In der Brust verspürte er einen Druck, als presste jemand eine flache Hand fest auf seine Lungenflügel. Er nahm die Sonnenbrille ab und rieb sich die Augen, die Wangen, den Mund, die Stirn. Ich werde zum Reptil, dachte er; jetzt werde ich wirklich zum Reptil.

Das war der Moment, in dem er sie sah, und diesmal erkannte er sie, weil sie aus der Dusche kam, weil ihr Haar nass war, wie es nass gewesen war vom Graupelregen in jener Nacht. Er drückte auf die Pausen-Taste. Da war sie, nackt und glänzend, eingefroren in einer

Bewegung, die ihre zarten Brüste hob und das Gesicht schutzlos der Kamera preisgab. Es war alles so zart an ihr, wirkte so unschuldig, fast keusch. Ein Botticelli-Engel, dachte Van Leeuwen, makellos und rein; ein Gesicht wie aus Glas geblasen, zerbrechlich, durchscheinend. Die Augen schienen seinen Blick zu erwidern, arglose Kinderaugen von tiefem Braun, ohne Gespür für die Zukunft und ihre Gefahren. Aber der Eindruck täuschte. Sie musste längst wissen, wie es in der Welt der Erwachsenen zuging; sie hatte den einen falschen Schritt getan.

Abrupt schaltete der Commissaris den Computer aus. Er ging zu der Steckdose unter dem Fenster, nahm das Handy aus der Ladestation auf dem Boden, tippte Felines Nummer ein und dachte: *Bitte, sei zu Hause, sei jetzt bitte zu Hause.*

Das Freizeichen, *eins, zwei, drei*, er zählte mit, während er wieder durch die Ritzen in der Jalousie auf die Straße hinuntersah, die gelben Straßenlaternen in der Dunkelheit, die schwarzen Bäume und weit hinten, auf der anderen Seite des Bolzplatzes, den roten Himmel über der Innenstadt, *vier, fünf, sechs*, dann ein Klacken und Felines Stimme: »Ja, bitte?!«

»Feline«, sagte er, »habe ich dich geweckt?«

»Bruno!«, rief sie freudig. »Wo bist du?«

»In Mailand.«

»Ach«, noch immer Freude, aber schon verhaltener, »wie geht es dir?«

»Ich stehe hier im Dunkeln in einem möblierten Apartment am Fenster und schäme mich für die Menschheit.«

»Hast du Julika gefunden?«

»Noch nicht.«

»Aber du denkst, dass sie noch lebt?«

»Ich weiß es nicht. Sie hat mich angerufen, auf dem Handy, aber das ist zwei Tage her.«

»Und das andere Mädchen?«

»Rascha?« Er schwieg einen Moment, suchte nach den richtigen Worten und fand sie nicht. »Ich habe einen Film gesehen, in dem sie ermordet worden ist wie das Mädchen in Amsterdam.«

Feline schwieg auch, etwas länger. Dann fragte sie: »Wie geht es dir wirklich?«

Er sagte: »Ich weiß nicht. Ich habe die ganze Zeit das Gefühl, dass ich nicht auf den Schienen fahre, sondern auf den Schwellen. Zu wenig Schlaf, zu viele neue Eindrücke, alles kommt mir vor wie ein zu schnell geschnittener Film, der außerdem noch überbelichtet ist. Die Szenen springen vor und zurück, und jeder redet ohne Untertitel.«

Klang das verständlich? Er konnte sie atmen hören, leise, ihre Bewegungen um den Telefonhörer herum. »Ich habe einen interessanten Polizeibeamten kennengelernt«, fuhr er fort, »aber selbst bei dem weiß ich nicht, ob ich ihm vertrauen kann. Er kommt mir bekannt vor, obwohl ich ihn noch nie gesehen habe. Aber wie geht es dir?«

Ihr Atem veränderte sich. »Ohne dich, meinst du? Ich könnte eine Trümmerfrau sein. Meine Gefühle sind eine einzige Kraterlandschaft, seit du weg bist, und ich schaffe gerade die dicksten Brocken beiseite. Bevor ich mich in dich verliebt habe, waren alle Straßen und Plätze intakt. Es hat sich eben nicht so viel darauf getan.«

Van Leeuwen hörte ihre Stimme so nah, als bräuchte er nur die Hand auszustrecken, um sie zu berühren; er sah sie vor sich, in ihrer Wohnung, so wie er sie verlassen hatte. »Was hast du an?«, fragte er. »Wie siehst du gerade aus?«

Sie zögerte mit der Antwort. »Fragst du das als Liebhaber? Willst du, dass ich sage, ich bin nackt? Sind wir dafür nicht zu alt?«

»Ich will dich mir nur genau vorstellen können«, sagte er. »In der Wirklichkeit, jetzt, in der Gegenwart. Nicht in der Vergangenheit oder Zukunft. Ich denke viel an dich, du fehlst mir auch.«

»Verschiedene Töne und trotzdem ein Akkord«, sagte Feline. War da ein neuer Ton in ihrer Stimme? Gereiztheit, Ungeduld? Oder bildete er sich das nur ein. Warum redete sie schneller, war sie nicht allein? »Ich weiß, wie du aussiehst, und ich begehre dich gerade sehr«, sprudelte sie hervor, »deine Kraft und wie ich mich fühle, wenn du mit mir schläfst. So ging es mir noch nie bei einem Mann. Es fühlt sich an, wie wenn man sich einen Holzsplitter eingezogen hat. Ich schäme mich nicht mal, das zu sagen.«

Sie ist allein, dachte er, sonst würde sie anders reden. Er sah sie vor sich, in Gedanken, und in diesen Gedanken war er verblüfft, wie wenig die Filme, denen er die halbe Nacht ausgesetzt gewesen war, mit ihnen beiden zu tun hatten. Wenn er an sie dachte, sah er keines der Bilder vor sich. Er konnte sie das Wort *Begehren* sagen hören, ohne dass ihm diese Bilder einfielen, und er konnte sie begehren ohne diese Bilder, und das Einzige, wenn überhaupt, das ihm einfiel, war der Unterschied zu jener früheren Zeit, in der er Sim begehrt hatte. Es war bloß alles mit einer Traurigkeit gefirnist, die er sich nicht erklären konnte und die er nicht mochte.

»Wir sind gleichzeitig erwachsen und ein junges Liebespaar«, sagte sie gerade, »ist das nicht seltsam? Ich kann mich an jeden Kuss von dir erinnern, und ich spüre sie gerade jetzt wieder, jeden einzelnen. Außerdem trage ich den seidenen Hausmantel, den du kennst, mein Haar ist offen, aber ich bin abgeschminkt, und das Feuer im Kamin ist nur noch Asche.«

Er sah Feline vor sich, in der kühler werdenden Wohnung, in der nur die Glut in der Asche noch etwas Wärme spendete, wenn man dicht am Kamin saß. Der schwache Geruch des verbrannten Holzes lag in der Luft, und es war Zeit, ins Bett zu gehen. Es war spät, und jetzt begehrte er sie auch: ihre Sinnlichkeit, ihr suchendes, geheimes Wesen, die seidenglatte Haut, ein Schatten von Oliv unter dem offenen Mantel, ihre verlangende, flackernde Lust. »Ich liebe dich«, sagte er. »Du fehlst mir so.«

Auf einmal schien ihre Stimmung umzuschlagen. »Ach ja, und warum ist das so?«, fragte sie, leise aufgebracht. »*Ich* musste ja nicht unbedingt ganz schnell fort zu so einem furchterregenden Ort. Warum rufst du mich an mit deinen ganzen Schuldgefühlen, wenn du nicht bei mir sein kannst?! Ich war gerade müde genug, um ins Bett zu gehen und nicht mehr an dich zu denken, und jetzt werde ich wieder nicht einschlafen können, weil du mir im Kopf herumspukst. Was erwartest du? Soll ich jetzt auch sagen, dass ich dich liebe oder wie sehr? Während du vielleicht gerade kurz davorstehst, von irgendeinem Mafiabonzen umgebracht zu werden? Also bitte, ich liebe dich auch, und du fehlst mir genauso, und ich werde mit dir einschlafen und mit dir aufwachen, und vorher werde ich mich noch eine ganze Weile mit dir streiten, teilweise sogar laut, und es wird mir nicht im Mindesten fehlen, dass du nicht antwortest, denn das tust du ja sonst auch meistens nicht. Vielleicht träume ich sogar von dir. Ich habe immer noch das Gefühl, dass ich so gut wie nichts von dir weiß, aber trotzdem möchte ich dir alles über mich erzählen. Wenn mir etwas Trauriges widerfährt, möchte ich, dass du mich in den Arm nimmst, obwohl du so ein Brummbär bist. Und wenn ich etwas Komisches höre, möchte ich dein Gesicht sehen und wissen, ob du auch lachst, weil es mir nur dann wirklich komisch vorkommt. Ich hatte nie groß Angst, aber jetzt habe ich noch weniger, weil ich weiß, dass es dich gibt und dass du eine Frau beschützen kannst. Deswegen ist es wohl ziemlich widersinnig, dass ich dir eben vorgeworfen habe, was du gerade da bei dir tust. Wahrscheinlich macht man sich einfach zum Narren, wenn man jemanden liebt. Das Problem ist nur, dass ich noch nicht so viele Männer geliebt habe. Ich weiß nicht, ob ich mich im Rahmen bewege, verstehst du?«

»Ja«, antwortete Van Leeuwen, »das verstehe ich. Aber ich glaube, du sprengst den Rahmen noch nicht. Gute Nacht.«

»Gute Nacht«, sagte auch sie und legte auf, und das Bild von ihr vor Van Leeuwens innerem Auge wurde kleiner und kleiner und verglomm schließlich wie der letzte Funke Glut in dem schwarzen Kamin in ihrem Wohnzimmer. Der Commissaris stand noch kurz am Fenster und sah hinaus auf die bewegten Bäume am Rand des Bolzplatzes und die von der Straßenlaterne beleuchtete Haltestelle des 57er-Busses direkt unter ihm.

Er erinnerte sich daran, wie er zum ersten Mal mit Feline auf der kleinen Dachterrasse ihrer Wohnung gestanden hatte. Es war ein windiger Sonntagmorgen gewesen, und sie hatten sich umarmt gehalten, und man konnte denken, es wäre nur der Wind, sie hielten sich nur deswegen so fest, und da der Wind anhielt, war es einfach das Beste, sich ebenfalls weiter umarmt zu halten, und dann hatten sie sich geküsst, da oben auf der Terrasse im Wind. Er konnte noch die Gänsehaut spüren, zu der dieser lange Kuss, diese Umarmung in der Morgenkühle seinen Rücken zusammengezogen hatte. Jetzt begriff er, dass es ihr darum ging, gehalten zu werden, jemanden zu haben, der sie wärmte, nicht allein im kühlen Wind zu stehen, auch nicht, wenn einem die ganze Welt zu Füßen lag. Uns allen geht es darum, dachte er, nur darum.

Er warf einen Blick auf seine Armbanduhr. Dann steckte er das Handy in die linke Jackentasche, griff nach der Luger auf dem Tisch neben dem Laptop und schob sie in die andere Tasche. Wenn er sich beeilte, konnte er den letzten Bus zum Hauptbahnhof erwischen, denn da musste er jetzt sein, während ihm die Zeit davonlief. Da musste er sein, um Julikas Leben zu retten.

33

Van Leeuwen ging schnell, ohne zu zögern, nicht wie ein Kunde auf der Suche nach Piep Piep. An der Rückseite der Stazione Centrale, versteckt unter den Steinbögen, lag der Tunnel, die Disco, an der im Nachtleben niemand vorbeikam, *und von da aus halten Sie sich rechts, und an der nächsten Ecke links und dann ein Stück geradeaus*, und da müsste es sein. Es war kein Rotlichtviertel hier, nicht so wie in Amsterdam, mit brüllenden Türstehern, hämmernder Musik und lärmenden Touristen, die sich über die Bürgersteige schoben; keine Lichterketten an den Fassaden, kein zuckendes Neon, keine grell bunten Sexplakate. Auch keine Eleganz, nicht Armani auf der einen Seite und Dolce & Gabbana auf der anderen, keine Models in Designerfummel.

Auf den Bürgersteigen um halb elf flanierten trotz der Kälte noch Gruppen von Passanten, aber kaum erwachsene Italiener, stattdessen jede Menge Russen, Türken, Nigerianer, Albaner, ein paar Japaner, der eine oder andere Araber mit Kindern im Schlepptau, die eine oder andere Muslima mit Kopftuch, die gesenkten Hauptes hinter ihrem Mann ging.

Auf der Straße rasten aufgemotzte Zweisitzer von Ampel zu Ampel, eingehüllt in stampfende Musik, die Unterböden schepperten über den Asphalt, Funken wirbelten hinter den Stoßstangen im Nieselregen, Lichtreflexe blitzten auf dem nassen Lack, und davor, dahinter oder dazwischen die Vespas und Mopeds, Pilotfische der röhrenden, hupenden Autos.

Der Commissaris ging schnell, ohne auf den Verkehr oder die anderen Passanten zu achten. Er war gestern die halbe Nacht hier gewesen, nach dem Telefonat mit Feline, und heute fast den ganzen Tag und wieder die halbe Nacht, und jetzt wusste er, wo er hinmusste.

Sie hat ausgesagt, sie hätte in einer Peepshow hinterm Bahnhof gearbeitet. Bestimmt kennt man sie da.

Er ging an Bars und Cafés vorbei, bis er zu dem Sex-Palast kam, von dem ihm der Pornoproduzent – Federico Tempesto, einer der Namen von den DVDs – heute Mittag in seinem Büro erzählt hatte, *Club Las Vegas* ein paar Straßen hinter dem Bahnhof, *Filme, Peepshows, Table Dance, alles. Könnte sein, dass sie sich da auszieht, in einer der Kabinen*, Milena.

Er erreichte die Ecke, bog in eine breite, nass glänzende Straße, pelziges gelbes Licht unter den Laternen, noch mehr herrenlose Katzen, an den Baumstämmen Plakate für das Konzert mit Gianna Nannini morgen. Endlich sah er das in schamlosem Rot schimmernde Foyer, Club Las Vegas, Live Acts, Sex Shows, Striptease, Kabinen, die Schaukästen voll mit rissigen Hochglanzfotos in ausgeblichenen Farben, Mädchen, nackt, mit kleinen Sternchen auf den Brustwarzen, im Nabel und zwischen den Schenkeln, und davor ein paar unschlüssige Männer, scharrende Turnschuhe, Zigarettenglut im Halbdunkel.

Van Leeuwen hatte fast den ganzen Tag damit zugebracht, die Filmproduktionen anzurufen, deren Namen in seinem kaum leserlichen Gekritzel der letzten Nacht auf einem Blatt aus seinem Notizbuch standen. Mit drei Produzenten hatte er sich persönlich in ihren Büros getroffen. *Are you the man from Rotterdam? Van Dyck?* Er hatte ihnen die Szene mit Milena gezeigt, jederzeit und allerorts abrufbar von einem winzigen USB-Stick. Der erste hatte sie noch nie gesehen, der zweite auch nicht, erst der dritte hatte nach einem kurzen Blick auf den Bildschirm genickt: *die Tschechin, Joyce, ja, ein Naturtalent, aber gaga, plemplem, no brain.* Und dann hatte er den Commissaris hierhergeschickt, zum Club Las Vegas, *kann sein, dass sie da strippt, in einer der Kabinen, da habe ich sie entdeckt.*

Van Leeuwen kannte Häuser wie das Las Vegas. Er war Streife gegangen vor ihnen. Er hatte auf ihren Gängen, in ihren Separees Verhaftungen vorgenommen. Er hatte halb nackte Mädchen von ihren *dance tables* geholt und mit Papierservietten ihre Blöße zugedeckt. Einige hatte er dichtgemacht, und einmal hatte er einem Besitzer gegen eine Gangsterbande aus Medellín beigestanden. Er wusste, wie es hinter ihren Türen aussah, wem er in den kleinen Kinos begegnete, wer sich in den dunklen Ecken der Bar herumdrückte. Er kannte die Gerüche, die Flecken auf dem Boden, den Inhalt der Mülleimer, den Farbton der Tapeten an den Wänden, das gedämpfte rote Licht in den schmalen Gängen.

Im Foyer hingen bonbonfarbene Poster von denselben nackten Frauen wie draußen in den Schaukästen, nur ohne die kleinen Sternchen auf den Brustwarzen, im Nabel oder zwischen den Schenkeln. Ihre Körper wirkten glänzend und straff, aber ihre Gesichter schienen ausgelaugt von zu viel Ekstase, zu vielen Orgasmen, die auf zu viele verschiedene Weisen herbeigeführt worden waren. Die fleckigen Tapeten hatten sich an mehreren Stellen von den Wänden geschält und hingen in schmalen Streifen herab wie die gelblichen Zungen durstig eingemauerter Geister. Auf dem Boden lag ein fadenscheiniger roter Teppich.

Van Leeuwen kannte auch die engen, nach Lysol riechenden Peepshow-Boxen mit den schwarzen Wänden, dem Münzautomaten, der Kleenex-Schachtel und dem verschmierten, unverspiegelten Glasfenster, hinter dem man die Mädchen sehen konnte, sobald die Sichtblende hochgegangen war. Er betrat die erste Kabine am Gang und setzte sich auf den harten, kunststoffgepolsterten Stuhl vor dem Fenster. Er holte das Hartgeld aus der Hosentasche und steckte einen Euro für die erste Minute in den Münzschlitz.

Die Sichtblende ging hoch. Dahinter, auf der anderen Seite des

Glases, sah er einen kleinen Raum mit weißen Wänden, ein rot lackiertes Podest mit einem Hocker in der Mitte, von oben rötlich angestrahlt, und je eine schwächelnde gelbe Neonleiste rechts und links vom Fenster. Die Tür auf der Rückseite des Raums wurde geöffnet, und ein dunkelhaariges Mädchen in einem durchsichtigen Negligé glitt herein, kein Höschen, kein BH, nur das schwarze Spitzenhemdchen, in dem es sich auf den Hocker setzte.

Es war nicht Milena. Sie sah ihr auch nicht ähnlich. Ihre Miene wirkte, als hätte jemand das limbische System aus ihrem Gehirn extrahiert. Als fühlte sie überhaupt nichts mehr, keine Freude, keinen Schmerz, keine Scham, und vermisste auch nichts davon. Durch eine kleine Metallmembrane in der Scheibe konnte er ihre Stimme deutlich hören. *»Sono Rita. E tu?«*

»Van Dyck«, antwortete der Commissaris und nahm seinen Hut ab. »Ich bin auf der Suche nach Milena.« Er verbesserte sich: »Joyce, ich meine, Joyce.«

»Non capisco«, sagte das Mädchen und beugte sich vor, damit seine Brüste unter dem Negligé voll und reif herabhingen.

»Parla inglese?«, fragte der Commissaris.

»No, non parlo«, sagte das Mädchen, und die Sichtblende fiel herab. Van Leeuwen war wieder allein mit seinem Bild im Fensterglas. Er verließ die Kabine, ging in die nächste und die übernächste und danach noch in drei weitere, und in jeder sah er für einen Euro ein anderes Mädchen, aber keines davon war Milena, bis er zur letzten kam, und da, als die Sichtblende hochfuhr, war sie. Wenigstens sah sie aus wie Milena, doch sie erkannte ihn nicht. Sie war nackt bis auf einen roten, mit grüner Spitze bestickten Seidenslip. Ihre Brüste waren klein wie Pfirsiche, aber nicht ganz so rund, und ihre Haare, jetzt wieder trocken, glänzten haselnussbraun im roten Deckenlicht.

»Erinnerst du dich an mich, Milena?«, fragte er auf Deutsch. Er saß auf dem niedrigen, unbequemen Hocker, die Hände lagen auf den Oberschenkeln, und sein Mund befand sich in Höhe der Metallmembrane in der Scheibe.

Das Mädchen, das wie Milena aussah, schien ihn jetzt erst wirklich anzuschauen. Ihr Blick flackerte, die Pupillen wurden groß und wieder klein. Unter dem Rouge, das ihre Wangen fiebern ließ, wurde sie blass. Eine Gänsehaut zog sich ihre Arme hinauf. »Ich nicht weglaufen«, stieß sie hervor. »Ich dachte, Sie sind verhaftet. Ich nicht wusste, dass Sie sind frei. Bitte, tun mein Mutter nichts … mein kleine Bruder, bitte … nicht wehtun.«

Van Leeuwen schüttelte den Kopf, streckte die Hand aus. Sie zuckte zurück, als gäbe es die Trennscheibe zwischen ihnen nicht. Die Sichtblende fiel herab, und während der Commissaris hastig nach den letzten Münzen in seiner Tasche suchte, sah er noch das Entsetzen in Milenas Augen und das fliegende Haar, und dann schob er den nächsten Euro in den Schlitz, und die Sichtblende fuhr hoch, und Milena war noch da, und auf ihrem Gesicht stand so viel Angst, dass der Zorn wieder in seinen Adern zu pochen begann. Niemand sollte so viel Angst haben müssen, dachte er. »Ich bin nicht hier, weil ich irgendjemandem etwas tun will«, sagte er. »Ich habe dich gesucht, weil ich deine Hilfe brauche, Milena.«

»Mein Name nicht Milena«, sagte sie. »Name ist Joyce.« Ihre Stimme klang spröde, trotzig. »Sie mich haben gekauft. Ich Ihnen gehöre.«

Van Leeuwen schüttelte den Kopf. »Du gehörst niemandem, nur dir selbst.« Er holte die Fotos von Rascha und Julika aus der Innentasche der Jacke, aber gerade, als er sie Milena zeigen wollte, fiel die Sichtblende erneut herunter. Er hatte nur noch einen Euro, deswegen klopfte er gegen die Scheibe und rief: »Geh nicht weg!«, damit sie wartete, bis die Münze durch den Schlitz in den Opferstock fiel. Milena stand jetzt ganz dicht an der Scheibe, als wollte sie, dass er sich in ihren Körper verliebte, damit er ihrer Seele nichts tat. Auf einmal hatte er ein Gefühl, als sähe er, wie ein kleiner Vogel gegen eine Glasscheibe flog, sich aufrappelte und wieder gegen die Scheibe flatterte, obwohl sie einfach nur dastand. Er hielt das Foto von Julika so hoch, dass sie es sehen konnte. »Ich suche diese Frau«, sagte er. »Hast du sie schon mal irgendwo gesehen, bei Bashkim oder Mezzanottes Leuten?«

Sie betrachtete das Bild, dann schüttelte sie den Kopf.

»Und die hier?« Er schob Raschas Foto vor das von Julika.

Milenas Augen weiteten sich. »Ja, die ich habe schon gesehen. Was Sie wollen von ihr?«

»Ich will ihr helfen. Weißt du, wo ich sie finden kann?«

Milena schüttelte den Kopf, so heftig, dass ihre Haare nach vorn flogen, wo sie an Nase und Mund kleben blieben.

»Ich möchte, dass du mit mir kommst«, sagte der Commissaris. »Wo wohnst du?«

»Bei Freund«, antwortete Milena. »Als Polizisten kamen und alle mitnahmen, sie haben gesagt, ich wäre frei. Aber jetzt Sie sind da, und Sie haben bezahlt für mich.«

»Wenn du frei bist, warum arbeitest du hier?«

Sie zuckte mit den Schultern. »Muss verdienen Geld, ja? Schnell! Freund gehört das hier. Ich habe vorher gearbeitet für ihn, bevor er hat mich verkauft an Leute, von denen Sie haben gekauft mich.«

»Kannst du weg?«

»Ja.« Sie runzelte die Stirn, dann verschränkte sie die Arme vor den nackten Brüsten. »Soll ich mit in Wohnung gehen? Sie wollen das?«

Die Sichtblende fiel neuerlich herunter, und diesmal blieb sie unten, denn Van Leeuwen hatte kein Münzgeld mehr. Er verließ die enge Kabine. Draußen musste er sich einen Moment an die Wand des Gangs lehnen. Er atmete ein paarmal tief durch, bevor er durch das Foyer nach draußen ging und vor dem Eingang unter einem der unruhig raschelnden Bäume wartete.

Inzwischen hatte sich der Bürgersteig geleert, und es waren auch nicht mehr viele Autos unterwegs.

Milena erschien eine Viertelstunde später. Sie trug jetzt verwaschene Röhrenjeans, Turnschuhe und eine Chevignon-Lederjacke, die mindestens eine Nummer zu groß war. Bis auf etwas Lippenstift hatte sie die ganze Schminke abgewischt und das Haar mit einem Gummiband zu einem Pferdeschwanz zusammengefasst. Über ihrer linken Schulter hing das schlecht verarbeitete Imitat einer Gucci-Handtasche. Sie entdeckte Van Leeuwen und schlenderte durch die gelben Lichtpfützen unter den Laternen auf ihn zu. Als sie bei ihm war, versuchte sie, verführerisch zu lächeln. Wieder musste er an das

Vögelchen denken, das gegen die Glasscheibe flatterte, den leisen Aufprall, den man trotzdem bis tief in die Brust spürte. »Wie alt bist du, Milena?«, fragte er.

»Achtzehn?«, antwortete sie, und es war eher eine Frage als eine Auskunft, genau wie das Lächeln.

»Vierzehn«, sagte er. »Vielleicht fünfzehn, höchstens.«

»Ich sehr müde«, sagte Milena. »Ich schlafen. Kann ich schlafen bei Ihnen?«

Auf der Straße näherte sich ein Taxi. Van Leeuwen trat auf die Fahrbahn und winkte. Das Taxi hielt. Er öffnete die Tür für Milena. Das Mädchen kicherte und glitt auf die Rückbank, während er sich auf den Beifahrersitz setzte. Die ganze Fahrt sagte Milena nichts, und Van Leeuwen sagte auch nichts.

Als der Commissaris mit Milena in die dunkle Diele der Wohnung über der Bushaltestelle ging, saß Maggiore Manzoni in dem gelben Eisdielensessel neben dem Fenster. Auf dem Schoß hielt er eine braune Papiertüte, aus der ein Flaschenhals ragte. Auf dem Bett lag Manzonis fellgefütterte Büffellederjacke, und ein schwacher Cognac-Duft hing in der Luft. »Sieh an, die kleine Ausreißerin, Sie haben sie also tatsächlich gefunden«, sagte der Maggiore.

Van Leeuwen knipste das Licht an. Er hörte, wie das Mädchen hinter ihm leise nach Luft schnappte, und sagte: »Keine Angst, Milena, geh bitte einen Moment ins Bad.« Dann lehnte er sich neben der Tür an die Wand und schob die Hände in die Taschen. »Es ist spät, Manzoni. Was wollen Sie?«

Manzoni blinzelte, rieb sich die geröteten Augen und sagte: »Ich muss mit Ihnen reden.«

»Jetzt? Worüber?«

»Nicht hier.« Manzoni stand auf, ohne zu schwanken, aber Van Leeuwen konnte trotzdem sehen, dass er betrunken war. »Gehen wir ein paar Schritte.« Der Maggiore steuerte die Tür an und öffnete sie, die Tüte mit der Flasche in der Hand.

Van Leeuwen nahm die Lederjacke vom Bett und warf sie Manzoni zu. »Hier, Ihre Jacke!« Etwas fiel aus der Innentasche der Jacke, aber Manzoni bemerkte es nicht, und das Etwas landete auf dem

Boden. Der Maggiore fing die Jacke mit der freien Hand, drehte sich um und verließ das Apartment. Van Leeuwen bückte sich, um das Etwas aufzuheben, das sich als eine abgegriffene Brieftasche entpuppte. Die Tasche war aufgeklappt, und Van Leeuwen entdeckte das Polaroidfoto einer blonden Frau in einer Klarsichthülle neben dem Führerschein auf der anderen Seite.

Er war völlig unvorbereitet. Er betrachtete das Bild, und im ersten Moment begriff er nicht, was er sah. Das Polaroid in der dünnen Hülle war etwas verblichen, an den Rändern abgegriffen, und die Oberfläche reflektierte das Licht der Deckenlampe. *Eine blonde Frau, sie lachte, offenbar ein Schnappschuss.* Selbst da begriff er noch nicht, erkannte die Frau nicht. Dann wurde ihm auf einmal schlecht, während er ganz langsam, als entwickelte sich gerade erst das Bild in seinen Händen, die vertrauten Züge identifizierte.

Die Frau, das Lachen, die Augen.

»Woher haben Sie das?«, fragte er.

Manzoni war bereits auf dem Gang vor dem Apartment. »Wo bleiben Sie denn, Commissaris?«

Mit der aufgeklappten Brieftasche lief Van Leeuwen hinter ihm her, hielt ihn fest und hielt ihm das Bild entgegen. »Woher haben Sie das Foto meiner Frau?!«, rief er.

Und endlich begriff er.

34

Sie saßen auf einer Bank am Rande des Bolzplatzes, und wenn Van Leeuwen zum Haus auf der anderen Straßenseite hinüberblickte, konnte er das bläuliche Licht in dem Apartment sehen und wusste, dass Milena vor dem Fernseher kauerte, statt zu schlafen. Ihm war kalt, aber es lag nicht an der Nacht und dem Winter, dass er fror. Sie saßen unter den dunkel rauschenden Pinien, und Manzoni hielt ihm die Cognac-Flasche hin, und er nahm sie und trank, aber danach war ihm immer noch kalt. »Wo haben Sie sich kennengelernt?«, fragte er.

»Damals in Lyon, vor zwölf Jahren.« Manzoni wischte den Flaschenhals ab und trank ebenfalls. »Wissen Sie nicht mehr – die Interpol-Konferenz über die Verbesserung der Zusammenarbeit zwischen der internationalen Zentrale in Frankreich, den nationalen Büros und den Polizeibehörden des jeweiligen Landes. Sie und ein paar Ihrer Kollegen waren für Holland da, ich und fünf andere von den Carabinieri, der Guardia di Finanza und der Polizia di Stato für Italien. Jedes Land hatte ein halbes Dutzend Leute geschickt, und ein paar hatten noch ihre Frauen dabei, so wie Sie. Wir haben uns abends alle in so einer Kneipe getroffen, keine Ahnung mehr, wie die hieß, der Rotwein floss jedenfalls in Strömen, und Sim war auch dabei.«

»Nennen Sie sie nicht Sim«, sagte Van Leeuwen. Die Benommenheit, die er empfand, hatte nichts damit zu tun, dass er nun endlich wusste, wer der Liebhaber seiner Frau war. Er war die ganze Zeit überzeugt gewesen, dass er ihm eines Tages gegenüberstehen würde. Was ihn überraschte, waren die Umstände, unter denen die Wahrheit sich ihm offenbarte, nachts in einem fremden Land, aus dem Mund eines Polizeibeamten wie er selbst. Er war überrascht, dass er neben diesem Mann auf einer Bank saß und mit ihm Cognac trank, in einer Winternacht in Mailand. Es war die Unwirklichkeit dieser Szene, die ihn bestürzte.

»Tut mir leid«, sagte Manzoni. Seine Stimme klang jetzt etwas undeutlicher, nicht mehr ganz so fest. »Erinnern Sie sich nicht mehr an Lyon?«

»Ich erinnere mich nicht an Sie«, sagte Van Leeuwen.

»Das liegt daran, dass wir uns nie begegnet sind«, sagte der Maggiore. »Ich habe nur Ihren Namen auf der Teilnehmerliste gesehen. Sie hatten gleich nach der Ankunft etwas Falsches gegessen, schlechten Fisch, sagte Sim … Entschuldigung, sagte Ihre Frau. Sie lagen mit einer Vergiftung im Hotel und mussten später sogar ins Krankenhaus eingeliefert werden. Sim … Ihre Frau hatte den Arzt gerufen. Sie hat Sie ins Krankenhaus begleitet, war bei Ihnen bis spätnachts, und als sie dort nicht mehr bleiben durfte, kam sie zu uns in die Kneipe, weil sie nicht allein sein konnte. Da habe ich sie kennengelernt. *Una donna bellissima,* jeder war hin und weg von ihr – sagt man das, *hin und weg*? Mein Gott, was haben wir Sie beneidet, alle ohne Ausnahme!«

Auf einmal fiel es Van Leeuwen wieder ein, alles fiel ihm wieder ein, die Konferenz, die Fischvergiftung, das Hotel und später das Krankenhaus und Sim, die den Arzt gerufen hatte, und er dachte: *Du hast das alles vergessen. Wie konntest du das vergessen?* Als er sich endlich erholt hatte, war die Konferenz vorbei gewesen, und er hatte noch zwei Tage mit Sim in Lyon verbracht, aber keinen Fisch mehr angerührt, *und Sim war wie immer gewesen.*

»Ich hätte es nie für möglich gehalten, dass ich Sie eines Tages doch noch kennenlerne, Sims Mann!«, sagte der Maggiore. »Und dann vorgestern Nacht – ich dachte, mich trifft der Schlag, als ich in meinem Computer Ihren Namen unter den Verhafteten fand. Ich dachte: *Wie viele Van Leeuwens kann es denn geben, die bei der Amsterdamer Polizei sind!? Was für ein aberwitziger Zufall!*«

»Es gibt keine Zufälle«, sagte Van Leeuwen, *es gibt nur das Schicksal, das sich tarnt.* »Und Sie sollen sie nicht Sim nennen!« Er hatte noch immer nichts gegessen, und der Cognac brannte in seinem Magen und trübte seine Sicht. Er hörte, wie der Maggiore trank und leise ächzte. »Wann hat das angefangen zwischen Ihnen und meiner Frau, schon in Lyon?«, fragte er abrupt.

Manzoni schien plötzlich zu erstarren. »Wann hat *was* angefangen?«

»Sie wissen ganz genau, was! Ihre Affäre oder wie immer Sie das genannt haben. Dass Sie miteinander geschlafen haben – das! Wann hat es angefangen?«

Manzoni wandte langsam den Kopf und sah ihn an. »Ich weiß nicht, was Sie meinen.«

»Sie tragen ihr Foto in Ihrer Brieftasche mit sich herum, das hat sie Ihnen ja wohl nicht in Lyon gegeben, oder?«

Auf der Straße raste ein kleiner Wagen vorbei, rot und schwarz im Licht der Laternen, das *Wummwummwumm* der Bässe seiner Musikanlage dröhnte unheilvoll durch die geschlossenen Fenster.

Van Leeuwen ballte die Fäuste, aber er hob sie nicht, und er sagte auch nichts. Manzoni sah ihn weiter an und seufzte schließlich, als fiele eine schwere Last von ihm ab. »Hat sie es Ihnen erzählt? Ja, natürlich, irgendwann hat sie es Ihnen erzählt.«

»Ich habe Ihre Briefe gefunden. Sie sind Sandro.«

Der Maggiore lachte ein seltsames, zorniges Lachen. »Haben Sie wirklich geglaubt, dass ein hoher Offizier der Carabinieri Ihre illegalen Aktivitäten hier einfach so unterstützt? Kam Ihnen das nicht komisch vor? Was haben Sie gedacht? *So sind sie eben, die Italiener, jederzeit bereit, wie sagt man, fünf gerade sein zu lassen?* Der große Bruno van Leeuwen aus Amsterdam taucht hier inkognito auf, entsteigt wie ein Geist dem Nachtzug, um im Alleingang seine verirrten Schäfchen aus den Fängen der Mafia zu befreien, und wir haben nichts Besseres zu tun, als ihm einen falschen Pass zu besorgen und ein Apartment zu stellen? Ich wollte wissen, wer Sie sind, *wie* Sie sind. Ich habe mich nämlich noch etwas gefragt an dem Abend, an dem ich Ihren Namen auf dem Bildschirm sah. *Ist es wirklich ein Zufall? Oder hat Sim es ihm am Ende doch erzählt? Hat sie ihm gesagt, wie ich heiße, wo er mich finden kann?* Erst als ich Ihnen gegenübersaß, habe ich gemerkt, dass es tatsächlich eine Verkettung von Zufällen war, die Sie hierhergeführt hat, nach Mailand und nicht etwa nach Siena, wo ich damals als jüngster Commissario Italiens stationiert gewesen war. Dass Sie mit meinem Namen nicht das Geringste anzufangen wussten …«

»Auf Ihrem Ausweis steht, dass sie Sebastiano heißen«, sagte Van Leeuwen.

»Sebastiano Alessandro Ettore«, sagte der Maggiore. »Nur für sie war ich Sandro.«

»Wann hat es angefangen, dass Sie für sie Sandro waren?«, fragte Van Leeuwen noch einmal. Er versuchte, das Zittern zu unterdrücken, das hinter seinen Rippen begonnen hatte, aber es gelang ihm nicht. »Schon in Lyon?«

Manzoni lachte jetzt nicht mehr. Er wandte den Kopf ab, sah wieder weg, wurde zu einem Profil vor dem Hintergrund der schwarzen Büsche. »Sie hat sich vorbildlich verhalten, obwohl praktisch jeder der Männer in der Kneipe hinter ihr her war.«

»Wie lange?«, fragte Van Leeuwen. »Wie lange hat sie sich vorbildlich verhalten?«

»Beinahe die ganze Zeit«, antwortete Manzoni, und in seiner Stimme schwang plötzlich eine Trauer mit, die Van Leeuwen fast noch mehr überraschte als alles andere. »Ich weiß, Sie möchten, dass ich Ihnen eine Erklärung liefere, aber das kann ich nicht. Warum fragen Sie sie nicht? Sie hat doch mit Ihnen darüber gesprochen, sonst wüssten Sie ja nichts von unserer Affäre. Fragen Sie sie.«

»Das kann ich nicht«, sagte Van Leeuwen.

»Leben Sie getrennt von ihr? Hat Simone Sie auch verlassen?«, fragte der Maggiore. *War da etwa Hoffnung in seiner Stimme?* »Oder haben Sie ihr den Laufpass gegeben?«

»Nein, *sie* hat *mich* verlassen«, sagte Van Leeuwen und dachte: Er weiß es nicht; er weiß gar nicht, dass sie tot ist. »Wann hat sie aufgehört, so vorbildlich zu sein?«, fragte er noch einmal.

»Sie müssen eins verstehen«, erklärte der Maggiore, statt zu antworten. »Ich habe Simone wirklich geliebt. In der kurzen Zeit, in der sie es zuließ … in der sie mir gestattete, sie zu lieben, habe ich Dinge verspürt – Gefühle, die ich nur aus Geschichten kannte.« Seine Stimme wurde noch leiser; sie ging fast unter in dem Rascheln der Äste über ihren Köpfen. »Als Ihre Frau … als Simone mich verlassen hat, als sie beschlossen hat, zu Ihnen zurückzukehren – nein, nicht zurückzukehren, sie war ja nie weg –, als sie beschlossen hat, unsere Affäre zu beenden – für sie war es nur eine Affäre, mehr nicht –, seitdem habe ich nie wieder eine Frau so nah an mich herangelassen. Ich erledige die Dinge, die zu erledigen sind, und der Rest ist mir egal, und weil das so ist, bin ich gut in dem, was ich tue, im Kampf gegen die Krake, gegen *la piovra*. Ich habe keine Angst mehr.«

»Was geschah nach dem Abend in dem Lokal?«, beharrte Van Leeuwen und fügte hinzu: »Als ich im Krankenhaus lag …« Jetzt nahm er Manzoni die Flasche aus der Hand und trank einen großen Schluck Cognac. »Wann hat sie mit Ihnen geschlafen?«

»Also gut, Sie wollen es ja nicht anders«, unterbrach Manzoni ihn. »Sie war vielleicht doch nicht ganz so vorbildlich. Ich weiß noch, wie sie da saß in dem kleinen, verrauchten Lokal zwischen all den Polizisten, wie traurig sie aussah, wie besorgt, jeder wollte ihr etwas zu trinken spendieren, ihr blondes Haar im Halbdunkel, es schimmerte bei jeder Kopfbewegung, und draußen der Regen …«

Stimmt ja, dachte Van Leeuwen, es hat geregnet an dem Tag; sie ist den Männern immer bei Regen erschienen.

Manzoni erzählte: »Vielleicht wissen Sie es nicht mehr, aber es sah sehr schlecht aus für Sie, damals. Der Arzt sagte sogar, Sie könnten vielleicht am Morgen nicht mehr am Leben sein. Trotzdem ließ man Ihre Frau nicht bei Ihnen bleiben. Sie war selbst ganz krank vor Sorge, völlig verzweifelt, und sie wollte die Nacht nicht allein verbringen. Sie brauchte jemanden, um die Zeit bis zum Morgen zu überstehen.«

»Wie praktisch, dass Sie da waren«, sagte Van Leeuwen. Das alles lag so lange zurück, und als er es jetzt wieder hörte, konnte er sich gar nicht mehr vorstellen, dass der Arzt Sim wirklich weggeschickt hatte; dass sie nicht in der Nacht bei ihm hatte bleiben dürfen, nicht mal in einem Nebenzimmer oder auf dem Gang. Aber so war es gewesen, er hatte sie weggeschickt, obwohl sie Angst gehabt hatte und nicht hatte gehen wollen. Sie hatte gebettelt und getobt. Sie hatte gedroht, den Arzt zu verklagen, das Krankenhaus, die Stadt Lyon, ganz Frankreich! Nur, dass der Arzt sie trotzdem weggeschickt hatte, Doktor Klaus Barbie Mengele, wie Sim ihn danach immer genannt hatte, *dieser französische Naziarzt, der mich nicht bei dir bleiben lassen wollte, obwohl ich dachte, ich sehe dich vielleicht nicht lebend wieder.*

»Es war nur diese eine Nacht, und in der ist nicht mal etwas passiert, aber sie reichte aus, um mein Leben auf den Kopf zu stellen.« Der Maggiore griff nach der Flasche in Van Leeuwens Hand, setzte sie an den Mund und trank, ohne abzusetzen, bis die Flasche halb leer war. »Am nächsten Morgen stürzte Simone ins Krankenhaus, und da hörte sie, dass es Ihnen besser ging, und sie war so glücklich …«

Van Leeuwen spürte den Cognac jetzt wie ein Glühen hinter der Stirn und um die Augen, und er dachte, dass es ihm erstaunlich wenig ausmachte. Er hörte dem Liebhaber seiner Frau zu, er konnte sich jetzt alles vorstellen, aber es war nicht so schlimm, wie er immer gedacht hatte. Nur das Zittern in seiner Brust störte etwas; nicht sehr, ein bisschen eben. »Wie oft haben Sie mit ihr geschlafen?«, fragte er. »In Lyon und anderswo.«

»In Lyon überhaupt nicht«, antwortete der Maggiore. »Das ist erst viel später passiert, in Siena, als sie nach Italien kam, für eine Reportage. Ich hatte ihr in die Redaktion ihrer Zeitung geschrieben, wir hatten auch telefoniert, und ich hatte sie eingeladen. Sie kam allein und blieb eine Woche. Daher wusste ich, dass sie Gianna Nannini liebt – ich war da mit ihr in einem Konzert. Danach haben wir das erste Mal …« Er unterbrach sich selbst und schwieg einen Moment, ehe er fortfuhr. »Und dann haben wir uns nur noch einmal gesehen, ein halbes Jahr darauf, als sie kam, um Schluss zu machen. Sie war erst in Rom gewesen, dann in Florenz, und schließlich blieb sie noch ein paar Tage bei mir, und am letzten Tag sagte sie mir dann, dass es aus sei.«

Er hielt die Flasche gegen den dunklen Himmel, um zu sehen, wie viel vom Inhalt noch übrig war. Er redete jetzt lauter, mit einem scharfen Unterton. »Ich hatte mich so auf sie gefreut, aber alles, worüber sie redete, waren Sie – Bruno, Bruno, Bruno. Bruno hier, Bruno da. Sie hat Sie angebetet, wissen Sie das!? Bruno weiß alles, kann alles, er pinkelt Milch und Honig, und die Sonne scheint ihm aus dem Arsch.«

Warum hat sie es dann getan?, dachte Van Leeuwen. Warum? Wollte sie sich noch einmal spüren, weil sie ahnte, dass die Krankheit schon in ihr schlummerte? Wollte sie sich wieder frei und lebendig fühlen? *Du nimmst zu viel Raum ein*, hatte sie ihm einmal vorgeworfen, als sie den Tod schon kommen spürte; *du erdrückst mich.* Wollte sie sich so ein bisschen Raum schaffen? Er merkte, wie ihm etwas in den Hals rann, salzig und bitter. Er hatte sich getäuscht. *Und ob es dir etwas ausmacht!*

»Wollen Sie wissen, warum ich Ihnen das alles erzähle?«, fragte Manzoni.

Nein, dachte Van Leeuwen.

»Ich hätte das ja für mich behalten können«, fuhr Manzoni fort. »Ich hätte Sie in den Zug nach Amsterdam setzen können, ohne dass

Sie je gewusst hätten, wer Ihnen hier gegenübersaß. Aber ich mag Sie.«

Nein, das tust du nicht.

»Sie haben gewonnen, aber ich mag Sie trotzdem …«

»Ich habe nicht gewonnen«, sagte Van Leeuwen. »Ich habe nur länger gebraucht, um zu verlieren.«

»Egal, ich weiß nicht, was zwischen Ihnen vorgefallen ist, warum Sie nicht mehr mit ihr zusammen sind, doch Sie sollen etwas wissen«, Manzoni beugte sich zu ihm, und der Cognac in seinem Atem war so stark, dass Van Leeuwen unwillkürlich die Luft anhielt, »nämlich, was das wirklich Schlimme an den letzten zwölf Jahren war. Das wirklich Schlimme an den letzten zwölf Jahren war nicht, dass Simone mich verlassen hat, sondern dass ich mich selbst verlassen habe. Ich war wie ein Stier, der seine eigene Flanke zerfleischt. Ich saß in einer Falle, der Falle eines anderen Menschen, und ich konnte nicht aufhören, in den Wunden zu bohren, die sie mir zugefügt hatte.«

Manzoni schwenkte die Flasche. »Aber dann dachte ich: Wie wird es ihrem Mann gehen? Wäre es nicht viel schlimmer, wenn ich an seiner Stelle wäre? Hat sie nicht ihn betrogen, während sie zu mir immer ehrlich war? Was, wenn er es erfährt oder schon weiß? Wäre es nicht die viel größere Niederlage, wenn ich *er* wäre und wenn ich nun mit ihr leben müsste, einsamer, als nur allein zu sein, in einer Ehe, in der niemand mehr mit dem anderen redet? Wie viele Menschen sind gefangen in einem Leben, das nirgendwohin führt, oder an einem Ort, an den sie nie gewollt haben, mit jemandem, der ihnen längst fremd geworden ist?«

»So war es nicht«, sagte Van Leeuwen. Er merkte, dass er die Fäuste geballt hatte, weil seine Fingernägel sich schmerzhaft in den Handballen gegraben hatten. *Warum höre ich mir das alles an?* Ein Käuzchen schrie in einem der Bäume über ihren Köpfen, und er sah auf und stellte fest, dass in seinem Apartment noch immer Licht brannte.

»Eine Frau wie Simone kann man nur verlieren, das ist mir dann allmählich klar geworden«, sagte Manzoni. »Die ganze Zeit hätte ich Angst gehabt, dass sie geht, dass sie mich auch verlässt. Sicher, ich hätte mir eingeredet, vielleicht verliere ich sie doch nicht, vielleicht liebt sie mich wirklich, nur mich und keinen anderen, und doch wäre sie eines Morgens fort gewesen. Alles wäre wieder von vorn losgegangen, die Unsicherheit, die Fragen, die Zweifel, das Misstrauen, die Eifersucht, der ewige Streit. Es ist viel einfacher, ein leeres Herz zu haben.«

»Haben Sie ihr deswegen die Briefe geschrieben?«, fragte Van Leeuwen. »Haben Sie ihr deswegen geschrieben, wie sehr sie Ihnen fehlt? Dass Sie dauernd an sie denken?«

Manzoni stellte die Flasche auf die Erde, holte ein Plastikfeuerzeug aus der Tasche, ließ die Flamme aufspringen und hielt sie hoch, damit er Van Leeuwen ins Gesicht sehen konnte. »Okay, ich bin ihr nachgelaufen. Ich habe ihr geschrieben, habe versucht, sie anzurufen, habe ihr in der Redaktion ihrer Zeitung Nachrichten hinterlassen. Aber sie hat nicht zurückgerufen und auf meine Briefe nie geantwortet, und ich hatte auch nichts anderes erwartet. Wenn für sie etwas vorbei war, war es vorbei.«

Du irrst dich, es war nicht vorbei für sie. Sie hat deine Briefe aufbewahrt; ich habe sie gefunden, ich habe sie gelesen, und ich habe dir den Tod gewünscht.

»Wissen Sie, was ihre Erklärung war, an dem Morgen, als sie in ihr Auto stieg und losfuhr?« Manzonis Hand beschrieb einen Halbkreis, eine vage Geste der Vergeblichkeit. »›Ich will ein guter Mensch sein.‹ Das waren ihre Worte. Wie ein Kind, das denkt, man kann etwas herbeireden. ›Ich will ein guter Mensch sein.‹ Und ich dachte, warum kannst du kein guter Mensch sein, wenn du bei mir bleibst? Wenn ich sie nur ansehen durfte, wenn ich sie in den Arm nehmen konnte, hatte alles seine Richtigkeit. Das war ihr Geheimnis – man musste sie einfach lieben, aber man wusste nicht, warum. Dazu hätte man in ihr Herz schauen müssen.«

Wie konntest du sie lieben, ohne in ihr Herz zu schauen?

Manzoni fragte: »Wie heißt dieser Maler, bei dem die Figuren auf den Bildern Löcher im Kopf haben, durch die man den Himmel sehen kann? Oder irgendwie zwischen Wolken schweben, in einem blauen Puzzle?«

»Margritte«, sagte Van Leeuwen.

»So ging es mir mit Simone«, rief Manzoni. »Eben dachte ich noch, ich komme ihr näher, jetzt begreife ich sie, und im nächsten Augenblick war ich irgendwie durch sie hindurchgetreten und hatte keinen Boden mehr unter den Füßen. Ich stand im leeren Raum, auf Luft. Ich versuchte sie zu fassen, aber sie war plötzlich hinter mir. *Welche Farbe haben ihre Augen?*, dachte ich. Ich konnte mich an ihren Atem erinnern, wenn wir miteinander schliefen, wie er schneller wurde, an ihr leises Stöhnen. Ich kannte ihre Haut, die Stellen, wo der Knochen durchschien, aber manchmal konnte ich mich nicht erinnern, welche Farbe ihre Augen hatten, während wir uns noch liebten.«

»Sie waren braun«, sagte Van Leeuwen. *»Wie konntest du sie lieben, ohne in ihr Herz zu schauen!?«*

Es hatte als Gedanke begonnen, aber als er die letzten Worte hören konnte und sah, wie Manzoni zusammenzuckte, erkannte er, dass er sie laut hinausgeschrien hatte, und der Zorn, der seit Tagen in ihm gewachsen war und nach einem Ventil suchte, schoss ihm plötzlich in den Kopf, und derselbe Zorn war auch in Manzoni, der genauso laut zurückschrie: »Ich hatte zu viel mit ihrem Körper zu tun. Ihr Herz hielt sie vor mir verborgen, aber ihr Körper war da, er lag auf meinem Bett, und ich war scharf auf sie, ich war die ganze Zeit scharf auf sie, ich war unersättlich, weil ich nicht wusste, wie lange sie ihn mir schenken würde!«

»Das brauchst du mir nicht zu sagen, ich habe jedes Wort von dem Dreck gelesen.« Van Leeuwen tobte. »Diese miesen Schweinereien, die du ihr geschrieben hast, ich habe sie alle gelesen! Es war meine Frau, wie konntest du ihr so was schreiben?!«

»Weil wir sie gemacht haben, diese Schweinereien, deine Frau und ich!« Manzonis Stimme überschlug sich. »Ich wollte, dass sie nie vergisst, was für einen Spaß wir hatten!«

»*Sie* hat es vergessen!«, brüllte Van Leeuwen noch lauter. »*Ich* kann es nicht vergessen!« Er packte Manzoni von der Seite, wollte ihn schlagen, schlug zu. Seine Faust traf den Maggiore an der Schulter, und der Schlag war heftig genug, dass Manzoni zur Seite kippte.

Er verlor das Gleichgewicht, rutschte von der Bank, hielt sich aber mit einer Hand an der Lehne fest. Van Leeuwen sprang auf, beide Fäuste erhoben.

»Hey, stop it!«, rief Manzoni. Mit den Armen rudernd, kam er mühsam hoch. Er taumelte und stieß die Flasche zu seinen Füßen um, und als er stand, schlug Van Leeuwen noch einmal zu, diesmal auf Manzonis Solarplexus, und brüllte: »*Stop it?!* Einfach so – *stop it?!* Was wäre denn gewesen, wenn ich das vor zwölf Jahren gesagt hätte: *Stop it?* Wäre dann Schluss gewesen, ja?!«

Sie starrten einander an. Ihr Atem war lauter als das Rascheln des Windes in den Sträuchern. Manzoni schüttelte müde den Kopf und hob abwehrend beide Hände, bis Van Leeuwen die Fäuste sinken ließ. Dann trottete der Maggiore langsam am Rand des Bolzplatzes entlang zur Straße. Nach ein paar Schritten blieb er stehen und rief: »Ich kann es auch nicht vergessen. Ich kann sie nicht vergessen. Ich habe sie doch auch geliebt. Ich habe noch eine Bürste zu Hause mit ihren Haaren darin, blonden, langen Haaren. Was wollen Sie denn?! Sie hat sich ja nie wieder bei mir gemeldet. Sie ist einfach weggefahren, und ich habe nichts mehr von ihr gehört, kein Sterbenswort.«

Van Leeuwen schüttelte den Kopf; schließlich folgte er ihm.

»Sie saß vor dem Spiegel im Schlafzimmer und hat sich die Haare gekämmt, mit meiner Bürste«, sagte Manzoni etwas leiser. »Sie bürstete sich die Haare, sah mich im Spiegel an und sagte plötzlich: ›Ich will das nicht mehr, diese ganzen Lügen und Täuschungen; ich will Bruno nicht betrügen, und dich will ich nicht lieben. Ich will ein guter Mensch sein.‹ Das war im einen Moment. Im nächsten stand sie mit gepackter Reisetasche in der Küche, und das lauteste Geräusch, das ich je in meinem Leben gehört habe, war das Schnappen, mit dem sie die Wohnungstür hinter sich zuzog. Sie hat mir nicht einmal mehr einen Kuss gegeben, sie war einfach weg.«

Im Licht der Straßenlaterne glitzerte Feuchtigkeit zwischen seinen Wimpern, rann unter den halb geschlossenen Lidern hervor über seine Wangen. »Ich habe nie wieder von ihr gehört, als hätte sie mich vollkommen vergessen.«

Sie muss da schon krank gewesen sein, dachte Van Leeuwen, das war der Grund. Die Krankheit war noch nicht ausgebrochen, aber sie lebte schon in ihrem Gehirn wie ein heimtückischer Virus, der nach und nach alle Zellen befallen und zerstört hat, bis sie von völliger Dunkelheit umgeben war. Er sah die Tränen auf Manzonis Wangen glänzen, schwer von Cognac, und dachte erstaunt: *Es macht ihm mehr aus als mir; es war meine Frau, aber es sind seine Tränen.*

Er erinnerte sich daran, wie sie von jener letzten Reise nach Italien zurückgekehrt war. Er hatte sie zu Hause erwartet, spät an einem Sonntagnachmittag, und als sie zur Tür hereinkam, hatte er sie in seine Arme gezogen, bevor sie noch den Koffer abstellen konnte. Äußerlich war sie ganz unverändert gewesen, die zweiwöchige Abwesenheit hatte keinerlei Fremdheit mit sich gebracht. *Ich bin völlig erledigt*, hatte sie gesagt, *bitte, lass mich erst ein Bad nehmen, sonst will ich nichts.*

Er hatte ihren Koffer ins Schlafzimmer getragen, und als er zurück in sein Arbeitszimmer gegangen war, hatte er sie duschen gehört. Das laufende Wasser prasselte in die Badewanne und dann noch ein anderes Geräusch, als summte oder sänge sie, und er war stehen geblieben und hatte gelauscht, und als der Wasserdruck einmal schwächer geworden war, hatte er das andere Geräusch erkannt: Simone weinte. Ein Schluchzen, das sie zu unterdrücken suchte, entrang sich stoßweise ihrer Kehle. Er hatte den Atem angehalten, unschlüssig, was er tun sollte. Gleich danach war das Wasser wieder lauter geworden. Als sie ein bisschen später aus dem Bad gekommen war, hatte sie jedoch frisch und munter ausgesehen, keine Spur von Tränen oder Trauer. *Hast du das auch gehört?*, hatte er beiläufig gefragt. *Ich dachte, ich hätte jemanden weinen gehört.*

Das war ich, hatte sie gesagt, *ich weine immer beim Duschen. Ist dir das noch nie aufgefallen?* Mit nassen Haaren, das Frotteetuch um Schultern und Hüften, war sie zu ihm ins Arbeitszimmer gekommen und hatte sich auf seinen Schoß gesetzt, um ihn zu küssen. Er hatte seine Hand unter das feuchte Tuch geschoben, und sie hatte die Hand festgehalten und mit sanftem Druck zurückgedrängt; dabei hatte sie gelächelt, wie man einen Draufgänger anlächelt, dessen

Avancen man schmeichelhaft findet, obwohl man sie nicht wirklich will. Und er hatte seine Hand zurückgezogen, stolz darauf, eine Frau zu haben, die selbst bestimmte, wann sie sich ihm hingab.

Es war nicht so gewesen, wie Manzoni es sich vorgestellt hatte, dachte Van Leeuwen. Das Leben mit ihr war schön gewesen, vor und nach ihrer Affäre, bis ihre Krankheit ausgebrochen war und sogar danach. Er hatte nichts gewusst und war die ganze Zeit glücklich gewesen und hatte nie gefragt, warum sie damals unter der Dusche weinte. Erst jetzt kannte er die andere Seite des Geheimnisses; jetzt sah er seine Frau, wie sie wirklich gewesen war, und dachte: Vielleicht musstest du deswegen hierherkommen, nach Italien.

»Ich will nur eins wissen«, sagte Manzoni, als sie die Straße überquerten. »Wie geht es Simone?«

»Sie ist tot«, sagte Van Leeuwen. Es war sein Trumpf, den er sich bis zuletzt aufgehoben hatte.

Manzoni blieb mitten auf der Fahrbahn stehen, genau unter einer Laterne. Van Leeuwen konnte sehen, wie er jäh wieder nüchtern zu werden schien und wie seine Augen trüb wurden und der Rest später Jungenhaftigkeit aus seinen Zügen wich. Sein ganzes Gesicht verschloss sich und wurde hart; vor Van Leeuwens Augen ging es in einen Zustand über, der an gebrannten Ton erinnerte.

Er liebt sie immer noch, dachte Van Leeuwen. »Es tut mir leid«, sagte er. »Ich dachte, Sie wüssten das.«

35

Milena saß mit angezogenen Beinen auf dem Bett, ganz oben am Kopfende. Der Fernseher auf der Kommode an der Wand gegenüber zeigte Bilder von Affen mit rostrotem Fell, die in einem Dschungel aus grünen Blättern herumturnten. Die Nachttischlampe war an, aber sie spendete nur wenig Licht.

»Was hast du?«, fragte der Commissaris.

»Die armen kleinen Orang-Utans«, sagte Milena. Eine dünne blonde Haarsträhne klebte an der tränenfeuchten Wange.

»Was ist mit den kleinen Orang-Utans?«

»Die Menschen fällen alle Bäume, und die Orang-Utan-Familien verlieren ihr Zuhause. Wo sollen die kleinen Affen denn jetzt hin, wenn die ganzen Bäume sind weg?«

»Sie kommen in den Kindergarten«, sagte Van Leeuwen. »Und die Alten ziehen in Eigentumswohnungen in der Nähe.« Er ging zum Fernseher und schaltete ihn aus.

Milena strich sich die Haarsträhne von der nassen Wange. »Du hast Kinder?«, fragte sie und wischte sich die Nase mit dem Handrücken ab.

»Nein.«

»Eine Frau?«

»Ich hatte eine. Aber sie lebt nicht mehr.«

»Du hast sie lieb gehabt, als sie noch war am Leben?«

»Ja.«

»Habt ihr gelebt in Eigentumswohnung?«

»Nein, die waren alle schon an Orang-Utans vergeben«, sagte der Commissaris. »Ich gehe jetzt schlafen. Du kannst die Couch haben.«

»Ich nicht darf zu dir ins Bett?«

»Nein.«

»Ich kann dann noch duschen?«

»Meinetwegen. Aber mach schnell. Es ist schon spät.«

Van Leeuwen hatte noch nie gesehen, wie jemand im Zeitraffer strippte: Milena warf die schwere Chevignon-Jacke achtlos auf den Boden, streifte die Schuhe ab, ohne die Schnürsenkel aufzumachen, schlüpfte aus ihrem Fruit-of-the-Loom-Sweatshirt und schob die Jeans an den dünnen Beinen hinunter, bis sie nur noch einen Slip anhatte – orangefarben mit schwarzen Leopardenpunkten. Ihre Haut glänzte seidig im Licht der Nachttischlampe, blass wie ein eben aufgeschnittener Apfel.

»Du willst mit unter Dusche?«, fragte sie.

»Nein.«

»Wenn du dir überlegst anders, ich schließe Tür nicht ab.«

Sie schloss die Tür nicht ab, und sie zog sie auch nicht zu. Der

Spiegel im Flur reflektierte das Waschbecken im Bad und einen Teil der Duschkabine. Milena stand im Slip vor dem Becken, griff nach Van Leeuwens Zahnpastatube und verrieb sich mit dem Zeigefinger etwas vom Inhalt auf den Zähnen. Dabei untersuchte sie seine restlichen Toilettenartikel, das Rasierwasser, die Seife, das Deodorant. Schließlich nahm sie die Deospraydose, drückte auf die Düse und zeichnete schwungvoll ein Gewirr farbloser Streifen auf den Spiegel über dem Wasserhahn, als wäre sie ein Graffiti-Sprayer. Dann stellte sie die Dusche an. Als sie im Begriff stand, ihr Höschen auszuziehen, schloss Van Leeuwen die Tür.

Er ging zurück zum Bett, setzte sich am Fußende auf die Matratze und betrachtete das Foto seiner Frau. Es war ein typischer Schnappschuss: das überraschte Lachen, etwas verlegen, aber voller Lebensfreude, das korngoldene Haar flatterte im Wind, ein Bild, das nur dem Moment huldigte und doch von den Hoffnungen und Verheißungen einer lange zurückliegenden Vergangenheit kündete. Gäbe es Schnappschüsse aus der Zukunft, dachte Van Leeuwen, dann wären es Bilder von Verzweiflung, Schmerz und Trauer.

Sie haben Fotos von sich gemacht und behalten, dachte er; sie sind zusammen im Bett gewesen, aber auch im Konzert, und ich weiß nicht, was ich schlimmer finde.

»Was du denkst gerade?«, fragte Milena, als sie aus dem Bad kam. Sie war nackt, und ihre Haut glänzte, und sie hatte die Haare nass nach hinten gekämmt, sodass sie aussah wie ein Otter.

»Zieh dir etwas an«, sagte der Commissaris.

»Was du denkst?!«, wiederholte sie.

»Gedanken.«

»Was für Gedanken?«

Van Leeuwen seufzte. »Leg dir wenigstens ein Handtuch um.«

»Ich schon lange nicht mehr gemacht habe mit einem netten Mann wie dir«, sagte Milena. »Du mich nicht findest schön?«

»Ich finde dich schön, aber ich möchte trotzdem, dass du dir was anziehst.«

»Hilft aber gegen Gedanken«, sagte Milena. Sie lächelte das Lächeln, das sie gelernt hatte, starr und ein bisschen lasziv.

Dann sank sie vor ihm auf die Knie und blieb in dieser Stellung einige Augenblicke, noch immer lächelnd, ehe sie herumrutschte und ihm den Rücken zuwandte. Sie beugte sich nach vorn, stützte sich mit den Händen ab und streckte ihm ihr kleines Gesäß entgegen. »Du brauchst mir nicht einmal ins Gesicht zu sehen, wenn du nicht willst«, sagte sie, jede Nuance in ihrer Stimme darauf angelegt, ihn zu provozieren, jede Bewegung dazu gedacht, ihn zu erregen.

Van Leeuwen stand auf, nahm die Decke vom Bett und breitete sie über Milena. »Lass den Unsinn!«

Sein Handy summte und begann, auf dem Nachttisch herumzukriechen. Er fing es ab, bevor es über die Kante rutschte, schaute auf das Display und meldete sich.

»Ich habe vergessen, Ihnen zu sagen, weswegen ich eigentlich zu Ihnen gekommen war«, meldete sich Maggiore Manzoni. »Es hat sich hier nämlich schon herumgesprochen, dass jemand aus Rotterdam in der Stadt ist, um *girl shopping* zu machen. Einer meiner Informanten hat mir erzählt, dass Sie bei ein paar Filmproduktionen waren. Mein Informant hat mir auch gesagt, dass bald wieder Markttag ist, um die Kunden zu bedienen, die beim letzten Mal wegen unserer Razzia nicht zum Zug gekommen sind.«

»Wusste er, wann und wo?«, fragte der Commissaris.

»Nein, nur dass es diesmal einen Bonus gibt, gewissermaßen als Entschädigung, vor handverlesenem Live-Publikum. Sie können sich denken, was damit gemeint ist.«

»Wie verlässlich ist Ihr Informant?«

Manzoni, der jetzt wieder ganz nüchtern zu sein schien, schwieg einen Moment. »Er hat mich gebeten, ihn zu verhaften, weil diesmal er bei der Live-Show auftreten soll, und er hat noch nie jemanden umgebracht.«

»Woher wusste er über mich Bescheid?«

»Er hat Sie heute Morgen bei Federico Tempesto gesehen, dem Hardcore-Produzenten«, sagte Manzoni. »Ein Mulatte, ziemlich groß, sehr muskulös, heißt John Hammer.«

Van Leeuwen erinnerte sich an einen Mann, auf den Manzonis

Beschreibung passte: Er hatte – barfuß, nur in grünen Satin-Shorts und einem offen stehenden schwarzen Seidenmorgenrock – in einer kahlen Wohnung auf der Kante eines leeren Betts gesessen, am Set von Tempestos neuem Film, die Augen geschlossen, Kopf und Schultern nach vorn gesunken, die Haare feucht, die Arme auf die nackten schweißglänzenden Schenkel gelegt wie ein Werkzeug, für das er keine Verwendung fand.

»John ist Schauspieler«, redete Manzoni weiter, »kommt aus Puerto Rico, eine große Nummer im internationalen Pornogeschäft. Außerdem spritzt er sich Kokain, vorzugsweise zwischen die Zehen. Wir haben ihn vor ein paar Monaten geschnappt, als er Drogen ins Land geschmuggelt hat. Versteckt Koks im Wert von Sechzigtausend Euro in seinen Socken und denkt, wir ziehen ihm seine Cowboystiefel nicht aus. Hat geglaubt, seine Prominenz als Pornostar verschafft ihm Immunität oder so was, weil er für Geld auch mit den Frauen von Wirtschaftsbossen und Politikern schläft.«

Milena stand geschmeidig auf, ohne die Decke abzuwerfen, und setzte sich zu Van Leeuwen auf die Matratze. Sie roch frisch nach Seife und Zahncreme. »Hat er Ihnen gesagt, mit wem er … wen er …?«, fragte der Commissaris.

»Nein. Aber ich habe mir gedacht, dass es eigentlich nur einen Grund geben kann, warum die Ihre Kollegin bis jetzt noch nicht umgebracht haben – *falls* sie noch am Leben ist.«

»Sie dürfen Ihren Informanten auf keinen Fall verhaften«, sagte der Commissaris. »Erst wenn er Ihnen den Ort und die Zeit mitgeteilt hat.«

»So läuft das nicht«, sagte Manzoni. »Wenn es so weit ist, wird er abgeholt und an den Ort gebracht, und er weiß nicht, wohin und wann es losgeht, und er kann auch niemanden mehr informieren. Er wird in einen kleinen Raum gesteckt, und irgendwann kriegt er das Messer oder die Schlinge, zieht sich die Kapuze über und geht nackt nach draußen, wo ihn das Opfer auf einer versifften Matratze in einer dunklen Garage erwartet.«

»Dann müssen Sie ihn rund um die Uhr beschatten«, sagte Van Leeuwen. »Sie dürfen ihn nicht eine Sekunde aus den Augen lassen.«

»Keine Sorge«, sagte der Maggiore. »Wir haben so was schon mal gemacht. Gute Nacht.«

»Gute Nacht.« Van Leeuwen legte das Handy wieder auf den Nachttisch. Milena hielt den Schnappschuss von Simone in der Hand und betrachtete ihn. Ihr ernstes Gesicht konnte ihre unruhigen, sorgenvollen Gedanken nicht verbergen, und wieder musste der Commissaris an ein Vögelchen denken, doch diesmal war es in ihrem Kopf wie in einem Käfig, wo es unter einem Tuch lautlos mit den Flügeln schlug. »Ist das deine Frau?«, fragte sie.

»Das geht dich nichts an«, sagte Van Leeuwen, nahm ihr das Foto weg und steckte es ein. Stattdessen holte er noch einmal das Bild von Rascha Frankenhuis hervor. »Du hast gesagt, dieses Mädchen hier hättest du schon einmal gesehen. Wo war das? Wann?«

»Sie war bei bösem Mann.«

»Bashkim?«

»Nein.«

»Mezzanotte?«

»Ich nicht weiß seinen Namen.« Milena war in den Anblick von Raschas Gesicht vertieft. »Aber er ist alt und sehr mächtig, und die Frau, sie war sein Spielzeug. Sie sah traurig aus, wie auf diesem Foto.«

Eine Sekunde lang schien sich das Zimmer um Van Leeuwen zu drehen, und ihm wurde übel. Das muss nichts bedeuten, sagte er sich, du bist jetzt zu müde, um noch klar denken zu können. Es war ein anstrengender Tag, und er wäre auch schon anstrengend gewesen, wenn du das von Simone nicht erfahren hättest. »Wann war das?«

»An dem Tag, bevor du mich hast gekauft.«

Das kann nicht sein, dachte Van Leeuwen, da war sie schon tot. Aber das sagte er nicht. »Und wo hast du sie gesehen?«

»Sie saß in sein Auto. Er ist ausgestiegen und hat dem, der heißt Bashkim, gesagt, welche von uns werden verkauft und wann. Ich konnte sehen, dass Bashkim hatte Angst vor ihm. Die Frau auch hatte Angst vor ihm. Jeder hatte Angst. Er ist ein Dämon. Er kommt in ein Raum und lächelt, aber er einem dreht nicht den Rücken zu. Daran man kann erkennen, dass er ist Dämon. Dämonen und

Hexen haben kein Rücken, weil sie einen nicht täuschen können damit. Sie dir zeigen nur das, was sie dich sehen lassen wollen.«

»Bei deinen Filmen – bist du da mal einem Puerto Ricaner begegnet, der John Hammer heißt oder sich so nennt?«

»Ja. Er auch schlechter Mensch. Warum du fragst mich nach lauter schlechten Menschen?«

»Weil du sie kennst. Warum ist Hammer schlecht?«

»Er schläft mit Frauen ohne Kondom, obwohl er hat Aids«, sagte Milena. »Aber er ist kein Dämon.« Sie verschränkte die Arme unter den Brüsten, auf denen sich eine Gänsehaut gebildet hatte. »Ich kannte mal ein Dämon, lange vor bösem Mann. Er war ein Freund von mein Vater. Soll ich dir erzählen von ihm?«

»Nicht, solange du hier so halb nackt herumsitzt.«

»Ich nichts anderes anzuziehen.«

»Dann geh unter die Bettdecke.«

Milena krabbelte aufs Bett, legte sich mit den Füßen zum Kopfende auf den Bauch und breitete die Decke über sich. Sie stützte den Kopf auf eine Hand. »Als ich war klein«, sie unterbrach sich, sah ihn an und ergänzte: »Ich dir das erzähle, weil ich jetzt gehöre dir …«

»Du gehörst niemandem«, sagte er noch einmal.

»Doch, ich dir gehöre. Du hast bezahlt Geld für mich.« Ihr Gesicht war sehr ernst, nicht traurig oder verschlossen, nur ernst. »Als ich war klein, wir lebten in einem kleinen Dorf, mein Mutter, mein kleine Bruder und mein Vater. Mein Vater, er arbeitete in einer Fischzucht. Sie ihm nicht gehörte, er nur war ein Angestellter, der die Fische in den sechs großen Teichen musste behalten in Auge – aufpassen, dass nichts passierte ihrem Laich, dass Wasser nicht wurde schmutzig, Räuber fernhalten, alles Mögliche eben. Das war sein Arbeit. Ein sehr wichtige Arbeit. Eine Morgen in den großen Ferien er nahm mich mit, ganz früh, als Sonne gerade aufging. Ich sollte ruhig sitzen bleiben auf ein Baumstumpf, während er ging mit so was wie Forke an den Ufern der Seen entlang und säuberte das Wasser von allem, was da nicht gehörte hin: Laub, Papier, tote Tiere.

Ich konnte sehen die Fische in Wasser, war ganz klar und grün, Karpfen und Forellen und – wie heißen? –, ah, Lachse. Sie schwammen dicht unter Oberfläche, und manchmal einer tauchte kurz auf und schnappte nach Luft. Nach einer Weile mir wurde langweilig. Da ich entdeckte einen Eimer mit Würmern, der stand unter ein Verschlag aus Holz, und ich nahm Eimer und schleppte ihn zu Teich, und erst ich warf nur einen Wurm hinein. Aber als ich sah, wie Fische sich freuten, wie alle strömten zusammen und schnappten nach Wurm, ich griff mit beiden Händen in Eimer und warf immer mehr in Wasser, bis es sah aus, als könnte man über Oberfläche gehen, so dicht hatten Fische sich zusammengeschart.

Mein Vater ich bemerkte erst wieder, als plötzlich etwas ganz schrecklich an mein Kopf zog. Er stand hinter mir und hatte sein Faust in meine Haare gekrallt und sie um seine Finger gewickelt, und er riss mein Kopf nach hinten, bis ich sah nur noch den Himmel und sein wütendes Gesicht vor Sonne, ein roter, wilder, spuckender Schatten, und dann er hat mich an Haaren weggerissen von Teich und von Eimer und gezerrt zu Baumstumpf und geschrien: *Du dumme Göre, du kleine, dumme Göre, habe ich dir nicht gesagt, du sollst dich nicht rühren vom Fleck?!*«

Ihre Stimme schwankte, sie wurde leiser, und manchmal klang sie nicht einmal mehr wie ihre Stimme, sondern wie eine gestörte Sendung in einem alten Radio mit schlechtem Empfang.

»Da kam Freund von mein Vater auf uns zu. Mein Vater sagte jedenfalls, sie wären Freunde, obwohl mein Vater war immer ganz unterwürfig, wenn er sprach mit dem Mann, denn der Mann war einer der Züchter, und mein Vater, er kümmerte sich nur darum, dass alles war sauber. Der Züchter kam also auf uns zu. Er hatte so Stiefel, die hinaufreichten bis über Knie, und ein Lederbeutel vor sein Bauch wie ein – wie heißt das? –, ah, Känguru und eine Hut, der auch war aus Leder, und er sagte zu mein Vater: *Was du machst denn da, Vaclav, das kleine Ding hat doch nichts verbrochen. Lass sie in Ruhe.* Er nahm mich in Arm, und mein Vater, er trat zurück, er verbeugte sich fast, und dabei wollte er etwas sagen, aber der Mann schnitt ihm Wort ab: *Ich will von dir jetzt nichts hören, Vaclav, tu dein Arbeit, und ich nehme dein Tochter mit ins Räucherhaus.* Als ob mein Vater wäre gar nicht mehr da, er hob mich hoch und trug mich zu

Haus, in dem Fische wurden geräuchert. *Möchtest du Eis?*, fragte er, aber ich wusste, ich darf vormittags essen kein Eis, sonst mein Vater wird wieder wütend.

Kümmere dich nicht um dein Vater, sagte der Mann, wir sind Freunde, und er wird dir nicht mehr tun irgendwas. Er nahm mich mit in Räucherhaus, in dem es dunkel war und nach Fisch und Kohle roch, und er setzte mich auf sein Schoß. Er knöpft mein Jacke auf und die Bluse, und dann öffnete sein Hose. *Da drin ist dein Eis*, sagte er. Da ich war sieben, und es war erster Tag in große Ferien. Ich weiß nicht, wozu Ferien sind überhaupt gut.«

Van Leeuwen saß neben ihr auf der Bettkante und hörte zu, und plötzlich dachte er, dass er nicht eine einzige solche Geschichte mehr ertragen konnte.

Milena lag jetzt auf dem Rücken, die Augen geschlossen, und sagte: »Ich habe gebeten Frantek, er soll ihnen sagen, ich bin tot. Frantek ist Mann, der mich hat abgekauft mein Vater. Er sollte sagen mein Vater und sein Freund, ich bin tot.«

»Warum sollte er ihnen das sagen?«

»Ich will nicht, dass sie mich finden. Wenn sie denken, ich bin tot, sie fangen gar nicht an mit Suchen.«

»Und was sollte er ihnen sagen? Woran bist du gestorben?«

»An Aids. John hat Aids. Ich habe Sex gehabt mit John, ohne Schutz. Vielleicht ich habe auch Aids. Dann ich hätte nicht mal gelogen.«

»Manchmal ist es besser zu lügen«, sagte Van Leeuwen. »Mit John meinst du John Hammer, den Farbigen, der sich Kokain zwischen die Zehen spritzt?«

»Ja.«

»Kannst du ihn anrufen? Hast du seine Nummer?«

»Nein«, sagte das Mädchen so leise, dass es fast wie ein Seufzer klang, und Van Leeuwen merkte, dass sie schon beinahe eingeschlafen war. »Aber ich kann anrufen jemand, der kennt John.«

»Morgen?«

»Ja.«

Einige Minuten lang herrschte Stille, dann fragte Milena leise: »Hast du dir nie gewünscht ein Tochter?«

»Nein«, sagte Van Leeuwen. »Schlaf jetzt.«

Wieder herrschte Stille, und er dachte schon, sie wäre eingeschlafen, als sie sagte: »Weißt du, was mein Vater immer gemacht hat mit mir, bevor ich musste in Bett? Als ich war ein Baby? Damit ich konnte schlafen?«

»Nein.«

»Er mich hat hochgehoben und auf sein Arm gehalten, und dann ist er gegangen an Fenster mit mir, und ich durfte allem gute Nacht sagen, was vor Fenster war. Wir standen in Küche an Fenster und haben hinausgeschaut auf Wiese draußen, und er hat vorgesprochen, mit sein tiefe Stimme: *Sag gute Nacht, Wiese.* Danach ich war an Reihe.« Sie wiederholte die Worte noch einmal, diesmal heller: »Gute Nacht, Wiese.« Ihre Stimme wurde tief. *»Gute Nacht, Fluss.«* Und hell: »Gute Nacht, Fluss.« Und tief: *»Gute Nacht, Fische.«* Und hell: »Gute Nacht, Fische.«

»Komm her«, sagte Van Leeuwen. Er ging zum Fenster und sah hinaus auf alles, was draußen war.

Milena stand auf und trat neben ihn.

»Gute Nacht, Bushaltestelle«, sagte Van Leeuwen.

»Gute Nacht, Bushaltestelle«, wiederholte Milena.

»Gute Nacht, verschleppte Mädchen«, sagte Van Leeuwen.

»Gute Nacht, verschleppte Mädchen«, sagte Milena.

»Gute Nacht, Mafia.«

»Gute Nacht, Mafia. Gute Nacht, Dämonen.« Sie drehte sich zum Fenster. »Ich kann sehen die Sterne, schau nur.«

»Ja«, sagte Van Leeuwen.

»Sie sehen so rein aus.«

Er sagte nichts mehr.

»Gute Nacht, Vinnie«, sagte sie.

»Gute Nacht, Joyce.«

»Milena.«

Bruno, dachte Van Leeuwen. Er blieb auf der Bettkante sitzen, bis er glaubte, dass Milena eingeschlafen war. Dann streckte er sich vorsichtig neben ihr aus, ohne seine Kleider abzulegen. Angezogen lag er auf dem schmalen Bett, und unter der Decke neben ihm schlief das Mädchen. Er konnte Milenas regelmäßige Atemzüge hören. Draußen vor dem Fenster erklang eine Polizeisirene, erst weit weg, dann näher, ehe sie sich wieder entfernte. Er streckte seine Hand aus und berührte etwas Weiches, Kühles: Milenas Arm. Das Mädchen seufzte, dann griff es, ohne aufzuwachen, nach Van Leeuwens Hand und hielt sie fest.

36

Der Feuer speiende schwarze Hund mit den fünf Beinen hing an der Mauer einer schmutzigen Fabrikhalle, und zuerst fiel Van Leeuwen gar nicht auf, dass der Hund auf dem Metallschild nur fünf Beine hatte. Der Hund war schwarz. Die Flamme, die er ausspuckte, war rot. Der Hintergrund war gelb, genau wie auf allen anderen AGIP-Schildern. Rost überzog das Schild mit braunen Narben, die den Schwanz und das sechste Bein des Hundes zerstört hatten. Van Leeuwen dachte, *ein Hund mit fünf Beinen*, und da endlich begriff er.

Er ließ den Wagen an dem verlassenen Werksgelände vorbeifahren bis zum Ende der Straße. An der Ecke bezahlte er den Fahrer, setzte seine Sonnenbrille auf und stieg aus. Die Luft roch feucht, nach Regen. Eine Windbö riss ihm fast den Frank-Sinatra-Hut vom Kopf. Die Gewitterwolken waren näher gerückt, und die unruhigen Stechpalmen am Straßenrand warfen keine Schatten mehr. Van Leeuwen versuchte zu erkennen, ob in den rechts und links der Fahrbahn geparkten Autos jemand saß und das Werksgelände beobachtete, aber die, in die er hineinsehen konnte, waren leer.

Gegenüber der alten Fabrik gab es nur wenige Häuser, alle gleich schäbig: Von den Garagen im Erdgeschoss führten abgestoßene Stahlbetontreppen zu den Eingängen im ersten und zweiten Stock, und die schmalen Balkone der Wohnungen über den Garagen hatten verschnörkelte Brüstungen aus rostigem Schmiedeeisen, die den Blick auf Stapel abgefahrener Autoreifen oder leere Wäschespinnen mit durchhängenden Drähten gewährten. An einigen Geländern hingen verdorrte Grünpflanzen in moosbewachsenen Töpfen, die im

Wind hin und her schlugen. Der Verputz der nässefleckigen Stuckfassaden blätterte, und Staubwolken trieben über den von Schlaglöchern und Frostrissen aufgebrochenen Asphalt.

Schon den ganzen Tag über kam Van Leeuwen sich vor wie in einem dieser Filme, in denen sich die Bilder jählings beschleunigten, alles raste plötzlich, Autos, Fußgänger, Wolken, jeder wurde vorwärts gerissen, bis die Geschwindigkeit sich ebenso abrupt wieder verlangsamte. Eine Zeitlang ging dann alles in normalem Tempo weiter, bevor die Figuren den nächsten Stoß erhielten, und manchmal ruckelten die Bilder dabei und wirkten wie überbelichtet, besonders, wenn die Handlung aus der Gegenwart in die Vergangenheit oder an einen anderen Ort sprang.

Jetzt war es dunkel, und Van Leeuwen nutzte die Dunkelheit. Er sah die Straße. Er sah die Fabrik. Er sah das Schild mit dem schwarzen, fünfbeinigen Hund. Er hoffte, dass dies der Ort war, den Julika gemeint hatte. Er sah auf die Uhr. Es war kurz vor sechs, und gleich darauf machte die Uhr wieder einen Ruck, und er rannte über das Werksgelände, vorbei an den protzigen Autos vor der Fabrikhalle und einem Lastwagen, und gleich darauf war er schon bei den beiden Männern am Hallentor und nannte seinen Namen: »Paddy McKenna, aus Liverpool. Ich bin ein Freund von Silvestro Carisi.«

Das waren nicht die Worte, die Manzoni ihm diktiert hatte, aber bis zu Manzonis Anruf am frühen Morgen hatte die Zeit auch noch ihre übliche Geschwindigkeit gehabt. Alles war in etwa so gewesen, wie er es unter den gegebenen Umständen hatte erwarten können: Kurz bevor es hell wurde, begannen die Vögel zu zwitschern, und Van Leeuwen erwachte. Ein gelber Schmetterling saß auf dem Fensterbrett. Obwohl die Sonne noch nicht aufgegangen war, tat das frühe blaue Licht seinen Augen weh. Er lag dicht am Fenster, das keine Vorhänge besaß, und fragte sich, wo der Schmetterling herkam. Das Fenster stand einen Spaltbreit offen. Die Flügel des Schmetterlings zitterten in der Zugluft. Plötzlich fiel ihm wieder ein, wo er sich befand, und die Erinnerung an die vergangene Nacht kehrte zurück. Du solltest nicht hier sein, sagte Van Leeuwen zu dem Schmetterling, und ich auch nicht.

Er sah das Mädchen, das zusammengerollt neben ihm unter der Bettdecke lag. Ein kleiner Fuß schaute unter der Decke hervor und unter dem Kopfkissen ein paar blonde Haarsträhnen. Er setzte sich auf. Im selben Moment zuckte das Mädchen zusammen, als hätte es einen Stromstoß erhalten, riss sich das Kissen vom Gesicht und starrte ihn an wie einen der Dämonen, von denen es ihm gestern erzählt hatte.

»Morgen, Milena«, sagte er.

Milena antwortete nicht. Ihre nackten Arme waren mit einer Gänsehaut überzogen. Sie rieb sich die Augen und schüttelte den Kopf, um die Haare in den Nacken zu werfen. »Wie spät ist es?«

»Früh«, sagte Van Leeuwen. Aus den Ritzen neben dem Fensterbrett wuchs Unkraut. An den Spitzen der Halme schimmerten Tautropfen. Der gelbe Schmetterling trank von dem Tau. Dann ging die Sonne auf und tauchte die Baumkronen auf der anderen Seite der Straße in schimmerndes Rosa, und das Porzellanblau des Himmels wurde noch heller. Die Fenster der Betonsilos hinter dem Bolzplatz glänzten wie frisch geprägte Münzen.

Van Leeuwen stand auf und ging ins Bad, um sich die Zähne zu putzen und zu duschen. Er hatte sich jetzt seit drei Tagen nicht mehr rasiert; sein Kinn verschwand unter einem dichten grau-schwarzen Stoppelbart. Er hatte ein merkwürdiges Gefühl, als wüsste er nicht mehr ganz sicher, wer er war und wo er hingehörte.

Als er aus dem Bad kam, schnurrte sein Handy auf dem Nachttisch. Er meldete sich, und Manzonis inzwischen schon vertraute Stimme in der Leitung sagte: »Sie sind dabei, heute um sechs Uhr abends. Ich sage Ihnen jetzt, wo Sie hinmüssen: eine stillgelegte Kugellagerfabrik, Viale Corbucci 137, in Cinisello Balsamo, das ist ganz am Stadtrand. Sie sind ein Freund von jemand namens Silvestro Carisi in Vegas, der für Cato arbeitet. Ihr Name ist weiter Vinnie van Dyck, Ihre Legende bleibt auch dieselbe: Sie haben ein halbes Dutzend Bars und Bordelle in Rotterdam, und sie kaufen und verkaufen Frauen und Filme. Bashkim hat mit Carisi telefoniert, und Carisi sagt, Sie sind in Ordnung.«

»Bashkim ist nicht da?«, fragte Van Leeuwen.

»Wir wissen nie, wo Bashkim ist oder nicht ist«, sagte der Maggiore. »Die werden vielleicht versuchen, ihn oder Mezzanotte schon vorher zu erreichen, aber sie werden nur wenig Zeit haben, und mit etwas Glück haben Sie dann schon herausgefunden, ob Ihre Kollegin da festgehalten wird.«

»Wo werden Sie sein?«

»In der Nähe. Wir können aber erst zuschlagen, wenn die großen Fische da sind. Bis es so weit ist, sind Sie auf sich allein gestellt. Es war schon schwierig genug, den neuen Mann aus Rotterdam auf die Liste zu bekommen, das verdanken Sie meinem Informanten. Viel Glück, Van Leeuwen.«

Manzoni hatte die Verbindung unterbrochen, und die Zeit hatte einen Sprung gemacht, und Van Leeuwen war plötzlich allein in dem Apartment gewesen, ohne Milena. Er hatte seine Luger auseinandergenommen, gesäubert und wieder zusammengesetzt; das Magazin war voll, es enthielt acht Patronen. Er hatte sich auf einen Stuhl gesetzt und aus dem Fenster geschaut und festgestellt, dass die Wolken über den Himmel rasten und ihre Schatten über die Erde, während ihm seine eigenen Bewegungen normal vorgekommen waren. Sein Herz hatte allerdings mit der Zeit immer schneller geschlagen. *Ich habe Angst,* hatte er gedacht. *Ich sollte wütend sein, stattdessen habe ich Angst.* Er hatte sich gegen die Angst gestemmt, die Arme vor dem Bauch verschränkt, den Kopf tief hängen lassen. *Ich habe Angst, weil es zu einfach ist. Ich habe Angst, weil etwas nicht stimmt.*

Wo bleibt die Wut?!

Er dachte an das Verhör in der nächtlichen Einsatzzentrale der Antimafia-Brigade und daran, wie Vicecommissario Annunzio reagiert hatte, als ihm herausgerutscht war, die Carabinieri hätten den Bentley mit Mezzanotte und Bashkim absichtlich entkommen lassen. *Die Carabinieri? Woher wissen Sie, dass es die Carabinieri waren?*

Dann dachte er daran, wie er Milena weggeschickt hatte und an den Ausdruck in ihren Augen, Trauer und Enttäuschung und Zorn: Sie stand vor ihm und schaute zu ihm auf, in ihrer Chevignon-Jacke, die zwei Nummern zu groß war. »Dieser Carabinieri-Maggiore ist kein guter Mann«, sagte sie, »du kannst nicht ihm trauen. Er hasst dich, das ich spüre. Ich werde etwas für dich tun, weil du zu mir warst gut. Geh nicht fort, bevor ich dich nicht angerufen habe.«

Sie sah ihn nicht noch einmal an, als sie ging. Zwei Stunden später klingelte sein Handy, und sie war dran und sagte: »Ich habe mit John geredet, er mir schuldet ja was. Er weiß, dass es heute passiert, aber nicht, wo. Wenn dein Carabiniere es weiß, dann er die Information nicht hat von John. Du darfst dort nicht hingehen, Vinnie.«

»Ich muss.«

Sie seufzte und fuhr fort. »Dann sag ihnen wenigstens nicht, wie du heißt. Benutz keinen Namen, den du bisher benutzt hast oder den die Bullen kennen. Und es gibt ein Passwort. Das hat dir der Carabiniere nicht gesagt, oder?«

»Vielleicht weiß er es nicht.«

»Das Passwort lautet: ›Das Herz in deiner Brust ist nur eins von vielen‹. Wer das nicht kennt, den legen sie sofort um. Merk dir …«

»Das Herz in deiner Brust ist nur eins von vielen«, wiederholte er und dachte: *Mafiapoesie*. »Danke, Milena.«

»Vergiss mich nicht, Vinnie.«

»Ich heiße Bruno.«

»Vergiss mich trotzdem nicht.«

Dann saß er unvermittelt im Taxi, und die Zeit raste wieder. Das Taxi schoss durch eine Kulisse aus blitzenden Ampeln, vorbeiflitzenden Fahrrädern, peitschenden Palmwedeln und durcheinanderschießenden Passanten. Das Licht floss schnell, schimmernd, Wolken jagten heran und verschluckten die letzten Sonnenstrahlen. Die Wolken waren fast schwarz und an der Unterseite von einem bösen Purpurrot. Dann wurde es dunkel, doch vorher sah Van Leeuwen den schwarzen Hund an der Fabrikwand, und die Bilder blieben fast stehen.

Ich habe Angst. Was ist aus meiner Wut geworden?

Die Männer am Fabriktor trugen Lederjacken und Tarnhosen, und von kleinen Knöpfen in ihren Ohren führten dünne Kabel am Hals hinunter und verschwanden hinter ihren Stiernacken, wahrscheinlich im Rückenmark. Ihre Augen hinter den Sonnenbrillen waren aufmerksam, aber ohne lebendige Reaktion. Wie Besucher aus einer anderen Dimension scannten sie alles sichtbare Leben auf dem Hof, holten es heran, prüften es und stießen es wieder ab, ohne dass die Lider zu Schlitzen wurden oder die Pupillen sich erweiterten. Van Leeuwen vermutete, dass ihre Augen dreidimensionale Bilder von ihm anfertigen konnten, die sie aber selbst nicht auswerten, sondern an Modelle der nächsten Generation weitergeben mussten.

Mit knappen, sparsamen Bewegungen tasteten sie ihn nach Waffen ab, fanden die Luger und das Handy und klebten eine Nummer auf beide, bevor sie sie in eine Zellophantüte steckten und die Tüte in eine Plastikwanne auf einem Tisch hinter dem Tor legten. Sie gaben ihm einen Zettel mit einer Nummer, die der auf seiner Tüte entsprach.

»Das Passwort?«, fragte einer der beiden Männer.

»Das Herz in deiner Brust …«, sagte Van Leeuwen und durfte passieren. Gerade als er in das Halbdunkel der Halle trat, fing es zu regnen an. Dicke, schwere Tropfen klatschten hinter ihm auf den Hof, und auf dem Fabrikdach wurde aus dem Regen ein Trommelfeuer.

Die Halle war riesig und leer und schlecht beleuchtet, und über die schmalen und teilweise zerbrochenen Fenster dicht unter dem Dach strömte der Regen. Der mit alten Ölflecken bedeckte Betonboden strahlte Kälte aus. In der feuchten Luft hing ein Geruch nach Fäulnis. Stahlbalken stützten die Decke, und an den kahlen Wänden verrieten große Löcher, wo früher die Maschinen verankert gewesen waren. Am anderen Ende der Halle standen mehrere Reihen von hölzernen Klappstühlen vor einer breiten Matratze auf einem eisernen Bettgestell. Es gab keine Kulisse hinter dem Bett, nur die nackte Wand. Rechts davon führte eine Tür in einen dunklen Gang, aus dem in wenigen Minuten eine Frau und ihr Mörder treten würden.

Der Commissaris ging langsam auf die Stühle zu, von denen einige bereits besetzt waren. Er erkannte keinen der Männer wieder. Einige redeten miteinander, und wenn sie sich bewegten, blitzten Goldketten und goldene Uhren. Bashkim war nicht darunter, auch Cardone und Mezzanotte fehlten.

Als Van Leeuwen sich auf einen Stuhl außen in der letzten Reihe setzte, hörte er in dem dunklen Gang eine Frau schreien. Ihre Stimme war laut und schwoll zu einem kollernden Kreischen an, das durch die Fabrik hallte wie der unheimliche Schrei eines unsichtbaren Vogels im tropischen Regenwald. Der Commissaris spürte, wie die Haare an seinen Unterarmen sich aufstellten. Von den anderen Männern reagierte niemand auf den Schrei; ein paar blickten kurz zu der Tür hinüber, sahen aber keinen Anlass, ihre Gespräche zu unterbrechen.

Nur ein Schrei, dann herrschte wieder Stille bis auf das leise Raunen der Männer und den Regen, der auf das Fabrikdach trommelte und in Bächen über die Fenster floss.

Etwas später erschien ein Mann in der Tür zu dem Gang. Das schwache Licht fiel auf seinen Rücken, den hochgestellten Kragen einer Lederjacke und einen gestikulierenden Arm, der einen Halbkreis beschrieb, wieder verschwand und erneut sichtbar wurde. Das Handgelenk zierte eine billige verchromte Uhr mit einem durchhängenden Metallarmband, die bei jeder Bewegung rauf- oder runterrutschte.

Vicecommissario Annunzio.

Van Leeuwen erinnerte sich an das nächtliche Verhör nach seiner Festnahme, an Annunzios Erregung, seinen Zorn. *Wir haben eine Ausnahmesituation, und wir haben endlich eine Elitetruppe, die mit dieser Situation fertig werden soll, und in dieser Elitetruppe stehe ich ziemlich weit oben.*

Außerdem stehst du auf der anderen Seite, dachte der Commissaris; nicht Maggiore Manzoni, sondern du. Er spürte, wie ihm noch kälter wurde. Sie wussten alles, und sie wussten es von ihm, deswegen war er hier. *Ich bin hier, damit sie Brigadier Julika Tambur vor meinen Augen töten können*, dachte er. *Ich bin hier, damit sie mir zeigen können, was sie von mir oder irgendeinem Polizisten halten, und sie drehen einen hübschen kleinen Film davon, den sie dann ins Internet stellen, und danach bin ich erledigt, denn sie werden nicht nur ihren Tod filmen, sondern auch, wie ich hier sitze und zusehe.*

Nein.

Wenn sie wissen, dass ich hier bin, werden sie mich auch töten. Sie können es sich gar nicht leisten, mich am Leben zu lassen.

Ich muss etwas tun. Ich brauche eine Waffe. Bis jetzt wissen sie nicht, dass ich schon da bin; noch kann ich sie überraschen.

Er nahm die Sonnenbrille ab und sah sich suchend um. Er entdeckte keinen Knüppel, kein Stück Rohr, nicht einmal ein Kabel, nichts, das sich als Waffe verwenden ließ. Er stand auf, klappte den Stuhl zusammen und klemmte ihn sich unter den Arm. Niemand achtete auf ihn. Mit dem Stuhl unter dem Arm ging er auf die Tür zu dem dunklen Gang zu, und während er ging, kehrte seine Wut zurück. Sie schoss ihm durch die Brust in den Kopf, und sie war so stark, dass er nichts anderes mehr fühlte. Er ging weiter, und noch immer achtete niemand auf ihn. Unbemerkt gelangte er bis zu der Tür und durch die Tür in den Gang dahinter.

Die Luft in dem Gang strich ihm über die Haut wie feuchte, kalte Watte. Es war so dunkel, dass seine Augen schmerzten. Er ging langsam, folgte den leisen Stimmen mehrerer Männer, und nach ein paar Schritten wurde es heller. Er hielt den zusammengeklappten Stuhl am Rahmen der Lehne wie die Griffe einer Schubkarre, und als er vor sich einen Schatten auftauchen sah, rammte er ihm die Stuhlbeine in den Bauch. Er spürte den Stoß bis in die Schultern, und dann hörte er ein Grunzen und sah, wie der Schatten einknickte, und gleich dahinter erschien ein zweiter, breiterer Schatten, und wieder benutzte er die Beine als Rammbock, und als der Schatten nicht sofort verschwand, riss er den Stuhl hoch und schmetterte ihn der gekrümmten Gestalt in den Nacken.

Er brüllte: »Julika! Julika?!«, und rannte in den dunklen Gang. »Julika!«, und dann brüllte er: »Annunzio!«, und eine dritte Gestalt drehte sich um, und er stürmte auf die Gestalt zu und hieb ihr den Stuhl auf den Kopf, und diesmal war es kein Grunzen, kein unterdrückter Schrei, sondern ein Geräusch, wie es entsteht, wenn Knochen splittern, und er schlug noch einmal zu und noch einmal.

Hinter sich hörte er plötzlich Schreie und etwas, das wie Schüsse klang, Schreie und Schüsse und quietschende Autoreifen auf Asphalt. Er rannte weiter. Er rannte, und im Laufen schaute er durch die Türen in die leeren, von Zwielicht erfüllten Räume dahinter. »Julika!?« Er blieb stehen, um zu lauschen. Die Schreie draußen wurden lauter, immer mehr Schüsse fielen, aus Waffen mit verschiedenen Kalibern; Stühle scharrten, dann klapperten Schuhe auf Beton. »Julika?!«

»Hier … Ich bin hier.«

Die Stimme war erst schrill und laut, dann wurde sie jäh abgewürgt. Van Leeuwen hielt den Stuhl noch immer wie einen Rammbock, als er der Richtung folgte, aus der die Stimme ihm geantwortet hatte. Er ging jetzt langsamer, seine Blicke fielen nach rechts und links hinter die offenen Türen, trafen auf kahle Mauern, nackten Boden.

Da, ein Dutzend Frauen, jung, in Jeans und BH, nur Silhouetten, zusammengekauert auf einer schäbigen Matratze, halten sich umarmt, hocken einfach da, mutlos und erschöpft, rauchen nervös.

Da, im nächsten Raum, ein dunkelhäutiger Mann, muskulös, mit der schwarzen Kapuzenmaske eines Scharfrichters, steht reglos, breitbeinig, nackt bis auf einen schwarzen Slip und ein metallenes Kettenhemd, den Kopf wie zum Gebet gesenkt. Ein Beil auf dem Beton vor seinen Füßen, daneben eine gläserne Crackpfeife.

Da, ein Mann – Army-Hose, Lederjacke, Stiefel – stürzt aus einem der Räume auf den Gang, schaut sich um, greift hastig nach seiner Pistole …

Van Leeuwen schwenkte den Stuhl, schmettert ihn dem Mann ins Gesicht, *der Mann stürzt*, und Van Leeuwen schlug noch einmal zu, und als der Mann lag, bückte er sich und hob die Pistole auf. »Julika!«

Er ließ den Stuhl fallen und ging weiter, die Pistole in der Hand. Er stieß gegen einen liegenden Körper in einer schwarzen Pfütze, stieg über ihn hinweg. *Der Schrei des wahnsinnigen Vogels, ein Todesschrei.* Mit einer Hand tastete er sich an der Wand entlang, auf ein undeutliches, schlieriges Licht zu – *was ist das?* –, während hinter ihm eine Maschinenpistole mit kurzen Feuerstößen in den Schusswechsel einfiel. Plötzlich stieß ihm etwas ins Gesicht, hüllte ihn ein. Erschrocken zuckte er zurück, schlug um sich, *kalt, nass*, es klatschte unter seiner Hand, aber das undeutliche Licht war noch da, *ein Vor-*

hang, durchsichtig, Kunststoff, bespritzt mit schwarzer Nässe. Die schwere Kunststoffplane hing von der Decke, teilte den Gang in zwei Hälften.

Van Leeuwen versuchte, etwas zu erkennen; er roch süßliche Feuchtigkeit, leicht metallisch, wie Kupfer. Ekel trieb ihm einen bitteren Geschmack auf die Zunge. Die Nässe war Blut, noch flüssig. Er stieß die Plane mit dem Ellbogen beiseite. Das Licht fiel aus der letzten Tür links. Jetzt konnte er sehen und lief darauf zu. »Julika?«

Ein Stöhnen.

Er blieb stehen, überprüfte die Pistole, entsicherte sie. Er ging weiter, wieder langsam, vorsichtig und mit dem Geschmack des Blutes auf der Zunge. Kurz vor der Tür blieb er stehen. Sein Herz schlug schnell, er spürte es im Mund und hinter den Schläfen. Er hatte Angst vor dem, was er in dem Raum sehen würde.

Er holte Luft. Er hob die Pistole, trat hinter der Mauer hervor und sah den Raum und die Frau auf der Matratze, und es war eine Frau, die er nicht kannte. Die Frau war nackt, *bis auf ein weißes Höschen*, und gefesselt. Sie hatte einen fast kahl geschorenen Kopf. Ihr Gesicht war stark geschminkt, ein blutroter Mund, schwarz umrandete Augen, alles andere hell, fast weiß. Sie starrte auf die Tür, wie gelähmt, und ihr Gesichtsausdruck veränderte sich auch nicht, als sie Van Leeuwen erblickte.

»Julika?«

Sie antwortete ihm mit den Augen. Die Iris war groß, die Pupillen geweitet, sie schwenkten nach rechts und wieder zurück und noch einmal nach rechts, und er verstand: *rechts hinter der Tür*, und für einen Moment wurden ihm die Knie weich. Er fasste den Griff der Pistole mit beiden Händen. Dann duckte er sich und stürmte über die Schwelle, rannte bis zu der Matratze, wo er sich fallen ließ, und noch bevor er den Boden berührte, hörte er die Schüsse und sah die Mündungsflammen, und er feuerte im Liegen auf den Schatten an der Wand, da, *ein Mann, jetzt links von der Tür*. Er schoss drei Mal, und die Schüsse tauchten den ganzen Raum in blauweiße Blitze. Blut spritzte auf die Wand hinter dem Kopf des Mannes.

Der Mann rutschte langsam an der Wand herunter, ein breiter

dunkler Streifen blieb auf dem Verputz zurück. Unten verharrte der Mann auf den Knien. Sein Kopf hing nach vorn, seitlich abgewandt, als schämte er sich; als wollte er nicht, dass Van Leeuwen ihm beim Sterben ins Gesicht sehen konnte. Die Hand mit der Pistole fiel herab und blieb auf dem Boden liegen. Die Waffe klirrte leise, denn der ganze Körper wurde geschüttelt von den eisigen Stromstößen, die sich durch seine Nerven brannten und einen nach dem anderen abtöteten.

Van Leeuwen ließ die Augen nicht von dem Mann, bis der Körper sich nicht mehr bewegte. Die Frau auf der Matratze hinter ihm sagte etwas, das er nicht verstand. Ein heiseres Flüstern, mehr nicht. Er richtete sich auf, sah die Frau an, ihr Gesicht; sah die weit aufgerissenen, tränenlosen Augen mit den riesigen Pupillen. Das Gesicht war ihm so fremd wie die Maske einer Wildkatze. Ihre Lippen streiften sein Ohr. Er spürte ihren keuchenden, schalen Atem. Es war, als könnte sie ihre Zunge nicht bewegen; jeder einzelne Gesichtsmuskel war angespannt. *Was haben sie mit dir gemacht?* Die Matratze roch nach Urin und Schweiß und Erbrochenem. Die Frau redete weiter. Er verstand noch immer nicht, was sie sagte, und dachte: *Das ist gar nicht Brigadier Tambur.*

Dann, ganz plötzlich, begriff er, dass sie es doch war, aber nur äußerlich. Ihr Gesicht, unter der dicken Schminke entstellt von Blutergüssen und Schnitten, ähnelte ihr weiterhin, ebenso der Körper, doch ihre Inneres war verschwunden. Das Grauen, das sie erlebt hatte, war nicht in sie eingedrungen, sondern es hatte sie ausgesaugt und nichts übrig gelassen als eine zitternde Hülle. »Julika?«

»Ja, ja, *ja*!« Sie schrie. Ihr Mund stand offen, und sie schrie, und sie hörte erst auf, als er sie ohrfeigte. Sie hielt inne und starrte ihn an. »Weg«, flüsterte sie, »weg, weg, weg, bitte, *bitte*!« Ihre Stimme war rau und Furcht einflößend. Ihre Finger schlugen sich um seinen Arm wie die Krallen eines Greifvogels. Er stand auf und zerrte sie hoch. Er schob die Pistole in den Hosenbund und schlüpfte aus seiner fellgefütterten Lederjacke, die er Julika um die Schultern legte. Sie klammerte sich an ihn, ihre Haut war eiskalt. »Schnell«, drängte sie, »bevor sie kommen.«

Er führte sie zur Tür, ging mit ihr hinaus auf den Gang, und unvermittelt begann die Zeit wieder zu rasen. Er registrierte nicht mehr, was er tat, wohin sie rannten, sah nur das flackernde Licht wie bei einem alten Stummfilm und hörte Schüsse, die abwechselnd zu leise und zu laut klangen. Julika lief neben ihm, genauso schnell. Sie konnte sich kaum noch auf den Beinen halten, sie stolperte und fiel beinahe, aber er hielt sie, und auf einmal waren sie draußen, und es war auch dort dunkel, und das flackernde Licht kam von Autoscheinwerfern und Taschenlampen und dem Mündungsfeuer der Pistolen.

Es regnete noch immer; schräge silbrige Lamettafäden fielen aus dem schwarzen Himmel. »Van Leeuwen!«, rief eine Männerstimme. »Hierher!« Maggiore Manzoni kauerte hinter dem Lastwagen an der Rückseite des Fabrikgebäudes. Er hielt eine Pistole in der Hand und schoss auf jemand, den Van Leeuwen nicht sehen konnte, und während der Commissaris sich noch fragte, wie er selbst und Julika nach draußen gelangt waren, winkte Manzoni ihm mit der freien Hand.

Im selben Moment flammten auf dem Hof vor dem Hallentor die Scheinwerfer eines Wagens auf. Ihre Lichtkegel erfassten Manzoni in seiner blauen Uniform. Er reagierte sofort und schoss auf die Scheinwerfer, sechs Schüsse schnell hintereinander. Der Regen dämpfte das Geräusch; es klang harmlos wie das Knattern von Kindergewehren. Das Feuer wurde von zwei Männern erwidert, blasse Mündungsflammen, die wie ferne Blitzlichter flackerten, und die Kugeln hämmerten klirrende Funken aus der Karosserie des Lasters.

Die Männer waren nicht zu erkennen, sie blieben im Dunkeln hinter den Scheinwerfern, nur das Mündungsfeuer rechts und links von den Scheinwerfern verriet ihre Position. Ein weißer Schimmer lag im Dunst über dem Hof wie kurz vor einer himmlischen Erscheinung. Halb geblendet von dem grellen Fernlicht schleppte Van Leeuwen Julika zu dem Lastwagen. »Ich bin reingelegt worden«, rief Manzoni. »Wir sind alle reingelegt worden.«

»Ich weiß«, antwortete Van Leeuwen. »Ich habe Annunzio da drin gesehen.«

»Ist das Blut? Sind Sie verletzt?«

»Nein, glaub nicht.«

Sie kauerten dicht an den mächtigen Reifen des 38-Tonners, und Julika presste sich gegen Van Leeuwen, die Lederjacke über ihren Schultern vibrierte wie das Fell eines Tiers in Todesangst. Manzoni wechselte das Magazin seiner Pistole. »Haben Sie ein Handy?«

»Das mussten wir abgeben«, sagte Van Leeuwen.

»Meins liegt irgendwo da draußen.« Manzoni zog den Schlitten seiner Waffe zurück, beförderte eine Patrone in den Lauf. »Ich hab's verloren, als die plötzlich auf mich geschossen haben. Mein Wagen ist nur noch ein Sieb, das Funkgerät ist mir praktisch in den Händen zersprungen. Wenn nicht jemand von den Nachbarn da draußen die Polizei ruft ... Wir müssen versuchen, mit dem Scania hier durchzubrechen. Der Motor ist noch warm. Wahrscheinlich haben sie damit die Frauen hergebracht.«

»Wo sind Ihre Leute?«, fragte Van Leeuwen.

Manzoni antwortete nicht. Er richtete sich auf und gab zwei Schüsse auf die Männer neben den Scheinwerfern ab. Eine der ausgeworfenen Patronenhülsen streifte heiß über Van Leeuwens Wange, und sie rauchte noch, als sie zischend auf den nassen Asphalt fiel. Der Regen lief Manzoni über das Gesicht und durchnässte seine Uniform. Er schoss noch einmal, dann duckte er sich wieder. Beim Fabriktor erklang ein Schrei. Ein Mann rollte in die Lichtkegel der Scheinwerfer, wo er mit angezogenen Beinen liegen blieb, beide Unterarme gegen den Bauch gepresst. Seine billige Uhr mit dem verchromten Metallarmband blinkte. Seine dunkle Haut glänzte nass, und sein Gesicht trug den erstaunten, ungläubigen Ausdruck eines Mannes, der seinem eigenen Sterben zuschaut. Windböen wirbelten die Regentropfen wie glitzernden Glasstaub durch das blendende Licht.

Van Leeuwen sah den Vicecommissario sterben und dachte: *Wo sind wir hier bloß hineingeraten?*

»Der war schon lange vorher tot«, sagte Manzoni.

Mein Gott, wo sind wir hier hineingeraten?

»Manzoni, Ihre Leute?«, rief Van Leeuwen noch einmal. Aber er wusste, dass er die Antwort auf die Frage schon kannte: dass es keine

Leute gab, die kommen würden, und dass es zu spät war, um an ihrer Situation noch etwas zu ändern. Es war zu spät für alles, und er dachte: *Wir werden hier sterben. Julika und ich werden die Nächsten sein.* Sein Herz flatterte, und er spürte seinen Speichel dick und bitter auf der Zunge. Nein, *ich* werde der Nächste sein.

Aber er täuschte sich. Manzoni war der Nächste, nicht er. Der Carabiniere sprang hinter dem Führerhaus des Scania hervor, umklammerte den Griff seiner Pistole mit beiden Händen und schoss, doch im selben Moment feuerte auch einer der beiden Männer neben dem Auto mit den Scheinwerfern. Für eine Sekunde war der Mann vor den roten Rücklichtern eines davonjagenden Wagens so klar und scharf konturiert zu sehen, als wäre seine Silhouette aus dem Bild der Regennacht geschnitten. Dann schossen Blitze aus seinen Händen, *eins, zwei drei*, die Mündungsflammen sprühten Funken und beleuchteten den Schattenriss sekundenlang auch von vorn, das verzerrte Gesicht, die nasse Lederjacke und eine klobige Gürtelschnalle, *vier, fünf, sechs*. Er hatte zwei Pistolen, die er in Schulterhöhe hielt, und jetzt raste die Zeit wieder, überall waren Mündungsfeuer, ein zweiter Mann, ein dritter, alle schrien, Revolver und Maschinenpistolen schossen durcheinander, Bleiprojektile kerbten die Nacht, zogen leuchtende Spuren durch den Regen, heiße Patronenhülsen spritzten auf den Asphalt, tanzten zischend und klirrend davon, und die Nacht war keine Nacht mehr, sondern ein bleiches, kaltes Feuerwerk, und dann hörte alles so plötzlich auf, wie es losgegangen war.

Einen Moment stand Manzoni nur so da, ohne sich zu rühren. Dann sanken seine Hände herab. Die Pistole rutschte ihm aus den Fingern und schlug mit dem Lauf zuerst auf den nassen Asphalt. Er schwankte. Unsicher torkelte er einen Schritt zurück und prallte seitlich gegen die Karosserie des Scania. Seine Lippen öffneten sich und sprühten Blut in den Regen, eine leuchtende rote Fontäne. Auf seiner Brust klebte ein feuchtes Rosenblatt, das der Wind dort hingeweht hatte, und während Van Leeuwen noch auf das Blütenblatt starrte, begann es ebenfalls zu bluten, und aus dem Haaransatz über Manzonis Stirn lief noch mehr Blut; in dünnen Fäden rann es über sein Gesicht und die dunkelblaue Uniform.

»Manzoni!«

Langsam rutschte der Maggiore an der Tür des Führerhauses zu Boden. Der Regen lief über sein Gesicht, troff von seinem Kinn. Die Finger seiner rechten Hand krochen auf eine Ölpfütze zu, die im Streukegel der Scheinwerfer wie ein Pfauenauge schillerte, aber die heruntergefallene Pistole lag außerhalb seiner Reichweite.

Van Leeuwen hielt Julika mit einer Hand zu Boden gedrückt, »Unten bleiben!«, mit der anderen umklammerte er seine eigene Pistole. Sein Magen war so kalt wie der Betonboden in der Halle und genauso hart. Er biss sich auf die Unterlippe, zählte lautlos bis drei, und als die Angst immer noch zu stark war, weiter bis sechs, und sein Magen drehte sich einmal um sich selbst, *sieben, acht*, und dann sprang er auch auf und eröffnete das Feuer auf die Scheinwerfer. Wie in Zeitlupe umwirbelte ihn der Regen, und er schoss, bis das Magazin leer war, und in das ohrenbetäubende Krachen der Schüsse hinein hörte er die Kugeln auf Metall schlagen. Der Schlitten der Automatik rastete ein, als die letzte Patronenhülse auf den Asphalt klirrte. Glas splitterte, dann erloschen die Lampen, und einen Augenblick herrschte Stille, bis das Rauschen des Regens wieder einsetzte.

Manzoni stöhnte. »Maledetto«, keuchte er, »maledetto, verdammt, verdammt ...« Seine Jacke färbte sich allmählich immer dunkler; das Rot des Blutes setzte sich sogar gegen das Blau der Uniform durch. Sein Oberkörper kippte zur Seite, und er rollte halb unter das Trittbrett des Führerhauses, wo er auf der Seite liegen blieb und immer weiter keuchte: »Verdammt, verdammt, verdammt ...«

Der Wagen vor dem Hallentor setzte sich in Bewegung, raste mit quietschenden Reifen rückwärts, schleuderte in eine Halbkurve und jagte dann vorwärts vom Hof. Er kollidierte mehrmals mit irgendetwas in der Dunkelheit, die Bremslichter blinzelten, dann war er auf der Straße und verschwand mit röhrendem Auspuff.

Van Leeuwen warf die leer geschossene Pistole weg. Seine Hände zitterten, bis in die Unterarme hinauf taub vom Rückstoß. Er riss den Schlag des Scania auf, bückte sich über Manzoni und versuchte ihn aus der Lache von Blut und Wasser zu zerren, die sich um den zusammengekrümmten Körper gebildet hatte. Der Carabiniere schüttelte den Kopf, aber Van Leeuwen zog und zerrte weiter, bis er seine Arme um Manzonis Brust legen konnte. »Helfen Sie mir doch mal«, stieß er hervor und keuchte jetzt selbst, »verdammt, hilf mir endlich!«, aber Manzoni half ihm nicht, und Julika half ihm auch nicht, denn sie kauerte reglos auf den Fersen ihrer nackten Füße neben dem Vorderreifen, unbeweglich und starr wie in Trance, als schliefe sie mit offenen Augen, während der Regen über ihren fast kahlen Schädel strömte und in den Fellkragen der Jacke sickerte und auf den Knien der angezogenen Beine glänzte.

Van Leeuwen setzte einen Fuß auf das Trittbrett und hievte Manzoni hoch, dann schob er den Fuß in die Kabine und zog Manzoni wieder weiter. Manzoni war schwer, und Van Leeuwen zwängte sich rückwärts in die Kabine und zerrte den verkrampften Körper auf den Beifahrersitz, und die ganze Zeit flüsterte Manzoni: »Verdammt, verdammt, verdammt …« In seinem Mundwinkel wölbte sich eine Blase aus rosigem Schaum im Rhythmus seines Atems. Er zitterte in der nassen, blutigen Uniform, und seine Lider flatterten. »Verdammt, verdammt …«

Julika erwachte aus ihrer Erstarrung. »Nimm mich mit«, flüsterte sie. Sie hob den Kopf, mit mechanisch wirkender Langsamkeit sah sie zum Führerhaus hoch und flüsterte: »Nimm mich mit, bitte!« Wie in Zeitlupe stand sie auf. Sie bewegte sich, als müsste sie es erst lernen; als imitierte sie Zeichnungen aus einem Lehrbuch. Sie kletterte auf das Trittbrett, krabbelte über Manzoni hinweg, zwängte sich in die Schlafkoje hinter den Sitzen und kauerte sich dort in eine Ecke, wieder mit angezogenen Beinen. »Fahr los«, drängte sie, »fahr schon, fahr schon.«

Van Leeuwen rutschte hinter die Lenkradsäule und stellte fest, dass der Schlüssel abgezogen war. Im Dunkeln tastete er unter dem Sitz herum, hinter der Sonnenblende, auf der Ablage über dem Handschuhfach. Er öffnete die Klappe des Handschuhfachs, und da lagen sie im Schein einer kleinen Glühlampe, neben einer Steyr Halbautomatik. Er startete. Das tiefe Brummen des Motors erfüllte die Fahrerkabine. Am Armaturenbrett leuchtete die Frequenzskala des Autoradios auf, und eine raue Frauenstimme, begleitet von

Gitarren und Schlagzeug, drang aus den verborgenen Lautsprechern der Soundanlage. Van Leeuwen drehte die Musik leiser, aber Manzoni stöhnte: »Nicht, lass an!«, und er stellte sie wieder lauter. Er löste die Hydraulikbremse, legte krachend den ersten Gang ein und gab Gas.

»Wohin fahren wir?«, fragte der Maggiore.

»Zum nächsten Krankenhaus«, sagte Van Leeuwen.

Manzoni schüttelte schwach den Kopf. »Ruf die Polizei, über CB-Funk …«

Der Commissaris suchte nach dem CB-Funk, fand aber nur ein abgerissenes Kabel. »Kein Funk da«, sagte er. Er schaltete die Scheinwerfer ein, dann die Scheibenwischer. Der schwere Lastwagen kam nur langsam auf Touren. Das Quietschen der Wischerblätter vermischte sich mit Gianna Nannini und ihrer Band und dem Rhythmus von *America.*

Van Leeuwen steuerte den Scania über den Hof. Blut und Patronenhülsen glitzerten im Licht der Scheinwerferkegel. Alle anderen Wagen waren verschwunden, nur Annunzios Leiche lag noch zusammengekrümmt im Regen. Der Scania rollte an dem Toten vorbei, und der Regen war so heftig, dass die Tropfen von der Erde und Annunzio abprallten, und sein Gesicht zitterte, als lebte er noch. Manzoni rieb sich die Augen, verschmierte Wasser und Blut in seinem Gesicht. Mit bleichen Fingern zerrte er an seinem Uniformkragen wie jemand, der keine Luft mehr bekommt. Van Leeuwen schaute in den Innenspiegel. Julika lag auf der Seite in der Schlafkoje, hatte einen Daumen in den Mund geschoben und schlief.

Sie schlief.

Das Lied im Radio endete, Applaus rauschte aus den Lautsprechern, und die raue Frauenstimme sagte: *»Grazie, grazie!«* Der Beifall legte sich. Ein Schlagzeug setzte ein, eine E-Gitarre. Wieder brandete Beifall auf, und dann sang Gianna Nannini live aus dem Antico Teatro in Mailand *Notti senza cuore.*

»Nächte ohne Herz«, sagte Manzoni leise. Er schloss die Augen. Er atmete flach und hielt sich den Bauch mit beiden Händen. Er hustete schwach. Seine Finger wurden rot. »Du blutest ja«, sagte er zu Van Leeuwen.

Das war der Augenblick, in dem der Commissaris den Schmerz dicht unter seinem eigenen Herzen spürte, an sich hinuntersah und im Widerschein der Armaturenbeleuchtung feststellte, dass sein Hemd und sein Hosenbund nass von Blut waren.

37

Im ersten Gang rollte der Scania ruckelnd vom Fabrikgelände auf die Straße. Van Leeuwen klammerte sich ans Lenkrad, schwankte mit dem Laster hin und her. Das Hemd klebte an seinen Schultern, und immer mehr Blut sickerte durch den Stoff und weiter in den Hosenbund. Er wunderte sich, dass der Schmerz nicht heftiger war. Sobald er auf der Straße war, trat er das Gaspedal durch und schaltete in den zweiten Gang. Ich muss ein Krankenhaus finden, dachte er; da war doch eins, ich hab es gesehen, auf dem Weg hierher, als die Zeit gerast ist.

Er schluckte, um seine Ohren von einem plötzlich aufgetretenen Druck zu befreien. Er kniff die Augen zusammen und öffnete sie wieder, dann beugte er sich vor, um besser sehen zu können. Die leere Fahrbahn vor der Windschutzscheibe verschwamm schwarz glänzend im Regen. Die Straßenlaternen zogen flimmernde Lichtstreifen durch die körnige Dunkelheit. *Wo sind wir?* Keine Straßenschilder, kein Wegweiser *Ospedale*, niemand auf den Gehwegen. Er trat abrupt auf die Bremse, weil eine Ampel vor ihm auf Rot schaltete. Als rechts und links kein anderer Wagen in die Kreuzung fuhr, gab er wieder Gas.

Manzoni hustete erneut. Sein Gesicht war verkrustet mit getrocknetem Blut. »Annunzio«, sagte er, aber das Sprechen fiel ihm zu schwer, und die Hände, mit denen er seinen Bauch hielt, waren rot und nass. Dann sagte er: »Gianna«, lehnte den Kopf zurück und schloss die Augen, »Gianna und Sim … ihr hättet zusammen da hingehen sollen, ihr beide, nicht … nicht sie und ich …«

Das Licht der Straßenlaternen fiel in das Führerhaus, wanderte hindurch und verschwand, bevor es wieder zurückkehrte. Zu spät stellte Van Leeuwen fest, dass er in eine Einbahnstraße geraten war. Er beschleunigte, um die nächste Ecke zu erreichen, ehe ihm jemand entgegenkam. Die Reflexion der Scheinwerfer auf dem nassen Asphalt blendete ihn. Seine Augen brannten, und er war gleichzeitig todmüde und hellwach. Er riss das Steuer herum, lenkte den Scania in die nächste Straße. Ein Stoppzeichen flog ihm aus der Nacht entgegen. Das Wasser auf der Scheibe leuchtete kurz auf, wurde von den Wischerblättern beiseitegefegt. Die Reifen ratterten über eine Straßenbahnweiche. Van Leeuwen trat auf die Bremse, und Manzoni hielt sich am Haltegriff fest.

»Piano, piano«, sagte er. Seine Stimme war kaum noch zu verstehen. Van Leeuwen drehte Gianna Nannini und *Latin Lover* leiser. Manzoni sagte: »Ich schaffe … schaffe es sowieso nicht mehr. Ich sterbe …«

»Unsinn, Sandro, so schnell stirbt man nicht«, erwiderte Van Leeuwen, und erst, als er den Namen ausgesprochen hatte, merkte er, dass es ihm nichts ausmachte. Er hatte die Wunde gesehen, die Wunde und das Blut. *Ich muss ihn wach halten*, dachte er und stellte *Latin Lover* wieder lauter. »Du musst nur wach bleiben, hörst du? Das ist alles.«

Manzoni reagierte nicht. Etwas später begann er, den Song im Radio mitzusummen, falsch und bruchstückhaft. Er öffnete die Augen und schloss sie gleich darauf wieder. Die Lider sahen im vorbeifliegenden Licht der Laternen schon leblos aus, wie sandfarbene Muscheln. Van Leeuwen hatte den Eindruck, dass er nicht mehr so stark blutete, aber er konnte sich täuschen. »Hast du dich schon mal gefragt, wie das wohl ist, wenn man stirbt?«, wollte Manzoni wissen.

»Nein. Rede nicht so viel. Das strengt an. Herrje, Scheiße!« Van Leeuwen trat auf die Bremse und warf das Lenkrad herum, denn er hatte eine Gasse entdeckt, an deren Ende das Licht zunahm. Er hatte das Gefühl, im Kreis herumzufahren, sich im Labyrinth der Vorstadt verirrt zu haben.

Mit geschlossenen Augen sagte Manzoni: »Sim … Simone … Ich habe sie wirklich geliebt, weißt du.« Er musste schon wieder husten, in trockenen, keuchenden Stößen, die schrecklich klangen.

»Ich weiß«, sagte Van Leeuwen. »Wir haben sie beide geliebt.«

»Ich habe ihr geschrieben, aber sie hat nie geantwortet.«

Sie hat dir geantwortet, dachte Van Leeuwen; sie hat den Brief nur nie abgeschickt. Auf einmal meldete sich der Schmerz in seiner Brust wieder, heftiger als zuvor. Die Scheibenwischer klappten hin und her, aber jetzt beschlug die Scheibe von innen, und am Tacho leuchtete ein rotes Lämpchen auf. Vor dem Scania öffnete sich eine Hauptstraße mit Bäumen und Leuchtreklamen, und da war auch das Schild, das Van Leeuwen gesucht hatte: *Ospedale.* Er trat das Gaspedal noch weiter durch. Seine Hände schmerzten, so fest umklammerte er das Lenkrad. Er rieb sich die Augen, die trockenen Lider.

Er hörte Sirenen, und als er in den Außenspiegel blickte, sah er ein blaues Flackern hinter sich. Ein Streifenwagen hatte sich an den Scania gehängt, etwas weiter hinten folgte ein zweiter. Manzoni stöhnte. Eine Lache dunklen Blutes schimmerte auf der Fußmatte, und immer mehr rann an seinen Hosenbeinen hinunter und tropfte in die Lache.

»Achtung, Kurve!« Van Leeuwen nahm den Fuß nur zwei Zentimeter vom Gas und trat in der Mitte der Kurve wieder voll durch. Manzoni klammerte sich mit beiden Händen an seinem Sitz fest, den rechten Fuß gegen das Armaturenbrett gestemmt. Die Kurve blieb zurück, und Van Leeuwen wischte sich die Handflächen an der Hose ab, erst die linke, dann die rechte, aber sofort danach waren sie wieder schweißfeucht und klebten am Steuer. Trotz der Federung schossen die Stöße der Schlaglöcher bis zu seinen Schultern hoch. Er warf einen Blick nach hinten in die Koje. Julika schlief noch immer, aber sie hatte den Daumen nicht mehr im Mund. Sie weinte im Schlaf; auf ihren Wangen schimmerten die Tränen.

»Pass auf!« schrie Manzoni.

Van Leeuwen zuckte zusammen und sah nach vorn. Eine junge Frau in einem walnussbraunen Fellmantel stand nur wenige Meter vor ihm auf einem Zebrastreifen und starrte wie gelähmt in die Scheinwerfer des Lasters. In letzter Sekunde konnte er den Scania nach rechts reißen. Der Truck raspelte an einem parkenden Fiat entlang, Funken sprühten, dann lag der Zebrastreifen hinter ihm, und er raste in die nächste Kreuzung, wo plötzlich ein Haufen roter Bremslichter leuchteten, Autos, die an einer Ampel warteten. Er riss den Scania nach links, auf die andere Spur. Von rechts schoss ein Taxi heran, wich gerade noch rechtzeitig aus und schlingerte hinter dem Scania vorbei. Eine Hupe heulte durchdringend.

Auf der Gegenfahrbahn tauchte ein Sportcabriolet auf, ein junges Paar hinter der Windschutzscheibe, beide mit bleichen, schreckstarren Gesichtern. Fernlicht blitzte auf und explodierte auf der Windschutzscheibe des Scania. Van Leeuwen riss das Steuer noch einmal herum, und einige Sekunden lang hatte er das Gefühl, die Gewalt über den Laster zu verlieren. Es war, als schwebte er. Der Truck, Manzoni und er selbst – wie losgelöst von der Straße trieben sie in der Nacht, schwerelos, und er hörte nur seinen Herzschlag und spürte, wie das Leben aus ihm herausrann.

Er bekam den Laster nicht wieder in den Griff. Die Vorderräder prallten auf den Bürgersteig, eine weiß gestrichene Mauer flog aus der Dunkelheit heran, die Stoßstange krachte in die Mauer, und der rechte Kotflügel schleifte an den Steinen entlang. Das Lenkrad wurde Van Leeuwen aus den Händen gerissen. Der Laster brach mit dem Heck aus, drehte sich und rutschte einige Meter quer über die nasse Straße und den Gehweg. Mit aller Kraft zog Van Leeuwen die Handbremse an und kuppelte aus. Der Scania schlitterte vom Gehsteig auf den Asphalt und weiter auf einen kleinen Platz, wo er eine schmiedeeiserne Straßenlaterne rammte.

Einige laut hallende Herzschläge lang drehte sich alles um Van Leeuwen, und er wusste nicht, was geschehen war. Die Zeit erstarrte wie schockgefroren. Dann barst die Windschutzscheibe, zersplitterte zu einem Hagelschauer von Glassplittern, die in Zeitlupe auf den Commissaris zuwirbelten. Die Splitter schimmerten und funkelten im Licht der Laternen wie Diamanten. Er wurde von seinem Sitz gerissen, und für einen Augenblick hatte er ein Gefühl, als flöge er den wirbelnden Glasscherben entgegen, würde in ihren glitzernden Schwarm gesogen. Ein klirrender, leuchtender Regen schlug um ihn herum ein. Er sah, wie sich die Klappe des Handschuhfachs öffnete. Langsam schlug sie nach unten, und die halbautomatische Pistole segelte heraus. Sie trudelte durch die Luft wie durch Wasser, richtete ihre Mündung auf Van Leeuwens Kopf und hielt ihn endlos lange in Schach, ehe sie endlich träge davonwirbelte.

Dann fiel er zurück, auf seinen Sitz und in seinen Körper. Er schaltete die Scheibenwischer aus, denn der Regen hatte aufgehört. Der Truck stand mit abgewürgtem Motor halb auf dem Platz. Im Radio sang Gianna Nannini *Possiamo sempre.* Maggiore Manzonis Lippen bewegten sich lautlos zu den Worten des Liedes, obwohl seine Augen geschlossen waren. Im Licht der Straßenbeleuchtung wirkte seine Haut wächsern und feucht. Im Radio hörte Gianna Nannini auf, *Possiamo sempre* zu singen. Van Leeuwen versuchte, den Truck zu starten, doch der Motor stotterte nur und sprang nicht an.

Manzoni öffnete die Augen. Seine Lider flatterten, aber er schien Van Leeuwen gar nicht zu sehen. »Bist du da?«, fragte er. »Bist du da, Bruno?«

»Ja, ich bin da«, sagte Van Leeuwen.

»Lass mich nicht allein.«

»Ich lass dich nicht allein«, sagte Van Leeuwen und drehte den Zündschlüssel, und wieder geschah nichts. »Wie fühlst du dich?«

»Ich darf mich bloß nicht bewegen.« Manzoni schloss die Augen wieder. »Ich hätte eine schusssichere … schusssichere Weste anziehen sollen. War keine Zeit.«

»Ist nie genug Zeit«, sagte Van Leeuwen.

»Dich hat's auch erwischt, oder?«

»Ja.«

»Ich habe ziemlich viel Blut verloren, glaube ich. Dein Bauch sieht etwas besser aus, aber nicht viel.«

»Nein.«

»Alles nass und rot. Weißt du, so habe ich mir das immer vorgestellt, ich dachte bloß, die Schmerzen wären größer.«

»Ich auch.«

»Hast du Schmerzen?«

»Geht so.«

»Ist für uns beide das erste Mal. Sterben, meine ich … Keine Ahnung, wie das geht. Ich … ich wollte immer allein sein dabei … aber zu zweit ist auch in Ordnung. Habe ich dir schon gesagt, dass ich dich mag?«

»Ja.«

»Aber Simone habe ich geliebt.«

»Sie hat dich auch geliebt«, sagte Van Leeuwen, und es ging ihm ganz leicht über die Zunge.

Die Streifenwagen hielten mit quietschenden Reifen hinter dem Scania. Zwei Carabinieri stiegen aus; einer von ihnen schrieb die Nummer auf, der andere ging um den Laster herum und schwang sich auf das Trittbrett, um in die Fahrerkabine zu schauen.

Van Leeuwen öffnete das Seitenfenster. »Das ist Maggiore Manzoni«, sagte er. »Er ist verwundet. Ich bringe ihn ins Krankenhaus.«

Der Carabiniere wurde so blass, dass es sogar im Dunkeln auffiel. »*Si, si,* chiamo l'ambulanza!«, stotterte er, tastete nach dem Funkgerät an seinem Gürtel und fing an, hektisch hineinzuplärren.

»Ich kriege den Motor nicht mehr in Gang«, rief Van Leeuwen.

»Die Ambulanz ist in einer Minute hier«, rief der Carabiniere. »Das Hospital liegt gleich …«

Aus den Grünanlagen am Rand des Platzes liefen die ersten Passanten auf die Straße. Van Leeuwen hörte nicht mehr zu. Sein Blick fiel auf ein großes, stuckverziertes Gebäude hinter einem kleinen Palmenhain. Über dem Portal des Gebäudes hing ein von zwei Scheinwerfern angestrahltes Plakat, auf dem ein Frauengesicht mit einer Mischung aus Zorn und Wehmut in die Kamera sah. Auf der Stirn des Gesichts stand in neonleuchtenden Buchstaben nur ein Wort: *Gianna!*

»Hey, sieh mal, da!«, rief Van Leeuwen, aber der Maggiore rührte sich nicht, und seine Augen blieben geschlossen. Van Leeuwen drehte sich um. Julika schlief noch immer, halb zugedeckt mit seiner Lederjacke. Erst jetzt bemerkte Van Leeuwen den braunen Bentley, der mit ausgeschalteten Scheinwerfern in einer Parkbucht vor dem

Theater stand. *Eins und eins,* schoss es ihm durch den Kopf; Gianna Nannini und ein dunkelbrauner Bentley. *Eins und eins.*

Von der anderen Seite des Platzes näherte sich noch eine Sirene. Eine Ambulanz bog aus einer Einbahnstraße, schlingerte über das nasse Pflaster und hielt dicht vor dem Scania. Ein weiterer blauer Puls schlug blitzend über den spiegelnden Platz. Zwei Sanitäter sprangen aus dem Krankenwagen. Einer riss die Tür an Manzonis Seite auf, hievte sich hoch und leuchtete ihm mit einer kleinen Taschenlampe ins Gesicht. »Du meine Güte«, entfuhr es ihm. »Wir müssen Sie in die Klinik bringen. Sind Sie gegen irgendetwas allergisch?«

»Volksmusik«, murmelte Manzoni.

Van Leeuwen stieß die Tür auf und ließ sich vorsichtig auf die Fahrbahn hinab. Eine Vespa knatterte heran, der Fahrer drückte auf die Hupe; die Carabinieri winkten ihn vorbei. Immer mehr Hupen jaulten, und die Carabinieri winkten auch die anderen Fahrzeuge am Heck des Lasters vorbei. Die Sanitäter hoben Manzoni vorsichtig aus der Fahrerkabine. Van Leeuwen löste sich schwerfällig von der Kabinentür und stolperte auf den Bürgersteig zu. Er presste beide Unterarme gegen den Bauch, damit nicht sofort auffiel, dass er blutete.

Einer der Carabinieri wollte ihn festhalten, griff aber zu kurz. *»Signore, un attimo, non così presto …«*

Van Leeuwen achtete nicht auf ihn, ging einfach weiter. Ein schwarzer Lancia kam mit scharfem Reifenquietschen nur wenige Zentimeter vor ihm zum Stehen. Der Fahrer streckte seinen Kopf aus dem Fenster und brüllte: »Hast du sie noch alle!?«

»Der hat ganz schön getankt«, rief ein Junge auf dem Gehweg, und mehrere Passanten brachen in Gelächter aus, aber Van Leeuwen beachtete sie nicht. Er blieb stehen und betrachtete das Plakat von Gianna über seinem Kopf. Er verspürte keine Schmerzen mehr, nur ein schwaches Ziehen oberhalb des Bauchnabels. Er ging weiter. Die Glastür des Theaters war geschlossen, doch als er sich dagegenlehnte, gab sie nach, und er taumelte in das hell erleuchtete, menschenleere Foyer. Das Licht blendete ihn, nicht sehr stark, nur ein bisschen; es ging, wenn er die Augen immer wieder für kurze Zeit schloss. Bunte Punkte flimmerten über die Innenseite seiner Lider.

In einer Ecke neben der breiten Treppe am anderen Ende der Marmorhalle schlief ein uniformierter Platzanweiser auf einem Holzstuhl. Ticketschalter und Süßwarenstand waren verlassen. Durch Türen gedämpft, drang die Musik an Van Leeuwens Ohren, Bässe, Schlagzeug, Gitarren und Giannas Sirenenstimme. *Elisir.*

Er ging auf die Treppe zu, setzte den Fuß auf die unterste Stufe. Er packte das Geländer mit beiden Händen und zog sich mühsam die mit rotem Teppichboden bespannten Stufen hoch. Je weiter er kam, desto leichter fiel ihm der Aufstieg. Die letzten Stufen spürte er kaum noch; es war wieder so, als schwebte er.

Die ledergepolsterte Doppeltür zum Konzertsaal neigte sich ein wenig nach links, dann nach rechts; ein leichtes Beben fuhr durch die Erde. Van Leeuwen stolperte auf die Tür zu, und obwohl sie vor ihm zurückwich, gelang es ihm, einen der beiden runden Messingknöpfe zu packen und sie mit einem Ruck aufzureißen. Die Musik war plötzlich laut, sie traf ihn wie ein Stoß gegen die Brust, und er blieb einen Moment auf der Schwelle zum dunklen Konzertsaal stehen. Dann setzte er vorsichtig einen Fuß in den Seitengang hinter der Tür. Aus den Sitzreihen wandten sich ihm ein paar Gesichter zu. Er sah Hunderte von Männern und Frauen, alle mit gebannten, geröteten Gesichtern im Widerschein der Bühnenbeleuchtung.

Eins und eins.

Er spürte einen stechenden Hustenreiz und versuchte, ihn zu unterdrücken, aber es gelang ihm nicht. Mit einem metallischen Schnacken fiel die Tür hinter ihm ins Schloss. Vom Ende des Gangs näherte sich ihm ein Ordner, in der Hand eine Taschenlampe, deren Strahl auf den roten Läufer gerichtet war.

Erschöpft ließ sich Van Leeuwen gegen die mit dunkler Seide verkleidete Wand sinken. Die Bühne befand sich links von ihm, eine Lichtergrotte mit einem gemalten Kulissenhimmel: Abend über der bunt schimmernden Skyline einer Stadt in der Wüste, tanzende Neonsilben an den Hochhäusern. *Las Vegas*, dachte er. Rote Scheinwerfer am Bühnenrand ließen den weißen Lederanzug der Sängerin in fiebrigem Purpur leuchten, und auf den schwarz lackierten Deckplatten ihrer Gitarre blinkten winzige Lichter – Gianna Nannini, unverkennbar, im Hintergrund ihre Band, ein Schlagzeug, ein elektrisches Klavier, Bass, Rhythmusgitarre und ein Saxofonist. Sie warf den Kopf hin und her, Schweiß spritzte in kleinen funkelnden Tropfen von ihrem Haar, die dünnen Strähnen schlugen wie Peitschenzungen.

Der Ordner legte Van Leeuwen eine Hand auf den Arm und leuchtete ihm mit der Taschenlampe direkt ins Gesicht. Van Leeuwen kniff die Augen zusammen, stieß ihn weg und stolperte den leicht abschüssigen Gang hinunter, weiter nach vorn, näher an die Bühne. In Höhe der zweiten Reihe blieb er stehen und lehnte sich wieder gegen die Wand, um ein wenig auszuruhen. Vor seinen Augen begann sich die Bühne zu drehen, dann kehrten die Schmerzen zurück. Ihm wurde kalt, und er begann zu zittern. Ein Krampf ballte sich in seinem Bauch zusammen, gefolgt von einem Summen im Kopf, das immer lauter wurde, bis er nicht einmal mehr die Musik hören konnte. »Lauter!«, rief er. *»Più forte!«*

»Silenzio!«, zischte eine scharfe Stimme rechts von ihm.

Erneut krampfte der Schmerz seinen Bauch zusammen. Er drückte die Decke gegen den Magen. Brechreiz stieg in seiner Kehle hoch, und er presste die Lippen zusammen. Kalter Schweiß rann ihm über das Gesicht, während ihm innerlich ganz heiß wurde, und plötzlich musste er sich übergeben. Krampfartig würgte er einen blutigen Brei herauf und stützte sich dabei an der Wand ab. In der Reihe hinter ihm schrie eine Frau, aber er hörte den Schrei nur wie durch Watte, während er darauf wartete, dass der Boden zu schwanken aufhörte.

Der Mann auf dem Sitzplatz ganz außen sprang auf, packte ihn bei den Schultern, und gemeinsam mit dem Ordner schob und zerrte er ihn den Gang hinauf zur Tür. Van Leeuwen ließ die Decke los und versuchte, die beiden Männer wegzustoßen, aber sie waren stärker und drängten ihn gegen die Tür. Die Tür schwang auf, und er taumelte hinaus in die Helligkeit der leeren Empore.

In diesem Augenblick, als das Licht auf die Sitzreihen nah bei der Tür fiel, sah er Mezzanotte.

Eins und eins. Zwei.

Zuerst erkannte er ihn nicht. Der Mann in der Mitte der fünften Reihe kam ihm lediglich vage bekannt vor, irgendwo hatte er ihn gesehen, vor Kurzem erst. Der Mann trug einen teuren, dunkelgrauen Anzug und einen schwarzen Rollkragenpullover. Er war hager im Gesicht und nicht mehr jung. In den Händen hielt er ein Opernglas. Er sah kurz zur Tür herüber, und sein Blick fiel auf Van Leeuwen. Er musterte ihn mit dunklen, kalten Raubvogelaugen, Dann wandte er sich an die Frau, die neben ihm saß und deren kunstvoll verschnittene blonde Haare der Frisur der Sängerin auf der Bühne ähnelten. Auch alles andere an ihr ähnelte der Sängerin, als wäre sie ihre Doppelgängerin, aber Van Leeuwen erkannte sie trotzdem sofort – die zarten Augenbrauen, die geschwungenen Lippen, die kräftige, gerade Nase, die ausgeprägten Wangenknochen, die das Bühnenlicht auffingen. Aber vor allem der Blick, eindringlich, verwundbar, an den Van Leeuwen sich von dem Foto aus dem Arbeitszimmer ihres Vaters erinnerte.

Rascha Frankenhuis. Da saß Rascha Frankenhuis, und sie lebte.

Sie lauschte dem Mann in dem dunklen Anzug mit schräg geneigtem Kopf, bevor sie ebenfalls zu Van Leeuwen herübersah. Sie sah ihn an, und es schien, als kenne sie ihn, obwohl sie einander nie begegnet waren. Es tut mir leid, schien ihr Blick zu sagen; es tut mir leid, dass Sie sich die ganze Mühe umsonst gemacht haben; es tut mir leid, dass Sie gedacht haben, ich wäre tot; es tut mir leid, dass wir diese Komödie spielen mussten; es tut mir leid, dass es Sie erwischt hat und dass Sie jetzt sterben müssen.

Die Tür schlug zu, und Van Leeuwen wusste auf einmal nicht mehr, wer er war und was er hier wollte. Eben hatte er es noch gewusst, aber jetzt war es verschwunden, und er spürte, wie seine Beine nachgaben. Er verlor das Gleichgewicht, brach in die Knie und stürzte auf den spiegelglatten Marmorboden. *Es tut mir auch leid*, dachte er; *es tut mir leid, dass ich sterbe.*

38

In einer Nische auf dem Gang vor dem Zimmer stand eine steinerne Madonna mit dem Jesuskind auf dem Arm. Die Nische war von einem Kranz bunter Glühbirnen eingefasst wie der Eingang eines Zirkuszeltes. Die Birnen brannten Tag und Nacht, und am frühen Samstagabend wurde in der Kapelle am Ende des Gangs die Messe gelesen und über Lautsprecher in die Zimmer übertragen. In einigen Betten fielen leise Stimmen in die letzten Worte des *Vaterunsers* ein – *et ne nos inducas in tentationem sed libera nos a malo.* Van Leeuwen erwachte und dachte, er wäre im Himmel. Er sah die von den farbigen Glühbirnen beleuchtete Madonna, und dann sah er eine Schwester in einem weißen Kittel daran vorbeigehen, und er stellte fest, dass er auf dem Rücken in einem Bett mit weiß gestrichenem Metallgestell lag.

Er war nicht gestorben. Er war auch nicht im Himmel, denn neben seinem Bett saß Brigadier Tambur und sagte: »Sie sind nicht im Himmel, das ist das Fegefeuer.«

An der Wand hinter ihrem Stuhl brannte eine kleine Lampe, aber selbst das bisschen Licht war zu viel für Van Leeuwen. Er schloss die Augen. Als er sie das nächste Mal öffnete, saß Brigadier Tambur wieder neben seinem Bett, hatte allerdings jetzt etwas anderes an, und eine der Glühbirnen in dem Kranz war erloschen.

»Was machst du hier?«, fragte er und konnte seine eigene Stimme kaum hören.

»Ich warte«, sagte sie. Sie war dünner geworden, fast hager. Ihr linkes Handgelenk war bandagiert, und sie trug jetzt eine Ledermütze mit Schirm, der ihr kurz geschorenes Haar verbarg und ihr Gesicht überschattete, obwohl die meisten Wunden schon gut verheilt waren, bis auf die Augen. Die Augen glitzerten wie Eissplitter.

»Wie geht es dir?«, fragte Van Leeuwen.

Sie zuckte mit den Schultern.

»Und Manzoni?«

»Dem Carabiniere? Der liegt noch immer im Koma, auf der Intensivstation. Du hast mehr Glück gehabt.« Julikas Stimme war spröde, fast tonlos. »Du hast viel Blut verloren, aber von deinen inneren Organen ist keines verletzt worden, keine Schlagader, nur die Bauchhöhle und die unterste Rippe.«

Van Leeuwen wollte sich aufrichten, doch ein scharfer Stich in der Nabelgegend warf ihn zurück. Er sah an sich hinunter und stellte fest, dass er einen Verband trug und an Schläuchen hing. Plötzlich fiel ihm wieder ein, wie er kurz vor dem Abtransport im Ambulanzfahrzeug auf der Trage noch einmal zu sich gekommen war. Schon am Tropf und mit der Sauerstoffmaske auf dem Gesicht hatte er undeutlich gesehen, wie Mezzanotte und Rascha überstürzt aus dem erleuchteten Foyer des Theaters gekommen und zu dem schnell vorgefahrenen Bentley gehastet waren, an dessen Steuer Bashkim saß. Er erinnerte sich, wie er versucht hatte zu rufen, tonlos. Aber niemand hatte es bemerkt, und Rascha und Mezzanotte waren in den Bentley gestiegen und davongefahren, und die Sanitäter hatten die Türen der Ambulanz zugeschlagen, keine flackernden Blaulichter mehr, kein beleuchtetes Plakat von Gianna Nannini vor dem Nachthimmel, überhaupt nichts mehr.

»Sie ist freiwillig mit ihm gegangen«, flüsterte er. Auch daran erinnerte er sich wieder, an den unheimlichen, unerklärlichen Eindruck, dass Rascha freiwillig mitging, dass niemand sie zwang; dass Mezzanotte das Mädchen behandelte wie eine Geliebte, fast wie eine Tochter. Er spürte, wie das Stechen in der Bauchgegend nachließ, und er wurde wieder müde. Es fiel ihm schwer, die Augen offen zu halten.

Einige Zeit später erwachte er, und jetzt war es auch auf dem Gang vor dem Zimmer dunkel, nur die Glühbirnen warfen weiter ihr Zirkuslicht auf die Marienstatue, und das eine Lämpchen war noch immer kaputt. Er drehte den Kopf, um zu schauen, ob Julika auf dem Stuhl neben dem Bett saß. Der Stuhl war leer. Er schlief wieder ein und wachte auf ohne das Gefühl, geschlafen zu haben. Auf dem Stuhl saß Hoofdinspecteur Gallo. »Ton?«, fragte Van Leeuwen.

»Hey«, sagte Ton.

»Wo ist Julika?«

»Schläft«, sagte Gallo. »Sie schläft die ganze Zeit, wenn sie nicht hier bei dir am Bett sitzt.«

»Hat sie dich angerufen?«

Gallo nickte und beugte sich vor in das Licht der kleinen Wandlampe. »Gestern Morgen. Sie sagte, du wärst ziemlich übel zugerichtet worden und bräuchtest vielleicht jemand, der auf dich achtgibt. Du könntest in Gefahr schweben.«

Der Hoofdinspecteur trug seine abgewetzte braune Lederjacke, den Pilotenschal aus weißer Rohseide mit den losen Fäden an beiden Enden, ein ausgewaschenes, hellblaues Hemd, die sandfarbene Leinenhose und die obligaten Turnschuhe. Das blonde Haar fiel ihm etwas länger als üblich ins Gesicht, aber seine Haut war wie immer straff und gebräunt, und nur die geröteten Augen verrieten, dass er selbst etwas Schlaf gebrauchen konnte.

»Willst du mir erzählen, was hier passiert ist?«, fragte er. »Du hast eine Kugel abbekommen, und Julika hat ein verstauchtes Handgelenk, zwei Dutzend Prellungen und Quetschungen und jede Menge Schnitte im Gesicht und am Körper. Außerdem wirkt sie, als hätte sie beschlossen, ihre Seele in so was wie ein künstliches Koma zu versetzen.«

»Es gab wohl Probleme mit dem Druckausgleich«, erklärte Van Leeuwen.

»Druckausgleich?«

»Sie ist zu schnell wieder hochgekommen.«

»Hochgekommen? Von wo?«

»Aus der Hölle.«

»Und du?«

»Ich war nicht so lange unten wie sie. Und nicht so tief.« Van Leeuwen versuchte wieder, sich aufzurichten, und diesmal tat es nicht mehr so weh. »Hat Joodenbreest dich so einfach weggelassen?«

»Zuerst nicht«, sagte Gallo, »aber die Aussicht, dass ich dich zurückbringe und er dich endlich persönlich auf die Streckbank legen kann, hat ihn dann doch dazu bewogen, seine Meinung zu ändern. *Einer der ranghöchsten Polizeioffiziere der Königin entführt einen Zuhälter und Drogendealer aus der Untersuchungshaft, fährt mit ihm auf*

Staatskosten und gegen den ausdrücklichen Befehl seines Vorgesetzten in ein europäisches Nachbarland, um diesen Zuhälter und Drogendealer ohne Abstimmung mit den dortigen Polizeibehörden für eine Undercover-Ermittlung einzusetzen, die eine große internationale Operation mehrerer befreundeter Dienststellen gefährden kann – das übertrifft alles, was Van Leeuwen sich bisher geleistet hat. Zitatende. Du bist untragbar geworden für die Polizei von Amsterdam-Amstelland. Sagt er.«

»Manchmal ist man eben nicht nur Offizier, sondern auch Gentleman«, erklärte Van Leeuwen lapidar. »Ansonsten hat er recht, bis auf die Staatskosten. Die Fahrkarten habe ich von meinem eigenen Geld bezahlt. Trotzdem, wenn ich zurück bin, werde ich meinen Abschied nehmen.«

»Überleg dir das noch mal, ja?«, sagte Gallo und beugte sich vor, um den Ausdruck in Van Leeuwens Augen sehen zu können. »Du warst wohl auch nicht lange genug in der Druckkammer.«

Der Commissaris schloss kurz die Augen, aber als er spürte, dass er wegzutreiben begann, öffnete er sie schnell wieder. »Wie weit seid ihr mit dem Mord an Tom Ropers?«, fragte er.

Gallo sagte: »Laut Doktor Holthuysen stammen die Stichwunden in seiner Brust von demselben Messer, mit dem auch der Frau auf der Müllkippe die Kehle durchtrennt worden ist. Ach, da fällt mir ein: Die beiden Schläger, die dich Heiligabend überfallen haben, sind gefasst. Ich habe sie mir persönlich vorgenommen, aber die haben nicht das geringste Unrechtsbewusstsein. *War doch bloß Spaß, ist ja schließlich sonst nichts passiert …*«

Van Leeuwen sah Bashkim vor sich, wie er ihm unter dem Regenschirm den aufgeklappten Laptop entgegenhielt. *Wann haben Sie in Ihrem Leben die größte Angst gehabt?* Wieder sah er den kurzen Clip auf dem Monitor im Regen, und dann sah er, wie die Messerklinge Braaks Kehle aufschlitzte. »Ja«, sagte er, »bloß ein Spaß. Nichts passiert.« Neuerlich fielen ihm die Augen zu, und er zwang sich, sie noch einmal zu öffnen. »Bashkim scheint zwischen Mailand und Amsterdam hin und herzufliegen wie ein Weberschiffchen. Erst verschleppt er Rascha Frankenhuis, dann kommt er ein paar Wochen später zurück, tötet Sofia Scholenko und nur wenige Tage danach Tom Ropers. Bakkers und Bosch haben mir gesagt, Bashkim wollte, dass Sofia auch als Gianna-Nannini-Doppelgängerin zu ihrer Verabredung kommt. Weißt du, was das bedeutet?« Er stemmte sich hoch und versuchte, die Beine aus dem Bett zu schwingen. »Raschas Tage an Mezzanottes Seite sind gezählt, er lässt schon Ausschau nach ihrer Nachfolgerin halten …«

»Hey, wo willst du hin?«, fragte Gallo.

»Du musst mir helfen, hier rauszukommen«, sagte der Commissaris. »Vielleicht ist es noch nicht zu spät …«

Gallo stand auf, beugte sich über ihn und drückte ihn sanft zurück auf die Matratze. »Ich bin seit gestern Abend hier, und zwar – anders als du – mit Billigung vom Big Boss. Das heißt, die Kollegen in der Questura waren äußerst kooperativ, zumal du deinen Abstecher in die Hölle offenbar mit dem Segen eines ihrer Säulenheiligen unternommen hast. Also, hör zu: Fausto Giovinazzo, genannt Mezzanotte, Bashkim und eine junge Frau, die laut Pass Gianna Franks heißt, sind an demselben Abend, an dem du hier eingeliefert worden bist, in einem Privatjet vom Aeroporto Milano Linate mit unbekanntem Flugziel gestartet. Den Beschreibungen nach dürfte es sich bei der Frau um Rascha Frankenhuis handeln. Niemand hat sie aufgehalten, weil niemand wusste, wer sie waren. Maggiore Manzonis Kollegen von der DIA haben herausgefunden, dass die Maschine in Bukarest gelandet ist. Von dort aus haben Gianna Franks, ein gewisser Giovanni Nero sprich Mezzanotte und sein Begleiter Octavio Girone alias Bashkim einen Linienflug nach Mexiko-City genommen, wo sich ihre Spur verliert. Vermutlich sind sie irgendwo bei Nacht und Nebel über die Grenze zu den Vereinigten Staaten gegangen und halten sich jetzt in Las Vegas auf.«

»Warum Las Vegas?«, fragte der Commissaris. *Und warum jetzt?*, dachte er. *Weil ich Mezzanotte mit Rascha gesehen habe?*

»*Viva Las Vegas*, wie schon Elvis sagte«, fuhr Gallo fort. »Die meisten italienischen Mafiafamilien unterhalten Beziehungen zu den Clans, die in Vegas das Sagen haben. Sie versorgen sich gegenseitig mit Drogen, gefälschten Markenartikeln für den Straßenverkauf oder manipulierten Spielautomaten. Wenn's mal brenzlig wird, bieten sie einander Unterschlupf, und für gute Freunde oder geschätzte Geschäftspartner ist immer ein Erster-Klasse-Flug zu einem Weltmeisterschaftskampf im Schwergewicht drin, Ringkarten in der ersten Reihe und Duplex-Suiten im Caesars Palace inklusive. Ein Stapel Tausend Dollar-Chips für die Spieltische gehört selbstverständlich dazu, und wer die einsetzt, gewinnt an diesen verlängerten Wochenenden auch. Außerdem kann man nirgendwo so gut Geld waschen wie in Vegas – Geld, das geradezu danach schreit, gleich an Ort und Stelle investiert zu werden. Auf diese Weise hat ja auch Victor Sarkash seine Liebe zu Vegas entdeckt, wurde mir gesagt.«

Er musste Gianna Nannini sehen, dachte der Commissaris. Mezzanotte hat seine Festung verlassen, um sie live zu erleben, das konnte er sich nicht entgehen lassen. Es war ihm egal, wer ihn dort sah, denn er glaubte, sicher zu sein. Es war ihm auch egal, wer Rascha sah. Aber dann bin ich bei dem Konzert aufgetaucht, obwohl ich längst tot sein sollte, und *da* hat er begriffen, dass er seine Zelte hier abbrechen muss, weil alles vorbei ist oder bald vorbei sein wird. Weil es keinen Annunzio mehr gibt, der seine Hand über ihn hält. Der ihn über alle bevorstehenden Aktionen der Antimafia-Brigade ins Bild setzt. Der ihm die Namen der Informanten in seiner Organisation verrät. Der Beweismaterial gegen ihn so manipuliert, dass es vor keinem Gericht mehr standhält. Oder was korrupte Polizisten sonst noch so tun.

Der Commissaris schlug die Decke zurück und griff nach dem Ständer mit dem Tropf, um sich daran festzuhalten.

Gallo sah zu, wie er erst ein Bein und dann das zweite über den Matrazenrand schob. »Was hast du vor?«

»Ich nehme mein Bett und wandle«, sagte der Commissaris.

»Wohin?«

»Zu Manzoni«, sagte Van Leeuwen ächzend.

»Er liegt im Koma«, sagte Gallo.

»Auch im Koma ist er noch Polizeibeamter, und vielleicht wacht er auf, wenn ich ihm Fragen stelle«, sagte der Commissaris. »Fragen, die nur er beantworten kann.«

»Was für Fragen?«

Van Leeuwen sagte: »Warum ist er allein gewesen, an dem Abend, als er mir zu Hilfe kam? Woher hat er erfahren, dass es eine Falle war? Wenn Rascha lebt, wen habe ich dann auf der DVD sterben gesehen? Solche Fragen.«

»Er ist tot«, sagte Gallo ruhig.

»Nein«, sagte der Commissaris.

»Maggiore Manzoni ist tot. Er ist kurz nach eurer Einlieferung gestorben«, erklärte Gallo sanft. »Alles andere hat Julika erfunden, damit du dich nicht aufregst.«

»Das glaube ich nicht«, sagte der Commissaris.

Gallo sah ihn an, als entdeckte er gerade eine neue Seite an ihm, wüsste aber noch nicht, ob sie ihm gefiel. »Er war nicht der erste Polizist, den du kanntest und der bei einem Einsatz getötet wurde«, sagte er.

Aber der erste, der mit meiner Frau geschlafen hat, dachte Van Leeuwen.

»Julika hat gesagt, er hätte dich kurz vor seinem Tod angerufen«, fuhr Gallo fort. »Das weiß sie von jemandem aus der Intensivstation. Wenn das stimmt, müsste sein Anruf auf deiner Mailbox sein.«

Van Leeuwen spürte einen Adrenalinstoß, der die Schmerzen in seinem Bauch betäubte. »Gib mir dein Handy«, verlangte er. Gallo gehorchte, und der Commissaris wählte den PIN-Code für seine Mailbox. Er vernahm die mechanische Frauenstimme, die ihm erklärte, dass er zwei neue Anrufe hatte und wann sie eingegangen waren. Dann hörte er Manzonis Stimme, aufgeregt, hektisch, und die Schmerzen kehrten zurück, nur waren es jetzt andere Schmerzen, die keine körperlichen Ursachen hatten. Er saß halb aufgerichtet in seinem Bett und starrte auf die beleuchtete Madonna vor seiner Tür, aber er sah sie nicht. Stattdessen sah er den Maggiore vor sich, einen Toten, dessen Stimme irgendwo im All aufbewahrt worden war und jetzt zu ihm drang wie das Licht lang schon erloschener Sterne, weil er ihn nicht mit einem weiteren Geheimnis zurücklassen wollte.

»Bruno … hier ist Manzoni …«, rief der Maggiore, fast übertönt vom Dröhnen eines mit hoher Geschwindigkeit gefahrenen Wagens und dem Gellen einer Polizeisirene. *»Wir sind reingelegt worden …*

die Auktion ist eine Falle … die wissen, dass du kommst … du darfst da nicht hingehen … Bruno, wo bist du?! Bruno … maledetto! Annunzio ist ein korrupter Polizist, er lässt sich von Mezzanotte schmieren … Ich bin auf dem Weg …«

Der Anruf brach ab, ein Piepton erklang, und dann folgte wieder Manzoni, aber diesmal war seine Stimme leise, kaum zu verstehen, und man konnte hören, dass er nicht mehr lange leben würde. *»Bruno«*, flüsterte er, *»ich glaub nicht, dass ich es schaffe … aber ich muss – muss dir noch was sagen … Du wolltest – wolltest doch wissen, warum ich allein … Es ging – die ganze Zeit ging es uns nur um Mezzanotte, nicht darum, dir zu helfen oder deine Kollegin zu retten. Das wusste Annunzio. Das war sein Plan, so wollte er dich in die Falle locken und ausschalten, weil du … weil du mit deiner Hartnäckigkeit zu einer echten Gefahr für ihn geworden warst. Er … er hat es zuerst so aussehen lassen, als kämen Mezzanotte und Bashkim auch zu der Fabrik in Cinisello Balsamo, wo wir ihn dann festnehmen könnten, bei einem versuchten Mord in seiner Anwesenheit, auf seinen Befehl. Das – das war die Information, die alle hatten. Aber gestern … gestern am späten Nachmittag kam Annunzio plötzlich mit einer Planänderung. Er sagte, John Hammer … der Pornostar, der das Mädchen töten sollte … mein Informant … hätte noch einmal angerufen: Mezzanotte kommt nicht zu der Auktion, er und Bashkim wollten zur selben Zeit Cardone umlegen, den wir einen Tag vorher freilassen mussten … er wüsste auch, wo … und wenn … wenn wir die beiden dabei schnappen, hätten wir endlich einen Beweis in der Hand, der sich nicht wie durch Zauberhand wieder in Luft auflösen würde. Damit … damit war klar, dass wir alle Leute zu diesem neuen Ziel, dem … dem Fußballstadion, schicken. Die Auktion, die Mädchen, deine Beamtin, sogar du – alles plötzlich unwichtig. Außer mir wusste sowieso kaum jemand, worum es in Cinisello Balsamo wirklich gehen sollte.«*

Er hielt inne, und man hörte ihn atmen, bevor er stockend weitersprach. *»Wieso … wieso Hammer, der eigentlich mein … mein Informant war, nicht mich, sondern Annunzio angerufen hat, habe ich … habe ich mich gar nicht gefragt … in der Hektik – in dem ganzen Chaos – habe ich dem keine … keine so große Bedeutung beigemessen.*

Für mich … für mich war Annunzio ja so rein wie frisch gefallener Schnee. Aber dann, als wir … wir da ganz am anderen Ende der Stadt hinter dem Fußballstadion auf der Lauer lagen … als wir da lagen und warteten und niemand kam – kein Cardone, kein Bashkim, kein Mezzanotte, nicht einmal Annunzio selbst … da habe ich endlich kapiert. Ich … ich hab noch versucht, dich anzurufen …«

Aber mein Handy war schon bei der Einlasskontrolle in eine Plastiktüte gewandert, dachte Van Leeuwen. Er fragte sich, warum Annunzio sich Manzoni gegenüber auf einmal eine solche Blöße gegeben hatte, und dann wusste er es: Das Doppelspiel war dem Vicecommissario zu gefährlich geworden. *Er muss gedacht haben, wir wären kurz davor, ihn zu enttarnen.*

»Als ich dich nicht – nicht erreichen konnte, habe ich mir … mir gesagt, ich muss dich warnen.« Manzoni hustete. *»Sim – Sim hat ihn geliebt, dachte ich, vielleicht war er's wert. Aber ich konnte niemand mitnehmen – alle wollten Mezzanotte, und jeder vertraute Annunzio … und ich hatte nicht die Zeit, meinen unbewiesenen Verdacht zu erklären … Deswegen bin ich allein gekommen, ohne Leute … habe niemand mehr erreicht …«* Er hustete wieder, lange und rasselnd. *»Bruno, falls du noch lebst … und wenn du das hier hörst … wenn …«*

Die Leitung war noch eine Zeit lang offen, aber Manzoni sagte nichts mehr. Van Leeuwen konnte ihn nur atmen hören, und auf einmal hatte er das Gefühl, dass es das Leben war, das er hörte – das Leben und die Zeit, die durch Manzoni gingen, zum letzten Mal, bevor sie ihn für immer verließen, um durch andere Menschen weiterzugehen.

»Ist dir nicht gut?«, fragte Gallo.

Van Leeuwen ließ das Handy sinken. Er fragte sich, ob es seine Schuld war, dass der Maggiore nicht mehr lebte. Er dachte daran, wie sie vor einigen Nächten zusammen unter den rauschenden Pinien gesessen hatten, an Sandro Manzonis Tränen und daran, dass er in jener Nacht aufgehört hatte, ihn zu hassen, und dass er ihn jetzt beinahe mochte. »Es geht mir gut«, sagte er.

»Du siehst aber nicht gut aus.«

Van Leeuwen schaltete das Handy aus und gab es Gallo zurück.

Er war auf einmal schrecklich müde. Er wollte schlafen, die Augen schließen, niemanden mehr sehen, keine Madonna mit dem Glühbirnenkranz, keine im Halbdunkel vorbeihuschenden Ärzte, Pfleger und Krankenschwestern, keinen Freund wie Ton Gallo und keine Feinde. Aber er hatte schon zu lange geschlafen. »Hol Julika her«, sagte er. »Ich will sie sofort sprechen.«

»Tonja Scholenko«, erklärte Brigadier Tambur, als sie am Fußende von Van Leeuwens Bett stand, aufgetaucht aus den schattigen Klostergängen des nächtlichen Krankenhauses. »Wenn Sie mich fragen, ob ich es genau weiß, muss ich sagen: nein. Aber sie war erst bei mir, und dann wurde sie plötzlich weggeholt, und danach hat niemand sie je wieder gesehen. Deswegen glaube ich, dass sie das Mädchen war, das Sie für Rascha gehalten haben.«

Sie sah aus, als hätte sie in ihren Kleidern geschlafen, mit der Lederkappe auf dem Kopf, und ihre Stimme klang, als schliefe sie noch immer. »Genau darum wollten sie mich auch umbringen, weil ich wusste, dass sie Tonja getötet hatten, nicht Rascha. Die beiden sahen sich ja ziemlich ähnlich. Der Film sollte als Beweis dafür dienen, dass Rascha nicht mehr lebte und es keinen Sinn hatte, weiter nach ihr zu suchen. Denn irgendwann würde man sie mit ihm in Verbindung bringen, das wusste er. Und außerdem – Tonja stellte ja fast eine noch größere Gefahr dar, sie war unberechenbar, drogensüchtig, fast wahnsinnig vor Schmerz über den Tod ihrer Schwester, die ihr Leben für sie gegeben hatte. Sie wusste es vor uns allen, dass die Tote ihre Schwester war. Braak hatte sich verplappert, als sie vom Krankenhaus aus mit ihm telefoniert hatte. Um Sofia zu rächen, wäre sie zu allem fähig gewesen.«

Noch ein totes Mädchen, dachte Van Leeuwen und sah Tonja Scholenko vor sich, wie sie im Krankenhausbett gelegen hatte, bevor sie von dort weggelaufen war, und er sah sie vor sich, wie er mit ihr in der Ambulanz gefahren war, und ihm fiel wieder ein, was er dabei gedacht hatte: ein flackerndes Leben, das behütet werden muss, und weil es hier in Amsterdam ist, bin ich dafür zuständig.

Julika räusperte sich, trocken und hart. »Ich weiß, Sie sagen bestimmt, Sie hätten nur Ihre Pflicht getan«, begann sie und wechselte wieder vom Du zum Sie, »aber ich habe mich noch gar nicht bei Ihnen bedankt. Dafür, dass Sie mich da rausgeholt haben, meine ich. Ich wollte es die ganze Zeit tun, aber ich wusste nicht, wie. Also, danke.« Sie räusperte sich noch einmal; es klang seltsam alt, als wären die junge Haut und ihr schlanker Körper nur eine Verkleidung. »Ich weiß, das reicht nicht, aber mehr fällt mir nicht ein.«

»Ich habe ganz und gar nicht meine Pflicht getan«, sagte der Commissaris. Er spürte, dass die Schmerzen in der Nabelgegend stärker wurden, wenn er sich aufregte. »Ich habe weit mehr getan als meine Pflicht oder weit weniger oder ganz etwas anderes, als es meine Pflicht gewesen wäre. In jedem Fall nehme ich deinen Dank erst an, wenn ich das Gefühl habe, dass er aufrichtig gemeint ist.«

»Ich bin aufrichtig«, sagte Julika.

»Wie haben sie dich überhaupt gekriegt?«, fragte Gallo, ohne sie anzusehen. »Was ist da passiert?«

Julika warf ein Lachen weg. »Ich war dämlich, das ist passiert. Ich dachte, ich bin so gut, so gerissen, niemand kann mir das Wasser reichen, wenn ich undercover ermittle, und dabei war ich bloß dämlich dumm, dumm, dumm. Ich bin hier herumgelaufen und habe so getan, als wäre ich eine Fünf-Sterne-Nutte, als hätten die Puffs und Bars und Pornofilmer Mailands nur auf mich gewartet … Und wie geschickt ich meine Fragen gestellt habe, auf dem Straßenstrich, in den Discos, vor und hinter dem Hauptbahnhof, ganz raffiniert getarnte Fragen nach Rascha alias Gianna und Tonja alias Kira und Bashkim alias Bashkim! Jeden habe ich gefragt, und wahrscheinlich hatten die mich schon am ersten Tag auf dem Radar und haben mich beschattet. In der zweiten Nacht haben mich zwei Männer in ein Auto gezerrt, die Tür zugeschmissen und mir die Augen verbunden. Und dann sind sie mit mir kreuz und quer durch die Stadt gefahren, ohne etwas zu sagen. Kurz bevor wir ankamen, ist die Augenbinde etwas verrutscht, und da habe ich das AGIP-Zeichen mit dem fünfbeinigen Hund gesehen. Als wir da waren, wo sie mich hinbringen wollten, haben sie mich in eine leere Wohnung geschleppt, nur ein paar Matratzen und heruntergelassene Jalousien. Außer mir waren noch ein Mädchen da und ein Mann, der uns bewacht hat. Er gab uns zu essen und hat darauf geachtet, dass wir nicht aus dem Fenster schauen, doch sonst hat er nichts gemacht. Für das andere ... für das andere war er nicht zuständig.«

Sie schwieg, aber nicht, weil sie fertig war; sie konnte nur nicht mehr weiterreden.

»Das andere Mädchen war Tonja?«, fragte der Commissaris.

Julika nickte. »Ich kannte sie ja nicht, doch irgendwann kriegte sie mit, dass ich Holländerin bin, und wir sprachen über Amsterdam, und sie sagte, sie hätte da bis vor Kurzem gelebt, und alle wären nett zu ihr gewesen. Fast alle. Sie erzählte von einem Mann namens Braak, und da wusste ich, wer sie war. Und irgendwann kam Bashkim.«

»Und dann?«, fragte Gallo.

Julika antwortete nicht. Schließlich sagte sie: »Dann hat er sie mitgenommen, und sie ist nicht zurückgekommen.« Sie holte tief Luft und atmete die Luft aus, und es hörte sich an, als wäre die Luft in ihrer Brust zu Stein geworden. »Bashkim ist allein zurückgekommen.«

Gallo sagte nichts mehr, aber jetzt sah er sie an. Auch Van Leeuwen sah sie an und sagte nichts. Mit diesem Mann ist Rascha nach Las Vegas gegangen, dachte er. Das Klingeln von Gallos Handy riss alle aus ihrer Erstarrung. Dankbar griff der Hoofdinspecteur in seine Jackentasche, holte es heraus und meldete sich. Er lauschte ein paar Sekunden, dann beugte er sich zu Van Leeuwen ans Bett und reichte ihm das Handy. »Ein Gespräch für dich«, sagte er.

»Wer?«

Gallo antwortete nicht, hielt nur weiter das Handy in die Luft, und Van Leeuwen griff danach. »Ja?«

Felines Stimme klang ganz anders als sonst, nicht gelassen, auch nicht aufgebracht, sondern besorgt: »Ton war auf meinem Anrufbeantworter. Er sagt, du liegst im Krankenhaus. Ist das wahr?«

»Ja.«

»Was ist passiert?«

»Das erzähle ich dir, wenn ich zurück bin.«

»Muss ich mir Sorgen machen?«

»Nein.«

»Du fängst nicht jetzt schon an, mir was vorzulügen?«

»Nein.«

»Du weißt, dass du klingst, als wärst du mehr tot als lebendig?«

»Das ist die Verbindung.«

Sie schwieg lange, aber was immer sie in der Zeit dachte oder vermutete, behielt sie für sich. Schließlich seufzte sie und sagte: »Ich habe noch mal über den Grund nachgedacht, aus dem dieses Mädchen, Rascha Frankenhuis, von zu Hause weggelaufen sein könnte. Zuerst denkt man ja immer in eine ganz bestimmte Richtung, darüber hatten wir schon gesprochen …«

»Missbrauch«, erinnerte sich Van Leeuwen.

Feline schnalzte leise mit der Zunge. »Genau. Aber manchmal macht man es sich damit zu einfach, und in Raschas Fall – ich weiß nicht, wieso, doch auf einmal ist mir wieder diese Geschichte eingefallen, die du mir auf der Fahrt zu ihrem Vater erzählt hast, weißt du noch? Von dem Verdacht, den du als Kind gegen deine Eltern gehegt hast, als du auf das Gift im Stall gestoßen bist. Na ja, jedenfalls habe ich mich da gefragt, ob der Grund nicht vielleicht in der verschwundenen Mutter zu suchen sein könnte.«

Van Leeuwen versuchte, nicht ganz so lange zu schweigen wie sie. Endlich sagte er: »Du meinst, Rascha könnte irgendeinen Verdacht haben, gegen sie oder ihren Vater? Einen Verdacht, der dafür verantwortlich ist, dass sie nicht mehr zu Hause sein wollte, unter demselben Dach mit ihm? Eine andere Frau oder ein anderer Mann?«

»Vielleicht gibt sie ihrem Vater an irgendetwas die Schuld.« Sie hielt kurz inne, um zu überlegen. »Es kann auch sein, dass sie gar nicht in erster Linie weglaufen wollte, sondern auf der Suche nach ihrer Mutter war.«

Van Leeuwen sagte: »Rascha ist mit dem Mann, der für all die Morde verantwortlich ist, nach Las Vegas geflohen, und es sieht so aus, als hätte sie es freiwillig getan. Kannst du dir das vorstellen?«

Wieder schwieg Feline einen Moment, der sich dehnte. Dann fragte sie: »Denkst du, sie ist seine Geliebte?«

»Es könnte sein. Es sieht so aus.«

»Ja, das kann ich mir vorstellen.«

»Aber warum?«

»Ich kenne das Mädchen nicht«, sagte Feline, »und ich kenne auch ihren Vater nicht, aber er ist Pastor, nicht? Solche Männer sind oft autoritär, selbstgerecht, streng und humorlos. Vielleicht hat er ihr das Gefühl gegeben, sie nicht zu verstehen oder dass sie nichts wert wäre, eine Sünderin. So wie er das vielleicht bei ihrer Mutter getan hat. Es wäre also möglich, dass sie sich dafür bestrafen will – sich und ihn, denn sie gibt ihnen beiden die Schuld daran, dass sie ist, wie sie ist. Und die Strafe liegt darin, dass sie sich tiefer und tiefer in den Sumpf begibt, absichtlich und aus freiem Willen.«

»Sie will Sander Frankenhuis bestrafen, indem sie das Gegenteil von dem wird, was er zu sein vorgibt?«, hakte Van Leeuwen nach.

»Nur eine Hypothese«, sagte Feline. »Könntest du mir jetzt bitte doch erzählen, was dir passiert ist? Ich habe so ein Gefühl, als würde ich dich nicht so bald wiedersehen …«

»In Gefühlen bist du besser, als du denkst«, sagte Van Leeuwen und schickte ein kleines Stoßgebet zu der steinernen Madonna mit dem Glühbirnenkranz in ihrer Nische draußen auf dem Gang. *Bitte, mach, dass ich Feline überhaupt wiedersehe.*

»Schick mir eine Ansichtskarte aus Las Vegas«, sagte Feline.

39

Das Taxi fuhr den Las Vegas Boulevard entlang, und der Fahrer, ein Araber mit einem roten Filzkäppchen, erklärte ihnen, was sie sahen: »Da rechts, das Tropicana, und da kommt das MGM Grand Hotel, links die Pyramide mit der Statue von Tutenchamun – das Hotel Luxor, und dahinter können Sie noch das Mandalay Bay Resort sehen.«

Um sie herum floss glitzerndes Licht in alle Richtungen, und wieder war Van Leeuwen zumute, als hätte er keinen festen Boden unter den Füßen; als triebe er zur Begleitung von Big-Band-Musik durch eine Galaxie aus Neon. Im heißen Nachtwind aus der Wüste schwitzten die Casinos und Hotelpaläste Ströme bunter Elektrizität, die unablässig über ihre Fassaden rannen wie Wasserfälle aus Glühbirnen und Leuchtröhren.

»Links das New York Hotel, die Skyline von Manhattan und die Freiheitsstatue, *super*«, sagte der Fahrer, ihr fröhlicher libanesischer Touristenführer, »rechter Hand der Eiffelturm, ah, *Paris*!«, und Van Leeuwen dachte an den endlosen Flug von Mailand, auf dem seine Wunde wieder zu bluten begonnen hatte, und die Landung vor einer Stunde auf dem McCarran Airport, als die Schmerzen in seinem Bauch immer stärker geworden waren. Er hatte am Fenster gesessen, wo er sehen konnte, wie der Schatten des Flugzeugs über das braune Wüstenland huschte und Kakteen und Dornengestrüpp streifte, während am Horizont die Berge der Sierra Nevada in einem violetten Schieferton die mächtige Muschel eines Staudamms umschlossen. Ganz plötzlich war die Maschine in den Sinkflug übergegangen, und wo eben noch Wüste das Bild beherrscht hatte, säumten jetzt Aluminiumbaracken und später flache Häuser in grünen Gärten die Einflugschneise, an deren Ende die schimmernden Türme von Las Vegas in den dunstigen Himmel aufragten.

Die Abendsonne hatte Van Leeuwens Schläfe und Ohr gestreift wie eine heiße Flamme, dann war ein Ruck durch die Maschine gefahren, ehe der Umkehrschub ihn in den Sicherheitsgurt gepresst hatte, und mit einem Schlag waren die Schmerzen wieder da gewesen. Aber der Verband hatte gehalten, und als sie in der künstlichen blassen Helligkeit des Terminals 2 auf die Schalter von Zoll und Einwanderungsbehörde zugegangen waren, hatte er nur die eine Hoffnung gehabt, dass nicht auf einmal Blut durch den Stoff sickerte.

Draußen, empfangen von glühender Hitze unter einem inzwischen schon rot flammenden Himmel, waren sie in eines der gelben Taxis gestiegen, zu dem höflichen, beschwingten Libanesen auf seiner Sitzdecke aus farbigen Holzperlen, der sie inmitten der mehrspurig auf dem Strip dahinflutenden Scheinwerfer und Rücklichter zu ihrem Hotel brachte.

»Da, das Bellagio, die tanzenden Wasserfontänen, sehr berühmt, *super.*« Er beugte sich vor, dicht an die Scheibe, um selbst mehr sehen zu können von dem neben der Fahrbahn in den Nachthimmel ragenden Eiffelturm, der Freiheitsstatue, den weißen, rot gedeckten Türmen von Schneewittchens Märchenschloss, der orientalischen Grandezza des Aladin Casino, alle von zahllosen Scheinwerfern angestrahlt, in goldenes, giftgrünes oder purpurnes Licht getaucht, majestätisch vorbeigleitend wie architektonische Schwäne aus den monumentalen Kulissen von *sin city*.

»Venedig, die Seufzerbrücke, *super*«, der Fahrer sprudelte über, »Gondeln, Kanäle mit Wasser im zweiten Stock über Spielsaal. Planet Hollywood. McDonalds. Kentucky Fried Chicken. Harley Davidson Café, super. Tom Jones. Schatzinsel Hotel, Treasure Island. Piraten der Karibik, *super*. Elton John. Wenn Sie Karten wollen für Shows, Mister Shibli kann besorgen.« Lichtreflexe huschten über sein braunes Gesicht, prallten wie zinnoberrote, aquamarinblaue, sonnenblumengelbe Pinballblitze von der Stirn, den Wangenknochen, dem Nasenrücken ab. »Mister Shibli kann alles besorgen.« Er lachte, und dabei dröhnte die Big-Band-Musik aus dem Radio des klimatisierten Subaru, und Gallo auf dem Beifahrersitz wedelte mit einem Fünfzig Dollar-Schein.

»Auch eine Pistole?«

Mister Shibli lachte weiter und fragte: »*Super*, welche Marke? Welches Kaliber?«

Der Commissaris sah aus dem Fenster auf die Casinos, die Hotels und Luxusläden, die rotierenden elektrischen Werbeschilder für Dinner Shows und Zirkusattraktionen, beleuchtet von den Millionen Watt eines endlosen Feuerwerks aus glühenden Neonstreifen. Clowns in Neon. Geysire in Neon. Tulpen in Neon. Aladin in Neon. Striptease in Neon. Van Leeuwen fand, dass Las Vegas aussah, als hätten Außerirdische angefangen, bei ihren Expeditionen auf die Erde jetzt auch die Wahrzeichen von Städten zu entführen und auf ihrem ausschließlich aus elektrischem Strom, Leuchtgas und Sand bestehenden Planeten als Themenpark neu zusammenzusetzen.

»Geht es Ihnen gut?«, fragte Julika neben ihm auf dem Rücksitz. »Können Sie noch?«

»Es geht mir gut«, log er.

»Blutet die Wunde wieder?«

»Es geht mir gut.«

Er dachte daran, wie sie in Mailand gesagt hatte: »Sie können in Ihrem Zustand nicht reisen. Was bringt das überhaupt, wenn wir nach Vegas fliegen? Warum sollen wir das tun?«, und wie Ton Gallo gesagt hatte:

»Wir sind Polizeibeamte, Amsterdamer Bullen, wir haben hier nichts zu suchen und in Amerika erst recht nichts. Der übliche Weg ist, dass wir die Kollegen in Nevada oder das FBI um Amtshilfe bitten. Wir sagen ihnen, wen wir suchen und warum, und während die ihre Arbeit tun, fahren wir zurück, und ihr beugt den Nacken vor dem Zorn des Big Boss, damit er euch eure Eigenmächtigkeit vergibt.«

»Jeder weiß, dass Cato ein Verbrecher ist, aber trotzdem lebt er da drüben in Vegas anscheinend ganz unbehelligt«, hatte der Commissaris widersprochen. »Jemand hält seine Hand über ihn, jemand, der die Macht hat, einen wie Cato zu beschützen. Und deswegen hat es auch keinen Sinn, sich an die Behörden in Vegas oder sonst wo zu wenden. Ich muss dahin und dafür sorgen, dass diese Hand zurückgezogen wird. Es ist wie bei Mezzanotte und Bashkim, die unverwundbar waren, bis Vicecommissario Annunzio enttarnt wurde. Jetzt sind sie auf der Flucht, und wir müssen sie wiederfinden, weil Rascha bei ihnen ist. Mir geht es nur um das Mädchen.«

Links ragte *Caesars Palace* in den Himmel, eine sandgoldene Prachtfassade, bekränzt mit zinnoberroten Lettern wie aus einem alten Monumentalfilm, dann das *Sahara.*

»... und da stand mal das *Stardust*, ist vor Kurzem gesprengt worden, *super*, war schon zu alt, über zwanzig Jahre«, sagte das plappernde Alien aus dem Libanon, glücklich in einer Stadt, die jeden Tag weiter in die Wüste wucherte und alle paar Jahre neu geboren wurde, ideal für Menschen, die sich immer wieder neu erfanden, einige von ihnen Gangster.

»Allein lasse ich dich nicht dahinfliegen«, hatte Gallo dann gesagt. »Ich komme mit«, und gleich darauf Julika:

»Ich auch – ich komme auch mit!«

»Nein«, hatte Van Leeuwen Julika schroff zurechtgewiesen, »du fährst zurück nach Amsterdam, meldest dich bei Doktor Menardi zum Gespräch an und lässt dich dienstuntauglich schreiben, bis ich wieder da bin. Dann sehen wir weiter.«

»Ich weiß gar nicht, ob Sie mir überhaupt noch etwas zu sagen haben.« Ein harter Glanz war durch Julikas Glasscherbenaugen gegangen. »Dienstrechtlich gesehen.«

»Solange ich dich nicht gefeuert habe und solange Joodenbreest mich nicht gefeuert hat, habe ich dir sehr wohl etwas zu sagen, dienstrechtlich gesehen. Und ich sage, du bleibst hier.«

»Dann kündige ich eben und reise auf eigene Kappe nach Vegas.«

Und deswegen saßen sie jetzt alle in diesem gelben, von Big-Band-Lärm erfüllten Taxi, das in nördlicher Richtung auf den silbern strahlenden, speerschlanken Stratosphere Tower zurollte, bevor es hinter einer Fußgängerüberführung jäh nach rechts in eine Seitenstraße bog. Die staunend in abenteuerlichen Verkleidungen herumschlendernden Aliens auf den Gehsteigen des Themenparks waren auf einmal verschwunden – keine übergewichtigen Touristen aus Texas in karierten Hemden mehr, keine Glücksspieler mit ausgezehrten Gesichtern, auch keine blond gelockten Huren in Goldlamé-Hotpants und Elvis-Imitatoren mit glühbirnenbesetzten Gitarren; keine Braut in weißem Tüll vor dem glücksflimmernden Herz einer *Wedding Chapel*.

Unter Palmen fuhr Mister Shibli sie durch eine echte, schlecht beleuchtete Nacht, bis ihr Hotel auftauchte. Es war keines der maßlosen, riesigen Casino-Hotels an den Ufern des Strip, sondern ein weniger pompöses, trotzdem mehrstöckig aufragendes Gebäude, umgeben von einem kleinen Park an der Grenze zu den aus Aluminium und Teerpappe zusammengeschusterten Flachbungalows der Slums von Downtown.

»Ich rufe Sie an, Mister Shibli«, sagte Gallo, nachdem er den Fahrer bezahlt und im Gegenzug dafür eine Karte mit den jeweils für seine zahlreichen Wirkungskreise und die entsprechenden Tageszeiten gültigen Telefonnummern erhalten hatte. Der Libanese glitt hinter dem Steuer hervor, öffnete den Kofferraum und händigte ihnen ihr spärliches Gepäck aus. Ganz neuer Freund, sah er ihnen sogar noch wehmütig nach, als sie auf das chromglänzende Überdach des Eingangs zugingen und in das blendende Licht tauchten, das aus zahlreichen Punktstrahlern vor den automatischen Glastüren auf ihre müden Häupter rieselte.

In der Lobby schritt der Commissaris über den dicken braunen Teppichboden zur Rezeption. Die mit Duftstoffen versetzte, klimatisierte Luft strich ihm über die Haut wie Seidenpapier aus dem Kühlschrank. Ein fernes Pling! kündete von der Ankunft eines Fahrstuhls. An einer Wand links vom Eingang glommen mehrere Einarmige Banditen in bunter Langeweile vor sich hin. In einem marmorgefassten Kamin flackerte über einem hochauflösenden Bildschirm ein virtuelles Feuer, für das Van Leeuwen genauso wenig Aufmerksamkeit übrig hatte wie für die kupfergerahmten Gemälde an den Wänden, die im Stil von Edward Hopper ein Gründerzeit-Las-Vegas zeigten, das es wahrscheinlich nie gegeben hatte. Auch auf die beiden Männer, die in haselnussfarbenen Ledersesseln unter einem auf CNN eingestellten Flachbildfernseher an der unverputzten Ziegelwand saßen, achtete er nicht. Inzwischen tat jeder Schritt weh. Er wollte nur noch seinen Verband wechseln und sich hinlegen.

Als er die Anmeldeformulare ausgefüllt hatte, saßen die beiden Männer nicht mehr in den Ledersesseln, sondern standen hinter ihm. Einer scheuchte den Hotelboy mit einem Fingerschnippen weg, der andere schwenkte einen in Plastik eingeschweißten Ausweis mit seinem Foto und einem rot-blauen Symbol auf weißem Untergrund. »Mister van Leeuwen?«

Der Commissaris nickte.

»Gavin Sheridan, Homeland Security.«

Gavin Sheridan, der Mann vom Heimatschutz, trug einen beigen Trenchcoat über dem linken Arm, eine hellgraue Hose mit rasierklingenscharfen Bügelfalten und schwarze Schnürschuhe, zweifach zugeknotet. Das einreihige Tweed-Sakko mit dem dachsgrauen Hahnentrittmuster spannte an Bauch und Schultern über einem rostfarbenen, bis oben zugeknöpften Polohemd. Das Gesicht des

Mannes war blassgrau, das blonde Haar sorgfältig über die Ohren in den Nacken gekämmt. Ein ebenfalls blonder Schnurrbart verlieh den unausgeprägten, zu jugendlichen Zügen dringend benötigten Schuss Männlichkeit. Erst als er die am Schildpattgestell seiner Brille festgeklemmten Sonnengläser hochklappte, konnte der Commissaris seine Augen sehen. Die grünen Pupillen waren so hell, dass es im ersten Moment so aussah, als wäre er blind. »Das ist Special Agent Rafik T. Feridou, FBI«, sagte Sheridan und deutete auf den zweiten Mann.

Special Agent Feridou, FBI, trug einen Hut, den er auch jetzt nicht abnahm. Seine Figur war kräftiger, das Gesicht markanter, die Haut dunkler. Er nickte und reichte Van Leeuwen die Hand. Die Knöchel seiner Hand waren hart wie Schlagring-Noppen. Er trug einen schwarzen Anzug, ebenfalls schwarze, staubige Halbschuhe ohne Schnürsenkel, ein weißes Hemd und einen anthrazitfarbenen Schlips. Unter seiner linken Achsel konnte Van Leeuwen die Ausbuchtung eines Schulterhalfters erkennen.

»Wir würden gern kurz mit Ihnen sprechen«, sagte Sheridan.

»Worüber?«, fragte Van Leeuwen.

Feridou sagte: »Sie sind sehr weit weg von zu Hause, Mister van Leeuwen.«

»Ich bin sehr weit weg von allem, wo ich jemals war.«

»Genau darüber wollen wir mit Ihnen reden«, erklärte Feridou. »Gehen wir doch auf einen Drink in die Bar dahinten.« Er ging voraus, und Van Leeuwen folgte ihm. Als Gallo und Julika sich anschließen wollten, hielt Sheridan sie auf. »Nur Mister van Leeuwen, bitte.«

Sie betraten die Bar, gingen jetzt über polierten Marmor, vorbei an den leeren Hockern und der Messingstange eines verwaisten Tresens zu einem Tisch in der Mitte einer hufeisenförmigen Bank in der Ecke. Der Barkeeper warf ihnen einen schnellen, taxierenden Blick zu. Es gab einen Fernsehapparat über der Theke, der ein Baseballspiel in einer anderen Zeitzone zeigte, aber ohne Ton. Ein unsichtbarer Frank Sinatra sang, wie sich das für Las Vegas gehörte, *Luck be a Lady.*

»Setzen wir uns«, sagte Sheridan. »Sie sehen aus, als hätten Sie Schmerzen.«

»Es geht mir gut«, sagte Van Leeuwen und unterdrückte ein Stöhnen, als er auf die mit schwarzem Samt bezogene Bank sank.

»Kein Ärger mit der Schussverletzung?«, fragte Special Agent Feridou vom FBI. Ein teilnahmsvolles Runzeln huschte über seine Stirn, schneller als eine Spinne über eine heiße Herdplatte.

Der Commissaris versuchte, den bitteren, salzigen Geschmack herunterzuschlucken, den er seit der Landung auf der Zunge spürte: seit er gesehen hatte, wie der Blick des uniformierten Beamten an der Passkontrolle von seinem aufgeklappten Pass in seiner Hand zu einem kleinen Monitor vor seinem Platz gewandert war, um dort einen Sekundenbruchteil zu lang zu verweilen. »Woher wissen Sie, dass ich angeschossen wurde?«

Sheridan vom Heimatschutz sagte: »Sie würden sich wundern, was wir alles wissen. Aber darüber wollen wir eigentlich nicht mit Ihnen reden.«

»Worüber wollen Sie denn mit mir reden?«

»Über das, was *Sie* wissen.«

»Und wenn *ich* darüber nicht reden möchte?«

»Dann reden wir über Ihren Rückflug und die drei Plätze, die wir für morgen in der ersten Maschine in Richtung Europa reserviert haben, egal, wo sie da landet.«

Van Leeuwen beschloss, eine Abkürzung zu nehmen. Er sagte: »Ich habe das Gefühl, Sie halten die Hand über einen sehr bösen Menschen. Sagen Sie mir, dass das nicht stimmt. Erklären Sie mir, dass Sie nicht einen grausamen, unmenschlichen Verbrecher beschützen wollen, der für einen großen Teil all des Elends verantwortlich ist, das Sie eigentlich bekämpfen sollten. Erklären Sie mir, dass Sie nicht korrupt sind und ihm nicht helfen wollen, die Welt zu zerstören, die Sie vor ihm beschützen sollten. Erklären Sie mir, dass wir hier nicht sitzen, weil Sie mit mir über Victor Sarkash reden wollen.«

»Wir sind nicht hier, um Ihnen irgendetwas zu erklären.« Sheridan sah ihn an, ohne zu blinzeln. »Wir sind hier, um Ihnen eine Chance zu geben, uns im Krieg gegen den Terror zu unterstützen.

Sagen können wir allenfalls, dass ein gewisser Victor Sarkash ein wichtiger Baustein in diesem Krieg gegen den Terror ist.«

»Victor Sarkash *ist* der Terror. Hat er Ihnen mal seinen Rücken gezeigt?«, fragte Van Leeuwen.

Feridou beugte sich vor. »Seinen Rücken, warum?«

»Sie sollten ihn bitten, Ihnen seinen Rücken zu zeigen«, sagte Van Leeuwen. »Nicht nur das, was er Ihnen zeigen will.«

Feridou griff in die Innentasche seines Jacketts und holte ein Foto heraus, das er vor Van Leeuwen auf den Tisch legte.

Der Commissaris betrachtete die Aufnahme. Sie zeigte einen athletisch gebauten Mann von kaum mehr als zwanzig Jahren, der mit kalten, ausdruckslosen Augen in die Kamera starrte. Er stand breitbeinig auf den Stufen einer Marmortreppe, die muskulösen Arme vor der Brust verschränkt. Sein Gesicht wirkte selbst für eine *En-face*-Aufnahme ungewöhnlich flach. Seine Haare waren so kurz rasiert, dass sie wie auf den Schädelknochen gemalt wirkten. Er trug einen dunkelroten Blazer mit großen, goldenen Knöpfen, eine massive Goldkette über einem moosgrünen Seidenhemd und schwere, goldene Ringe an jedem Finger. Eine goldene Rolex, mit Diamanten und Saphiren besetzt, schmückte sein kräftiges Handgelenk. Wenn man genau hinsah, konnte man erkennen, dass auf die Knöpfe des Blazers Adlerköpfe graviert waren.

Rechts und links von dem Mann, der vielleicht Cato war, vielleicht aber auch nicht, standen andere junge Männer in Kraftposen, mit auf die Hüftknochen gestemmten Kalaschnikows, kugelsicheren Westen, Tarnhosen und Handgranaten an den Gürteln.

»Das ist das einzige Bild, das es von Cato gibt und das Sie je zu sehen bekommen werden«, erklärte Feridou. »Sie oder irgendjemand sonst. Von vorn, von hinten, von unten oder oben. Glauben Sie mir, wir haben Victor Sarkash von allen Seiten gesehen, und keine Seite gefällt uns. Aber in diesen Zeiten geht es nicht darum, was uns gefällt und was nicht, sondern darum, wie wir unser Land und die Menschen, die darin leben, schützen können.«

»Selbst wenn das bedeutet, dass andere Menschen sterben, die genauso unschuldig und schützenswert sind?«, fragte Van Leeuwen.

»Selbst dann.«

Van Leeuwen schluckte, aber der Geschmack ging nicht weg. Er hob eine Hand, winkte dem Barkeeper und rief: »Einen doppelten Wodka.« Der Schmerz in seiner Nabelgegend breitete sich langsam zu einem pulsierenden, stechenden Feld aus, und als er die Hand wieder sinken ließ, sah er, dass sie zitterte. Er wusste plötzlich nicht mehr, was er erwartet hatte; wie er jemals hatte denken können, nach Las Vegas zu fliegen könnte irgendetwas ändern. *Was mache ich jetzt?*, dachte er. *Was soll ich tun? Was kann ich überhaupt noch tun?*

Dann dachte er, wir sind in Las Vegas, verdammt noch mal, wo auf der Bühne weiße Tiger in Feuer baden und Showstars, die überall auf der Welt tot sind, ein zweites Leben leben. In der Stadt der tausend Tricks. Es ist Zeit, Elvis von den Toten auferstehen zu lassen, das Rote Meer zu teilen, den einen Trick zu versuchen, mit dem keiner gerechnet hat. »Was ist mit Fausto Giovinazzo – Mezzanotte –, dem Mafiaboss, und einem Schlächter namens Bashkim?«, fragte er.

»Was soll mit denen sein?«, fragte Sheridan.

»Sind das auch Bausteine in Ihrem Krieg gegen den Terror?«

»Nein.«

»Aber Sie wissen, um wen es sich dabei handelt?«

»Ja.«

»Wissen Sie auch, dass die beiden hier sind, in Las Vegas, bei Sarkash?«

Jetzt nahm Special Agent Feridou seinen Hut ab. »Sie machen das gut«, sagte er. »Wieso sollten wir Ihnen glauben?«

»Weil ihr deswegen hier mit mir sitzt«, sagte Van Leeuwen laut. »Weil ihr von mir etwas hören wollt, das ihr noch nicht wisst, und weil ich stellvertretender Polizeipräsident von Amsterdam bin, Offizier der Königin der Niederlande, und weil ich mit meiner Geduld am Ende bin und weil ihr diese ganze Geschichte von vornherein völlig falsch angefangen habt und weil ich nicht daran denke, mich von euch einfach so mir nichts, dir nichts abschieben zu lassen, nachdem ich endlich nah genug bin, um der Hydra den Kopf abzuschlagen. Also, entweder ändern sich euer Ton und eure Haltung bis in die Unterwäsche, oder ihr stülpt mir besser gleich eine rote

Kapuze über den Kopf und fliegt mich in Handschellen und Fußfesseln nach Guantanamo, wenn ihr verhindern wollt, dass ich euren ganzen Lego-Krieg gegen den Terror mit bloßen Händen auseinandernehme, um an *meinen* Baustein ranzukommen. Weil – und das ist mein weißer Tiger! –, weil ich nämlich nicht daran denke, klein beizugeben, nicht mal, wenn ihr anfangt, meinen Kopf unter Wasser zu drücken! Sind das genug *Weils*?«

Sheridan saß ganz still, und als Van Leeuwen schon dachte, er wäre zur Salzsäule erstarrt, schlug er klatschend mit der flachen Hand auf die Tischplatte. »Bei uns sind Sie der stellvertretende Präsident von gar nichts«, brüllte er. »Die meisten Leute hier haben noch nie was von den ganzen Scheiß-Niederlanden gehört, geschweige denn von Ihrem Piss-Amsterdam. Ich persönlich hätte nicht das geringste Problem damit, Sie nach Guantanamo Bay zu verfrachten. Ich hätte nicht mal was dagegen, Sie zu erschießen. Leider befinden wir uns nur im Krieg gegen den Terror und nicht gegen die Niederlande, jedenfalls noch nicht, sonst wäre das eine echte Alternative. Aber so, wie's aussieht, fällt das wohl flach. Davon abgesehen ist Guantanamo längst nicht mehr das, was es mal war. Leider.«

»Denken Sie einfach daran, wo ich gerade herkomme«, sagte Van Leeuwen leise. »Denken Sie daran, dass ich eine Kugel im Bauch hatte und vor zwei Tagen noch in einem Krankenhausbett lag und dass ich heute hier bin und wahrscheinlich gerade wieder ein paar Liter Blut verloren habe, und dann überlegen Sie, ob Sie sich wirklich mit so einem Mann anlegen wollen!«

Special Agent Feridou vom FBI räusperte sich, ehe er einen Versuch unternahm, die Wogen zu glätten. »Sie haben in Mailand gute Arbeit geleistet, Mister van Leeuwen. Sie sind ein hervorragender Polizist, der weiter gekommen ist, als zu erwarten war, aber jetzt müssen Sie aufhören. Warum Cato für uns wichtig ist, können wir Ihnen nicht sagen. Eigentlich dürften Sie nicht einmal wissen, *dass* er für uns wichtig ist. Mehr ist auf keinen Fall drin, zu unserer und zu Ihrer Sicherheit. Wir können Sie nicht mit den Bauplänen unserer nationalen Sicherheit im Kopf durch das alte Europa ziehen lassen, das verstehen Sie doch, oder? Wäre ja möglich, dass Sie, kaum dass

Sie wieder drüben sind, vergessen, was Sie uns alles versprochen haben, und plötzlich einen Moralischen kriegen. Dass Sie denken, Sie müssten uns vor irgendeinem europäischen Gerichtshof anschwärzen und *J'accuse* rufen oder wie auch immer das auf Holländisch heißt. Andererseits ist uns daran gelegen, von Ihrer Arbeit so weit wie möglich zu profitieren. Also, was ist Ihr *quid pro quo*? Was wollen Sie?«

»Ich will nur das Mädchen«, sagte Van Leeuwen.

»Welches Mädchen?«, fragte Sheridan.

Van Leeuwen trank den Wodka, den der Barkeeper ihm gerade servierte, bestellte den nächsten und begann zu erzählen.

40

Julika Tambur hatte sich auf der mit Zebrafellimitat bezogenen Couch im Salon zusammengerollt und schlief, und sie wachte auch nicht auf, als Van Leeuwen in die Suite kam. Alle Lampen waren an. An der Decke leuchteten unterschiedlich helle Punktstrahler, die sich im getönten Glas des Panoramafensters spiegelten wie Sterne, die den Weg ins Innere des Raums gefunden hatten. Durch das Fenster konnte man die nächtliche Stadt sehen, die sich funkelnd weit in die Sierra Nevada erstreckte, beginnend mit dem türkisfarbenen Juwel eines beleuchteten Pools direkt hinter dem Haus.

Die Suite bestand aus zwei Schlafzimmern und einem Salon, den man sich gut in einem englischen Landhaus vorstellen konnte, wenn man über den Zebrafellbezug der Couch hinwegsah. Es gab einen dunkel gebeizten Sekretär mit Eisenbeschlägen, mehrere bequeme Ledersessel, einen von innen beleuchteten Glasschrank mit bemalten Fayencen und einen Kamin, in dem zur Abwechslung ein echtes Feuer brannte. Ein halbes Dutzend Orientbrücken führte über den feigenfarbenen Teppichboden, und eine Wendeltreppe mit Rosenholzgeländer endete in der Decke.

An den Wänden hingen Gemälde, breit gerahmte Stillleben, Sonnenblumen und Ähren, Klatschmohn, Feldfrüchte in gedeckten Farben auf einem derben Holztisch, Schinken und ein toter Fasan, dazu blutroter Wein in einem Zinnkrug von pastosem Glanz. Nichts, was einen unnötig aufregte, wenn man gerade unten an den Spieltischen ein kleines Vermögen verloren hatte.

Der große Flachbildfernseher an der Wand neben dem Kamin zeigte mit dröhnender Lautstärke einen alten Schwarz-Weiß-Film. Der Commissaris entdeckte die Fernbedienung auf dem Boden vor der Couch und schaltete den Fernseher aus. Trotz des Feuers war es kühl in dem Raum, und jetzt hörte er das leise Summen der Klimaanlage.

»Ton?«, rief er. Der Hoofdinspecteur antwortete nicht, und Julika wachte nicht auf. Van Leeuwen ging zu den Türen der beiden Schlafzimmer und des Bads mit dem in den Boden eingelassenen Whirlpool aus schwarzem Marmor, konnte Gallo aber nirgendwo finden.

Er holte sein Handy heraus und wählte. Er wusste nicht, ob er hier überhaupt eine Verbindung bekommen würde, aber schon nach dem ersten Rufzeichen meldete sich der Hoofdinspecteur. »Bruno?«

»Wo steckst du?«

»Keine Ahnung.« Gallo schien sich umzuschauen. Der Commissaris hörte das Meeresrauschen fernen Verkehrs; Musik, die vorbeistampfte. »So genau kann ich dir das gar nicht sagen. Mister Shibli zeigt mir gerade das andere Vegas. Ziemlich dunkel hier, keine Casinos, keine Hotels. Jede Menge Vorgärten mit rostigen Pick-ups, kaputten Zäunen und verdorrten Büschen.«

»Warum bist du nicht hier im Hotel?«

»Während du unten in der Bar mit unseren amerikanischen Freunden einen draufmachst? Da sehe ich mich doch lieber ein bisschen in der Stadt um.«

Van Leeuwen sagte: »Frag Mister Shibli, wo wir einen Wagen mieten können, ohne dass jemand Fragen stellt. Und dann komm zurück, ich brauche dich hier.«

Er beendete die Verbindung, trat an das Panoramafenster und sah hinunter auf die Stadt. Zwei blinkende Punkte bewegten sich über den schwachen geröteten Himmel und sanken langsam herab. Van Leeuwen sah zu, wie sie größer wurden, bis sie sich in die Positionslampen an den Tragflächen einer Boeing 707 RE im Landeanflug auf den nahe gelegenen Flughafen verwandelt hatten. Er kehrte dem Fenster den Rücken und ging zu der riesigen Couch, um Julika zu wecken. Sie schlief angezogen, in dem ganzen schwarzen Punkerleder, das sie neuerdings wieder trug. Er blieb stehen und betrachtete sie. Wenn Schmerz einen Ausdruck hatte, dann malte er sich auf diesem schlafenden Gesicht.

Der Commissaris setzte sich zu Julika. Sie stöhnte ein wenig, wachte aber nicht auf. In ihrem Atem verborgene Seufzer erzählten von Träumen, die sie nicht verdient hatte. Die Sehnen ihres Halses waren angespannt wie Geigensaiten. Ihre Haut war schweißbedeckt, und ihre Augen rollten unter den geschlossenen Lidern hin und her. Sacht streichelte der Commissaris ihr über das Haar. Sie hörte auf zu atmen, hielt die Luft an. Im nächsten Augenblick klappte sie hoch, als hätte sie in der Taille ein Scharnier, und starrte ihn an, ohne ihn zu erkennen. Ihre Augen waren wild und verletzt wie die eines Fuchses, der mit seiner Pfote in einer Falle gefangen sitzt. »Ach … Sie«, sagte sie endlich. »Einen Moment wusste ich gar nicht, wo ich bin.« Sie rieb sich die Stirn und schüttelte den Kopf. »Ich wusste nicht, wo ich bin«, sagte sie noch einmal.

»Das macht nichts«, sagte Van Leeuwen. »Hier weiß das niemand.«

Julika stützte sich mit beiden Armen nach hinten ab. »Ich habe geträumt …« Sie sah sich um. »Ist die Tür abgeschlossen?«

»Nein, aber ich kann sie abschließen, wenn du willst«, sagte Van Leeuwen. Er stand auf und drehte den Knopf für die Türverriegelung zweimal um, *l'art pour l'art*, denn in ein Hotelzimmer kam man immer rein. Als er zur Couch zurückging, sah er, dass die Positionslichter der Boeing vor dem Panoramafenster jetzt viel größer geworden waren, und dann schälte sich ein riesiger schwarzer Schatten aus der Nacht und flog fast lautlos am Hotel vorbei, so nah, dass man die Passagiere auf ihren Plätzen und die Flugbegleiter im gedämpften Schein der Gangbeleuchtung sehen konnte.

Julika sah zu, wie das Flugzeug vorbeischwebte, und sagte: »Bitte, setzen Sie sich wieder zu mir.«

Er setzte sich neben sie.

»Bitte, nehmen Sie mich in den Arm.«

Er nahm sie in den Arm und spürte, dass sie zitterte. »Ist ja gut«, murmelte er, »ist ja gut«, obwohl er wusste, dass es nicht stimmte. Es fühlte sich an, als wäre ihr ganzer Körper ein einziger verkrampfter Muskel. Endlich riss sie den Mund auf wie jemand, der zu lange den Atem angehalten hat, und befreite sich mit einem heftigen Schütteln.

Van Leeuwen hatte plötzlich das Gefühl, das Panoramafenster drehte sich und dann der ganze Raum, wie ein Karussell, das sich langsam in Bewegung setzt. Kurz wurde ihm schwindlig, und er schloss einen Moment die Augen, aber jetzt war es, als drehte sich etwas in ihm. Er spürte seine Wunde und dachte, dass er den Verband wechseln musste. Er konzentrierte sich auf den Schmerz und stellte sich vor, wie er kleiner und kleiner wurde und verschwand. Das Karussell kam mit einem sanften Ruck wieder zum Stillstand.

»Ich kann es Ihnen nicht erzählen«, rief Julia, und dabei atmete sie schnell und flach. »Ich kann Ihnen nicht sagen, was sie mit mir gemacht haben.«

»Ist gut«, sagte Van Leeuwen.

»Warum muss ich eine Frau sein?« Sie sah ihn nicht an; die wilden, verwirrten Augen suchten den Raum ab. »Warum muss Frauen so etwas geschehen?«

Van Leeuwen sagte nichts mehr.

»Ich erzähle es Ihnen nicht. Ich erzähle Ihnen nichts, weil ich will, dass Sie mich noch anschauen können, ohne es vor sich zu sehen, ja?! Ich will Ihren Blick nicht bemerken und dabei denken, er weiß es, er weiß alles. Er sieht es gerade. Es reicht … es ist schlimm genug, dass ich es weiß … dass ich mich daran erinnere … dass ich denke, wenn ich mich im Spiegel sehe, dass ich dann denke: *Das ist die, mit der sie das alles gemacht haben* … Bashkim, Bashkim und die anderen.«

Sie umarmte sich selbst, grub die Finger in die angespannten Muskeln ihrer Oberarme. »Das Einzige, was ich Ihnen sage … das Einzige ist, dass ich etwas gelernt habe. Es heißt immer, die ganz oben sind die Schlimmsten: die, die die Befehle geben. Leute wie dieser Cato, von dem Sie erzählt haben. Die, die sich nicht selbst die Hände schmutzig machen, sondern andere die Drecksarbeit tun lassen, Handlanger wie Bashkim. Die Catos dieser Welt sind die Schlimmsten, sagt man, weil es ohne sie die ganzen Bashkims gar nicht gäbe. Aber das stimmt nicht. Jemand wie Bashkim ist der schlimmste Mensch, den es gibt. Der allerschlimmste.«

Die Worte stürzten nicht aus ihr heraus. Ihre Stimme überschlug sich auch nicht. Sie sprach langsam, wie jemand, der gleichzeitig nachdenkt, der sich mit großer Anstrengung auf den Kern dessen, was er sagen will, zu besinnen versucht. »Ohne jemand wie Bashkim mit seinem ganzen Hass, seiner Lust an Grausamkeit, seiner unermesslichen Kälte, seinem eisigen Herzen könnten die Catos gar nicht dahinkommen, wo sie sind. Jemand wie Bashkim braucht nämlich gar keine Befehle. Er will nur vergewaltigen. Er will nur demütigen. Er will nur töten.« Ihr Kopf sank herab, dann riss sie ihn wieder hoch, als wiche sie einem jähen Schlag aus. »Ich hatte meine Angst fast verloren in den letzten Jahren, aber jetzt ist sie wieder da. Das verdanke ich Bashkim. Ich möchte, dass jemand *ihn* tötet.«

Van Leeuwen hörte ihr zu, und was sie sagte, schnürte ihm die Kehle zu. Es war der Inhalt, und es war der Ton, der Mangel an Zorn in ihrer Stimme. Es war der große, besonnene Ernst, mit dem sie redete. Er verspürte eine Traurigkeit, die so stechend war wie der Schmerz von der Schussverletzung ein paar Zentimeter darunter.

41

Um drei Uhr morgens stand der Commissaris auf der Straße vor dem Sunrise Casino, das dreißig glitzernde Stockwerke in die Nacht emporragte. Neonkaskaden ergossen sich über die Fassade, und sie ergossen sich auch über Van Leeuwen, der den Kopf in den Nacken gelegt hatte und zu dem hell erleuchteten Penthouse ganz oben auf dem Hotel hinaufstarrte. Er sah hoch zu den Panoramafenstern des Dachgeschosses, in dem Victor Sarkash so dicht am Himmel lebte, und rief: »Victor Sarkash! Kannst du mich hören!? Hörst du mich?!

Mein Name ist Bruno van Leeuwen, und ich bin Polizeibeamter! Du glaubst, du bist unangreifbar da oben, aber das bist du nicht! Du bist nicht Gott, und du bist auch nicht der Teufel, du bist nur ein böser Mensch, der von Menschen beschützt wird! Weißt du, was ich unterschreiben musste? Ich musste unterschreiben, dass ich dich nicht verfolgen werde und dass ich niemandem von dir erzähle. Ich musste unterschreiben, dass ich nicht weiß, wer du bist oder wo du dich aufhältst und wer deine Freunde sind und dass ich auch nicht gegen dich oder irgendjemanden sonst tätig werden oder aussagen kann, weil ich damit gegen die nationale Sicherheit der Vereinigten Staaten von Amerika verstoße. Außerdem musste ich unterschreiben, dass ich zur Kenntnis nehme, dass ich bei Zuwiderhandlung als Staatsfeind eingestuft und verhaftet und vor Gericht gestellt werden kann, falls ich je wieder den Fuß auf den Boden der Vereinigten Staaten setze. Ich wette, du musstest so was nicht unterschreiben. Aber ich habe noch etwas unterschrieben, ein weiteres Dokument, von mir für mich, und darin steht, dass alle anderen Unterschriften null und nichtig sind, weil sie gegen das Recht und den Glauben verstoßen, auf die ich einen Eid geschworen habe. Ich werde also nicht schweigen, ich werde dich weiter jagen und versuchen, dir das Handwerk zu legen, und es ist mir egal, welchen Staat ich mir damit zum Feind mache und gegen wessen nationale Sicherheit ich verstoße. Denn selbst wenn du da oben ganz dicht am Himmel wohnst, bleibst du trotzdem der Teufel, und durch dich habe ich gelernt, an die Existenz des Bösen zu glauben, an die ich bisher nicht glauben wollte – das reine Böse in einem Menschenherzen. Kannst du mich hören, Victor Sarkash? Das Böse muss ausgemerzt werden, es muss zerstört und bis auf die Grundmauern geschliffen werden, und das mache ich mir ab jetzt zur Aufgabe. Ich weiß nicht, wie lange es dauern wird und was es mich kostet, aber ich habe nicht viel zu verlieren. Ich werde mich um dich kümmern, ab dem heutigen Tag, ab jetzt, drei Uhr morgens am 21. Januar, und ich werde nicht eher ruhen, bis meine Forderung erfüllt ist: *Ceterum censeo, Cato esse delendam! Hörst du?! Victor Sarkash esse delendam …*«

Danach trank er den Rest aus der Wodkaflasche, die er in der rechten Hand geschwenkt hatte, und winkte einem Yellow Cab, das ihn zu seinem eigenen Hotel bringen sollte.

42

Sie warteten in Mister Shiblis Yellow Cab ein paar Querstraßen von dem Bungalow mit den dunklen Fenstern entfernt. Nach einer Weile fuhren sie los, um keinen Verdacht zu erregen, und suchten sich eine andere Stelle. Ton Gallo saß am Steuer, und die Stellen, die er aussuchte, lagen unter den überhängenden Zweigen eines Baumes oder in der Mitte zwischen zwei Straßenlaternen. Aber von da, wo sie standen, konnten sie immer den flachen Bungalow sehen.

Sie hatten die Fensterscheiben heruntergelassen, denn die Nacht war heiß, und aus den Gärten drang der Duft von Jasmin in den Wagen und manchmal der schwache Geruch von Salbei aus den Bergen. In einigen Gärten schlugen Rasensprenger dunkle Wasserbogen in die Luft, aber nicht so viele wie in den besseren Gegenden.

Auf der staubigen Konsole zwischen den Vordersitzen des Subaru lag unter einem ölfleckigen Abschmierlappen die 9-mm-Glock, die Gallo gestern nacht in einer Pfandleihe Downtown erworben hatte, ein Stück abseits vom Strip, unter der Hand für sechshundertfünfzig Dollar in bar, mit dreißig Schuss Munition.

»Vielleicht sind sie ja schon weg«, sagte der Hoofdinspecteur jetzt.

»So schnell geht das nicht«, sagte der Commissaris.

»Oder es ist der falsche Bungalow«, sagte Gallo. »Vielleicht ist es gar nicht der richtige Bungalow. Die sehen alle gleich aus.«

»Es ist der richtige Bungalow«, sagte der Commissaris. »Und sie sind noch da.« Er saß auf dem Beifahrersitz, und im Fond kauerte Julika, das Gesicht trotz der Hitze halb unter der Lederkappe versteckt.

Das Taxi stand jetzt im Schatten eines Zitronenbaums. Das Radio war aus, und man konnte den Wind in den Zweigen rascheln hören. Weiter hinter ihnen war der Himmel hell über dem Strip, aber hier gab es nur die unruhigen Lichtpfützen der sacht schwankenden Laternen.

Der Rasen rings um den schäbigen Bungalow wirkte fast schwarz. Hinter der wild wuchernden Hecke zu beiden Seiten des geschlossenen Eisentors kauerten Büsche mit dunkelgrünem Blattwerk und kleinen roten Beeren. Der Asphalt schien im Schein der Straßenlaternen einen schimmernden silbernen Belag zu haben. Der Himmel über der Straße und den Bäumen und dem fernen Höhenzug der Sierra Nevada war von dunklem Velazquez-Blau, in dem ein weißer Halbmond prangte, umgeben von kleinen Wolkentupfern.

Der Commissaris warf einen Blick auf die Uhr im Armaturenbrett des Subaru: noch neunundzwanzig Minuten bis Mitternacht.

»Ist dir aufgefallen, dass Las Vegas eine Stadt ohne Uhren ist?«, fragte Gallo. »Keine Uhren auf den Straßen oder an den Wänden der Lokale und Casinos. Sie wollen, dass man die Zeit vergisst.«

Die Zeit, die durch die Menschen geht, dachte Van Leeuwen.

»Tagsüber sieht das alles ziemlich schäbig aus, finde ich«, meinte Gallo. »Man sieht die Gier, die hinter allem steckt, hinter dem ganzen Glamour. Das Einzige, was im hellen Tageslicht glänzt, ist die Wüste, der Sonnenglast, in dem die Hoteltürme zittern und verschwimmen. Im Freien ist es so heiß, dass sich nicht mal die Schatten raustrauen. Aber wenn man sich in die Casinos flüchtet, wird man nach einer Weile richtig wütend von dem ewigen Klirren, Klimpern und Rasseln, den Einarmigen Banditen, dem Gebrüll der Würfelspieler, dem Geblinke der Automaten …«

»Damit lässt Vegas dich wissen, dass hier jeder zum Verlierer werden kann«, meinte Van Leeuwen. »So ist das in einer Stadt, die von Gangstern gegründet worden ist, auf einem Fundament aus Blut und Blei und aus den verscharrten Knochen von Menschen, die allein in der Wüste gestorben sind.«

Gallo sagte: »Wenn wir schon von Verlierern und Gangstern reden – vielleicht beschützen deine neuen amerikanischen Freunde ja Mezzanotte und Bashkim genauso, wie sie Cato beschützen, und das Mädchen ist ihnen völlig egal.«

»Sie wissen, dass es *mir* nicht egal ist«, sagte der Commissaris.

»Was ich nicht verstehe«, sagte Julika hinter ihm, »woher wussten die überhaupt, dass wir kommen und was wir hier wollen?«

Gallo warf einen Blick in den Innenspiegel, wo er ihren Augen begegnete. »Wenn Leute wie dieser Sheridan wirklich denken, auf Victor Sarkash oder sonst jemand in ihrem heiligen Krieg gegen den Terror nicht verzichten zu können, dann nehmen die sich jeden vor, dessen Name im Zusammenhang mit ihm auftaucht. Hacken sich in die Computer aller Polizeibehörden, überwachen den gesamten E-Mail-Verkehr, hören sämtliche Telefongespräche ab. Die Milchstraße wird zu Käse geschleudert, so viele Spionagesatelliten schießen sie durchs All. Als Mister van Leeuwen hier sein Visum beantragt hat, hatten die längst mehr Fotos von ihm als die Bildredaktion des *Osservatore Romano* Schnappschüsse vom Papst. Bruno geht ins Reisebüro, bucht sein Flugticket und stellt seinen Antrag für ein befristetes Visum, und in Washington oder Langley klappt jemand sein Laptop auf, liest das und schreibt: *vorrangig behandeln*, weil sie wissen wollen, was er hier vorhat und wie weit er sich schon durch die Firewall gebohrt hat, mit der sie Cato vor unbefugtem Zugriff schützen wollen.«

Der Commissaris dachte an das Gespräch gestern Abend in der Bar und spielte das Band auf seinem inneren Kassettenrekorder ein Stück zurück, um sich noch einmal anzuhören, was Gavin Sheridan vom Heimatschutz und Special Agent Feridou vom FBI gesagt hatten.

Wenn es Ihnen wirklich nur um das Mädchen geht – um diese – wie heißt sie, Rascha? –, dann lässt sich da vielleicht was machen.

Das war die Stimme von Feridou, verbindlich, in die Sheridan gereizt einfiel:

Vorausgesetzt, Sie haben uns die Wahrheit erzählt, soweit es Fausto Giovinazzo und Bashkim betrifft und die wirklich hier in Vegas sind. Und vorausgesetzt, Sie geben uns das alles schriftlich und setzen Ihre Unterschrift auch noch unter ein paar andere Papiere, die Sie zur Geheimhaltung verpflichten und uns das Recht einräumen, Sie als Staatsfeind zu behandeln, falls Sie gegen diese Geheimhaltungspflicht und damit gegen die nationale Sicherheit der Vereinigten Staaten verstoßen.

Feridou räusperte sich. *Dummerweise sind die beiden uns nämlich in Mexico City entwischt, und auch wenn wir das alles schon wussten, Sarkash und die Mafia und so weiter, fehlten uns bisher doch noch ein paar Beweise und das eine oder andere Puzzleteilchen.*

Damit, unterbrach ihn Sheridan, *haben wir Sarkash nämlich bei den Eiern und können jetzt jederzeit Druck auf ihn ausüben, falls er plötzlich doch mal beschließen sollte, wieder eigene Wege zu gehen, die nicht die unseren sind. Mister Giovinazzo und Mister Bashkim müssen wir natürlich auch hierbehalten, um ihnen ein paar Fragen zu stellen, aber diese Rascha brauchen wir nicht. Die können Sie haben.*

Feridou zeichnete dieses *quid pro quo* mit einem Nicken ab und bestätigte: *Interessiert uns nicht, exakt, richtig. Wir könnten also zu Sarkash gehen und ihm sagen, was wir wissen, und dafür sorgen, dass er wiederum ein bisschen Druck auf Mezzanotte ausübt, damit der das Mädchen rausrückt. Wir sagen: Hör zu, Kumpel, wir haben eine ganze Menge für dich getan, jetzt musst du mal ein bisschen zurückgeben und was für uns tun, weil wir dich sonst vielleicht nicht mehr beschützen, so was in der Art.*

»Soll das heißen, wir kommen an Cato gar nicht ran?«, fragte Julika. Ihre Stimme klang trocken, fast knirschend, als hätte sie Sand im Mund.

»Es geht vor allem um das Mädchen«, sagte Van Leeuwen und versuchte zu klingen, als glaubte er es selbst. »Ohne Cato kämen wir hier nicht mal mehr *in die Nähe* von Mezzanotte und Bashkim.«

»Und du denkst wirklich, das funktioniert?«, fragte Gallo.

Van Leeuwen sagte: »Ich weiß es. Ich weiß, dass Mezzanotte sich von Cato nichts vorschreiben lässt. Er hat gemerkt, dass er sich auf ihn nicht mehr verlassen kann, dass er hier nicht mehr sicher ist. Er wird versuchen abzuhauen, zusammen mit Rascha, heute Nacht, so schnell wie möglich.«

»Und woher weißt du das?«

»Ich habe mit ihm telefoniert«, sagte Van Leeuwen.

Es war plötzlich so still im Wagen, als wäre die Stille extra für diesen Moment von einem Tontechniker der NASA außerhalb seines Space Shuttle im Weltraum aufgenommen worden. Es gab noch das ferne Meeresrauschen des Verkehrs, und es gab den Wind aus der Wüste in den Ästen des Zitronenbaums, und von irgendwoher drang der Lärm eines zu laut eingestellten Fernsehers, aber das alles war nichts gegen die Stille, die gerade in Mister Shiblis Taxi herrschte.

»Du hast mit Mezzanotte telefoniert?«, fragte Gallo endlich. »Wann?«

»Nachdem ich mit Victor Sarkash gesprochen hatte«, antwortete Van Leeuwen.

»Mit Cato hast du auch telefoniert? Das glaube ich nicht ...! Wann? Warum?«

»Um sicherzustellen, dass mein Plan funktioniert.«

»Ich wusste nicht, dass du einen Plan hast.«

»Ich hatte auch keinen, bis Sheridan und Feridou aufgetaucht sind«, sagte Van Leeuwen. »Er hat erst Gestalt angenommen, als ich mit den beiden in der Hotelbar gesprochen habe. Und als sie mich heute Mittag anriefen, nachdem sie mit Sarkash geredet hatten, ist mir derselbe Gedanke gekommen wie dir eben, nämlich, dass sie mich aufs Kreuz legen wollen. Und deswegen habe ich Sarkash selbst angerufen.«

»Dessen Nummer bekanntlich im Telefonbuch steht«, sagte Gallo, ohne die Straße aus dem Blick zu lassen.

Van Leeuwen zuckte mit den Schultern. »Er versteckt sich ja nicht. Er hat Geschäfte hier, eine Landerschließungsfirma, Anteile an Casinos, Hotels, besitzt Grundstücke. Es dauert ein bisschen, aber wenn man die richtigen Namen nennt und etwas Druck macht, wird man am Ende zu ihm durchgestellt. Sheridan und Feridou hatten gute Vorarbeit geleistet.«

»In welcher Form«, fragte Gallo.

Van Leeuwens Handy klingelte, als er gerade im Badezimmer den Verband wechselte, und er klebte das Mullpolster über der gesäuberten Wunde mit Leukoplast fest und ging in den Salon, wo die Netzverbindung besser war.

»Sheridan hier«, sagte der Mann von Homeland Security, »wir waren gerade bei Sarkash, und Sie kriegen, was Sie wollen. Wir haben ihm klargemacht, dass er jetzt an der Reihe ist, uns einen Gefallen zu tun.

Wir haben ihm gesagt: ›Rufen Sie diesen Mafioso an, den Sie hier in Vegas verstecken, und sagen Sie ihm, er soll das Mädchen zurückgeben, das er verschleppt hat. Wir wollen nur das Mädchen, sonst nichts. Er soll es hier bei Ihnen abliefern, sagen wir, heute um Mitternacht, und danach kann er sich aus dem Staub machen.‹ Sarkash hatte keine große Wahl. Er hat Giovinazzo angerufen, der nicht gerade kooperativ war, aber Sarkash kann sehr überzeugend sein. Was Giovinazzo nicht wusste und was Sarkash nicht wusste, war, dass wir den Anruf verfolgt haben, um festzustellen, wo Giovinazzo sich versteckt. Das Problem ist: Wir können da nicht einfach reingehen, ohne dass es Tote und Verletzte geben würde. Das Mädchen könnte in Gefahr sein. Wir bauen darauf, dass Giovinazzo und Bashkim Rascha zu Sarkash bringen, und wir schnappen sie im Hotel auf dem Weg nach oben zu seinem Penthouse. Sobald wir das Mädchen haben, liefern wir es bei Ihnen im Hotel ab.«

Van Leeuwen sah durch das Panoramafenster hinaus über den Garten des Hotels und die Straßen und die Bungalows am Stadtrand bis dorthin, wo die Wüste begann. Die Luft flimmerte, und über dem Sand schienen kleine Seen aus Quecksilber zu schweben. Der Himmel war fast grau; das Licht blendete trotz der getönten Scheibe, und die Berge zitterten am Horizont.

»Wo befindet sich das Versteck von Mezzanotte?«, fragte der Commissaris.

»In einem der Vororte«, antwortete Sheridan ausweichend. »Würde Ihnen nichts sagen. Ruhen Sie sich einfach aus und warten Sie auf meinen Anruf.«

Er unterbrach die Verbindung, und Van Leeuwen sah weiter aus dem Fenster und entdeckte ein paar Streifen Grün am Rand der Wüste, und davor blitzten Autos, die langsam und klein wie Käfer über die erhitzten Straßen krochen. Er wusste jetzt, dass Sheridan ihn nur angerufen hatte, um ihm das Gefühl zu geben, er wäre weiter im Boot, aber in Wirklichkeit warteten sie bloß auf den Zeitpunkt, in dem sie ihn über Bord schmeißen konnten, ohne dass er in der Lage war, ihre Operation noch zu gefährden.

Er hatte sich wieder angezogen, dann ließ er sich von der Rezeption mit dem Sunrise verbinden, wo er die Geschäftsleitung verlangte. Er sprach mit einer Sekretärin, einem Vizepräsidenten für Business Affairs, *einem persönlichen Assistenten. Er nannte seinen Namen, er nannte die Namen Sheridan und Feridou, er nannte den Namen Mezzanotte und würzte alles mit kleinen Hinweisen auf eine Intrige gegen Victor Sarkash, dessen Namen wiederum keiner je gehört hatte, bis er persönlich in der Leitung war.*

»Victor Sarkash«, meldete Cato sich mit der glatten, selbstgefälligen Stimme eines Mannes, der tausend Quadratmeter dicht unter dem Himmel bewohnte.

Der Commissaris sagte: »Sie kennen mich nicht, aber Gavin Sheridan von Homeland Security kennt mich, und ich kenne ihn, und ich weiß, dass Sie ein Problem haben, das ich für Sie lösen kann.«

»Was für ein Problem?«, fragte Cato.

»Sheridan und Special Agent Feridou vom FBI haben vor, Mezzanotte und Bashkim festzunehmen, wenn sie heute Nacht zu Ihnen kommen, um das holländische Mädchen zu übergeben«, erklärte Van Leeuwen. »Sie haben Ihr Telefongespräch zu Mezzanottes Versteck verfolgt, nur für alle Fälle, um sicherzugehen, dass sie ihn finden, wenn er doch nicht kommen sollte. Homeland Security und das FBI wollen, dass Mezzanotte Sie mit ein paar Morden und anderen Kleinigkeiten in Verbindung bringt, um die Leine, an der sie Sie laufen lassen, bei Bedarf ein bisschen straffer ziehen zu können.«

Cato sagte nichts, und Van Leeuwen sprach schnell weiter: »Mezzanotte wird reden, um seinen Kopf zu retten, aber ich kann das verhindern.«

»Wie?«

»Indem ich ihn vor dem FBI finde«, sagte Van Leeuwen. »Alles, was ich dazu brauche, ist seine Adresse.«

Victor Sarkash war auf einmal aus der Leitung verschwunden, dafür sprach der Commissaris wieder mit dem persönlichen Assistenten, der ihm eine Straße und eine Hausnummer nannte, und in dieser Straße saßen sie jetzt in Mister Shiblis Taxi und behielten die Zufahrt mit der Hausnummer im Auge. »Ich wollte, dass Mezzanotte in Panik gerät und mit Bashkim und Rascha rauskommt, weil wir nicht reingehen können«, sagte Van Leeuwen. »*Deswegen* habe ich ihn angerufen.« Er sah erneut auf die Uhr: noch zwanzig Minuten bis Mitternacht.

»Der Vorteil von Mobiltelefonen«, sagte Julika. »Man muss nicht mehr wissen, wo man jemanden erreichen kann. Man wählt einfach seine Handynummer. Aber woher hatten Sie *die* denn?«

»Ach, das war nicht so schwer«, sagte Van Leeuwen. Aber auf einmal erschien ihm alles schwer, was er an diesem Tag getan hatte, und jetzt kam es ihm noch schwerer vor, denn die Schmerzen im Bauch waren wieder da, und er spürte, wie der Verband feucht wurde, die warme Feuchtigkeit sickernden Bluts. »Sie war auf Vicecommissario Annunzios Handy gespeichert, das die Kollegen von den Mailänder Carabinieri bei seiner Leiche in der Fabrikhalle gefunden haben. Bevor wir losgeflogen sind, habe ich sie darum gebeten, mir eine Liste der gespeicherten Anrufer zu machen. Natürlich war die Nummer nicht unter Mezzanottes richtigem Namen aufgeführt, aber man muss kein Hellseher sein, um sich denken zu können, wer *Midnight Cowboy* sein könnte. Und genau die Nummer habe ich vorhin angerufen.«

»Als Freund eines Freundes«, sagte Gallo.

»Als der korrupte Commissaris Bruno van Leeuwen, der seine Nummer von Annunzio hat und der sich zum Dank für die Zukunft die eine oder andere Gefälligkeit erhofft.« Van Leeuwen lächelte, als könnte er sich durchaus vorstellen, in dieser Rolle aufzugehen. »Wenn jemand von einem Freund wie Cato verkauft worden ist, freut er sich über neue Freunde.«

Um kurz vor acht am Abend hatte er Gallo und Julika weggeschickt, um den Wagen zu holen, und das letzte Bausteinchen in seinem eigenen Krieg gegen den Terror an seinen Platz geschoben.

Der Commissaris hörte Mezzanotte atmen, bevor sich der Mafioso mit einem heiseren Pronto! *meldete. Van Leeuwen sagte: »My name is Bruno van Leeuwen. Ich bin der Polizeibeamte aus Amsterdam, den Vicecommissario Annunzio töten sollte. Nun ist Annunzio tot, und ich lebe und bin hier in Las Vegas. Ich weiß, dass Sie ein Problem haben, bei dem ich Ihnen helfen kann.«*

»Pronto?«, *fragte die Stimme noch einmal.*

»Van Leeuwen, Deputy Commissioner, Amsterdam Police Department …«

Ein Rascheln drang an sein Ohr, dann einige Worte, die er nicht verstand, weil sie nicht in den Hörer gesprochen wurden, ehe sich eine andere Stimme meldete, jetzt ebenfalls auf Englisch: »Hier ist Carlo Rustichelli, Mister Giovinazzos Anwalt. Was wollen Sie?«

»Victor Sarkash verlangt von Ihnen – also von Mister Giovinazzo –, dass Sie Gianna bei ihm abliefern, heute gegen Mitternacht«, sagte Van Leeuwen. »Er will das Mädchen dem FBI übergeben, das es wiederum mir übergeben wird, damit ich es zurück zu seinem Vater bringen kann. Tatsächlich hat Cato einen Deal mit dem FBI gemacht, und er hat vor, Mister Giovinazzo und Mister Bashkim den Behörden zu übergeben und das Mädchen für sich selbst zu behalten.«

»Warum erzählen Sie mir das?«

»Ich will Mister Giovinazzo helfen.«

»Warum?«

»Warum hat Annunzio ihm geholfen? Vor seinem Tod hat er mir alles erzählt, er hat mir seine Telefonnummer gegeben. Er kann nichts mehr für ihn tun, ich kann. Das Mädchen ist mir egal, er kann Gianna behalten.«

Im Hintergrund meldete sich Mezzanotte und sagte etwas auf Italienisch. Selbst durchs Telefon klang seine Stimme trocken und heiß, als käme sie direkt aus der Wüste. Der Anwalt hörte ihm zu, dann fragte er: »Haben Sie einen Vorschlag?«

»Suchen Sie sich ein anderes Versteck. Oder verlassen Sie Vegas ganz. Das FBI wartet heute Nacht im Sunrise-Hotel auf Sie, weil die Sie lieber da verhaften wollen, als beim Sturm auf Ihr Versteck Tote und Verletzte zu riskieren. Und während die bei Cato auf Sie warten, können Sie in Ruhe verschwinden. Wenn Sie in Ihrem neuen Versteck angekommen sind, rufen Sie mich an, und wir regeln die finanzielle Seite.«

»Gut, si, *so könnten wir es machen«, hatte der Anwalt nach einem kurzen Palaver im Hintergrund gesagt, und Van Leeuwen hatte gewusst, dass auch er ihn reinlegen wollte, aber damit konnte er leben.*

Er konnte damit besser leben als Mezzanotte in dem Bungalow mit den dunklen Fenstern da drüben.

»Das heißt, du hast dich der Strafvereitelung im Amt schuldig gemacht«, sagte Gallo.

»Man könnte auch sagen, Sheridan und Feridou haben das getan«, widersprach Van Leeuwen missmutig. »Wenn es um Mezzanotte und Bashkim geht, habe ich das größere und ältere Recht zu strafen.«

»Klingt irgendwie alttestamentarisch«, sagte Gallo.

»Ich gebe ja trotzdem dem Kaiser, was des Kaisers ist«, sagte Van Leeuwen. »FBI und Heimatschutz bleibt immer noch Cato, das muss für ihren Krieg gegen den Terror reichen.«

»Wie bist du nur auf so einen perfiden Plan gekommen?«, fragte Gallo ehrfürchtig.

»Ich hatte einen guten Lehrmeister«, bekannte Van Leeuwen. »Vicecommissario Annunzio hat genau das mit Maggiore Manzoni und mir in Mailand gemacht.«

»Und wenn Mister Shibli uns sein Taxi nicht so kurzfristig überlassen hätte?«

»Dann hätten wir einen Leihwagen nehmen müssen. Aber ich wusste, dass man sich auf seinen ausgeprägten Geschäftssinn verlassen kann. Und so ist es mir lieber – wirkt unauffälliger, und niemand von Rent-a-Car ruft den Heimatschutz an, um sich als guter Patriot auf die Schulter klopfen zu lassen.«

»Ich frage mich, ob es das alles wert ist«, sagte Gallo nach einer Weile.

»Ob was was wert ist?«, fragte Julika.

Gallo sagte: »Wenn wir zurückkommen, hat keiner von uns mehr einen Job, das ist euch doch klar. Diesmal kommt keiner von uns mit einer Disziplinarmaßnahme davon. Erst setzt du dich über Brunos Befehl hinweg und gehst undercover nach Mailand. Dann ignoriert Bruno den Befehl des Hoofdcommissaris und macht das Gleiche. Und schließlich komme ich entgegen meinen Anweisungen mit euch beiden hierher nach Vegas, als hätte ich nicht mein halbes Leben darauf hingearbeitet, ein guter Polizist zu sein!«

»Du bist ein guter Polizist«, sagte Van Leeuwen. »Ich bin dein direkter Vorgesetzter, und ich habe dir befohlen, mich bei dieser Aktion zu unterstützen. Ich habe dir befohlen, keine Meldung nach

Amsterdam zu machen, so wie ich Julika befohlen habe, in Mailand nach Rascha zu suchen. Ich habe euch mit disziplinarischen Maßnahmen gedroht, falls ihr nicht gehorcht. Ihr wolltet das schriftlich haben, und ich habe es euch schriftlich gegeben. Wir müssen das nur noch aufsetzen und vordatieren. Was immer mit mir geschieht, ihr bleibt im Polizeidienst. Kann allerdings sein, dass ihr ein paar Sterne verliert und einen neuen Chef kriegt. Und um deine Frage zu beantworten: Es ist es wert, und du weißt, warum.«

»Da bewegt sich was«, sagt Julika leise.

43

Das automatische Tor des Garagenanbaus neben dem dunklen Bungalow schwang langsam hoch. Ein schwarzer Hummer H2 tauchte aus der Garage. Ohne die Schweinwerfer anzuschalten, rollte das klobige Gefährt zur Fliegengittertür des Bungalows. Die getönten Scheiben ließen nicht erkennen, ob außer dem Fahrer noch jemand in dem SUV saß. Einige Minuten lang tat sich nichts, der Hummer stand nur da und wartete.

Van Leeuwen, Gallo und Julika starrten zu dem Bungalow hinüber wie Apostel, die auf die Ankunft ihres Herrn warteten.

Dann stieg der Fahrer aus, ging um das Heck des Hummer herum und öffnete den Schlag auf der Seite des Bungalows. Eine schwache Lampe glomm im Fond des Wagens. Ihr Licht fiel auf die Fliegengittertür. Die Tür ging auf, und drei Gestalten traten aus dem Haus, bückten sich und verschwanden im Inneren des Geländewagens. Der Fahrer setzte sich wieder ans Steuer. Die Scheinwerfer gingen an, und der Hummer fuhr ein Stück zurück, ehe er die Zufahrt zum Tor herunterkam, dessen Flügel sich öffneten und langsam nach innen schwenkten.

Der Hummer verließ die Zufahrt und bog auf die Straße. Die Scheinwerfer erfassten das Taxi. Der Innenraum war plötzlich taghell erleuchtet.

»Kopf runter!«, rief Gallo und duckte sich, und auch Julika und

Van Leeuwen duckten sich. Sie hörten den Geländewagen mit einem leisen Zischen der Reifen auf dem Asphalt vorbeifahren. Gallo tastete nach der Glock auf der Ablage zwischen den Vordersitzen.

»Noch nicht«, sagte Van Leeuwen.

Sie richteten sich wieder auf. Gallo schaute in den Rückspiegel, und als der Hummer weit genug entfernt war, startete er das Taxi. Er schaltete die Scheinwerfer ein, wendete und folgte dem Geländewagen. Durch die offenen Fenster drangen jetzt noch andere Gerüche. Der Duft von Hibiskusblüten und Orangen, von nassem Gras, aber auch von heißem Sand und Elektrizität, von Wahnsinn, der in der warmen Zugluft sirrte. Der schwarze Lack des SUV glänzte, wenn er eine Straßenlaterne passierte, und vor jeder Kreuzung leuchteten die Bremslichter kurz auf. »Er fährt nicht in die Stadt«, sagte Gallo. »Soll ich ihn überholen und stoppen?«

»Noch nicht«, sagte Van Leeuwen.

Der Hummer fuhr schnell, aber Gallo hatte keine Mühe, ihm zu folgen. Die Gärten rechts und links der Straßen wurden kleiner, die Häuser schäbiger und die Laternen seltener. Die Zäune wiesen Löcher auf, die Hecken waren nicht mehr gestutzt. Der Asphalt hatte Risse, und es gab keine befestigten Gehwege mehr. Einige Fenster der flachen, mit Teerpappe gedeckten Bungalows waren vernagelt. Am Straßenrand standen überquellende Mülltonnen zwischen Kleinwagen mit fehlenden Radkappen und Rostflecken in der Karosserie. Keine Clowns, kein Aladin, keine Tulpen, keine Geysire. Eine schäbige Bar ohne Fenster warb mit einem flackernden Cocktailglas aus Neon in Pink und Grün, das vor allem Schwärme von tanzenden Mücken anzog. Daneben glitzerten Reihen von versetzten Diamantringen, Uhren und Goldketten in den vergitterten Schaukästen einer Tag und Nacht geöffneten Pfandleihe. An der Eisentür eines Pornoladens hing ein Plakat: *Nackttänzerinnen gesucht! Erfahrung nicht erforderlich!*, und hinter einer schwach beleuchteten Telefonzelle mit zersplitterten Glaswänden tanzten Staubböen um eine struppige Stechpalme.

Der Geländewagen beschleunigte. Gallos Hände ballten sich um das Lenkrad, und er trat das Gaspedal ganz durch. »Wo fahren die denn hin? Wenn wir sie nicht bald stoppen, sind sie aus der Stadt raus, und in der Wüste haben wir gegen den Hummer keine Chance mehr.«

»Noch nicht«, sagte Van Leeuwen. Er konnte Julika hinter sich atmen hören, dicht an seinem Ohr, schnell und unregelmäßig, wie ein Tier, das Angst hatte.

Der Hummer hielt an einer roten Ampel, die über einer leeren Kreuzung im Wind schwankte. Auf der anderen Seite der Kreuzung hörten die Baracken und Bungalows auf, aber die Straße führte weiter in die Ebene, behütet von leise summenden Peitschenlampen unter einem klaren tiefblauen Nachthimmel. Eine Präriehexe wurde über die Fahrbahn geweht, rollte in die Scheinwerferkegel des SUV und kullerte davon.

»Hinter der Kreuzung«, sagte Van Leeuwen.

Gallo schloss langsam zu dem Hummer auf, und als die Ampel lange genug Rot gezeigt hatte, gab er Gas, als hätte er einen Jumbojet vom Runway hochzureißen.

Das Taxi schoss vorwärts, zog an dem schwarzen Geländewagen vorbei und stellte sich jenseits der Kreuzung mit quietschenden Reifen mitten auf der Fahrbahn quer. Der Hummer geriet schlingernd aus der Spur, fing sich aber wieder und stoppte kurz vor dem yellow cab. Der Fahrer drückte auf die Hupe. Der dumpfe Heulton aus dem Motorraum des Geländewagens nahm kein Ende.

Gallo griff nach der Pistole auf der Ablage und sprang aus dem Taxi. Gleichzeitig stieß Julika die Hintertür auf und stürzte ins Freie, und im Rückspiegel sah der Commissaris, dass sie eine Waffe hatte. *Herrgott, eine Schrotflinte mit abgesägten Läufen! Wo hat sie die her?! Wo hatte sie sie versteckt, unter der Rückbank?* Ihr Gesicht im Scheinwerferkegel des Hummer war blass, entstellt von Angst und Wut, aber vor allem Wut, und noch bevor Van Leeuwen seine Tür ganz auf hatte, stürmte Gallo zum Schlag des Geländewagens und versuchte, ihn aufzureißen, während Julika mit der abgesägten Schrotflinte die getönte Scheibe auf der Fahrerseite einschlug. Die rechte Hand des Fahrers schaffte es nicht mehr ganz bis zum Schulterhalfter; sie musste auf halber Höhe innehalten, weil Julika ihre Flinte mit beiden Händen auf sein Gesicht richtete. *Verdammt noch mal, wo hat sie die denn her?!*

Der Commissaris schluckte den Schmerz hinunter, der ihm durch die Kehle bis auf die Zunge schoss. So aufrecht er konnte, ging er auf den Hummer zu. Er versuchte, Julika und Gallo gleichzeitig im Blick zu behalten, Julika, die brüllte: »*Get out of the car!* Raus aus dem Wagen!«, und Gallo, der an der Hintertür rüttelte, bis sie aufging, und rief: »Nicht bewegen! Die Hände da, wo ich sie sehen kann!«, und jetzt war Van Leeuwen bei ihm und blickte ebenfalls in den Fond des Geländewagens, in den der Lichtschein von der Straßenbeleuchtung fiel. Auf den Rückbänken saßen sich zwei Männer und eine junge Frau gegenüber, die Gesichter der Tür zugewandt. Die Frau war Rascha Frankenhuis, und sie sah immer mehr aus wie Gianna Nannini, die Sängerin.

»*Buonasera, Signor Giovinazzo*«, sagte der Commissaris zu Mezzanotte, und zu Gallo sagte er: »Achte auf den anderen, das ist Bashkim.« Dann blickte er die junge Frau an. »Ich bin Commissaris Bruno van Leeuwen von der Kripo Amsterdam, Mevrouw Frankenhuis. Ihr Vater hat mich gebeten, Sie zu suchen. Bitte steigen Sie aus und gehen Sie zu dem Taxi.«

Die Frau, die aussah wie Gianna Nannini, rührte sich nicht. Ihre Miene im Halbdunkel verriet nichts, keine Regung, nicht einmal Überraschung. Sie saß da wie schockgefroren.

Auch Mezzanotte rührte sich nicht. Sein Blick wanderte von Gallo zu Van Leeuwen und weiter zu Julika, bevor er zu Van Leeuwen zurückkehrte. Der Commissaris hatte schon Leichen exhumiert, deren Augen lebendiger gewesen waren. Die von Falten zerfurchte Haut seines Gesichts war blassgelb, und die schlaffen Tränensäcke warfen im Schein der Laternen dunkle Schatten. Die schorfigen Lippen standen ein wenig offen, als bekäme er durch die Nase nicht genug Luft. Das graue Haar fiel ihm in fettigen Strähnen in die Stirn und über die Ohren. Er wirkte erschöpft, wie abwesend und ein wenig zusammengesunken in seinem zerknitterten, weißen Leinenanzug. Nur der gefiederte Hut in seinem Schoß erinnerte noch an den eleganten, mächtigen Raubvogel im Bentley.

Er beugte sich ein wenig vor, einen halben Zentimeter vielleicht, und sagte etwas zu Bashkim, der in einem schwarzen Anzug auf der Bank gegenüber saß.

Bashkims Lippen spannten sich, ein Lächeln aus der Hölle. Er sah Van Leeuwen an. »Er will wissen, ob Sie einen Termin haben«, sagte er.

»Wie bitte?«, fragte der Commissaris.

»Er fragt: *Haben wir einen Termin?*«, sagte Bashkim. Er trug ein weißes Hemd mit Perlmuttschimmer, der Kragen stand offen, kein Ledergurt, kein Schulterhalfter. »Sie wissen doch, was ein Termin ist?« Das Glitzern in seinen Augen war unheimlich; es veränderte sich unmerklich, je länger man hinsah. Zunächst schien es entwaffnend, einladend, doch dann merkte man, von wie viel Dunkelheit es umgeben war, Eis, das weit weg im nächtlichen Ozean aufblitzt, in einer unermesslichen, kalten Schwärze. Seine dunkle Haut hatte in dem gelben Licht der Straßenbeleuchtung einen öligen Schimmer, und dort, wo der Kragen offen stand, rankten sich die schwarzen Spitzen eines verästelten Tattoos über sein schweißbedecktes Schlüsselbein.

»Wir hatten leider keine Zeit, einen Termin zu machen«, sagte der Commissaris. »Im Allgemeinen kümmern wir uns nicht um Termine, wenn wir einen Mörder aus dem Verkehr ziehen. Oder zwei.«

Bashkim sagte etwas zu Mezzanotte, und Mezzanotte hörte mit gesenktem Kopf zu, und dann sah er auf und starrte Van Leeuwen an, als wäre er durch einen Dimensionenriss in die Nacht von Vegas getreten, die noch vor einer Sekunde keinen Platz für ihn gehabt hatte. Jetzt hatte er den Raubvogelblick, an den Van Leeuwen sich aus Mailand erinnerte. Wieder sagte er etwas, das Bashkim übersetzte: *»How much?«*

»Fick dich«, sagte Gallo, aber Bashkim ignorierte ihn.

»How much do you want?«

Als er Anstalten machte, in sein Jackett zu greifen, brüllte Gallo: »Hey, nicht bewegen, keine Bewegung!«, und Van Leeuwen konnte sehen, wie die Sehnen an seinen Händen hervortraten und die Daumen sich vor Anspannung krümmten. »Haben Sie gehört, was der Commissaris gesagt hat? Steigen Sie bitte aus!«

»Sie auch, aussteigen!«, rief Brigadier Tambur dem Fahrer zu: *»Get out, get out!«*

Der Fahrer setzte langsam einen Fuß auf den Asphalt. Seine Miene war ausdruckslos, ohne jedes Gefühl. Arme und Beine wirkten wie aus Ofenstahl geschmiedet. Seine Bewegungen waren minimalistisch, desinteressiert. Er gehorchte Brigadier Tambur, weil niemand etwas anderes von ihm verlangte, nicht weil sie eine Schrotflinte auf ihn gerichtet hielt. Sie trat schnell auf ihn zu, zog mit der linken Hand die Pistole aus seinem Schulterhalfter und schob sie in die Tasche ihrer Lederjacke.

»Ruhig, Julika«, sagte der Commissaris. »Bleib ruhig.« Dann wandte er sich wieder an das Mädchen im Inneren des Wagens und sagte auf Holländisch: »Rascha, kommen Sie, steigen Sie aus. Sie sind jetzt in Sicherheit.«

»Nein«, sagte Rascha. »Ich kenne Sie nicht. Lassen Sie mich in Ruhe.« Ihr Gesicht schien zu bröckeln, zeigte erste Risse, die sich zu einem angespannten Ausdruck völliger Verwirrung weiteten. Sie warf Mezzanotte einen Hilfe suchenden Blick zu, und Van Leeuwen wusste auf einmal, dass er diesen absurden Augenblick nie vergessen würde, nie, solange er lebte.

Es war, als bliebe die Zeit stehen. Sie raste nicht, und sie verlangsamte sich auch nicht, sie blieb einfach stehen. Man konnte den Moment betrachten, als wäre er ein Foto: ein Mädchen, das aussah wie Gianna Nannini, ihre angespannte, verwirrte Miene im dunklen Fond eines Geländewagens, daneben ein alter Mann mit einem arroganten, überheblichen Raubvogelblick und ein drahtiger, tätowierter Killer, bereit zum Sprung, zum tödlichen *coup de grace* mit einem noch unsichtbaren Messer, alle gesehen aus der Perspektive eines stehenden Betrachters vor dem aufgerissenen Schlag des Wagens.

Man konnte einen Schritt zurückgehen und dann auch noch das gelbe, etwas zerschrammte Taxi quer vor dem Hummer auf der Straße stehen sehen, die offenen Türen, die wirbelnden Mücken in den Scheinwerferkegeln, die roten Rücklichter und darüber den tiefblauen, sternenlosen Himmel. Und da war noch mehr: eine etwas entfernte Ampel, die gerade wieder Grün zeigte; das bleiche, zornige Gesicht von Julika Tambur unter der schwarzen Lederkappe, ihre um den Flintenschaft gekrampften Hände; Ton Gallo, wie ein Spiegelbild des Killers ebenfalls zum Sprung bereit, noch jemand, der an einer inneren Leine zerrte.

Der alte Mann griff in die Seitentasche seines Sakkos, ohne dass sonst einer sich rührte oder protestierte, aber statt mit einer Waffe kam die Hand mit einem silbernen Zigarettenetui wieder zum Vorschein: Mezzanotte schob sich in Ruhe eine Zigarette mit weißem Mundstück zwischen die Lippen und zündete sie mit einem Zippo an. Er inhalierte den Rauch, atmete ihn wieder aus und sagte: »*You're all dead!*«

Und plötzlich bewegten sich alle wieder. Julika fuhr zu dem offenen Fond herum, richtete die Flinte auf Mezzanotte und brüllte: »Sie sind ein Schwein, ein Mörder! Ich bring Sie um, ich knall Sie ab!« Ihre Stimme war schrill und laut. Ihr Gesicht – blassgelb im Schein der Lampen – wirkte, als würde es über seinen eigenen Rand hinausgezerrt, und kleine Speicheltröpfchen flogen ihr von Zähnen und Lippen. Die Flinte lag in ihren Händen, ohne zu zittern – stumpf schimmernd, gefährlich und ganz und gar fehl am Platz lag sie da, und Van Leeuwen konnte sehen, wie sich der Finger am Abzug spannte.

»Julika, nicht!«, brüllte er, »nicht schießen!«

Im selben Moment sprang Gallo vor, packte Mezzanotte am Oberarm und zerrte ihn aus dem Hummer, während er gleichzeitig die Mündung der Glock auf Bashkim gerichtet hielt. »Jetzt *haben* wir einen Termin!«, sagte er. Er zog den alten Mann an seinem überraschend dünnen Arm von der gepolsterten Rückbank, und als er ihn draußen hatte, knickten Mezzanottes Beine um, er strampelte, um festen Halt zu finden, und das war die Gelegenheit, auf die Bashkim gewartet hatte. Mit einer einzigen, gleitenden Bewegung – so schnell, dass sie im körnigen Licht der Nacht fast zu einem schlierigen Glitzern verschwamm – zog er ein Messer aus dem linken Ärmel seines Jacketts und sprang aus dem Wagen auf Gallo zu.

Gallo versetzte Mezzanotte einen Stoß, stieß ihn aus seiner Schussbahn. Der alte Mann taumelte wie ein Betrunkener gegen Van Leeuwen, und der Commissaris fing ihn auf, konnte ihn aber nicht festhalten, weil der Schmerz in seinem Bauch zu heftig war. Mezzanotte stürzte, fiel in Julikas Richtung, die dem Schwung des stürzenden Körpers mit den abgesägten Läufen folgte, bis er sich auf dem Asphalt krümmte, wo sie sich breitbeinig über ihn beugte und ihm die beiden Mündungen auf die Stirn setzte.

»Julika!«, rief Van Leeuwen noch einmal, »nicht!«

Er hörte einen Schuss, aber es war nicht Julika, die geschossen hatte. Sein Blick flog zu Gallo, und Gallo stand da und hielt die Glock in der rechten Hand, und zu seinen Füßen blinkte eine Patronenhülse, die ebenfalls rauchte. Mit der ausgestreckten linken Hand hielt er Bashkim von sich weg, Bashkim, der ein rotes Loch in der Brust hatte, einen kleinen, roten, blutenden Krater, Bashkim, der noch immer sein schlankes Messer schwang, nicht bereit, es fallen zu lassen, nicht bereit zu sterben, Bashkim, der mit entstelltem Gesicht, entstellt von besinnungsloser Raserei, weiter nach Gallo hieb und stach, die Augen weit aufgerissen, die Lippen verzerrt, die Halssehnen angespannt, Bashkim im Mordrausch, angefeuert von Mezzanotte, der sich auf dem Asphalt wand und schrie: *»Amazza le, amazza le, amazza le!«*

Gallo drückte noch einmal ab, doch nichts geschah. Der Abzug klemmte, es gab nicht einmal ein Klicken. Bashkim lächelte und stach wieder zu, und da riss Julika die Schrotflinte hoch und schoss, drückte beide Abzüge gleichzeitig durch, und in eine blauweiße Feuerwolke gehüllt, wurden die Schrotkugeln aus den Läufen geschleudert. Eine zerplatzte Papphülse wirbelte durch die Luft, dann eine zweite, und die Mündungsflammen beleuchteten Bashkims Gesicht, seine Brust und den Unterkörper, und dann schlug das Blei in seinen Körper wie trommelnder Regen, zerfetzte die Kleidung und die Haut und das Fleisch darunter. Er wurde gegen die Karosserie des Hummer geschleudert und prallte so heftig gegen das Blech, dass der Wagen leicht schaukelte. Langsam sank er daran herunter, mit einem entsetzlichen, blutigen Lächeln im Gesicht und dem Leuchten des

Wahnsinns in dem verbliebenen Auge. Aber das Messer ließ er nicht los, er hielt es weiter umklammert, und mit flachen, langsam schwächer werdenden Bewegungen stach er unablässig in die Luft, bis er, mit dem Rücken an den breiten linken Vorderreifen des Hummer gelehnt, sitzen blieb.

Der Commissaris sah, wie sein Leben ihn verließ; es sickerte aus Bashkim heraus, und in seinem Blut und seinen leise zischenden Atemstößen trieb alles davon, das Geld, die Waffen, die Drogen, die Frauen, die er vergewaltigt und getötet hatte, die Männer, die von seiner Hand gestorben waren, und die Gefängnisse, von denen seine Tätowierungen erzählten. Das war sein Leben gewesen, und der Commissaris sah, dass er still und friedlich wurde, als all das Böse aus ihm herausfloss, und seine Hand ließ das Messer los und das Leben.

So sollte das nicht ablaufen, dachte der Commissaris; so hatte ich das nicht gewollt. Er ging auf den Hummer zu und beugte sich mühsam in den Fond, wo Rascha Frankenhuis saß. Etwas Speichel rann ihr über die Unterlippe des halb offenen Mundes, aber das schien sie nicht zu merken. Sie sah Van Leeuwen entgegen, die Hände zu Fäusten geballt, die sie in das Polster der Sitzbank presste. »Komm«, sagte er, »es ist vorbei.«

Sie regte sich nicht. Vorsichtig griff er nach ihrem Arm, und da erst schien sie ihn zu sehen. Sie sah ihn und schrie. »Nein! Gehen Sie weg, gehen Sie weg, ich will nicht!« Eine der kleinen Fäuste traf ihn ins Gesicht, die andere traf seine Schulter. *»Nein, nein, nein, nein!«*

Er wich nicht zurück, sondern packte ihr Handgelenk und zog sie zu sich, hob sie aus dem Wagen. Sie schlug weiter um sich und schrie, und er hielt sie fest, und es war, als hielte er einen wilden Marder im Arm. Er ließ nicht los, und dann hörte sie auf zu schreien, und etwas später hörte sie auf, um sich zu schlagen, und dann wurde sie schlaff in seinen Armen, und endlich fing sie an zu weinen, wie Van Leeuwen noch nie einen Menschen weinen gesehen hatte. Sie schlang ihm die Arme um den Hals und weinte. »Ist ja gut«, sagte er leise, »ist ja gut«, wie er es schon zu Julika gesagt hatte, und auch jetzt wusste er, dass es nicht stimmte.

Er führte Rascha von dem Geländewagen weg, vorbei an Julika

und Mezzanotte, dessen Kopf von ihrer Schrotflinte gegen den Asphalt gepresst wurde. »Siete morti«, zischte er. Julika versetzte ihm einen heftigen Tritt, und Mezzanotte sah sie an und sagte: »Siete tutti morti!«

Gallo ging zu Julika, griff in ihre Jackentasche und holte die Pistole des Fahrers heraus. Er ließ das Magazin aus dem Griff springen, untersuchte den Abzug und den Hammer, zog den Schlitten vor und zurück und sah in den Lauf. Dann nickte er, stieß das Magazin wieder in den Griff und beförderte eine Patrone in den Lauf. »Geht schon mal vor«, sagte er zu niemand Bestimmtem. »Nehmt das Taxi.«

Julika hob den Kopf. »Und du?«

»Ich muss hier noch was erledigen. Ich komme später nach.«

»Ich gehe nicht«, sagte Julika. »Ich will dabei sein.«

»Nein.« Gallo schüttelte den Kopf. »Das denkst du nur.«

»Ich war dabei, als sie es mit mir gemacht haben«, sagte sie mit ihrer neuen Stimme. »Und jetzt will ich sehen, wie es ihnen passiert.«

»Das willst du nicht sehen«, sagte Gallo. »Es ist anders.«

Van Leeuwen wusste, dass er eigentlich etwas sagen sollte, dass er etwas sagen *musste*, aber er hatte Mezzanottes Gesicht gesehen und seine Augen, und er sagte nichts. Er führte Rascha zu dem mit eingeschalteten Scheinwerfern quer auf der Straße stehenden Taxi. Die Türen waren noch offen, die Innenbeleuchtung brannte. Der Commissaris half Rascha auf den Beifahrersitz, und obwohl der Motor lief, konnte er hören, wie Gallo leise zu Julika sagte: »Wo hast du uns da hineingezogen? Wo, verdammte Scheiße, hast du uns da bloß hineingezogen?«

Julika schüttelte den Kopf, bedächtig, als hätte sie gerade etwas gehört, das sie ganz und gar nicht verstand; das man vielleicht gar nicht verstehen konnte. Sie richtete sich auf, zögerte noch eine oder zwei Sekunden, aber dann ließ sie die Flinte fallen. Mit hängenden Schultern und gesenktem Kopf folgte sie Van Leeuwen zum Taxi. Die Sohlen ihrer Turnschuhe schabten über den Asphalt. Sie drehte sich nicht noch einmal um.

Sie stieg auf den Rücksitz, und Van Leeuwen schlug erst Raschas Tür zu, dann ihre, und danach ging er zu der Flinte, die Julika fallen gelassen hatte. Er hob die Flinte auf und nahm sie mit zum Wagen. Er schob sie unter den Fahrersitz, dann setzte er sich hinter das Lenkrad. Er legte den ersten Gang ein und fuhr an dem schwarzen Hummer vorbei zurück über die Kreuzung. Er sah nicht aus dem Fenster zu Ton Gallo oder Mezzanotte oder dem in einer großen, schimmernden Blutlache sitzenden Bashkim. Er wartete auch nicht darauf, dass die Ampel grün wurde. Er fuhr einfach weiter, und nach einer Weile schaute er in den Rückspiegel, und da waren der Hummer und die Menschen schon sehr klein jenseits der Kreuzung, und als er sie kaum noch auseinanderhalten konnte, sah er einige kurze Lichtblitze, aber hören konnte er die Schüsse nicht; der Wind stand wohl nicht günstig.

»Ich hasse Sie«, sagte Rascha kaum hörbar neben ihm. »Ich hasse Sie. Ich hasse Sie!«

Er fuhr auf die Lichter von Las Vegas zu, und obwohl er wusste, dass die Wüste hinter ihm lag, hatte er doch das Gefühl, als wäre sie bei ihm im Wagen, und jeder von ihnen nähme sie von jetzt an immer mit sich, wohin er auch ging.

44

Es ist gut. Alles ist gut. Es ist in Ordnung. Du kannst die ganze Welt hassen. Du musst nichts sagen. Niemand tut dir etwas. Du bist in Sicherheit. In Sicherheit. Alles wird gut.

Fast alles.

45

»Bis ich von zu Hause weggelaufen bin, hatte ich immer wieder denselben Traum,« erzählte Rascha. »Seit ein paar Jahren schon, immer wieder. In dem Traum bin ich ein kleines Mädchen, so zehn oder elf, und ich bin ganz allein und schleppe mitten in der Nacht einen schweren Koffer über eine schmale Steinbrücke in der Nähe unseres Pfarrhauses. Es ist kalt – Winter –, und in der Mitte der Brücke fängt es an zu schneien. Die ganze Zeit ist mir zum Heulen zumute, aber ich heule nicht, ich beiße die Zähne zusammen und heule nicht. Ich heule nicht. Der Schnee fällt immer dichter, und mir ist so kalt, dass ich fast nichts mehr spüre, nur wie mir etwas über die Wangen läuft. Erst denke ich, jetzt musst du doch heulen, bis ich merke, dass die Nässe in meinen Wimpern nur Schneeflocken sind, die aus der Dunkelheit auf mich zuwirbeln. Bis zum Ende der Brücke, sage ich mir, du schaffst es bis zum Ende der Brücke, ohne zu heulen, danach siehst du weiter. Ich gehe weiter und weiter, und meine Augen tränen, und die ganze Zeit sage ich mir, das ist bloß geschmolzener Schnee, sonst nichts.

Bei jedem Schritt stoße ich mit den Schienbeinen gegen den Koffer, gegen die Metallleiste an der Unterkante, denn er ist so klobig, dass ich den Griff mit beiden Händen halten muss. Du hast schon mehr ausgehalten, sage ich mir. Gegen das, was du alles schon ausgehalten hast, ist das bisschen Brennen in den Beinen gar nichts. Das Ziehen in den Schultern ist auch nichts, und selbst der Krampf in den Fingern war schlimmer, als du den Koffer das erste Mal fallen lassen musstest. Der Krampf kommt jedes Mal an derselben Stelle in dem Traum, als ich fast auf der Brücke bin, und ich habe auch nie Handschuhe an.

An dem Griff, den ich mit meinen bloßen Händen umklammere, hängt ein Kunstlederfutteral mit einer Pappkarte, auf der mein Name steht. Ich weiß vom letzten Traum, dass er da steht, auch wenn ich ihn nicht sehen kann. Unter den Sohlen meiner Schuhe knirscht das Eis auf der Erde, und die gefrorenen Halme knistern. Es klingt, wie wenn jemand dicht hinter mir wäre, jemand, der keuchend atmet und leise schluchzt. Das bist nicht du, denke ich. Du hast noch die halbe Wiese vor dir und danach den ganzen Weg bis zum Bahnhof, und wie willst du das je schaffen, wenn du jetzt schon heulst?

Meine Ohren brennen von der Kälte, und am Ende der Brücke muss ich stehen bleiben, weil ich kein Gefühl mehr in den Zehen habe. Der Wind reißt mir die Mütze vom Kopf. Bis zu dieser Stelle des Traums habe ich nie gewusst, dass ich überhaupt eine Mütze trage, aber jetzt weiß ich es, weil der Wind sie wegbläst, und dann rutscht mir der Koffer zum zweiten Mal aus den Händen. Ich hab keine Kraft mehr, um der Mütze hinterherzulaufen, ich hab überhaupt für nichts mehr Kraft, und deswegen lasse ich den Koffer einfach fallen und setze mich drauf, und als ich sitze, kann ich nicht anders: Ich fange an zu heulen und wehre mich nicht mehr dagegen. Macht ja nichts, sage ich mir; du bist ja erst elf, da darf man noch weinen. Meine Hände sind ganz wund, sie bluten sogar ein bisschen, aber ich spüre nichts, weil es so kalt ist. Ich reibe sie gegeneinander, damit sie nicht absterben. Dabei keuche ich weiße Wölkchen in die Nachtluft. Niemand hat etwas dagegen, wenn elfjährige Mädchen heulen, denke ich, und außerdem sieht dich ja keiner.

Die schwarze Mütze mit dem Stoffschirm liegt nur ein paar Schritte entfernt auf der Brücke. Sie ist jetzt schon fast ganz von dem Schnee bedeckt, der immer dichter fällt. Obwohl mir so kalt ist, gehe ich nicht zurück, um sie zu holen, sondern stehe auf und packe den Griff des Koffers mit meinen steif gefrorenen Fingern. Mit aller Kraft versuche ich, ihn hochzuheben. Ich weiß schon, dass ich es nicht schaffe, aber ich versuche es trotzdem, und genauso gut könnte ich versuchen, die ganze Brücke hochzuheben, und deswegen ziehe ich ihn hinter mir her, immer nur ein kurzes Stück, bis ich wieder stehen bleiben muss. Komm schon, denke ich, komm, du willst doch nicht ins Heim; ins Heim willst du auf gar keinen Fall.

Auf einmal höre ich vom Bahnhof her eine Lokomotive pfeifen, so ein lang gezogenes, klagendes Geräusch, das der Wind mit dem Schnee durch die Dunkelheit weht. Ich weiß, wenn ich den Zug nicht kriege, muss ich ins Heim. Ich fange an, wie wild an dem Koffergriff zu zerren, ich ziehe und zerre und reiße, bis es plötzlich gar keinen Koffer mehr an dem Griff gibt, und da verliere ich auch schon das Gleichgewicht und falle, und an dieser Stelle, jedes Mal kurz bevor ich aufwache, fällt mein Blick auf den Namen in dem Kunstlederfutteral, und es ist gar nicht meiner. Es ist der meiner Mutter!

Jedes Mal – jedes Mal endet der Traum auf dieselbe Weise. Ich falle, und etwas quetscht mein Herz zusammen, sodass ich keine Luft mehr kriege. Die ganze Zeit, die ganzen Jahre, in denen ich immer wieder diesen Traum hatte, habe ich mich gefragt, warum der Name meiner Mutter auf der Pappe in dem Futteral steht. Ich wache auf und liege mit rasendem Herzen in meinem Bett und denke: Warum steht da Mamas Name? Träume ich von ihr, wie sie meinen Vater verlässt? Will ich deswegen zum Bahnhof? Und warum trage ich eine schwarze Binde am Arm? Aber dann, an dem Tag bevor ich abgehauen bin, wusste ich es. Auf einmal wusste ich Bescheid.«

Sie fuhren über eine Brücke, unter dem die Amstel wie ein Fluss aus geschmolzenem Blei lag, und an beiden Ufern streiften die Wellen die tief hängenden Zweige froststarrer Weiden. Es schneite in Raschas Traum, aber es schneite nicht auf den Fluss oder die Weiden oder die kahlen Felder, durch die der Commissaris das Mädchen nach Hause zu seinem Vater fuhr. Es war ein kalter Januarnachmittag. Auf dem Wasser blinkte der gelbe Glanz des Himmels, und das Licht war scharf und klar, und es wirkte noch einmal so klar, wenn man an Las Vegas dachte.

Rascha schwieg jetzt wieder. Sie hatte fast die ganze Zeit in Las Vegas geschwiegen, und sie hatte auch im Flugzeug geschwiegen, bis auf das eine Mal, wo sie von Mezzanotte erzählt hatte. Es war ein anderes Schweigen gewesen als das von Julika Tambur: das störrische, stachelige Schweigen einer siebzehnjährigen Ausreißerin. Jetzt, da sie sich nicht mehr darum bemühen musste, wie Gianna Nannini auszusehen, ähnelte sie zum ersten Mal dem Mädchen, dessen Foto der Commissaris im Arbeitszimmer ihres Vaters gesehen hatte.

Nur etwas war anders: ihre Augen, die ihm auf dem Foto so traurig vorgekommen waren, so bereit, den eigenen Kummer und auch den von Fremden anzunehmen, hatten ihre neugierige Intensität verloren. Stattdessen flackerte darin ein unruhiges Licht, ein falsches Strahlen. Sie gaben nichts mehr preis, als hätte sie auf ihre Fragen zu viele Antworten erhalten, und alle waren falsch gewesen. Es waren die Augen eines Menschen, der zu schnell hatte lernen müssen, dass die Welt dunkel und unverständlich ist und dass unvorstellbares

Leid in dieser Dunkelheit lauert: Leid, für das keiner etwas kann, das dem einen zugefügt wird und dem anderen nicht, von Tätern, die keine Schuld empfinden und nur selten bestraft werden.

Zum ersten Mal war ihm dieser Blick aufgefallen, als sie in der Abflughalle des McCarran Airport gesessen hatten und Special Agent Rafik T. Feridou vom FBI plötzlich vor ihr gestanden und ihren Pass verlangt hatte. Sie reagierte nicht, hob lediglich den Kopf und sah Feridou an, betrachtete die Welt durch ihn hindurch, als wäre er nur ein Fleck auf den Gläsern ihrer Sonnenbrille. Aber hinter der Sonnenbrille war das flackernde Strahlen, und der Commissaris erkannte die Panik darin. In der Hand hielt sie ihr Flugticket, so fest, dass sie es fast zerknüllte; den Pass hatte Van Leeuwen.

»Gianna Franks … Was würde wohl passieren, wenn wir den hier genauer unter die Lupe nehmen?«, fragte Feridou und blätterte in dem Dokument, nachdem Van Leeuwen es ihm gereicht hatte. »Wenn wir ihn jemand zeigen würden, der etwas von Fälschungen versteht?«

»Sie meinen Victor Sarkash?«, fragte Hoofdinspecteur Gallo.

»Kann ich mal Ihr Flugticket sehen?«, fragte Gavin Sheridan vom Heimatschutz das Mädchen.

Jetzt sah Rascha ihn an, noch immer, ohne etwas zu sagen, und beinahe lächelte sie; um ein Haar hätte sie gelächelt, ein gespenstisches Lächeln, losgelöst von allem. Das Ticket aber hielt sie weiter in der Hand, so unnachgiebig, dass Sheridan es ihr fast entreißen musste.

Sheridan und Feridou waren ganz plötzlich in der am frühen Morgen menschenleeren Abfertigungshalle aufgetaucht, zwei Stunden vor dem planmäßigen Abflug der Delta-Airlines-Maschine nach Amsterdam via Atlanta. Mit schnellen Schritten hatten sie die neonhelle Halle durchquert – entschlossenen, wütend klackenden Schritten, die das leise Zirpen der Einarmigen Banditen an der Wand übertönten und auch Dean Martin in den versteckten Lautsprechern, und dann waren sie da gewesen, und man hatte sehen können, dass sie ihre Wut kaum im Zaum halten konnten.

»Giovinazzo und Bashkim sind übrigens heute Nacht nicht im

Sunrise-Hotel aufgetaucht«, sagte Feridou jetzt zu Van Leeuwen. »Das Mädchen natürlich auch nicht. Überrascht Sie das?«

»Überrascht es Sie?«, fragte der Commissaris.

»Uns hat es überrascht. Wir haben daraufhin dem Haus, in dem Giovinazzo sich versteckt hatte, einen Besuch abgestattet, aber es war leer. Überrascht Sie das auch nicht?«

»Sollte es mich überraschen?«, fragte Van Leeuwen.

»Sarkash war genauso wenig überrascht. Wir fragen uns nun, was Giovinazzo und Bashkim bewogen haben könnte, das Mädchen nicht, wie zugesagt, bei ihm abzuliefern.«

»Das müssten Sie vielleicht Mezzanotte fragen.«

»Das würden wir ja gern, aber ehrlich gesagt, fragen wir *uns* auch etwas, nämlich, was wohl aus ihm geworden sein könnte. Aus ihm und Mister Bashkim.«

»Oder ob sie überhaupt noch am Leben sind«, ergänzte Sheridan.

»Das wiederum müssten Sie vielleicht Victor Sarkash fragen«, sagte Van Leeuwen.

»Wir fragen es aber gerade Sie«, sagte Sheridan, »und zwar, weil wir bei Durchsicht von Sarkashs Telefonverbindungen – gestern Nachmittag, nach unserem Besuch bei ihm – festgestellt haben, dass von Ihrem Handy aus in seinem Penthouse angerufen worden ist. Und anschließend wurde von demselben Handy die Nummer von Giovinazzo gewählt.«

»Ich glaube, Sie sollten trotzdem Sarkash fragen«, meinte Van Leeuwen. »Nicht dass den beiden etwas geschehen ist, und Sie beschützen jemanden, der auf amerikanischem Boden zwei Menschen ermordet hat.«

Sheridan zwang sich zu einem Lächeln, das nur von den angeschwollenen Adern auf Stirn und Schläfen gehalten zu werden schien, bis er es abrupt fallen ließ. Er gab Rascha Frankenhuis den Pass und das Ticket zurück. »Danke, Miss Franks.«

Special Agent Feridou wandte seine Aufmerksamkeit ganz dem Commissaris zu und sagte: »Soweit ich weiß, haben Mister Giovinazzo und Mister Bashkim nie amerikanischen Boden betreten. Und was Sie angeht, Mijnheer van Leeuwen – Sie alle hier! –, ich denke, Sie sollten es in Zukunft genauso halten. Gute Heimreise!«

Sheridan und Feridou waren den ganzen Weg durch die leere Halle zurückgegangen, und danach hatte niemand mehr etwas gesagt, so wie auch vorher nur das Nötigste geredet worden war, im Hotel, im Taxi und vor dem Gate, wo Hoofdinspecteur Gallo zu Van Leeuwen, Julika und Rascha gestoßen war, mit Raschas Pass, von Mezzanottes Blut gesäubert, in der Jackentasche. Keiner hatte dem anderen länger in die Augen sehen können, und keiner war zum Reden aufgelegt gewesen. Van Leeuwen wusste, dass Ton irgendwann darüber sprechen würde, wie der Rest der Nacht verlaufen war; was er mit den Waffen gemacht hatte, mit den Fahrzeugen, mit den Fingerabdrücken darauf, wie er in die Stadt zurückgekommen war. Irgendwann, in einem Monat oder einem Jahr, aber nicht heute und nicht morgen.

In der Nacht, mitten über dem Atlantik, hatte Rascha dann unvermittelt gesagt: »Das gestern hatte ich nicht so gemeint. Dass ich Sie hasse …«

»Warum hast du es dann gesagt?«, fragte der Commissaris.

»Weil Sie von ihm kommen«, sagte Rascha, und für einen Moment schien sogar ihre Stimme panisch zu flackern. »Weil Sie mich zu ihm zurückbringen wollen.«

»Hast du Angst vor ihm?«, fragte Van Leeuwen leise.

Sie antwortete nicht. Sie starrte in das Halbdunkel, das ihre Plätze umgab, und schüttelte sacht den Kopf, die Augen weit aufgerissen und auf etwas gerichtet, das außerhalb des Flugzeugs lag.

Er ließ ihr Zeit, dann sagte er: »Klaas, dein Bruder, hat mir erzählt, ihr hättet euch gestritten, bevor du weggelaufen bist«, sagte er. »Worum ging es bei dem Streit?«

Auch jetzt antwortete sie nicht, aber ihre Hände umklammerten die Armstützen.

»Ist etwas vorgefallen zwischen dir und deinem Vater?«, fragte der Commissaris. »Wollte er Dinge von dir, die du nicht wolltest? Von dir oder Klaas?«

Wieder schüttelte sie so merkwürdig sacht den Kopf. »Uns hat er nie etwas getan.«

»Worum ging es dann? Um einen Jungen? Die Schule oder darum, was du danach machen wolltest? Diese Fotomodell-Geschichte?«

»Ich weiß nicht mehr, worum es ging«, sagte Rascha mit ihrer flackernden, panischen Stimme und dem falschen Strahlen in den Augen.

»Ging es um deine Mutter?«, fragte Van Leeuwen hartnäckig. »Darum, weshalb sie deinen Vater verlassen hat?« Er sagte: »Ich will dir doch helfen. Ich bringe dich nicht zu ihm zurück, wenn du bei ihm nicht gut aufgehoben bist.« Er zog eine weitere Karte: »Dein Vater behauptet, ihr hättet euch überhaupt nicht gestritten, Klaas hätte gelogen.« Er zauberte sein Ass aus dem Ärmel: »Aber ich habe gesehen, wie gern Klaas dich hat, wie sehr du ihm fehlst. Er würde nie lügen bei etwas, das dich betrifft.« Er schmetterte sein Blatt auf den Tisch: »Verdammt noch mal, was kann dich so gequält haben, dass du von zu Hause weggelaufen bist und deinen kleinen Bruder allein gelassen hast? Dass du nicht einmal zurückgegangen bist, als Mike Sluizer, der Fotograf, dich in Amsterdam an Bashkim verschachern wollte oder als ein Mafiabonze wie Mezzanotte ...«

Sie ließ die Armstützen nicht los, brachte ihn nur mit dem Ausdruck auf ihrem wachsbleichen Gesicht zum Schweigen. »Mezzanotte ist ein Schwein«, stieß sie hervor, »ein widerliches altes Schwein. Ich habe mich vor ihm geekelt, und er hat mir Angst gemacht, aber er ist mir egal, verstehen Sie das? Er ist mir egal, ich war nicht seine Tochter, nur sein Spielzeug.«

Sie hielt inne, sah aus dem Fenster. »Sie sind doch Polizist. Haben Sie nie mit jemand wie ihm zu tun gehabt? Glauben Sie, man kann vor so jemand einfach weglaufen? Es war nur *ein* falscher Schritt – ich habe nur *einen* falschen Schritt getan, und auf einmal gab es kein Zurück mehr. Kein Zurück. Der Schritt führte zum nächsten ... und der zum übernächsten ... von Mike zu Kira, und als ich da wegging, wartete schon Léon. Er hat mir aufgelauert und mich an Bashkim verschachert ... und Bashkim – Bashkim hat mich gezwungen, Tabletten zu nehmen, irgendwelche Tabletten, nach denen man sich ganz willenlos fühlt. Er hat mir den Arm verdreht, bis ich sie genommen habe, und ich wurde plötzlich müde, und am Anfang war mir schlecht, aber danach nicht mehr. Wir fuhren in seinem Wagen, einem Sportwagen, Lamborghini, und er hat mir eine Sonnenbrille aufgesetzt, weil das Licht so geblendet hat, und manchmal haben wir angehalten, dann kriegte ich einen Hamburger und Fritten und Cola, aber die meiste Zeit habe ich geschlafen, bis wir da waren, in Mailand, meine ich. Er spielte mir CDs vor, im Autoradio, von einer italienischen Sängerin, Gianna Nannini, die ich nicht kannte, und er sagte, eine Zeitlang müsste ich jetzt wie die sein.«

»Musstest du Filme machen?«, fragte der Commissaris.

Wieder das nachsichtige Kopfschütteln, sacht und bestürzend. »Nein. Ich musste mich nur anders anziehen und anders schminken und die Haare anders tragen, und ich musste mit Fausto schlafen. Ich musste mit ihm schlafen und zusammen mit ihm Platten von dieser Sängerin anhören, Gianna Nannini, und wenn er *Gianna!* sagte, musste ich wissen, dass ich gemeint war, und im Bett musste ich dann sagen: *Fausto, Fausto, ti amo, ti amo tanto*. Er gab mir immer etwas zu trinken oder zu rauchen, und wenn ich wollte, konnte ich koksen oder sonst irgendwelche Pillen nehmen, und richtig schlimm war es eigentlich nur, wenn er sagte: *Komm, Gianna, zeig mir, wie sehr du mich liebst …*

Glauben Sie, ich hätte nicht daran gedacht wegzulaufen? So weit weg wie nur möglich? Aber am Anfang … am Anfang gab es keine Gelegenheit dazu, nicht die kleinste. Es war ein riesiges Haus in einem großen Park, umgeben von hohen Mauern und bewacht von Hunden und Männern mit Maschinenpistolen. Später, nach ein paar Wochen, als Fausto dachte, ich wäre gern bei ihm, ich würde ihn sogar lieben – *Gianna* würde ihn lieben –, hätte ich vielleicht abhauen können. Es wäre schwierig gewesen, aber es hätte gehen können, nur, dann hätten sie mich getötet, verstehen Sie? Sie hätten mich gesucht und gefunden und getötet. Ich wäre nirgendwo auf der Welt sicher gewesen, nirgendwo! Weil ich Sachen gehört hatte … und Namen … weil ich Gesichter gesehen hatte … weil ich mitbekommen hatte, wie Aufträge erteilt wurden, und einmal sogar … einmal war ich sogar dabei, als Bashkim jemand getötet hat … Aber am schlimmsten war – am schlimmsten war der Augenblick, in dem ich kapiert habe, dass es nicht nur Fausto oder Bashkim waren, die diese ganzen Verbrechen begingen, sondern Polizisten und Abgeordnete und Staatsanwälte und Leute, die ich aus dem Fernsehen kannte; dass sie alle unter einer Decke steckten, dass es nicht nur die Mafia war und dass ich niemandem trauen konnte. Ich hatte Sachen gesehen und gehört, die mir einfach keiner glauben würde, außer denen, die dazugehörten. ›Das behältst du besser für dich‹, sagte am Anfang immer jemand. Und als sie merkten, dass ich es begriffen hatte, brauchten sie mich nicht mehr zu warnen. Wenn es Gelegenheiten gab wegzulaufen, habe ich keine davon genutzt. Ich hatte zu viel Angst. Ich wollte doch nur leben, selbst wenn es *so* ein Leben war. Alles ist besser als tot sein, nicht? Oder?«

Nein, nicht alles, dachte der Commissaris, sagte es aber nicht.

»Ich wünschte, mein Vater hätte das gesehen«, fuhr Rascha fort, und dabei sah sie aus dem Fenster auf den schwarzen Nachthimmel, und die Scheibe spiegelte ihr blasses, angespanntes Gesicht. »Ich wünschte, er hätte das gesehen, und ich könnte mit ihm darüber reden, über Gott und warum er das alles zulässt. Ich würde wirklich gern sein Gesicht sehen und hören, wie er das erklärt und ob er meint, das könnte jemals vergeben werden. Ob es einen Gott gibt, der das geschehen lässt und den Tätern vergibt. Was meinen Sie?«

Was ich meine, ist doch völlig egal, dachte Van Leeuwen fast erbittert. Er spürte seine Wunde, die seit dem Start schmerzte, und er wollte schlafen oder noch einen doppelten Wodka. »Ich weiß nicht, ob es einen Gott gibt«, antwortete er trotzdem. »Nach allem, was ich erlebt und gesehen habe, glaube ich allerdings, es gibt ihn eher nicht.«

»Aber dann gibt es auch keine Sünde«, sagte Rascha bestürzt, »kein ewiges Höllenfeuer, keine Strafe für die Bösen und keine Erlösung für die Guten.«

»Doch, die gibt es«, widersprach Van Leeuwen und versuchte, möglichst logisch und überzeugend zu klingen, »nur nicht im Jenseits, sondern schon hier auf der Erde. Ohne Gott ist alles, was uns bleibt, der Mensch. Der Glaube an das Leben. Und weil wir dann nur dieses eine Leben haben, ist es so kostbar. Wer das einem anderen willkürlich nimmt, begeht die größte Sünde, die wir uns vorstellen können. Wir nennen es nur nicht ›Sünde‹, sondern ›Verbrechen‹ oder ›Unrecht‹, und statt auf die göttliche Gerechtigkeit zu warten, ziehen wir die Täter schon hier zur Rechenschaft, oder wir versuchen es wenigstens.« Er hörte sich seine Worte in Gedanken noch einmal an und fügte hinzu: »Vielleicht kann man es besser ausdrücken oder logischer, als ich das getan habe, aber ich denke, dass es sich so verhält.«

»Dann ist jemand, der nur einem Menschen das Leben nimmt, genauso schlimm wie jemand, der Tausende tötet?«, fragte Rascha, ohne den Blick vom Nachthimmel abzuwenden.

»Im Grunde, ja.«

Sie schwieg lange, und dann nickte sie mehrmals. »Das finde ich auch«, sagte sie. Sie schloss die Augen und schlief ein oder tat so, bis sie in Amsterdam landeten.

Als sie in Schiphol gelandet waren, hatte sie plötzlich nach seiner Hand gegriffen und ihn fast flehendlich angesehen. »Bitte, bringen Sie mich nicht zu meinem Vater«, bat sie.

»Ich muss«, sagte er. »Aber ich bleibe bei dir, solange du willst.«

»Solange Sie da sind, wird nichts passieren«, sagte sie, und als sie sah, dass er sich nicht erweichen ließ, geisterte über ihr Gesicht wieder das Lächeln, das kein Lächeln war. Auf einmal wirkte sie lebendiger als irgendwann, seit er sie kannte, wie von neuer Energie erfüllt, und fälschlicherweise hielt er das für ein gutes Zeichen.

Auf der anderen Seite der Brücke über die Amstel kreisten die Flügel einer Windmühle bedächtig vor der tief stehenden Wintersonne. Am Horizont sammelten sich kupfergraue Wolken. Ein Schwarm von Raben fächerte sich über den kahlen Feldern auf. Van Leeuwen hatte ein Gefühl, als könnte er die Landschaft und den Himmel trinken, das Licht atmen. Sein Herz war weit vor Freude, wieder zu Hause zu sein. Er wünschte, auch Rascha könnte so empfinden. »Weißt du noch, wann du diesen Traum zum ersten Mal hattest?«, fragte er.

Rascha brauchte nicht zu überlegen. »Vor sechs Jahren, kurz nachdem Mami weg war«, sagte sie. »Ich weiß noch, sie war auf einmal nicht mehr da, und einen Tag später oder zwei bin ich nachts aufgewacht, weil ich so merkwürdige Geräusche im Haus gehört habe. Mein Zimmer ist oben neben der Treppe, und die Geräusche kamen von unten hoch. Ich dachte, vielleicht ist es ein Einbrecher, deswegen bin ich aufgestanden und habe meine Tür ganz vorsichtig einen Spaltbreit aufgemacht. Und da habe ich gesehen, dass es Papa war. Papa hat im Dunkeln einen Koffer zur Diele geschleppt. Der Koffer muss sehr schwer gewesen sein, weil Papa so geächzt hat. Ich dachte, vielleicht schafft er es nicht allein, und da bin ich zur Treppe gegangen und hab gesagt: ›Ich kann dir tragen helfen‹, aber er hat ganz komisch reagiert. Er hat nicht mal hochgesehen zu mir und nur mit einer ganz komischen Stimme gesagt: *Warum schläfst du nicht, Rascha? Ich bringe Mama ein paar von ihren Sachen, die sie vergessen hat. Geh sofort wieder ins Bett!* Und dabei hat er gestottert wie jemand, den man bei etwas ertappt hat. Etwas, das niemand wissen darf.

Ich bin wieder in mein Zimmer, aber nicht ins Bett, sondern zum Fenster. Ich habe hinausgeschaut, durch einen Spalt im Vorhang, und da habe ich gesehen, wie mein Vater den Koffer durch den Schnee zu unserem Wagen gezerrt hat, mit beiden Händen am Griff. Er konnte ihn gar nicht mehr tragen, so schwer war er. Der Kofferraum von unserem Wagen stand schon offen, da hat er den Koffer hineingehievt, gestoßen und geschoben, bis er endlich drin war, und vorher und nachher hat er sich so umgeschaut, als hätte er Angst, jemand könnte sehen, was er tat.«

Der Commissaris wartete darauf, dass sie weitersprach, aber sie sagte nichts mehr; sie sah nur hinaus auf die frostbedeckten Äcker, über denen sich Abendnebel bildete. »Weißt du, warum deine Mutter deinen Vater verlassen hat?«, fragte Van Leeuwen.

»Sie hat ihn nicht mehr geliebt. Und er sie auch nicht.«

»Woher weißt du das?«

»Sie haben sich nicht mehr angeschaut oder berührt wie früher immer, eine ganze Weile schon. Sie haben auch nicht mehr miteinander geredet. Manchmal haben sie sich angeschrien, und manchmal haben sie geflüstert und schnell aufgehört, wenn einer von uns in der Nähe war, aber normal geredet haben sie nicht mehr.«

»Glaubst du, dass deine Mutter einen anderen Mann hatte?«

Rascha nickte schroff. »Bestimmt.«

»Wie kommst du darauf?«

»Weil Papa nicht mein richtiger Vater ist. Er ist der Vater von Klaas, aber nicht von mir.« Sie beugte sich vor, gegen den Sicherheitsgurt, wie um etwas aus sich herauszupressen. »*Darüber* haben wir uns gestritten, Papa und ich. Weil ich kurz vorher die Wahrheit entdeckt hatte, dass ich einen anderen Vater habe, und er wollte mir nicht sagen, wer es ist, mit wem meine Mutter zusammen war. Ich habe gesagt, ich gehe ihn suchen, und er hat gesagt, meine Mutter wäre eine Hure, und ich wäre ein Hurenkind, und wenn ich sein Haus verlassen würde, würde ich Gott verlassen, und ich brauchte auch nicht wiederzukommen, weil Gott mich einmal aufgenommen hätte, aber ein zweites Mal würde er das nicht tun. Und da ist mir die Nacht mit dem Koffer wieder eingefallen, und ich wusste, ich habe die ganze Zeit diesen Traum, weil er mir etwas sagen möchte. Gott, meine ich.«

Also gibt es ihn doch, dachte der Commissaris; er spricht mit siebzehnjährigen Mädchen. »Was will Gott dir sagen?«

»Dass mein Vater ein Heuchler ist. Ein Heuchler und ein Lügner. Und ein Mörder. In dem Koffer waren gar keine Sachen, die er meiner Mutter bringen wollte, und meine Mutter hat ihn gar nicht wegen eines anderen Mannes verlassen, wie er immer gesagt hat. Sie war nämlich keine Hure, die es dauernd mit allen Männern getrieben hat, mit Leuten vom Zirkus, von der Kirmes. Sie hat einen anderen Mann geliebt, meinen richtigen Vater, und das hat er nicht ertragen.« Sie schluchzte kurz, nur einmal, und es klang eher wie ein Husten. »Deswegen hat er sie umgebracht, als sie ihn verlassen wollte, um zu meinem richtigen Vater zurückzugehen, und in dem Koffer waren gar nicht ihre Sachen, und in der Nacht hat er sie weggebracht und irgendwo vergraben. *Ich weiß alles.* Das habe ich ihm gesagt, darum haben wir uns gestritten.«

»Das ist eine schwere Beschuldigung«, sagte der Commissaris, und seine Wunde schmerzte wieder, aber nicht so heftig wie sein Herz. »Hast du einen Beweis dafür?«

»Ich weiß es.« Sie krallte ihre Finger in ihre Oberschenkel. »Er hat ihr nämlich in der Nacht zwei Mal Sachen gebracht, und der Koffer ist auch nie wieder aufgetaucht.«

Die Landstraße führte durch ein Spalier von eng stehenden Linden, die im Sommer einen grünen Tunnel bildeten, und am Ende des Spaliers ragte, noch ganz klein, der Kirchturm am Horizont auf.

Behutsam sagte der Commissaris: »Du weißt es nicht, du vermutest es. Aber ein Verdacht ist kein Beweis, und ohne Beweis ist er gefährlich, weil er falsch und ungerecht sein kann. Ich weiß nicht, was dein Vater getan hat, warum du so geworden bist, doch ich bin sicher, er hat sie nicht umgebracht, weil er mich sonst nie zu Hilfe gerufen hätte. Ich bin Polizeibeamter, Rascha – ein Mörder holt keinen Polizisten in sein Leben, um die einzige Zeugin für sein jahrelang unentdeckt gebliebenes Verbrechen aufzuspüren. Er weiß, er hat Fehler begangen, die er wiedergutmachen will. Er liebt dich, und er will dich wiederhaben, in seiner Nähe, das ist alles.«

Rascha wandte ihm ihr blasses, flackerndes Gesicht zu. »Das wollte er doch! Er wollte, dass Sie diesen Eindruck gewinnen. Er ist gut darin, die Menschen zu täuschen, sie nur das sehen zu lassen, was sie sehen sollen. Er hat sogar sich selbst getäuscht, und er denkt, er hätte Gott getäuscht. Er denkt, Gott hätte ihm verziehen. Er hat gebeichtet und sich selbst verziehen, und deswegen ist er kein Mörder mehr. Er kann zur Polizei gehen, weil seine Frau ihn ja verlassen hat und wie vom Erdboden verschwunden ist. Das konnte er die ganzen Jahre jeden glauben machen, weil er es sich selbst glauben gemacht hat! Und jetzt glauben Sie das auch.«

Müde sagte Van Leeuwen: »Ich glaube es, weil es die wahrscheinlichere Wahrheit ist. Und ich glaube, dass du dir die Geschichte mit dem Koffer nur ausgedacht hast. Ob du den Traum auch erfunden hast, weiß ich nicht, vielleicht hattest du den tatsächlich. Aber dass dein Vater nachts deine tote Mutter in einem Koffer aus dem Haus geschafft hat, glaube ich nicht. Ich glaube eher, du hast dir die Geschichte ausgedacht, weil du damit alles rechtfertigen willst, was passiert ist, nachdem du weggelaufen bist. Alles, was in Amsterdam und Mailand geschehen ist, soll dadurch weniger schlimm aussehen.«

»Das glauben Sie?«

»Ja, das glaube ich.«

»Dann werden Sie ihn nicht bestrafen?«

»Für Strafe bin ich nicht zuständig«, sagte der Commissaris. »Und für vermisste Personen auch nicht.«

Die nackten Bäume an der gepflasterten Straße zum Pfarrhaus schüttelten sich unruhig im Wind, und darüber trieben die Wolken schnell dahin, und es sah aus, als jagte der Wind auch das Licht vor sich her durch die kahlen Äste. Die immergrünen Blätter der Hecke, die den Pfarrgarten umgab, sträubten sich fast wie das Fell eines großen Tiers, wenn die Sonne kurz zwischen den Wolken aufblitzte und über den Garten huschte. Niemand war auf der Straße. Der Kirchturm ragte düster und stumm in den Himmel.

Als der Commissaris vor den Stufen zum Pfarrhaus hielt, meinte er, an einem der Fenster hinter einem halb beiseitegezogenen Vorhang ein Gesicht zu sehen. Ein kleines, blasses Gesicht voll banger Erwartung: das Gesicht eines Jungen, der nicht wusste, ob das Auto hielt, um ihm etwas zu nehmen oder etwas zu bringen.

Rascha hatte ihren Sicherheitsgurt schon gelöst, ehe Van Leeuwen den Motor abstellen konnte. »Danke, dass Sie mich hergebracht haben«, sagte sie mit einer Stimme, der jeder Ausdruck fehlte.

»Ich komme noch mit rein«, sagte der Commissaris. Er sah etwas aus den Augenwinkeln seines Bewusstseins, etwas, das da war, aber wenn er hinschaute, war es weg. Gleich danach tauchte es wieder auf, am Rand seines Bewusstseins, ein dunkler, beunruhigender Fleck.

»Das brauchen Sie nicht.«

»Ich möchte es aber.«

»Wie Sie wollen«, sagte Rascha, schon ganz fern und in Gedanken längst nicht mehr bei ihm. Sie stieß die Tür auf, ohne ihm noch einen Blick zu schenken. Sie klappte den Sitz nach vorn, um die Reisetasche, die er ihr in Las Vegas gekauft hatte, herauszuholen. Dann ging sie auf das Pfarrhaus zu. Als sie die Stufen zur Tür erreicht hatte, blieb sie stehen. Eine Hand hatte sie in die Tasche ihrer Windjacke geschoben. Ihr lange nicht mehr gewaschenes, vom

Wind zerzaustes Haar ließ sie verwahrlost wirken, unbehaust. Sie biss sich auf die Unterlippe.

Plötzlich flog die Tür auf, und Klaas stürzte heraus. »Rascha!« Mit einem Freudenschrei schlang er seine Arme um ihre Hüften und presste den Kopf gegen ihren Bauch. »Rascha! Rascha!« Einige Sekunden lang ließ sie es fast teilnahmslos mit sich geschehen, bevor sie zögernd eine Hand hob und ihm auf den Kopf legte. Ihre Lippen öffneten und schlossen sich, als wollte sie seinen Namen sagen, hätte ihn aber vergessen. Sie ließ die Reisetasche fallen. Dann verzog sich ihr Mund. Ihr ganzer Körper zuckte und zitterte, und sie warf den Kopf in den Nacken. Tränen rannen ihr über die Schläfen und den Hals hinunter. »Klaas …«

Über ihre Köpfe hinweg konnte der Commissaris in die Diele des Pfarrhauses und den dunklen Gang dahinter sehen. Er sah die Umrisse einer Gestalt, die im Dunkeln stand; die dort erst stand und dann langsam näher kam, und etwas an dem Anblick dieser Gestalt ließ Van Leeuwen an den Kupferstich im Arbeitszimmer des Pfarrers denken, Dürers Allegorie auf den Tod, der das Pferd mit dem Jungen und dem Mädchen auf dem Rücken an einem Abgrund entlangführt. Wieder fragte er sich, wen Sander Frankenhuis in dem Jungen sah und wen in dem Mädchen und warum er den Stich aufgehängt hatte, nachdem seine Tochter weggelaufen war.

»Rascha!« Der Pfarrer kam durch die Diele und blieb auf der Schwelle stehen. Er lächelte nicht, er breitete auch die Arme nicht aus, und seine Lippen waren schmal. *Er wartet auf eine Entschuldigung, bevor er sich freut*, dachte Van Leeuwen; *er will, dass sie sich für das entschuldigt, was sie ihm angetan hat, dann erst lässt er sie zu sich.*

Das Mädchen hörte auf zu weinen. Klaas drehte sich an ihrem Bauch um und sah zu seinem Vater auf. Rascha legte beide Hände auf die Schultern ihres kleinen Bruders. Sie blieb hinter ihm stehen, reglos und ohne zu zittern, in dem kalten Wind, der ihre Tränen trocknete. Irgendwo schrie eine Krähe, und der Himmel war grau und tief.

Der Pfarrer nickte Van Leeuwen zu. »Danke, Bruno«, sagte er.

»Ich habe für dich gebetet, dafür, dass du heil und gesund zurückkommst.« Er trug dieselbe schwarze Hose wie an Weihnachten, und das geflickte weiße Hemd mit den Schmutzrändern an Kragen und Ärmeln schien auch dasselbe zu sein. Er war so blass, dass kaum ein Unterschied zwischen dem Hemd und seiner Haut bestand.

Van Leeuwen fragte: »Kann ich kurz unter vier Augen mit dir reden, Sander?«

»Nicht jetzt, bitte.« Sander verschränkte die Hände im Rücken. »Ich habe meine Tochter fast ein Jahr nicht mehr gesehen. Wir haben uns so viel zu erzählen.«

Van Leeuwen suchte in Frankenhuis nach dem besorgten Vater, mit dem er von Mailand aus telefoniert hatte, und fand ihn nicht, weder in den Worten noch in der Miene. »Es dauert nicht lange«, sagte er. »Ich möchte dir nur eine Frage stellen.«

Eine Frage nach einem Koffer und seinem Inhalt.

Der Pfarrer schüttelte den Kopf. »Ein anderes Mal, Bruno. Ich bin dir unendlich dankbar für alles, was du für mich – für uns – getan hast, aber jetzt möchte ich mit Rascha allein sein. Auf Wiedersehen.«

»Es ist in Ordnung, wenn Sie gehen«, sagte auch Rascha, ohne den Commissaris anzusehen, die Augen fest auf ihren Vater gerichtet.

Klaas stand so still, als hielt nicht nur seine Lunge, sondern sein ganzer Körper den Atem an.

»Kommt ins Haus, Kinder«, sagte Sander Frankenhuis. »Es wird dunkel.« Er drehte sich um und ging in die Diele. Klaas folgte ihm als Erster, und etwas später kam auch Rascha ins Haus. Die Tür wurde von innen geschlossen, und jetzt war Van Leeuwen der einzige Mensch auf der Straße, und es wurde auch schnell dunkel, genau wie der Pfarrer gesagt hatte.

»Auf Wiedersehen«, sagte Van Leeuwen. Er stieg wieder in den Wagen, der einmal seiner Frau gehört hatte, blieb aber hinter dem Steuer sitzen, ohne loszufahren. Aus den Augenwinkeln konnte er noch immer etwas sehen, das nicht da war, aber trotzdem nicht aufhörte, ihn zu beunruhigen. Warum ist Rascha weggelaufen, dachte er, wenn sie die Geschichte erfunden hat? Warum ist sie dann weggelaufen?

Wieder hörte er die Krähe schreien, aber die Schreie klangen jetzt gar nicht mehr wie die eines Vogels, und plötzlich öffnete sich die Tür des Pfarrhauses zum zweiten Mal, und Klaas stolperte heraus. Mit entsetztem, schreckstarrem Gesicht kam er langsam die Stufen herunter, setzte benommen einen Fuß vor den anderen und torkelte mit halb offenem Mund auf den Wagen zu. Er schien etwas zu rufen, das Van Leeuwen nicht verstand, und erst als er nah genug war, konnte der Commissaris das Blut sehen – Blut an den ausgebreiteten, halb erhobenen Händen und Blut an dem Messer, das er in der rechten Hand hielt. Es war ein Küchenmesser, und er hielt es von sich weg, hielt es Van Leeuwen entgegen, als wollte er sagen: Schau mal, was ich gefunden habe. Aber gleichzeitig warf er einen Blick zurück, über die Schulter, einen von Grauen erfüllten Blick, und so blieb er stehen, blieb plötzlich mitten im Gehen stehen und bewegte sich nicht mehr.

Der Commissaris umklammerte das Lenkrad mit beiden Fäusten. Deswegen ist sie weggelaufen, schoss es ihm durch den Kopf, nicht weil sie Angst vor ihrem Vater hatte, sondern vor sich; Angst vor dem, was sie tun könnte, wenn sie weiter mit ihm unter einem Dach leben musste. Er stieß die Tür auf, doch als ihn die kalte Abendluft ins Gesicht traf, stellte er überrascht fest, dass er immer noch allein war auf der Straße. Die Krähe erhob sich aus der Krone einer Linde und flog mit einem letzten Krächzen davon.

Van Leeuwen sank wieder hinter das Lenkrad, ließ den Motor an und fuhr los. Im Rückspiegel sah er das Pfarrhaus und die Kirche mit dem schwarzen Himmel verschmelzen, und eine Zeitlang schimmerten dort noch die Lichter zu beiden Seiten der Kirchstraße. Auf der anderen Seite der Brücke über die Amstel hielt er am Straßenrand. Er schaltete die Warnblinkanlage ein, holte sein Handy heraus und wählte die Nummer von Ton Gallo. Als der Hoofdinspecteur sich meldete, fragte Van Leeuwen: »Was hat Joodenbreest gesagt? Na also. Ich möchte, dass du den Verbleib einer vermissten Frau für mich klärst. Ihr Name ist Annet Frankenhuis, ehemals oder noch immer verheiratet mit Pastor Sander Frankenhuis. Alter vermutlich zwischen fünfundvierzig und fünfundfünfzig. Sie ist vor sechs Jahren verschwunden und wurde nie als vermisst gemeldet. Angeblich ist sie mit einem anderen Mann durchgebrannt, vielleicht einem Schausteller. Ich will wissen, wer der Mann war und ob sie noch lebt und wo. Vor allem will ich wissen, ob sie noch am Leben ist.«

Er unterbrach die Verbindung und wählte erneut. Während er auf das Freizeichen wartete, schaltete er die Warnblinkanlage aus und lenkte den Wagen wieder in die Straßenmitte. Am anderen Ende der Leitung wurde nach dem ersten Klingeln abgehoben.

»Ich bin in einer halben Stunde da«, sagte der Commissaris. »Ja, ich bin sehr müde.«

Ende

Ein Mörder, der die Menschen liebt – und tötet, damit seine Opfer glücklich sind …

Claus Cornelius Fischer
TOTENENGEL
Roman
400 Seiten
ISBN 978-3-431-03777-7

Mitten in der Nacht von Amsterdam stößt Commissaris Bruno van Leeuwen im Rotlichtviertel auf die Leiche eines jungen Mannes. Nichts deutet auf einen gewaltsamen Tod hin – nur Van Leeuwen spürt noch die Nähe des Mörders. Die Autopsie bestätigt seinen Verdacht. Wenig später wird in Haarlem eine Frau leblos aufgefunden. In beiden Fällen sahen die Opfer keinen Sinn mehr im Leben; der Tod kam als Erlösung zu ihnen. Die Ermittlungen führen Van Leeuwen zu einer ganzen Serie von Todesfällen, die in einem kleinen Dorf im Norden Hollands begann. Dort, wo vor fast fünfzig Jahren ein schreckliches Verbrechen begangen wurde, steht der Commissaris plötzlich am Rand eines Abgrunds …

Lübbe Ehrenwirth

Egelantiersgracht
Prinsengracht
Keizersgracht
Herengracht
Damrak
Hoofdbureau
van Politie
Leidseplein
Rijksmuseum
Vondelpark